SV

Robert Walser

Der Roman, woran ich weiter und weiter schreibe

Ich-Buch der Berner Jahre

Zusammengestellt von
Jochen Greven

Suhrkamp Verlag

Erste Auflage 1994
mit freundlicher Genehmigung der
Inhaberin der Rechte
der Carl Seelig-Stiftung/Zürich

Satz und Druck:
MZ-Verlagsdruckerei GmbH, Memmingen
Printed in Germany

Der Roman, woran ich weiter und weiter schreibe

Ich bin jetzt etwas besser gekleidet wie bisher, trage einen hochnoblen Hut, führe mich demgemäß auf, zahle pünktlich und wohne bei einer Frau mit zwei Töchtern, die mit zwei Doktoren der Philosophie befreundet waren. Beide Herren kamen von beiden Damen mit der Zeit ab, indem sie sich nach andern Beziehungen umsahen. Ach, wie sind Lieblosigkeit und Untreue unhold!

Doch was gibt's Neues? Neulich wurde ein Vortrag über Dostojewski abgehalten, ferner über den Wert der Psychiatrie für die menschliche Gesellschaft gesprochen. Ein Prediger äußerte sich über und gegen das Sektenwesen. Im Theater wurde Maria Stuart gespielt; ich sah bei diesem Anlaß Frau Else Heims wieder.

Im übrigen fühl' ich mich hier in Bern ziemlich wohl. Gewiß bin ich jetzt nicht mehr so unabhängig; ich arbeite tagsüber in einem Büro, das heißt: in einer Art Gewölbe, blättere in allerhand alten Akten, in Briefen, Berichten, Verordnungen, Erlassen, lege Verzeichnisse an und bemühe mich, sachlich zu sein, was ich ganz hübsch finde, obschon ich mich dabei ein wenig anstrengen muß.

Das Schöne ist, daß ich ein gutes Gewissen habe. Hieran fehlte es mir zwar meines Wissens nie. Unangenehmerweise fiel mir kürzlich ein gesunder prachtvoller Zahn aus, was aber zum Glück kein großes Unglück ist. Freilich muß ich nun mit einer Lücke im Mund herumspazieren, aber das tu ich trotzdem gern, nämlich abends, wenn die Feierstunde schlägt, und Samstag nachmittags.

Da geht's jeweilen frisch und jugendlich ins runde duftende Freie, und da kümmert mich nichts mehr, da bin ich wieder der, der ich von jeher war, und bin glücklich und mache allerlei nette kleine Bekanntschaften, gehöre der Welt, wie auch sie mir gehört, und die Welt ist weit, und mein Herz ist's auch, obschon es gar nicht mehr so jung ist.

Was sind Jugend und Alter vor dem erhebenden Gedanken und dem jeden derartigen kleinen Unterschied auflösenden Gefühl der Unendlichkeit der Naturgeschichte?

Zweifellos besitz' ich viel Selbstvertrauen. Zuweilen bild' ich mir vielleicht sogar etwas ein. Zwar wohn' ich nur in einer Vorstadt. Immerhin hat mein Zimmer einen Parkettboden. Hesse freilich wohnt feiner. Ich geh' häufig an seinem früheren Haus vorbei.

Neulich zerbrach mir mein Spiegel. Eine alte Frau meinte, das bedeute Unglück. Ich bin jedoch absolut nicht abergläubisch. Würde sich das für mich schicken?

Übrigens hab' ich auch einen Balkon, habe ihn aber noch wenig gewürdigt. Über derlei Beiträge zur Lebensannehmlichkeit fühl' ich mich erhaben.

Es ist wahr, ich bin bequem. Zur Herstellung eines Dingelchens von Skizze brauch' ich zwei Wochen. Einfälle lasse ich fallen, hebe sie gelegentlich zu mir empor und adle sie dadurch gleichsam.

Vor einiger Zeit erhielt ich einen Strauß Nelken, damit ich mich an ihrem Dufte trösten solle. Seit wann hätt' ich so was nötig?

Viele meinen, ich sei ein Lamm, dann ist's plötzlich ganz anders. Eß ich Schlagsahne, so kann ich recht zärtlich sein.

Mittags und abends bin ich jeweilen glücklich. Da geh' ich irgend einen Weg, womöglich jedes Mal einen neuen, und suche mich zu zerstreuen.

Doch bin ich schon zufrieden, daß ich die Welt nach wie vor lieb haben, zwei, drei Worte mit jemand reden, etwas kaufen oder dran denken kann, wie sich mein ferneres Leben gestalten wolle.

Wie macht es mich zum Beispiel froh, wenn ich jemand ein Verhältnis zu mir gewinnen sehe. Die ganze Woche freu' ich mich aufs Ablaufen derselben. Geringe Freuden sind unter Umständen viel wert.

Um von Spaziergängen in hiesiger Gegend zu reden, so war ich einmal in einem entzückend gelegenen Städtchen, ein anderes Mal an der Aare, wie war's da sonnig.

Neulich kam ich im benachbarten Hügelland vor ein stattliches, mit Abbildungen geschmücktes Gebäude, das ich als das Gasthaus wiedererkannte, in das ich einst hereintrat, als ich jung war. Hoffentlich bin ich's auch heute noch in gewissem Sinne.

Eine Frau interessierte sich für mich. Sie schrieb mir einen mehrseitigen Brief, den ich mit einem einseitigen beantwortete. Seither schreibt sie kein Wort, nun wart ich auf neue Kundgebungen. Langweil' ich mich bei alle dem ein bißchen?

In einem Varietétheater sah ich allerlei Leute, da saßen welche, die schon über den Durst getrunken hatten, der Wirt schenkte ihnen darum einige Aufmerksamkeit.

Zwei zarte Mädchen rauchten Zigaretten. Jemand fiel es ein, zu erklären, er sei der dümmste Mensch, den es gebe. Die Behauptung war stark, er rechnete offenbar nicht mit der Möglichkeit, daß er sich vielleicht irre.

Ein junger Mensch trug eine groteske Mütze, aber was will das gegen die Stirnbänder und die Frisuren einiger Damen sagen? Die Kellnerin hatte für jeden ein artiges Lächeln. Energisch rasselte die Registrierkasse.

Jetzt trat ein Artist auf, der sehr schön sang und dazu auch noch sehr hübsch aussah. Hernach traten zwei auf, die allerhand aus einer Zeitung vorlasen, danach erschien ein Drollikus mit gepudertem Gesicht, steifem Hut, abgetragenen Handschuhen und trug vor: »Wenn ich verheiratet wäre.«

Dann kam ein Soldat, der über sich selber lachte. Ein Schnupftuch hing ihm aus der Hosentasche. Alles lauschte und lachte mit. Eins steckte das andre mit Vergnügtheit an. Einer der Gäste spielte mit den Händen seiner Geliebten, einmal umhalste er sie sogar.

Der Direktor kündigte jeweilen eine neue Nummer an. Ich dachte an eine Arme, die mich diesen Abend angeschaut hatte. Wo war sie nun? Sprach jemand etwas Liebes zu ihr?

Nun erschien einer ganz still und sang in vertrauter Art ein seltsames Lied. Sein Vortrag machte die Stube groß und größer. Natur und Menschheit traten jedem vors Gemüt, die Sonne, die Sterne.

An sich sah er nach dem Alltag aus, aber aus seinem Munde blühte ein Frühling, und ein Leben machte sich spürbar, wie es die Bücher erzählen, die wir immer wieder gerne lesen. Minutenlang war's ernst, ja, das war ein guter Eindruck.

Nun kommt was andres: Neulich marschierte ich nach

THUN

Ich ging und ging, es war ein fortlaufend stilles Schaffen mit den Beinen. Indem ich Strecke um Strecke zurücklegte, pries ich die Natur, die uns mit allerlei Eigenschaften ausstattet. Dem einen gibt sie eine Vorliebe fürs Stillsitzen, dem andern die Neigung, sich häufig zu bewegen.

Ich kam durch zwei, drei Dörfer, in einem derselben hätt' ich eine Frau besuchen können, leider erlaubte es mir die Zeit nicht. Ich erreichte Wichtrach, ging durch einen Wald, rückte dem Berner Oberland näher und näher.

Im Dorf Heimberg sah ich zwei Wirtshausschilder, einen Wilhelm Tell sowie eine famos abgebildete Rütliszene. Bald überraschte mich der Anblick des Thuner Schlosses. Wie freute es mich, eine Stadt zu betreten, in der ich einstmals als Kontorist diente.

Zuerst aß ich einen Kuchen, schaute mir darauf die Läden an, ergötzte mich am Studium des Rathauses, ging die Schloßtreppe hinauf und fand es oben reizend.

Alles sah wie vor Jahren aus, die Häuser, die Gärten. Diese Unverändertheit rührte mich. Hier stand das Amt-, dort das Pfarrhaus.

Ich trat in den Friedhof, ging um die Kirche, worin musiziert wurde, fragte einen Herrn nach der Ursache des Tönens und erfuhr, daß gerade Konzertprobe sei. Ich dankte ihm und sprach: »Der Platz über dem Städtchen, so nah vor der Bergwelt, eignet sich für eine Aufführung gewiß prächtig.«

In der Sonne promenierten Mädchen. Der Himmel, der bis dahin bedeckt war, ging mit einmal wie eine blaue Blume auf und leuchtete herrlich, als freue er sich über dies Stück Erde unter ihm.

Der Niesen glänzte silbrig, und im Luftraume flogen Wolken und wehte ein fröhlicher Wind. »Drinnen spielen sie eine Sinfonie, ist nicht auch hier draußen eine solche?« dachte ich und ging den Hügel herab. Auf der Brücke bot einer mir ein gedrucktes

Blatt an. Noch ging ich rasch bis zum Kleist-Haus und machte mich hernach auf den Rückweg.

Es existiert hier eine kleine Gemäldeausstellung; der Künstler pflegt hinter einer spanischen Wand zu sitzen. Tritt jemand herein, so erhebt er sich und heißt den Ankömmling willkommen.

Kennen lernte ich einen stillen, feinen Juristen.

Geschlafen hab' ich in einem wundernetten Bett, das man abends nur aufzuklappen braucht und das am Tag wie ein Schrank aussieht.

In einem Klubzimmer diskutierte ich mit einem Amerikaner, trank Likör, hielt eine Art Rede und benahm mich so, daß ich schier für weltmännisch galt.

Zur Zeit trage ich eine Taschenuhr, gewöhne mich mithin wieder an einige Kultur und finde gewissermaßen den Weg zur sogenannten Zivilisation, wozu ich mir gratuliere.

Nun red' ich von einer

ZEITUNG

Deutlich sah ich sie; wie hätte ich sie nicht sehen sollen? Hing sie doch ganz in meiner Nähe. Sehnt' ich mich nach ihr? Sollt' ich sie zu mir nehmen? Zweifelnd saß ich da und kam zu keinem Entschluß.

Zweierlei lag in mir, erstens war ich neugierig, zweitens war ich's wieder keinesfalls. Im Grunde war sie mir wurst, wieder im Grunde vermochte ich mich von ihrem Anblick kaum zu trennen.

Ihren Titel las ich recht gut, er wirkte faszinierend. Tatsache ist, daß sie mich lockte, sie hatte etwas Prickelndes. Wiederum stieß sie mich eigentlich ab. Indem sie mich hinriß, wollt' ich gar nichts von ihr wissen. Das war widerspruchsvoll.

Mein Wunsch, mich in sie zu versenken, war Wahrheit, obschon ich mir das Ansehen gab, als wär' ich total erhaben. Meine Gleichgültigkeit war bloß gespielt. Wahrheit ist, daß sie mich anzog.

Was mochte sie enthalten? War das für mich ersprießlich? So sehr ich von ihrer Unwichtigkeit überzeugt war, trieb's mich, zu ihr hinzueilen, damit mir nicht etwa ein anderer zuvorkäme.

Ich hatte Lust, sie nicht zu beachten, und hatte wieder die größte Lust, Bekanntschaft mit ihr zu machen.

Ohne sie konnte man kaum auskommen. Alle gingen zu ihr. Sich mit ihr zu befassen, schien für alle eine Gewohnheit. Nur ich machte mir nichts aus ihr?

Draußen schien die Sonne, ich saß da und kam nicht von der Lockung los und nicht von der Neigung los, aber ebenso wenig von der Abneigung.

Fraglos bedeutete sie viel. Dies und jenes stand darin, ich brauchte es bloß in mich aufzunehmen. Was geschah jedoch, wenn ich das tat? Das eben war fraglich.

Schon wollt' ich auf sie hineilen und mich mit ihr abgeben, aber im letzten Augenblick besann ich mich und entzog mich ihr, doch nein, es war so:

Ein anderer kam mir zuvor, hielt sie fest in Händen, derart, daß meinerseits der Verzicht leicht war, worüber ich froh war. Ich ging hinaus, wie prangte der Himmel, wie glücklich fühlt' ich mich, daß mir einer zuvorkam.

Zwar nahm er mir etwas weg, doch gönnt ich's ihm von Herzen. O, man muß nur nicht mißgünstig sein, dann geht's einem gut, hab' ich recht oder nicht?

Da es früher Tag und zudem Sonntag war, so beschloß ich, ins Emmental zu wandern. Das Gehen ließ sich gut an; mich freute es, mich leistungsfähig zu sehen. Mit dem schimmernd hellen Wetter war ich überdies sehr zufrieden.

Leute begegneten mir, die zur Kirche gingen; ich hatte in einem fort zu grüßen und tat es gern. Auch ich ging in die Kirche oder war wandernd schon darin, denn die Natur war für mich ja göttlich.

Im Gehen aß ich ein Stück Schokolade. Einer, der nicht recht reden konnte, fragte mich um Auskunft; ich sprach mit dem Armen wie ein Vater. Wie hübsch ist's, einmal so recht herablassend zu tun; man kommt sich dabei groß vor.

Vor mir ging ein Braut- oder Ehepaar, der Mann trug einen Rucksack, der voll Nahrungsmittel sein mochte. Bald grüßte ich einen Menschen, bald ein Haus, bald ein Stückchen Wald. Ich liebe nie bloß ein einzelnes; bei mir ist's womöglich immer ein Mannigfaltiges.

Autos fuhren heran, ferner Velos und Fuhrwerke; ich will aber en gros verfahren und derlei détail weglassen.

Immerhin sei mitgeteilt, daß ich in einer Gegend ging, wo ein Tal ins andere führt, viele schöne Bauernhöfe abseits auf luftiger Anhöhe liegen. Die Erde stellte sich hier in aller Eigentümlichkeit dar, nahm die ungezwungensten Formen an. Red' ich nicht schier im Hochschulton?

Um so zuversichtlicher fahr' ich fort und berichte von einem Mädchen mit Goldlocken und blauen Augen, das dem Wanderer von einem geschnitzten Balkönchen herab gute Reise wünschte; sowie von einem Schloß mit bemalter Fassade. Wie schön ist ein solches vom sinnenden, bildenden Kunstfleiß belebtes Gebäude.

Ich kam ins Dorf Lützelflüh, wo Jeremias Gotthelfs Denkmal steht. Fast hatte ich Lust, den Hut zu lüften, ließ es aber lieber bleiben.

Eine Schar junger Mädchen stand um das Monument; die wurden samt dem Landschaftshintergrund und dem Mahnen an einen großen Geist friedlich photographiert. Auf der Straße spazierten Menschen, und über das warme, sonnige Land tönten die Glocken.

Ein junger Herr ging neben mir, der einen Kuchen trug. Ich ließ den Träger sanft hinter mir; dachte nicht, daß ich ihn bald wiedersähe. Aus Ortsunkenntnis machte ich einen Umweg und traf daher zum zweiten Mal mit dem Zuckerbäckerprodukt zusammen.

Zwischenhindurch könnte ein Blumenmätteli erwähnt sein, ich tue es nur flüchtig. Dafür schlägt es jetzt zwölf Uhr; der Ausflügler langte in Sumiswald an und trat in den »Bären«, um zu speisen. Es gab Forelle, dann eine Bernerplatte, worauf Creme folgte. Das ganze begleitete ein vortrefflicher Wein.

Die Tischgesellschaft bestand aus zwei Herren, wovon einer nach Schluß der Tafel mit mir weiterzog, indem es zu zweien unterhaltender wäre, womit ich übereinstimmte.

Mein neuer Bekannter war Bauführer, der zu Huttwil wohnte, auf das auch ich hinzielte. Unter allerhand Gespräch kamen wir zu einem Berggasthaus. Die Stube war dicht voll Gäste. Einer rühmte den Wirt Weiermann in Affoltern. Derselbe stehe weithin im besten Ruf.

Abends kamen uns in einem Walde Mädchen entgegen, die so gut sangen, daß auf ihre Lieder lauter Loblieder hätten erklingen sollen. Dann wäre die Gegend ein einziges freudiges Tönen gewesen.

Sollte es nicht mit allem Menschlichen so sein? Freude und Vergnügen gingen dann miteinander. Jede Zufriedenheit sähe sich mit jeder andern verbunden, alles Handeln gewänne den Beifall aller – Phantasien, die auf einem anheimelnden Spaziergang und an wohlig vorbeistreichendem Sonntagabend erlaubt sein mögen.

Inzwischen erreichten beide Fußgänger obgenanntes Städtchen, suchten einige Restaurants ab und traten hernach in den »Mohren«, um zu soupieren.

Im Schlafgemach, das mir angewiesen wurde, erblickte ich eine Kollektion Bilder. Eines hieß »Treue«, das andere »Unschuld«, ein drittes »Die Blumen der Tugend« usw.

»Unschuld« hielt ihr Fingerchen am Mund. Was für allerliebste Lippen! Welch reizender Blick! Unwillkürlich vernahm ich Musik, doch spielte niemand.

Ich ging ins Bett und schlief prächtig; folgenden Tags trat ich den Rückweg an. Ach, herrlicher Morgen! Mehr will ich nicht ausrufen, darf aber vielleicht beifügen, daß mich die goldigblaue Luft, der Sonnenschein, der Wind und die Wolken entzückten.

Das Glück ging mir mit Tänzerschritten voran. Solch schönen Tag dachte ich nie erlebt zu haben. Sind wir guter Dinge, so ist's uns, als wären wir es nie zuvor so sehr gewesen. Liebenswürdige und schöne Täuschung!

Fleißig schritt ich hin und kam nach Affoltern, wo ich bedauerte, auf Weiermann verzichten zu müssen, da es noch zu früh war, doch spräch ich gewiß später einmal gern vor.

In Windungen ging es sachte den Berg hinauf; in den Äckern arbeiteten Männer und Frauen. Schön sah es aus, wie einer auf erhobenem Felde Samen auswarf, die Gestalt sich von der hellen Luft anschaulich abhob.

Unten im Lande lagen Dörfer und Städte. Einige Zeit nachher

war ich in Burgdorf. Auf dem dortigen Schloß herrschte einst das Geschlecht der Kyburger.

Der Nachmittag verlief gelinde und angenehm, und wie schön war daraufhin die gestirnte Nacht.

Neulich spazierte ich in der Umgebung, stieg auf die nahegelegene Anhöhe, kam an einigen Bauernhöfen vorbei und langte gegen Abend bei den bekannten Steinbrüchen an, stand dicht am Rande der Felswand, stieg hinab und trat in das Bergwerk, in das eigentümliche Gebäude, wo seit Jahrhunderten Baumaterial erbeutet wird.

Bedeutsam schien es mir hier, mit großem Interesse ging ich durch die seltsamen Hallen, setzte den Fuß bedächtig, beinahe andächtig aufs ringsumliegende Gestein, auf Blöcke und Platten. Sah es nicht schier wie in einem Monumente aus?

Im Archiv, wo ich zur Zeit aushilfsweise arbeite, fand ich in einem Urkundenbuch diese Steingrube als »Kilchenbank« bezeichnet, eine Benennung, die auf die hiesige, große Kirche hindeutet. Nachher ging ich ins freundliche Dorf, wo es mir so gefiel, daß ich unwillkürlich zu mir sagte: wie traulich!

In der Ferne der Münsterturm, ringsumher zarte Waldränder, belebende Höhenzüge, in der Nähe einer, der vor seinem Heimwesen stand, und ein anderer, der über die Frühjahrsmatte ging.

Nachdem auch ich eine Weile gegangen war und mich umbog, war alles Gewölk fort, der Mond mitten in klarer Abendsphäre, sonnige Wölkchen fröhlich darin fliegend. Zufrieden kam ich nach Hause und schrieb an jemand, der mir im Leben wert und lieb ist: Gewiß erinnerst du dich noch. Schon das Erinnern muß dich ja erheitern. Um eine redliche Prüfung kann es nicht anders als hell sein, und ein Insichgehen und Abwägen ist immer sonnig. Da entsteht ein liebenswürdiges Lösen, ein reizvoller, lichter Ausgleich, es leuchtet um dich, und alles ist schön.

Du weißt wie es war, und so wie es war, wird's auch bleiben, daran ändert Gegenwärtiges nichts. Du warst ernst, alles Fröhliche kam erst immer hinterher, wie eine Belohnung für arbeitsame Stunden.

Du suchtest die Freude nicht, gingest ihr eher aus dem Weg,

aber sie lächelte dich an, und du ließest dich gerne hinziehen. Du warst weder nüchtern noch ausgelassen, weder geschäftlich noch das Gegenteil davon. Übermut scheint mir so übel zu sein wie Unmut.

Wer das Erlebte nicht empfindet, nicht bedenkt, dem entflieht es, und er erlebt es nie. Fröhlicher wie jetzt warest du nie, aber auch nicht ernsthafter; du gingest bewußt und unbewußt jene Linie entlang, die man den Mittelweg nennt, spürtest das Ewige, jenes Hereinscheinen eines Schimmers aus anderer Welt, sahest am Tag den Himmel und nachts träumtest du.

Mein Bureauchef war neulich riesig artig, er sagte mir, ich könne nichts. Durft' ich mir solches gefallen lassen?

»Ei was«, erwiderte ich, »ich kann allerlei, ich kann zum Beispiel abdanken. Ist Ihnen das lieb? Bitte, äußern Sie sich.«

Ihm blieb nichts übrig, als damit einverstanden zu sein. Demnach legte ich meine Tätigkeit nieder, sagte Adieu und empfahl mich.

Eine Weile bedauerte ich, keine Stelle mehr zu haben und keine Obliegenheiten mehr glätten und pflegen zu dürfen.

Was sag' ich da? Sind Pflichten Kinderchen mit lieben Äugelchen und netten Löckchen? Das wäre etwas Neues.

Item, ich suchte mich zu fassen und stieg auf ein Pferd, das gewissermaßen beflügelt ist und den Namen Pegasus trägt.

Einige meinen vielleicht, die Allegorie sei verbraucht; ich würde besser getan haben, mit etwas anderem zu kommen, doch schreib' ich eben, was mir einfällt.

Kurz, ich war nun in der Landschaft, wo frisches Gras grün glänzte, Butterblumen gelb leuchteten, Kühe weideten und Fuhrleute lustig mit Peitschen knallten.

Häuser schimmerten hell, und die Vöglein sangen auf den Zweigen und in den Lüften ihre Lieder, daß es eine Freude war, zuzuhören. Ein Bursche schaute aus einem Fenster und spielte Harmonika.

Ich kam durch einige allerliebste Wäldchen, worüber viele entzückte Worte verschwendet werden könnten, falls das etwas nützte.

Verschwendung schadet jedoch meistens eher, so auch hier, und darum will ich sparsam sein. Tu' das nur, Dichterlein.

Die Worte, der Geist, die Sprache, all das Magere und Wenige, und dann wieder das Volle und Viele, ich habe einige Mühe, mich zu sammeln.

Aber man merkt doch der Tonart an, daß ich heiter war, und die Heiterkeit dauerte an. Es war auch zu schönes Wetter. Der Hauch, der Duft, das Leichte, Gefällige ringsumher: glich's nicht einem Lustspiel?

»Nun bist du existenzlos, das kann nett werden«, sprach ich zu mir, aber ein süßes Blütengärtchen, eine Wiese mit Wiesenschaumkraut und ein springendes Kitzlein ließen mich über den unpassenden Gedanken munter hinwegsetzen.

Reizend war's, die goldene, kühle Luft zu trinken oder, besser gesagt, einzuatmen und die Phantasien fliegen zu lassen, als wären es Schmetterlinge, deren Leben nichts als ein Flattern ist.

Den ganzen Tag tat ich nichts als hübsche Wege aufsuchen, Blumenbeete betrachten, an Wirtshäusern vorbeigehen und überlegen, ob es sich lohne, einzutreten, aber ich sah davon ab.

Flinke Wellen und blinkende Wolken. Abends stand ich vor einem Schloß und ging hinein, denn ich kam mir vor wie ein wandernder, gitarrenspielender, legendenhafter Christian Günther.

Die Besitzung hieß Elfenau, ich fand daselbst ein Gemach, das mir in jeder Beziehung für mich geeignet schien.

Eine Frau trat auf und sprach: »Ich brauche nicht zu fragen, wer Sie sind und was Sie hier begehren, denn ich kann es ahnen.« – »Das freut mich«, gab ich zur Antwort.

Wir setzten uns ans Fenster und waren befreundet, eh' wir viel sagten. Nachher unterhielten wir uns, Stunde um Stunde verging im anziehendsten Gespräche.

»Wenn dir am Aufenthalt etwas liegt, so darfst du hier bleiben, vorausgesetzt, daß du mich achtest und liebst.«

»Kann eine schöne Seele wie du daran zweifeln?«

Nun kam ein entzückend lichtes Leben in mich. Das Gemüt wurde mir zum fortwährend blauen Himmel.

Leise, leise Winde und Erzählungen, was jedes erlebte; sanftes Reden, wo jede Silbe, jedes Wort wohltat. Ich weiß nicht, was noch.

Ach, ich will tun, als wäre alles, alles, alles längst gesagt. Nicht wahr, ich mache mir's bequem, aber sollte ich etwa nicht?

Dieses Konzert gefiel mir ausnehmend. Ich horchte gleichsam über die Musik vornehm hinweg. Der Dirigent rührte mich. Lasse übrigens, bitte, nicht außer acht, wie sehr ich Grund zu haben glaube, mich für gebildet zu halten. Muß man durchaus in die Gebilde der Kunst versinken? Das scheint mitunter geboten, ist jedoch nicht immer unerläßlich. Was mich packen wollte, ließ ich kühl an mir abgleiten. Um mich für einen Mangel an Ergriffenheit zu entschädigen, fing ich mit meinen Nachbarinnen stumme Unterhaltungen an, eine Beschäftigung, in die ich tiefern Sinn zu legen wußte. Hier berührte ich auf zarte Art eine Hand, dort ließ ich ein paar Augen dadurch hell aufschimmern, daß ich sie warm anschaute. War es schwierig, mit einem Bein zu korrespondieren? Solche Anknüpfungen sind stets unzweideutig und werden darum auch im Nu begriffen. Zärtlichkeit, mit Vernunft angebracht und einigem Geschmack vorgetragen, kann sich unmöglich anders als beliebt machen. Mein Fuß fand Gelegenheit, an ein Füßchen zu appellieren, das für die Sprache, die er führte, Neigung zu haben schien. Ich war demnach sozusagen nach jeder Richtung hin mit Arbeit überhäuft. Ist denn nicht die Kunst die Dienerin des Lebens, die aufheitern und glücklich stimmen soll? In bester Gemütsverfassung verließ ich denn auch, als der letzte Ton verklungen war und man sich erhob, den Konzertsaal. Wie einer, der seine Pflicht erfüllt hatte, schritt ich die Treppe hinab. An der Garderobe war ich Damen beim Mantelanlegen behilflich, wie sich's schickte und es die Betreffenden entzückte. Galantsein zähle ich zu den schönsten Genüssen. Mithin sag ich wohl mit Recht, das Konzert habe mich befriedigt.

Ein Mädchen ließ mich wissen, sie säh mich gern glücklich, die zarte Seele! Was verstehen Frauen unter Glück? Eine reizvolle Haushaltung! Aber man soll immer erst ein wenig unglücklich sein wollen. Nachher gleicht sich's aus.

Eine andere schrieb mir, sie leide an innerer Leere, vielleicht war's aber bloß Pose oder ein Kniff, um mich unruhig zu machen, aber ich mache mir keinen Vorwurf. Ich pflege keinerlei Träumerei mehr; mir ist's um was anderes zu tun.

Eine dritte unterdrückte um meinetwillen eine »Träne«. Was für ein Ereignis; eine vierte erzählte mir auf einem Spaziergang ihre und ihrer Familie bilderreiche Geschichte, wofür ich ihr warm die Hand drückte.

Schrieb nicht ein leidenschaftlicher Mensch zart-sittsame Prosa und ein trockener Mensch einen leidenschaftlichen Roman? Man verstellt sich gern!

Acht Tage weilte ich als Gast im Kreis von liebenswürdigen Leuten am Thunersee, beschäftigte mich in einem liebreizenden Obstgärtchen mit Kaffeetrinken und Lesen und war darüber gar nicht unglücklich.

In wünschenswerter Behaglichkeit las ich die »Biene Maja«, Seiten aus Kellers »Grünem Heinrich«, Stellen aus dem sich ungemein angenehm unoriginell gebenden Dichter Stifter, ferner was seinerzeit Heine über Deutschland schrieb sowie eine übermütig-kokette, graziöse Novelle von Brentano, der mit den Jahren fromm wurde, womit er besser ein bißchen gewartet hätte.

Ein bildhauender Künstler meinte, Künstler dürften es im Leben nie gar so sehr gut haben. Während er dies sprach, führte er selber ein überaus idyllisch-wohliges, von Laub- und Nadelbäumen umgebenes, bergluftreiches, glückliches Landschaftsdasein; widersprach also mit seiner Praxis seiner Idee. So was kommt vor.

Eine Dame war voll Richard Wagner-Verehrung, sie reiste einst mit ihrem Mann nach Bayreuth zu den Festspielen, wovon sie recht anschaulich erzählte. Ein augenniederschlagendes Dienstmädchen war von raffaelischer Schönheit; sie kochte gute »Rösti«.

Wieder bewährte ich mich im Weineinschenken, man nimmt die Flasche nachläßig, fest, leicht in die Hand, läßt den Inhalt gleich einer silbern-glitzernden Linie ins Glas herabfallen, als gleite ein Bach über einen Felsen herab. Einer gutherzigen Frau las ich eine Kleistsche Novelle vor und bewies im Kritisieren von schöngeistigen Produkten einige Autorität.

Wie ging ich neulich schlank, unbekümmert, fast groß durch

ein abendlich Gelände, wo die Gebüsche Gesichter schnitten, das Laub am Boden rauschte, die Berge sich zackig am Horizont abhoben. Ich verstehe heute so gut wie je, fröhlich zu sein. Wenn ich mitunter hart gegen andere bin, so bin ich's auch gegen mich selber.

Ein Ausflug nach Spiez führte mich vor Paul Cassirers Sommerhaus. Tilla Durieux, René Schickele sind Namen, die interessieren.

Ich habe aus einem Mansärdchen ziehen müssen, wo's ganz rembrandtisch war. Früh morgens fiel durch eine Lücke der helle Sonnenstrahl, nachts die goldenen Mondpunkte, jene Goldstücke, die dem einen nichts, dem andern mehr gelten als geprägte.

»Innere Stimme« lautet eine Lebensbeschreibung, die veröffentlicht sein möchte. Des Schreibers Gattin glaubt immerhin an ihn. Aber die Affische ist nicht klug gewählt. Entspricht etwa der Gehalt dem ungeschickten Titel? Diese Bemerkung ist boshaft, andere lassen aber ihre Bosheit auch aus. Sogar an mir!

Jemand sagte mir: »Wie können Sie fortgehen, jetzt wo's so köstlich herbstlich ist?« Ich erwiderte: »Was man nötig hat, findet sich überall.« Hier in Bern hat eine Hodler-Gedächtnisausstellung viel von sich reden gemacht. Auch mich hat sie interessiert; am meisten Eindruck von sämtlichen Bildern machte mir »Das mutige Weib«, ein Prachtstück!

Irgendwo in einem alten Städtchen gibt es ein Restaurant »zum Meerfräulein«. Das erinnert an Shakespeares Stammkneipe im ehemaligen London. In Mumpf am Rhein fand ich eine Tafel mit der Inschrift: »Geburtsort der Rachel 1821«. Übrigens eine entzückend-biedermeierhafte Ortschaft.

In Basel schenkt' ich Varietékünstlerinnen mit Manieren eines Prinzen a. D. Schokolade. Beobachtet hab' ich auf einer Wanderung einen mit vierzehn Stangen unterstützten Fruchtbaum, sprach mit einer kinderwägelistoßenden Arbeiterfrau, traf einen schwarzwälderuhrprüfenden Altertumshändler an und aß in einem katholischen Dorf evangelisch zubereitete Strübli mit wahrem Heidenappetit.

Gestern sah ich »Orpheus und Euridike« von Gluck. Das Theater war halb leer; ein gänzlich unbesuchtes würde besser ausgesehen haben. Wie die paar Begeisterten einsam dastanden! Einer erinnerte mich mit seiner seltsamen Figur an den Ingenieur Hermann in Puschkins »Piquedame«. Die Aufführung ging an. Ich lobe nicht, denn wer eine Leistung lobt, sieht aus, als hätt' er noch nie eine bessere gesehen. Bravo, bravissimo, der versteht sein Handwerk! Ist das nicht der geborene Rezensent?

Der Komponist lebte zu Zeiten Diderots. Irr' ich mich, so schein' ich ungebildet, aber was tut's? Besteht denn Bildung unbedingt darin, daß man sich nie irrt?

Eine Zuschauerin imponierte mir durch ihre Schönheit. Können Frauen Gescheiteres tun als – gefallen?

Einige Glatte wehrten sich mit vornehmer Geringschätzung vergeblich gegen ein paar Rauhbautzige, die den Schwung der Einbildungskraft und Mutterwitz besaßen. Auf der Straße verkaufte ein armer alter Mann »schöne neue« Kalender.

Zu Fuß bin ich ein Landsknecht, Reisläufer; steig' ich in ein Tram, so bin ich einer, der zu leben weiß, ein Mensch von Bildung, ein Großstädter und fühle mich elegant, habe was Amtliches, Gediegenes.

Hei, wie das saust, das fliegt ja förmlich. Ich grüße jemand sehr höflich, der auf der Straße geht. Wer fährt, hat allen Grund, freundlich zu sein. Beständig steigen Personen aus und ein.

Die Stadt erscheint mir vom Tram aus wie neu. Was sich da nicht alles bewegt: leichtfüßige Mädchen, Beamte, Studenten, Handwerker, Kaufleute. Plakate kleben an Mauern; Marktfrauen legen Melonen, Tomaten, Erdäpfel, Rüben, Kabis zum Verkauf aus.

Über eine Brücke geht's; durch Straßen rasselt's. Einst sah ich in einem Tramwagen eine Frau, deren feinbeschuhte Füße einem Paar Täubchen glichen; es war abends spät, sie kam aus einem Theater.

Wintersonne scheint. Etliche halten ihre Hände in den Hosentaschen. Wartet, bis es kälter wird. Die Vorsichtsmaßregel ist zu früh.

Eine Dame im Pelz steigt ein wie die Sacher-Masochsche »Venus«, die ich mit nicht geringem Entzücken einst in einem Stübchen las, von wo aus ich Sterne und Frauen andichtete, was mich eine herrliche Beschäftigung dünkte.

Wir sind am Bahnhof angelangt; hier steig' ich um. Nummer 8 trägt mich weiter. Einmal riet mir einer, ich möchte Straßenbahner werden, da könnt' ich täglich Frauen aufs artigste behilflich sein. Ich lächelte; das tut auch mein Aufsatz.

Hoch aus seinem Wohnsitz herab lächelt Gott mit Himmelsbläue und liebem, warmem Licht auf uns Erdenwesen, geht uns in unveränderter Gelassenheit mit bestem Beispiel voran, ist immer gütig.

Ich greife weit aus, daß ich vom Tram zu so Erhabenem schweife, find' es aber ganz natürlich, bin nun an meinem Bestimmungsort und springe ab.

Ich bin ganz zerklopft, der Kopf tut mir weh.

Gestern, vorgestern, vorvorgestern klopfte meine Logisfrau.

»Darf ich wissen, weshalb Sie klopfen?« fragte ich sie.

Die zaghafte Anfrage wurde mit der Erwiderung abgewiesen: »Sie sind anmaßend.«

Feinsinnige Fragen werden als Unverschämtheit empfunden.

Man sollte stets laut auftreten.

Klopfen ist ein wahres Vergnügen, weniger das Anhören. Klopfer hören ihr Klopfen nicht, d.h. sie hören es, aber es stört sie nicht. Jedes Getöse hat für den Verursacher etwas Angenehmes. Ich weiß das aus eigener Erfahrung. Man kommt sich mutig vor, wenn man lärmiert.

Da klopft's schon wieder.

Anscheinend ist's ein Teppich, der bearbeitet wird. Ich beneide alle die, die sich im Prügeln harmlos üben.

Ein Lehrer nahm einst einige Schüler übers Knie und klopfte sie durch, um ihnen einzuprägen, daß Wirtshäuser nur für Erwachsene existieren. Auch ich war unter der züchtigungeinheimsenden Rotte.

Wer ein Bild an die Wand hängen will, muß zuvor einen Nagel einschlagen. Zu diesem Zweck wird geklopft.

»Ihr Klopfen stört mich.«

»Das geht mich nichts an.«

»Gut, so soll gehorsam für Abnahme der Empfindlichkeit gesorgt werden.«

»Schaden wird Ihnen das nicht.«

Ein artiges Gespräch, nicht wahr?

Klopfen, klopfen! Ich möchte mir die Ohren verstopfen.

Auch ich klopfte einst als Diener gräfliche Perser. Es hallte nur so in die prächtige Landschaft hinaus.

Geklopft werden Kleider, Matratzen usw.

So eine moderne Stadt ist voll Geklopf. Wer sich über etwas Unumgängliches ärgert, scheint ein Tropf.

»Klopfen Sie ungeniert drauflos.«

»Meinen Sie das ironisch?«

»Ja, ein wenig.«

Ich wurde auf einer Tragbahre die Treppe hinabgetragen, in ein bereitstehendes Auto geschoben und ins Spital befördert, wo ich nicht gebeten zu werden brauchte, mich ins Bett zu legen, ich tat's von selber. Die Pflege war, wie ich annahm, daß sie sein werde, freundlich, abgesehen vielleicht davon, daß mich eine anscheinend ungemein tüchtige Schwester etwas zu herablassend behandelte, womit ich mich jedoch aussöhnen lernte. Sie meinte eines Tages, das Glück sei nur ein Traum. Ich erwiderte, ich hätte es als etwas Wirkliches empfunden und hoffe ferner eine Spur davon aufzulesen. Man gab mir Bücher, ich las sie mit Vergnügen, war denn das nicht auch schon wieder etwas Glückliches? Nebenher schmeckte mir das Essen ausgezeichnet. Meine Krankheit bestand in einem vorübergehenden Nichtmehrgehenkönnen, folglich meine Aufgabe im Geduldhaben; da mich tagelanges Liegen genügend ermüdete, schlief ich nachts aufs beste. Als ich um Feder und Tinte bat, um einen Brief zu schreiben, erinnerte man mich an ein Verbot, derlei den Patienten zu verabfolgen, mit Tinte könne das Bettzeug befleckt werden. Dann bekam ich vielleicht einen Bleistift? »Sie wollen Schriftsteller sein und haben das nicht selber? Können Sie's denn ohne beständiges Dichten aushalten?« – »Ich pflege das bloß zu tun, wenn ich gesund bin«, entgegnete ich.

Stille und Sauberkeit im Hause gefielen mir sehr. Jeden Freitag erschien eine erwünschte Persönlichkeit in Gestalt des Friseurs, doch warum nicht längst vom Wichtigsten sprechen, vom Arzt, dem gegenüber ich mich so artig benahm, wie das nur ein Kranker fertigbringt. »Ich wäre im Interesse behenderer Kur für mehr Schmerzen zu haben. Gehen Sie nicht zu vorsichtig mit mir um?« fragte ich ihn und tat das der guten Stimmung wegen, damit er sehe, ich sei bei guter Laune. Ich dürfe nur mit langsamer Besserung rechnen, erwiderte er und fügte gewinnend bei, der Augenblick werde schon auch kommen, wo ich wieder eine Fußpartie wagen dürfe. »Morgen«, sprach er, »bekommen Sie eine Einspritzung, Sie können sich darauf freuen, es wird ein bißchen wehtun.« Angenehm war mir, zu sehen, wie er sich jedesmal, eh' er wegging, leicht vor mir verneigte, eine Ehrerweisung, die ich für so richtig hielt, wie ich mich beeilte, sie zu erwidern. Fiel mir irgend ein Wunsch ein, so hatt' ich bloß auf den Knopf des elektrischen Glöckchens zu drücken, worauf jemand fragen kam und ich mein Begehren kundgab.

Lag nicht sonntags stets ein schmackhaftes Stück von einem Huhn auf meinem Teller? »Wie's wohl draußen geht?« dachte ich, »wo sind sie alle, die ich kenne?« Von Zeit zu Zeit ließ ich einen Blick in den Garten gleiten; Warten und gezwungenes Stillsein besaßen schier etwas Schönes. Aus jeder Pflegerin-Schürzentasche guckte ein Füllfederhalter hervor, Ausstattung, die zur Würde, womit sie ihre Obliegenheiten verrichteten, nicht wenig beitrug, die ich mir genau merkte, damit sie nichts Unnötiges zu sagen brauchten. Arbeitenden die Mühe zu erleichtern, wo sich die Möglichkeit dazu vorfindet, find' ich hübsch. Besuche freuten mich, und ich dankte jeweilen fürs freundliche Kommen wahrhaft innig. Ich wundere mich und wundere mich auch wieder nicht, wie mich die Lust überkam, den Liebenswürdigen hervorzukehren; am liebenswürdigsten benahm ich mich damit im Grund gegenüber mir selber. Menschen für gütig zu halten, bedeutet das nicht für uns ein Geschenk, das uns heilend beschäftigt? »Was kann ein Kranker besseres tun, als nachgiebig sein?« sagt' ich mir und neigte so zu einer Weichheit nicht gegen mich selbst, aber gegen andere, in diesem Zustand eine Art Stärke erblickend. Wenn ich von der Bettflasche reden darf, so mahnte mich dieselbe ans nicht zu unterschätzende Prinzip der

Bequemlichkeit. Ein Lichtapparat diente zu halbstundenlanger Bestrahlung in ungestörter Ruhe. Ein und das andere Mal tadelte mich die Schwester wegen zu langen Gebrauchs der Nachtbeleuchtung, wobei mir einleuchtete, wie's mich vergnüge, gerügt zu werden, was mir eine Eigenschaft scheint, die mir vielfach im Leben hinderlich gewesen sein dürfte, mir aber anderseits viel Fröhlichkeit brachte.

Gewiß begehrt' ich hie und da auf, aber, wie ich versichern darf, absichtlich, damit eine Unterhaltung zuwege komme, ich nicht wehmütig erscheine, was mich nicht ziemend dünkte. In Ungarn wisse sie ein Sanatorium, meinte die eine Pflegerin, »bleib' im Land und ernähr' dich redlich« die zweite. Ich wog beide Aussprüche sorgfältig ab, ohne zu einem Resultat zu gelangen. Im Nachbargebäude befand sich eine, wie ich mir dachte, töchterreiche Haushaltungsschule. Im Zimmer über dem meinigen lag ein lungenkrankes Mädchen, dessen Husten mich überzeugte, ich sei mit meinem Übel nicht allein. Gern hätt' ich der Leidenden ins Gesichtchen geschaut oder ihr gar die Hälfte dessen, was sie plagte, abgenommen; ich schämte mich, nicht leidender zu sein, als wie sich's verhielt. Gehversuche, die ich allmählich machte, führten mich zuerst nur im Zimmer umher, später auf die Veranda und in den Garten. Die Unbestimmtheit, die sich mir im Gesicht, wie mich der Spiegel belehrte, eingezeichnet hatte, und aus der festerer Gedanken beeinträchtigten Seele herrührte, gefiel mir zu wenig, als daß ich sie mir nicht auch sogleich schon durch dienliche Übung wegdachte.

Mach' etwas, sprich über etwas.
Brutus, du schläfst! Erwach', erwach'!
Was sah ich heute? Einige Aquarelle!
Darf ich über diese Aquarelle reden?
Gewiß! Tu das nur! Warum nicht?
Der Aquarellist ist vielleicht auf dem Gebiet der Malerei ein Feuilletonist.
Gefielen dir diese Aquarelle, Lieber?
Ja, sie gefielen mir. In gewisser Hinsicht sogar sehr.
In was für einer Hinsicht?

Hinsichtlich ihrer Appetitlichkeit, Gegenständlichkeit.

Der Aquarellist aquarelliert drauflos, indem er an den gesunden Menschenverstand appelliert. Er malt gleichsam keck und dokumentiert dabei eine gesunde Vernunft, einen Sinn für das, was ist.

Er spricht sozusagen zum Beschauer: »Ich aquarelliere, weil ich dich lieben lehren möchte, was um uns ist.«

Da gibt er Gebirgsdörfer mit Kirche in enger Straße, mit ganz nah emporragenden Bergwänden, über denen sich Wolken lagern.

Seine Bilderchen sprechen; die Farben aber sagen bei allem Sprechenden nicht mehr, als was sie ausdrücken sollen, das Dienliche.

Da zeigt er mir z. B. eine Landstraße, an deren Landsträßlichkeit ich augenblicklich glaube.

Wenn mir ein Maler den Glauben an sein Gemaltes beibringt, malt er gut. Seine Blumensträuße besitzen das Blumensträußliche, seine Häuser das Häusliche, die Dächer, die Balkone, die Stangen usw. sind, wie sie sein sollen, sie führen ihre eigene Existenz, man glaubt ihnen.

Die Berge haben die gehörige Größe. Auch an die aquarellierten Berge glaubt man sogleich.

Ich könnte einen meilenweiten Bericht darüber ablegen, aber ich denke, ich fasse mich kurz.

Da ist z. B. ein Weg mit einer Hecke, mit etwas Gras, etwas Himmel.

In Berlin ließ ich mich von einem Friseur rasieren, zu dessen Gewohnheit es gehörte, zu sagen: »Im Himmel gibt's keinen Kümmel.« Er pflegte das jedesmal nur so hinzuwerfen, wie man etwas Asche fortwirft.

Etwas Leichthingeworfenes haben auch meine Aquarelle.

Ich sage da: meine! Aber sie gehören nicht mir. Sie gehören dem Maler so lange, bis sie ihm jemand abkauft.

Ihnen, Gnädigste,

liegt die schöne Pflicht ob, sie ihm abzukaufen, d. h. verpflichtet sind Sie dazu nicht. Ich sage das ja bloß so.

Ich sage also, daß ich einige nette, gescheite Aquarelle sah, die eine Beredsamkeit an sich haben, womit ich wieder nichts anderes sagen möchte, als daß ich an des Malers Bildfähigkeit glaube.

Indem ich ihm wünsche, er finde Käufer.

Er malt auch Schmetterlinge.

Ihn beglückt jedenfalls die Natur; er spielt geistvoll, d.h. er malt, er spielt nicht, aber ist nicht der Maler auch ein Spieler, wie es auch der Dichter ist?

Aquarelle sind etwas wie kleine Stücke fürs Klavier, z.B. Sonette.

Bereits höre ich im Geist eins.

Ich bin so musikalisch, wie ich aufs Hören von Musik total verzichten kann.

Es tönt in mir in einem fort, glauben Sie's mir.

Und kaufen Sie doch mir zulieb dem Maler ein Bildchen ab.

Ich bitte Sie schön darum.

Der Künstlertraum ist so schwer und reich. Die Zivilisationen singen, die Menschheit, die kindliche, springt hochaufatmend.

Neulich ging ich ins Theater. Ich pflege auf erhöhte Plätze zu niedrigen Preisen zu steigen. Mir macht das Vergnügen. Vor der Vorstellung sah ich eine Landschaft, indem ich bis zur Aufführung draußen im Feld spazieren ging. Leute wie ich erscheinen gern eine viertel oder sogar halbe Stunde zu früh im Zuschauerraum, damit sie die Lust haben, mitanzusehen, wie sich nach und nach der Raum mit Publikum füllt. In einer Loge nahm eine Dame Platz, die mich an Renoirs berühmtes Logenbild mahnte. Ich liebte die Erscheinung aus der Distanz, sie ließ es sich gefallen, da sie von dem Vorgang ja gar nichts merkte. Unten im Parkett marschierte eine Familie stilvoll auf, Vater, Mutter, Sohn und zwei Töchter. Das Oberhaupt setzte sich unter Auffliegenlassen von zwei flotten Rockschößen. Die Mutter, eine noch elegante Frau, berührte mit ihren schönen Händen ihr Haar, um sich von der Korrektheit desselben zu überzeugen. Der Sohn benahm sich unscheinbar, er bewies, daß er sich zu fügen wisse. Beide Töchter schienen mir scharmant. Eine oder die andere würde sich vielleicht geeignet haben, ihr meine Hand anzutragen. O, es ließ sich von der Galerie herab hübsch ins Leben herabschauen und phantasieren! Da begann die Ouvertüre und damit das Stück, das ein altes Stück war und doch ein immer grünes und junges. Rechts von mir saßen Ehepaare, links hatte ein Lebemann Platz genommen. Im Foyer schaute mich während der Pause einer an, dessen Augen mir sagten, er wünsche sich von mir angeredet, was ich aber nicht tat, da ich ihm nicht das Recht geben wollte, sich eine Meinung von mir zu bilden. Sieh mal an, wie ich vorsichtig bin! Über den Wert des Stückes lasse ich mich nicht aus, das taten wohl schon viele Federn. Mir genügt, zu versichern, daß ich während des ganzen Verlaufes glücklich war, derart, daß ich einige Male fürchtete, die Bewegtheit mache mich närrisch. Kann ich zum Lob Stärkeres vorbringen? Soll ich das Stück nennen? Soll ich sagen, wofür ich glühe? Wozu das? Ich lasse lieber darüber raten. Das ist für mich schöner und für andere interessanter.

So sehr ich nachlasse, enttäusche, Erwartungen nicht erfülle, Ansprüchen nicht genüge, kann ich doch immer noch mit meinem Schatten aufwarten, der durchaus Gutes von mir aussagt. Er ist hübsch und schlank; betrachte ich ihn, so steigt Lebenslust in mir auf, er läßt mich unzweideutig fühlen, ich sei daseinsberechtigt. Seinen Schatten hat zwar jeder; daß dem so ist, verringert ein bißchen seine Bedeutung, aber ist nicht gerade das erfreulich? Daß ich nachweise, was alle übrigen auf Verlangen vorlegen können, beruhigt mich enorm, zeigt an, daß ich normal bin. Durchschnittlich zu sein, muß jeden Vernunftbegabten beglücken. Wo Schatten existieren, strahlt auch Licht; wer einen Schatten hat, besitzt auch einen Körper. Ganz Geist begehr' ich nicht zu werden. Wer anders als er erzählt mir, ich sei treuherzig, heiteren Charakters und besäße eine Dosis Witz? Jeder meiner Bewegungen paßt er sich dienstfertig an und sagt mir Schmeicheleien. Wie alle, bin ich für letztere nämlich empfänglich. Niemand ruft mir nach: »Er hat keinen Schatten«, wie es mit dem armen Peter Schlemihl der Fall war, der sein Köstlichstes weggab; Fragen wie »Bendel, was fang ich nun an?« kommen nie aus meinem Munde. Jener floh die Sonne, mich entzückt sie. Besser als im Leben siegen und ein Genie sein ist ein ehrlicher Schatten.

Vorsichtig sein hat manchmal gar keinen Zweck, ist aber an sich schön. Achtgeben scheint mir eine der besten Freuden.

So gebe ich denn auf die Worte, die hier der Feder, deren Führer ich bin, entströmen, kolossal acht und sage, daß ich in einer Art Ferien gewesen bin, die zu meiner Zufriedenheit verliefen.

Es handelt sich um zirka zehn Tage Abwesenheit vom Schreibtisch. Ich konnte eine leise Sehnsucht nach ihm konstatieren. Wo ich meinen Urlaub verbracht habe, wird nicht unbedingt nötig sein zu sagen.

Ich wohnte in einem kleinen Haus und ging täglich in ein großes, das sich als mächtiger Block vor dem erhob, der über eine Brücke seinem Eingang zuschritt. Nicht Arnold von Winkelried war's, sondern ein Herr Wink, der allen denen zuwinkte, denen er den Eintritt gestattete.

Das Haus entstammte dem Frühmittelalter. Indes ich den Frühling genoß, las ich in der Zeitung das Ableben eines Pfarrers. Ein Herzschlag setzte seiner gesegneten Tätigkeit ein jähes Ziel. Mir begegnete der Verstorbene einmal in einem Büro. Ich erkannte den sorgfältig in geschriebenen Überlieferungen nach irgendwelchen Bekanntmachungen Suchenden sogleich, er aber mich nicht. Er war sehr vertieft und sah dabei sehr fein aus, und nun wunderte ich mich über sein Hinscheiden.

Mir fällt ein, mitzuteilen, daß ich »da oben« recht gut aß. Der, der die Mühe der Herstellung der Speisen übernahm, war einer, von dem mir erzählt wurde, er sei ehedem gar sehr »rot« gewesen, d.h. er habe »sozialistisch gedacht«. Nunmehr dachte er gutbürgerlich. Wie war der Gesinnungsumschwung über ihn gekommen? Man deutete diesbezüglich auf die Gattin.

Ich finde es richtig, daß Frauen Einfluß ausüben. Sie sind angenehme und brauchbare Aufhalterinnen einer Entwicklung, die es in sich hat, daß sie der Gesellschaft ebenso viel schadet wie nützt. Frauen wollen, daß ihre Männer »etwas bedeuten«. Ist dieses Bestreben nicht ebenso rührend wie anerkennenswert?

Ich komme auf eine Flasche Wein zu sprechen, die mir eine Hochherzige schenkte. Ihre Hochherzigkeit besteht darin, daß sie jemand dankbar bleibt, dem sie dienstbar sein durfte. Sie spendete mir übrigens die Flasche Wein nicht direkt, sondern auf dem Umweg einer Anspielung einer Freundin von mir. Freundinnen sehen den Freund gern auch von andern Frauen verhätschelt.

Ich darf sagen, ich sei während meines Aufenthaltes in »dieser geradezu entzückenden Landschaft« durchwegs verwöhnt worden. Man gönne mir das ruhig, denn das Beliebtsein gestaltet sich für mich zum Teil zu etwas Mühsamem. Welcher Intelligente begriffe das nicht augenblicklich? Wir wollen uns im Grund ja gar nicht so sehr des Lebens freuen. Vergnügtheit will von Mißgestimmtheiten unterbrochen sein, damit erstere sich belebe. Jeder nur spärlich Gescheite weiß, daß nur ehrlich verdientes Glück wirklich eins ist.

Schrecklich, wenn dies richtig gesprochen wäre. Man sollte so wenig Sinnreiches und so viel Sinnloses wie möglich sagen, ist das nicht auch Ihre Meinung, werte Frau? Was europäische Leser nicht schon Gesundes und Gutes zusammengelesen haben, das dürfte anfangen langweilig für sie zu werden. Ich rate ab, viel Weises zu lesen, weil dadurch der Eifer, weise zu werden, erschlaffen kann. Das Leben mache uns gut, nicht die Bücher. Diese seien möglichst unterhaltend. Sich gut unterhalten, sollte das etwa keine Weisheit sein?

Da ich eingeladen worden war, so kosteten mich die Ferientage keinen Heller. Zwischen dem Frühstück, das ich ab und zu versäumte, und dem Mittagstisch beschäftigte mich die Instandstellung meines allerdings etwas kleinlichen Heimes. Ich schüttelte den Teppich, damit er sich entstaube, brachte mein Bett in Ordnung, damit sich niemand anderes dieser Arbeit zu unterziehen brauche, und las dann ein paar kurze Märchen, deren Schönheit und Klugheit eben in der Kürze bestand.

Näher zu erwähnen brauche ich diese Lektüre nicht, aber dann diese von mir immer fleißig eingesogene, gesunde Luft. Ich könnte von den Wiesen sagen, sie hätten mir die Erlaubnis erteilt, mir einzureden, ich sei ein reicher Herr, so üppig, so wohlhabenheitausdrückend sahen sie aus. Der Anblick von etwas Notleidendem stimmt uns wehleidig; schauen wir in etwas Zufriedenes hinein, so muß es uns bald auch heiter stimmen. Vom Wald, den ich betrat, sage ich, daß es undenkbar ist, Sie seien je in ihrem gewiß mannigfaltigkeitaufweisenden Leben in einen ebenso frischen gegangen.

Ein bedeutungsvoller Teil des großen Hauses war in Zeiten politischer Unruhe von Verfechtern einer Idee des sittlichen Aufschwunges nicht ohne Nutzen, aber auch nicht ohne Nutzlosigkeit zerstört worden. Bei einer Umänderung geht meistens mit Verbesserungswürdigem auch Nichtwiederzuersetzendes verloren, doch wären Klagen hierüber unangebracht. Innert gewissen Zeiträumen bedürfen die Menschen in der Tat der Aufrüttelung.

Zeitweise ist in dem Gebäude eine Fabrik betrieben worden, nachdem es früher eine Schule für Söhne von Vornehmen beherbergt hatte. Nunmehr wohnten zweierlei Art von Leuten darin, solche, die über Entgleiste die Aufsicht führten, und jene Verirrten, oder sagen wir, Erkrankten. Die Leitung lag in den zarten Händen eines Kindes, und wenn ich in die Umgebung schweifte, so dachte ich vom ersten Schritt an bis zu dem, der mich über die Schwelle des Hauses führte, respektvoll an diese »Direktorin«, die diejenigen unter sich sah, die wieder ihrerseits zum Herunterschauen Anlaß fanden, der berechtigt war.

Erwähnt sei ein jugendlicher Vertriebener, der sich, während er auf Zurückvergütung oder Wiedereinsetzung hoffte, worin er sich immerhin einem schönen Trug hingeben mochte, im Handküssen übte, indem er »dem Kind« in diesem Sinn huldigte. Er nannte das Kind »gnädige Frau«. Für einen Ausgewiesenen mochten sich derartige Höflichkeitsformen schicken.

Sein feines Benehmen und seine Beschäftigung standen in einem Widerspruch zueinander. Er war in Kreisen aufgezogen worden, wo gewinnende Aufführung beinah als eine Unerläßlichkeit gilt. Wenn er nun etwa misten mußte, so konnte er zunächst doch wohl von seiner ererbten Umgangsweise wenig oder keinen Gebrauch machen. Dafür eignete er sich eine Körperkräftigung an, die ihm vielleicht ebenso dienlich werden kann, wie mehrerlei Zurückerstattung, die er sich aus dem Kopf schlägt, wodurch ihm der Kopf nur leichtet.

Ich benahm mich meiner Beschützerin gegenüber einmal ungezogen genug, daß sie darüber erstaunte.

Ich befinde mich sehr wohl, wenn ich Vorwürfe, die mir gemacht werden, ihrer ganzen Länge und Breite, will sagen, Ausdehnung nach, anerkenne. Ich bin dann ruhig, und andere sind's auch. Vielleicht bin ich deshalb der Eigenwillige, Nachgebende, weil ich stark bin. Über ein sehr liebes, hübsches Mädchen in dienender Stellung weggleitend, rede ich in der Annahme, daß es Ihnen recht ist, noch vom Lesesaal, der den Hausbewohnern jederzeit offen stand, und wo ich Gelegenheit hatte, zu lesen:

SEINE HAND LAG IN DER IHRIGEN.

Diese so unabhängige Hand, die da ganz für sich hinzugehen schien, um einer andern Hand einen Besuch abzustatten, machte mich lachen, und nun lag, als ich wieder bei mir ankam, ein Brief auf meinem Tisch, worin mir eine Persönlichkeit, die ich schätze, mitteilte, sie habe einer Dame dadurch, daß sie ihr von mir erzählte, Tränen zu entlocken gewußt.

Solches zu lesen, mußte mich wundern. Zugleich freute mich selbstverständlich eine so kostbare Nachricht.

Eine solche Gemütszartheit, und inzwischen tat ich nichts als versuchen, ob's mir gelinge, einen Ball in ein im ersten Stock befindliches Fenster geworfen zu bekommen.

Ich bin »dieser Schönen« von nun an verpflichtet, aber vielleicht vergesse ich sie.

Einige verließen während dieser Vorführung den Platz. »Da müßten wir uns ja fürchten«, sagten sie, als hätten sie gedacht, sie seien zu wertvoll, um einmal einige Furcht auszuhalten. Fürchten ist doch an sich so interessant. Ich fürchtete in erster Hinsicht für den Bändiger, für den doch wohl auch andere ein wenig zitterten. »Schließlich kann's ein ganz netter Mensch sein und übt hier einen schweren Beruf aus«, sprach ich zu mir. Dieser Beruf sieht nun vielleicht schwieriger aus, als er ist; er enthält sogenannte Tricks, beruht auf einem System. Die Löwen waren schläfrig, träg, das bemerkte man gleich; sie bekommen ihr regelmäßiges Essen. In der langdauernden Bewegungsunfreiheit entlöwen sich gleichsam, so nach meinem Dafürhalten, die Löwen. Gleichwohl sind sie gefährlich. Dann aber sieht man bei Löwenbändigungen stets oder doch meistens mehrere Löwen, was natürlich etwas erklärt, nämlich, daß ein einzelner ein schwierigerer

Erziehungsgegenstand ist als eine Gesellschaft. Bei den Mormonen z. B. sind die Ehen für den Ehemann bequem gewesen; man hat sie um ihrer lasterhaften, schlafhaften Bequemlichkeit verboten. Sollte nicht auch im Drill beim Militär so eine Art Schläfrigkeit sein, wenn man's bei Licht betrachtet? Dieses gemeinsame Gehorchen. Natürlich will ich gegen die Nützlichkeit des Militärs nicht streiten. Ich ziehe da bloß Vergleiche. Die Soldaten wissen, daß sie bei Widersetzlichkeit Strafe zu gewärtigen haben. Die Löwen wissen das auch. Die Löwen könnten, wenn sie wollten, ihren Beherrscher mit größter Leichtigkeit in Stücke reißen, so wie auch rebellische Soldaten, wenn sie wollten, sich ihres Vorgesetzten mit größter Leichtigkeit bemächtigen könnten und wie auch die Mormonenfrauen ihren Gebieter, wenn sie das gewollt hätten, würden haben ohnmächtig machen können.

Ich darf hier wohl folgendes gestehen: Ich richtete meine Augen nur flüchtig auf die Person des Bändigers, weil ich ihm damit zu schaden fürchtete. Wen ich nämlich anschaue, dem nehme ich womöglich irgendwie Besinnungen, Kräfte weg, ich irritiere ihn, mache ihn gleichsam »träumen«. Man versteht daher, wenn ich ausführe, ich hätte bewußt, d. h. aus Sorge für den Bändiger, auf diejenigen Punkte oder Flächen hingeschaut, die er seinen Löwen befahl einzunehmen. Wir wissen immer noch zu wenig von seltsamen Wirkungen. Für alle Fälle ist nun ja jeder Löwenbändiger mit einer Eisenstange ausgestattet. Kämpfte nicht übrigens einst Pipin der Kleine erfolgreich mit einem Löwen? Er trat diesen Kampf an, um seinen Bespöttlern Achtung abzunötigen, was ihm ja denn auch nun gelang. Gewöhnlich wird ja mit der Bändigung früh, d. h. zu einer Zeit begonnen, wo die Subjekte ganz jung sind, was natürlich die Aufgabe in hervorragendem Maß erleichtert. Schon die Langeweile, die sie im Käfig erleben, bändigt, zähmt, lähmt an und für sich schon. Die Einförmigkeit, zu der die Löwen verurteilt sind, dient dem Bändiger gleichsam wie ein fleißiger, tüchtiger Gehilfe. Man artet ja bekanntlich bei Untätigkeit in Üppigkeit, Weichlichkeit aus. Wie sie ihn umduckten, als leisteten sie ihm nur widerwillig den gewünschten Dienst, war für mich einfach Musik. Löwen brüllen mit herrlicher Exaktheit. Man kann's Präzision nennen. Schade übrigens beinahe für solches Temperament. Aber auf der anderen Seite lauern ja solche Bestien in den Wüsteneien nur Lebendigkeiten auf, um ihren ungestümen Hunger zu befriedigen. Hier in der Dressur erhalten sie keine allzu große Portionen, daneben aber ist die Kost gesund, d.h. sauber, ja, es gibt sogar hie und da mal Leckerbissen.

Mir gefiel sehr, daß der Bändiger in ganz unromantischem Aufzug erschien. Seine Gewandung war einfach. Anscheinend so zu seinem Vergnügen gab er dem einen oder anderen seiner Untergebenen mit dem Peitschengriff einen Aufmerksamkeit erweckenden Nasenstüber, wie etwa ein Lehrer zu seinen Schülern sagen würde: »Heda, aufgepaßt!« Wundervoll ist ja das Bezwingen der Körperkraft auf dem Wege geistigen Mühens. Was die Gefahr bei diesem Metier betrifft, so soll man versuchen, sie weder für zu gering noch für zu groß zu halten. Er faßte nun gerade den Bösesten, Wildesten um den gelben Hals, um mit ihm zu tändeln. Erstens tat er das natürlich um der Schönheit des Schauspiels willen.

Einem Publikum bietet man Sensationen an, damit es sein Interesse nicht verliert. Zweitens aber sind einem Löwenbändiger seine Löwen lieb, und der am ursprünglichsten Gebliebene, der Löwenhafteste, ist ihm der Liebste. Ihm liegt am meisten an dem, der ihm am meisten zu schaffen gibt. Einem Frauenkenner, oder sagen wir, einem Liebhaber, geht's ja mit den Frauen ähnlich, einem charaktervollen Anführer mit seinen Soldaten, einem Vater mit den Kindern usw. Drittens aber kann sich ja der Löwenbändiger in solchem Fall sagen: was gefügig wurde, kann aus Bedürfnis oder Laune, aus Naturgesetzhaftem unartig werden, indes das Unartige, eben auch aus dem Gesetz der Abwechslung heraus, zur Artigkeit gestimmt ist, wenn man ihm die Ehre erteilt, zu glauben, es verhalte sich so. Jedenfalls muß ein Löwenbändiger in hohem Maß zu sich wie zu seinen Klienten Vertrauen in sich wohnen haben. Jeder seiner Gebärden ist er absolut sicher. Kühnheit wird bei ihm zur Unerläßlichkeit. Seine Haltung muß den Löwen erklären: ihr tut mir keinesfalls etwas! Mir kann unmöglich etwas zustoßen! Und wenn ihm auch ganz andere Gedanken kämen, er muß tun, als wär' er ihr Gott. Er muß schön und brutal sein, um nicht von der Pistole Gebrauch machen zu müssen, was eine Geschäftsschädigung wäre.

Ich schlug soeben ein neues Zelt auf. Im Völkermuseum in Berlin studierte ich seinerzeit die Indianerabteilung, worin sich farbenfeine, spitzdachige Wohnungen befanden. Auch altmexikanische Kunst war in der Nachmittagsdämmerung vertreten. Indem ich zu meinem Bedauern fand, daß meine bisherige Mansarde zwar recht nett, aber auch recht eng sei, erlaubte ich mir, ordnungsmäßig aufzukünden. Diverse meiner Mitmenschen unternehmen weite Reisen, per Eisenbahn und zu Schiff, und können hiebei natürlich stattliche Bekanntschaften machen und zu allerlei nützlichen Weltanschauungen kommen. Ich begnüge mich, innerhalb der Grenzen unserer Stadt zu nomadisieren, eine Wanderart, die mir überaus bekömmlich zu sein scheint, denn ich sehe, wie ich sagen kann, verhältnismäßig gesund aus, d. h. es scheint mir, daß ich blühe. Demnach gedeihe ich also sozusagen getreidehaft. Es gibt hier Leute, die sich beklagen, sie imponierten mir nicht, aber du liebe Zeit, man kann sich unmöglich in einem fort beimponieren lassen, das würde ja eintönig werden. Ich liebe Abwechslung im Wohnen sowohl wie speziell auch im Essen sehr. Unterdessen wohne ich also jetzt in einem in nächster Umgebung der Stadt gelegenen ehemaligen Landsitz, den lange Zeit eine sehr angesehene gleichsam ehrwürdige Familie bewohnt hat. Die Tapete meines Wohnraumes scheint mir von recht anmutiger, gefälliger Art. Ich bin mit der Wandeinkleidung durchaus zufrieden. Der Fußboden ist quadratiert; seine Zeichnung freut mich. Da es Winter ist, lasse ich täglich für 60 Centimes einheizen. Der große alte Garten, der den Titel Park verdient, ist mit Schnee bedeckt, was wie eine Pelzbemäntelung aussieht. Es hat so etwas Hermelinhaftes. Im neuen Bett schläft sich's gut. Eine Luft umgibt das Haus, die von einer Gesundheit ist, und das Haus steht auf einer zarten Anhöhe, zu deren Füßen die Aare gelassen vorbeizieht, die ein Zweigfluß des Rheines ist, an dessen Gestade der Rheinwein wächst. Früher gab es am Ufer der Aare ebenfalls Reben, die jedoch längst wegen Erträgnismangel eingingen. Mein Teeservice erwartet, daß ich es demnächst brauche. Eine kleine, aber scheinbar ganz feine Bibliothek befindet sich auf einer Konsole, und soeben habe ich eine vortragabzuhaltenbeabsichtigende Schriftstellerin brieflich gebeten, mich zu besuchen, falls sie Lust habe, mir das Vergnügen ihres Erscheinens zu schenken. Ob sie kommen wird, wird sich herausstellen. Zwei Fenster spenden mir in genügendem Maße Licht, und was zieren den Garten für hohe, schöne, schlanke Bäume. Wie ich mich soeben bemüßigt gesehen habe nachzuschauen, enthält die Bibliothek, die nicht mir, sondern meiner Wirtin gehört, eine Weltgeschichte in drei starken Bänden, und ich zweifle nicht, daß ich von Zeit zu Zeit in dem bildenden Werke lesen werde, denn es gibt immer Minuten, die mit etwas ausgefüllt sein wollen.

Ich glaubte schon, daß mir ein wichtiges Papier abhanden gekommen sei, nämlich die Aufenthaltsbewilligung, die sich aber seither zum Glück wieder vorfand. Und nun hängt mir da im Zimmer eine Abbildung des durch Lord Byrons Gedicht »Der Gefangene von Chillon« weltbekannten Schlosses eben angegebenen Namens, das mit seinen Mittelalterlichkeiten, seiner Romantik den Genfersee ziert, von dem jeder Gebildete wissen muß, wo er liegt, gewann doch in diesen Tagen die Stadt Genf hohe Bedeutung.

Vielleicht dürfte mein Sessel etwas rauh sein, aber ich werde diesbezüglich allen Ansprüchen einfach Schweigen gebieten. »Du arbeitest nur deshalb so eifrig für die Presse, um den Lohn in allerlei Restaurants zu tragen«, redete mich dieser Tage eine Dame an, die mir die Respektabilität selbst zu sein schien. Ich warf auf die Bemerkung hin bloß einen bittenden Blick in den Himmel. Wieder begegnete mir jene so unsäglich sympathische Lehrerin, und wieder verbrachte ich eine Stunde bis zwei im Kreise jüngerer Sänger und Schauspieler. Diskutiert wurde über nichts Unwichtigeres als über das Leben. Jeder gab mir seinen Namen an. Einem Beisitzenden beliebte es, mich »Kleiner« zu nennen. Da er's aber denkbar anerkennend meinte, ließ ich's mir gefallen. Letzten Sonntag trat ich, einem Schneegestöber ausweichend, in eine gangbare Wirtschaft. Arbeiter und Bürger pflegen dieses Lokal zu frequentieren. Das Bier ist dort sehr süffig, mit anderen Worten wohlschmeckend. Ich kam mitten in ein Lottospiel, dessen Gewinnste in Enten, Zuckerdüten, Würsten, Rippli, Konserven, Käse, Schokolade, also in lauter Wünschenswertigkeiten bestanden. Was meine Persönlichkeit anbelangt, so verzichtete sie aufs Mitspielen, indem ich auf die Freude hinwies, die für mich im Zuschauertum enthalten sei. Ein freundlicher Herr mittleren Alters errang eine Prachtsfleischwurst. Ein junger Mann machte sich nach kürzerer oder längerer Zeit eine elegante Zungenwurst zu eigen. Der Spielarrangeur rief hellstimmig Zahlen aus. Die Spieler hatten Kartons vor sich liegen, und gewonnen hatte jeweilen der, dem es glückte, mit Glasplättchen eine Zahlenreihe zu decken. Gespielt wurde sowohl zu ebener Erde wie im ersten Stockwerk. Ein Telephon diente zur Übermittlung, also zur Herstellung einheitlichen Ganges der Geschäfte. Gerne würde der Wurstansichreißer noch eine Zuckerdüte umarmt haben, um sie vors Antlitz seiner Gemahlin zu bringen, aber die letztere Erwerbung gelang ihm nicht, dafür gelang sie einem andern, und dieser andere war ja sein Mitmensch, und wir sollen heute mehr als je menschenfreundlich sein. Gespielt wurde zwei Nachmittage lang, und ich ließ mir erzählen, daß die Veranstalter des Kurzweils an die Behörde je vierzig Franken Erlaubnisgeld zu zahlen hätten.

Über die Besitzung, worin ich wohne, verfügt die Gemeinde.

Dieses Fest wurde für unsere liebe Stadt zu einem Erfolg, dessen Fülle einem prachtvollen Bouquet glich. Strahlend strich ein Dialektdichter rund um tanzende Kostümlichkeiten, Knaben hielten lange Stangen in den Händen, die mit Täfelchen versehen waren, auf denen Ankündigungen geschrieben standen. Auch ich mengte mich unter die Menge, die sich aus allen Gegenden unseres Vaterlandes rekrutierte. Straßenbahnwagen fuhren gestopft voll, doch verhielt sich's so: Nur diejenigen Wagen waren so überaus dicht besetzt und wurden so eifrig benutzt, die nach dem Ausstellungsgebäude dirigiert wurden, von den übrigen ließ sich das nicht sagen. Die Kellnerinnen in den Restaurants ertranken schier in der Flut der Festbesucher, und ich darf wohl sagen, daß ich Teller auf Tischen liegen sah, in denen Mehlsuppe braun schwamm, indem sie annahm, daß sie gegessen wurde. Mir ist ein überaus herziges Mädchengesichtelchen in Erinnerung geblieben, das von Verlegenheit bestürmt wurde, weshalb es ja auch aufs fröhlichste errötete. Eine Wirtin, die ich lange Zeit nicht mehr gesehen hatte, und die das in bezug auf mich ebenfalls sagen konnte, gab mir mit einer Erfreutheit die Hand, die so nach Ungekünsteltheit duftete, daß ich glauben durfte, das Leben liebe mich.

Heute früh war es gewissermaßen Sonntag. Ich glaubte an diese ebenso heitere wie achtungerweckende Tatsache mit der Kraft sämtlicher Scharen meiner Entschlüsse, die vollkommen intakt schienen und es wohl auch waren. Unter den sehr achtbaren Teilnehmern am Feste erblickte ich die hochaufgerichtete Figur eines Universitätprofessors, der zweifellos im Geist eine Ansprache hielt. Nunmehr spreche ich von Fahnen, die teils unbeweglich hingen, teils sich in anmutigen Wendungen um sich selber drehten, also sozusagen einesteils schliefen, anderseits aber zappelten und lächelten, als freuten sie sich, auf die Köpfe der Leute herabzufrohlöckeln. Ein Bankgebäude sah sehr selbstbewußt aus. Jemand lachte, ohne zu wissen, warum. Mehr als hundert Extrazüge schlängelten sich in den Bahnhof hinein, der vor Vergnügen vibrierte, eine so erhebliche Rolle spielen zu dürfen. Eine Dame in weißem Pelz ging unter den andern Gestalten wie eine Erscheinung aus einem Roman, aber was ich vorbringen wollte, ist, daß ein Student wie ein Diplomat dasaß, und daß ein Politiker wie Talma dastand. Die Unvoreingenommenheit, mit der ich mich durch das zusammengeströmte Volk wand, hatte mit der Sauberkeit einer Säule die stärkste Ähnlichkeit. Ich weiß nicht, ob das Glockenspiel tönte, als die Kirchenbesucher aus den drei Türmen der Kathedrale hervortraten. Die Frauen trugen Gesangbücher in den frommen Händen. Ich betrachtete sehr aufmerksam das Haar am Ohr einer Person, die soeben gebetet hatte.

Mir fiel übrigens auf, wie da einige Menschen eine Behendigkeit zeigten, wo sie Grund zur Gemächlichkeit gehabt hätten. Andere bewegten sich langsam, wo ihnen Geschwindigkeit zu empfehlen gewesen wäre. Ich dachte an meinen Freund, der sich einzig deshalb verheiratet hatte, weil die Betreffende ihn wissen ließ, sie halte die Frauen für bedeutendere Geschöpfe als die Herren der Schöpfung.

Dieser Ausspruch scheint es ihm unsäglich angetan zu haben.

Die Sonne scheint auf den Tisch, woran ich diese Sätze schreibe.

Wahrscheinlich gefallen sie ihr.

Das Bäumchen. Ich sehe es, auch wenn ich unachtsam an ihm vorübergehe. Es flieht nicht, steht ganz still, kann nicht denken, nicht irgend etwas wollen, nein, nur wachsen, im Raum sein und Blätter haben, die niemand anrührt, die man nur anschaut. Am Schatten, den sie geben, eilen die Beschäftigten vorbei.

Gab ich dir noch nie etwas? Aber es braucht kein Glück. Vielleicht freut es sich, wenn man es schön findet. Glaubt ihr das? Was für heilige Unschuldigkeiten aus ihm sprechen. Von nichts weiß es, ist ganz nur mir zur Lust da.

Warum kann es keinen Sinn für mein Lieben haben, daß man etwas zum Guten sagt, aber ihm ist kein Vernehmen gegeben. Nie sieht's mich ob seinem Gruße lächeln, den es nicht kennt. Zu seines Wesens Füßen wie jener von Courbet gemalte für immer Scheidende sterben!

Doch ich werde weiterleben, aber was wird denn aus dir?

Ich aß sehr spärlich, kam mir fromm vor, daß ich mich mit gelinder Beköstigung, mit dem dringlich Erforderlichen begnügte, die Erkräftigung bestand in einer Tomatensuppe sowie darauffolgendem Käsekuchen. Das war am Sonntag vormittag, d. h. gegen elf Uhr. Den Samstagabend verbrachte ich in Herrengesellschaft, wobei Kraftworte nach Belieben fielen. Einer von denen, in deren Mitte ich saß, lud mich etwas zu brüsk ein, ihm irgend etwas über die Ewigkeit zu sagen. Ich erwiderte ihm, das Thema interessiere mich nicht, indem ich beifügte, daß mir meine Bescheidenheit, die von beträchtlicher Ausdehnung sei, verbiete, mich geistig ins Grenzenlose hinauszubegeben. »Im übrigen«, sagte ich, »halte ich die Ewigkeit für einen Apparat, eine Art Gestell.« Man zeigte einige Verblüfftheit und bot mir einen Teller Kutteln an. Kutteln sind so eine Spezialität, ein Gekröse, das Ähnlichkeit mit Tiefseepflanzen hat, es ist Fleisch mit Fasern, Fransen. Der Leser verzeihe mir, wenn ich ihn mit solchen Bagatellen zu unterhalten wage, und er erfahre ferner, daß es im Lokal zu einer Unannehmlichkeit kam, indem sich zwei Burschen so aufführten, daß sie zur Räumlichkeit hinausbefördert werden mußten, was mit Promptheit vollführt wurde, nämlich vom Geschäftsführer. Er nahm die Schicklichkeitsverletzer beim jedesmaligen Kragen und setzte sie mit Prägnanz an die Luft. Den einen der beiden Bevorzuger extremer Richtung auf dem Gebiete nächtlicher Vergnüglichkeit bedauerte ich, weil er ein hübsches Gesicht besaß. Er verlor auf der Luftschiffahrt, die nicht beabsichtigt, sondern ziemlich erzwungen war, seine Tabakpfeife, und nun war es Sonntag, dessen herbstblätteliges Aussehen ich zu einem kleinen Ausflug benutzte, der mich zu einem Wirtshaus führte, das sich »Wirtshaus zur frohen Aussicht« nannte. Mit der Fröhlichkeit der Aussicht hatte es seine Richtigkeit. Die Hügeligkeit rings herum hatte gleichsam den Charakter des Zuverlässigen, nicht ohne graziös anzumuten. Den Weg rahmten Bäume ein. Nach einer Weile bewilligte ich mir ein Glas Bier und gelangte dann zu einem Pferderennen, in das ich eine viertelstündige Aufmerksamkeit hineinwarf. Man merkte mir gar nicht an, wie ich da achtgab. In der Stadt angekommen, drängte mich der Hunger zur Frequenz eines ebenso stattlichen wie weiter gar nicht exquisiten Lokals. Die Kellnerin setzte mir auf mein Kommando, vielmehr auf meine höfliche Bitte, ein sogenanntes Gnagi vor, das Gnagi war warm, und es bestand aus einem Schweinsmund. Meine Gedanken beschäftigten sich mit dem so ungemein wichtigen Metzgerberuf, ohne den wir nicht in die Lage kämen, so vorzügliche Bissen zu uns zu nehmen. Einwohner der Stadt der Völkerbundssitzungen setzten sich zu mir an den Tisch.

Abends saß ich im Theater, und ich werde wohl über die Aufführung etwas sagen müssen. Ich tu es sehr gern, denn es war eine Art Stubenmädchenstück mit lieblichster, lustigster und doch auch wieder bester, schönster und ernsthaftester Musikbegleitung. Es war eine der obersten Opern, die es gibt. War ich wert, etwas so Amüsantes mitanzuhören? Es war das hübscheste schürzenbewaffnete Mädchen, das da sang. Wie sie herumtrippelte! Vielleicht hielt sie sich für die Hauptperson, und in gewissem Sinn war sie sehr wichtig, da sich eine hochstehende Persönlichkeit eingehend mit ihr abgab, indem sie von dieser

Repräsentationsfigur aufs sehnsüchtigste geliebt wurde. Aber da kam ein Page vor, der sich in alles, was einen Rock und eine hohe Frisur trug, bis zum Erzittern und bis ins fieberische Glühen verliebte. Die Rolle wurde von einem Mädchen gespielt, und natürlich sehr gut. Jedes Mädchen spielt ja das Verliebtsein nie anders als prächtig. Dieser Page liebte die Gemahlin des gebieterischen Menschen, von dem wir sprechen. So sang er sie denn schmachtend und doch auch wieder keck an, und diese Mischung von Verzagtheit und zarter Draufgängerei mußte bei der aufmerksam auf ihn Horchenden eine Empfindung wenigstens der Neugierde erwecken. Sie befanden sich zugleich in allernächster Nähe und in einer Entferntheit, von deren Beschaffenheit nur das entflammte Gefühl etwas weiß. Er sang wie ein begeistertes und dennoch um keine Begeisterung wissendes Vöglein, und das liebäugelnde Singen machte ihn silbern schimmern, und ihm schien, daß ihm sein Herz mit einem aus Rosen geformten Dolch durchbohrt sei, und aus dem Lied, das er sang, weinte und jubelte es über ihn herunter, und doch war sein ganzes Auftreten wieder weiter nichts als lachhaft. Natürlich trat jetzt der Herr der Situation ins Gemach. Herren von Situationen müssen beständig fürchten, sie könnten aufhören, es zu sein. Ein Kammerdiener stand im herzlichsten Einvernehmen zu seinem Ideal. Dieses Ideal war zugleich das Ideal jener erheblichen Persönlichkeit, die ihrer selbst nicht so sicher zu sein schien, wie sie wünschte. So schien also eine Gemahlin ihren Gemahl mit einem Pagen und der Gemahl seine Gemahlin mit einem Stubenmädchen zu betrügen. Mit dem Betrügen war's gottlob nicht allzu schlimm. Alle hinterlisteten und klagten, alle rückten vor und traten zurück, freuten sich und erschraken, spotteten einander aus und liebten sich. Es glich einem beständigen Necken bei sehr viel Empfindungstiefe, einem fortwährenden Unglücklichsein inmitten zauberischen Glückes, und das bißchen Falschheit, das überall seine Hand im Spiel hatte, erhöhte ja bloß das Interesse, das man an den Spielenden und Lebenden nahm; man fürchtete für alle, indem man sie um der Verstrickungen willen beglückwünschte, die das ihrige dazu beitrugen, daß sie nicht so schnell froh wurden, sich nicht allzu sicher fühlten, und das duftete wie eine große, schöne Pflanze, nämlich das ganze Stück selbst, aus welchem die saftiggrünsten Blätter reizendster Erfindungen wuchsen. Ach, wie sang und benahm sich die Dame schön, und wie war sie dabei von solch hoher Einfachheit. Die Spieler wetteiferten gleichsam im Eifer, zu disharmonieren, aber sie schienen dazu zu gut geschult; auch aus ihren Übermütigkeiten sah man Schönheit sprießen. Ich kämpfte mit einer Anwandlung von Schläfrigkeit, weil's mich dünkte, es sei gleich, ob ich wache oder schlafe; ich bildete mir ein, das Stück sei ein Traum, den ich auch mit geschlossenen Augen zu sehen, dessen Geist ich auch in der Geistesungegenwärtigkeit aufzunehmen vermöge. Die Stirne brannte mir. Das Theater war übrigens etwas zu stark eingeheizt worden. Wie sich dann aber alle gütig schieden und in schönen Verständigungen fanden. Ungeeignetes löste sich auf, indem die heitersten Verhältnisse entstanden. Der Mann von Gewicht bat die, die an ihn glaubte, an die er aber selber nicht mit so viel Freiwilligkeit geglaubt hatte, um Verzeihung, indem er vor ihrer Vortrefflichkeit niederfiel, aber auch jetzt hatte man mit der beinahe zu Zarten und zu Großdenkenden ein unbezwingliches Mitleid, ein Mitleid, das sich dann auch auf alle anderen bezog, womit man ja dem Verfasser des Stückes am ungezwungensten Dank sagte. Ich verließ das Theater im Gefühl, daß das Stück noch lange nicht aus sei, daß es immer weitergehen müsse, gar nicht zum Schluß kommen könne, wie das nimmerwelkende, immer wieder grünende Leben.

Von einem zarten Knaben ausgehend, den ich mit Spielen beschäftigt sah, Damen und Herren gingen sonntäglich ruhig vorüber und alle schenkten ihm eine Art Achtung, die er absolut unbeachtet ließ, und Schuhe hinter mir zurücklassend, die die Beaufsichtigerin des Knaben trug, die mit je vier Knöpfchen versehen gewesen sind, verfügte ich mich aufs Land hinaus.

»Sie gehen eigentümlich schnell, merkten Sie das nicht selber?«, hat mich da eine Gestalt angeredet, die, wie sie mir sagte, eine Irrenhausentsprungenheit suchte.

Auf die Frage, wer ich sei, antwortete ich: »Heimarbeiter.«

»Und wo wohnen Sie?«

Ich gab adrett meine Adresse an.

»Wohin belieben Sie zu springen?«

»Ich befinde mich da ganz im Bann des berüchtigten Gilles de Rez, der ein Feudalherr war, wie er zum zweiten Mal innerhalb europäischer Zivilisation nicht wieder vorkommt.«

»Um welche Zeit lebte dieser anscheinend große Herr?« wurde gefragt. Die Frage war eine vorsichtige, leise. Die Erwiderung lautete: »Im Mittelalter.«

»Wodurch zeichnete er sich aus?«

»Durch Nichtachtung des Gesetzes. Er bekam gleichsam die Harmlosigkeit satt, die auf Selbstbeherrschung beruht. Er liebkoste gewissermaßen die Kinder vieler seiner Untertanen, und um ihnen nicht Gelegenheit zu geben, erzählen zu gehen, wie huldvoll und nett er mit ihnen gewesen sei, beförderte er sie ins Jenseits. Man kann also sagen, er habe seiner Leute Eigentum nicht respektiert, maßte sich Übergriffe an und war dennoch einer der Gebildetsten seiner Epoche.«

»Und nun wären Sie da also ein auf einem Ausflug befindlicher, harmloser, Feudalherren in Erwägung ziehender Geistes- oder Heimarbeiter? In diesem Fall wünsche ich Ihnen viel Vergnügen. Ich bin Landjäger, und Sie werden verzeihen, daß ich zu prüfen bestrebt gewesen bin, ob Sie arretierungsfähig wären oder nicht.«

Er lüftete nicht ohne ländliche Nonchalance seinen Hut, der etwas wie eine gutmütige Ironie ausstrahlte, und ich flog den Abhang hinauf. Es kann vorkommen, daß auf wettergebräunten Veranden lesende Landestöchter sitzen, und ebenso leicht ist es möglich, daß Wege schmal und Häuser klein sind, und daß Heustöcke Ähnlichkeit mit Grenadierkopfbedeckungen zeigen, Obstbaumäste haben etwas von zackig-genial gehandhabten Geigenbögen. Schrieb ich doch einst über Paganini, den unter anderen Goethe gehört haben dürfte, einen Aufsatz. Blonde Mädchenköpfchen sind über einer Balustrade sichtbar, nun kommt ein Wald, und nach demselben kommt eine schöne stattlich berockte Bauernfrau, die mir einen Übeltäter oder Tunichtgut in Erinnerung ruft, der korrektionshausflüchtig in eine Hütte schlich, wo ihn eine Frau mitleidig aufnahm, weil sie ihn mit einer Situation kämpfen sah, die ihn zersplittern zu wollen schien.

Burschen spielten auf der Wiese, die nicht eines Grünlichkeitsschimmers entbehrte und an dukleres Äckerliches angrenzte, das Hornußspiel, das im Auffangen mittels Brettwerfen eines Hornbällchens besteht. Der Hornuß wird durch Schwingen eines biegsamen Stockes hoch über die Köpfe geschleudert. Wie schön ist's übrigens, von einem Sandsteinfelsen, der einem Kegel gleicht, auf eine Dorfschaft samt Kirche, Pfarr- und Wirtshaus und Käserei herabzublicken. Man steht hoch über sämtlichen Einwohnern.

Die Sonne besaß etwas Feines und zugleich Großes, sie lag gleichsam langausgestreckt am Boden und schien zu wachen und schien wieder zu schlafen. Über ein Seelein sah ich nachlässig hinweg, dann stand ich eine Minute oder länger vor einem Schulhaus, vielmehr Seminar, das im Anfang des neunzehnten Jahrhunderts von Emanuel von Fellenberg gegründet wurde, und das heute noch Jünglinge zu Lehrern ausbildet. Solch ein angehender Lehrer kommt dann aber vielleicht an eine sehr einsame Wirkungsstelle, wo er fühlt, daß ihm seelisch manches fehlt. Wiederholt geht's jetzt durch ein Dorf. Ein Dorf liegt nah am nächsten. Ein Häuschen scheint mich mit seiner Besonderheit zu fragen, ob ich es interessant fände, aber ich überspringe einiges und sitze jetzt im »Wirtshaus zum Rudolf von Erlach«.

Dieser Name ist hierzulande populär, da er einem Heerführer des vierzehnten Jahrhunderts gehört, der dem aufkeimenden Staat einen wesentlichen Dienst leistete, indem er freisinnig zu sein für rätlich hielt und sich demgemäß in einer Affäre benahm, der er zu vollem Erfolg verhalf. Das Wirtshausschild stellt ihn als gepanzerten Ritter dar, der unbeweglich zusieht, wie sich der gasthäuselige Verkehr abwickelt. Den Ofen ziert die Jahreszahl 1830. Nichts als Portionen Schinken werden von allen Seiten her eifrig begehrt. Der Wirt ist zugleich Metzger. Auch ich finde mich zu einer sich auf das Haustier namens Schwein beziehenden Bestellung bewogen. Ein Gast nimmt seine Nachbarin mit kurzentschlossener Vertraulichkeit bei der Nase. Er deutet damit an, daß sie ihn schätzt. Einer singt ein Lied von der Gleichheit. Man stutzt zunächst allerseits ein wenig, aber der Sänger singt loyal, daher wollen die Zuhörer auch freundlich sein und spenden gemäßigten Beifall, der zu sagen scheint: »Es ging an.« Die Kellnerin sieht wie Preziosa aus. Die Wirtin lenkt den Schinkenexport. Ein Mann spricht zu seiner Frau, die mit dem Wein, den sie vorgesetzt bekam, nicht zufrieden zu sein scheint: »Hättest Burgunder bestellen sollen. Wozu hast du denn dein Maul?«

»Vor Gästen, wie z. B. der Herr hier ist, der mir ein Auslandskorrespondent zu sein scheint, könntest du anstandshalber Mund statt Maul sagen«, wendet sie ein, er aber hat für die Einwendung keine Empfindung, da er ein Schinkenvertilger ist, wie beinahe alle. Indes mich eine sogenannte »Glatte« zu Liebenswürdigkeiten hinzureißen versucht, betritt ein Dichter mit herabwallendem Haar die Stube und fällt angenehm durch einen Balladenvortrag auf. Auf dem Heimweg entfalte ich eine Pariser Zeitung und erreiche buchstabierend eine Lokalität, worin ich abends jeweilen behaglich speise. Ein alter Mann mit schneeigem Haupt liest in einer Bibel. Ich habe hier schon mit dieser und jener Putzfrau Bekanntschaft gemacht. Nord- so gut wie Südländer tauchen hier auf. Ein Abendesselein kann hier, sagen wir, auf einen Franken zu stehen kommen, jedoch bietet sich die Möglichkeit dar, Opulentheiten zusammenzustellen, da niemand gegen Kombinationen etwas einwendet. Neulich aß ich in diesem durchaus gemütlichen Raum kurz hintereinander zwei Kuchen, um mich unmittelbar danach zu fragen, ob mir sonst noch etwas beliebe.

Ich rede stets sehr kulant mit mir. Niemand versteht so meisterhaft mit mir umzugehen, wie ich selber. Wenn ich reden will, leihe ich mir sogleich zwecks Zuhörerschaft das Ohr. Bin ich schweigsam, so entzückt's mich. Ich bin unaufhörlich mit mir einverstanden. Selten mache ich mir einen Vorwurf; ich leugne aber nicht, daß das mitunter vorkommt.

Die Bildungssprache, möchte ich mich erkühnen zu glauben, verhalte sich zu den landläufigen, einheimischen Ausdrucksarten wie die schöne und schonende, aber auf stillanordnendes Gebieten nie verzichtende Führerin zur Gehilfinnenschar. Wer ungezwungen bleiben will, muß auf sich achtgeben.

Während uns, die wir in dieser verhältnismäßig luftigen Halle saßen, von einer kleinen Bühne herab eine Tänzerin ihr Können zeigte, wurden von uns so und so viel Zigarren angezündet und ist so und so oft von uns das Glas mit seinem erheiternden Inhalt an den Mund gesetzt worden. Der Raum war natürlich dicht besetzt, und es saßen Frauen da, die über ihr ganzes Gesicht hinüber lachten. Andererseits verließ eine zu Ernsthafte das Lokal, weil ihr Gatte ihr vorgeworfen hatte, sie biete ihm keinen Unterhaltungsanlaß. Vielleicht war es sehr vernünftig von ihr, aus einem Zimmer zu verschwinden, das zur Belustigung diente. Ich hatte eine hübsch gedruckte und refüsierte Novelle bei mir. Nun, mit diesem Produkt meines Geistes trat ich jetzt zu einer Lady hin, die sich von Verehrern umgeben sah, und bot es ihr zum Kauf an, einen ziemlich waghalsigen Preis nennend. Die Lady willigte in die Sache ein. Sie fing sogleich an, die Novelle zu lesen, und mir schien, sie sei davon befriedigt, denn ich sah sie lächeln. Nur über Zufriedene kommt ja die Lust, die Lippen auf hübsche Art zu kräuseln. Die Tänzerin erhielt Blumen, und ein zu fröhlicher Gemahl erhielt von seiner Gemahlin, die ihn sorgfältig beaufsichtigte, eine mahnende, liebevolle Ohrfeige, die ihn jedoch beinahe noch übermütiger zu stimmen schien. Solch ein kleines, kleines Frauchen war's, und er war ein wahres Kraftmenschexemplar, aber gerade solche wissen zierliche Züchtigungen zu schätzen. Aus dem Wald von Gesichtern, der mich umgab, ragte eine Fräuleinsnase hervor, aber die Nase hing eher herunter, als daß sie kühn heraufstieg, sie schien viel Philosophie zu besitzen. Die Musik klang kräftig und warm, sie erwärmte das Gemach wie ein Ofen, dieser Ofen sprudelte von nicht allzu melodiösen Melodien. Es war mit diesen Melodien so: sie bildeten einen Kahn oder, wenn man will, eine Gondel; der gehörig acht gebende Hörer saß darin, und die Gondel glitt nun dahin, und der, der es sich in ihr bequem gemacht hatte, konnte an irgend etwas denken, zum Beispiel an Spanien.

Als ich nun so an Spanien dachte, fiel mir der Roman von Lesage ein, der sich »Gil Blas« tituliert, und der im siebzehnten Jahrhundert zu Paris gedichtet wurde, und der sich seiner ganzen teppichhaften Länge nach in Spanien abspielt; denn lange Zeit war es Sitte, daß alle Romane im Lande der Stiergefechte vor sich gingen. Wer diesen Roman nicht kennt, der kennt etwas sehr Schönes und Bildendes noch nicht, denn dies Buch ist in der denkbar angenehmsten Sprache geschrieben. Ich dachte an spanische Städte wie Barcelona und Madrid, Granada und Sevilla, die zum Teil einst unter arabischer Herrschaft standen und gleichsam nur Schritt für Schritt christianisiert werden konnten. Welcher Literaturkundige weiß nicht um das graziöse, herzige, liebliche, lustige Gedicht Brentanos, worin die anziehendsten Sevillanermädchen zu den Fenstern herausgucken? Ist nicht der weltbekannte Don Juan eine durch und durch spanische Figur? Bezüglich der Malerei, wie klingen uns da Namen von der besten Bedeutung entgegen! Velasquez malte die seriösesten Hofnarren. Goya die berückendsten Kurtisanen. Die spanische Landschaft soll schön sein, hat mir jemand versichert, mit dem ich mich über Höflichkeit unterhielt, die ja gleichsam in Spanien zu Hause ist. Sie ist ein sehr wichtiges Kulturmittel. Ich halte Höflichkeit für ebenso richtig oder für fast noch wichtiger und richtiger als Aufrichtigkeit, die uns oft nur beunruhigt. An Beaumarchais und Prosper Mérimée dachte ich, an diese sich für Spanien begeisternden Franzosen.

Inzwischen hatte die Lady ihre Handschuhe angezogen. Als ich sah, wie sie sich anschickte, die Weinhalle zu verlassen, erhob ich mich, damit sie mich so erblicke, wie sich's schicke, nämlich achtungsvoll. Etwas Figarohaftes lag in der Haltung, die ich ihr gegenüber annahm, also etwas Vergnügtes. Sie nahm sehr beifällig Notiz von meinem Bemühen, ihr darzutun, ich sei guter Laune. Als sie gegangen war, existierte ein Hauch von vornehmer Ironie nicht mehr im Lokal, aber nur mir fiel das auf, der eine Ader, einen Nerv für alles hat. Der Wirt hatte zu tun, und das wird ihm lieb gewesen sein. Was mich betrifft, so machte ich an diesem Abend eine ebenso unbedeutende wie nette, liebe, kleine, feine und, wie ich glaubte, passende Bekanntschaft.

Ich halte Unbescheidenheit für so nett wie Genügsamkeit. Es sind dies zwei Gegenden, von denen ich sagen möchte, ich hätte beide kennen gelernt. Aber richtig, da bestieg ich ja zwei Berge. Meine Schultern und Beine zitterten, erbebten ein wenig, als mute man ihnen zu viel zu, aber man muß immer wieder Vertrauen zu sich haben. Ich war nämlich, wie soll ich sagen, bereits etwas fett geworden, was mich beunruhigte. Die beiden Bergbesteigungen taten mir nun schon recht gut, und mir liegt ob, in der Schlankmachung meiner Person fortzufahren.

Eine Frau aus dem Volk ging da so eines Mittags über einen sonnenbeschienenen Platz; ich eilte auf sie zu und reichte ihr die Hand. Nun gibt es Leute, die, wenn sie Zuschauer dieses Beginnens gewesen wären, bestimmt ausgerufen hätten: »Wie albern!« Ich begleitete diese Frau bis vor die Haustüre, wo ich sie nach ihrem Namen fragte. Sie antwortete: »Das bekommen Sie später einmal zu wissen.« Unmittelbar auf dieses gewiß unbedeutende Ereignis ging die Bergebezwingung vor sich. Ich will die Wälder da oben nicht rühmen; sie könnten sonst ihre Unschuld einbüßen, ihr Wunderbares.

Vielleicht sollte von Landschaft so wenig Rühmens gemacht werden wie von Kindern, die leicht innerlich irgendwie zu ermüden anfangen, wenn sie sich geschätzt sehen. Kindern tut es vielleicht recht gut, wenn sie eine gewisse Achtlosigkeit zu spüren bekommen; sie dürfen nicht so von ihrem Wert überzeugt werden. Bewunderung erzeugt ja Übermut, Härte. Ich glaube, daß es so ist.

Als ich vom Berg herabstieg, sah ich eine Schlanke ihrerseits denselben Berg heraufsteigen. Umflatterten Bänder diese zarte Gestalt? Möglich, daß ich mir das bloß einbilde. Jedenfalls schaute ich ihr nach. Langsam ging sie, als sei sie kränklich, suche auf der Höhe Erholung. Um den Mund schien sie mir einen Leidenszug zu haben. Wie einen so etwas interessiert. Und nun diese ganz andere Erscheinung, diese Dame, die mir heute vormittag plötzlich im Hausflur entgegentrat, wo ich nie für möglich gehalten hätte, ihr zu begegnen. Natürlich verbeugte ich mich vor der Stattlichen, die mich von früher her kannte, und die nun zu mir sagte: »So? Hier wohnen Sie?« Und sie trug Trauer. Wer's wohl sein mochte, um den sie ostentativ klagte? Diese Frau sah mich sozusagen eines Abends anscheinend ein wenig ungezogen, und jetzt war ihr da also jemand gestorben; sie aber zeigte noch dieselbe schöne stille und starke Haltung. An ihrer schmalen, feinen Hand blitzten gleichsam großäugige Steine von sonderbarer Sanftheit, und ich finde es an unserer nicht allzu großen Stadt nett, daß man stets wieder dieselben Menschen erblickt.

Aber man sollte sich wirklich nicht jedesmal so aufs Frühstück freuen, wie ich das an mir konstatiere. Ich nahm mir übrigens eine Übersetzung vor.

»Sie sollen arbeiten«, redete mich ein Mitbürger an, und er fügte bei: »Man sieht Sie häufig flanieren, was sich nicht gut ausnimmt.«

»Ich danke Ihnen«, flocht ich ein, indem ich anmerkte: »Mitunter muten Frauenerscheinungen fast faszinierend an.«

»Sie haben da«, sprach der gutherzige Herr, »sehr zeitvergeuderische, pagenhaft-unbedeutende Interessen, die sozusagen ein Stübchen bilden, das Sie lüften sollten. Scheinbar leben Sie geistig beständig in einer Art Mansarde, während Sie, was Ihren Interessenkreis betrifft, in einem Wohnhaus wohnen könnten. Sie sind eine Journalistennatur.«

Ich fragte, wofür er sich selber halte. Der Mitbürger glaubte meiner Frage dadurch ausweichen zu sollen, daß er sich auf ein ablenkendes »Hm« beschränkte. Dieses Ausweichende enthielt etwas Zurechtweisendes. Ich hielt diesen Herrn ohne weiteres für einen Beamten, den ich schon häufig angetroffen hatte. Nun ging er da so seines Weges. Die Straße schien unter seinen gewichtigen Schritten zu kichern. Manchmal kichern Mädchen über die bedeutendsten Leute, indem sie seidenfeine Witze machen. Aber vielleicht kommt es zum ersten Male in der Geschichte der Belletristik vor, daß ein Schriftsteller sagt, daß eine Straße gekichert habe. Ob womöglich diplomatische Adern in mir schlummern? Also arbeiten soll ich? Aber das sage ich mir ja täglich selbst.

Und nun möchte ich von einem Zimmer sprechen, das ich einige Monate lang bewohnte, und das einem Saal glich, in den von Zeit zu Zeit ein Mädchen hereinschaute und die Frage vorbrachte: »Sollte ich mich etwa verirrt haben?« Ich saß in diesem Gemach an einem sehr erwähnenswerten Tisch, trat etwa ans Fenster, schaute in die Gasse hinaus und rief aus: »Wie hübsch sie ist!« Damit meinte ich die Architektur. Für mich war's herrlich, im Zimmer hin- und herzuspazieren, das mich die Wiesen, Äcker, Felder, Wälder da draußen aufs kompletteste vergessen ließ. Alle acht Tage wurde das Zimmer von der Putzfrau geputzt, daß es nachher glänzte, als wäre es ein Tanzsaal. Ich will weder den schneeweißen Waschtisch, noch die Gardinen, die den Raum mit der Zierlichkeit ihrer Faltenwürfe schmückten, einer Hervorhebung für wert erachten, da dies provinziell wirken würde. Ausstattungsgegenstände nimmt man als selbstverständlich hin. Dagegen sei mir gestattet, zu sagen, daß ich dort prachtvoll schlief. Mich ins Bett zu legen, gestaltete sich mir jeweilen zu einem Vergnügen, dessen Schilderung ganze Seiten einnähme. Ich schlief dort mit grandioser Sorglosigkeit. Mein Schlaf glich einem Parke. Wenn ich aufwachte, schlich sich der Wunsch in meine Inwendigkeit, es möchte sogleich wieder Abend sein, damit ich Grund hätte, nur schnell wieder einzuschlummern. Wie würde mich jener mich zur Tätigkeit auffordernde Herr rügen, wenn er hörte, wie ich hier spreche. Vielleicht erhalte ich eine Anstellung auf irgendeinem Bankinstitut. Vorläufig korrespondiere ich mit einem Mädchen aus ausgezeichnetem Haus, was mich seelisch hebt und geistig ermuntert.

Frauen, die zur Starkheit neigen, nenne ich im stillen, was ja freilich sehr primitiv gesprochen zu sein scheint, Birnen. Jedenfalls weiß ich um eine ganze Reihe herziger Frauen, denen ich den Hof machen kann. Ich habe demnach Aufgaben, die ich um so fleißiger zu erfüllen bestrebt sein will, als mir in einem fort jenes hervorgehobenen Mannes Ausruf: »Sie sollen arbeiten« im Ohr nachtönt.

In hiesiger Stadt starb ein bekannter Verlagsbuchhändler, bei dem auch ich ein Buch verlegt habe. Jemand teilte mir mit, er verreise im Frühling nach Sizilien. Wie ich vor einigen Tagen durch die Straßen sprang. Ich glich einem Ausläufer. Es war eine wahre Lust. So lief ich z.B. mit ausländischen Banknoten auf eine Bank, worauf ich mich zu meiner Waschfrau verfügte. Auf einem kürzlich stattgefundenen Ausgang ließ mich ein kleines Mädchen je einen Streifen von seinen rosigen Beinchen erblikken. An einem Bach lag eine in den Nachmittag hineinphilosophierende, sich im Naß abspiegelnde Mühle. Streckenweise dachte ich an den einstigen venezianischen Feldherrn Colleoni, dessen Statue weltbekannt ist. Wie kamen mir im Sonntagabend zwei Frauen schön und groß vor. Wie weich sie meinen Gruß erwiderten. Mir fehlen übrigens zur Zeit Schuhbändel. Alle diese noch unerledigt in mir ruhenden Aufgaben! Ich habe Manschettenknöpfe gekauft. Schreibpapier lieferte mir eine einladende Papeterie. Soeben ist mir eine Gedichtanthologie übersandt worden, worin sich Proben meiner Sangesfreudigkeit befinden. Wenn ich gestehe, daß ich mit Essays kämpfe, wird niemand an meiner Vielbeschäftigtheit zweifeln. Ein sehr netter Mensch sprach eines Tages zu mir: »Andere Schriftsteller füllen irgendwie Lücken aus, Sie aber schriftstellern bloß zu Ihrem Vergnügen.«

Wie wir alle geschickt sind. Diese ihren Wert um ihres massenhaften Vorkommens willen teilweise einbüßenden Tadellosigkeiten. Diese überall verbreitete »Lebenskunst«. Und auch ich bin nun schon so ein »Techniker« geworden. Einst war ich so naiv. Aber ich meine vielleicht nur, ich sei es nicht mehr.

Diese für die Gesellschaft, fürs Vaterland usw. »Verantwortlichen«. Das Erhaltende, Hebende, das jeder dritte, vierte, zehnte Mensch vertritt. Alle diese »Stützen der Gesellschaft«.

Ich schrieb einem Vorwürfe-an-mich-Richtenden: Ich schrieb schon Allerlei, worüber die einen herzlich lachten, indes andere sich unangenehm berührt fühlten. Was diesen ein Geschenk bedeutet, empfinden jene vielleicht als Ungebührlichkeit. Hoch über der Frage, was taktvoll oder taktlos sei, lebt und wogt das Leben, bewegt sich das mitunter rücksichtslos scheinende Talent.

Ein beinahe durch die blankgefegten Straßen fliegender Journalist notierte im rastlos arbeitenden Weltgehirn: Flieger fliegen im Blau über meinem Kopf, den kein Hut deckt, was ich für schön und zugleich gesund halte. Ich sehe einen Rohproduktlastwagen und bin über mein Talent verblüfft, wahrzunehmen, wie ein Kavalier einen Regenschirm trägt, der einst der Herzogin von Kapulien gehörte. Ein Beamter fällt mir dadurch auf, daß er im Sonnenschein seine Hände in den Hosentaschen verbirgt. Es gibt Leute, die einen nicht zu grüßen wagen, weil sie denken, es könnte möglich sein, man erwidere etwa ihre Höflichkeit nicht. Ein Bekannter von mir hatte erwartet, ich würde die hübsche Schwäche an den Tag legen, ihn zuerst zu grüßen. Ich unterließ das aber mit einer fast grandiosen Promptheit. Dadurch büßte er die Sicherheit seines Benehmens mir gegenüber ein, das mir gestand, daß er mich schätze, daß er mir das nur nicht offen habe zeigen wollen. Was mich betrifft, so ist es so: wenn ich einer Person begegne, die ich respektiere, so nehme ich vier Meter vor der Begegnung den Stumpen, wie man hierzulande eine Art Zigarren nennt, aus dem Mund, ziehe die Mütze ab und verneige mich so fein und unmerklich, daß an der Achtungerweisung unmöglich gezweifelt werden kann, was so Einflechtungen sind, und nun hörte ich plötzlich einen Herrn zu seinem Nachbarn sagen: »das ist einer von denen, die die Neigung haben, nicht normal zu sein«. Eine Radfahrerin führte ein Netz mit sich, das voll Gemüse und Früchte war. Ein Mädchen hat rote, hohe Schuhe an, sich vom weißbestrumpften Bein eindrucksreich abhebend. Vor einem Hotelrestaurant, worin eine Gouvernante sitzt, für die ich mich interessiere, nicht ohne auch noch anderswo meine Interessiertheiten zu haben, steht ein mit einem großen Faß beladener Wagen, das Götternaß enthalten mag. Auf allen Straßen und Hausfassaden liegt weicher Herbstschimmer. Rebberge und Abende an Seegeländen tauchen vor meinem lebhaften Geist auf samt Tanzhäuschen in Eichenwäldern auf Eilanden. Vielleicht werde ich drei bis vier Tage in einem ländlichen Zimmer herbergen, dessen Möblierung noch aus der Rokokozeit herstammt. Ich zweifle zwar, daß ich vor Aufgabenerledigenmüssen dazu komme. »*Quatrevingtquatre*«, so klingts nun an mein Ohr. Bei uns wird viel französisch gesprochen. Ein Sänger disputiert mit einem Schauspieler vor dem Stadttheater. Ein kleines Kind lächelt mich an, aber man braucht bei Kindern die Kleinheit nicht hervorzuheben, da ja alle Kinder klein sind, obwohl es hie und da auch große gibt, vielleicht sogar mehr, als man anzunehmen geneigt ist.

Beim Mittagessen las ich in einem Blatt, das von Freidenkern bevorzugt wird, von einem Eisenbahnunglück. Ich erinnere mich dessen genau, da ich erst vor drei Stunden zu Mittag aß. Ein Gedicht verfolgt mich; ich werde die Energie haben, es niederzuschreiben. Wenn Mädchen gesehen sein wollen, fangen sie Arrangements mit ihrem Haar an zu treffen; es kann dies als eine feine Aufforderung empfunden werden, Zeit mit Versuchen verlieren zu wollen, sich zu verlieben, aber die Zeit ist kostbar, sie will ausgenützt sein. Energielose Leute reden gern von Energie. Von mir bin ich überzeugt, daß ich einen stillen Willen besitze. Ach, wie dieses Knaben-an-der-Hand-führende Dienstmädchen sich hübsch ausnahm! Einst warf ich einem Vornehmheit repräsentierenden Kindermädchen eine Kußhand zu. Ihre Kopfbewegung sagte mir: »Bitte ersparen Sie sich das.« Man befindet sich manchmal in einer etwas zu guten Laune. Die Häuser waren heute von einer Schönheit, einer Verhaltenheit im Dastehen, wie ich es kaum sagen kann. Ein Dichter, einer jener geistreichen Unsichermacher zarter Salönchen, nahm seine Vergötterte beim behandschuhten Händchen und fragte sie, wie ihr die Verse gefallen hätten, die er ihr einzusenden die leichtbegreifliche Unverschämtheit besaß. Sie erwiderte errötend: »Ich freute mich sehr, aber lassen Sie mich, bitte, einstweilen gehn.« Der Dichter schien für die Einfachheit solcher Sprache kein so vollkommenes Verständnis zu haben, wie sie es wünschte, die ihn für irgendeinen hergeschneiten Galan hielt. Ich machte ihn ergebenst auf die Sträflichkeit oder Ungebührlichkeit aufmerksam, die mir in seiner Aufführung zu liegen scheine. Indem er mich anschaute, der ihn da behelligte, entfloh die Hohe.

Eine stadtbekannte Erscheinung murmelte etwas in den Bart, sie besaß zwar keinen, aber man drückt sich gern so aus. Es gibt Sprachwendungen, die sich von selber bei uns einfinden. Im Schaufenster einer Buchhandlung glänzten, prangten die Ausgaben eines großen Dichters. Ich rede von Conrad Ferdinand Meyer, dessen hundertsten Geburtstag die gebildete Welt feiert, die man häufig auch die ungeduldige und unruhige nennen könnte. Bildung scheint noch eine ungelöste Aufgabe zu sein. Wir wollen immer eitel auf sie sein, doch nie stolz, und wir wollen niemals sagen, wir hätten nichts mehr zu lernen, und wir wollen uns nicht nur bei hundertsten Geburtstagen von berühmten Dichtern der Verpflichtungen erinnern, die uns die Bildung nahelegt, und wir wollen in allererster Hinsicht, wenn es sich um Gebildetheit handelt, nicht mit derselben rund um uns werfen. Im Grund ist ja immer nur der gebildet, der sich stets um Bildung bemüht, der ganz einfach bloß versucht, es zu sein, weil das nämlich gar nicht so leicht ist.

Gestern ist von mir ein sehr schönes, gutes, nuancenreiches Betragen an den Tag gelegt worden. Wie ich mich stilgerecht beherrscht habe, und wie ich eigentlich gar nicht nötig hatte, mich zusammenzunehmen! Darf ich wohl mitteilen, daß ich im Restaurant Kaninchenbraten mit Kartoffelstock aß, indem dies beides mit Sauerkraut garniert, verziert gewesen ist? Letzteres hat mir ausgezeichnet gemundet, es war eben recht sauer, d.h. ich glaubte, die Säuerlichkeit sei nach allen Richtungen gleichmäßig verteilt gewesen. Nachdem ich mir auch noch Zeitungsnachrichten gehörig hatte schmecken lassen, legte ich mir den wohlklingenden Namen Tannhäuser zu, ganz aus allernächster Eingebung, und zog als solcher hinaus in die sonnige Gegend, direkt gegen einen Bergzug zu, den ich in stattlicher Gelenkigkeit erklimmte, indem ich mich an Baumästen, wo das nottat, elegant in die Höhe zog. Im Tannenwald hatte ich eine Begegnung, nämlich die, die ich am allerwenigsten erwartete. Man kann da demnach von einem überaus unverhofften Antreffen reden. Meine einstige Geliebte war's, die an Seite ihres Mannes und zweier kleiner Kinder daherzuschreiten kam. Ich grüßte die Freundin mit einer mich selber verblüffenden Unbefangenheit und wurde wiedergegrüßt. Was konnte ich Besseres verlangen? Auf dem Berggipfel saßen im Wintersonnenschein Leute am Boden, die erstens die entzückende Alpenaussicht, zweitens ihren Imbiß genossen. Es kam dann einer daher, der mich lange, lange anschauen zu sollen sich für gebunden glaubte halten zu sollen. Ich gewährte ihm das Vergnügen gern. Seine Augen schienen mich etwas zu fragen, ich hielt mich aber nicht für verpflichtet, zu erraten, was. Ich strenge mich am liebsten immer erst dann geistig an, wenn's etwas abträgt. Ein Haus stand einsam an einer Halde. Schade, daß ich dieses Wort Halde brauche; erinnert es nicht zu sehr an Gedichte und Geschichten, die jeder schon irgendwann kennenlernte? Aus einem andern Hause rief ein Mädchen aus allen Kräften nach ihrem Rudi, er solle machen, daß er heimkomme, aber sof-fort. Wie die helle, befehlende Stimme am Waldrand fröhlich klang. Ich meinerseits spielte nun den Tiroler, indem ich mir die Hosen über die Knie hinaufzog und eine Weile nacktbeinig weiterging. Was so einem Tannhäuser nicht einfällt! Womöglich noch anderes als nur Wädeleien. Drei Mädchen schauten mir etwas später entrüstet ins Gesicht, das ihnen ein wenig zu glücklich vorgekommen sein mag. Unsere Zufriedenheit macht auf die Umwelt den Eindruck von etwas Gefühllosem. Aber wenn du so suchend, so verlangend, so verunglückt ausschaust, wirst du dann nicht bisweilen lachhaft befunden? Eine Wirtschaft war voll pelzmäntelanziehende Frauen und tischeinbeschlagnehmende Herren. Abends war ich dann im Theater, wo eine sehr nette, ich möchte sagen, geschmackvolle Oper vor ausverkauftem Haus gegeben wurde.

Die Heldin spielte bald Dienstmädchen, bald Dame, der singende Held bald den Herrn und Gebieter, bald den Unterliegenden. In der Zwischenpause nahm ich mich einer Waffel milde an, indem ich sie barmherzig verzehrte.

O, wie sie sich freute, daß sie mir schmeckte.

Sie lächelte, als ich sie zerbiß.

Indem sie litt, machte sie sich mit dem Sinn des Daseins bekannt.

Die Lady auf der Bühne trug eine Sammetschleppe und beliebte eine Reitgerte in der behandschuhten Hand zu haben nebst einem Federhut auf dem Haar. Ein ganzer Kranz von Fräuleins kam graziös aus dem Wald hervor, aber vom Helden ist zu melden, daß er eine Prachtsarie mit Bravour sang, die ihm reichen Beifall eintrug. Er war nur ein schlichter Ackerbauer, und wenn er laut betonte, die Lady sei sein, und wenn er damit zunächst nicht Anklang fand, vielmehr zum Gefangenen gemacht wurde, so mußte uns das einleuchten, die wir die Tribüne mit unserer Gegenwart ehrten. Er verstand überaus reizvoll zu liebhabern, sie auch, und Geschehnis, Farbe, Musik klangen aufs wünschenswerteste zusammen. Das ganze Haus hatte gleichsam vor Vergnügen eine rote, frische Wange. Solch einen Theaterabend lob ich mir, an welchem sie sich zuletzt dann doch noch zum Glück bekamen.

Ich sah, wie die Sängerin, die die Lady spielte, mit den Augen in den Himmel hinaufzündete. Als er sie umarmte, schien mir die Umarmung groß genug, daß sie in derselben schier verschwand. Sie wurde ganz klein, fast unsichtbar. Nur ihr Haar lispelte: »Hier bin ich.«

Sonst nahm man gar nichts mehr von ihr wahr, so fest, so innig hielt er sie. Sie existierte nur noch als ein Stückchen Umschlungenheit. Sie war eben, wie man sagt, völlig weg. Sie war so froh über seine fromme, entzückte, liebende Übermacht. Er wieder hatte beide Hände voll zu tun mit Sichmächtigerweisen. Ah, wenn der Starke mit den Armen etwas Schwaches, etwas Weiches umhalsen möchte und nichts finden würde und ins Leere taumelte …

In meiner Bude, hol's der Teufel, ist's ja ganz schön, aber manchmal dünkt mich, ich …

Sie ist schrecklich still. Sie soll aber auch kein Wort von mir erfahren. Ich will ihr trotzen, ihr nachahmen. Unglückliche, die wir beide sind. Ist sie etwa glücklich? Das wäre ein unangenehmer Gedanke. Wahrscheinlich ist sie's. Nun, dann muß ich's auch sein. Und wenn ich's noch nicht bin, muß ich mich beeilen, daß ich es werde. Neulich sah ich sie mit einem Herrn, der sie offenbar besitzt, beherrscht? Man weiß es nicht. Es ist so spannend, ein Mädchen zu lieben, das in der eleganten Welt lebt, umringt von Leuten, die sich aus den Artigkeiten eine Zerstreuung machen. Aber der Glaube versetzt mich immer in die höchste Ruhe. Vielleicht werde ich sie nicht mehr sehen. Ich halte sie für sehr schlecht und wieder für sehr fein und edel. Es kommt darauf an, wie man zu ihr steht. Ich beging ihr gegenüber einst einen starken Fehler, und da achtete sie mich. Ich ließ mich von Übellaunigkeit hinreißen. Man muß Mädchen gegenüber äußerlich höflich, aber innerlich hart sein. Sie lassen sich nur von Heuchlern überzeugen. Das finde ich furchtbar lustig.

O, wie ich dies Frühjahr sehnend herumging, sie suchte und mich über die Vergeblichkeit des Suchens freute! Ich armer Knabe halte mich zuweilen für geistvoll, zuweilen aber auch für recht blöde. Auf Regen folgt schönes Wetter, auf letzteres wiederum Regen. Eine Kirche ragt vor meinem Fenster in die Luft. Ich lasse mich aber dadurch eher in muntere als mißliche Stimmung versetzen. Ich trotze der Religion und ihren Lehren. Trotz macht fröhlich, und wenn's möglich ist, daß Edith fröhlich sein kann, mag ich nicht hinter ihr zurückbleiben.

Sie ist ein herrliches Geschöpf, das mir noch nicht einmal erlaubt hat, ein Wort an sie zu richten. Ich bin der richtige, aufrichtige Anbeter. Sie weiß es; meine Augen sprachen zu überzeugend. Das Dumme ist, daß ich sie nicht – begehre, sondern sie bloß entsetzlich liebe. Ich hoffe, diese Liebe sei die wahre. Wenn sie mir nicht vor dem Geist erscheint, bin ich trostlos. Sehe ich sie, so werde ich augenblicklich zum gediegenen Menschen. Oder meine ich das nur?

Aber ich gönne dem Mädchen diese Macht. Wäre ich Edith, so würde ich mich aufsuchen, aber sie denkt gar nicht dran. Ich würde nie gewagt haben, sie darum zu bitten. Die Bitte wäre ja auch abgelehnt worden. Ich finde sie entzückend, weil sie mich nicht mag.

Eine Frau, die ich zur Vermittelnden brauchte, hat mir zwar hinterbracht, Edith hätte gesagt, sie schätze mich. Doch kann die Hinterbringerin aus Geschäftsabsichten Falsches gesprochen haben; nur um mir etwas Lockendes ins Ohr zu sagen und mich damit gebefreudig zu machen.

Niemand weiß etwas außer dieser Frau von mir und ihr. O, wie ist sie bös, daß sie so lieb ist.

Am peinlichsten werden die Reizendsten. Wie hat sie mich schon unschuldigerweise gequält, aber wie mich das Quälen belebt hat ...

Eben sah ich sie über die Straße gehen. Ich bin noch ganz paff, d.h. vom Eindruck verwirrt. Das Abenddunkel verhinderte mich, sie genau zu erkennen; doch möchte ich annehmen, sie sei's gewesen. Sie schien mir diesmal gar nicht vornehm, beinah etwas ärmlich, vielleicht weil sie allein ging. Einzelne kommen uns einsam, arm vor. Aber ich werde Edith nie bemitleiden. Damit wäre ich anmaßend, würde sie schmähen.

Ich habe sie erhöht, nun soll sie auch oben bleiben; ich will sie unbedingt als über mir stehend ansehen, will vor ihr zittern, ich will, ich will das! Ob's ihr nun paßt oder nicht. Die Emporgehobene muß sich dem Untergebenen fügen.

Einige meinen vielleicht, so hätte ich nichts von ihr; ich aber weiß, daß ich nur so etwas von ihr habe. Es ist wichtig, daß jeder sich kennt. Ich lasse sie nicht wissen, wie ich ihr treu bin. Ihr einen Brief zu schreiben, habe ich längst beabsichtigt; öfter schon nahm ich Papier zur Hand, um mich ihr zu offenbaren, aber es ist mir lieb, daß ich's noch nicht tat. Man tut nicht gut, sich bloßzustellen, und dann bin ich auch stolz.

Der Stolz, der Hochmut in mir müssen ihre Nahrung haben. Diesen Stolz darf allein Edith anfechten; mir selbst aber erlaube ich's nicht. Wie leicht, wie angenehm wäre es, ihr alles mir in bezug auf sie Bewußte schlicht mitzuteilen. Das wäre wohl schon beinahe zu einfach. Ein zivilisierter Mensch darf nicht so gerade, so ehrlich, lautstimmig sein, sich vor keiner Enttäuschung, keinem Widerspiel, vor keinem üblen Zufall fürchten. Man soll jede Möglichkeit erwägen, schon im Interesse des Gegenstandes der Ehrfurcht.

Kann ich denn wissen, ob sie mich ihr überhaupt ergeben wünscht? Ob sie etwas von mir begehrt? Kennt sie mich überhaupt? Interessiert sie's, ob einer wie ich an sie glaubt, das Schönste von ihr hält, das Leben beinah für sie ließe, wenn sie's aufgeopfert haben wollte? Nichts widert mich mehr an als Voreiligkeit. Alles eher als das! So dumm hinspringen mit einem Sack voll Wärme, ihn über sie ausschütten, die vielleicht Kälte vorzieht, an sich warm genug hat, indem sie ziemlich sicher jemand liebt. Vermutlich tut sie das: muß ich da nicht besonders vorsichtig sein?

Mich liebt sie nicht. Sie hält mich für verdorben, unschmackhaft, untauglich, nimmt mich bürgerlich gar nicht ernst, verachtet mich, und sie darf das ruhig tun, wobei ich ja immer hoffe, sie irre sich. An einem Mädchen finde ich ja gerade rührend, daß sie sich leicht unrichtigen Anschauungen hingibt. Aber was heißt unrichtig anschauen? Sie beurteilt mich vielleicht ganz richtig. Ich wünsche sogar, sie hätte mit ihrer ungünstigen Einschätzung recht; ich wäre dann ganz, ganz tief unter ihr, mich dürstet ja nach Kleinheit, Niedrigkeit vor ihr, damit sie immer die Hohe bleibe, ich mein »Ideal« behalte, ohne welches ich freilich auch existierte.

Leben läßt es sich in jeder Lage. Ich kann sie entbehren, fürchte mich vor ihrem Verlust absolut nicht. Ich verlange, erwarte ja im Grund vom Leben nichts. Edith, die ich noch nicht mit dem kleinen Finger anzurühren wagte, bedeutet für mich ein

Geschenk. Als sie mir eines Tages mit dem Kopf zunickte, schenkte sie sich mir, ohne mir irgend etwas zu geben. Sie ließ mich sie lieben, verbot mir nicht, sie anzuschauen, und je mehr ich das tat ...

Sie behandelte mich gleich von Anfang an von oben herab und war zugleich sehr höflich. Wollte sie mich etwa unterrichten? Möglich wäre das schon. Ich wollte ihr etwas sagen, wie lieb sie mir sei, doch ...

Ich bin in dieser Schoßhündchenstadt zum wedelnden Hundeli geworden. Dichter werden hier von feinen Leuten zum Nachtessen eingeladen. Hausfrauen schenken ihnen Rosen, und die Gatten haben nichts dagegen einzuwenden. Abends schimmert noch bis in die späte Nacht Licht in den eleganten Konditoreien. Kühlende Bäume erheben ihre graziösen Wipfel; und aus den blätterumlispelten Gärten säuselt Musik. Die Stadt ist wie eine oft und heiß umworbene Schöne, die zum Glück nicht nachgibt, damit sie immer begehrt, geliebt und umworben werde. Viele Gymnasiasten flanieren in den Arkaden; die Mädchen sind mit Federn und lustigen Einfällen geschmückt. Sie tanzen eher, als daß sie bloß gehen. Herrlich treibt es mich frühmorgens herum, treppauf und -ab. Neulich trank ich in einem Hotel von allen Sorten Likör, was mich Geld kostete, aber ich finde, daß etwas Gutes gar nicht billig sein sollte. Kein Wunder, daß ich in solcher Umgebung jung werde. Im Bett mache ich eine Weile den Dummkopf, eh' ich aufstehe. Gesichterchen gibt es hier, daß man stirbt und augenblicklich aus entzückungsvollem Tod aufwacht. Die funkelnden Gläser, die beängstigend hübschen Bouquets, die glitzernden Ringe und die Unmasse unerfüllter Aufgaben: Bedauern, beneiden Sie mich, mein Herr. Ich lernte hier spielend Flöte blasen. Ein Berg erhebt sich gutmütig in der Nähe, abends steigt man auf zartgewundenen Wegen hinauf und schaut auf die Heiterkeit und Pracht hinab, winkt mit der Hand, streckt grüßend den Arm aus. Diese Stadt meiner Liebe, meines vielen, vielen Bittens, diese Schoßhündeli- und Bändelistadt ist mein Eigentum. Noch nie im Leben fühlte ich mich so sicher. Oft schüttelt mich ein Lachen und perlt und rieselt mir durch die Glieder. Wunderbar schmöllelen und zürnelen hier die Frauen. Die wollen behöfelt und bemokiert sein, aber das klingt unartig. Ich habe hier mein Herz entdeckt, und geh ich von hier fort, was ich mir nicht auszudenken vermag, so wird es bluten, denn ich werde mich gewaltsam losreißen müssen; aber ich weiß es noch nicht, ich mag's nicht wissen. Ich langweilte mich hier noch keine Stunde, komme nicht zum Dichten, ach was, dichten! Wer verlangt von einem Schoßhündchen, daß es dichtet? Was würde aus mir? Ich bin glücklich, und ist denn das ein Unglück? Wie die Stadt sich nennt, sag ich nicht, das ist ja auch nicht nötig, wenn sie nur schön ist, man sie gern hat.

Ich kenne eine bedeutende Angedichtete, die nicht dichtet, aber ein Gedicht ist, was für einen Dichter viel bedeutet. Ist man frech zu ihr, so hat sie bloß ein herrliches Verwundern. Ich habe sie schon ein paar Mal besungen, doch einstweilen ungenügend. Sie jagte mich weg; ich habe darüber fröhlich gelacht, als wenn sie mir eine Nacht bewilligt hätte, die den Dichter kalt läßt, da ihm seine Phantasie ihre Glieder längst zu sehen erlaubte. Nie werd' ich nachher wieder lieben. Sie machte mich zum Kind, das die Erde anstaunt, in die schönste Unterweisung geht und Gott verehrt. Ihre Schuhe sind nicht besonders wundervoll. Ich liebe aber schon die Serviette, womit sie tändelt. Ich darf sie nicht wiedersehen und bin dennoch glücklich, dürfte es eigentlich nicht sein. Ich wurde unverschämt bei ihr weil ich in ihrer Gegenwart zitterte und weil ich Überlegenheit vortäuschen wollte und dieses Zittern, diese Liebe blöde fand und beinah haßte. Aber fern von ihr, kose, spiele ich mit ihr, hüpfe wie ein Verrückter, wie ein dummer Bub. Ich könnte sie zirka vier Jahre lang vergessen; dann würde alles neu über mich kommen. Entzückend, dies zu wissen! Was ein Mädchen für eine Macht hat, hätte ich nie vorher gedacht. Alle Treue und was sonst Gutes in mir ist, sinkt am Kleide der einzigen nieder. Ich bin munter, wie sonst nur frühmorgens: doch ist's Mitternacht; ich schreibe dies auf, als gäbe ich's niemand zu lesen.

Das Maß ist bald überschritten.

Wie ich es treibe und trieb, treibt und wird es keiner mehr treiben.

In Neapel Schulden zu hinterlassen!

Patrizierhäuser besänftigend mit dem Ärmel zu streifen, als wenn solche Haushaltungen der Aufmunterung bedürften.

Köchinnen hochzuachten, bei Zeichnungslehrern zu wohnen und aufs Kostgeldausbezahlen zu verzichten.

Ich wurde in jeder Art Entsagung ein großer Künstler. Einst schritt ich nur mit Zögern, d.h. mit Vorsicht und dementsprechender Freude in unsere feineren Lokale, deren Anblick ich heute vornehm verschmähe oder rücksichtslos umgehe, oder wie Sie wünschen könnten, daß ich mich da ausdrücke.

Vierzehntägige Aufenthalte an Seeufern usw. zu machen und den Herrinnen der diesbezüglichen Chalets nicht eine einzige verbindliche Zeile per Post zukommen zu lassen, statt an nette Leute hie und da Briefe zu richten, mit Mönchsschriftadressen und Anreden wie: *Großmütige Spenderin so und so vieler Portionen gutzubereiteter Bratkartoffeln.*

Courtoisie wäre nachgerade wieder am Platz.

Keiner kann dümmer und fröhlicher dreinschauen als ich, aber ich frage mich, wie lange solche Aufführung andauern soll.

Wäscherinnen werden von mir wie Regentinnen behandelt, kleine, zarte Schülerinnen wie anspruchsvolle Mitglieder des weiblichen Teils unserer menschlichen sowohl wie bürgerlichen Gesellschaft.

Ob das wohl recht ist?

Ich beklage aufrichtig, daß ich mich immer wieder riesig gern am Kinn anfassen lasse.

Ich fliehe die verständnisbegabten Leute, weil ich fürchte, daß mir all ihr großes, leuchtendes Eindringen in meine Art und Weise vielleicht doch noch immer nicht genüge.

In mir sind so viele zarte Vermutungen!

Ich komme vor Niemalsumkommenkönnen sozusagen um und habe mich vor Ernsthaftigkeit in die zauberischen Gärten der Liederlichkeit verirrt. Glänzende See-Augen, schimmerndes

Mädchenaufschauen zu Bildwiedergaben hinauf, die etwa in Buchhandlungschaufenstern hängen.

Jetzt riechen, vielmehr, feiner gesagt, duften die Gassen und Straßen von Tannenbäumen, und ich Geizhals schenke niemand etwas, weil ich mir eingeredet habe, ich würde mich eher fürs aus schönen Händen Greifen und Entnehmen als fürs Darbieten eignen.

Das niebezahlte Kostgeld macht mir von Tag zu Tag stärkere Sorgen, und daß ich die Liebe, die sie ja doch nun einmal ist, mit so kalter Achtung vor mir erfüllt habe, erfüllt mich mit einer gewissen ruhigen Beunruhigung und unruhigen Ruhe.

Ich schaue jeden Abend hinter den Fenstervorhang, ehe ich zu Bett gehe, ob sie sich vielleicht da verberge.

Wie ich damals vor »Jene« hintrat, um mich zu entschuldigen. Ich kam mir dabei schlank vor. Sie fixierte mich ruhig und lang, ließ mir Zeit, alles deutlich vorzutragen. Ich überreichte ihr meine Einsicht in die begangene Unart wie ein Fruchtkörbchen. Sie nahm das Präsent an, wechselte kaum die Miene, sprach bloß: »Ich hoffe, das kommt nicht mehr vor.« Glitzerte in meinen Augen nicht etwas wie eine Träne? Aber vielleicht sage ich damit zuviel, illustriere mich zu farbig. Ich möchte hier ganz »schlichte« Worte brauchen, nicht mit Worten spielen, wie ich's leider schon so häufig tat. Sie lachte natürlich ein bißchen über mein abbittedarbringendes Dastehen. Wahrscheinlich würde ich über meine Figur auch gelacht haben. Das Lachen verzieh ich ihr, d. h. ich hatte ihr ja ganz und gar nichts zu verzeihen, sie, sie hatte das ja zu tun, und sie tat's, indem sie lachte. Übrigens lachte sie absolut nicht laut, dazu ist sie ja viel zu zart, und sie soll seither ein zartes, kleines, feines Mißgeschick gehabt haben, nicht von Bedeutung, aber sie hat scheinbar doch dann und wann an mich gedacht, wenn vielleicht auch nur »lachend«. Sie werden mich verstehen. Es erzählte es mir jemand. Gestern wurden mir im Theater die Augen feucht, das war ein herrlicher Moment, aber warten Sie doch mal, ich muß da noch etwas nachholen:

Ich stand so im Zimmer einer Frau, einer großen, schön gebauten Frau, und der Fußboden knarrte unter ihren Schuhen und Füßen. Ob ich das wohl lieber hätte unterlassen sollen zu sagen? Ich weiß es nicht, aber vielleicht schadet's nichts. Ich hörte dieser Frau über eine halbe Stunde zu, sie gab mir gleichsam Auszüge aus ihrem Leben. Ihr Mann liege krank im Bett, sagte sie. Ich erkundigte mich nach der Anzahl ihrer Kinder und bekam zu wissen, sie habe zwei Töchter, oder waren es mehr als zwei? Ich möchte mich hüten, irgendwas zu behaupten. Die Hauptsache dabei ist gewesen, daß mir die »stattliche« Frau gefiel, was ich sie ungezwungen merken ließ. Dann mit einmal ging ich. Ich stand noch so da, als wäre ich in ihrer Nähe wie angewurzelt, wie an den Fußboden angenagelt, den sie mit ihrem Gewicht knarren machte, und plötzlich war von meiner Anwesenheit keine Rede mehr. Vielleicht war's ein Fehler, daß ich unvermittelt eine Verbindlichkeit löste. Sehen Sie, es sah aus, wie wenn ich »weggeflogen« wäre, still aber blitzschnell. Es scheint dies einer der Züge meines Charakters zu sein, aber mir liegt nun noch ein Geständnis auf der Zunge, ich möchte da gewissermaßen schnell noch etwas beichten, nämlich kundtun, wie »die mir wüstsagte«. Gewiß handelt es sich da nur um eine »Kleinigkeit«, um eine etwas zu freiherzige Freiheit, die sich meine Freiheitlichkeit, ich möchte sagen, »schweizerische Unabhängigkeit« herausnahm. Schließlich ist man nicht dazu Schweizer, daß man sich nichts als Freiheiten usw. erlaubt. Ich verstehe dies ja sehr gut. Worin diese »Freiheit« bestanden hat, brauche ich nicht auseinanderzulegen, es wäre dies taktlos. Ich kann Sie bloß versichern, daß es sich um eine Art Korridorlichkeit handelte, um so eine Art Knabenhaftigkeit, über die sich »die Ärmste« erboste. Wie ich sie mit dieser »zarten Frechheit« erregte. Es tut mir ungeheuer leid, aber es wird natürlich wieder einmal zu spät sein. Ich kam im Leben mit angemessenen Betrachtungen schon allzu häufig zu spät. Sicher werde ich diese Erregte lange nicht vergessen. Wie ich gestern von diesem Balkon herunterschaute! Doch das kommt später.

Es gibt da am Rand eines der an unsere Stadt grenzenden Wäldchen ein Bäumchen, das einen querlaufenden ziemlich dünnen Ast hat. Das Bäumchen pflege ich morgens um 7 Uhr früh zu besuchen, um mich an dem Ast in die Höhe zu ziehen, was man in der Sprache der Turner den »Aufzug« machen nennt. Solches und anderes sollte vielleicht von mir besser vermieden werden, denn wie, wenn mich da eine bessere Frau, sagen wir, eine Dame sähe? Welchen sonderbaren Eindruck würde eine solche »verehrenswürdige Erscheinung« von mir gewinnen? Heute früh tat ich das auch wieder, bin wieder zu meinem Bäumchen gegangen, doch Sie sehen wenigstens hieraus, wie offen ich bin. Gestern also ging ich nach langer Zeit wieder einmal in unser Theater. Seit dem letzten Herbst betrat ich die Stätte nicht mehr. Aufgeführt ist gestern eine komische Oper worden, die aber auch Rührendes, Ernstes enthält, denn wie wäre sie sonst zu einem so süßen, kleinen Weinen gekommen? Neben mir saß ein Backfischchen, d.h. eine jugendliche Dame, ein Mädchen in zartem Alter, an der mir ein sehr hübscher Mund auffiel, und die auf ein paar Bemerkungen, die ich an sie zu richten wagte, sehr nett antwortete. Als nun so auf der Bühne gesungen, im Orchester musiziert wurde, der Zuschauerraum hübsch dunkel war, rührte ich meine kleine, junge Nachbarin ganz, ganz zart an, da hätten Sie sie sehen sollen. Ganz entzückend war's, was für einen Zurechtweisungsblick sie mir zuwarf. Dieser Ausdruck von Würde am unerfahrenen Wesen, ich meine, ich brauche ja auch hier nicht weitläufig auf Einzelheiten einzugehen. Diese so nebensächliche Angelegenheit ist doch kein Park zum drin Spazieren. Während der Pause ging ich, einer Eingebung gehorchend, vielleicht der Sängerin zu Ehren, die so schön gesungen hatte, ins Foyer hinab. Hier hielt ich's für angebracht, ans Buffet zu treten und eine Flasche Bier zu konsumieren. Hernach trat ich hinaus auf den Balkon. Unten vor der Fassade gingen Leute auf und ab. »Ich Malaye«, sagte ich. Mir war ganz märchenhaft zumute. »Wie gut du zu mir bist«, sprach ich ferner, ohne dabei viel zu denken. Manchmal kommen mir Worte von selber. Und heute bin ich zum Glück verhältnismäßig recht früh aufgestanden, aber was kommt mir wieder für eine »ganz andere« in den Sinn, der ich Artigkeiten sagte, und die vielleicht auf Fortsetzung der Artigkeit wartet.

Die Oper war die »Entführung aus dem Serail«.

Selten ließ sie mich zu einem Wort kommen; wenn ich eines aussprach, achtete sie gar nicht darauf. Vielleicht hat sie mich von jeher absichtlich vernachlässigt, weil sie mich glücklich sah. Meine Augen mußten mich ihr verraten. Schon zu Anfang meiner Beziehungen zu ihr, die seltsam sind, schenkte ich ihr Veilchen. Sie ließ sie zu Boden fallen, ich flink wie ein Wiesel auf das Fallengelassene zu, sie hielt die Hand, die schöne, still dar, damit ihr das Bouquet zum zweitenmal überreicht werde, und küßte, küßte? Nein, berührte bloß, berührte? wiederum nein, atmete bloß heiß und dumm, man ist immer dumm, wenn man heiß ist, ihre Finger an. Oh, ich war selig: die Finger, in die ich hineindrückte, was da duftete und mich einige Rappen gekostet hatte, die blöden Blümchen, denen ich an Blödigkeit und treulicher Liebhaberei glich. Ich duftete wohl selber auch vom Duft und von Wünschen, ewig dem Mädchen lustig, knabenhaft zu dienen und für die Dienste halbe oder ganze Schalksmienen zum Dank einzustecken. Es war etwas Liebes, wunderbar Liebes, und dabei etwas sichtlich Nichtswürdig-Spitzbübisches an ihr, und ich liebte beide Teile; beides Wesentliche floß für mich in eines und blieb fortan in meiner armen Teufelsseele bildlich-unzertrennlich, daß man mich hätte zerschneiden müssen, um den eingesogenen, eingefangenen Schatz hervorzugraben. Gerne, ach, zu gerne würde ich dieses mein Leben hingegeben haben, nur hielt ich es zum Aufopfern für zu schlecht. Wie gesagt, sie überließ mich im Salönchen meistens mir selbst. Einmal ließ sie ein Büchelchen Papier, Nötchen usw., fallen, ich raffte sie mit dem Mund, dem höchsteigenen, auf; sie lachte über meine Fertigkeit und über die Fröhlichkeit, die aus derselben zu ihr hinaufstrahlte, zu der Hohen, die sie mir war. Ich sollte doch nicht so dumm tun, sondern bedenken, daß mich Leute sähen, setzte sie mich zurecht. Sie schien mich gerne zu korrigieren; ich wieder war mit unvergleichlicher Lust der Korrigierte und Zur-Redegestellte. Da brachte ich geringer Mensch in abscheulich-altem Mantel ihr unversehens Juwelen. Das war ein Abenteuer! Ediths Augen glänzten im Entzücken und Entsetzen, voll Hochachtung vor mir und wieder mit unnennbarer Geringschätzung. Das Näschen rümpfend und mich mit herausfordernder Fraglichkeit betrachtend, nahm sie den Schmuck ohne jedes Lächeln und ersuchte mich, ihr die Rechnung vorzulegen, damit sie sähe, daß die Kostbarkeit bezahlt sei. Ich tat, was sie verlangte und da war sie zufrieden, aber mehr mit sich als mit mir. Sie behandelte mich von da an liebloser, noch bedeutend schlechter als vorher. »Ob ich Ihnen wohl die Hand jetzt küssen darf«, wagte ich sie zu fragen. »Was bildet sich der Herr da ein«, war alles, was ich von ihr zu kosten bekam. Vor ihrem Blick schlug ich den meinigen nieder. Ich muß beifügen, daß ich die Demut zum Teil zu meinem Vergnügen nur spielte. Es war so süß für mich, sie so recht mutig, hochmütig zu machen. Man gönnt den Zarten gern das Glück, sich allerlei einzureden, an eine Stärke zu glauben, die sie nicht haben, die sie bloß vom Gutmütigen geborgt bekommen. Schwache sehen so hübsch in der Einbildung aus, sie seien die Starken. Edith »interessierte« mich einfach kolossal.

Liebe ist ein zu schönes Wort, als daß ich's leichtsinnig in den Mund nähme; ich möchte, was es bedeutet, lieber nur empfinden ...

Wahrscheinlich sah der Maler nicht alles, was z. B. ich sah. Du weißt, daß ich ein Dichter bin. Ich schreibe Verse, aber ich schreibe sie nicht unmittelbar vor der Natur, vor dem, was mich dichterisch stimmt, ich spare es mir für nachher auf, stecke Eindrücke, Angeschautes gleichsam in die Tasche, um mich mit der Beute zu entfernen. Es ist dies eine Art Verhaltensmaßregel, ich möchte sagen eine Verwaltung, ich bin insofern ein Verwalter, Versiegler, als ich auf zusammengelesene Ideen mein Siegel drücke, sie in die Schublade lege, um sinnlich zu reden. Ich sah eines Tages den Maler, mit dem ich übrigens nur so einige Worte, Zufallsworte, Höflichkeitsworte, gewechselt hatte, mit seinem Werkzeug vor einer Landschaft sitzen, deren Bild er einzufangen versuchte. Ganz flüchtig schaute ich auf seine Zeichnung. Es war kurz vor dem Mittagessen, und ich mußte mich da ja zunächst fragen, was uns aufgetischt würde. Diese Frage beschäftigte mich, offen gesagt, stark, und ich schaute also nur ganz wie auf etwas Nebensächliches auf des Malers Arbeit und sah da seine Striche, Striche sind Hilfsmittel. Es gab ja dann auch bei Tisch Fisch, der sehr prachtvoll schmeckte. Zu der Remoulade, die dazu serviert wurde, kann ich nicht anders als auch heute einfach noch, während sie doch schon längst verzehrt worden ist, jubeln. Ihre Beschaffenheit war göttlich.

Ob der Maler dieses Juwel von Allee gesehen hat, die ich da eines Tages gleichsam entdeckte, ob ihm vergönnt gewesen ist, so weit ins Dickicht, in die Verworrenheit der Landschaft vorzudringen, schien mir fraglich, denn er war ja verheiratet. Verheiratete springen nie sehr weit von ihren Gemahlinnen fort, das ist doch ganz klar. Indes die Malersfrau vielleicht einen Strumpf strickte oder bloß flickte, strichelte er, und dieses Stricheln war ja auch eine ehrliche Arbeit. Er kam mir als ein sehr guter Pantöffelchenkenner vor, und nun ging über den See ein auserlesen windiger Wind. Es war eine richtige Windsbraut, die da über das klare, blaue, schöne, heitere, lustige, flotte, liebe, gute Wasser jagte. Die Bäumchen am Ufer mußten sich vor diesem überaus zuverlässigen Wind krümmen und taten es scheinbar ganz gern. Der Wind machte sie silbrig schillern, und da saß nun der Maler und bemühte sich, mit Strichen den Wind, das Wasser, die Wellen, das ganze herrliche, pathetische Ereignis, dieses Phänomen, abzumalen, und ich sah sogleich, daß ihm die nötige Schrift, genannt Technik, fehlte. Der Wind war ein weißes Unsichtbares, also ebensogut ein unsichtbares Weißes. Man kann das Unsichtbare natürlich sehr gut malen, das sich auf den Ersichtlichkeiten deutlich abspiegelt.

Dieser Maler schien also meine einzig-schöne Allee, die ich entdeckt hatte, seinerseits nicht entdeckt zu haben, was mich selbstverständlich freute, da die Allee dadurch etwas wie mein Eigentum geworden war. Es dauerte eine Stunde, ehe ich sie abgeschritten hatte. Sie war also ungefähr vier Kilometer lang und lief die Seebreitseite entlang, und sie war unerhört, raffiniert schön, von einer unsäglich süßen, geheimnisvollen Schlankheit, mit der sie sich in der Luft wohlgefiel wie ein herziges Kind in einem Spiegel, der ihm sagte, wie hübsch es ist, was man zwar eigentlich lieber nie, nie wissen sollte. Niemand sollte sich selbst anschauen, denn der schönste und liebste Spiegel ist die Liebe, und wir spiegeln uns am belebendsten, vorteilhaftesten in unseren Anhänglichkeiten und Treuherzigkeiten ab, das nebenbei.

Die Allee bestand aus Erlenbäumen, die zum Teil über hundert Jahre alt sein mochten, und vielleicht sah das alles, diesen Reichtum von Landschaftszauber, der Maler nicht. Es war eine Landschaftskostbarkeit ohnegleichen. Man wurde in dieser langgezogenen Allee ganz verzagt, von so einer Seltsamkeit war sie, so schön vom Abendsonnenschein umgoldet und umzärtelt; man fürchtete sich sogar ein wenig vor diesem Schönen. Die Allee machte mich zum schüchternen Knaben, ob man das nun für möglich hält oder nicht. Der See und die ganze Welt, dieser hohe Dom, worin alle, alle Dinge sind, verhielten sich still, kaum ein Lüftchen ging, es glich einem Gesang, es war wie ein leises, feierliches, glückliches, schöpfungsanbetendes Singen im unbeschreiblich Schönen, das ich hier so gut wiederzugeben versuche, wie der Maler mit dem winddurchfegten See fertig zu werden versuchte, als ich mit Mittagessensgedanken, mit gebackenen Fischgedanken und Salatgedanken an seinen Bemühungen, die mir ehrlich schienen, vorüberging.

Womöglich bemöbelklöpfelte und behäubelte ihn seine Frau ein bißchen. Man tut gut, nicht zu viel hierüber zu sagen. O, die Allee, die er nie sah, die sich mir öffnete, mir, mir. Als ich sie betrat, war ich ein Schwelger. Der grasige Boden war samtgrün, zum Sichhinlegen weich, das ganze schöne Zeug hatte so etwas Unangetastetes. Seit langer Zeit schien niemand mehr Grund gefunden zu haben, sie zu betreten. Jetzt bin ich hier, und sie ist dort.

Ich frühstückte herrlich und in Freuden, aber man sollte so etwas nicht so laut sagen in einer Zeit, wo zartere Naturen die unzarteste Menge von Sorgen auf ihren Schultern tragen. Dann lenkte ich meine Schritte, die eines Menschen Schritte sind, der auf der Höhe seiner Epoche zu stehen scheint, zum Denkmal Oskar Biders hin, ging rund um dasselbe herum und bekam den Eindruck von etwas Schönem. Meine bescheidene Meinung ist, man tut gut, vor einem Kunstwerk, das von der Gemeinde oder vom Staat von einem Künstler bestellt worden ist, und das auf dem und dem Platz aufgerichtet wurde, zunächst Respekt zu haben. Die meisten unserer Mitbürger glauben da immer gleich ihren Senf, will sagen, ihr Dafürhalten zum Besten geben zu können, als wenn jedes Werk gleich von ihnen begriffen sein müßte, und, wenn das nicht der Fall ist, sie zu abfälligen Bemerkungen berechtigt seien.

Ich kam dann zur Reproduktion eines Gemäldes, die im Schaufenster einer Buchhandlung ausgestellt war. Hier blieb ich vergnügt, verjüngt stehen. Ich lachte noch still in mich hinein der Kritik wegen, die vor dem Bider-Denkmal abgeladen worden war. Es waren da ungemein komische Ausdrücke gefallen. Jetzt dachte ich daran, wie ich das Original dieses Bildes einst im Hause seiner Besitzerin gesehen hatte. Es hing gleichsam so in einer Domestikenstube. Nun, irgendwo müssen Bilder eben plaziert werden. Das Haus war ja ganz voll von Erlesenheiten der Malerei, und die Frau, die all das ihr eigen nannte, stellte sich als ein Figürchen dar, und ich trank in dieses Figürchens Gesellschaft den Tee, und meine tadellose Aufführung war eine Sehenswürdigkeit. Es wurden auch belegte Brötchen herumgereicht, und indem ich sie mir schmecken ließ, brachte ich das Gespräch auf Spitteler, und mein Freund glaubte mir, als wir die Villa verlassen hatten, gestehen zu müssen, er hätte nie gedacht, daß gerade ich mich so korrekt benehmen könne, und nun schaute ich also die Reproduktion an, und es rief in mir: »Wundervolle Studie!«

Man konnte da in einen winterlich-kahlen Buchenwald hineinschauen, der mit der besten Charakteristik wiedergegeben ist. Das Bild ist von Hodler, aber abgesehen davon, wenn es nun von einem andern, Unbekannteren wäre, so würden Wert und Freude nicht geringer. Die Stämme sind schlank, hell und dünn, und hie und da hängen einige klappernde Blätter dran. Man hört förmlich, wie sie in ihrem Winterzustand raspeln, den man als fröhlich empfindet. Vielleicht repräsentiert das Bild nicht sehr. Man kann mit dem Buchenwäldchen nicht Staat machen, und aus diesem Grunde kam es vielleicht ins Mansärdchen hinauf, von wo aus man übrigens die entzückendste Aussicht genießt. Unten lag ein See wie Seide ausgespannt, wie ein Damengewand von anstandsvollster Durchschimmerigkeit, und hier vor der Kunsthandlung fand ich nun das Bild wieder, worin ein kalter Winterwind auf dem Wald liegt, nicht ein sehr starker. Aber was großartig ist: sehen Sie nicht, wie Kälte und kalter Wind ins Bild hineingemalt sind, und das Zappelnde dieser paar Blätter ist ebenfalls gemalt, und der Wald steht in einem kaltblauen, vor Winterbläue ins Grüne hinübergehenden Himmel, und das ist von solcher Abgelauschtheit, Erlebtheit, wie es wenige so überzeugende Beispiele gibt.

Vielleicht würde ich dieses Bild, falls ich's besäße, auch in eine Mansarde hinauftun, denn es ist kein Salonbild. Man steckt unwillkürlich die Hände in die Tasche, wenn man es anschaut, das eine so wundervolle Winterwiedergabe ist. Im Wald hantiert ein Mann, und man sieht, fühlt: der Waldboden ist gefroren und man sieht weit, weit über den Wald hinaus, es geht vom Wald aus ins weiteste Weite, und nun habe ich vielleicht noch nicht alles gesagt, was von dem Bild gesagt werden könnte, aber Sie fühlen sicher aus dem Gesagten heraus, wie ich es bewundere.

Ich komme diesmal wieder sehr ernst.

Unmöglich vermag ich hier zu witzeln.

Zu schön war ja nach Schluß der Vorstellung dieses uns Heimkehrende überraschende, dichte Schneegestöber. Wie kam ich weißbeschüttet zu Hause an und hielt noch eine Rede. Ich möchte dir die Hand küssen, liebes Mädchen. Du hast so noble Finger.

Doch genug hierüber für heute.

Wie ich noch lebhaft an den schmähungenbedeckten Pfarrer dachte, dessen Haar genial flatterte. Er schaute als Nordländer, einer uralten Überlieferung gehorchend, leider gern ins Glas und war dabei hochintellektuell. Seine Andächtigen rührte er bis zu Tränen, um sie einen Moment später zu veranlassen, zu den Stöcken zu greifen, damit er zu spüren bekäme, wie sie ihn hochachteten. Dieser Prediger muß ein Schoßhündchen ersten Ranges gewesen sein. Später lag er als Flüchtling in einem Schloß auf dem Stroh. Wie das uns mit dankenswerter Deutlichkeit vorgeführt wurde. Hiezu wurde musiziert; das Tönen versöhnte uns mit dem unschönen Betragen des doch so Schönen. Es schien, er habe gar, gar keine leiseste, blasse Ahnung, wie beliebt er sei. Da wurde er Hauslehrer und riß seine Schülerin durch Rezitieren von Gedichten hin. Sie verehrte ihn. Dies trug sich wohl schon häufig zu und führte noch jedesmal zu zartesten Konflikten. Als er ihr gestehen mußte wer er sei, seine Verprügeltwordenheit beichtete, erschrak sie nicht nur sehr vor ihm, sondern ließ ihn mit einem Köpfchensinkenlassen, wie man sagt, fallen. Aber es gab da noch eine andere, wie ja da überhaupt recht viele ansehnliche Personen auftraten, und dann sah man sie in Schlitten, an den Tannenästen hingen Schneelasten, und ich bekenne nun, daß ich hier von einem Kinostück rede, das nach einem Roman der

SELMA LAGERLÖFF

geschaffen worden war. So etwas muß man gestehen. Ich hätte es Ihnen gleich von Anfang an sagen sollen, dann würden Sie nicht erstaunt gewesen sein.

Die Schloßbesitzerin hatte einmal ihre Mutter aus der Gutsumzirkelung gestoßen. Sie hielt sich eine passende Schar von Höflingen oder Kavalieren, die, obgleich sie irgendwann und -wo Tapferkeitsproben abgelegt haben mochten, bürgerlich kaum in Betracht kamen. Auch unser ehrenwerter Gösta zählte zeitweise zur Schar. Natürlich kann ich unmöglich über alles Geschaute treuen Bericht oder genaue Rechenschaft ablegen. Man wird Gewisses vergessen haben dürfen.

Ich habe da schon eine »Andere« erwähnt. Sie besaß ein sehr seelenvolles Gesicht. An der Kasse hatte sich übrigens eine Dame bemerkbar gemacht, die nun mit im Zuschauerraum sitzen und auf die »Wandlungen« blicken mochte, die dieser Gösta Berling durchmachte, auch aufs weite, breite, total verschneite Land, und auch auf dies schöne Gesicht der andern, die zum einstigen Pfarrer sprach:

»Geh gut mit dir um, du verdienst es ja so sehr.«

Diese Worte wurden ihr von mir in den Mund gelegt, denn immer wurde eher bloß gemimt als gesprochen.

Wahrscheinlich war ich nicht der einzige, der ihn beinah beneid, daß er Gefahr lief, zu versimpeln, eine Gefahr, die von der Schönen stärker empfunden wurde als vom Strauchelnden selbst. Ich wurde übrigens angesichts seines vertrauten Umganges mit dem traditionellen Gläschen zu einem der ehrlichsten

Alkoholgegner, zum überzeugtesten Verfechter der Wichtigkeit der Mäßigkeitsidee.

Möge mir das geglaubt werden.

Wie er mir manchmal geradezu »dumm« auf sie blickte! Ihr aber war das scheinbar lieb. Sie liebte ihn eben, deren Gatte auch wieder mal keine Ahnung zu haben schien, welchen Schatz er an seiner Frau Gemahlin besitze. Sie sah unglaublich gemahlinnenhaft aus, noch so jung und doch dabei, wissen Sie, von einer Hoheit im Benehmen. Gekleidet war sie sozusagen freisinnig. Selten unterhielt ich mich so gut wie an diesem mir unvergeßlich bleiben werdenden Abend, der mir vor Augen führte, wie ausnahmsweise Hauslehrer Hausbesitzer werden können. »Nimm dich zusammen«, dachte ich, als ich ihn reich sah.

Mir gefiel er auf der Schlittenpartie besser, wo sie noch nicht die seine war, wo sie ihm befehlend zurief: »Was tun Sie? Ich will, daß Sie sogleich umkehren!«, wo er mir ganz er selbst zu sein schien, und wo die, die sich an der Kasse bemerkbar gemacht hatte, auf ihrem Platz vielleicht zitterte, da ihr die Frage kam: »Wird er glücklich?«, und die Rede, die ich nachher im Zimmer hielt, war die überflüssig? Item, sie lief vom Stapel.

Das Schöne, das darin bestanden hatte, daß sie nur mit Mühe an ihn glaubte, diese so süßwogende Besorgnis, war das nun erledigt? Fast rief ich am Schluß der Vorstellung ein »schade« aus. Wird sie's nicht vermissen, daß sie sich nun nicht mehr um ihn zu sorgen braucht, war mein Gedanke. Lassen Sie mich nicht entscheiden, ob dieser Gedanke etwa unrichtig war. Weshalb stiegen mir aber um die »Glückliche« Befürchtungen auf? Fürchtete ich für die Nunnichtsmehrbefürchtenmüssende? Aber wozu nehme ich so viel Anteil? Warum sich immer etwas fragen? Wurde die an sich schon zu Schöne dadurch, daß ihre Brust voll hochgearteter Sorge war, nicht noch um so und soviel schöner? Die Abspiegelung der Wallungen und meine Rede dann zu Hause. Außer dieser »Eigentlichen« war da ja auch noch eine Tochter aus sehr angesehenem Hause. Der Film dauerte ja denn auch bei dem Reichtum an Mädchengestalten dreieinhalb Stunden. Diese Zuletzterwähnte rief, als sie von Gösta weggeführt wurde, aus: »Mir geschieht's recht!« Offenbar war dies eine »Abtrünnige«. Mangel an Vertrauen hat eben Folgen. Wie ich mir da Mühe gebe! Als die Eigentliche sich so um ihn mühte, seht, da war sie schön. Nur wenn wir im Sinne An-uns-Arbeitens schön sind, sind wir's so, daß wir uns selbst und denen, die mit uns zu tun haben, gut werden. Sie werden zugeben müssen, daß mich dieser Film stark beanspruchte. So viel Interesse!

Nachdem ich mich an einem Teller Suppe erfrischt und meine allzeit spaßhafte Herrin um Erlaubnis gebeten hatte, spazieren oder lustwandeln gehen zu dürfen, ging ich zunächst zu meiner Geliebten, küßte sie nach Herzenslust, wonach ich mich befugt oder befähigt fühlte, in die erwartungsvolle Landschaft hinauszustolpern. Mein systematisch-munteres Davontraben ließ mich eine Zeitlang mir einbilden, ich sei ein saubergeputztes, gutdressiertes Pferd. Zum Wind, der mir beinahe meinen Galahut vom Sonntagskopf wegriß, sagte ich: »Sei manierlich«, und wie wenn er von meiner Ermahnung Kenntnis genommen hätte, verhielt er sich von da an still. Unmerklichkeit sei etwas denkbar Feines, dachte ich bezüglich des zur Ordnung Gewiesenen, den ich gleichsam in sich selbst Einzug halten sah. Nach Zurücklegung von zirka zwei Kilometern kam ich am schöngelegenen Haus eines Sonderlings vorbei, der in eigenster Person zum Fenster herausschaute. Mir war, ich besäße Flügel, so eilig fegte ich davon. In einer spiegelklaren Wasseranlage von nur geringer Ausdehnung sah ich eine gleichgültigdreinblickende Statue abgebildet. »Du empfindest nichts, ich aber fühle vielleicht gerade um solcher Fraglichkeit willen viel für Dich«, sagte ich zu ihr, die mich oberflächlich und zugleich tief und aufmerksam zu mustern schien.

Nach und nach gelangte ich dazu, einen Waldrand entlang zu gehen, und nachdem diese Obliegenheit erfüllt worden war, erhob sich die Aufgabe hoch vor mir, einen Hügel, der einem ländlichen Gedicht glich, zu erklimmen, was ich pünktlich zur Ausführung gelangen ließ. Ein Kind grüßte mich, als ich mich auf eine Bank setzte und einen Brief mit Bleistift zu beantworten begann, dessen Inhalt mich lebhaft interessiert hatte. Unter mir lag ein verhältnismäßig stattliches Dorf, wo mir zwei bis drei Gasthöfe bekannt waren, in deren einem mir die Vorsehung womöglich eine Wurst oder eine Portion Schlagsahne zu essen, will sagen, einzunehmen gestatten würde. Der Baum, unter dessen Zweigen ich schrieb, schien meine aufrichtig gemeinten Zeilen blättelig zu belächeln; die Sonne sah wie ein schöngezeichnetes Gesicht aus, das kein anderes als ein willkommenes sein konnte. Hierauf weitereilend, schienen meine Beine über den Dienst, den sie verrichteten, glücklich zu sein, und in meinem Vorteil lag es, sie zu ihrer Vergnügtheit zu beglückwünschen. Ein aus nichts als Fröhlichkeit zusammengesetztes Tal durchwandernd, strahlte mich von der Berghöhe herab ein einzelnes, freistehendes Bauernhaus an, dessen gediegenes Aussehen sozusagen mein Selbstvertrauen wenn nicht erweiterte, so doch befestigte. In einem kleinen, aber prächtigen Dörfchen, das von nur wohlhabenden Menschen bewohnt zu sein schien, verfügte ich mich ins Wirtshäuselchen, wo einer saß und Imbiß aß, der mir versicherte, er denke alt wie Abraham zu werden. Die Kellnerin prangte wie eine Gemäldegestalt, die nicht ruhen durfte, sondern hin und her zu springen hatte, da Garten und Stube dicht besetzt waren, was einen recht guten Eindruck auf mich machte, der ich mit meiner eigenen Anwesenheit zur Gästefülle mitbeitrug. Draußen auf der Wiese flog ein Fußball mit angemessener Leichtigkeit und der nötigen Schwere durch die klare Luft, daß es eine Lust war, Zeuge der Beschwingtheit zu sein, die zu jauchzen, frohlocken schien.

Aus einem nicht sehr weitläufigen Park schaute ein junkerliches Schloß, dessen Türme weit in die Gegend schimmerten, wobei es im zunehmenden Abendwerden gleichsam von Stimmungen wimmelte. Nacht war's, als ich mich wieder in der Stadt ankommen sah, deren Bewohner sich, Möglichkeiten, sich zu unterhalten, aufsuchend, nach allen Richtungen hin zerstreuten. Die ganze Zeit über hatte sich in meiner Tasche ein Theaterbillett aufgehalten, mittels dessen Vorhandenheit ich nun ins Stadttheater eher flog als nur trat, da die Glocken bereits acht Uhr geläutet hatten. Die Ouvertüre durchflutete goldig den Zuschauerraum, als ich mich auf meinen Platz zu setzen anschickte, der mir eine ausgezeichnete Aussicht darbot, die mich in die Zufriedenheit selbst senkte oder versetzte. Auf der Bühne begann sich die Hauptfigur deutlich abzuzeichnen. Von Akt zu Akt schien sich die Darbietung zu verschönern; ein Auftritt löste sich mild und vielsagend in den andern auf, und ich vermochte die Beobachtung zu machen, daß Heiterkeit und Ernst im entzückenden Stück jedesmal am Platz waren. Gern spräche ich so lange über dasselbe, wie seine Aufführung Zeit beanspruchte.

Unwillkürlich lächle ich, wenn ich mir vergegenwärtige, was ich hier im Sinne habe, Ihnen zu sagen. Natürlich werden es Harmlosigkeiten sein. Das Wetter machte teils ein Sauerkrautgesicht, teils glich es einem unschuldig strahlenden Kinderantlitz. Es war, als weine und lache eine irgendwie und -wo verborgene reiche, reine Seele über die eingestürzte Kirche ihres Lebensanschauens. Ob dieser sonderbare Satz als empfindsam empfunden und als gefühlvoll gefühlt wird? Das vermag ich nicht zu wissen. Mir kam vor, als sei ich zweijährig, dann wieder war's mir, ich zähle ungefähr vierhundertfünfundsiebzig Jahre. Schon das war an und für sich seltsam. Ich hatte von seltsamen, toten Städten gelesen, die nur noch dazu da zu sein schienen, um von bewegter Vergangenheit der Beweis zu sein, und nun schritt ich da durch eine enge, schmale, dunkle, lange, alte und kalte Gasse, die sich dem Seeufer entlangzog, und worin es mir unmöglich schien, wohnen zu können, und dennoch wohnten hier Menschen, die ich für sehr nette Leute hielt, und die berechtigt sein mochten, sich selber so vorzukommen. War das nicht sehr merkwürdig? Diese Häuser mit ihren so besondern Physiognomien hätten ebensogut in Holland als etwa in Arabien, also ebensoleicht im Orient als im sittsamen, kleiderreichen und sprachgewandten Abendland stehen können. Schon allein dieser Umstand gab mir zu denken. Die Stadtansicht, die sich mir hier offenbarte, berührte mich also sehr, sehr eigentümlich. Mit gleichsam beklemmtem Herzen und mit umflorter Energie ging ich weiter, und nun kann ich unmöglich etwas anderes sagen, als es sei mir gewesen, als ginge ich auf den Gartenwegen eines sich um seine Existenzberechtigung windenden, schlängelnden Traumes. Abgesehen von der interesseerweckenden Tatsache, die darin gipfelte, daß sie mich eine Tafel sehen und anstaunen ließ, die von eines Hauses grauer Mauer herabverkündigte, hier habe der große Dichter Soundso das lieblichschimmernde Licht der Welt erblickt, stiegen Venedigvorstellungen über die Marmortreppenstufen meines geschmeidigen Denkvermögens in die Prachtgemächer meiner Phantasie.

Vielleicht war ja diese Stadt, die ich leise und anscheinend weise durchschritt, auch nur ein Trugbild. Ich selber war ja vielleicht auch eins, so eine Art Erscheinung, die eines Tages erscheint, um eines Tages wieder zu verschwinden, was gewiß etwas Allgemeines bedeutet. Außerdem kam's mir vor, als regne es, obschon das durchaus nicht der Fall sein konnte, denn es verhielt sich mit der Stadtstimmung wie mit einem hinter den Ohren durchaus schon trockenen, eleganten Essay, von dem ich würde haben glauben können, er bezaubere und erheitere mich gleichzeitig. Was ich vor mir hatte, war ein Stück Historie. – Ich darf wohl beifügen, daß einst ein Bürgermeister des Gemeindewesens, das ich hier darstelle, für den Ruhm seines Vaterlandes in einer drei Tage andauernden Titanenschlacht umkam. Auf diesen erhebenden Umstand deutete eine Wandmalerei, die ans Rathaus angemalt war, an welchem ich mit außerordentlicher Bedächtigkeit vorüberwandelte. Dieses Rathaus war ganz aus dunkelrotem, ernsthaftigkeitzumausdruckbringenden Backstein erbaut. Übrigens erinnerte mich das halbmondförmig daliegende Ufer mit seinen Regierungsgebäulichkeiten und Kantonalbanken an den Quai von Portugals Hauptstadt, die ich ja aus Reiseberichten und Romanen überaus genau kenne. Schneeweiße, hohe Paläste schauen daselbst väterlich-wohlwollend auf das große, grüne Kind herab, das Meer, das, wie alle Kinder, nicht jedesmal, wenn man's wünscht, artig und manierlich ist.

Und nun gestehe ich, daß ich etwas sehr Merkwürdiges tat; ich trat nämlich in ein Haus, wo mir eine hölzerne, uralte Treppe erlaubte, in ein Gemach zu gelangen, in welchem es nach weiblichen Reizen so stark duftete, daß ich schon deshalb schier hinsank. Vier schöne, bleiche, reichkostümierte Mädchen wurden mir aufs taktvollste, d.h. auf die einnehmendste Art und Weise vorgestellt, indem ich gebeten wurde, zu erklären, welche es sei, die mir am besten gefalle. Die Wände des betörenden Zimmers waren ein einziger verwirrender Spiegel, worin sich die Schönen und Lächelnden vervielfacht erblickten. Sie schauten mich aus

Wirklichkeit und Abgespiegeltheit, aus Lebendigkeit und Kunst erwartungsvoll an, und inzwischen ging vielleicht eine alte Frau gebückt über die Gasse, und dieses Lebens Wangen, meine Freunde, haben unzählige Runzeln und schimmern zugleich zärtlich-jugendlich, sind Kirschblüten und Katakomben. In einem Zirkus, der sich dicht an diese seltsame Stadt anlehnte, lagen große, träge Tiere mit melancholischen Körpern, und die Brunnenbilder sprachen nichts, ließen sich gelassen betrachten. Was die Baustile der zum Teil großartigen Bauten betraf, die mir stumm in diesem Theater städtischer Ansiedlung begegneten, so wird nicht zu zweifeln sein, daß ich immer sogleich ungefähr wußte, in welches Jahrhundert man sie legen könne; denn ich bin gebildet; nur Ungebildete glauben mir das nicht. Wie könnte ich, wenn ich nicht gebildet wäre, so boshaft reden? Sonst bin ich aber ganz sanft.

Das aus dem sterbenden Tag entzückend flammende, kletternde Abendgewölk umflatterte und umsang dann wie eine italienische Dekoration mein aus Brot und Käse und einem halben Liter Wein bestehendes, wanderburschhaftes Nachtessen. Bischofssitze standen da draußen, am Wasser, und während des Essens hielt ich von Diderot, an dessen Schriften ich dachte, viel.

Ein rheinländisches Fräulein, das Töchterchen eines Schullehrers, eine noch überaus junge Dame, mit der ich in ständiger Korrespondenz bin, ließ mich zu meinem Vergnügen wissen, sie habe nie gedacht, daß ich ein so ordentlicher, korrekter Mensch sei. »Wie kommen Sie mir auf Ihrer Abbildung vor«, rief sie in ihrem letzten Briefe aus. Ich hatte ihr nämlich ein Zeitungsblatt eingesandt, das eine Photographie von mir veröffentlichte. »Werden Sie nur nie übermütig«, glaubte das Mädchen in allerliebster Ernsthaftigkeit das Kompliment ergänzen zu sollen, das sie mir in bezug auf die Sauberkeit meines Aussehens machen zu dürfen geglaubt hatte.

Und nun ist da wieder so eine Festlichkeit in unserer Stadt abgehalten worden, und meine Wenigkeit, nachdem sie sich an einer bezaubernden Komposition, nämlich am Molièreschen Don Juan, gleichsam sattstudiert hatte, machte sich nunmehr an die Aufgabe des Studiums des Marktes und geriet hiebei in ein verhältnismäßig großes und doch wieder glücklicherweise nicht allzu heftiges Gedränge, Gemengsel. Ich hatte das seltene Glück, mit Papierschnitzelchen, Confetti genannt, über und über beworfen zu werden und eine mir bekannte Seelenadligkeit und Geistesfrische in Gestalt eines Sekundarlehrers von Sicherheitsbeamten als lästige Überflüssigkeit aus der Belustigung herausheben zu sehen. Er wurde herkulisch hochgehoben und verblüffend elegant entfernt, und der Protest, der gegen diesen Eingriff in die Genialität und Bewegungsfreiheit von allen Seiten laut wurde, ward leider keineswegs beachtet. Es sind nun ziemlich sicher gegen dreißig Arrestationen vorgenommen worden, darunter solche von Studenten und Lehrlingen.

Einen dieser Lehrlinge versuchte ich mit Anstrengung meiner Gesamtkräfte aus den Händen der Hermandad loszulösen; doch ich flog, von Abwehrmaßregeln vor die Brust getroffen, samt allen meinen innerlichen Niedlichkeiten, Idealitäten usw. zu Boden, und die Menge schwebte rücksichtsvoll über mich hin. Ich lag wie ein »Ritter ohne Tadel« da, und erst als ich mich aus der Lage meines Hingekugeltseins befreit hatte und wieder aufrecht stand, erkannte ich mich als das bescheidene Ich, das ich bin, wieder. Einer verkündete groß und schwer und laut, er sei die »Wahrheit«. Er hatte nicht so bald diese Narrheit kundgetan, als er gebeten wurde, gefälligst mitzukommen, damit er bezüglich seiner Zustände fachmäßig untersucht würde. Mädchen glühten von Jahrmarktslustigkeit. Eine Nationalratstochter, sonst das sittsamste, schüchternste Mädchen, gebärdete sich, ihren Ergriffenheiten etwas zu ungezwungen gehorchend, wie eine Bacchantin. Ich erkannte im Gedränge, das mit seinem Gewoge die Schaufenster einzudrücken drohte, zwei Saaltöchter, ferner eine Stuttgart hübsch gefunden habende Bernerin, die man für eine Pariserin gehalten hätte, wenn sie nicht ausgesprochenstes Berndeutsch gesprochen haben würde. Ein harmloser, stiller, von der Festfreude entzückter, anscheinend sehr träumender Engländer wurde auf das zufallhafteste in leisesten Gewahrsam genommen. Man sah ihm an, wie er sich über das Erlebnis freute, über das er sich vornahm, in Londoner Blättern Bericht abzustatten, damit seine Landsleute etwas zu lächeln hätten. Was mich betrifft, so erblickte ich in der Menge von Gesichtern ein Gesicht, das den Himmel meiner Beseeltheiten bildet.

Über den Markt selber kann gesagt werden, daß er zu florieren schien. Mir schien, daß höhere und niedrigere Preise mit einer Gutwilligkeit gezahlt wurden, die mein Staunen hervorrief, aber dieses Staunen enthielt etwas sehr Angenehmes; mich berührte der Wunsch des Publikums, keine langen Umstände zu machen, denkbar sympathisch. An den heimeligen Vorführungen eines Münchener Puppentheaters, die gleichsam etwas Vorfrühlingshaftes ausstrahlten und -atmeten, erquickte ich mich wie ein Kind. Ich lachte mit den jugendlichsten Lachern und Lacherinnen über Sachen, die vielleicht gar nicht besonders lustig waren, die aber als Lustigkeit wirkten, weil ein Ernst dahinter steckte. Diejenigen, deren Betragen bewirkt hatte, daß sie über ihre Aufführung behördlich verhört wurden, haben natürlich zu gewärtigen, daß sie sich insofern zu entschuldigen haben, als sie eine gewisse, wie ich als Menschenfreund hoffe, nur gelinde Buße entrichten müssen; denn es ist nicht allzu begrüßenswert, daß es Leute unter uns gibt, die sich als eine Art Helden vorkommen, dadurch, daß sie Unruhigkeiten vermitteln und wecken.

Welch eigenartige Bemühungen.

Was für Köpfe, Anschauungen.

Noch teile ich gerne mit, daß ich in der Festhalle ein stilles, unsäglich bedächtiges, begeisterungsfrohes Glas Wein, das süß mundete, zu mir nahm.

Gestern bediente ich mich zum erstenmal eines Radiohörers. Ich fand, es sei dies eine angenehme Art, überzeugt zu sein, man habe Unterhaltung. Man hört etwas Entferntes, und die, die dies Hörbare hervorbringen, sprechen gleichsam zu allen, d.h. sie sind in vollkommener Unkenntnis über die Zahl und Besonderheit ihrer Zuhörer. Ich hörte unter anderem die Bekanntgabe von Sportergebnissen aus Berlin. Der, der sie mir mitteilte, hatte von meiner Zuhörerschaft oder überhaupt Existenz keine Ahnung. Ferner hörte ich schweizerdeutsche Gedichtvorträge, die ich zum Teil ungewöhnlich amüsant fand. Eine Gesellschaft von Radiohörern unterläßt naturgemäß, Gespräche zu führen. Indem sie mit Zuhören beschäftigt ist, wird die Kunst, Gesellschaft zu machen, sozusagen ein wenig vernachlässigt. Es ist dies eine ganz artige, selbstverständliche Folgeerscheinung. Ich und die, die neben mir saßen, hörten, wie in England Cello gespielt wurde. Das hatte etwas Seltsames, Wundervolles.

Es wäre unhöflich, den Siegeszug des technischen Erfindungsgeistes nicht schlankweg zuzugeben. Herrlich dünkte mich der Genuß eines aus zauberischer Distanz zu mir herübertanzenden Klavierspiels, dem eine gewisse beschwingte Trägheit eigen zu sein schien. Heute nun finde ich in einem bewährten Blatt eine Direktorstelle ausgeschrieben. Indem ich daran zurückdachte, wie mich einst jemand zu später Stunde eine Gelungenheit nannte, eine Charakterisierung, die mir keineswegs schmeichelhaft vorkam, fragte ich mich, ob ich mich für die ausgeschriebene Stellung anmelden solle. Ein führender Posten. Wie einem plötzlich längstvorübergegangene Lebensdetails einfallen, wie z.B. dieser kleine Vorfall in bezug darauf, daß ich ein »gelungener Mensch« sei. Wie ich damals sogleich vom Platz aufsprang und den Austeiler der mir unpassend erscheinenden Redensart zur Rede stellte. »Sie sind mir eine Erklärung schuldig«, rief ich ihm zu. Er entgegnete mir, er habe bloß äußern wollen, daß er mich für einen unbegreiflich netten Menschen halte. Mit dieser Auskunft gab ich mich zufrieden. Was die Direktorialität anbelangt, so wird von der Bewerberschaft Energie und Gewandtheit verlangt. Allgemeine Bildung, heißt es in der Annonce, sei die Hauptbedingung. Daß ich mich mit der Frage befasse, ob ich Gewünschtes in genügendem Grad aufwiese, möchte mich weiter nicht wundern.

Vor einigen Tagen hat mich, nebenbei gesagt, die Tochter eines Hauses, das im besten Stadtviertel steht, gefragt: »Ist es dir lieb, wenn ich dich in Zukunft ›Röbi‹ tituliere?« Die Frage wurde an einem Gartengitter an mich gerichtet, und ich glaubte, sie mit Ja beantworten zu dürfen. Man wird verstehen, daß mir die Direktorstelleninserierung zu denken gibt, und man wird ferner keinen Augenblick unbegreiflich finden, daß ich im stillen stolz auf die Frage bin, die eine Angehörige der besseren Kreise an mich zu adressieren für gut fand. Daß ich gestern zum erstenmal Radio hörte, erfüllt mich mit einem Internationalitätsgefühl, womit ich übrigens keine unbescheidene Bemerkung gemacht haben möchte.

Ich wohne hier in einer Art Krankenzimmer und als Schreibunterlage für diese Skizze dient mir eine Zeitschrift.

Man macht mich auf Romane bedeutender Autoren aufmerksam.

Ich erhalte Verlegerbriefe.

Frauen aus der Gesellschaft erinnern sich meiner.

Ich besitze Manieren, schüttle sie allerdings plötzlich ab, um sie neuerdings aufzunehmen.

Mitunter komme ich mir seltsam vor.

Ärzte fragen mich teilnahmsvoll, ob sich denn wirklich niemand um mich kümmert, als wenn sie das für sehr unrichtig hielten.

Ich glaube bald selber, daß man mich vernachläßigt hat. Übrigens schadet das absolut nichts. Ich habe dafür sozusagen um so intensiver »gelebt«.

Ich lese alle Mittag so zum Mittagessen »meine« Zeitung. Diese Tatsache ersucht mich, sie zu erwähnen. Was bittet mich außerdem um freundliches Kundtun?

Habe ich etwa »allerlei vergessen«?

Ich wechselte wieder einmal mein Domizil. Wann komme ich wieder zur Lektüre eines französischen Buches? Ich sehne mich danach.

Was hat man unter »Bildung« zu verstehen? Was richte ich da für Fragen an mich?

Zimmersuchen und so weiter habe ich gern. Man schaut dabei in Häuser hinein, in die man sonst nie hereinblicken würde.

So gelangte ich beispielsweise auf der Suche nach einem geeigneten Schaffensraum und Wohngemach ins Innere eines Hauses aus der Barockzeit. In den Korridoren hingen alte Bilder.

Selbstverständlich bleibe ich nach wie vor für Mansarden interessiert. Ich interessiere mich für so vieles.

Ob ich mich wohl bald um eine Lebensstellung höflich bewerben werde? Auch diese Frage beschäftigt mich gewaltig.

Ich fand in ärmerer Leute Haus ein sehr niedliches Zimmer, das nur leider nicht heizbar war. Mit der Aussicht aufs Land, die das kleine Fenster darbot, erklärte ich mich im Nu einverstanden. Das Zimmer konnte bloß so als Zimmerchen aufgefaßt werden.

Indem ich mir dies Zimmer anschaute, schaute ich mir gleichzeitig auch die Logisfrau genau an. Ich wünschte mich zu überzeugen, ob sie mich eventuell »näher« interessierte.

Im Fensterchen lag überdies, in etlicher Entfernung auf einer Anhöhe stehend, das Volksernährungsgebäude, wo Wirtschaftsfragen studiert werden mochten. Früher wohnte in diesem eleganten Hause ein Literatur- und Kunstprofessor. Es hat mir das einmal jemand gesagt; nun dachte ich daran. Eine Frau aus meinem Bekanntenkreis amtet dort als Aufwartefrau; ich lernte sie kennen, als sie eine Kostgeberei betrieb.

»Der Tisch ist für mich etwas zu klein, da ich nämlich ziemlich viel schreibe«, sagte ich zu der Logisfrau, deren Äußeres ich eingehend beobachtet hatte, und grüßte sie und entfernte mich.

Ich sah mir nachher auch ein dunkles, aber warmes Hofzimmer an. Zu der Frau, die es mir zeigte, sprach ich: »Vielleicht komme ich auf den Raum zurück. Ich bin gegenwärtig von Pfeilen durchbohrt.«

»Um Gotteswillen!« fragte sie erschrocken, »von was für Pfeilen?«

»Von Amors Pfeilen«, erwiderte ich still und wie wegwerfend, als kämen mir diese Pfeile nebensächlich vor.

»Es gibt doch unbarmherzige Frauen«, warf sie hin. Ich gab zurück: »Jede sorgt begreiflicherweise zunächst für sich.«

Damit ging ich, und jetzt beschäftigt mich diese sehr seltsame, meiner Ansicht nach wichtige Frage: aus was besteht die Bildung? Und dann diese zweite, diese andere Frage von größter Wichtigkeit, die läßt mir auch keine Ruhe, nämlich die Frage von der Bedeutung des sogenannten Völkischen. Wie ich mit diesen Problemen wohl zurechtkomme?

Und dieser Arzt, der mich gleichsam so nebenbei rasch ein bißchen »bemutterte«. Er gab mir ein Buch zu lesen, das nun meinen Tisch mit seiner Gegenwart ziert.

Und dann »diese schöne Frau«, die mich in einem Laden so aufmerksam fixierte, als wolle sie mir sagen: »Dich kenn ich; gib acht!«

Sie besaß ein so schönes, feines Antlitz und dazu noch sehr feine Füße. Die Sache war die: ich saß da so im Laden und wartete auf etwas. Von dieser Dame habe ich im Augenblick geglaubt, daß sie mir schon irgendwo begegnet sei, daß sie mich nun wiedererkenne und daß sie von mir eine ganz bestimmte Meinung habe. Das alles kann natürlich meinerseits auf Täuschung beruhen. Man täuscht sich ja so leicht, wo man sich interessiert.

Frühmorgens sieht man in unserer so netten Stadt zahlreiche hübsche Mädchen, die zu irgendwelcher Beschäftigung gehen.

Es wird nachgerade für mich »ernst«, das weiß ich.

Ich habe mir vorgenommen, einen Roman zu schreiben, der natürlich psychologisch sein muß. Es wird sich darin um Lebensfragen drehen.

Ein Schullehrer, der auch schriftstellert, hat mir zwei sehr aufmerksame, kluge Briefe geschrieben.

O, diese Schnelligkeit in allen meinen ausgedehnten Langsamkeiten und demgegenüber wieder diese Trägheit in all meinem umfangreichen Fleiß.

Sollte ich wirklich so ein »Volkskind« sein, das sich selbst noch nicht einmal versteht? Das wäre gräßlich!

Aber ich schwebe immer wie in einem Goldzustand, d.h. bescheiden gesagt, ich habe zu mir Vertrauen. Andere leider nicht immer, wie z.B. eine sehr nette Frau, bei der ich auch bei dem Zimmersuchen vorsprach.

Das Zimmer sah reizend aus, wissen Sie, so sonnig, so hell. Ich sagte sogleich zu mir: »Hier möchte ich wohnen.« Der Waschtisch war neu und schneeweiß, und es gab da eine einladende Chaiselongue, die ich unter Umständen anders plaziert haben würde.

»Das Zimmer ist das reine Gedicht, liebe, hochverehrte Frau«, sprach ich zur Vermieterin, »ich setze mich hier im Geist schon fest.«

Sie erwiderte: »Sie müssen zu meinem und wahrscheinlich auch Ihrem Bedauern erfahren, daß ich mich nicht schon jetzt entschließen kann. Sie sind sehr anspruchsvoll, nicht wahr?«

Ich gab zur Antwort: »Ja, das bin ich«.

»Eben deshalb möchte ich Sie bitten, es mich noch ein bißchen überlegen zu lassen. Telephonieren Sie mir doch. Nicht wahr, tun Sie das. Sie erhalten dann Bescheid.«

Ich nahm vom Zimmerwunder Abschied. Mit welchem Lachen ich nun daran zurückdenke! An die Frau, die im Zögern ihr Heil suchte.

Was mich betrifft, so wohne ich nun recht anständig, ja sogar beinahe fein. Meine Umgebung befriedigt mich. Man kann meiner Ansicht nach ziemlich überall wohnen, und dazu hat sich ja noch bei jemand, der mich kennt und schätzt, eine im Handelsfach wichtige Persönlichkeit nach meiner Wenigkeit erkundigt und wird, wie ich glaube, die Auskunft erhalten haben, die sie sich wünschte.

Ich glaube, daß ich noch etwas aus mir mache. Was ich noch beifügen möchte: Eine Schauspielerin schrieb mir, sie sei in einer Mißstimmung nach Hause gekommen, habe an mich gedacht und dabei sei sie heiter geworden.

Manche singen in ihren Zimmern ganze Opernrepertoires durch, aber still steht draußen die Bergwelt. Ob ich nicht irgendwo vom allmählichen Verbleichen des Pirandello-Sternes las? Warum treten gerade solche, die das Leben bejahen, mitunter leicht als Pedanten auf? Und warum gibt es Leute, die sich anstrengen, einen gebildet zu machen, ohne zu bedenken, daß sie's vielleicht selbst bloß halb sind? Und nun habe ich da in Büchern gelesen, die zu der Bibliothek eines Sozialisten gehören, der nicht mehr lebt, der aber, als er am Leben war, aufrichtig bestrebt gewesen zu sein schien, sich Anschauungen, Kenntnisse usw. anzueignen. Unter anderem fischte ich aus der Bücherei einen gewissen Russen, nämlich Herrn Arzybaschew, dessen Roman »Sanin« sich ja, wie Sie wissen, seinerzeit zu einem erstrangigen Schlager auswuchs. Bei Arzybaschew kommen Gymnasiasten vor, die aus Erregtheit, daß sie ihr Examen nicht bestehen, und weil sie ihre Frau Mama unsäglich zu betrüben fürchten, den Schuldirektor erschießen. Arzybaschew macht anderswo aus dem Füsiliertwerden eines Eisenbahnangestellten in Revolutionstagen meines Erwägens, Fühlens nach zu viel Aufheben. Wurde nicht auch der Herr Herzog von Enghien im Jahre 1804 *sans grande façon* niedergeknallt? Ich meine, die Zeit, wo für die und die Klasse geschriftstellert wurde, sollte eigentlich überwunden sein. Was erhalte ich, nebenbei gesagt, von doch gewiß ganz bedeutenden Verlagshäusern für resigniert lautende Briefe, daran erinnernd, daß unglaublich wenig gute Literatur mehr gekauft wird. Ich brauche aber nur auf die Vollkommenheit der Sportsverbreitetheit hinzuweisen. Wie ging meine Wenigkeit im Alter von zwanzig Jahren so eigentümlich oft in die Buchhandlungen. Dafür lief man damals in unansehnlicheren Anzügen einher. In einer weiteren Novelle Arzybaschews hängt sich ein Mädchen auf, weil man ihr die ihr unerläßlich scheinende Unschuld genommen hat. In eine dreibändige Weltgeschichte werde ich noch mehrmals mit Vergnügen blicken. Bis dahin befaßte ich mich mit gewissen Altertumsabschnitten, u.a. mit den Phöniziern, die sich zweifellos Verdienste erwarben. Wie ich mich zum voraus schon auf den Genuß dessen freue, was z.B. die Merowinger Interessantes taten und unterließen. Auf Arzybaschew zurückkommend, erzählt er irgendwo folgendes: Ein Ungeheuer in Menschengestalt tötet sowohl eine brave Frau als ein überaus junges, nettes, naives Mädchen, hierbei die hervorragende Güte an den Tag legend, einen Knaben zu verschonen, der sich sehr talentvoll beim Übeltäter einschmeichelt. Eigentümlich und doch wieder gar nicht seltsam mutet es an, daß Rußland seit dem Kriege hinsichtlich Dichtkunst keinen Vertreter von europäischem Ruf hervorgebracht hat.

Vor nicht sehr langer Zeit lag ich im Spital. Die Krankenschwester merkte mir offenbar an, ich läse gern Entsetzlichkeiten. Mit der fast strahlenden Bemerkung: »Hier bringe ich Ihnen etwas Grausames«, brachte sie mir einen Kurt Aram. Indem ich sagte: »Sie irren sich wahrscheinlich«, lehnte ich das Dargebotene verhältnismäßig höflich ab. Als sogenannte Grausamkeitslektüre wirken auf mich Schilderungen russischer Zuchthauszustände. Wieder führte ich mir nun einige Gottfried Kellersche Novellen ruhig vors Gemüt, indem ich neuerdings dieses Dichters reiche Bildung, feinen, allen möglichen Meinungen, Ansichten rechnungtragenden Verstand anerkannte, und die Anerkennung bestand ganz aus still mich überwältigender Bewunderung. Bei Keller macht sich z.B. ein fünfjähriger Knabe geltend, der seiner

Mutter, die eine gescheite, liebe Frau ist, in einem Moment zu Hilfe eilt, wo sie sich von einer Art Umgarner fangen lassen will.

Von Jeremias Gotthelf fiel mir eine Erzählung in die Hand, die sich »Der Sonntag des Großvaters« betitelt und die vielleicht ein kleines Welttheater darstellt. Kaum je, so lange ich mich schon mit Büchern beschäftige, las ich etwas so Schönes, so Liebes, und dabei so Großes. Das Schöne und Große dieser kaum vierzig Druckseiten einnehmenden Schrift liegt in ihrer Sprache. Die Szene ist ein Bauernhaus. Der sein Ende herankommen fühlende Großvater liegt im Bett. Er spürt, wie er kalt wird. Nun wird geschildert, wie Kinder mit ihm reden. Möglich wär's, daß man aus dieser so alltäglichen Geschichte, an der es absolut nichts Romantisches gibt, eine Art Mysterium für die Bühne herrichten könnte, doch wer läse dieses rührendschöne Werkchen und brächte es über sich, solch ein Kleinod ländlicher Milieuzeichnung für anderweitige Zwecke umzuformen? Bei Gotthelf sind kleine, leise Wörtchen bedeutend. Kaum Beachtetes nötigt Achtung ab, wenn man's einmal wahrnimmt. Das Wahrnehmen wird manchmal bei Büchern so schwierig wie im Leben. Ich las das Büchelchen halblaut für mich vor, und ich kann von einer wahren Freude sprechen, die sich auf das Eingehen, Mitgehen gründete. Sohn und Tochter des alten Großvaters, die sich auf seine Befürwortung hin geehlicht haben, sind nicht so glücklich, wie sie es sein sollten, der Großvater weiß das, und nun redet er hierüber mit der Frau und klagt sich an. Bei diesem Anlaß gebraucht der Dichter Worte, wie ein anderer sie nie fand, so eigentümliche, von irgendwoher beleuchtete, daß man über des Verfassers Kunst, so ganz er selbst zu sein im Denken, in der Anwendung desselben, hier und da staunt. »Er könnte freundlicher, leichtherziger sein«, sagte er vom Sohn zur Tochter, aber man muß lesen, wie er das sagt. Kein Zweiter kann das so zart sagen wie dieser Dichter, der seines eigentlichen Berufes Pfarrer war. Hierauf hat der Großvater noch ein Gespräch mit dem Sohn, spricht dann noch mit sonstigen Bewohnern, und er nennt Tränen schön, die von jemandes andern Weinen begleitet sind, und beklagt das Weinen, das sich ergießt, wo Umgebungen bloß dazu lachen. Dann wünscht er hinausgetragen zu werden, man tut es, und jetzt sitzt er vor dem Haus an der Sonne und gibt im Anblick der ihm bekannten Gegend den Geist auf, und indem der Dichter von diesem Vorgang so schön spricht, kommt's mir vor, als halte er den Alten, das Haus, die Welt rund herum so auf seiner Hand, schaue allem zu, wie einem Spielzeug, zart, aufmerksam, gütig. Viele würden vielleicht solch ein »geringes« Buch nicht so hochschätzend lesen wie ich. Uns schüchtern des Lebens Nötigungen häufig genug ein. Hochgesinnt steht ein Dichter da, der uns mit seinem Bericht, den er ablegt, so sehr aufweckt und zugleich so sehr beruhigt.

Hinsichtlich der wahren Größe des Romanes, der eine Abspiegelung des Zeitalters ist, kann die Quantität der Worte, Sätze usw. unmöglich maßgeblich sein, was in der Tat auch nicht zutrifft, obwohl mitunter dem Schein nach. Nach dem Inhalt gemessen, habe ich soeben folgendes gedacht: Jeder Romanschreiber oder -dichter, oder wie er sich sonst betitelt wissen will, ist seiner Natur oder seinem Beruf nach ein Weltmann. Bei dem einen ist diese Eigenschaft ausgebildeter als beim andern. Es kann aber vorkommen und kommt nur zu häufig vor, daß ein weniger weltmännisch begabter Romancier sich eher in weltmännische Verhältnisse wagt als einer, der die Kenntnis der Welt wirklich besitzt. Das kommt daher, weil der wahre Weltmann es nicht liebt, nicht für fein und geziemend hält, mit seinen Eigenschaften, seinen Kenntnissen oder seinem Blick stark hervorzutreten, denn zum weltmännischen Charakter gehört ja die Zurückhaltung, eine Verpflichtung vornehmer Art, von der der Nicht- oder der Halbweltmann nichts oder nur wenig weiß. Es gibt also Romanautoren, die, mit kleinem Geist ausgestattet, gern in die Großartigkeiten laufen, was man natürlich beim Lesen der betreffenden Bücher sogleich bemerkt und als ärmlich empfindet. Dagegen benimmt sich der mit großem Geiste ausgestattete Romanschriftsteller so: er spaziert gern mit seinem hellen, umsichtigen und großen Geiste im kleinen und bescheidenen Milieu herum, fühlend oder wissend, daß es sich gut ausnimmt und eine Wirkung des Schönen, ja sogar des Erhabenen hat, wenn sein Leser zu der sehr angenehmen Empfindung kommen kann, der Autor tummele sich gutmütiger- oder humorvollerweise in Gebieten, über die er fröhlich hinauszuschauen vermöge; er besitze gewissermaßen ein Vermögen, das er nicht anzutasten nötig habe, er sei etwas wie ein in Wahrheit reicher Herr. Jedes wahrhaft gute, sanfte Friedens- und Bildungsbuch, ich meine, jeder wirklich gute Roman, hinterläßt solchen Eindruck der Nichtüberspannung und Nichtüberanstrengung der Kunst- und Geisteskraft. Gewissermaßen sind es in einem Buche die Ungesagtheiten, die wie eine blühende Sprache anmuten, es ist ein Duft, eine Wohlhabenheit, die uns gefällt. Ich möchte demnach im Interesse eines wirklich bleibenden Wertes ihrer Bücher den Romanschriftstellern raten, lieber Geringfügiges groß als Großzügiges unbedeutend zu behandeln.

Heute bin ich gottlob wieder gesund und munter, was ich ja auch verdiene, da ich ein netter Mensch bin. Wie stand es gestern um mich? Gemütskrank war ich. Voll Nachdenklichkeit lief ich ungestüm und zugleich wund umher, und weshalb das? Ich hielt meinen Kollegen Hoffnungsvoll für den Nobelpreisträger für Literatur. Eine Zeitungsnotiz täuschte mich. Wie ich leichtgläubig bin! Ich hielt meinen Landsmann Hoffnungsreich für den glücklichsten und mich infolgedessen für den unglücklichsten Menschen. Alle hübschen Mädchen, bildete ich mir ein, hätten bereits die talentvollsten Spottgedichte auf mich gedichtet. Doch wie stark, wie groß benahm ich mich dennoch! Wie gefaßt ich dahinschritt. Kaum kann ich es veranschaulichen. Jedenfalls bin ich zufrieden mit mir. Ich erhielt einen vermeintlichen harten Schlag, weigerte mich innerlich aber keine Minute lang, die Tücke des Schicksals zu ertragen. Heute früh ging ich mich informieren und erfuhr, daß Hartnäckig, nicht Hoffnungsvoll, den Nobelpreis erhalten habe. Hartnäckig ist einer, dem ich die Würdigung gönne. Das sind so Empfindungen. Ich kann bezüglich meines lieben Landsmannes Hoffnungsfreudig ruhig sein. Das freut mich, und indem ich voll Freude bin, darf ich mich wieder blicken lassen. Gestern glaubte ich, ich sei unter meinen Landsleuten unmöglich geworden. Zum Glück mußte dieser unangenehme Glaube weichen. Freund Hoffnungsvoll arbeitet. Ich will das auch tun. Ich kann es jetzt. Ich bin dessen von neuem fähig.

Inwiefern dieser Hartnäckig mit dem Nobelpreis gekrönt wurde, krönt mich die heiterste Ausgeglichenheit. Gestern glich ich einer geknickten Pflanze, während ich heute ein kräftiger Baum bin. Was doch Illusionen aus uns machen! Gedankenmacht, du bist seltsam! Wie nobel komm' ich mir vor, daß mich die Nobelpreisangelegenheit nicht mehr drückt. Ja, die Welt ist fröhlich und ernsthaft.

Ich schreibe einen Traum auf, lege da von einer Nacht Bericht ab.

Gestern, gestern war's. Heute ist der Morgen so hell, so friedlich.

Warum mein Haar immer noch nicht weiß ist? Es muß eine große Seelenkraft in mir sein. Nun etwas von Städtegründern: Dieselben hatten nicht Zeit, moralisch miteinander zu zanken, wer der Bessere, welcher der Schlechtere sei; sie richteten Wohnungen auf, hatten zu tun. Sie waren schöpferisch tätig. Beschäftigung ist eine Retterin, die uns aus Ungenügsamkeiten zieht. Wie soll im großen Frieden entstehen, wenn im kleinen nichts als genörgelt, gestichelt wird.

Ich dachte über den Ernst des Lebens nach und sagte mir, daß nur er wirkliche Lebenslust ermögliche. Nichts sollte schon gleich von Anfang an eine Freude sein. Ich finde, man sollte nicht so lebenshungrig tun. In einer Kaffeehalle sagte einst eine einfache Frau zu ihrem Hund: »Wie du hungrig tust!« Der Hund schien die Bemerkung verstanden zu haben.

Gestern nun glich die Nacht einem prächtig geschmückten Tier, einem Pferd vielleicht, auf dem eine Frau sitze, dachte ich.

Die Lichter am nahegelegenen Berg sahen wie ein Zeltlager aus, worin ein König kampiere. Die Sterne schienen aufs Dach tröpfelnd herunterzufallen.

Warum trat ich nun ans Fenster? Ich will es euch sagen.

Ich träumte, ich sei in Teheran als Gast des Schahs von Persien, der sich persönlich in außerordentlichem Maße für mich interessierte. Ich war unter Menschen, die sich alle scheinbar sehr zart aufführten. Ein Hofzeremoniell von feinster Art umgab mich. »Du bist da also nun in Teheran«, sagte ich mir. Vielleicht sprach ich das sogar mehrmals zu mir. Alles war sozusagen in einen Rembrandt-Ton getaucht. Nun kam ich in ein Zimmer, wo mich ein Würdenträger sehr freundlich einlud, ihn zu besuchen. Freilich besaß er eine etwas zu starke Nase. Die Nase war an sich etwas absolut Seltsames, aber ich war ja in Teheran und nahm diese Wundernase als etwas ganz Gewöhnliches. Selbstverständlich nahm ich die Unterstaatssekretärseinladung höflich an. »Wie ich hier in Teheran höflich bin«, kam mir der Gedanke. »Du schläfst dann bei mir, denn ich bin eine Frau«, sprach mit der zartesten Einfachheit der Gewichtige. Über dieser Eröffnung erwachte ich.

Ich stand dann auf und trat ans Fenster, was ich bereits erwähnt habe. Als ich mich wieder ins Bett legte, fing es ums Haus und um die Stube herum gespenstisch an zu klopfen; es handelte sich um eine gewisse Anzahl wohlabgemessener, trockener, präziser Schläge. Schon allein dieser Umstand versetzte mich in Verwunderung. Wenn nun diese Schläge tönten, um bloß von mir gehört zu werden? Dieser Gedanke stellte sich sogleich beim Vernehmen des Geräusches ein, und darin bestand ja das Geisterhafte. Ich glaube natürlich im allgemeinen nicht an Spuk usw., aber dieses auf ungewöhnlicher Regelmäßigkeit beruhende Geklöpfel hatte für mich etwas Unbegreifliches. Es war, als wolle mich irgendwer an etwas mahnen. Die Schläge wanderten übrigens; mir kam das wenigstens so vor. Ich wohne ja nun im modernsten Stadtviertel. Gespenster halten sich erfahrungsgemäß eher in der winkeligen Altstadt auf. Dennoch war's mir, als begehre mich jemand »unverzüglich« zu sprechen, wie wenn mir da ein Mensch etwas zu sagen gehabt hätte.

Ich lag lange wach.

Gewiß waren das alles bloß so Youngsche Nachtgedanken, aber in schlaflosen Nächten gleichen wir hilflosen Kindern.

Recht lang ließ ich das Licht angesteckt. Meine Logisfrau wird es ja nicht wissen – nimmt sie's wahr, so würde es halt was kosten. Ich kann versichern, daß das Licht schläfrig macht, das starke, hohe, große Schwarz weckt auf. Licht glitzert so. Undurchdringliches Dunkel wünscht man zu durchdringen. Schläfern uns die Zivilisation, die Bequemlichkeit, der Luxus ein? Ist das Naturhafte das Aufrüttelnde?

Mit kühler Empörtheit, die mich durchtanzt, durchlacht, die mir übrigens ganz und gar paßt, weil sie eine sittliche Höhe darstellt, sage ich, daß in einem kleinen europäischen Land jährlich achtzig Millionen für Militärzwecke verausgabt werden. Schade um so viel Geld! Muß nicht jeder Menschenfreund eine solche Erscheinung einfach beklagen? Anderseits scheint der Verbrauch einer so großen Summe eine Notwendigkeit zu sein, aber es geschieht vielleicht da und dort, daß man sich Notwendigkeiten nur einbildet, daß man sich davon düpieren läßt. Ich für mich finde, daß Staaten anfangen sollten, mehr Vertrauen zu bekunden. Ein Staat ist wie eine Persönlichkeit, und es läßt sich sagen, daß sich Menschen, Personen durch fortgesetztes Mißtrauen erniedrigen. Genau dasselbe läßt sich von Gemeinden, Verbänden, Gesellschaften sagen. Heute sind alle Länder Europas vor einander erniedrigt. Mich dünkt, daß man das in der Öffentlichkeit betonen muß. Nun zu etwas anderem: mir kam da der Gedanke, daß sich in den Künsten zu viel Gebildetheit geltend mache, aber viel zu wenig Gebildetheit im Leben. Hieraus entsteht ein Mißverhältnis. Das Leben ist zu roh geblieben; dagegen ist die Kunst verhältnismäßig zu ästlich, zweiglich, zu zart und zu fein geworden. Nach mir ginge es uns allen besser, wenn sich die Kunst kräftig gäbe, dafür aber das Leben lieb und fein. Ich las, daß in einer großen Stadt acht große Bühnenhäuser geschlossen wurden. Daselbst gehen viele Schauspieler brotlos, unterstützungsbedürftig herum. Man liest heute in den Zeitungen allerlei Klägliches. Gestern konnte ich diese achtzig Millionen gar nicht aus dem Kopf bekommen, hoffe mich aber befähigt, die Vorstellung davon zu verwinden.

In Chicago halten Neger Versammlungen ab, die den Zweck haben, das Niveau aller Schwarzen auf der ganzen Erde zu heben. Auch das ist eine Zeitungsnachricht. Zum Frühstück lasse ich mir gern irgendein Blatt schmecken, wie z. B. das »Journal de Genève«, und hier baue ich ja selber so eine Art Journal auf. Das hat für mich etwas Aufrichtendes. Nebenbei muß ich gestehen, daß ich mich gestern in einem hiesigen bürgerlichen Lokal an böhmischem Bier gütlich tat. Das Glas bezahlt sich mit fünfundvierzig Centimes. Ich enthülle da Geisteskleinlichkeit, aber sie amüsiert mich. Wie von selbst geht es zu, daß ich mir vorrechne, was ich an Barschaft jeweilen ausgab. Sitzt oder steckt etwa ein Oekonom in mir? Jemand verspottete mich, und ich verspottete den Betreffenden wieder, und zwar auf so derbe Art, daß er mir gestand, ich hätte ihm wehgetan. Warum muß das immer so weitergehen? Könnten wir einander nicht das leichte Maß von Achtung entgegenbringen, dessen wir bedürfen? Und dann saß ich wie »eine goldstrotzende Kosakin« da. Was ich da sage, läuft mir so aus dem Mund. Lustige Leute umtanzten mich, und ich klatschte ihnen Beifall und lachte noch auf der Straße und zu Hause über die Tänzer, die mit ihren Bewegungen der Musik, deren Takte sie rhythmisch begleiteten, ihre Hochachtung und Ergebenheit erzeigten. Was das für Drolligkeiten waren. Einer legte sich an den Boden und erstand wieder langsam. Das war furchtbar komisch, und mir war, als ich das alles so sah, als tanze ganz Europa, als tanze die ganze, glänzende, arme Menschheit, Hoch und Niedrig, Klug und Unintelligent, Wissendes und Ahnungsloses bunt durcheinander, von der Macht der Kunst brüderlich und schwesterlich verbunden. Ich bildete mir ein, etwas entfernt scharre und stampfe mein Pferdchen mit den braunen Beinen. Wie mir diese Illusion Spaß machte!

Plötzlich durchblitzten mich wieder diese achtzig Millionen zu Verteidigungszwecken. Wie wir uns voreinander fürchten! Haben wir wirklich so gewichtigen Grund dazu? Es scheint so. Aber da sieht man, was uns unsere Habsucht, unsere Eigenliebe, unsere Unduldsamkeiten für ein Heidengeld kosten. Und überall ist das so, und wie soll es sich ändern können, wenn sich dieses Leben, die Seelen, die Nerven, die Menschen nicht ändern wollen oder nicht können? Ich bin überzeugt, daß die Kriege aus dem Schoß der Gesellschaft selbst emporkeimen mit bleichem, großem, verständnislosem, aufgedunsenem Gesicht. Der Krieg ist eine Mißgeburt, halb Mädchen, halb Mann, halb Störender und halb Gestörter, und er läuft erschrocken unter uns herum, über sich selber entsetzt wie ein hunderttausend Jahre altes Schmerzenskind. Ich glaube meinerseits nicht an die Grenzlichkeits- und Nationalkriege; vielmehr glaube ich, daß sich die Kriege stets die Grenzlichkeiten und Zugehörigkeiten zu den Nationen so zum Vorwand genommen haben, daß sie aber weiter nichts als Geschöpfe unserer Unvorsichtigkeiten sind, Unzufriedenheitentstiegene, denn auch in Friedenszeiten »bekämpfen« wir uns ja immer: Junge wollen von Alten nichts wissen, Gesunde von Kränklichen nichts, Mutige von Zaghaften nichts, und eins fürchtet und verachtet und bewundert und mißversteht das andere, und wie wird überall die Bildung vernachlässigt, die, wenn es richtig zuginge, maßgebend zu sein hätte. Wir geben nicht acht auf uns, und weil wir dazu nicht in die Lage kommen zu können scheinen, geben wir jährlich für die Abwehr eines eventuellen Feindes achtzig Millionen aus.

Ich erscheine mir da etwas nachdenklich, aber ich habe mich gewöhnen lernen, zu glauben, daß an der Nachdenklichkeit etwas Schönes ist, daß ich sie brauche, daß sie mir nützt, daß sie mich festigt.

Ich habe gestern nacht über das Leben und den Tod nachgedacht. Vielleicht darf ich sagen, eigentümliche Gedanken hätten mich da frappiert. Vorläufig gebe ich aber jedem Schriftsteller den Rat, sich einen ihm die Schreibutensilien vorantragenden Pagen anzuschaffen, damit sich die Leute sogleich von seinem Stande überzeugen können. Neulich fragte mich nämlich jemand, was ich sei, worauf ich antwortete: »Schriftsteller.« – »Ist das wahr?« wurde mit einer Ungläubigkeit ausgerufen, die mich fast selber an meiner Schriftstellerhaftigkeit zweifeln ließ. Ich hatte die größte Mühe, mich in diesem Moment nicht für einen Schuhputzer zu halten. Der Einfluß, den Mitwelt und Zeitalter auf uns ausüben, kann ins Beklemmende gehen. In einem gewissen Grad neigen wir, zu sein, wofür man uns ansieht, und erst ich mit meinen Dutzenden von Feinfühligkeiten! Aber ich kämpfe wacker, ich bin an Mit-mir-selber-Kämpfen einfach ein Held, nichts Geringeres, ich versichere Sie dessen. O, es ist so süß, so schön, es geht so ins Hohe, bös sowohl auf sich selber wie auch ein bißchen auf andere zu sein. Ich finde Anwandlungen des Mit-sich-unzufrieden-Seins herrlich, und häufig halte ich im Walde Reden, worüber ich dann nachträglich wieder lache. Lachen ist ja ein so glückliches Ausgleichsmittel.

Die Locarnoer Reden sind beendigt, und wir dürfen wohl alle

über das, was im Kanton Tessin vereinbart worden ist, erfreut sein. Von nun an scheint es in Europa wieder friedlich nebeneinander arbeitende Staaten zu geben. Fängt man an, sich wieder zu kennen? Seltsames Kleistwort, das im letzten Akt der »Familie Schroffenstein« steht: »Sie strichen sich die Gesichter mit Kohle an und kannten einander nicht mehr«, wie oft dachte ich dran. Sollte es seine unangenehme Bedeutung langsam nun verlieren?

Was meine Nachtgedanken betrifft, so bezogen sie sich auf die Liebe, die eine Art Sterben ist. Ich will die Liebe nicht so gerade nur für Leben halten, ich empfinde sie doppelt: als belebend sowie tötend, finde aber, daß gerade darin Großes liegt. Wenn schon gestorben sein soll, sterbe ich doch lieber gern als ungern, und ich stelle mir die Liebe wie eine Brücke zwischen Leben und Tod vor, und sie sei mühsam, unbequem, nicht damit wir sie satt bekämen, aber damit uns der Abschied von ihr nicht gar so schwer falle. Die Gesundheit ist uns nicht um ihrer selbst willen gegeben. Wohl leuchtet das Leben, und die Blumen sind hold; du mußt aber auch mit der Schlange darunter Bekanntschaft machen. Die Schlange ist unter uns, damit wir uns selber erkennen. Die Schlange ist das Schöne und das Böse, und darum das Tragische, denn was kann sie für ihr Lauern auf die Ahnungslosen? Die Welt will es so. Und wir sollen vor diesem Frieden, der uns nun garantiert ist, Achtung haben, inwiefern es von ringelnden Greueln darunter wimmeln könnte, und die Guten müssen lernen, bis zum Tod zur Güte entschlossen zu sein. Übrigens möchte ich diese Zeilen nicht allzu ernsthaft schließen und rede noch von etwas Kleinlichem, Persönlichem, nämlich von den Buchdeckeln zu meinen Romanen, die ich einst in Berlin schrieb.

Der Deckel zu »Geschwister Tanner« soll diesem Buch geschadet haben. Christian Morgenstern war's, der dies vermutete, und das war ja ein sehr kluger Mensch. Dieser »Geschwister Tanner«-Buchdeckel hatte mit seinem harmlos über die Fläche gehenden Streifen Grün etwas Pariser-Roman-Ankündendes. Oft entscheiden ja bei Unternehmungen Äußerlichkeiten, Etiquettenfragen. Und dann der Deckel zum »Gehülfen«: diese Gartenmauer aus lustig-ironischen Backsteinen, die Mauer, an der ich persönlich noch glaubte, mitzeichnen zu sollen, besaß etwas Lächelndes-Allzulächelndes. Die Gehilfenfigur mit dem über Kopf und Hut aufgespannten Regenschirm sah ja beinahe possierlich aus. Vielleicht hätte ich besser nie Hand an diese so säuberlichen Backsteine gelegt. Zur Strafe hatte vielleicht das sicher sonst ganz nette, gute Buch keinen Erfolg, und mein lieber Verleger, wenn ich an ihn denke, wie er stiller, stiller mir und sich selbst gegenüber wurde, dauert mich in der Erinnerung geradezu. Mir persönlich gefielen diese beiden Buchdeckel vielleicht nur allzusehr. Bücher sind verpflichtet, auch andern, nicht nur dem Verfasser zu imponieren und zu gefallen. Aber wie gering ist der mir dadurch eventuell entstandene Schaden im Vergleich zum seitherigen, menschlich-allgemeinen! Wie viele liebenswürdige Menschen mußten leiden. Wieder hat aber Sorglosigkeit, Unbedachtsamkeit etwas Schönes. Alles Vergnügliche hat in meinen Augen einen geringen und gleichzeitig hohen Wert. Nicht jedes ernstliche Streben ist wertvoll.

Freude ist nie zu oft da. Vielleicht werden viele Mühe haben, die Racheschwerter aus den Händen und den Gedanken zu legen und kleiner zu sein, als sie sich's dachten.

Wir waren lange genug in ungroßem Sinne groß.

Damit, daß man sich Opfer, Sündenböcke usw. aussucht, sei es nicht gemacht, dachte ich, indem ich, als ein mich zum Feste des Zuhörens selber Einladender, durch eine Seitentür ins Parlamentshaus eintrat, um als eine Art von Gast mitanzuhören, was in der Bundesversammlung gesprochen werde. Ich habe vor allen Dingen zu bemerken, daß sich das Bundeshaus, dieses Repräsentationsgebäude, an gleichsam hervorragender Lage erhebt. Übrigens hatte ich diesen Artikel längst vom Stapel laufen, das heißt aus meiner Schreibfeder herausfließen lassen wollen. Als ein Fremder eines Tages im Restaurant zum »Pfauen« in Zürich den großen Dichter Keller mit den Worten beehrte: »Sie haben Ihre Erzählungen mit Ihrem Herzblut geschrieben«, soll er trokken erwidert haben: »Nein, mit Tinte.« Indem ich diese Einflechtung dulde, womit ich sage, daß sie mir keineswegs wichtig vorkommt, kündige ich an, daß ich in einem großen Saal Platz genommen habe. Ich sitze auf einer Galerie und schaue auf die Figuren der Herren Räte herab, die sich zum Teil auf ihren Plätzen mit Notieren befassen oder mit Lesen von allerhand beschriebenen oder bedruckten Papieren. Zum Teil scheinen sie tiefgedankenvoll; anderenteils findet es vielleicht der oder jener für üblich oder für vorteilhaft oder für passend und angezeigt, möglichst wenig bei »allem dem« zu denken. Einen Herrn grüßend, der sich gleich mir in die Assemblée einfand, erhebt sich unten die Gestalt eines Herrn vorgerückten Alters, und fängt zu sprechen an, und nach einer Minute belebt mich die Gewißheit, daß er zu verzichten scheint, großen Eindruck zu machen; er verhielt sich rednerisch gewissermaßen so, daß man beim Aufmerksamsein leise einnickte. Im ganzen Hause machte sich eine nicht zu leugnende Schläfrigkeit geltend. Unwillkürlich reiste ich gedanklich geschicht-rückwärts und stattete Rednern von Ruf und Begabung, wie z.B. Mirabeau, geistig einen kurzen Besuch ab. Erwähnter war ja ein vom Schicksal zu Regengüssen des Redens Erkorener. Seine Art zu sprechen besaß jeweilen die größte Platzregenähnlichkeit. Seine Ansprachen glichen Gewittern; er hat oft eher geblitzt und gedonnert als bloß gesäuselt und gesprochen.

Der Tag, an dem ich den Parlamentsbesuch ausführte, war übrigens der denkbar blaueste, schönste. Auf der Kuppel des hohen Hauses flatterte die Landesfahne in ihren zwei anheimelnden Farben. Ich hatte kurz vor Eintritt ins Gebäude eine Dame auffallend artig gegrüßt, und sie hatte sich natürlich bewogen gefühlt, mir zu danken, dadurch, daß sie sich ein wenig verneigte. Ich nahm auf einer Veranda mein Frühstück ein und blickte in ein orangen-, pfirsich-, kirschen- und zitronenleuchtendes, windgeschaukeltes-, gefächeltes Markttreiben hinein. Der Wind tropfte förmlich von blauer Farbe, ohne irgend einen Gegenstand blau zu färben.

Nun erlaube man mir, zu sagen, daß im Saal ein Fall zur Verhandlung kam, dem äußerst viel Bedeutung beigelegt wurde. Auf einer Separatestrade schrieben die Stenographisten und Zeitungsberichterstatter möglichst alles warm, Wort für Wort, nach dem, was gesprochen wurde, auf die Blätter ab, die sie vor sich liegen hatten. In einem dicht unter mir Stilldasitzenden glaubte ich einen Politiker zu erkennen, den seine ausgesprochen oppositionelle Stellung einen Rang hatte erklimmen lassen, auf dessen Bepolsterung er nun gleichsam ausruhte, was der Natürlichkeit einer Laufbahn entspricht, und was ich so aufgefaßt wünsche: Der Bedeutendheit wird dadurch mit der Zeit ein Ziel gesetzt, daß man sie als solche anerkannt hat. Eine Bergpartie z.B. hört mit Erklettertheit des erstrebten Gipfels auf, was sich gewiß von allerlei bürgerlichen Wirkungsfeldern sagen läßt. Dies ist etwas Selbstverständliches; aber von einem gewissen Gesichtspunkt aus gesehen haftet diesem Leichtbegreiflichen etwas Erstaunliches, Vieles-Erklärendes an. Mich interessierte eine stille Gestalt, die ehedem eine sich stürmisch gebärdende gewesen war. »Sieh da, er hat graues Haar, der vor Jahren seine Revolutionslocken zornig-graziös schüttelte.« Dieser Gedanke war einer von denen, die sich von selbst ergaben. Einen anderen von den Herren Räten konnte man auffallend emsig, gleichsam dienend oder verbindend, aushelfend, beistehend, hin- und hergehen sehen. Er gehörte, wie mir mein Nachbar erklärte, der Bauernpartei an. Dieser Nachbar war eine Kaffeehausbekanntschaft.

Ich könnte nun von diesem »Opfer« weitläufig reden. Meiner Ansicht nach stellen wir sozusagen alle etwas wie »Opfer unserer Epoche« dar; denn jeder, von was für einer Art er sein mag, nach welcher Richtung hin sich seine Sendung bewegt, opfert sich irgendwie auf; er bringt sich, seine Persönlichkeit, seine Schaffenskraft auf dem und dem »Altar« ganz einfach zum Opfer, er mag sich hintanhaltend oder vorwärtstreibend verhalten, und aus diesem Allgemeinheitsgrunde sind für mich die »Lämmer«, die geopfert werden, gar nicht vorhanden. Es ist ein verzeihlicher, weil menschlicher Irrtum, anzunehmen, der und der sei zum Opfer bestimmt worden. Es befand sich auch in der Versammlung quasi ein Opfer. Alle anwesenden Insgewichtfallenden gaben sich sichtliche Mühe, ihn zu ignorieren. Ich aber sah mit meinen allzeit guten Augen und war befähigt, herauszufühlen, wie er gutgelaunt in sich hineinlächelte. Genug übrigens hiervon. Nur noch soviel: einem »Opfer« gibt man Gelegenheit, sich menschlich zu sammeln, ruhig sich »Bereicherungen« zuzuführen.

Was jenen obgenannten, als wichtig empfundenen Fall betrifft, so erledigte er sich rechtsgemäß, d.h. mit einer Abfuhr, die

die Unbefugtheit erntete, und mit einem geradezu leuchtenden Erfolg seitens der Landesvertretung.

Ich hatte da erstens die Absicht, d. h. den gewiß zarten Wunsch, unter Menschen zu gehen. Ein Plakat kündigte nämlich sozusagen ein Konzert an, und ich wollte diese Veranstaltung »hohen Kunstkönnens« absolut zu besuchen, mir da gleichsam eine Art von Ehre geben. Es wäre für meine Wenigkeit eine Ehre gewesen, diesen vielgenannten Virtuosen mitanhören zu gehen. Warum unterließ ich es? Ich muß das jedenfalls schon deshalb sehr bedauern, weil ich mich vielleicht bei dieser Gelegenheit auf irgendeine Art galant hätte aufführen können. Wo sich Damen befinden, gibt es immer Anlässe zu kleinen Artigkeiten, die ja natürlich an sich in unserer so ernsten Zeit unmöglich viel bedeuten können. Also habe ich mir da etwas entgehen lassen, was mich zweifellos gefreut hätte. Und nun dieser Lauzun mit seinem Palais. Aber wie darf man so unvermittelt zu reden wagen, so dem Leser mit etwas ganz Neuem, Fernliegendem ins Haus zu fallen. Die Sache ist die, daß ich in einem Restaurant saß, wo es mir Zeitschriften zu lesen beliebte, worin ich zu meinem großen Vergnügen auf einen Aufsatz über diesen Lauzun stieß. Jeder wird ja von diesem illustren Namen schon gehört haben, nehme ich ohne weiteres an. Lauzun war ein gleichsam unverbesserlicher Freund der Frauen, der bald in Paris, bald aber auch, und zwar vielleicht ebenso gern, in London lebte, und nun standen in der Zeitschrift, die ich in die Hand genommen hatte, indem ich Wein dazu trank, diesbezügliche, sehr interessante Abbildungen, braunes Mobiliar und hohe Säle. Ich blätterte mich noch durch andere Zeitschriften hindurch und fand z. B. ein Gedicht abgedruckt, worin das abgebrauchte Wort »wallen« vorkam. Sonst war das Gedicht ganz schön, was ich um so lieber gestehe, als ich mir erlaubt habe, es ein wenig zu rügen. Wie mich die Unterlassungssünde wegen des Violinkonzertes beinahe ein bißchen ärgerte. So nachlässig zu sein. Sich etwas vorzunehmen und den gefaßten Vorsatz dann einfach gemütlich fallen zu lassen. Ist das vernünftig von mir? Ob ich da nicht Grund zur Unzufriedenheit mit mir habe? In dem hervorgehobenen Restaurant saß ich ganz still, fast mäuschenstill, da, indem ich von Zeit zu Zeit aus meinen Revuen herausschaute und mit den Kellnerinnen, die ja vielleicht verdienen, daß sie Saaltöchter tituliert werden, einen Blick wechselte, was durchaus an sich selbstverständlich für herzlich belanglos gehalten werden muß. Man wird mir hierin recht geben. Saaltöchter usw. nehme ich nicht allzuwichtig. Ich meine, diese Mädchen wären ja nicht, was sie sind, wenn sie wichtig genommen würden; sie haben quasi das sehr angenehme Recht auf Nebensächlichkeit. Dies nebenbei. Wie würde ich in »diesen Tönen« geschwelgt haben, falls ich mich rechtzeitig besonnen hätte, in dieses »dumme Konzert« zu gehen. Ist es etwa deshalb ein »dummes«, weil ich's nicht gehört habe? Nun werde ich Ihnen mit Verlaub etwas von Plätzen usw. sagen. Es kommt vor, daß mein Gewohnheitstisch in meinem Gewohnheitsrestaurant, wenn ich anlange, bereits von irgendwem eingenommen ist. Dies überrascht mich dann jeweilen ganz, ganz leise. Natürlich verrate ich mich aber dann in keiner Weise, sondern okkupiere irgendeinen andern zur Verfügung stehenden Stuhl, denn ich sage mir ja sogleich, es sei im Grunde gleichgültig, an was für einem Platz man esse. Womöglich interessieren Sie sich für diese Platzangelegenheit gar nicht. Ich für mich nenne sie einen kleinen Beitrag zur Beleuchtung des Alltagslebens; dafür werden vielleicht auch Sie sie gelten lassen können. Nun zu etwas anderem. Da war einer, ich meine, es saß in dem Restaurant, worin ich in den Zeitschriften geblättert habe, ein gleichsam noch junger Mensch, und dieser gewissermaßen noch ziemlich junge Mann fixierte mich in sehr auffallender Weise, und wir kannten einander sehr genau, grüßten uns aber nicht, vielleicht gerade deshalb nicht, weil wir uns überaus genau kannten. Wir »ignorierten« einander, indem wir uns lang, bös, hart anschauten, was sowohl von ihm wie von mir eine Leistung war, aber ist dies vielleicht nicht auch wieder »völlig nebensächlich«, und darf man z. B. auf so einen Lauzun in gegenwärtiger, so ernster Zeit Gewicht legen? Aber wo läge denn das Hauptsächliche?

Wie dufteten die Konturen
dieser Mädchenbeine,
deren Anblick mich so riesig interessierte,

nach ein bißchen Bildung und zugleich
nach dem weiten Reich
der Ahnungslosigkeiten.
Wie schade, daß du ihre Sprache nicht vernahmest;
mir ersetzten die lispelnden Beine ein Violinkonzert.

Manchmal achte ich sehr auf die Gesetze des Reimes. Mitunter bin ich aber zu bequem, um mich dieser Aufgabe zu unterziehen, aber ich trug gestern immerhin einer bejahrten Köchin ein Handköfferchen eine Strecke weit nach, für welchen Dienst sie sich anmutig bedankte. Vielleicht sollte man nur feinen Frauen Artigkeiten erweisen. Wollen Sie mich diesbezüglich gelegentlich aufklären? Ich füge übrigens noch folgendes bei: die Köchin wohnte zuoberst in einer Mansarde, und da wollte ich ihr das Gepäck in die Höhe hinaufschaffen, sie lehnte aber das Anerbieten mit dem Hinweis ab, daß man's merken könnte. Ich verbeugte mich vor ihrer Umsicht und Klugheit und begab mich im Gefühl nach Hause, keinen allzu erheblichen Fehler begangen zu haben. Jenen zum Glück noch jungen Menschen, der einen Augenkampf mit mir ausfocht, habe ich seither noch nicht wiedererblickt. Er braucht sich weder für besiegt noch für siegreich zu halten. Wir sollten uns abgewöhnen, so rasch an Erfolg oder Mißerfolg zu glauben; das ist ja doch meistens ein Irrtum. Wir können doch nur im Anunsarbeiten wirklich schön sein. Was man Gesellschaft nennt, stützt sich auf die Willigen. Von jener »weißen Dame« und von diesen »strahlenden Gesichterchen« rede ich nachher, d.h. ein anderes Mal. Jetzt grünen die Bäumchen.

Und jenes Bild in der versteckten Gasse,
und dieses Leben, das ich niemals hasse,
das Dulderantlitz und die totenblasse
Miene der Siegerin, und nun dies nasse,
Kindesäuglein wegen zerbrochner Tasse,
dies Tosen im entlegenen Gelasse,
das Tanzen dann durch dichte Menschenmasse,
und ob ich nun die Schöne bald erfasse?

Sie hing in einem Schaufenster. Vielleicht entschädigt mich ja auch dieses Bild einigermaßen dafür, daß mir das Konzert entging. Jener junge Mensch im Restaurant mit dem Blick voll Verachtung achtet mich selbstverständlich sehr. Ich weiß das ja. Er tut nur so. Zweifellos hat er mich bloß verwirren wollen. Er spielte mit mir, aber ich spielte auch mit ihm. Das Mädchen im Bild zeigt die frischesten roten Lippen. Sie werden es seltsam finden, wenn ich Ihnen eröffne, daß ich diese Lippen minutenlang angeschaut habe. Mein Mund hat diesen gemalten Mund »sehr sorgfältig berührt«. Eine Art Turban bedeckt den Kopf, der so gut eines jungen Mannes wie eines jungen Mädchens Kopf sein könnte. Ein sehr feiner Teint spendet da gleichsam eine Beleuchtung von innen. Manchmal schauen mich junge Knaben an, als wollten sie mir sagen, sie wüßten Wege für mich. Grad, als hätt' ich mich verirrt. Vielleicht sieht's bloß so aus. Für mich wär's ja schmeichelhaft, allerhand Leuten Interesse einzuflößen, aber mir genügt, wenn ich immer wieder etwas zu tun habe.

Ich dachte, sie würde
sich etwa wieder zeigen.
So ohne jede Würde
mit ihr zu spielen.
Gerne möchte ich mich nun vor ihr verneigen.
Hat sie mich denn gar nicht verstehen
können, nicht gesehen,
wie ich glaubte, sie nenne mich ihr eigen?
Alle holden Geigen
tönten, wenn ich sie sah.
War sie mir nah,
so sprang ich von ihr fort, weil da
die vielen
Lustigkeiten, die mir ob ihrem Gesicht
durchs Herz gegangen,
nach Freiheit rangen.
So zwangen
die Zärtlichkeiten mich zur Lieblosigkeit,
und nun ist sie weit, weit
weg, aber sie denkt an mich,
und ich weiß, das freut sie.

Als ich vergangene Nacht von einem Ausflug zurückkam, der zwanzig Stunden in Anspruch genommen haben mochte, es zirka drei Uhr morgens, demnach stillste Nacht war, sah ich eine Gestalt, sie stand unbeweglich an einem Pfeiler, doch ich werde nachher hierauf zurückgreifen.

Ich lasse mir ein gewisses impertinentes Gesicht von nun an nicht mehr gefallen. Wovon spreche ich da? Ich ziehe vor, aufzuschieben, das zu sagen. Hindiesbezügliche Erklärungen werden zuverlässig folgen, ich verspreche das, und nun weiter.

O, Othello, wie weit kam es mit dir? Ich begreife nicht, aus welchem besonderen Grund mir die Nennung dieser Bühnenfigur über den Mund springt, der bei Erwähnung eines zu leidenschaftlich Liebenden theatralisch bebt.

Es gibt eine Freundlichkeit des Benehmens, die arrogant wirkt. Ich spiele mit diesem Satz auf das bereits höflich angeführte Gesicht an, dessen Ausdruck ich satt zu haben scheine. Sollte es ein Kollegengesicht sein? Wohl möglich! Einstweilen jedoch rede ich lieber wieder ein wenig über die Eifersucht, die an sich schwarz wie die Nacht ist. Schwarz ist die Farbe des Peches.

Noch wage ich nicht, mich eingehend über besagte nächtliche Figur zu äußern, die sich durch denkbar stillstes Dastehen auszeichnete. Herrlich, das muß beigefügt sein, gestaltete sich mir der Genuß der erlebten Wanderung zu, ich möchte betont haben, etwas Großem. Vom Gipfel eines Berges herab leuchtete eine elektrische Lampe in die Niederung herunter, wie eine sich auf der Stirne eines Mädchens von Welt befindliche Perle.

Die Vergleichung ist poetisch; ich fühle es. Um so nachdrücklicher, ruhiger, und mit um so festerer Stimme, von der ich hoffen darf, sie besitze zugleich den erforderlichen Weichheitsschmelz, gewissermaßen bei einem Oberton von Energie einen Unterton der Verbindlichkeit, kann ich den Verlauf dieser vielleicht leichtsinnig, d.h. unbesonnen begonnenen kurzen Geschichte fortsetzen und mit Genugtuung erhärten oder die Behauptung aufstellen, ein Vortragender, der zu weiteren Kreisen sprach, habe ein durchaus nicht unvorteilhaftes Porträt von mir auseinandergebreitet, indem er mich seinen Zuhörern als ein *en-*

fant terrible vorstellte. Ich saß mit in den Reihen derer, die feierlich auf die Ansprache lauschten und verhielt mich anstandshalber still, d.h. erklärte mich mit der sehr interessanten Art der Darlegung einverstanden, denn ich hielt das für das beste.

Aber jenes Gesicht voll einer noblen, feinen Unverschämtheit nehme ich nicht glatt hin. Der Inhaber dieses in der Tat von hoher Entwickeltheit beweisablegenden Antlitzes scheint berufen zu sein, sich insofern bei mir zu entschuldigen, als er sich zu einer anderen Miene die Kraft haben wird aufzuraffen. Ich zweifle ja übrigens keinen Augenblick daran, daß er es tun wird. Ob ich wohl mit Recht argwöhnen, d.h. glauben oder vermuten darf, diejenigen, die man die Gebildeten nennt, belustigten sich auf irgendeine Art und Weise am Auftreten der sogenannten Ungebildeten, wie sich diese ihrerseits wieder an jenen auffrischten und erquickten? Vielleicht findet in dieser Hinsicht eine Sorte gegenseitiger Belebung statt, was an sich gewiß zu begrüßen wäre.

Wie sie seltsam eckig, kantig dastand, jene zweifellos gebildete, nächtliche, weiße Dame! Als von Bergen herab zu schreiten kommender Wanderer hatte ich natürlich vor der Erscheinung keinerlei Furcht, höchstens, wie soll ich sagen, einigen mit Mitleid vermischten Respekt. Wer war sie? Hatte sie mir etwas zu sagen? Ihr Kopf schien mir im Verhältnis zur Länglichkeit der Gestalt von überraschend geringem Umfang zu sein. Die ausgestreckte Hand war von des Gewandes Weitheit vollständig verdeckt – Malerisches, das mir sehr gefiel.

Jetzt aber, Leser, mache dich auf eine Entsetzensszene gefaßt. Ich stieß heute früh einen Gegner, der mich vielleicht im Grunde hochschätzt, der also womöglich gar nicht ist, was er mir seit langem zu sein scheint, mit dem bloßen Aufsetzen eines künstlich konstruierten, fröhliche Überlegenheit heuchelnden Lächelns in den Zustand totalster Lebensaufgehörthabenheit hinein. Er sank hin, um nie wieder aufzustehen.

Diese Existenzkämpfe, die in einem fort stattfinden, um Straßen und Plätze mit Renaissanceauftritten zu schmücken! Die weiße Nachtgestalt ist und bleibt für mich, fast hätte ich gesagt, zum Glück ein Rätsel.

Bevor ich mich aus dem Lager oder Bett erhob, es mochte vielleicht fünf Uhr Morgen geschlagen haben, dachte ich tief sowohl über Literatur und die Möglichkeit von Gespenstererscheinungen wie speziell über Ritterlichkeit nach, zu der wir heute so gut wie zu allen Zeiten verpflichtet sein mögen. Ich warf jedoch auf, daß diese Art Pflichten ihre Grenzen haben, mich vom Ergebnis meiner Meditation vollauf befriedigt fühlend. Ich erklärte den Mann im allgemeinen wie die Frau für humanitätstributpflichtig.

Eine zufällig irgendwo in Augenschein genommen habende Photographie wies mir einen Gatten neben seiner bildhübschen Frau Gemahlin vor. Beiläufig erwähnt, machte er mir den Eindruck, als leide er unter einer gewissen distinguierten Othellohaftigkeit. Ich nehme mir vor, mich in Zukunft aufs vertrauenvollste durch den Schwarm zu schlängeln, den man Öffentlichkeit nennt. Wie mich die arme weiße Dame dauert!

Hoffentlich schimmert durch die Ritze dieses nicht allzu fest zugenagelten Ausrufes das Freudenfeuer und die Festtagsfunken echter Herzlichkeit, die ebenso schöne wie heitere Flamme eines bißchens Liebe, das uns allen not tut.

Mitbürger, wollen wir nicht abwechslungsweise in Sachen Anteilnehmen beides zu sein versuchen: geizig und verschwenderisch, karg und prunkvoll, und wollen wir nicht, nachts nach zwölf, wenn die Stadt einem Feenbild gleicht, und uns die Seele begegnet, die ich hervorzuheben unternahm, mit der ergebenen Anfrage an sie herantreten, ob wir ihr dienen könnten, denn es könnte die Seele Europas, vielleicht sogar die Weltseele sein, die da stockt, nicht mehr laufen will.

Ich schrieb: »Gestatten Sie, einen Brief an Sie zu richten. Ich sah Sie nämlich schon einigemal an Ihrem Fenster; Sie haben etwas an sich, das mir gefällt, ich meine überzeugt zu sein, daß Sie mir Vertrauen einflößen, und nun fällt mir da mit einmal eine Frau ein, die ich im Theater sah, wo ich sie sehr genau beobachtet habe, vielleicht nur schon zu aufmerksam, indem ich entdeckte, sie sehe nicht allzu gut mehr aus. Nicht wahr, man sollte Beobachtungen nie machen, aber weshalb macht man sie dennoch? Merkwürdig, daß wir aus einem Zwang, uns gegenseitig zu beurteilen, nicht herauskommen. Welch eine Schwäche das ist! Sie haben eine sehr schöne, große Stube, aber das klingt vielleicht schon etwas indiskret, und wenn es es ist, so nehme ich die Anmerkung zurück und tu, als sei sie mir nicht entschlüpft. Wie hübsch Sie sich kleiden! Sicher denken und fühlen Sie sehr vornehm. Ich saß neulich in einem Kaffeehaus, in einer Erfrischungshalle für alle, und da fühlte ich mich von irgendwem beobachtet, d.h. man beachtete mich von irgendwelcher Seite her, man schenkte mir eine gewisse Achtung. Sogleich empfand ich das als indezent und richtete meinen Blick auf Leute, die still-uninteressiert dasaßen. Solchen, die durchaus haben wollen, daß man sie sehenswert findet, huldigt man nicht gern. Vielleicht sollte ich im allgemeinen mehr sprechen, ich bin schweigsam, schlafe aber dafür vielleicht des nachts gut. Wenn Sie mich nun nicht etwa schon als Schlafmütze anschauen! Das wäre fatal, aber es gibt da noch eine Frau, die mir hie und da begegnet und die ich für schön erklären würde, wenn sie größer von Figur wäre. Jedenfalls hat sie ein Gesicht, das verdiente, von einem imposanten Körper gehoben zu werden. Wenn Sie finden, daß ich unschicklich rede, so täte mir das leid. Ich bin eine Art Dichter, der manchmal ein sehr nüchterner Mensch ist, der aber beinahe etwas wie eine Geliebte hat, was für mich natürlich viel bedeutet. Ich schrieb diesem Mädchen zu Ehren ein Buch voller bunter Eigensinnigkeiten; ich würde aber nie wagen zu glauben, sie könnte das Buch verstehen, das ich ihr selbstverständlich nicht in die Hände gelegt habe. Ich schrieb das Buch, weil sie mir nicht gestattete, meine Tage in ihrer Nähe zu verbringen, mich ihr zu widmen, was ich mit wahrer Lust getan hätte. Auch Ihnen würde ich das Buch kaum mich getrauen vorzulegen, aber wenn Sie befehlen, daß ich es Ihnen zu lesen geben soll, wird es kein Hindernis geben, Ihnen zu gehorchen. Ich bin die Freiheitslust selbst und möchte doch auch wieder gern haben, es sagte mir jemand, was ich tun, wie ich mich zur Umwelt verhalten soll, die ich kenne und zugleich vielleicht total mißverstehe. Es ist ja möglich, daß ich mich selbst nicht richtig behandle und anschaue. Übrigens täten vielleicht viele Menschen gut, sich diesbezüglich Fragen vorzulegen. – Ich bin einer, der viel liest, ohne die Fähigkeit zu haben, sich vom Gelesenen stark beeinflussen zu lassen. Bücher haben mich noch nicht im mindesten verändert, was ebenso gut ein Fehler wie ein Vorzug sein kann. Ich verehre Mozart und Stendhal, und ich halte Sie nicht für eine ebenso glückliche wie kluge Frau, aber wie ich da ungezogen geworden bin! Weshalb sollten Sie nicht ebensoviel Geist wie Annehmlichkeit um sich vereinigen, und wie könnten wir denn überhaupt je so glücklich werden, wie wir's wünschen? Wenn unsere Beschaffenheit haargenau unserem Sehnen entspräche, gäbe es ja keinerlei Sehnen mehr, und es ist doch so schön, Wünsche zu haben. Warum ist immer ein Himmel nie unter, sondern immer über uns, und warum freut es uns, zu ihm hinaufschauen zu dürfen? Auf der Konsole Ihres Zimmers steht eine chinesische Vase, verzeihen Sie meinen Augen diese schon recht unzarte Wahrnehmung, obschon sie sich von selbst erklärt und an sich ja gar nicht viel bedeutet. An dem Befremden zu zweifeln, mit dem Sie diese Zeilen lesen, und wenn es auch nur ein leises sein könnte, wäre eine Unhöflichkeit, von der ich mich frei weiß. Ich dachte ja auch ziemlich lange, d.h. ungefähr eine Viertelstunde darüber nach, ob es wohl außer Ihnen noch sonst Personen gäbe, an die ich mich mit dem Ersuchen wenden könnte, ob sie mich zum Abendessen einladen wollten, was eine Gelegenheit gäbe, mich auszusprechen, und ich kam dann zu der Meinung, daß die Kühlste die Geeignetste sei, die Zurückhaltendste die Vertrauenswürdigste. Bereits werden Sie wahrscheinlich aufgehört haben zu fürchten, daß ich Ihnen schmeicheln wollen könnte. Ihnen bei Tisch gegenüber zu sitzen, sei es um welche Tageszeit es wolle, um Ihnen auf allerlei Fragen Bescheid zu erteilen, würde mich nicht bedrücken, sondern erleichtern; ich habe das Gefühl, als sei ich jemandem, der voraussichtlich weder gut noch schlecht von mir denkt, irgendwelche Auskunft schuldig. Wie konnte ich z.B. solange diese Stadt, in der Sie eine achtungheischende Stellung einnehmen, bewohnen, ohne mich mit etwas anderem zu betätigen, als hie und da vor einer Kunsthandlung stillzustehen, eine berühmte Meisterabbildung zu studieren, dann in mein Zimmer zu gehen und über den Eindruck etwas zu schreiben?«

Indes ich diese Worte schrieb, lag das schönste Mädchen, von seinen Blaßheiten umjubiliert, im schimmernden Prachtgewand entzückendster Gesamtausgezogenheiten auf dem Sofa meines Arbeitszimmers.

»Du scheinst in deinen Beruf vertieft«, sprach sie, und ich nickte. Als sie mich mit Schreiben innehalten sah, sagte sie: »Erzähle mir eine Geschichte!« Ich trat an den Spiegel, kontrollierte mein Aussehen und hob hierauf folgendermaßen an:

»Ein Schriftsteller verheiratete sich, nachdem er schon verheiratet gewesen und zum Entschluß gekommen war, sich zu sagen, es sei besser für ihn, unverheiratet zu sein, abermals, und zwar mit einer Tochter aus gutem Hause, die sich zur Sängerin auszubilden dachte, zu welchem Zweck sie ihre Zeit wie ein Singvögelchen verbrachte, indem sie den lieben, langen Tag nichts als trällerte. Wie habe ich lachen müssen, als er sich hiedurch im Dichten gestört sah.«

»Weißt du sonst noch etwas?« fragte Olympia, so hieß sie. Ich fuhr fort und sprach:

»Unlängst starb da so eine Größe auf dem Gebiet des Romans, so eine Art Bahnbrecher, der hauptsächlich zu Köchinnen durchgedrungen war. Er hatte es ihnen mit seinen Schriften derart anzutun gewußt, daß sie sich bewogen fühlten, sämtlich hinter seinem Sarg einherzuschreiten, was sie mit viel Manier ausführten. Wie mußte ich lachen, als ich das sah.«

»Das war sehr nett von diesen Mädchen«, gefiel es meiner Gebieterin zu sagen, die die Miene ob dem, was ich erzählt hatte, nicht verzog, sondern mit göttinnenhafter Unberührtheit auf mich schaute. Ich setzte von neuem an und führte aus:

»Einmal war ein bildhübscher Bursche. Seine Dummheit war fast noch kostbarer als sein nettes Aussehen: sie nahm es an Höhe mit einem Kirchturm auf. Manches Mädchen hätte ihn gern küssen mögen. Sein Mund schien ihnen zum Geküßtsein wie geschaffen, aber dem Burschen kam nie der Gedanke, er besäße Anziehungskraft. Wie machte mich sein niegeküßter Mund lachen.«

»Er war wohl sehr bescheiden«, sprach Olympia. Indem ich die Bemerkung unerwidert ließ, verbreitete ich mich über eine ungewöhnliche Art, das Leben zuzubringen.

»Es gab da häufig etwas an- und abzuschnallen, die meiste Zeit trug man irgend etwas. Täglich war ich fleckig und putzte mich ab. Wenn ich gebadet hatte, wurde ich gelobt, ich sah dann rosig aus. Allabendlich versammelten wir uns unter Bäumen, damit wir vernähmen, was uns mitgeteilt wurde. Wir waren unserer bald mehr, bald weniger, wir zerstreuten uns und kamen wieder zusammen. Von Zeit zu Zeit bekam ich den Auftrag, still zu stehen, bis man mich ablöse und ein anderer an meinen Platz trete. Mich hielten sie alle für sehr fein und freuten sich über diesen für mich ziemlich belustigenden Umstand. Sie waren stärker als ich, aber dafür gutmütiger. Übrigens lachten wir uns alle dann und wann selber aus. Unsere Übungen schienen uns mitunter etwas possierlich. Auf der Schulter trug jeder eine Art Abzeichen. Herbstfrüchte fielen uns in die Hand, beinahe manchmal in den Mund. Mit uns nörgeln, schien uns zwecklos. An unserer Ruhe mußte jedes Uneinverstandensein mit uns abgleiten. Täglich wurden wir müde, aber die Ermüdungen enthielten neue Elastizitäten. Nachts schlief einer dicht neben dem andern. Unsere Aufgabe bestand hauptsächlich darin, so kräftig zu werden und zu bleiben, daß wir's fertig brächten, uns durch nichts gestört zu fühlen. Abnahme der Feinfühligkeit hat etwas beinahe Großes. Empfindsamkeit macht uns klein. Sogenannte höhere Empfindungen wären uns lästig gewesen. Ich wohnte, wie es die Umstände erheischten und zugaben, aber ich erhielt viele Geschenke in Form von allen erdenklichen Annehmlichkeiten. Immer hatte ich etwas Schmackhaftes im Mund und etwas mich Umschmeichelndes im Kopf, ich meine, in den Gedanken, und das ist's, worauf es ankommt. Diejenigen nennen mich egoistisch, die mich nachahmen möchten, das aber nicht zustande bringen. Aber warum bekundete man mir meist dann eine Zufriedenheit, wenn ich wohlhabend aussah? Man legte viel Gewicht darauf, mich glücklich zu sehen. Ich schaute nur ausnahmsweise so aus, wie es ihnen nicht lieb war. Einmal langten wir in einer Art Anstalt an. Beim Einzug sah ich, wie ein Herr mit einer Dame sprach. Beide schienen mir sehr vornehm.«

»Mußtest du da nicht auch lachen?« fragte Olympia.

»Nein! Das Lachen war bei uns nicht üblich. Wir waren gewissermaßen, so gering wir sonst sein mochten, zu gut erzogen dazu. Ein leichter Stolz umgab uns, womit ich nicht sagen will, daß wir vorbildlich gewesen wären. Still zu sein bedeutete für uns etwas wie ein Schmaus, und dann waren wir ja auch fast immer mit etwas beschäftigt.«

»Schöne Seelen«, sagte jener Herr zu der Dame an der Pforte, über deren Schwelle wir schritten, »schauen billigend, aber auch nichtachtend in alles dieses an ihnen vorüberfliegende Denken.«

Ich teilte einem Zeitschriftenherausgeber meine Meinung mit, die an Offenheit nichts zu wünschen übrig ließ. Offenherzigkeit kann sehr rücksichtslos sein. Meine Ungeschminktheit tat mir sehr leid, sie schien mir aber dringend nötig. Ich wollte auch einmal mit der Wahrheit protzen. Ich tat das sehr ungern und zugleich gern.

Es war im Dezember, und ich wohnte in einem Musikpavillon. Mit dezemberlicher Dezentheit schimmerten aus ihrer Höhe und Ferne die Sterne in mein Gemach hinab, das ganz aus Glas erbaut war. Möbliert war das Zimmer denkbar einfach, worin ich mir erlaubte, in wundervoller Unbenommenheit an meine Geliebte zu denken. Die, die man liebt, und an die man denkt, sind schön. Der Boden draußen war mit Schnee bedeckt. Bevor ich mich schlafen legte, pflegte ich mitunter munter ein Viertelstündchen auf dem weißen Teppich zu tanzen, was weiter absolut nicht auffiel. Allabendlich ging ich zu zwei Mädchen, die mich interessierten. Sie lebten in einer Schenke, worunter ich höflich ersuche, sich nichts Unrechtschaffenes vorstellen zu wollen. Dort ging es den ganzen Tag ein und aus bis spät nachts. Eines der Mädchen nannte sich Mandolina. Ihre Augen glichen Mandeln. Ich gewöhnte mich daran, mit diesen Augen eine diskrete Unterhaltung zu führen.

»Höre, Mandolina«, sprach ich eines Abends in vorsichtigem Ton zu ihr, zu dem sie Vertrauen fassen mußte, »deine Pflicht erscheint dir ein wenig sauer; sie ist es ja auch in gewisser Hinsicht. Du scheinst mir täglich in übler Laune. Etwas wie eine Störung, Trübung fährt schattig über dein Gesicht. Deine Haltung verrät Ermüdetheit. Da ich für dich fürchte, will ich dir einen Rat geben. Wenn du diesem Rat folgst, sollst du das schönste Mädchen der Stadt werden. Um dich zu beleben, denn alle Schönheit beruht ja auf den Aufgewecktheiten, mußt du in ein Liebesverhältnis zu Armida treten. Du mußt sie zu lieben anfangen und sie eine Zeitlang stärker und immer stärker lieben, bis du in eine gewisse Pracht von Liebe, in einen gewissen Liebesreichtum gekommen sein wirst; auf dieser Höhe mußt du dann zu beharren versuchen. Du wirst dann gleichsam elektrisiert sein. Fortwährend wird es in dir fröhlich musizieren. Statt bloß zu gehen, wirst du schweben. Dein ganzes Wesen wird singen. Du wirst auf jedermann den Eindruck einer Harfe in Mädchenform machen. Das was man so mit Herren Karessieren nennt, genügt nicht, um dich in den Stand zu setzen, die goldene Apollo-Mitte deines Ichs zu finden, diese Nilbarke, diesen Schlüssel in den Bräutlichkeitszustand.« »Auf was für eine Art und Weise soll ich sie lieben? Blind und ohne Fassung?« fragte sie mich.

Ich antwortete: »Bald voll Gefaßtheit und bald fassungslos, wie's dir eben gelingt, wie du's verstehst, und du wirst es schon verstehen lernen. Du mußt vor ihr in die Demut sinken, vor ihr tanzen. Du wirst dich in einen Traum hinaufheben. Den ganzen Tag wirst du an dir zu arbeiten haben. Die mannigfaltigsten Gedanken werden dich durchzucken. Die Flügelchen deines so hübschen, meinetwegen bildhübschen Näschens werden in einem fort beben. Du wirst zu einem Mädchen mit Goldaugen avancieren. Weißt du, von wem die Geschichte dieses Mädchens ist?«

Auf ihre Bemerkung, nein, sie wisse es nicht, machte ich sie mit dem großen Namen Balzac bekannt.

Armida hatte uns inzwischen aufmerksam beobachtet. Nachdem ich von Mandolina das Versprechen erhalten hatte, sie wolle sich mit allem Eifer an die Aufgabe machen, ging ich zu Armida und teilte ihr mit, wozu ich ihre Kameradin encouragiert hätte. Sogleich warf Armida auf Mandolina einen zündenden Blick voll Aufforderung, sich sogleich vor ihr zu demütigen, d. h. sich ihr zu unterwerfen, und von dieser Minute an begann ein Spiel der Heraufzauberung eines stillen, bedeutenden Verhältnisses.

Nach acht Tagen war Mandolina die schönste weibliche Erscheinung, die es weit und breit gab. Wenn sie so einherging, glich sie einem sonnenbeschienenen Fluß. Sie strahlte; jede ihrer Bewegungen war von der besten Art von Anmut. Von da an war sie nicht anders mehr als fröhlich, und ein Benehmen, eine Bildung kamen über sie; ich tat während dieses ganzen Winters nichts, als beiden Mädchen den zartesten Anteil schenken. Sie unterhielten sich, sooft sie Gelegenheit dazu bekamen, aufs schicklichste. Niemand, nicht einmal eine Maus, merkte etwas vom geheimen Gleichnis ihrer Beziehung, die für sie eine Wirkung hatte, wie wenn sie täglich an Champagnergläsern würden haben nippen dürfen. Habe ich mich da nicht einfach für eine Art soziales Werk selbstlos eingesetzt?

Mandolina wuchs von innen heraus.

Sie bekam die süßeste Schlankheit, etwas von der Reinlichkeit und Feinheit einer Birke, was vielleicht ein bei weitem ungenügender Vergleich ist.

Ich unterließ nicht, mir zu sagen, daß beide Mädchen meines Beiseins bedurften, um miteinander zu spielen. Mädchen wünschen dirigiert zu sein, und wer könnte sie besser leiten als der, der sie auf ihre Fähigkeiten aufmerksam macht, und den es freut, wenn sie blühen?

Ich blieb eine Zeitlang, von Anfordernissen abgehalten, von der Schenke fern. Als ich wieder einmal hinging, fand ich Mandolina gelangweilt. Sie schaute mich mit einem Blick an, worin ein Vorwurf lag, der mir zu sagen schien: »Du hast uns vernachlässigt.« Leider hatte ich es von nun an immer furchtbar eilig. Meine Beschäftigtheiten stritten mit aller Entschiedenheit gegen die sublime Bemühung, Goldaugenmädchen hervorzubringen.

Lachend trank ich mein Glas Bier aus und ging.

Ich schreibe diese diabolischen Zeilen mit einer Wonne, die von mir wie Likör geschlürft wird. Man ahnt hoffentlich schon allerhand. Ich ging, nicht ohne vorher Nietzsche gelesen zu haben, in eines von unseren Restaurants. Man scheint mich dort nun schon zu kennen. Herrlich, dieses Standhaftbisindentodhafte, mit dem ich eintrat. Meine Schritte schienen zu dröhnen. Ich langte ja auch in der holden Absicht an, eine Eroberung zu machen. »Eine Novelle muß erlebt sein«, sprach ich mit einer an Felsenfestigkeit streifenden Vorsätzlichkeit zu mir. Von eisernen Entschlüssen erfüllt und von Opernmelodien durchfeuerteufelt, setzte sich die starke Persönlichkeit, die ich bin, sozusagen auf einen Stuhl, der mir die Bereitwilligkeit selbst zu sein schien, mich zu ertragen. Kalt glitten meine Napoleonblicke durch die im Lokal versammelte, gar nicht unbemerkenswerte Eleganz. Aus meinen Augen klang ein Glanz hervor, der mitteilen zu wollen schien, ich hätte soeben Sätze zu verarbeiten versucht, wie zum Beispiel den: »Wenn du zum Weibe gehst, so nimm die Peitsche mit.« Ich darf wohl sagen, ich war mit intellektuellen Waffen aufs beste ausgerüstet. Da erblickte ich ein junges, nettes Mädchen, und sofort hatte ich Mitleid mit ihr, denn ich hielt sie für verloren, und in der Tat, es sollte sich zeigen, daß dem so war. Meine Blicke und die Blicke des Mädchens, das übrigens in Herrengesellschaft saß, fingen an, sich zu kreuzen. Wie sie mich düster anschaute, als sie die ungeheure Gutaufgelegtheit wahrnahm, die ich von mir ausstrahlen ließ. Meine sieghafte Frechheit machte mich lachen. Über mein Gesicht schlich sich eine Belustigtheit, und je vergnügter ich dreinschaute, in eine um so tiefere Zaghaftigkeit versank dagegen sie, die unter meinen Italianismen sichtlich zuckte. Meine Miene, ein Spiegel der Gefühllosigkeit, durchstach ihr das Herz. Mit lauter Stimme rief ich zu ihr hinüber: »Du ergibst dich.« Ihre Herren wurden unruhig. Köpfe bogen sich nach meiner unalltäglichen Erscheinung um. Sie raffte sich zur Entgegnung auf: »Niemals«, aber indem sie das sprach, feuchteten sich ihre Augen, und ihre schönen Hände, mit denen sie eine Bewegung ausführte, als wenn sie sich schützen wolle, flehten wie um Hilfe. »Ha«, tönte es in mir, »die Novelle schwillt an.« Die Gesellschaftsfrauen standen wie versteinert da, indes sie unfähig schienen, ihre Aufmerksamkeit nicht einem Schauspiel zu widmen, das sich vor ihren mehr als verblüfften Augen abspielte. Der Gastwirt war zufällig abwesend, sonst würde es zu seinen Obliegenheiten gehört haben, so unauffällig wie möglich einzuschreiten, das heißt, gegen eine Romantik Vorkehrungen zu treffen, die sogar mir überspannt erschien. In hervorragender Ungekämmtheit bäumte sich mein Haar hoch auf dem Kopf auf. Die dem Mädchen Gesellschaft leistenden Herren schwiegen: das weltberühmte Schweigen des Betretenseins, und in einem fort schossen Wogen des Lachens in gemessenen Abständen und mit wohlgezielter Wucht gegen dieses von Zartheiten überhauchte Engelsantlitz. Mir schien, daß ihr war, als sähe sie einen Riesen vor sich, während es doch nur ein sich auf der Suche nach Stoff befindlicher Schriftsteller war. Wundervoll glitzerten für den Helden die Leuchter. Man wird einsehen, daß ich damit niemand als einzig mich selber meine, und nun schritt ich in der Schrittart eines Salonmenschen aus der Zeit, in der die Salons und die Wälder usw. noch nicht allzu säuberlich voneinander getrennt waren, auf meine Auserwählte zu und sagte ihr, indem ich mich über alle ihre Umgestürztheiten neigte: »Du bist schuld, du!« Sie bestand in der Tat ganz nur aus einem gänzlich frisch aus den Himmeln der Überraschtheit gefallenen Erschrockenheitsschnee und vermochte nichts zu erwidern.

»Komm!« befahl ich ihr.

Ihr dann nachher zu versprechen, ich bliebe ihr verpflichtet! Daß man in der Gutmütigkeit meist zu weit geht!

Ich stellte mich blind, tastete nach den Orangenschalen, ging um Stühle herum, warf die Schalen in den Papierkorb, zog mit geschlossenen Augen die Pantoffeln an, ging auf den Balkon, alles wurde rot um die Augen, als blickte ich in eine freudereiche Hochzeit. Wind flog mir um Stirn und Haar. Ich empfand die Gegenwart Gottes. »Helene«, stammelte ich und kam mir gleichzeitig wie der von den Töchtern aus dem Schauplatz seines Unheils in die grünende Zurückgezogenheit geführte Ödipus vor, noch umzuckt von den Blitzen des Schreckens, und doch auch schon die Wiedergeburt ahnend. Die Freiheit widerschimmert rot, weil sie grün ist. Ins Zimmer zurücktaumelnd, schwamm es mir vor dem geschlossenen Geist dunkelblau, ob ich auch nicht weiß, wie ich dazu komme, die Augen mit dem Geist zu vergleichen. Item, ich schreibe es hin. Höheres als wir sind, spielt mit uns. Ich darf mich den Launen der Götter und Göttinnen nicht entziehen. Ich bin mir übrigens eines Altwerdens bewußt. Die, die heranwachsen, werden mich noch gebückt, gekrümmt herumtappen sehen. Ich nahm mir vor, mich an den Schreibtisch zu setzen. Als ich aber die Augen öffnete, stand ich vor dem Kleiderschrank. Ich rief aus: »Jokaste!« Auch noch ein anderer Name fiel mir ein. Ich glaube nicht, daß ich in der Blindheit unglücklich wäre, aber ich will hierüber lieber nichts sagen. Ich sähe zum Beispiel meine Freundin nie mehr. Würde mir das viel schaden? Könnte mich das kränken? Absolut nicht. Die Gedanken erlauben mir jeden Moment, ihre schöne Hand zu erfassen, und wenn ich zu meinem Ohr sage: »Trage mir ihre Stimme zu«, so höre ich ihr Lispeln, und bin ich ohne Augenlicht, so neigt sich ihr Mund auf meine Lippe, und ich liege, wenn ich auch nicht zu ihr hingehen kann, in ihren Armen.

Heute ließ jemand eine Zigarette zur Erde fallen. Ich sah sie. Nicht, daß sie mir Mitleid einflößte. »Sie-kann-retten«, machte mich die Si-cha-rette denken. »Was das wohl für eine wäre?« dachte ich weiter. »Sie retten gehen«, durchfuhr es mich mit einmal. Also ein anderer Fall. Es existiert irgendwo eine Bedrängte, und die Zigarette, die jemand vor mir fallen ließ, hat mich an sie erinnert. Zigaretten sind uns allen oder wenigstens den meisten beständige Lebensbegleiter. Sie werden hauptsächlich in der Türkei fabriziert. Entweder bin ich also ein Bedrängter, Eingeklemmter, oder es existiert irgendwo eine geschuhriegelte Schöne, der gegenüber ich den ritterlich angehauchten, entschlossenen Retterling und Erlösling zu spielen haben würde. Ob ich wohl der geeignete Mensch hiezu wäre? Ein solches Amt wäre natürlich sehr ehrenvoll. Ich komme mir in der Tat manchmal etwas bedrängt, in die Enge getrieben vor, nehme das aber nicht tragisch. Man soll sich hüten, sich zu ernst zu nehmen. Das Verlegensein macht mir ja außerdem gewissermaßen Spaß, und wenn irgendwo eine Gemaßregelte existiert, werde ich ihr raten, diesen Zustand als möglichst hübsch zu empfinden, damit niemand sich vorzuschreiben brauche, sie daraus ritterlich zu retten. Durch ein bißchen Leiden werden Schöne erst recht schön. Für mich ist diese Erkenntnis unumstößlich, und ich trete jeden Moment mutig mit ihr vor die anscheinend Rettungsbedürftige hin, von der ich glaube, daß sie unglücklich würde, wenn sie sich erlösen ließe. Falls ich der in der Klemme Befindliche bin, so schätze ich gewissermaßen Abgründigkeiten und unwiederbringliches Verlorenes, denn für mich liegt in aller Tragik etwas Fröhliches, das heißt Schönes, etwas Versöhnendes. Eingeklemmt, zerschmettert sein usw. ist gewiß tragisch, das gebe ich zu, aber ich habe mir die recht seltsame Einsicht angeeignet, daß Gutes ungut, Freies unfrei, Liebliches tadelnswert, Gerechtes ungerecht, Lustiges melancholisch wird. In jeder Art Zwang liegt etwas viel Erlösenderes als in jeder Art Erlöserei, und ich möchte daher auf letztere verzichten. Gewiß ist es herrlich, einer Schönen edel beizustehen. Wenn ich hieran zweifelte, wäre ich ein Lump, der alle seine verfügbare Zeit mit Stumpenrauchen etzetera zubrächte. Aber wie oft verwandelten sich schon Wohltaten in Missetaten. Ich glaube sowohl an meine eigene vermeintliche Bedrängtheit wie an die ihrige, möchte aber uns beide höflich ersucht haben, sich artig im Meer der Angefochtenheit zu gedulden. Befreiungen scheinen mir unduldsamer Natur zu sein, ich möchte daher gelinde mit Erlaubnis davon absehen, und ich bitte ergebenst, nur fürder lieber keine Zigaretten mehr vor mir fallen zu lassen. Ich bin ihr letzthin begegnet, die von mir in die Höhe gehoben sein will oder meinetwegen auch in die Tiefe hinabgezogen. Ich vermag nämlich sowohl das eine wie das andere. Ich gebe das zu. Sie sah schön aus, wie noch nie. Ihre Bedrängtheit kleidete sie vorzüglich. Das bißchen Leid stand ihr bildhübsch zu Gesicht, und da sollte ich ihr nun sogenannte fröhliche Stunden bereiten? Das tu ich nimmermehr. Ich fühle mich sowohl für sie wie für mich verantwortlich und lasse es einstweilen dabei bewenden. Ich schrieb schon vor vielen Jahren, das Leben sei lang, wenn man vertraue, und stehe noch heute zum ehemals Gesagten. Sowohl die Bestürzte wie der Beklommene sollen an Möglichkeiten und Wandlungen glauben. Ich sah eines Nachts einen Herrn mit erschreckend-schöner Nachlässigkeit seine halb fertiggerauchte Zigarette wegwerfen. Es ist mir dies in bleibender Erinnerung geblieben. Er stand von einer Laterne beleuchtet so da, schaute ins Nachtleben hinaus, warf die Zigarette weg, als wäre sie eine unfruchtbare Glaubensform, als habe ihn deren Entfernung erleichtert. Wir können reisen und doch dieselben bleiben, und wir können an ein und derselben Stätte weilen, jahrelang dasselbe Antlitz betrachten und bei äußerster Gleichartigkeit eine Fülle von Erfahrungen durchmachen. Wie er sie wegwarf, als er glaubte, sie schmecke ihm nicht mehr. Die Geste der Verachtung erquickte ihn. Aus Verachtung sprießen ja neue Achtungen. Wie mich jener ins Nachtleben gleichgültig Schauende interessierte! Die Zigarette von heute mahnte mich an die frühere. Vergangenes und Zukünftiges umkreisen uns, und die

Zeichen machen das Dasein schön. Bald wissen wir mehr, bald weniger. Irgendeins denkt immer an mich. Ich lasse mich nie retten und rette nie.

In welch wackerem Maß ich an diesen Waisenknaben denke, dessen guter Vater früh starb. Alles kam ihm grasgrün vor, als er für immer seine Augen zudrückte. Die Mutter widmete sich im nur zu ausgedehnten Maß der Menschheit, und so regnete es denn nun auf die Straße herab, was herunterzukommen vermochte, und unser armer Knabe stützte, mit dem Ausdruck der Verlassenheit im feingeschnittenen Gesicht, den Kopf in die kummervolle Hand. Mir scheint, ich sage die Wahrheit, wenn ich darlege und vor mich hinwerfe, er habe täglich bloß ein Stück Brot zu essen gehabt. Welch ein karges Los in einem Alter, wo doch nach Ansicht der Wissenschaft Lebewesen tapfer essen sollen. Doch da erblickte er etwas auf dem Boden, das ihm unverkennbare Ähnlichkeit mit einer Stecknadel zu haben schien. Lange blieb er im Anblick des interessanten Gegenstandes versunken stehen, ununterbrochen bewegte sich das nimmermüde Leben, die unaufhörlich sausende, brausende Zivilisation am Erstaunten vorüber, der sich, nachdem er es sich gründlich überlegt zu haben schien, zur unscheinbaren Nadel herabbückte, um sie seiner Wertschätzung zu würdigen. Nicht lang danach nahm sich ein Handelshaus seiner an, indem es ihn aus dem Vagabundentum ins Lehrlingswesen heraufhob. Als solcher benahm er sich anständig und folgsam, er legte einen stillen Fleiß an den Tag. Energie und Zähigkeit schienen diesem seltsamen und doch auch wieder alltäglichen Knaben angeboren. Er zeigte eine erstaunliche Ordnungsliebe. Für jede Art von Ausschweifung blieb er blind. Uns ist ein junger Mann bekannt, der die Kaufmannskarriere zugunsten der poetischen preisgab. Der Himmel und die menschliche Gesellschaft straften ihn hart dafür. Er wurde Schriftsteller und blieb als solcher bodenlos erfolglos. Ganz anders unser braver Knabe, von dem wir wissen, mithin mitteilen können, daß er mit der Zeit, d. h. im Lauf langsam verhallender Jahre, falls man so sagen darf, Direktor wurde. Allerdings alterte er, und als sein Stündlein gekommen war, wie ihm dies ja denn auch unausweichlich zu sein schien, gab er den tüchtigsten Geist, womit sich je ein Mensch ausgestattet sah, auf und sorgte sozusagen, daß er in einer schöneren Welt anlangte. Der Tod ist ungalant; er nimmt auf gar keine Vorzüge Rücksicht. Gesellschaftliche Niederungen und Höhen gelten ihm gleich viel; das erfuhr auch er, dem wir diese Geschichte widmeten.

Wie war's auf einem Bahnhof neulich still.

Arbeiter warteten auf den Zug, der sie nach Hause brächte. Die Sonne schien mir die Gleichgültigkeit selbst. Mir war, als ginge etwas um, mitten durch die Wartenden und klöpfele jedem mit einem Fingerchen auf die Schulter. Ein Invalide drehte die Orgel. Einer ging zu ihm hin und gab ihm etwas. Wie ich das nun so mit meinem Knaben verknüpfe. Wenn ihr das nicht geistreich findet, enttäuscht ihr mich. Als ich vor einigen Wochen auf einen Kirchhof kam, scharrte ein Mann, der mir ein sehr freundlicher Mensch zu sein schien, mit einem Rechen Knochen zusammen. »Ist dies menschliches Gebein?« fragte ich ihn. – »Ja«, sprach er. Am Abend desselben Tages hörte ich in der Tonhalle einen renommierten Virtuosen. Seine Bravour entzückte mich. Dichter dürfen, nebenbei gesagt, lange nicht so viel Geräusch hervorrufen wie Pianisten. Das rührt daher, weil das Publikum die Sprache der Töne glücklicherweise nicht versteht. Unter der Erde liegen die Knochen unserer Vorfahren. Alles Erdreich ist ein Friedhof, und dennoch steckst du dir, vom Schönen im Gedankenlosen ergriffen, deine Blume ins Knopfloch, schwebst über diesem tragischen Boden hin, darfst du das? Aber wer könnte mir's verbieten? Am Gang, den die Dinge nehmen, ändern Sorgen nichts. Neulich trat ich da unversehens vor das Grab Michael Bakunins und nahm vor dem Denkstein Achtungstellung an. Es gibt Haltungen, die etwas Unwillkürliches sind. Kaum wußte ich, warum ich da gleichsam salutierte, aber nur schon so ein Name. Der Name macht's, im Namen liegt es. Wenn wir an Paris denken, zwitschert's vor uns. Da haben wir auch den Namen. Im Wort Pompeji ist für jeden eine bestimmte Vorstellung enthalten. Bedeutende Namen, gleichviel, in welchem Sinn sie uns entgegenklingen, sind an sich ein Geschenk für uns. Was habe ich von Bakunin gelesen? Zufällig einige Zeilen. Aber lange, bevor ich etwas von ihm las, hörte ich schon seinen Namen, und so wie es mir mit diesem ging, ging und geht es andern mit anderen. Nun fand ich plötzlich sein Grab. Das Überraschende war's, was mir diesen Grad von Achtung abnötigte. Etwas Überraschendes ist schon an und für sich schön; für diese Schönheit dankt man. Gräber reden ja überhaupt eine so lebhafte, ich möchte glauben, erzählerische Sprache. Jeder Grabstein erzählt mir den Lebenslauf des einst Lebendigen. Man meint, alle diese Gestorbenen leben zu sehen, man sieht sie Einkäufe machen, kochen, waschen, schreiben, zur Bank gehen, in die Eisenbahn steigen, man sieht sie essen, ins Bett gehen, hört, was sie zur Frau sagen.

»Und mir sagst du nichts mehr?« sprach eine junge Frau zum Toten, auf dessen frisches Grab sie Blumen setzte. Ich ging rasch vorbei, glaubte, sie schon gesehen zu haben. Mir war, als hätte ich zarte Ursachen, mich vor ihr zu verstecken. Hiezu eignete sich eine Laube, in die ich trat, die ein Baum mit seinem Gezweige bildete. Wäre der Baum ein Mitbürger gewesen, so würde es mir haben einfallen können, gönnerhaft zu ihm zu sagen: »Sieh zu, daß du mich an dich erinnerst. Ich bin gewillt, etwas für dich zu tun.«

Indem ich so saß, fiel mir wieder so eine Geschichte ein, und wenn ich sie erzählen darf, lautet sie so:

Scheinbar gab es einmal eine wunderschöne, mit allem Raffinement der Mode umhüllte, junge und sicher auch vornehme Frau. Darf ich bitten, nicht außer acht zu lassen, daß sie jung und schön war, ja? Eine Tournüre hatte sie! Eigentlich sollte man es deutsch sagen können, aber in Dingen der Eleganz drückt man sich gern französisch aus. Das liegt ja so nahe. Unter anderm besaß sie das niedlichste Gesichtchen. Ihr Herr Gemahl mußte sie notgedrungenermaßen für unheimlich herzig halten, und das geschah denn auch, d.h. er tat es, und wir zollen ihm unsern Beifall. Diese hochmoderne, geschmackvolle Wohnung, über die sie gebot, aber über die junge, hübsche Frau gebot ihre Zofe, welch bizarrer Umstand! Der Herr besaß ein überaus imponierendes Äußeres; er sah wie ein wahrhaft großer Kaufmann aus. Unwillkürlich dachte man bei seinem Anblick an ozeandurchfurchende Salondampfer, wissen Sie, so weltmännisch, weitgereist, na, fahren wir weiter. In Asien wird er sich vielleicht schon dann und wann haben von so einem Kuli in einem Wägelchen herumfahren lassen. Und nun schaute ich da so zu, wie seine Frau ihrer Kammerzofe zu Füßen fiel. Ich schloß ein wenig die Augen, als mich der Zufall zum Zeugen dieses Auftrittes machte. Die Kammerzofe war natürlich schon ein bißchen verblüht, wie es sich für sie ja auch schickte. »Wie interessant du bist«, sprach die Gebieterin lächelnd. »Es schickt sich nicht für Sie, gnädige Frau, so glücklich zu mir emporzuschauen«, glaubte die im Dienst bereits etwas Verblühte sprechen zu sollen. Als ich sie diese Worte sprechen hörte, wollte ich beinah vor Lachen platzen, wiewohl das vielleicht etwas rücksichtslos gesprochen ist. »Ich habe dich um Verzeihung zu bitten«, lispelte Klara, so hieß nämlich diese junge, schöne, gerechtigkeitsliebende Frau. Die Zofe fragte: »Welche Ursache haben Sie, mir abzubitten?« Die Schöne sagte: »Weil du mir dienst.« Hierauf lachte die Zofe laut auf; die Gnädige senkte ihre Augen. Nun ging, als wenn das so hätte sein sollen, die Türe auf, und in der Einrahmung stand der Herr Gemahl. »Was geht hier vor?« fragte er im gelindesten Ton. »Sollte es dich irgend etwas angehen?« Wer fragte das? Die Frau? Jawohl. Alle Achtung vor einem so mutigen Frauchen. Die Zofe schaute bald auf den Herrn, bald auf ihre Herrin herab. »Dies schöne Gemüt«, sagte sie dann, wir können nicht genau sagen, nach einem wie langen Schweigen, während welchem der Gatte das höflichste, aber auch ernsthafteste Gesicht der Welt zu machen für unerläßlich erachtete. »Du hast dich vergessen«, redete er dann seine Frau an. »Du wirst mir doch den Luxus nicht verbieten.« Der Ausdruck Luxus machte Eindruck auf ihn. »Zu was uns nicht die Bildung verpflichtet«, sprach er für sich. »Ich ziehe mich zurück«, äußerte er sich, und er führte auch aus, wovon er Meldung abstattete. Ich weiß nun nicht, was noch geschah, doch die junge Frau war glücklich und wurde von Minute zu Minute hübscher. Sie fühlte das. Von der Zofe nehmen wir an, sie habe den besten Charakter besessen. Dieser sehr nette Charakter erlaubte ihr nicht, ihrer Frau das geringste Vergnügen zu mißgönnen. »Sie haben eine Emotion haben wollen«, sprach sie lieb und groß. »Ich mute dir jede Art Takt zu«, sagte ihrerseits die hübsche, junge Frau, die so hübsch wurde, daß man's schon nicht mehr bloß hübsch nennen konnte. Sie wuchs zu einem wahren Juwel. Der Gatte wird Mühe gehabt haben, seine Nachdenklichkeit zu besiegen. Wie sie sie verständnisvoll anschaute. Was blieb ihr der Guten gegenüber anderes übrig? Sie hielt sie für vernünftig, das war sehr intelligent von ihr.

Aber nun lassen Sie mich Ihnen erzählen, wie es kam, daß ich acht Jahre lang verdrießlich dreinschaute. Ich zehrte nämlich an Erinnerungen. Will man fröhlich sein, so darf man keine Erinnerungen haben, und wenn sie noch so angenehm wären. Mein Gemach war übrigens für meine doch nicht belanglose Person zu klein, zu eng. Weil mein Zimmer bloß so ein Zimmerchen war, bohrte ich ein Loch durch die Wand, damit gewissermaßen etwas wie eine Erweiterung des Horizontes zustande käme. Im Nebengemach wohnten nämlich Mädchen, und ich gestehe damit etwas für mein Ansehen Unvorteilhaftes, aber mein Ruf ist so gut, daß ihm ein kleiner Schaden nicht viel schadet. Ich nehme es wenigstens an. Da klebte ich also immer so an Vergangenheiten. Nach Verlauf von vier Jahren wurde der Raum, der mich beherrschte, restauriert. Ich fand das ganz überflüssig. Auch die Zimmerverschönerung weckte Verdrießlichkeit in mir. Ein See schmückte die Umgebung. Acht Jahre lang fand ich diesen See täglich schön. Ich hoffe, man wird mir das als moralische Leistung ankreiden. Täglich ging ich ein und denselben, gewiß ganz netten, lieben, guten, braven Berg hinauf. Die Gleichförmigkeit dieser Übung prägte sich auf recht merkliche Art meinen Gesichtszügen auf. Das ist's ja: ich lebte viel zu eintönig. Eintönigkeit macht mürrisch. Wie entschlossen, wie zäh ich blieb. Zarten Naturen wurde es in meinem Beisein einfach übel. Es war eine Art Hotel, worin ich logierte. Stubenmädchen mußten mich beeinflussen; ich sehe das heute ein. Mindestens ein halbes Dutzend von ihnen verliebte sich in mich, aber ich hielt mich für zu intelligent, als daß ich mir hätte erlauben dürfen, mich mit ihnen abzugeben. Ich hielt es für unter meiner Würde, dann und wann ein wenig lustig zu sein, und doch setzten sich alle in den Kopf, mich zum lustigsten aller Menschen zu machen, Aufgabe, die total mißlang. Acht Jahre setzte ich mich täglich an denselben Platz und weigerte mich ebenso lang, ein angenehmer Mitbürger zu sein. Weigerungen sind ja etwas denkbar Einfaches. Etwas zuzugeben ist viel komplizierter, schwieriger. »Ich bin ein tadelloser Typ«, redete ich mir in einem fort ein. Diese Sprache genügte mir zu meiner Beruhigung. »Ach, mach' mich doch unglücklich, du siehst so sehr danach aus, als wenn du das verstündest«, lispelte oder flötete mir ein Mädchen auf dem Instrument ihrer Seele vor. Ich hielt es für klug, unerbittlich zu sein. Sie kniete vor mir; ich aber hob sie auf, indem ich sie drauf aufmerksam machte, ich hätte noch zu schreiben. Ich schrieb nämlich acht Jahre lang ununterbrochen für allerhand Sprachrohre oder führende Blätter, genannt Zeitungen. Langte das Honorar an, so ließ ich mich zu einem Schmunzeln herab. Noch eine Eigentümlichkeit muß ich berichten: Privat-, z.B. Liebesbriefe pflegte ich sogleich zu vernichten. Ich bewahrte nur Briefe auf, die die Aufgabe hatten, mich stumm an etwas zu mahnen, was zu den Unerläßlichkeiten gehörte. Eines sei hervorgehoben: ich bekundete täglich den besten Appetit. Meistens aß ich auf, was mir vorgesetzt wurde. Daß das nicht ganz schicklich, d.h. allfällig ein bißchen unfein sei, fiel mir wohl manchmal ein, aber ich legte solcher Äußerlichkeit kein allzu starkes Gewicht bei. Einmal wurde mir eine Armbanduhr, ich will nicht sagen entwendet, wohl aber in der Absicht weggenommen, mich aufzuwecken, denn der ruhige, idyllische Lauf, den die Tage nahmen, mochte mich vielleicht eingeschläfert haben. Ich schlief jede Nacht wundervoll, indem ich mitten im Schlaf Jauchzer ausstieß, als übernachte ich in einer Sennhütte. Die Hotelgouvernante verehrte mich, selbstverständlich ohne jede Hoffnung. Sie besaß ein blasses Marmorantlitz, worin sich ein gewisser Hochmut abspiegelte, wie wenn das Gesicht ein See gewesen sei und der Hochmut ein alter Turm mit eleganten Zacken. Ihre Augen glichen Adlernestern. Die Blicke waren die Adler. Sie war zu schön, um von den Händen eines Arbeiters angerührt zu werden, denn als solchen hielt ich mich. Nie schien es mir, daß ich mich aufopfere, aber andern kam das so vor. Alle schauten mich sentimental an oder taten so, weil sie glaubten, daß sich das schicke. Wir sind aber mit unserem Schicklichkeitsempfinden vielfach Narren. Welt und Schicksale rollen und tönen, das Ewige dreht sich, die große Gleichgültigkeit ist beständig um uns; wir sehen an schönen Abenden das, was wir Firmament nennen, sich nicht um uns kümmern, warum erleichtern wir uns nicht das Leben, derart, daß wir mehr Lässigkeit an den Tag legen? Wir sind noch sehr,

sehr klein. Ausgedehnte, zahlreiche Ausflüge vermittelten mir die wünschenswerte leibliche Ermüdung. Wenn wir frisch bleiben wollen, müssen wir uns »hernehmen«. Sehr ungeziemend war's vielleicht von mir, mir die Kleider selber zu flicken, wenn sie's nötig hatten. Eine liebe Lehrerin besorgte das Ausbessern der Strümpfe. Möglich, daß auch das nicht ganz am Platz war. Eine Zeitlang war ein Zeitungsredakteur mein Tischnachbar. Als ich ihm einmal erzählte, ich hätte von meinem siebzehnten Lebensjahr ab nichts Unterstützendes mehr von den Eltern zu erwarten gehabt, füllten sich seine Augen mit Tränen, weswegen ich ihn auslachte. Während dieser acht Jahre war ich kein einziges Mal im Wartezimmer eines Arztes und kein einziges Mal auf den Stufen einer Kirchentreppe. Gern bekenne ich, daß es gut ist und gleichsam Ansehen verschafft, wenn einem von Zeit zu Zeit etwas fehlt, derart, daß man Rat einholen muß. Bedürfnisse machen einen menschlichen Eindruck, und ein rechtschaffener Bürger vergißt nicht, ab und zu mal eine Predigt anzuhören, nicht weil er sie nötig hätte, wohl aber, um sich im Rahmen einer Vereinigung blicken zu lassen, die von allergrößter historischer Bedeutung ist. Wofür litten die ersten Christen, auf deren Erlebnissen sich die Idee gründete, herrliche Gebäude aufzurichten und darin zum Lobe des Herrn zu singen, der über uns und mitten in unsern Alltäglichkeiten ist? Ich halte es für einen Verstoß, daß ich mich nicht um Gemeindeangelegenheiten kümmerte. Immer war ich so eine Art Ästhet, der sich wegen Satzwendungen schier Locken ausriß, und der ganz unglücklich wurde, wenn seine Zeilen nicht fließend genug hinflossen. Inzwischen hatte es so und so oft zum Nachtessen Rösti gegeben. Einmal hielt sich in eines Pensionärs Rösti ein stattlicher Käfer wohnlich auf. Er trat mit der Platte ans Büffet, um vom Vorkommnis Meldung abzustatten. Die allzeit mutige Gouvernante jedoch antwortete auf die Reklamation: »Bei Ihnen zu Hause wird sich wohl auch schon einmal ein Käfer in eine Rösti verirrt haben.«

Mitten in meine Komposition fällt mir die Aufkündigung meines Ateliers, aber man kann überall arbeitsam, d.h. munter sein.

Hier flechte ich wieder wie ein Korbflechter eine Novelle ein:

Ich machte die Bekanntschaft eines Beamten, dem ich im Lauf des Gespräches sagte, wer ich sei. »So, so«, machte er, »und ich hielt Sie für einen Verwaltungsmann. Hoffentlich kränkt Sie das nicht.« – »Weshalb es das sollte?« fragte ich. Er sprach hierauf von seiner Frau, indem er vorbrachte: »Wenn ich sie frage, ob's ihr angenehm sei, verstehen Sie mich, so ist's ihr unangenehm.« Ich ließ verlauten: »Ich würde sie dies nie fragen, sondern es jeweilen lieber in aller Unverfrorenheit draufankommen lassen. In der Frage liegt ja etwas durchaus Unzartes. Eine Aktion will nicht angekündigt sein. Was unternommen werden muß, unternimmt man. Vorherige Mitteilung wirkt widerstandweckend. Daß hie und da Neigungen Abneigungen antreffen, muß man riskieren. Zarte Anfragen sind eine Behelligung, und wer behelligt wird, kommt sich wichtig vor, und wer sich wichtig vorkommt, benimmt sich danach. Ich würde Ihre werte Frau immer eher zu belustigen als zu erweichen suchen. Man darf nie Erbarmen voraussetzen, immer aber Sehnsucht nach Unterhaltung. Wenn Sie Ihre Gattin amüsieren, umarmt sie Sie, denn dann ist sie eine Beglückte, und die Glücklichen sind liebevoll, mithin nachgiebig. Man darf eben nirgends Nötlichkeit offenbaren, auch in der Ehe nicht. Das beste ist, wenn sich solches von selber macht. Wer nicht sucht, der findet. Demnach darf man nie wie ein Suchender aussehen, eher wie einer, der von einem Seitensprung herkommt. Die Frauen freuen sich, wenn man ihnen Grund zu Empfindlichkeiten gibt, daß sie gezwungen sind, in unsern Augen nach der Treue zu forschen, die wir ihnen schulden. Aber ein Gatte schuldet seiner Frau hauptsächlich Anregung. – Wenn Ihnen ein hübscher Einfall aus dem Mund sprudelt, alle Einfälle haben etwas Strahlendes, so gewinnen Sie sie ohne weiteres, denn Sie sind dann anziehend. Anziehend zu sein, ist die oberste Ihrer Pflichten, was natürlich auch für die Frauen gilt, wobei man aber zu bedenken hat, daß Anforderungen unritterlich sind. Das fällt in die Waagschale.« Solchermaßen erwärmte ich mich für einen Zufälligen. Da werfe man mir noch Egoismus vor.

Frisieren kann ich jede Frau, aber ich kann nicht jede Frau lieben. Aber es genügt doch, wenn ich gegenüber fast allen artig und unartig bin. Ich bin am liebsten erst dann artig, wenn ich eine Zeitlang anders gewesen bin. Unsoziales Verhalten ist etwas Ursprüngliches, d.h. ein persönliches Vergnügen.

»Ihr heuet«, sprach ein Pfarrer zu Leuten, die er mit Heuen beschäftigt sah. »Ihr steht da vor eurem Haus«, redete er bald danach eine Bäuerin an, die vor ihrem Hause stand. Er hatte die Gewohnheit, seinen Mitmenschen jedesmal zu sagen, was grade mit ihnen der Fall war. Saß einer, so sprach er aufs menschenfreundlichste: »Sieh an, wie Ihr da so herrlich sitzet. Ei, wie prächtig.« Dieser Herr Pfarrer war halt ein wahres Herz, und die Leute durften sich schon herausnehmen, ihn ein wenig zu belächeln. Er nahm ihnen das nicht übel, besaß er doch die geschickteste Köchin. Ihm war das ganze Jahr spielerisch und zugleich heilig zu Mut. War seine Frau nicht die Demut selbst? Zeichnete sich nicht auf dem Bild seiner Tochter alle Land- und zugleich Religionslust ab? Durchs Dörfchen zogen blökend Ziegen und Schafe, die Kühe machten Augen wie zu Vater Abrahams Zeiten, der seinen Sohn opfern zu müssen meinte, woran er aber im letzten Moment verhindert wurde, wonach er ja denn auch erleichtert aufatmete. Wie schade, daß er eines Tages dachte, es müsse absolut sein, daß er seine Frau in unwirtliche Gegenden hinausstoße. Und nun berichte ich von einer Havelfahrt, zu der mich im Vorkriegszeitalter eine Künstlersfrau einlud.

Der Ausflug war von einem Offizier arrangiert worden. Wie liebenswürdig sich dieser Herr Offizier benahm. Auch das Havelwasser benahm sich sehr artig. Im Motorboot wurde von Farben usw. gesprochen. Während der Fahrt gelangen mir zwei Witze. Ich vergaß das bis heute noch nicht. Wahrscheinlich werde ich mein ganzes Leben lang an den Erfolg denken, womit ich mich an diesem schönen Nachmittag bedeckte. Wir stiegen in Potsdam ein. Wie das Land zarte, weite Horizonte hatte. Es sah so nach Radierungen von Rembrandt aus. Ich erinnere mich einer Sorte von Grün, über das ich hinschaute. Schade, daß ich die Besonderheit dieses Grüns nicht genau angeben kann. Es war etwas Süßes, Gezogenes, Gestrichenes, Gemaltes, Gelächeltes, Geigengebögeltes, Geküßtes von einem Grün. Und daß das Wasser nichts als blau war, empfand ich als eigensinnig, aber ich ließ mir die Eigentümlichkeit gefallen, da ich nicht umhin konnte, sie für hübsch zu halten. Wir wollten uns Märchen erzählen, aber es zeigte sich, daß uns gerade keine einfielen. Aus meinem Munde regnete es von Komplimenten auf die anwesenden Damen, die ganz in Sonne getaucht dasaßen, d.h. nein, sie saßen unter einem Baldachin aus Zelttuch, also im Schatten, aber dieser Schatten war hell und lieb und freisinnig wie das Licht selber. Unsere Fahrt glich einer Kleopatrafahrt, die Havel dem Nil, und die Mark Brandenburg dem Land Ägypten. Rittergüter und Schlösser zierten das Ufer, das wie die Geduld aussah. Die Erde hat ja so viel Geduld. Wie geistreich weiß sie zu allem zu schweigen. Ich trug einen hohen Hut, als käm' ich direkt aus Kalabrien. Dorfjungens gefiel er so gut, daß sie sich bemüßigt sahen, darüber zu spötteln. »Macht Ihnen das nichts?« fragte mich die Gastgeberin. »Ganz und gar nichts. Warum sollten sie nicht an diesem schönen Tag auch ihren Spaß haben?« gab ich zur Antwort. Sie schien mich um meiner Weltliebe willen zu bewundern, und ich gönnte ihr natürlich diesen Genuß. Abends gab es in Berlin ein Souper, eine Art Achtuhrabendessen, das fröhlich und glänzend verlief. Der Offiziersbursche tat aus Takt ein bißchen linkisch. Solche Burschen sind zu Drolligkeiten verpflichtet. Ein wenig Schwerfälligkeit steht einem Diener wohl an. Flinkheit kann enervieren. Auf die Bitte der Dame des Hauses zeichnete ich meinen Namen in ein Album. Ein solches ist in allen guten Häusern gleichsam Sitte, und das Einzeichnen des Namenszuges bedeutet eine Höflichkeit. Anwesend waren Gelehrte, Künstler. Ich schlug meinen Arm um die Taille einer Freundin der Hausfrau. Das Mädchen tat, als sei sie betreten und hatte ja auch einige Ursache dazu. Ich hielt mich für sehr klug, darum, daß mir das auffiel. »Ihre Handschrift gibt den exaktesten Aufschluß über Ihre Art und Weise«, rief sie aus, die die Güte gehabt hatte, mich zu dieser Veranstaltung einzuladen. Spät ging man nach Hause. Unter anderm war von Holland die Rede gewesen. Bin ich nun aber immer noch in meinem Friedhof?

Vielleicht schreib' ich nächstens einen Aufsatz über Hofdamen.

Es gibt Leute, die man nachts antrifft, die einen fragen, was man sei, und die einem, wenn man ihnen sagt, man sei Journalist, erwidern: »So siehst du aus.«

Als ich so die Platanenallee, die sich durch den Friedhof zog, durchwandelte, kam mir eine singende Frau entgegen. Sie sang ein Schweizerlied. Abgesehen davon, daß sie es kunstvoll sang, begeisterte mich das Einfache im und am Gesang, der alle unsere so liebenswerte Landschaft enthielt, die Anfänge und Fortsetzungen unserer Geschichte, weiterhin Italiens Bauten, östlich Österreich, westlich das große Frankreich und im Norden die grünen Berge, die aus heißem Eismeer steigen. Wenn ein Schweizer ein Schweizerlied singen hört, weitet sich ihm das Herz, und dieses Herz möchte im Land sein und zugleich auch auswandern, denn ein lebendiges Herz ist immer auf irgendeine Art unbefriedigt und genügsam, begehrlich und bescheiden zugleich. Neben der Sängerin, die nun stehen blieb und so fortsang, saß auf einer Bank eine andere, ich möchte sagen, eine häusliche, wirtliche, und wie diese mich so den Freiheitstönen lauschen sah, traten gleichsam Schatten des Verzagens, auch des Unmutes, des Uneinverstandenseins über ihr Gesicht, das nicht erbleichte und doch farblos zu werden schien. Sie schien der Sängerin zu zürnen, und mir auch, darum, daß ich acht auf sie gab. An der Künstlerin war etwas Gefälliges, Gebendes, an der Häuslichen etwas Gebietendes, Behaltendes. Die eine gab mir, indes mich die andere nahm, und wenn sie mich behalten konnte, schien ich nichts für sie zu sein. Ich schaute auf beide, und alles war eigentümlich lebendig und still. Ein leises Windchen trieb Schmetterlinge von Blume zu Blume und umkoste die Äste der Tannen. Die Stimmung war jedenfalls ganz einfach großartig. In der Nähe wußte ich eine die einstige Größe des Katholizismus kennzeichnende Ruine, worin auf weißem Gips die schönsten Ornamente prangten. Dort trug ein Dichter einem Kreis sich für ihn interessierender Frauen seine neuesten Gedichte vor. Er tat das wahrscheinlich sehr anmutig. Diese Gesten, diese genierte Ungeniertheit! Die Ruine stammte aus dem siebzehnten Jahrhundert. Was das für eine stilvolle Epoche war! Diese Großzügigkeiten. Wie ich noch so mit den beiden Frauen pendelte, tändelte, ich durfte das, da sie's ja mit mir auch taten, flog auf eilenden Schritten ein Mädchen herbei. Immerhin schallte der Gesang ruhig weiter. Ich muß beifügen, daß mir die Mundöffnung der Sängerin besonders gut gefiel. In solcher Hinsicht bin ich ein Kenner und wüßte nicht, weshalb ich's nicht sein sollte. Ich bin blind und sehe alles, bin stumm und rede, horche auf nichts und bin der begabteste Horcher. »Was hast du mir versprochen und nicht gehalten?«

kam es aus des Mädchens Lippen. Ich sagte: »Deine Augen strahlen entzückend blau.« Ich sprach das fassungslos. Ich liebe die Fassungslosigkeit vor Mädchen. Ich komme dann jeweilen ins richtige Gleichgewicht. Natürlich verbeugte ich mich vor der Ankommenden. Ihr Vorwurf war so schön. Wenn eine schon bloß etwas will, mich an etwas mahnt, flamme ich von Bewunderung, denn es ist ja so einzigschön, wenn Zarte stark auftreten. Schön ist auch, wenn Starke zärtlich werden. »Weißt du, daß ein prachtvolles, halbverfallenes Bauwerk in der Nähe barock in die Luft emporlodert, daß jeder Gebildete ob dem Anblick beglückt sein muß?« fragte ich sie. Wundervoll jagten halbe Farben schmachtend und zugleich befehlend über ihre Wangen. Die Farben glichen Kosaken und die Wangen den Steppen, und sie sagte: »Du sagtest das nur, um dich herauszuwinden«, und ich dachte: »Unsere Heimat ist uns eine unbekannte Bekanntheit, ein bewußtes Unbewußtes«, und weil ich das dachte, mußte ich lächeln, und sie bezog dieses Lächeln auf sich und wurde ganz furchtsam, und ich sagte: »Sei unbesorgt«, und was ich sprach, schien ihr lieb zu sein. »Wenn du sanft bist, glaube ich dir«, entrang es sich ihrem empfindlichen Busen. Beide andern schauten auf uns. Ich verbarg etwas Nehmendes, Egoistisches vor ihrem Blick, nämlich die Hände. Sie nahm mit sichtlichem Einverständnis von meiner Bewegung Notiz. Ihr Kinn, möchte ich sagen, drückte etwas wie ganz, ganz schwache, vorbehaltvolle Zufriedenheit aus. An der Hand seiner Mutter ging ein Knabe vorbei.

Einzig, um einen bleibenden, festen, abgeschlossenen Eindruck von ihm zu haben, verließ ich jenes schwarzglänzende Gemach, jenen, wie ich versucht sein könnte zu sagen, stark nach Dunkelheiten duftenden Marmorsaal. Seine Dunkelheit besaß gleichsam eine schneeweiße Jungfrauhelligkeit. Ich wohnte dort übrigens nicht länger als ungefähr zwei Monate; es können auch drei gewesen sein. Da in das Gemach, ich kann es unmöglich anders als mit diesem etwas altmodisch klingenden Namen bezeichnen, keine Sonne drang, ließ ich den ganzen Tag Kerzen brennen, die goldgelbes Licht im großen, schlanken Raum verbreiteten, der mir immer rund vorkommen zu wollen schien, obschon es sich keineswegs mit ihm so verhielt. Ich ermangelte weder eines größeren runden noch eines kleineren viereckigen Tisches. Letzterer diente mir zum Ausarbeiten von Manuskripten, die ich, wenn sie fertig waren, in eine Schatulle gleiten ließ, das heißt versenkte. Das Etui selbst verdient, daß ich von ihm berichte, keiner, der es sah, habe Mühe gehabt, es für ein Kunstwerk zu halten; denn ein solches war es. Der Fußboden war spiegelglatt. Ein zierliches Mädchen, eine Art jugendliche Dienerin, der ich, wenn sie so am Boden kauerte, im Scherz den Fuß lachend auf den schönen, weichen Nacken setzte, der schwanenhaft schimmerte, war täglich mit Ordnen, das heißt Instandsetzen oder Polieren dieses Bodens beschäftigt. Begreiflicherweise schlief ich, vielleicht von ein paar Ausnahmen abgesehen, in diesem Gemach des Nachts ungemein gut. Hierüber brauchen wohl kaum viele Worte gemacht zu werden. Ich genoß die Lust, einige Freundinnen zu besitzen. Eine dieser Freundinnen ließ es sich angelegen sein, mit anderen Worten, machte es sich zur sehr feinen Pflicht, meinen Wohnraum mit Blumen auszuschmücken, die mit ihrer Gegenwart natürlich die Annehmlichkeit erhöhten, die Wohnlichkeit sozusagen zu etwas Bezauberndem gestalteten. Die Blumen stammten aus einem Blumenladen, der den ganzen Tag von einem über die Kinder der Natur herabrieselnden Springbrunnen gekühlt wurde. Auf meinem Tisch lagen ausgewählte Erzeugnisse der Buchmacherei oder des Literaturgewerbes. Man konnte sich da mit bedeutendsten Namen bekannt machen. Was mich betrifft, so bin ich in diesem Gemach nicht gerade sehr fleißig gewesen, weil ich gleichsam jede Minute bedauerte, die ich nicht zum Anschauen eines Spiegels benützte, der mich in einem fort über die Zierlichkeit und Eleganz seiner Arbeit staunen ließ, von dessen vornehmem Aussehen ich mich kaum loszulösen vermochte. Das Zimmer mochte zur Barockzeit hergestellt worden sein und besaß noch ganz und gar, indem es nicht der geringsten Änderung hatte unterliegen müssen, den damaligen zartpompösen Charakter. Kommoden und Tische ruhten auf Rehbeinen und -füßen, und nun komme ich auf folgendes zu sprechen: man wird es mir vielleicht abzustreiten versuchen, daß mich etliche Mal, und zwar um Mitternacht, Idealia besuchte, die ich so nenne, weil ich sie als mein Ideal erklärt hatte. Wenn sie kam, lag ich im tiefsten Schlaf, der mich jedoch am Spüren ihrer Zugegenheit nicht hinderte, die aus einer Art Getön bestand, als wenn eine Harfe im Zimmer zu klingen angefangen hätte. Mir war, wenn sie sich über mich beugte, als läge ich unten in einem Schacht gebettet, der an schwindelndglatter, senkrechter Heruntergestürztheit nichts zu wünschen übrig gelassen haben würde, und als schaue ich wie durch eine Glas- oder durchsichtige Wassermasse zu ihrem fernen, hohen Gesicht empor, das mir unsäglich schöngeformt vorkam. Arbeitete ich am Schreibtisch, so legte sich jeweilen ein Tiger dicht neben mich hin, derart, daß seine Schnurrbartspitzen meine nackten Beine kitzelten. Ich pflegte mir die Freiheit herauszunehmen, bloß mit einer Art Hemd bekleidet meine Zeilen zu bedenken und hinzuskizzieren. Laßt mich aber nicht vergessen, euch die schönste Frau vorzustellen, die je einem emsigschaffenden Schriftsteller, auf einer dicht über dem Schreibtisch und Fensterausblick angebrachten Terrasse oder Altan stehend, die schmeichelnde Schönheit, die süße, frische Formung ihres Beingefüges oder -werkes zeigte, indem sie sich etwas an den Strumpfbändern schaffen machen zu wollen schien. Die Strümpfe, die die beiden rundlichen Wunder bedeckten, waren rosafarbig und umhüllt vom Anstandsrock wie von der Weltweißheit selber. Die rötliche Färbung schien mir grünlich und bläulich zu sein, und das Weiß wurde zu sanftstrahlendem herrschenden Golde. Oh, mir war, indem ich dies anschauen durfte, als blickte ich in Gottes große Güte hinein und in alle Rätsel und ins leichtfaßlichste Unbegreifliche und in die ernsthafteste Leichtsinnigkeit und in Städte und Dörfer und ins Weite und ins Nahe und wie in meine eigene Seele. Gewiß muß es auch Freundinnen geben, die die Langmut und Geduld haben, uns die Strümpfe zu stricken, und diese besondere Gattung scheint mir jedes Lobes wert zu sein. Tagsüber empfing ich etwa den Besuch eines Mädchens, das mir mit Gebärde und Miene zu verstehen gab, sie wünsche von mir aufgerüttelt zu sein, denn sie litt, wie sie kundgab, an Trägheit, und wenn ich sie hie und da recht barsch »hernahm«, war sie mir dankbar. In lebhafter Menschen Beisein können wir träge und in Gegenwart Ermüdeter lebhaft werden. Wenn ich mich mit diesem Mädchen herumzankte, nannte sie das eine entzückende Unterhaltung und beglückwünschte sich, in meiner Nähe gewesen zu sein.

Meinem Gemach gegenüber wohnte eine ältere Alleinstehende, die mir eines Tages folgende kleine Geschichte erzählte: »Ich bin heute, wie Sie sehen, alt. Als ich blühend jung war, lebte ich in einem Verhältnis zu einem gleichzeitig schlichten und schlimmen Dichter, der sehr treue Augen besaß. Wenn er mich schon mit seinem Mund fein anlächelte, so tat er das mit seinen Augen noch tausendmal schöner. Nie hat es ein Augenpaar gegeben, das glückverheißender war. Er führte viele zarte Herzen damit irre. Nun gefiel es mir, zu ihm zu sprechen, ich wolle mich so lang von ihm trennen, bis ihm endlich einmal ein großer Wurf gelänge, das heißt, bis er ein Buch voll gesunder, ernsthafter, kräftiger Zusammenhänglichkeit verfaßt und sich damit zündenden Beifall bei denjenigen geholt habe, auf die es ankomme. Jahre vergingen; ich wartete vergeblich. Nie, nie erschien die große Leistung. Seit siebenundzwanzig Jahren blicke ich zum Fenster hinaus, wie Sie es mich in diesem Moment, mein Herr, tun sehen. Er schweift irgendwo herum, indes mein Haar bleicht, und indes mir die Wangen einfallen, die er rosig sah, als ich ihm das Versprechen abnahm, wovon ich Ihnen gehorsamst Mitteilung gemacht habe und das ihm zu erfüllen scheinbar keine Sekunde einfiel.« »An Ihrer Stelle«, sprach ich, »würde ich mich besonnen haben, ehe ich so anspruchsvoll gewesen wäre. Wir dürfen immer viel von uns selbst, nicht aber sehr viel von unseren Mitmenschen verlangen.« Wehmütig lächelnd sagte sie: »Ja, ja« und begleitete, was sie anmerkte, mit einem mehrmals wiederholten, gedankenvollen Kopfnicken.

Hie und da sieht man, etwa, wenn man sich umdreht, ein leuchtendwarmes Damenhutrot, daraufhin das zitterigschimmernde Weiß eines Birkenstammes. Die prinzipale Farbe um diese Jahreszeit ist natürlich grün, das bald leise, bald laut tönt, einen mit seiner jedesmaligen Besonderheit einladend, einem bekannt vorkommt und doch wieder neu anmutet. Die Wiesen haben eine andere Art von Grün als die Bäume. Wie kommt es, daß man Dich nirgends sieht. Du scheinst Dich vom Geschäft, gesehen und als liebenswürdig empfunden zu werden, vollständig zurückgezogen zu haben.

O, was für rote, blaue Tulpenklänge mir heute vormittag, ungefähr um halb zwölf Uhr, aus einer unbekannten Villa in die Ohren herabsprangen, -klangen und -fielen, als wenn mir jemand, den ich nicht sah, der drinnen in der Stube gestanden wäre, ein aus Herzbezauberungen bestehendes Geschenk zugeworfen hätte. Die Sache war aber die: es spielte drinnen jemand Klavier. Dem Tastenanschlag nach mochte es ein Mädchen sein, die »Tochter des Hauses«. Ich liebe es außerordentlich, wenn in einem Hause musiziert wird und mich der Zufall oder das, was man so nennt, am freundlichen Gebäude vorbeiführt. Das Überraschende ist's, was mir an solchen bürgerlichen Übungen gefällt. Man kommt so von irgendwo daher, den Kopf voll Gedanken, die ins Bewußtsein hineinflattern, und wieder daraus hinaus und wieder hinein, und nun bringen Dir plötzlich Finger, übers Klavier galoppierend, oder über den stilliegenden See solchen Instrumentes wie in einem Kahne gleitend, einen lieben Gruß dar. Solltest Du da nicht etwa wie ein Lehrling innerlich jauchzen, für den das Leben noch ein vollkommen Fremdes, Unerlebtes ist?

Wenn man auch weiter gar nicht nötig hat, erlabt, erquickt zu werden, die Frau, die man Musik nennt, mahnt einen daran, daß man die Seele ist, die sich irren kann, erinnert einen daran, daß man, obwohl einem das vielleicht sehr luxuriös erscheint, gern getröstet ist. Sie nimmt von unsern Verschlossenheiten gleichsam einen Deckel weg, ähnlich, wie es der Arzt bei einem Patienten tut, von dessen Wunde er den Verband entfernt, um ihren Zustand zu untersuchen. Wund sind wir ja in gewissem Sinne alle, nur gewöhnen wir uns an, über diese zu zarte Tatsache, die vom Alltag nicht berücksichtigt werden kann, und die darum nicht vorhanden sein darf, hinwegzugehen.

Gestern sah ich einen Kavalleristen durch die Landschaft jagen, die von Frühlingsbegrüntheit strotzte, und wenn ich eine Laute mit auf den Sonntagsspaziergang genommen hätte, der mich an einem imposanten Schloß vorbeiführte, das ich vor so und so vielen Jahren schon einmal als Rekrut altertumsfühlend »gestreift« habe, würde ich den einsamschönen Cinquecentobau freudig über die Bäume hinüber etwa mit den Worten angesungen haben wie: »Hinter welchem Fenster ruhst du, Engel?« Natürlich hätte ich's in Gedichtform rezitiert, und Dorfmädchen wären herbeigekommen und würden den fahrenden Journalisten und Sänger mit verwunderten Augen groß und lang angeschaut haben, sich fragend, wer er sei, und woher er komme.

Ich lief gestern acht Stunden, indem mich meine Wirtin wissen ließ, sie sähe einen Mieter nicht sonderlich gern, der nichts täte, als zu Hause sitzen und Skizzen verfassen, wie vorliegende eine sein mag.

In der Stadt wieder dufteten Nelken dicht neben Geisteserzeugnissen in Buchläden. Hier stand ich vor roten Kugeln, das waren Holländerkäse. In einem Schaufenster befanden sich nichts als Damenstrümpfe. Schneidig begleitete ich zwei schöne Unbekanntheiten in Frauenform in ein Kaffeegeschäft, um dort eine Weile in ihrer Nähe zu sein, die für mich kostbar war.

Die Körper, die Kleider, die, weil sie Reize bedecken, reizend sind, die man liebt, weil sie Liebenswürdigkeiten einhüllen und sich bei jeder Bewegung des Körpers sanft schmiegsam mitbewegen, die Glücklichen, denn ich halte, o, du Gymnasiastenidee, Frauenkleider für glücklich und geschützt, darum, daß sie schützen, schmücken dürfen.

Die Worte haben ein Leben, die Waren, die Arbeit, und in jedem Gemüt sammeln sich Gesamtbedeutungen an, und lachende Wirtinnen in Landgasthäusern sind wieder eine andere Art von Zeugnis des sich überall bekundenden Daseins. Während des Gehens auf der Landstraße kam ich in ein Selbstgespräch hinsichtlich der Bedeutung der Ehe, die ich zu ihrem Vorteil, d.h. im Interesse ihrer Lebefähigkeit nicht überschätzt wissen möchte. Immer wird ja um einer Überschätzung willen etwas unterschätzt, das auch wichtig ist, denn alles ist wichtig.

Ich habe das Vergnügen, zu sagen, daß ich in einer Ausstellung das Selbstporträt eines großen Malers und an einer Plakatsäule die Ankündigung vom Aufgeführtwerden eines berühmten Theaterstückes sah. Das Bildnis hatte etwas Treuherziges; das Theaterstück – doch, ich studiere und finde das Wort nicht, bin aber deswegen nicht auf mich böse.

Ich lese gegenwärtig einen sehr geschmackvoll geschriebenen Roman.

Ich bin tätiger, als es den Anschein hat.

Ich mache auf mich den Eindruck der Aufgewecktheit, halte das zunächst für befriedigend und mute mir auf Grund dieses Zustandes etwas zu.

»Alles das muß natürlich einstweilen so sein. Wir sind ja vielleicht alle, alle verzaubert, diese ihre Unbefriedigtheit verbergenden Herren und diese ihre Müdigkeit verhüllenden Frauen. Was wird aus uns allen? Mir scheint dies eine selbstverständliche Frage. Halte ich hier eine Art Rundschau ab? Mädchen treten aus vornehmen, altertümlichen Häusern, und sie sehen aus, als wären sie aus nichts als Milch konstruiert. ›Nein, nein‹, hörte ich vor einigen Tagen solch ein Milchgesichtelchen sagen. Was lehnte sie so laut, lebhaft und naiv ab? Und ich, der ich anscheinend so sehr verwöhnt bin, der ich als geziert gegolten habe und vielleicht heute noch gelte, unterhielt mich kürzlich mit einer der hervorragendsten Deplaciertheiten. Durfte eine so fragwürdige Unterredung stattfinden? Salondamen warfen die Hände erschrocken über den Kopf, als sie mich in so unempfehlenswerter Gesellschaft sitzen sahen. ›Du könntest mein Bevorzugter sein, wenn du dich ein wenig danach benehmen wolltest‹, sagte eine Schöne zu mir, die auf meine Unerfahrenheit reflektierte. Ich wich ihr mit den Worten aus: ›Etwas hält mich ab, dir etwas zu sein‹. Zuerst wollte ich ihr etwas von Lämmergeiern erzählen, ich zog jedoch die einfache, bescheidene Ausdrucksweise vor. Es hat ja etwas Schmeichelhaftes, wenn einen plötzlich eine Frau ›nicht mehr kennt‹. Manchmal kommt mir vor, als wenn jeder dem andern etwas vorzuwerfen habe, wie wenn alle voll eines verhaltenen Ungehaltenseins über dieses Zeitalter seien, das wie eine unerledigte Aufgabe, wie eine Arbeit aussieht, die noch zu verrichten und darum lästig ist. Die Menschen greifen nach frohen Minuten, die ihnen entfliehen. Freude scheint uns kostbarer als je, aber wir begehen vielleicht einen schweren Fehler, uns ihretwegen zu beunruhigen, die die Unruhe nicht liebt. In all dieser Eile sitzt eine gewaltige, schleppende Langsamkeit. Wären wir ruhiger, langsamer, so ginge es uns besser, ginge es schneller mit unserer Angelegenheit vorwärts, die von uns Vergnügungslust verlangt, damit das Geld zirkuliere, und die wieder Genügsamkeit von uns fordert, damit sich der Geldwert erholen könne. Das Geld lechzt, stöhnt in blonden, bebenden, blendenden Haufen in den Kreditinstituten. Es bebt nach dem Erlebnis, nach Gebrauch wie eine Frau, und es zittert wieder in silberner, goldener Verschämtheit um sein Prestige; es will überall herumwandern und will doch wieder, einem Heiligtum gleich, unangerührt liegen bleiben. Es will leben und zugleich schlummern, verwendet sein und wieder Spekulationsobjekt sein, um dadurch höheres, größeres Leben hervorzurufen. Vielleicht ist jetzt in uns allen eine kaum zu bändigende Lust, uns gegenseitig herunterzureißen. Verdienen würde sicher jeder, daß dies geschähe. Wir haben alle unerhört gesündigt, obwohl sich keiner zu sagen vermag, inwiefern. Ich selbst laufe in der Vorstellung herum, man lauere mir auf. Einer meiner Bekannten, der eine Persönlichkeit ist, der man eine gewisse Bedeutung nicht absprechen kann, wurde auf einem Abendspaziergang von Leuten durchgeprügelt, die kaum ahnten, was sie da Hübsches ausführten. Neulich lud ich eine Abenteurerin zu mir ein, über deren Äußeres ich nur so viel verrate, daß sie einen nicht allzu köstlichen Pelzmantel trug. Benahm ich mich nicht einzig um dieses Ausstattungsstückes willen seiner Besitzerin gegenüber äußerst artig? Nun hatte ich ein Schriftstück auf dem Tisch liegen, das sie mir wegnahm. Ich meine, daß dies ja gewiß nicht sehr viel zu bedeuten hat, aber man sieht hieraus, wie wir uns alle zu hintergehen bestrebt sind. Sind wir die Beute einer Verworrenheit geworden? Wenn ich still bin, flucht man mir, bis ich anfange zu fluchen, worauf alle anderen ihrerseits still sind. Wie sieht die Welt gereizt aus.«

Ein großer Hund stand dicht vor mir und dem Monolog, den ich führte: »Sei so gut und verhalte dich anständig. Du willst mich doch nicht etwa beißen?« Er schaute mich bloß bös und dumm an. Ist nicht Bosheit immer etwas Dummes? Ich fürchtete mich nicht schlechtweg vor dem dummen Hund, der mich angreifen zu wollen schien. Eher fürchtete ich für mein Kleid, von dessen ordentlichem Zustand ich ein ausgesprochener Freund bin. Der Hund schien denn auch meine Befürchtung zu berücksichtigen. Er trat ab, ließ mich weitergehen. Kleine, knurrende Hunde werden ausgelacht. Große dagegen erregen im Nu eine

Menge Bedenken. Die Wiese links und rechts vom Weg lächelte mich zart aus. Sie war noch nicht sattgrün, eher erst grünlich, und in dieser Grünlichkeit lag Spöttelei. Aber ich spöttle über nichts so leicht und gerne als über Spöttisches. Gern seh' ich ein, daß das boshaft von mir ist. Ein Wirtshaus ließ ich vorläufig liebloserweise unbeachtet. Dafür trat ich in einen ländlichen Spezereiladen und kaufte Zündhölzchen. Das Töchterchen hatte fabelhaft funkelnde Wangen und prächtigblonde Löckchen, und die Mutter des Mädchens behandelte mich sehr nett. Von dieser Artigkeit hochgehoben, pries ich Landwirtschaft, Äcker- und Wiesenleben laut, wo allemal ein Wäldchen die Nützlichkeit schön abgrenzt, wo man nur ißt, was man eigenhändig pflanzt und schlachtet, wo die Luft so appetitlich ist wie die Arbeit, und wo kein Haus am andern klebt, sondern jede Wohnstätte gleichsam freiatmet. Indem ich dies sprach, aß ich ein Stück Schokolade. Ein Stückchen vom Stück gab ich einem Knaben. Bäume schmückten dekorativ den Weg. Nun bin ich aber in einem Städtchen, doch halt, vorher noch folgendes: Glaubt man, weil Petrarca seinerzeit Sonette schnitzelte und schrieb, sei es nun keinem sonstigen Dichter mehr gestattet, sich seinerseits in dieser Versart zu versuchen? Das wäre noch schöner!

Im Städtchen fielen mir altersschwärzliche Säulen als originell auf. Zuerst ging es durch einen Schloßhof. Im Wald hatte mich ein Pferd ohrenschüttelnd von weitem zutraulich angeschaut. Im Schloßhof stand eine Kanone aus dem achtzehnten Jahrhundert. Ferner war da ein Feuerlöschapparat aus der »guten alten Zeit« zu sehen. Ein Herr in Mantel und Hut trat herzu und sprach: »Alles dies taugt zu nichts mehr.«

Ich erwiderte: »Immerhin ist es eine Sehenswürdigkeit.«

»Ja, das schon«, machte er.

An der Mauer hingen Reihen von Geschlechterwappen. Ich schritt die Schloßtreppe herab. Die Treppenstufen waren so fein gesetzt, daß man das Treppabgehen gar nicht spürte. Man wurde von dieser Treppe nicht gerüttelt, geschüttelt, wie dies viele sonstige grobgebaute Treppen aufs leichteste besorgten. Ich dankte also im stillen diesem Kunstwerk von Treppe und stand nun in der Stadtgasse und schaute Läden an und trat dann in ein Wirtshaus und bestellte ein Glas Bier. Einer kam herein, der nebst einem Glas Bier auch noch Käse bestellte. Da mich ein Blick, den ich über seinen Käse warf, von der Qualität desselben überzeugte, so erbat ich mir flugs auch eine Portion, die in der Tat trefflich mundete, d.h. saftig war. Hierzu wurde Brot vertilgt und an die Wand geschaut, die mit Bildern geziert war. Da gab es zuerst eine Schöne zu sehen, die sich im Wald die Füße in einem Bach badete. Die Gestalt hob sich vom Waldesdunkel hell und sanft ab. Ihre Frisur deutete auf die Entstehungszeit des Bildes hin. Ein Bauer in blauer Bluse spielte Handorgel; nicht in Wirklichkeit, sondern bloß bildhaft, denn ich spreche von der Gaststubengemäldegalerie. Ein weiteres Bild stellte einen im Wirtshaus sitzenden Zeitungsleser dar. Neben dem Leser stand ein Zweier Roter nebst Trinkglas. Man kann also sowohl in wirklichen Gaststuben sitzen als dabei noch in gemalte hineinschauen.

Zwei abgebildete Generale seien nun erwähnt.

Der erste stand an der Spitze einer Armee, die während des Weltkrieges ein kleines, sicher aber nicht unschönes Land auf solche Art schützte, daß dies bloß so pro forma aussah. Die Armee schaute weder auf Verluste noch aber auch auf Glorientaten zurück, als sie nach Aufhören der Landesgefährdung entlassen wurde.

Der zweite General befehligte Truppen, die durch eine besondere Fügung von Umständen die Aufgabe zu lösen hatten, eine Fremdlandsarmee, die sich nicht mehr zu helfen verstand, sorgsam zu entwaffnen und in das Landesinnere hineinzugeleiten. Die an allen ihren Bewegungen verhinderte bettelarme Armee war nämlich in einem Grad pflegebedürftig, der ein ähnlich hochgradiges Mitleid weckte.

Namen und Jahreszahl nenne ich nicht, da das störend wirken könnte. Man kann nie wissen, wie das, was man harmlos hinschreibt und ausspricht, aufgefaßt werden kann. Meine Schriftstellerleidenschaft lehrte mich Vorsicht; sie enthielt freilich hie und da auch ein Freudelein. Aber um ein Engelein stehen stets soundso viele schlaue Teufel, die aufpassen, was es macht.

Auf dem Büffet prangten Weinkrüge. Hinter einem Vorhängelchen äugelte ein Zigarrenkistchen hervor. Die Gläser auf ihren Gestellen sprachen die Sprache der Geputztheit.

»Spärliche, vereinzelte Lebenswerke wirken stärker, haben mehr Aussicht auf bleibenden Wert als zahlreiche, von denen jedes dem andern auf dem Weg in die Unsterblichkeit im Wege ist«, beliebte mir bezüglich Literatur usw. zu denken.

Draußen flog eine Taube am Fenster vorbei. Ich zog ein Bleistiftstümpchen aus der Westentasche und zeichnete ins Notizbüchlein, in Erinnerung an eine Abbildung, die ich als Knabe öfter aufmerksam betrachtet hatte:

DES KINDES SCHUTZENGEL

An eines Felsens Rand
ein Kindchen Blumen fand.
Indem es sich bückt,
Begehrtes pflückt,
merkt es kaum, was es tut,
aber ein Engel nimmt es in seine Hut.
Was ist ein Engel für ein Gebilde?
Ist seine Sendung eine milde
Zufälligkeitsgebärde?
Ich nimmer klug draus werde.
Und wär' ich selbst ein Kind,
Unwissenheiten süß mir sind;
kann glauben, bauen, doch nicht wissen,
ob die Fäden zerrissen,
oder ob sie mich halten.
Engelsgestalten,
Mädchengesichter!
Unbekümmertheiten sind schimmernde Lichter.
Wer das Schöne liebt, für den zerstiebt
die Furcht vor einer Gefahr.
Weil er ihm nicht sichtbar war,
war er ihm in allen Landen,
an Abgrunds Randen,
gütig vorhanden.

Da ging ich nun so. Ein Herr fragte mich um eine Auskunft, die ich ihm gab. Ich hatte mich da also höflich gezeigt, und nun hatte ich ja da so ein Theaterbillett in der Hand, nein, nicht in der Hand, sondern in der Tasche. –

Ich dachte in einem fort an dieses kleine Besitztum. Ich hatte das Billett gekauft; infolgedessen war die Karte mein Eigentum. Heute abend würde ich mich strahlend im Theater auf den und den Platz setzen, und zwar ziemlich zierlich und würdevoll, vielleicht sogar ein wenig geziert, es käme dies ja ganz darauf an. Einstweilen setzte ich mich am Waldrand auf eine Bank. Wie das für mich schön war. Es war fast ein wenig wonnig. Beinahe würde ich gesagt haben: wohllüstig, aber man gebraucht diesen Sprachausdruck heute nicht mehr. Die Achtzehnjahrhundertdichter taten das. Wir heutigen sind differenzierter, gleichsam zarter geworden, empfindsamer, verantwortungsvoller.

Abends um acht Uhr saß ich im Theater.

Zwei Frauen saßen neben mir, die ich nicht näher zu bezeichnen brauche, da sich hieraus nichts Wesentliches ergäbe. Die eine wies einen Bubikopf auf; die andere trug eine elegante Abendtoilette und hatte gewissermaßen etwas Aufgeklärtes im Antlitz, und nun glaube ich absolut nicht nötig zu haben, den Titel des Theaterstückes anzugeben, das da gespielt wurde. Es könnte das ja vielleicht verstimmend wirken. So viel jedoch darf ich sagen, daß ich angestrengt bemüht war, den Inhalt des Stükkes richtig aufzufassen. Der Zuschauerraum war übrigens durchaus nicht bis auf den letzten Platz besetzt. Die Füllung ließ zu wünschen übrig. Dieses Zuwünschenübriglassende erschien mir als nicht uninteressant, d.h. es berührte mich beinahe als etwas Angenehmes.

»Du verstehst uns nur halb«, rief mit einmal die Tänzerin oder Schauspielerin aus, die vorn an der Rampe der Bühne agierte, indem sie aus ihrer Rolle ins Menschliche, Persönliche zu fallen schien, und indem sie sich an mich wandte, was mich natürlich sehr verwunderte. Für mich war's etwas Zauberhaftes. Mir war, als wäre ich da in einen Roman verwickelt, aus dem es kein Heraus mehr gäbe, als befände ich mich als Erzählungsfigur in einer Geschichte.

»Aber du gibst dir wenigstens die erforderliche Mühe«, fuhr sie fort, die mich von unten voll anschaute, der ich oben auf der Tribüne saß. Ob sie sang oder sprach, will ich unentschieden lassen. Jedenfalls beliebte es ihr zu äußern:

»Aber ich verstehe mich vielleicht selber nicht. Längst solltest du anders sein. Viele erwarten das von dir. Ob auch ich es erwarte, darf ich dir nicht sagen, da dir das schmeicheln würde. Stütze doch nicht deinen Kopf so bequem in die Hand. Die Blondheiten meines Haares umwallen dich und mich. Nein, vielleicht nicht ganz so. Gewiß aber kann ich von der Schwarzheit meines Kleides glauben, daß sie dich umnimmt und dich an der Fülle und Schärfe deiner Beobachtungen verhindert. Deine Beobachtungen untergraben dich. Du bist zu etwas viel Schönerem bestimmt als zu Bekrittelungen. Du bist dazu bestimmt, dich beflammen zu lassen, und dazu, daß du nach Beendigung der Aufführung dieses Stückes unten am Portal des Theaters auf diejenige wartest, die sich hier so sonderbar an dich adressiert, was du gar nicht verdienst, da du die ausgedehnteste Unbedeutendheit der Welt verkörperst.«

Hier lachte sie hell auf, nahm ihre Rolle wieder auf, indem sie sich spielend an ihren Partner wandte. Begreiflich ist, daß sich die Zuschauer ein wenig über der Künstlerin Herausfallen aus den Obliegenheiten ihres Berufes düpiert fühlten, aber man vermied es, ein Erstaunen geltend zu machen, das den Gang der Dinge hätte aufhalten können.

Auf dem Nachhauseweg war ich die Beute der gedankenreichsten Gedankenabwesenheit. Das war subtil. Ein Ausspruch St. Evremonds fiel mir ein, der dahin zielt, zu glauben, es sei vielleicht besser, das Leben zu genießen, als es zu erkennen. Über eben angeführte geistvolle Persönlichkeit las ich dieser Tage in einer Zeitschrift einen Aufsatz.

Was die Liebenswürdigkeit betrifft, so ist es vielleicht von mir unrichtig, wenn ich hie und da schon geglaubt habe, ich neigte zu einem zu netten Benehmen. Lieb sein kann ja freilich mit Schwierigkeiten verknüpft sein.

Aber ich will es wagen.

Ich weiß, daß es nicht genügt, Vertrauen zu sich selbst zu haben. Ich werde an jemand zu glauben haben. Das ist schwerer, aber auch schöner als das erste, aber gewiß gibt es nur auf diesem Weg eine Entwicklung. Das Vertrauen, das man in jemand setzt, braucht sich nicht durchaus zu bewähren.

Ich glaube, daß die Vertrauenden immer gewinnen.

Ich wurde wegen angeblicher Schwäche heftig angegriffen. Heftiges Angreifen ist aber selber schwach. Ich nenne ihn selbstverständlich nicht, der mich mit einer Heftigkeit angegriffen hat, die von einer nicht ganz passenden Besorgnis zeugt. Ich verstand den Angreifer, der dies aus Besorgtheit war, sehr gut, weshalb ich seine Heftigkeit sogleich entschuldigte. Ich fand hierzu die nötige Kraft. Er besorgte nämlich, ich sei jetzt keine Kraft mehr. Seine Besorgnis setzte das Geständnis eines sozialen Bekümmertseins ab, indem er die Ansicht gleichsam vor mir auseinanderarbeitete, ich bedeute heute dem Vaterland nichts mehr, während ich ihm einst etwas bedeutet hätte. Eigentlich merkte ich hiervon nicht viel. Solche Sachen merken und konstatieren andere immer eher als das Ich, das so etwas aus Bescheidenheit nicht wahrnimmt. Versteht man mich? Er versetzte mir, bildlich gesagt, einen Stoß aus Furcht, ich möchte verkommen, gelinder gesprochen, gegenüber gewissen kulturellen Forderungen gleichgültig werden. Ganz bestimmt trat er da also mit einer Forderung an mich heran. Früher sei ich eine hochinteressante Nummer gewesen, indes ich seiner Meinung nach heute nur noch vegetierte, vor mich hinliebte und -lebte. Ich muß zugeben, daß ihn meine Ruhe sehr empörte; für ihn und seine geistigen Regsamkeiten besaß sie etwas Unfaßbares. Er begriff gar nicht, wie ich überhaupt noch zu atmen, um mich zu blicken wagte. Er saß so da, und ich saß auch so da. Wir behaupteten beide, wie soll ich sagen, unsere Plätze und beschäftigten uns damit, uns unsere Meinung ins Gesicht hineinzusagen, weshalb wir eine Art Schauspiel bildeten. Wir bildeten beide einen Auftritt in einem Bildungsdrama. Seiner Auffassungsweise nach stand ich einst als Kapabilität da. Jetzt aber schaute er mich ganz einfach als eine Art Unbrauchbarkeit an. Einst diente ich meinem Vaterland aufs feinste, trefflichste dadurch, daß ich ein schön gedrucktes und möbliertes, Pardon, beumschlagtes Gedichtbuch herausgab.

Welch eine imposante Leistung das war! Heute leistete ich nichts, rein gar nichts, und deswegen war er mir böse, woran ich ihn nicht zu verhindern vermochte, schon deshalb nicht, weil ich seinen Zustand durchaus begriff. Der nicht sehr wünschenswerte Auftritt fand in einer Kaffeehalle statt, wo Angehörige guter Kreise, Leute von nettem Äußeren ein und aus zu gehen pflegen.

»Weshalb zürnt er mir?« fragte ich mich, und ich gab mir folgende Antwort: »Weil ich keine Kolossalität bin. Er glaubt, das Vaterland bedürfe vieler in jeder Hinsicht ungewöhnlicher, hervorragender Erscheinungen, um fähig zu sein, zu gedeihen. Er hält mich für einen Feind der Gesellschaft, weil ich eine ziemlich glückliche, ruhige Haut bin.« So oder ähnlich versuchte ich mir seine Haltung zu erklären. Es gibt Menschen, die grimmige Gegner alles Mittelmäßigen sind, und das Unglück will, daß ich mich seit einigen Jahren sorgfältig, das heißt vorsichtig aufführe. Sorgfalt und Vorsicht sind aber der Gipfel der Mittelmäßigkeit.

Ich gebe nun ein folgendermaßen lautendes Resümee: Meine Freunde werden von mir gebeten, sich möglichst zu fassen, das heißt Überblick über ihre eigenen Mängel zu gewinnen. Er, der mir Mangelhaftigkeit zum Vorwurf macht, befindet sich nämlich in ähnlichen Umständen; er verfügt so gut über Mängel wie ich. Er vergaß das in dem Auseinandersetzungsaugenblick total.

Ich teile den Fall der Öffentlichkeit mit, weil ich ihn an sich für interessant halte.

Wenn ich seiner Meinung nach früher dies und das fertigbrachte, so freut mich dies fraglos. Ich arbeite weiter. Das darf er ebenfalls. Wer arbeitet, setzt sich der Möglichkeit aus, Fehler zu begehen, Unzulänglichkeiten zu offenbaren. Wir tun alle gut, Geduld mit uns und denen zu haben, die uns umgeben. Auch ihm gelang nicht jedes Werk, worüber ich mich um seiner Seele willen aufrichtig freue, denn eine Seele nimmt Schaden, wenn sie die allzu schmeichelhafte Erfahrung macht, daß ihr alles Beginnen spielend gelingt. Meine christlichen Gesinntheiten freuen sich, daß auch er gleichsam anfechtbar dasitzt oder steht.

Ich spazierte neulich mit einem Mädchen, die Geist besitzt, und die ein Buch von ihm las. Kam ihr das Buch als etwas wie ein Meisterwurf vor? Nein, sie sagte, sie finde es weitschweifig. Sein

Gegenstand käme ihr, mit der Ausgedehntheit, Seitenzahl usw. verglichen, unbedeutend vor. Ich rief aus: »Da haben wir's.«

Ich hätte von Holz sein müssen, wenn ich mich nicht bewogen gefühlt hätte zu lachen. Ich lachte über mich, über ihn, über unsere gehabte Aussprache, über den heftigen Angriff aus nichts als Besorgtheit, über seinen Irrtum bezüglich meiner und seiner eigenen Fähigkeit und im allgemeinen über den launenhaften Lauf der Welt.

Klar ist mir heute dieses eine: ich hatte in einer Nachmittagskinovorstellung mit einem Mädchen im Schulpflichtalter auf übrigens sehr zarte Art schöngetan. Ich finde es entzückend und aller erdenklichen Anerkennung wert, wenn solche lieben Unaufgewachsenheiten in gewisser Hinsicht erwachsen genug sind, daß sie es gleichsam spielend zustande bringen, einen angemessenen Verweis auszuteilen. Die Kleine, die mir gänzlich unbekannt war, strafte also alle meine Bewunderungen, womit ich sie gleichsam streichelte, mit stolzester Verachtung.

Beglückt, wie ich gestehen möchte, eilte ich ins nahegelegene Café, in der gewiß schätzenswerten Absicht, Zeitungen zu lesen, die Töne einer melodisierenden Kapelle umflogen mich rosenbuketthaft. Ich bin in bezug auf Musik unbestreitbar empfindlich. Welcher halbwegs Kultivierte wäre es nicht? Das kleine Kinomädchen hatte Hände gehabt, die mich an etwas Täubchen- und an etwas Traubenhaftes erinnerten. Süß war's, wie diese Wunder von Händen mir die Einbildung übermittelten, daß, wer sie anschaue, selig sei.

Eine noch immer sehenswerte und schöne, also nicht mehr ganz junge, sondern, was die Altersstufe anbelangt, bereits, wie man sagen möchte, arrivierte Frau fixierte mich mit Augen, die mir befehlen zu wollen schienen: »Du gehörst mir, daß du's weißt.« Es war dies auf offener Straße, nämlich ehe ich in besagtem Unterhaltungsraume anlangte. Bevor ich in dieser Geschichte weiterfahre, mit der ich Beifall zu ernten hoffe, und ich wünschte, daß mich diese Hoffnung nicht tröge, füge ich folgendes leise bei: Eine Eifrige begegnete mir, die mich offenbar kannte, etwa vom Hörensagen, und die mir hellstimmig entgegenhielt: »Sie verdienen eine Ohrfeige!« Wenn sie nicht Glätterin von Beruf war, täuschte ich mich in ihr schwer.

Da ich das aber nicht glaube, so darf ich diese kleine Nebensächlichkeit für abgehandelt halten und nun von der schönsten Mädchenstimme der Welt reden. Diejenige, die dieselbe ihr eigen nannte, besaß gleichzeitig die geschmeidigste Figur und eine Inkarnation von einem Lächeln, die mit einem Juwel verglichen werden könnte, wenn Kleinodien nicht Steine sondern weich wären, denn das Lächeln Irmas, so nannte sie sich, von der ich hier rede, und die mich sicher bespötteln würde, wenn sie's hörte, glitzerte gleichsam von unmittelbarem Leben. Wenn sie lächelte, so tat das auch ihre übrige Konstitution, was ich für eine Rarität halte. Man vermochte Irma zu vergessen, gewiß, aber wenn man sie sah, war's einem, als hätte von diesem Augenblick an das Weiterleben keinen Wert mehr, als würde man finden müssen, man hätte genug gelebt, um sich dankbar vom Dasein zu verabschieden.

Gern würde ich übrigens jetzt von einem Degen anfangen zu phantasieren, verbiete mir das aber, weil sich jedes Eintreten ins Allzustarkaufgetragene bei der besseren Leserschaft unmöglich macht. Eine Geschichte darf nicht zu spannend sein, sonst zerreißt sie.

»Du mußt ihn züchtigen!«

Wer sprach so zu mir? Irma? Ja, und ich war begreiflicherweise über dieses Wort ein bißchen bestürzt, d.h. die Beauftragung machte mich schon des Anstandes, des Friedens wegen verlegen. Rasch sammelte ich mich jedoch und fragte sie: »Was ist dir? Sprich dich aus.«

»Du kennst Kategorio«, sagte sie, indem sie sich neben mir auf dem Plüschsofa niederließ. »Soeben war er hier und hat mich nicht angeschaut, er, der mich jedesmal, sobald er mich antraf, mit seinem Blick um Nachsicht gebeten hat – seine soeben stattgefundene Ignorierung hat mich – häßlich gemacht.«

Ich wollte einwenden: »Darin irrst du dich!«, sah aber sogleich ein, daß sie von ihrer Überzeugtheit nicht abzubringen sei. »Der Moment ist für mich kritisch. Kategorio besitzt, wenn auch nicht gerade auf ausschlaggebendem Gebiet, Einfluß«, brachte ich betreten vor. Plötzlich geriet ich in einen sogenannten heiligen Zorn. »Warte, du Schurke«, rief es in mir. »Du wagst es, mir Gelegenheit zu geben, nicht recht zu wissen, wie ich mich zu verhalten habe?« Ich küßte Irma die nicht bloß parfümierte, sondern auch noch behandschuhte Hand, eilte hinweg, hörte sie hinter mir silbrig auflachen, was mich in meinen Entschließungen nur noch mehr bestärkte, schleuderte einen Verstandesmenschen, der mich aufzuhalten sich bestrebt zeigte, zur Seite und lief auf den Hügel hinauf, wo sich das Trokadero befand. Dort angekommen, begab ich mich im Instinkt, daß ich befähigt sei, den Leib des Glücks zu umfassen und an mich zu ziehen, an den Spieltisch.

Das Resultat meines Kampfes mit der Bank braucht wohl kaum bekannt gemacht zu werden. Der Spielsaal sah mit seinen Besuchern, die sich, in Gruppen zerstreut, darin aufhielten, elegant, d.h. angenehm aus. Um ihn zu kennzeichnen, möchte ich hervorheben, er habe den Eindruck der Wohnlichkeit auf mich gemacht. Da ich anspruchsvoll bin, will dies etwas heißen. Die Herren trugen zum größten Teil Schwarz, indes die Damen von der heiteren Freiheit Gebrauch zu machen schienen, in allen Farbennuancen zu brillieren. Die kürzesten Röckchen flößten mir die Idee ein, sie dürften kürzer sein.

Wenn jemand hinter oder neben mir die Bemerkung machte: »Er hat Glück«, so verließ es mich, aber ich zog es von neuem an. Die Wände des Saales bestanden aus einem einzigen Spiegel. Während des Spieles dachte ich flüchtig an eine Dorfschullehrerin, die sich dadurch auszeichnete, daß sie mir gestanden hatte, sie liebe mich. Wie weit mir dies schon zurückzuliegen schien! Eine Spielerin fiel mir durch fürchterliche Nervosität auf. Vielleicht war aber letztere bloß sich und den andern vorgetäuscht. Übrigens gibt es Krankheitszustände, die uns behagen, die uns lieb sind, was Worte sind, die sich vielleicht zur Einschüchterung von Gesundheitsfanatikern eignen. Das wahre Gesundsein gipfelt in einem Sichwillkommenheißen.

Ich sage nun vielleicht etwas Anfechtbares, erstens, weil es affektiert klingen könnte, und weil es zweitens wie eine Art Enthüllung aussieht, mit andern Worten, weil sich unter den Lesern Leute finden könnten, die berechtigt zu sein wähnten, mich von diesem Erzählungsabschnitt an für einen Apachen zu halten.

Amerikano erblickend, an dessen vorteilhafter Aufführung nicht zu zweifeln ist, schrieb ich mit Bleistift auf ein Blättchen Papier: »Gib dir mit dem Überbringer dieser Handschrift Mühe. Seit langem wünscht er, sich mit dir zu unterhalten. Er ist kein Phraseur; er räsoniert nicht. Du wirst ihn deiner würdig finden.« Mit dieser an Irma gerichteten Empfehlung trat ich auf einen Menschen hinzu, dem ich durch Einhändigung dessen, was ich geschrieben hatte, zu verstehen gab, daß er mir sympathisch sei. Nachdem er das Blatt überflogen hatte und Umstände machen wollte, erklärte ich ihm: »Das gibt sich schon.« Anscheinend war er mir dankbar, d.h. ich machte die Beobachtung, daß er sich freute. »Nun zu ihm!« rief ich aus. Köpfe von Anwesenden bogen sich verwundert nach mir um. Es kann uns begegnen, daß wir außer acht lassen, daß man sich nicht theatralisch betragen soll.

Ich fand Kategorio, der meiner Auffassung nach eine Art Beobachter oder Schriftsteller ist, der beispielsweise sich selbst einer fortgesetzten Aufmerksamkeit würdigt, wovon er sich nicht loszureißen vermag, weshalb er zu Vernachlässigungen gelangt, über deren Tragweite er sich kaum Rechenschaft ablegt, in einer Poetenpositur an eines der Fenster des Saales gelehnt. »Dummkopf«, sprach ich ihn an, »weißt du nicht oder tust du bloß, als hättest du nicht in Erfahrung zu bringen verstanden, daß es Mädel von nicht zu unterschätzendem Wert gibt, die zu ihren Freundinnen offenherzig sagten: Wie nett doch dieser Kategorio ist! Für diese höchst strafwürdige Unwissenheit mußt du jetzt sterben.«

Mit dieser Äußerung zog ich einen Revolver hervor. Ich trage einen Revolver, weil das poetisch ist.

Kategorio ist ein poesieloser Poesiefabrikant, während ich der poetische Poesieverächter bin.

»Du stehst als Irma-Abgesandter vor mir«, sprach er, d.h. er stammelte das.

Ich hatte angenommen, er würde zurückwanken. Ich hatte mir mit der hohen Voraussetzung geschmeichelt, er würde schon beim Anhören der Ankündigung, er müsse sterben, das ihn beseelende bißchen Geist aufgeben. Dies schien aber keineswegs so sein zu wollen. Vielmehr wies er mit sonderbar-schöner, höflicher Gebärde auf das dem Trokadero gegenüberliegende Haus hin und sprach: »Ich war hier in den Anblick eines Gegenstandes der Zärtlichkeit vertieft, wobei ich gern gestehe, daß die Madonnenbilder zahlreich sind, die irgendwo leben und mich interessieren. Dir geht es vielleicht ebenso.«

In einiger Entfernung stand in der Tat auf einem Balkon eine junge Dame, die ich nicht charakterisiere, weil mir das als unangezeigt erschiene.

Novellisten sollen dezent sein.

»Sei froh«, sprach ich zu Kolportario, d. h. Entschuldigung, zu immer noch weiter keinem andern als Kategorio, »daß mich eine Kinovorstellung, die ich heute nachmittag mitansah, vom Gebrauchmachen dieses Wildwestinstrumentes hier exemplarisch abhält.

Ich habe dich beben gesehen, das genügt.«

Mit vernichtendem Blick entfernte ich mich von ihm. Folgenden Tages besuchte ich eine Kunstausstellung.

Ich wurde meiner hübschen Handschrift wegen von einem meiner Lehrer sehr gelobt. Die Welt flog über dem Elternhause vorüber. Lange erschien mir nichts mehr. Ich zählte Geld, das mir nicht gehörte, stellte Schecks aus. Somit schien mir, ich sei im Dienste eines Bankhauses. Aus dieser Situation heraus entstanden mir Briefe an eine Frau. In einem derselben schrieb ich: »Ich bin immer wie in einem Zentrum. Das Leben verdurstet; es lechzt umsonst nach mir. Ich blicke es bloß so an, trage es in mir wie ein Liebender das Abbild seiner Seelenlust.« Wieder vergingen Zeiten. Auf einmal stand ich an einem klaren, schmalen Bach, der durch ein idyllisch gelegenes Gäßchen floß. Ein bildhübscher Knabe sprang zu mir, nahm mich bei der Hand, wie wenn ich seit langem sein Freund gewesen wäre. »Komm«, sprach er, und ich ließ mich von ihm fortziehen. Offensichtlich war er feiner Leute Kind. Zunächst kamen wir in ein Zimmer, worin Fische hin- und herschwammen. Die Luft in dieser seltsamen Art von Gemach bestand in einer Atmosphäre, die sowohl ihnen wie uns zu atmen gestattete. Bald stand ich vor einer sehr zart aussehenden Frau. Im Nebenzimmer redete ihr Gemahl mit einem Fremden, d. h. mit jemand, der mir fremd, ihm aber gewiß bekannt war. Plötzlich stand mir die Frau ganz nahe. Übrigens muß ich zuvor ein Bilderbuch durchblättert haben.

Die Frau bat mich: »Höre auf, höre auf.«

Ich bin bezüglich dieser Sprechweise eine Erklärung schuldig, die ohne weiteres erfolgt. Es handelte sich hier um ein Wirklichkeitserlebnis, ohne daß ich die Stadt genau anzugeben vermöchte, die den Schauplatz hiefür abgab. Ich gab nämlich der Frau, die vor Schlankheit schon fast spindeldünn war, Küsse, die sie stumm von mir erbeten hatte. Ihre Blicke hatten mir gewissermaßen auf mahnende Art empfohlen, zärtlich zu ihr zu sein, und nun? Was nun da war, das war katastrophal. Ich tat etwas Entsetzliches. Immerhin tat ich es sehr ruhig, gleichsam vom Leuchtturm still aus mir wachsender Überlegenheit herab. Ob ich sie kalt küßte, bloß gehorchend, dienend, möchte ich nicht ohne weiteres festzustellen gewagt haben. Daß es sich aber zur »Tragödie« ausdehne, wurde mir von Kuß zu Kuß, von Atemzug zu Atemzug bewußter. Die Küsse, die ich küßte, waren durchaus unhörbar; aber nicht unhörbar, sondern geeignet, vernommen zu werden, war das aus der Marter tönend heraufsteigende Stöhnen, der sie unterworfen wurde. Durch mich, durch sich? Ich will das nicht auslegen. Die Lage war so: wenn meine ineinander verflochtenen Küsse nicht in einem fort ihren Mund zugedrückt hätten, sie also nicht daran verhindert worden wäre, sie hätte laut geschrien. Um Hilfe? Das kann ich wieder absolut nicht sagen. Sie war in hohem Grad meine Gefangene, wie ich wieder meinerseits von ihr unterjocht war. Kaum wage ich zu beschreiben, wie das Leben, das ihren Körper durchflammte, ihr diesen ihren feinempfindenden Körper beinahe zerriß. Obschon ich mich sehr um sie sorgte, drückte ich küssend immerzu. Ob ich drückte? Das ist noch eine Frage, die man untersuchen müßte. Vielleicht habe ich nicht im mindesten gedrückt, und vielleicht war gerade das das Fürchterliche. Ich scheine sie halb freigelassen und halb befangen gemacht zu haben. Wie leise, wie vorsichtig, wie ungenügend ich das sage. Aber vielleicht verhalte ich mich absichtlich so. Erstens gilt es ja, den guten Ton zu bewahren, zweitens aber war ich mir bewußt, daß, wenn ich so recht zerflattert, zerfahren, zerstreut, verträumt mit meinem Mund über den ihrigen hinziehe, das eine Wirkung hervorrufe, als gingen für sie Erde, Himmel und Hölle in eines. Der Druck eines Kusses darf nach meiner Erfahrung nicht gedrückt, sondern er soll möglichst nur angedeutet sein; er soll sagen: ich könnte, falls ich wollte. Unter solcher Art von vielleicht beinahe satanischer Unbefangenheit zerfloß sie. Ich war ihr ein Wild-Engel, d. h. alle Wildheit war nun ganz in ihr. Mir war es aber gegeben, diese Wildheit in ihr zu wecken, und ich weckte sie nicht mit Stürmischkeit, nein, mit Sanftheit. Als sie umzusinken drohte, hielt ich sie.

Jetzt aber sah uns ihr Gatte.

Aber lassen Sie mich Ihnen um Gotteswillen erst rasch noch etwas von dem Flüstern sagen, das der Armen entquoll, die mir in den Armen lag. Wer war von uns beiden dämonischer, ich oder sie? Ich frage mich das, weil sie mich mit vor Lust jubelnden Augen bat: »Hab' mit mir Erbarmen.« Wenn ich barmherzig mit ihr gewesen wäre, würde ich da nicht erbarmungslos, rücksichtslos mit ihr gewesen sein? Ihre Qual war ja ihre Freude. Ich sagte, daß jetzt ihr Lebensbegleiter zu uns ins Zimmer schaute. Wir hatten ganz nah an der Türe zusammen »kulturell gearbeitet«. Wie ich da spaße! Ist das nicht herzerschütternd? Und ich bin von den Sittsamkeitssorgen, die sie sich im Taumel des Entzücktseins machte, überzeugt. »Was gibt es hier?« Mit dieser weniger gesprochenen als schon eher gezischten Frage auf den Lippen, die kreideweiß schäumten wie Wellen auf einem vom Wind in die Empörtheit gejagten See, stürzte er sich auf mich los. »Du irrst dich in mir«, rief ich hell auf und warf ihn auf den Tisch, der den Charakter eines Studiertisches aufzuweisen schien. Er glänzte von tragischem Schwarz, ich meine, er sah sowohl elegant wie äußerst ernst aus. »Wenn du etwa meinst – –.« Ich war von einer Kaltblütigkeit ohnegleichen. Aber ich kann zum Glück versichern, daß ich es bei der Selbstaufmunterung bewenden ließ. Ich lebe, und er lebt auch. Wenn er mit sich oder mit mir oder sonstwem unzufrieden ist, mache er's mit sich aus. Was geht mich einer an, den ich auf einen Tisch warf?

Dies mit dem Kuß gab es in solcher Vorzüglichkeit bei mir nie mehr.

Meinem Fenster gegenüber erhebt sich ein Hügel.

Das Fenster steht offen.

Auf dem Hügel stehen zwei junge Herren.

Es ist Sonntagvormittag.

Die beiden Herren sehen mich von ihrem Standort aus am Tische schreiben, und nun schreibe ich folgendes:

Ich stand einmal hinter einem Vorhang. Alice und Helene waren dabei, sich zu »trainieren«. Worin bestand ihre Übung? Ob ich das unbefangen sagen werde? Warum nicht? Alice spielte die Herrscherin, Helene die Ergebene, Untertänige. Jedenfalls waren es also zwei grundverschiedene Rollen. Ich halte es für sehr nützlich, wenn Leute irgendeine Rolle zu spielen Lust haben. Hier waren es diese zwei feinen, hübschen Mädchen. Jede war auf ihre Art hübsch, jede auf besondere Art lebenempfindend. Ich verhielt mich in meiner »Stellung«, auf dem »Aussichtspunkt«, mäuschenstill. Helene diente Alice als eine Art Schemel; sie schien in jeder Hinsicht vergnügt über die Übernahme dieser »Sendung«. Die Herrschende schien mißvergnügt, und es ist ja auch eigentlich immer so. Es ziemt sich, daß die Befehlenden, Anordnenden Sorgen haben, die Unterliegenden sind hievon aufs angenehmste befreit. Unfreiheit kann eine große Masse Freiheit in sich bergen; Unabhängigkeit kann Sklaverei sein. Alice war die Unabhängige, die Folge davon war, daß sie eine große Verantwortung trug. Verantwortung ist ein Gewicht von reinster Geistigkeit. Alice personifizierte die Angestrengtheit, die Würde, die Moral, die Regierung, während sich in Helenens Hingegebenheit selbstvergessene Sinnlichkeit manifestierte, süß wie geniale Musik. Musik hat in ihrem Wesen etwas Verantwortungsloses, Schaukelndes, Daseinsbejahendes. Ich schaute direkt in die Augen Alicens. Wie sie mir groß, bös erschienen! Sie erblickte mich nicht, der ich sie doch in einem fort beobachtete. Helene war etwas wie ein einziges Freudelächeln. Sie starb fast vor stiller Genugtuung. Opferte sich diejenige, die die Unterjochende spielte, derjenigen, die die Unterdrückte spielte, auf? Wohl möglich! Die Überlegene fühlte sich nicht; das tat jedoch die andere. Alice hatte die Füße, die in sehr eleganten Schuhen steckten, leicht auf die Kauernde gesetzt, gestellt. Vielleicht war die Diktierende arm an Beziehungen, hatte niemanden, und es kann sehr gut möglich sein, daß Helene, die den Schemel bildete, reich an Bekanntschaften war, die sie aber eine um die andere verschmähte, weil sie ihr nicht viel sagten. Vielleicht besaß sie einen Anbeter erster Qualität, einen um ihr Wohlergehen Besorgten, und um die Herrschende kümmerte sich niemand, und hier bei Helene war sie die Gebende, Begnadende, die ihre Schwester, das Kind des Lebens und der Gesellschaft, mit Vergnügungen, Vergnügtheiten überschüttete.

Seltsame innere Schicksale gibt's und unzählige, nie wahrgenommene, richtungangebende Bestimmungen.

Laßt uns des Lebens nimmerwelkende Möglichkeiten loben, Freundinnen.

Überhaupt schon bloß eine Frau Doktor! Das Milieu, worin sie regiert! Dieses Sonnige! Die Bücher, die bei ihr aufliegen! Ich liebte einst einzig deshalb ein Dienstmädchen, weil ich mich in ihre Herrin verliebt hatte.

Wie ich als Typ von Belang dastand. Ich saß zwar, indem ich Tee schlürfte. Auf dem Tisch lag ein Erzeugnis meiner Feder. Ich nannte mich damals Ruprecht, weil ich hie und da ruppig auftrat. Der Herr des Hauses staunte mich verhohlen an. Vielleicht gestand er sich, ich sei ein Lebensbeherrscher. Von Zeit zu Zeit trat ich ans offene Fenster. Nachlässig warf ich einen Blick auf das, was unten in der Straße vorging. In unsagbarer Ruhe verharrte das Pflaster. Die Unterhaltung, die ich führte, war glänzend, d.h. ich legte Literaturkenntnis an den Tag, daß es nur so blitzte. Mein Anzug war übrigens die Einfachheit selbst. Ich sah somit sehr gediegen aus. An die Kinder richtete ich passende Worte.

Mit einmal hörte ich aus weiter Ferne einen schwachen Pfiff. Über mein Gesicht verbreitete sich ein Interessiertheitsschimmer, der kaum wahrnehmbar sein konnte. Um zu zeigen, daß ich Manieren hätte, faßte ich Frau Doktor bei der Hand. Der Doktor sah es und verbiß seine Überraschtheit. Eine anwesende Dame bewitzelte die Neutralität der Schweiz. Ich tat bei diesem Anlaß, als stammte ich aus Paris. Über das Gesicht der Frau des

Hauses ergoß sich ein Betretenheitsmeer. Sie wurde abwechselnd rot und schneeweiß. Jetzt klingelte es.

»Ich weiß, wer es ist«, sprach ich und eilte zur Türe und ließ Meta eintreten.

Als die Anwesenden sie sahen, riefen sie unbewußt »Ah«. Dieser Ausruf entglitt ihnen, weil in der Tat das Mädchen, das ich ihnen vorstellte, entzückend aussah. Wissen Sie, groß, und dazu trug sie noch Schuhe mit unerhört hohen Absätzen. Ihre Augen schienen ihre Bläue der Ostsee entlehnt zu haben. Das Köpfchen verschwand fast in der goldenen Flut ihres wunderbaren Haares, das mehr als geringfügige, eher schon winzige Näschen sah man kaum. Dieses Kaumvorhandensein einer Gesichtspartie bildete ein Juwel.

»Du Böser«, sagte sie. Nichts als das, und setzte sich und fing etwas zu erzählen an, was für sämtliche, die es hörten, spanisch sein mußte. Nur mir war die Sprache und der Inhalt verständlich.

Ich sah der Frau Doktor an, daß sie im Unterbewußtsein für die Vorgelassene und Hereingezogene schwärmte. Meta war ja auch ein zu kostbarer Gast in diesen Kreisen. Was mich betrifft, so verstehe ich sowohl mit den Geistigen, Feineren, wie mit den Angehörigen des »Volkes« umzugehen. Ich bilde vielleicht in dieser Hinsicht eine Art Brücke. Meta hatte scheinbar sehr viel auf dem Herzen. »Wie sie Sie liebt«, sagte der Doktor.

»Dieser Herr interessiert sich für deine Wenigkeit«, wandte ich mich an Meta, die aber hierfür gar kein Ohr besaß. Für sie gab es hier nur einen Menschen, und der war natürlich ich. Sie schaute sich die Leute, die liebenswürdige Blicke für sie hatten, an, aber sie machten keinen Eindruck auf dieses Naturkind. Ich selbst bin ein Gemisch von Natur und Zivilisation; somit war ich für sie vorhanden.

Jetzt schrieb der Doktor auch bereits eine Novelle, wozu ihn Metas Erscheinung inspiriert hatte. Das Manuskript gedieh Zug um Zug. Er schrieb wie von einem Fieber ergriffen. Lächelnd schaute ich ihm zu.

Meta fand für nötig oder für schicklich, die Beunruhigte, Imstichgelassene zu spielen. Sie hatte es aber lediglich auf mein Portemonnaie abgesehen. Als ich ihr ein Goldvögelchen ins Händchen gleiten ließ, umarmte sie mich, küßte mich mit Küssen, die nach viel Verstand dufteten. Im selben Augenblick sank sie in Ohnmacht. Frau Doktor rief: »Herrjee, was stieß dieser Mädchenfigur zu?«

Plötzlich riß jemand die Tür auf. Es war Jaromir. Kaum hatte ich ihn erkannt, als ich auch schon aufgesprungen war. Ich wußte, wen er suchte. »Schade, daß mein Mann in seiner Novelle unterbrochen werden muß«, entfuhr es der Frau Doktor. Inzwischen hatte ich natürlich Jaromir zu Boden gerungen. Das verstand sich von selber. Ich setzte ihm den Fuß auf den Nacken. Er zerbrach sich das Nasenbein. Meta brach in ein göttinnenhaftes und zugleich schulmädchenhaftes Lachen aus. Ich warf sodann Jaromir zur Türe hinaus.

Einsam-seltsam lag seine Mütze noch im Salon, den jetzt Meta durch einen Liedvortrag schmückte und vergrößerte. Musik macht uns glücklich, gut und groß. Frau Doktor besaß die Güte, meine Gesponsin, falls ich so sagen darf, taktvoll auf dem Fortepiano zu begleiten. Der Doktor und ich sprachen sodann über die allgemeine Lage.

Es war vier Uhr nachmittags, und ich spürte in den Fingerspitzen das stille Ruhen und moosige Dampfen meilenweit entfernt liegender Wälder und das sagenhafte Schlummern von Seen, so außerordentlich feinfühlig bin ich. Ich bin ja so zart. Vorliegende Zeilen dürften es beweisen. Eine Bildhauerin meißelt gegenwärtig an meiner Büste.

»Meta ist für mich die Poesie«, sagte der Doktor leise zu demjenigen, der ihm antwortete: »Für mich ist sie die Wirklichkeit.«

Ein Knabe aus der Vorstadt, der Meta als Page diente, langte nun mit einer Botschaft für sie an.

»Ich muß gehen«, sprach sie. Bequem entfernte sie sich. Kaum, daß sie grüßte.

Heute machte ich ein nettes, kleines, nur geringfügiges und -ausdehniges Spaziergängelchen, trat in eine Lebensmittelhandlung und sah darin ein nettes Mädchen von gleichsam auch nur geringer Größe in sichtlich bescheidener Haltung stehen. Auf dem Spaziergang überlegte ich mir ein wenig, mit was für Worten ich eine Arbeit zu beginnen haben würde, die ich hier niederzuschreiben anfange, und deren Niederschrift mich voraussichtlich etwa zwanzig Tage lang beschäftigen wird. Während dieses Zeitumfanges werde ich also ziemlich emsig sein, nicht ohne mir dann und wann eine Ruhepause zu gönnen, womit ich sagen will, daß mich dieses »Journal« hier in keiner Weise überanstrengen wird. Ich würde natürlich statt »Journal« ebenso gut »Tagebuch« haben sagen können. Ich meine, daß ich mir vorgenommen habe, diese Zeilen, die vielleicht Interesse auslösen werden, was ich natürlich lebhaft wünsche, so ungeziert, demnach also auf so einfache Art wie möglich hinzuschreiben; mit andern Worten bin ich bestrebt, jedes »Flunkern« sorgfältig zu vermeiden. Was ich vorbringen möchte, ist, daß ich in hiesiger Stadt, die für mich sozusagen wertvoll geworden ist, eine Reihe, d.h. einige in der Tat nette, teilweise sogar beinahe imposante Frauen kennen zu lernen Gelegenheit hatte, was eine Anmerkung ist, von der ich gestehe, daß sie mich freut. Wen würde die Sympathie, die er sich angewöhnen durfte zu ein paar lebensfröhlichen und vertrauenerweckenden Gestalten zu hegen, nicht befriedigen können? Ich bin also, seitdem ich die Stadt bewohne, worin mir gestattet worden ist, mich aufzuhalten, hie und da, d.h. ziemlich häufig verhältnismäßig glücklich gewesen. Darf ich dies auszusprechen wagen, ohne befürchten zu müssen, für leichtsinnig oder oberflächlich usw. gehalten zu werden, und darf ich nunmehr daran erinnern, daß ich gestern Abend gleichsam eine recht angenehme Bekanntschaft weitergedeihen lassen durfte?

Ich unterhielt mich nämlich gestern abend sehr spät noch auf der stillen und wie ich offen gestehe nächtlichruhigen Straße mit einem von unseren jungen Intellektuellen, einem Studierenden, über den Sinn und den Wert der »Psychoanalyse«. Wie heiter, warm und schön zu diesem Zeitpunkt der Nachthimmel mit seinen Sternen prangte! Gewiß glich es einem Prangen. Der Sternenhimmel erschien mir wie ein früchtebeladener, freundlicher Baum; dann glich er wieder einem feinbestickten Hemd oder einer prächtig mit Ornamentierung ausstaffierten Robe. Ich wünsche nun nicht, daß mir diese Anspielung etwa übel genommen, d.h. als eine Verstiegenheit oder etwas dem ähnliches ausgelegt werden könnte. Ich habe die Empfindung, als habe man heute nicht »eigentlich mehr«, oder vielleicht besser gesagt, vorläufig »noch nicht« das Recht, sich »poetisch« zu betragen und auszudrücken. Das mag daher rühren, weil ich die Zeit, worin ich in Gesellschaft meiner Zeitgenossen lebe, für sehr ernst halte, worin ich wahrscheinlich nicht irregehe, mich, wie ich glaube, kaum täusche, denn wovon anderem unterrichtete mich gestern eine Zeitungsnotiz, als von steigender Arbeitslosigkeit in dem und dem Lande? Schon hieraus ersieht man ja eine bestimmte Wirtschaftsnot. Mangel an Betätigungsgelegenheit ist eine nach meiner Meinung sehr schwer in Betracht fallende Not, die natürlich immer existiert hat, doch schon seit langem nicht mehr in so starkem Maße wie in unseren Tagen.

Ich sprach da also von einem Gespräch und von einer Zeitungsmeldung und habe angekündigt, daß ich mich für einige Frauen erwärme, die gleichsam etwas wie meine erklärten »Lieblinge« seien. Mit diesem Frauenkennengelernthaben ist es nun freilich wiederum gar keine so wichtige Sache, indem ich diese Frauen nur so, vom irgendwo Gesehenhaben, Mit-den-Augen-Gestreifthaben, her, kenne, denn ich muß in der Tat bekennen, daß ich ja in gewisser Hinsicht überhaupt nicht in das gehe, was man Gesellschaft nennt. So z. B. bin ich in dieser Stadt kaum irgendeinmal irgendwohin »eingeladen« worden. Sollte sich bewahrheiten, daß ich gewissermaßen die Rolle eines Außenseiters auf hiesigem Platze spiele, und sollte ich richtig gehen, wenn ich mir vor das Bewußtsein führe, ich hätte diese Rolle eigentlich seit jeher gespielt? In dieser Hinsicht hätte sich also in Bezug auf mein Verhältnis zu dem, was Umgebung oder Umwelt war und ist, wenig oder nichts, was einer Veränderung gliche, zugetragen. Ich bin ein Schriftsteller, den ein paar Leute sich in den Kopf gesetzt haben, »Dichter« zu titulieren. Daß ich, was derartige Titulierung betrifft, denkbar nachsichtig, nachgiebig bin, versteht sich für mich ganz von selber. Ich für mich fand von Zeit zu Zeit für angezeigt oder für passend, mich als »Journalist« zu bezeichnen, vielleicht aus weiter nichts als aus purer Laune, und nicht im entferntesten damit einen »Grad« oder eine »Stellungnahme« andeuten wollend.

Gibt es nicht übrigens ein paar Menschen, die sich erstens für mich interessieren, und die sich zweitens vor einiger Zeit geäußert haben, ich wäre, mit früherem Auftreten verglichen, wesentlich »stiller« geworden. Nun ist dies nämlich vielleicht geradezu Tatsache.

Einen Spezereihändler sehe ich öfters, d. h. beinahe täglich mit einer gewissen Vergnüglichkeit seine Gänge besorgen, die aus Geschäftigkeit, zugleich aber auch aus durchaus freiheitlichem Sich-gehen-Lassen zu bestehen scheinen, und eine sogenannte Persönlichkeit, d. h. einer, der ein Amt versieht, ein gewisses Gewicht besitzt, grüßt mich, wenn er mir begegnet, ungemein höflich.

Immerhin dürfte es nachgerade Zeit geworden sein, daß ich vom »Erlebnis« vorsichtig mich anschicke zu reden. Wird es etwas von Bedeutung sein? Diese Frage wird sich von selbst beantworten.

Ich sei immer noch »haargenau« derselbe Ungezwungene, Natürliche, war vor einigen Wochen jemand sichtlich bemüht, mich glauben zu machen.

Dieser erste Abschnitt hier dürfte mit einer Art Einleitung verglichen werden können.

Wird es sich bei allem dem, was ich hier, wie soll ich sagen, zur Sprache bringe, um etwas wie eine Liebesgeschichte handeln? Wäre es möglich, daß ich mich hiesigenorts zu irgendwelcher Stunde gar bis über die Ohren hinaus verliebt hätte? Würde so etwas nicht womöglich geradezu unglaubhaft anmuten? Denn immer hielt ich mich und hielten mich »alle andern« für sozusagen lieblos, für unfähig, begeistert zu sein, für außerstande, sich zu enthusiasmieren, für irgend etwas zu schwärmen, feurig für dieses oder jenes einzutreten, sich entzückt, entflammt zu fühlen.

Neulich las ich, daß es Kleinasiaten gewesen sind, die ums Jahr 700 vor Christi Geburt zum ersten Mal Geld in Münzform prägten.

Ich lese zu Zeiten recht viel; dann aber wieder zeitweilig beinahe nichts.

Ich darf doch wohl jedenfalls annehmen, daß das, was mir hier nach und nach, d. h. in aller erwünschten Gemütsruhe, entsteht, geistiges Eigentum sei, indem ich mich gedanklich auf ausschließlich eigenem Boden bewege und seelisch auf dem fuße, was mir lediglich durch mich selbst bekannt wurde.

Doch diese zahlreichen Büchelchen da?

Zunächst scheine ich um eines weiblichen Vornamens willen in nicht unerheblichem Zweifel zu sein. Es handelt sich um Benamsung einer »Heldin«. Irgendein anderer Autor würde sich vielleicht deswegen beunruhigt fühlen; ich aber glaube entschiedenes Vertrauen zu mir haben zu dürfen, und ich glaube des weiteren, daß mich eine Zerstreuung, wie sie mich z. B. gestern vom Weitererzählen, vom Festhalten an vorliegender Aufgabe bis zu einer gewissen Grenze ablenkte, nicht wird hindern können, mitzuteilen, daß mir die Abbildung einer Gräfin zu Gesicht kam. Ich blätterte vor vielleicht vierzehn Tagen, mich auf dem Land aufhaltend, in einem Zeitschriftjahrgang, worin ich die Dame abgebildet fand, die mir einen, ich möchte beinahe sagen, unfaßbar feinen Eindruck machte, d. h. einen Eindruck von außerordentlicher Zartheit und Milde und doch zugleich vielleicht wieder von einer eigentümlichen, ungewöhnlichen – Gewöhnlichkeit. Das Bild stammte von einem Maler, Zeichner oder Meister her, der ein spindeldünnes, vor körperlicher Belanglosigkeit kaum wahrnehmbares, dabei aber sehr kluges, spirituelles Männchen gewesen zu sein scheint, so eine Art gutmütiges, hochbegabtes Koboldchen oder Teufelchen, ein Beobachterlein von sozusagen bester Qualität. Ich bitte übrigens wegen einer Abweichung, die womöglich nicht am Platz ist, gebührend um Entschuldigung und teile mit, daß jene Zerstreuung, von der ich gesprochen habe, in einer Abendgesellschaft bestand, die, wie gesagt, gestern stattfand. Ich saß da so im Kreise einer angemessenen Anzahl munterer, junger Mädchen, über fremde, bedeutende Gegenden, tagtägliche Bürotätigkeit und Tanzkunst mit ihnen redend. Darf ich beifügen, daß mir Tatsache zu sein scheint, ich schriebe weniger um etwaigen Lohnes, also weniger um des Geldes willen als vielmehr lediglich des Anziehenden wegen, das in der jedesmaligen Angelegenheit, im Objekt, für mich liegt, und darf ich mir das zu glauben bitten? Ich finde z. B., daß das Schreiben gleichsam Hand in Hand mit dem Leben geht; es ist mit ihm verflochten; meiner Ansicht nach darf und soll das so sein. Soviel in Bezug auf die Bedeutung oder die Macht der Ablenkung von der sogenannten geraden Straße des Arbeitens, für die gar nicht von Belang ist, ob sie schnurgerade auf und davonlaufe, oder ob sie Abbiegungen, Abzweigungen in sich einbeziehe und mit sich nimmt. Erna? Sollte dies die richtige Heldinnenbezeichnung sein? Noch wage ich mich hierüber nicht zu äußern, wage nach dieser Richtung hin noch immer keine Entscheidung zu treffen. Dürfte ich denken, daß mir vielleicht schon heute nachmittag oder dann doch spätestens morgen früh das Wörtchen, das mich aus aller Verlegenheit befreit, einfallen wird?

Ich hoffe, es werde so sein.

Vor zirka fünf oder sechs Jahren langte ich in hiesiger Stadt an, die kein überaus großes, aber dafür bildhaftes, ausdrucksreiches Städtegebilde ist. Es mag elegantere, mondänere Städte geben als die unsrige, doch dafür genießt sie den Vorzug des Ursprünglichen, des Kräftigen, Unangekränkelten, worüber ich übrigens nicht viel sagen möchte, da mir das ganz und gar nicht zusagt, denn ich will hier ja eine Geschichte, nicht einen Essay herstellen. Ob wohl die Grundlage, das Fundament, das Gerüst für den ruhigen, sorglosen Aufbau schon vorhanden sein mögen? Ich stelle dies mit unerhörtem Mut den Eventualitäten anheim. Bricht die Geschichte zusammen, so würde ich mir halt sogleich irgend etwas anderes, etwas Neues vornehmen, da ich mich nie auf eine einzige Schaffensidee stütze, sondern regelmäßig innerlich darauf beruhe, daß es etwas Vorzügliches, Ausgezeichnetes in der moralischen Welt gibt: die Parallele, womit ich das sich nebeneinander hinziehende Zusammengehen verschiedener Absichten, Wünsche, Bestrebungen meine, die sich nicht täuschend wie Zwillinge oder Drillinge, aber doch einigermaßen ähnlich sind wie artig und glücklich miteinander auskommende Geschwister.

»Theoretisiere doch da nicht meilenlang und -breit«, würde vielleicht jetzt jemand im Recht sein, mir zuzurufen. Bin ich es etwa selbst, der es mir zuruft; bin ich selber derjenige, der mir wie ein Kritiker freundlichmahnend auf die Schulter klöpfelt, als wenn er mich erinnern wollte, daß ich längst hätte dazu kommen sollen, zu eröffnen, ich sei zeitweise hier als Kanzlist angestellt gewesen und hätte einen im allgemeinen netten, brauchbaren und darum begrüßenswerten Posten preisgegeben, weil mir eine rundliche Geldsumme in Form einer wesentlich niedlichen Erbschaft in den Schoß oder in die Tasche gefallen sei. Auf Grund des Sümmchens, das unerwartet, wie aus dem bläulichen, weißgeäderten Himmel, einem Geschenk ähnlich, auf meine Schultern herabfiel, um mich mit seinem Gewicht lustig zu beladen, glaubte ich mich in schöner und vornehmer Ausschließlichkeit der Dichtkunst sowohl wie der Lebensvergnügtheit widmen zu sollen. Gleichzeitig hinterbrachte mir ein an sich treffliches weil unbescholtenes Mädchen, daß bei einer Witwe ein Zimmerchen, ein echtes Dichterzimmerchen zu haben sei, in das der Sonnenschein wie ein goldener Engel hineinfalle, um es mit Musiziereereien und Phantasievorstellungen zu bezaubern. Auf das mir nicht übel scheinende Anraten hin begab ich mich spornstreichs an Ort und Stelle, und die Sache hatte in der Tat ihre Richtigkeit, d.h. die Mietangelegenheit wurde, und zwar nicht ohne einige Grazie meinerseits sowohl als seitens der Vermieterin, formell abgemacht.

Nach einigen Tagen schon, nachdem ich in der neuen Wohnung wohnlich, d.h. heimisch geworden war, betrat ich sodann eine Vergnügungshalle, wo ich diejenige pompös-zierlich auftreten sah, in deren Erscheinung es mir gegeben war, mich mit einem Schwung zu verlieben, den ich keinesfalls bei einer Persönlichkeit gesucht hätte, die sich bis dahin durch Trockenheit, Vorsichtigkeit usw. hervorgetan hatte, wie die, die von mir repräsentiert wird. Ich hauchte bloß dies eine: »Bin ich bestraft oder belohnt, bereichert oder ein vollständig Ärmlicher, und ist es wirklich nur ein menschliches Etwas, wirklich keine aus dem Universum herabgeflogene Göttin, die ich mit den unnützesten, unwürdigsten Augen, die es je gab, schaue und sehe, großaufgerissenen Blickes in die Blindheit sinkend«, und indem ich solches oder ähnliches Glücksgeflüster zu mir sprach, schien es mir um mich geschehen.

Aus Rücksicht darauf, daß sie noch unerschrocken und unverletzt unter den Lebenden weilt, lasse ich ihre Kostümlichkeit, die Farbe, die sie trug, den Schnitt ihres Gewandes, ihre Gesichtszüge, ihre Höhe, Größe und besonders ihre Art, wie sie sich frisieren zu lassen liebte, unbeschrieben. Ich brauche nur so viel zu bekennen, daß sie mir ausnehmend schön, unvergleichlich schön, unsagbar schön und in eben so unaussprechlichem Grad wertvoll vorkam, und daß ich sie von da an immer in der denkbar begreiflichsten und taktlosesten Art und Weise angaffte, worin ein für mich bis dahin nieerlebtes und -empfundenes Glück lag.

Ich nahm mir also heraus, glücklich zu sein, und die Mitteilung dieses Umstandes führt mich auf den Gedanken, ich sei damals gewissermaßen, was meine Schriftstellerei anbetrifft, stekken, haften geblieben. Ich könnte sagen, ich sei damals ein bißchen geistlos gewesen, hätte keinerlei arbeiterliche Energie in mir lebendig zu machen verstanden. Alles in allem hatte ich es um jene Zeit erstens mit einer Witwe, die ich an sich sehr nett fand, zweitens mit deren Dienstmädchen oder Aufräumerin, die mir an sich ebenfalls ungemein gut gefiel, drittens mit schriftstellerischen Versuchen, die mir nicht gelingen wollten, viertens aber mit genannter Maschine zur Hervorbringung höchsten Entzückens mitten in mir zu tun.

Bereits schien mich mein Ideal einigemal minimal beachtet zu haben, was ich schon für überaus viel hielt, indem ich es als die blühendste aller Freundlichkeiten auffaßte. Sah ich dann dort im Kaffeehaus nicht eines Tages, als ich mich wieder einmal daselbst voll Seligkeit aufhielt, einen anziehenden, jugendlichen Lakaien dem Lift entsteigen, der sich scheinbar als ein glänzend funktionierendes Verkehrsmittel auswies? Wie käme ich dazu, über jene holde Zeit voll bedeutsamen »Unsinnes« einen Vorhang vollendetster Schweigsamkeit und nicht zu übertreffender Zurückhaltung herabfallen zu lassen? Mir gebrach es damals, mit einem Wort, an der Schreibtechnik. Sämtliche Unbehülflichkeiten, die ich fabrizierte und in einer sich nicht ziemenden Simplizität verfaßte, wurden dem ahnungslosen Absenderlein jeweilen mit verbindlichstem Dank zurückgeschickt. Also war ich damals, mich mit Verfassereien befassend, die keine Flügel besaßen, sozusagen nicht auf der »Höhe«. Flügel der Arbeitsamkeit und Liebhaberflügel sind eben zweierlei.

Erst viel später eignete ich mir Routine an. Vielleicht darf ich heute diesbezüglich sagen, daß mich ausgiebiges Michtummeln in dem, was man Wirklichkeit nennt, brauchbar werden ließ; durch allerlei Bewegung im äußerlichen Leben öffnete sich mir nach und nach ein inneres, und das bißchen Glück oder Anerkennung, das ich mir mit meinem Schriftstellern erwarb, das gleichsam gewachsen war, verdankte ich der Unaufhörlichkeit des Umstandes, daß ich betreffs Empfinden, persönliches Wünschen auf eine mich in gewissem Sinn erquickende Reihe von Hindernissen stoßen mußte und durfte.

Ich fing an, dadurch denken zu lernen, daß ich so lebhaft wie möglich zur Einsicht kam, wie ich ja eigentlich bloß vergessen hätte, zu wissen, daß ich im Grunde dessen fähig sei.

Unter den Bändchen, von denen ich zu sprechen versprach, wofür in vorangegangenem Abschnitt gesorgt worden ist, befand sich eine gewisse Chemineégeschichte. Ich begreife heute kaum noch, wie ich so etwas je las.

Einstweilen lasse man mich ein bißchen Atem holen. Sogleich soll übrigens weitergefahren werden.

Wie bin ich bei der nur leisesten Vorstellung, die Anstrengung, die sich auf den schon vorliegenden und noch folgenden Blättern abspielt, könnte mir mißlingen, unmutig gegen mich gesinnt, gestimmt; wie zittere ich beispielsweise förmlich vor Verachtung gegenüber mir selbst, wenn ich mir einbilde, es könnte möglich sein, daß mir die Schilderung des Liebeserlebnisses mißlänge, das ja den eigentlichen Gegenstand einer Arbeit bildet, worin ich mir auf das festeste untersagte, Schützengrabenepisoden oder dergleichen anzubringen, die in diesen unseren friedensuchenden Nachkriegstagen störend wirken würden, d.h. geneigt sein könnten, eher einen Mangel an Interessiertheit als eine aufrichtige Teilnahme auszulösen. Nun können ja anderseits Liebesaffären verhältnismäßig uninteressant ausfallen; ich bin überzeugt, daß es eine derartige Möglichkeit, eine solche »Gefahr« hier für mich gibt. Nichtsdestoweniger fahre ich mit vielleicht überhaupt noch nie dagewesener Unerschrockenheit im Berichterstatten oder Erzählen fort und teile zunächst formell oder rein prinzipiell mit, es sei meine Meinung, daß eine Novelle eher in der Lage sei, Einbildungshaftes, Erfundenes zu vertragen als ein Wirklichkeitsbericht, dessen Wirkungen an genaue, wahrheitsgetreue Angaben geheftet zu sein haben. Letzteres ist mit gegenwärtigen Bemühungen der Fall. Nun muß oder aber darf man nach meinem Dafürhalten mit der wahrheitsmäßigen Berichtablegung »irgend etwas anzustellen wissen«, d.h. man wird etwas Kompositionelles damit vornehmen, eine Aufgabe, der ich mich anläßlich dessen, was hier vor sich geht, lebhaft unterziehe, indem ich etwas so Lesenswertes wie möglich hervorzubringen versuche, und gerade deswegen »bebe« ich ja so sehr und bin um meiner geringen Kräfte willen in einem Meer von hin- und herwogenden, wellenähnlichen Zweifeln, von denen ich nur hoffen kann, daß sie mich nicht verschlingen werden, was ich für außerordentlich schade hielte. Allgemein gesagt, glaube ich, daß derjenige Schriftstellersmann oder Bediente im Dienste des Schriftwesens am sichersten und unbesorgtesten schreibt, der es mit Freuden, der es gern, d.h. mit voller Lust und Liebe tut, der im Schreiben, im Schweben über die zahlreichen Schwierigkeiten hin, die man vielleicht mit einer Art von Abgründigkeiten vergleichen kann, ein Vergnügen, und zwar ein möglichst auserlesenes, seltenes, findet.

Vergangene Nacht kam mir Folgendes in den Sinn, das vielleicht etwas Belustigendes enthält: Was das Element des Komischen betrifft, so kann man es ernst nehmen, und was die Bedeutung des Ernsten oder Tragischen anbelangt, so kann man etwas Lustiges, Komisches darin entdecken. Letzthin berührte mich beispielsweise anläßlich eines Theaterabends das Finale von Mozarts Oper Don Juan beinahe ein bißchen belustigend, was ich mich keinen Augenblick verhindern will, ehrlich herauszusagen. Das Tragische bedeutet meinem Gefühl oder meiner sogenannten Anschauung nach die eine Hälfte der Erdkugel oder des Erdenlebens, während man dem Komischen, haargenau so viel Wichtigkeit darstellend, die andere, ebenso große Hälfte auszumachen erlauben wird. Ich für mich empfinde dies ganz einfach als ein ethisches Grundgesetz, worüber natürlich viele, die über solche Erscheinungen nachdenken, anders zu urteilen sich genötigt sehen können.

Licht und Luft und Helligkeit seien für Häuser das weitaus beste, dachte ich gestern auf einem kleinen Abendspaziergang, als ich an Wohnhäusern vorbeizugehen Gelegenheit hatte, die sich allzu sehr hinter »schützendem« Wachstum, wie z. B. lebenden Hecken, verbargen, die bloß Straßenstaub aufbewahren, wie etwa in Gemächern viele unnötige Nippsächelein auch nur so eine Art Erhalter und Aufbewahrer ungesunder Luft sind, weil sie vielfach in ihrer schnörkeligen Niedlichkeit staubig bleiben.

Bilden solche Zwischenbemerkungen für mich etwas wie Ausruhegelegenheiten oder etwas wie Brücken, die ich über die Momente, wo mir vielleicht gerade nichts Neues mitzuteilen einfällt, tiefbaumeisterähnlich wie über Flüsse schlage, die überbrückt werden müssen, wie man es in der moralischen Ordnung bei vorkommender Unartigkeit, Störrischkeit zu tun pflegt?

Unsere Stadt zeichnet sich durch wäldliche Umrahmtheit aus. In einem von den Wäldchen oder Wäldern, die sich nach dieser oder jener Richtung hin ausdehnen, sah es gestern allerliebst, gleichsam flatterig aus. Das Waldinnere hatte irgend etwas Gesprenkeltes, lustig durch allerlei Lichterchen Belebtes, Geteiltes, Unterbrochenes, Beleuchtetes. Der Anblick besaß etwas Harmloses und zugleich Umgarnendes, und wie ich so in diesem reizenden Spitzen- oder Garniturhaften umherging, fielen mir frühere Gänge durch andere Wälder ein, wovon ich vielleicht noch reden werde, sobald der passende Anlaß da sein wird, was bald der Fall sein kann. Einen Knaben will ich ebenfalls zunächst noch nicht erwähnen, sondern ihn mir gleichsam aufsparen, als sei es einstweilen noch nicht schicklich, als würde ich es sozusagen vorerst noch nicht für gegeben erachten, ihn vorzuführen. Vorläufig kann ich immerhin gestehen, daß es ein Sohn aus anscheinend bester Familie ist und daß er mir längst aus dem Gesichtskreis entschwand, wie mir manches sonstige, das ich wertschätzte, vom Zufall oder von des Lebens Notwendigkeit gleichsam entführt worden ist. Was Liebe betrifft, so ist dies eine Welt, die man ebensogut geringschätzen und als nebensächlich empfinden wie hochheben und als hauptsächlich hinstellen und -pflanzen kann. Wie man sieht, bin ich mir der Zweibedeutigkeit von etwas Schönem und Gutem vollkommen bewußt, und ich werde wohl bitten dürfen, mich weder für einen einseitig schwärmenden Schäfer noch für einen ausgemachten Zyniker und Vernichtiger halten zu wollen, was Extremlichkeiten wären, die für mich nicht maßgebend sind. Merkt man denn nicht schon der Schreibweise an, deren ich mich hier bediene, daß ich Leidenschaftlichkeit nicht auf meine Fahne habe malen oder zeichnen und sticken lassen? Wohl darf man sich zuweilen als Mensch leidenschaftlich-unbesonnen benehmen, aber für den Schriftsteller ziemt sich in jeder, also auch in dieser Hinsicht eine heitere, gemächlich liebende und deutende Überlegenheit, das versteht sich ja eigentlich schon ganz von selber, und man entschuldige eine Auslassung, die überflüssig ist, weil man ihren Inhalt still voraussetzt.

O, wie betrug ich mich gegenüber jener Erna närrisch, die nichts dagegen einzuwenden haben wird, daß sie den Namen beibehält, der ihr verliehen wurde. Sagte doch einer der größten Dichter, die existiert haben, daß Name bloß Schall und Rauch sei, was man freilich nicht allzu wörtlich zu nehmen sich erlaubt, wenn man manches mit einem Namen verknüpfte Vorteilhafte in Betracht zieht. Man wird den Ausspruch jenes Dichters als einen philosophischen auffassen müssen oder dürfen, und nun spreche ich plötzlich von einem vielleicht zweiunddreißigjährigen Menschen, dessen etwas blasse, zarte Bekanntschaft mir eines Sonntagvormittags in einem Wirtschaftsgärtchen zufiel, und mit dem ich auf die gesprächigste Art und Weise, uns über eine Menge von Gegenständen verbreitend, in solch ein Wäldchen spazieren ging, wie sie sich parkähnlich um die Stadt herumziehen, wo wir uns, behaglich miteinander plaudernd, auf eine Bank setzten. Einer der Gesprächsstoffe, die wir sozusagen aus der Schatulle gemeinsamer Unterhaltung hervorzogen, bezog sich auf Goethe, wonach wir gleichsam wie auf »Verabredung«, d. h. so, als habe es sich von selber gegeben, auf eine Gefolgschaft weniger großer, immerhin ansehnlicher, d. h. moderner Schriftsteller, die durch literarische Erzeugnisse im Verlauf ihres Schaffens von sich hatten reden machen, zu sprechen kamen. Das Wetter war bei Anlaß des Zusammenseins mit diesem jungen Vertreter von Bildung und Wissen sehr schön. Ich erinnere mich eines leisen, feinen Windchens, das mit der ihm eigenen Annehmlichkeit sowohl durch die Blätter der hochaufragenden Bäume wie um unsere beiden Köpfe oder bedeutenden und unbedeutenden Stirnen glitt und strich, womit ich durchaus keinen schlechten Witz gemacht, sondern etwas ausgesprochen haben möchte, das zur Zulässigkeit sowohl wie zur in uns allen vorhandenen, uns von allem Stolz von Zeit zu Zeit wohltätig ablenkenden, menschlichen Unzulänglichkeit Beziehung hat. Ich möchte hervorgehoben haben, daß ich da mit einem durchaus ernstzunehmenden jungen Menschen sprach, und gehe nun da so ins Ungewisse, d.h. nein, nicht ganz so, vielmehr in etwas Zigeunerisches, das derjenige demonstrierte, der von Erna behauptete, sie sei sein ein und alles, womit ich mich selbst meine.

Ich siedelte nämlich sehr häufig aus einem Wohnplatz, aus einem möblierten Zimmer ins nächstbeste andere, wodurch ich mich ganz einfach bloß ein bißchen belebte, mir Abwechslung zu verschaffen gesucht habe, was man, wie ich hoffen darf, wenigstens einigermaßen wird begreifen und daher wird billigen können. Mußte es für mich nicht ein allerdings, aus gewissem Gesichtspunkt gesehen, rügenswertes Vergnügen sein, mich in mancher Häuslichkeit »neugierig« umzublicken? Man sollte zwar nie neugierig, sondern immer eher nur wissensbedürftig usw. sein, aber mußte es nicht äußerst nett für mich sein, verschiedenartigst eingerichtete Appartements und die Qualität von verschiedenen Treppenhäusern festzustellen? Fast jedes Haus weist ja einen besonderen Charakter, eine beinahe nur ein einziges Mal vorkommende Färbung, Mutmaßlichkeit, Stimmung auf. Hier sind Treppen aus Stein, dort aus Holz. Hier denkt man beim Anblick eines Wohnraumes an etwas Miniaturhaftes; dort wieder mahnt uns der Eintritt in eine Wohngelegenheit an die Möglichkeit der Existenz von sogenannten Gemächern oder Sälen. Was den Begriff Fenster betrifft, so kommen gewiß ebensooft und ebensogern kleine und geringfügige wie große, stattliche Öffnungen darbietende vor, und was mich betrifft, so gebe ich natürlich den größeren Fenstern vor den engen, nur karge Aussicht gewährenden den Vorzug.

Mir wird ganz bauherrenmäßig zu Mut, und ich scheine mich beinahe zum Architekten zu entwickeln, wenn ich mich so baulich und wohnlich ausdrücke und interessiere.

Bald wohnte ich eine Zeitlang bei einer aus durchaus eigenem Ermessen, also freiwillig aus ihrem Dienst ausgetretenen Krankenschwester, bald wieder bei einer Gemüsehändlerin. Im ersten Fall handelte es sich um ein mit Balkon ausgestattetes, und im zweiten und letzteren um ein Hofzimmer.

Die Zimmeraufstöberei, d.h. die Suche nach einem Schaffensatelier und zugleich geeigneten Schlafbehältnis, gestaltete sich für mich ja jeweilen, ersuche ich höflich zu bedenken, zu einer Spaziergänglichkeit und Gliederbelustigung im Freien ersten Ranges. Heute staune ich beinahe über die Tatsächlichkeit meiner Gesundheit, ohne im mindesten mit dem körperlichen Wohlsein prangen zu wollen, was mir nicht als sehr fein vorkäme. Aber ich bin mir und dem Gott über uns immerhin dankbar, klage mich aber der Saumseligkeit, des mir geradezu lachhaft vorkommenden Zögerns bezüglich der Erklärung an, die ich abzulegen garantiert habe, als mir einfiel, ein Büchelchen zu erwähnen, das die Geschichte vom Goldfabrikanten und seinem Gehilfen enthielt. Ich hatte mir nämlich etwa ein Jahr lang zur sehr merkwürdigen, eigentlich ein bißchen komischen Gewohnheit gemacht, erstens solche Bücherchen sehr eifrig zu lesen und zu studieren, um unmittelbar darauf und zweitens aus dem Gelesenen eine eigene Erzählung, d.h. irgendwelches Possierliches, Witziges, Selbstisches, Vergnügtes, Tändelndes herauszuholen, über welchen Umstand, der ein literarisches Kuriosum gebildet haben mag und gewesen sein dürfte, ich zweifellos nähere Auskunft schuldig zu sein scheine; denn die Sache mit dem Herauszupfen, Hervorrupfen von Schreibanläßlichkeit aus einem fremden Erzeugnis, wie ich sie zu meinem lebhaftesten Leidwesen zeitweise betrieben habe, hat, wie ich vermuten darf, Aufsehen hervorgerufen.

O, Goldfabrikant samt deiner hilfreichen Hand, wie bedächtig las ich dich!

Im großen und ganzen konzentriere ich mich, ich setze dies als ziemlich gewiß und mit der Versicherung der Dienstbeflissenheit voraus, auf den Aufenthalt bei der Witwe, schon darum, weil sie nachsichtig mit mir war.

Da ich hier keinen Roman, vielmehr bloß, wie ich dies ja bereits auszusprechen mir erlaubt habe, eine sich in angemessene Länge ziehende Kurzgeschichte schreibe, die auf absolutestem Eigenerleben fußen muß, so lautet nämlich der Auftrag, dem ich mich widme, so brauche ich mir auch gottlob keinerlei Sorgen wegen einer allfälligen Romanidee zu machen. Ich bedarf da also ganz und gar keiner »Ideen«, sondern ich soll und will lediglich einer Kette von Erlebtheitserscheinungen den denkbar statthaftesten

Ausdruck verleihen, indem ich um möglichst angenehme, gefällige Einteilung besorgt bin. In meinen Augen ist nämlich die Pflicht, sich beim Schreiben von Selbsterlebtem einen gewissen, erträglich scheinenden Zwang in bezug auf Form usw. aufzuerlegen, etwas ohne weiteres Annehmbares. Meiner Ansicht nach hat sich ein Schriftsteller Mühe zu geben, so zu schreiben, als säße oder stände er in einem Salon und erzähle anwesenden netten, für das, was sich schickt, empfindlichen Menschen mündlich eine nicht gar zu amüsant sein sollende Geschichte; denn wer zu sehr belustigt, wer in keiner Weise davor zurückschreckt, die Ursache von allzuviel Fröhlichkeit zu werden, den hält man nicht für einen Bürger sondern ganz einfach bloß nur noch für einen Narren. Man darf ein Lächeln, aber kein Gelächter mit dem, was man an Unterhaltung darbietet, erwecken, und wer nicht verachtet sein will, muß, wenn er spricht, so zu sprechen und sich so zu äußern suchen, daß sich bei seinen Zuhörern ein wünschenswerter Grad von leichtem, passendem Ernst bemerkbar macht. Bezüglich der Kunst der Unterhaltung gilt dies bei mir als eine unumgängliche Vorschrift, und was ich da rede hat mit Gekränktheit oder Bosheit nichts zu tun, selbstverständlich jedem im Allgemeinen sein Portiönchen Erfreutheit von Herzen gönnend. Prinzipiell bin ich der Meinung, daß die Menschheit möglichst glücklich sein darf, da dies ja heute eine weitverbreitete, ja, man kann vielleicht sagen, allgemeine Anschauung ist, der ich unter keinen Umständen entgegengearbeitet haben will.

Im Schoße einer Familie, um von etwas anderem zu sprechen, schrieb ich in einem Dachkämmerchen, das mir diejenigen, zu denen ich zu wohnen gekommen war, einräumten, eine Art Roman, über den ich allerlei zu sagen haben werde, wobei ich mich kurz und bündig fasse, wessen ich meine Leser im Voraus vergewissern möchte.

Das intelligenteste, lebhafteste Mitglied jener Familie war die eine der beiden Töchter, mit der es sich ungemein gut plaudern ließ, und die ich um ihrer anerkennenswerten Eigenschaften willen die Tüchtige nenne; die ich vielleicht eines Tages gebeten hätte, mich für ihren jederzeit sich um gutes Übereinkommen bemühenden Gatten zu halten, wenn ich mir nicht würde haben vorhalten müssen, daß ich selber ebenfalls nützlich und tüchtig sei, und daß zwei ähnlich Tüchtige eigentlich nicht so recht zusammenpaßten. Sie besaß außerdem eine etwas zu sprachgewandte Zunge, um deretwillen mir in bezug auf die Denkbarkeit einer Verehelichung begreifliche Bedenken aufstiegen. Gerne würde ich vorbringen, daß ich zur Mutter dieser Tüchtigen gesprochen hätte: »Wenn Ihr Fräulein Tochter nicht die Tüchtigkeit selbst wäre, so könnte ich mich entschließen, mich ihr in vollem Umfang zu weihen.« Offen gestanden entspräche jedoch eine Aufzählung der Stattgehabtheit eines solchen Gespräches auf keine Art der Wirklichkeit, weshalb ich das Vorgetragene dementiere.

Was das Buch betrifft, das ich damals schrieb, es war dies zu einer Zeit dicht vor dem Aufenthalt bei der Witwe, mit der ich meine Leser bereits ein wenig bekannt gemacht habe, so ist dieses Manuskript nie gedruckt worden, weil es zahlreiche Fehler hinsichtlich der Wirklichkeit enthielt. Unter anderem phantasierte ich in jenem übrigens umfänglich nicht allzu starken Werke von einer Liebesszene, wobei der Held des Romanes vor einer Frau von Welt in die Knie sank. Wenn sich dies nun tatsächlich mit mir irgendeinmal zugetragen hätte, so würde die Zärtlichkeitsbeschreibung in Ordnung gewesen sein. Da sie sich aber auf eine sogenannte dichterische Einbildung stützte, so wurde sie mit Recht als wertlos, oder doch wenigstens, was ihren Wert anbelangen mochte, als anfechtbar taxiert.

Ferner faselte oder phantasierte ich in jenem Manuskript von einer Banknote, die der Held der Erzählung eines Tages einem Mädchen aus dem Volk auf ungemein generöse Weise zum Geschenk gemacht habe, was sich neuerdings als eine Phantasiertheit ablehnenswertesteter Art entpuppt hat.

Doch das Prächtigste und Schönste ist die Kutsche oder Karosse, die in dem Roman von mir vorkam, den ich hier, wie man sieht, einer ruhigen und freundlichen, aber, was Wahrheit des Geschehens anbetrifft, mitleidlosen Kritik oder Besprechung unterwerfe.

In besagtes Fuhrwerk ließ ich bei prächtigstem Wetter unerwartet einen Abenteurer zu einer Schönen äußerst behende hineinspringen, um ihr zu versprechen, zukünftig ihr Beschützer oder etwas dementsprechendes zu sein, was ein wunderhübscher

Auftritt gewesen wäre, falls er sich in Wirklichkeit ereignet hätte und er die Bedingungen der Theorie der Unerläßlichkeit des Tatsächlichen beim Geschehnishaften erfüllt haben würde, was sich aber mit der scharmanten Gedichtetheit und Ausklügelei wiederum nicht bewahrheitete, natürlich zu meinem überaus großen, nachherigen Bedauern; denn alle Verleger, die einst Zutrauen zu mir gehabt hatten, weigerten sich, ein Werk in ihren Verlag aufzunehmen, dem man mannigfaltige Unwahrheiten anmerkte.

Der Held eines wirklich wertvollen Produktes der Literatur darf sich nicht so betragen, daß er sich nicht in einem fort, in allem, was er tut und spricht, mit dem Verfasser decken läßt: so, und nicht anders lautet eine der bemerkenswertesten Vorschriften hinsichtlich der Büchermacherei, und ich zolle derartiger aufmerksamer Kontrolle meinen ungeteilten Beifall, obschon sie sich um jene Zeit gegen mich selbst richtete, wodurch mir ein gewisser Schaden entstanden sein mag, den ich aber dadurch zu überstehen in die Lage kam, daß mir jene besprochene nette Erbschaft zufiel, die mir gestattet hat, mich in aller Behaglichkeit und pekuniärer Gesichertheit gleichsam auf mich zu besinnen.

Ein Buchhändler und Verleger, dem ich um jene Zeit eine Reihe Artikel zur Herausgabe in Buchform anbot, sandte sie mir mit der stolzen Bemerkung zurück: »Mein sehr geehrter, aber anscheinend nicht sehr emsiger, pflichteifriger Herr, wissen Sie nicht, daß ich sämtliche Bücher, die ich versende, eigenhändig verpacke und zuschnüre und auch noch eigenhändig und -beinig zur Post trage? Nehmen Sie sich an mir ein Beispiel.«

Da es heute Sonntag ist, will ich es beim diesmal Angeführten bewenden lassen und mich vom Schreibtisch erheben.

Soeben läßt sich das Schallen eines Glöckchens vernehmen. Morgen wird zeitig und hurtig weitergefahren. Auf Erna zurückzukommen wird mich freuen.

Endlich bin ich da also sozusagen in mein eigentliches, mir, wie es mir vorkommt, von der Vorsehung als Turn- und Tummelplatz angewiesenes Gebiet hineingeraten, aus etwas Phantastischem hinaus in etwas Tatsachenhaftes hineingeglitten. Nicht oft und nicht aufrichtig genug scheine ich mir hiezu gratulieren zu können, denn wohin, in welche Lächerlichkeit hinab, würde ich gelangen, wenn ich mir in den Kopf setzte, fortzufahren, Geschichten zu verfassen, die etwa mit den Worten anfingen: »Der Vorhang flog zurück, und eine hochaufgerichtete Frauengestalt zeigte sich in gebieterischer Haltung und mit ungefähr ebensolcher Miene ihrem über einen so überwältigenden Anblick in jeder Hinsicht und nach allen Richtungen hin tiefbenommenen, zugleich erschrockenen und entzückten Liebhaber, der selbstverständlich in seiner Freude, seine Geliebte wiederzusehen, körperlich sowohl wie seelisch zu schlottern begann. Momente lang herrschte tiefes Schweigen, bis sie mit einem prachtvollen Brustton sprach: ›Du wagst es, Dich überhaupt nochmals vor meinem dich mit gebührender Geringschätzung strafenden Antlitz blikken zu lassen? Entferne dich!‹«

Wie sähe es in einem Zeitalter, wie es das unsrige ist, das an nüchtern-praktischen Einrichtungen und Meinungen nichts zu wünschen übrig läßt, aus, wenn sich ein Dichter oder Schriftsteller herausnähme, sich von einer so überspannt-romantischen Seite zu zeigen. Erinnere ich mich doch, vor noch nicht allzu langer Zeit einer Zeitschrift ein Manuskript eingesandt zu haben, das der Herausgeber des Blattes, das ich mit meiner Einsendung zu beehren oder zu beglücken dachte, mit der belehrenden Bemerkung schleunigst wieder in meinen Besitz wandern ließ: »Für unzeitgemäße Späße bin ich zu meinem Bedauern unempfindlich, mein lieber Herr Romantiker, oder wie Sie sich sonst angeredet haben wollen, und wenn Sie im Sinn haben sollten, mir nochmals irgendeine Arbeit aus Ihrer Feder zuzuwenden, so ist es dringend nötig, daß Ihnen vorher einfällt, daß ich mich an einer Entwicklung eifrig beteiligt habe, die nicht aufzuhalten gewesen ist, und mit welcher die gesamte denkende Menschheit Schritt zu halten für erforderlich fand.« Immerhin darf ich hier beifügen, daß mich ausgerechnet in den Tagen, als mir Obigangebrachtes arrivierte, zwei Führende, was Bildung und Kultur betrifft, zu Ehrenabonnenten ihrer Organe oder Wochenschriften ernannten, freilich in der Voraussetzung, daß ich mich danach benähme; und nun gebe ich mir ja dann auch die denkbar größte Mühe, nicht übermäßig aber doch einigermaßen ernsthaft zu sein, nämlich ungefähr so, wie es unter gebildeten Menschen gang und gäbe, will sagen, willkommen ist.

Nebenbei gesagt, finde ich es ja allerdings beinahe ein bißchen schade, daß ich hier zugunsten eines mir zur Vorschrift gemachten annehmbaren Betragens vielleicht eine ganze Menge von Lustigkeiten in die strikteste Nichtbeachtung sinken lasse. Inzwischen fällt mir folgendes ein, das ich auf die Gefahr hin, in einen »Fehler« zu fallen, gutmütig vorbringe:

Einmal war einer vorhanden, der nicht reich war, der es aber anscheinend schrecklich gern gewesen wäre, weil ihm das Verdienen des täglichen Auskommens Mühe bereitete. Uns allen geht es vielleicht im Grunde so. Der Reichtum ist an sich gewiß etwas Wunderschönes. Nun saß der Besagte eines Tages, während das Wetter eine wahre Liebköselei an Annehmlichkeit bildete, in einer ländlichen oder städtischen Gartenwirtschaft, wo es sich zutrug, daß ihm statt eines vornehmen, schimmernden silbernen bloß ein bescheidener bleierner Löffel neben den Teller gelegt worden war. Als er dies wahrnahm, wurde er beinahe bleich vor Furcht, man könnte ihm den schlichten Löffel etwa deshalb gegeben haben, weil man ihn nicht für reich sondern für ziemlich arm halte. Erstaunt, verblüfft, entsetzt sprang er von der Bank, auf der er Platz gewonnen hatte, auf, um gehörigen Ortes eine verhalten-flammende Reklamation anzubringen. »Bin ich eigentlich der, der ich zu sein scheine oder irgendein weniger in Frage Kommender und ins Gewicht Fallender?« fragte er, wonach ihm geantwortet worden zu sein scheint: »Bitte, beruhigen Sie sich. Sie können so reich oder so arm sein, wie es Ihnen beliebt, so ist jedenfalls die Hinlegung eines ärmlichen Löffels neben Ihren geschätzten Teller bloß eine auf Zufälligkeit beruhende Tatsache, die Sie ersucht sind, nicht ins Tragische zu ziehen. Potztausend, wie Sie feinfühlig sind! Ihnen kommt es offenbar auf Schritt und Tritt auf nichts so stark an wie auf die Ehre, die aber doch wohl nicht das Allerwichtigste und -nächstliegende im Leben sein kann, und die man daher besser nicht allzuspitzig nimmt.« Durch solche freundliche und menschliche Aufklärung entwaffnet, gab er sich einigermaßen zufrieden, wenn auch die Löffelgeschichte immer noch bis zu einem gewissen Grad in seinem durch eine Kleinigkeit aufgewühlten Wesen fortzitterte. Sehenswert war, wie seines Gesichtes Betroffenheit allmählich, d. h. mit einer Langsamkeit, die er für durchaus nötig halten mochte, verflog, Stück für Stück derselben für eine dramatische Gewaltigkeit haltend, woran er sich gleichsam sattaß.

Für eine sehr gute, brauchbare Art von Weltgewandtheit und Gescheitheit halte ich anhaltende Inanspruchgenommenheit, die derart sein darf, daß man beispielsweise nicht einmal Zeit findet, Briefe zu beantworten, die einen in hohem Maß interessierten, was momentan bei mir der Fall ist, dem Redensarten auf der Lippe schweben, wie etwa: »Entschuldigen Sie, wenn ich ihnen zu vernehmen und zu beherzigen gebe, daß mir mein Pflichtenkreis zur Zeit nicht erlaubt, mich mit Ihnen zu befassen, weshalb ich Sie um gütigste Geduld bitte.«

Mir fällt bei dieser Gelegenheit ein: Einmal, es ist dies schon recht lange her, saß ich mit jemand zusammen, der sich an die übrigen, die ihm und mir Gesellschaft leisteten, in dem Augenblick, als ich den Mund zum Sprechen öffnete, mit dem Ausruf wandte: »Jetzt fängt er an«, so, als wenn ich nun wieder einmal, einer Plausibilität, einem Ruhm, Ruf oder einem Herumreden gehorchend oder irgendein Gerücht bestätigend, Lustigkeitsfeuerwerke abzufeuern gewillt gewesen wäre, was ich jedoch in jenem Moment keineswegs im Sinn hatte. Ich erinnere mich aufs lebhafteste, wie mich die Schablonierung, Abstempelung meiner schließlich nicht lediglich aus Spaßhaftigkeit bestehenden Art und Weise aus der Stimmung, d. h. aus der guten Laune brachte, die eben nun einmal bei jedem etwas Feines, Leichtausdemgleichgewichtzubringendes ist, die man überhaupt bei keinem allzu bequem voraussetzen sollte. Die Zurechtweisung, die ich bei jenem Anlaß dem Ausposauner meiner anscheinend-speziellen Eigenart erteilte, fiel freilich zu derb aus, was in solchen Fällen bedauerlicherweise zu geschehen pflegt. Werden wir verstimmt, so gelangt eben unsere Verstimmtheit auch zum Ausdruck, wozu wir nicht berechtigt sind, was aber jeder Seelenkenner ganz natürlich finden wird. Die Voraussetzungen der Lustigkeiten werden von einer Art Erdreich des Ernstes gebildet, worin wächst, was amüsant ist; auf der andern Seite gedeihen Ernsthaftigkeit und Zuverlässigkeit in einer genügend dichten Schicht von Lebenslust.

Arme Erna, wie sie warten muß, bis ich endlich neuerdings

von ihr rede. Vielfach ließ sie sich in Gesellschaft einer Begleiterin blicken, mit der ich sie das eine oder andere Mal lebhaft und eigentümlich gestikulieren sah, was sich selbstverständlich allerliebst für mich ausnahm. Entweder traf ich beide auf der Straße oder im Salönchen an; sie machten den etwas altväterisch anmutenden Eindruck der schwesterlichen Unzertrennlichkeit, der mich, wie sich dies ja gar nicht anders denken ließ, vorbehaltlos entzückte; denn wer mir lieb ist, an dem liebe ich eben einfach alles, seine Gepflogenheiten, Begleiterscheinungen, was ohne weiteres verständlich sein dürfte.

Werde ich nun vielleicht etwas über meine Gedichte mitzuteilen haben, die ich schon sehr früh als jugendlicher Mensch schrieb, die später vielleicht etwas zu luxuriös herausgegeben wurden, und die es mir jetzt einfiel, Erna als eine Art von Huldigung zu übermitteln? Welch unüberlegter Streich das von mir war!

Leise tritt anderseits die Verpflichtung an mich heran, die »Zweite« vorstellig zu machen, nämlich diejenige, die ich ziemlich bald nach der Ernazuneigung liebte.

Nebenbei erwähnt, korrespondiere ich heute, d. h. zur gegenwärtigen Zeit mit einem sich um die wichtigsten Probleme bekümmernden, anscheinend irgendwelchen Aufstieg versprechenden oder darstellenden, zweifellos ernsthaft mit sich ringenden Intellektuellen.

Aber zuerst habe ich die Gedichte-Angelegenheit zu ordnen. Hätte ich ihr die Reimereien vielleicht lieber nie einsenden sollen? Wirklichkeit ist immerhin, daß dies geschah, und da ich es hier hauptsächlich auf das, was wirklich in bezug auf mich vor sich ging, absehe, so ergibt sich, daß mir die Obliegenheit entsteht, mich hierüber zu äußern, gleichviel, ob ich das mit Vergnügen tun würde oder nicht.

Um auf Mozarts Don Juan zurückzukommen, dessentwegen ich mich bereits einmal verlauten ließ, so fällt ohne Schwierigkeit auf, daß dieser Gestalt jedenfalls das Verdienst beizumessen ist, viel von sich reden, mancherlei über sich denken, raisonieren gemacht zu haben. Don Juan stellt den Schlechten dar, über den so und so viele Gute immerhin zu etwas wie ihrer Erquickung ehrlich haben staunen, an dessen Auftreten sie sich ein mahnendes Beispiel haben nehmen dürfen, und dessen Figur zahlreiche Kunstbeflissene, wie Dichter, Maler oder Komponisten zu vielfachen Darstellungs- oder Symbolisierungsversuchen begeistert hat. Eine derartige Tatsache, was die Belebung der Moral betrifft, wird man meiner Ansicht nach eher Grund haben, in Betracht zu ziehen als zu ignorieren; denn von solchem Sichbewußtwerden hängt gerade für eine Allgemein-Entwicklung viel ab.

Ich wünschte, daß sich die Schlechten nicht zu schlecht, die Guten ihrerseits nicht zu gut vorkämen.

Ich vermag mich eines übrigens kaltblütigen, also vollkommen ruhigen, frohlockenden Lächelns nicht völlig zu erwehren, wenn ich mir sage, daß ich gestern Abend unter der Meinung litt, meine begonnene Kurzgeschichte befinde sich auf einem unrichtigen Geleise, daß ich jedoch heute früh deshalb nicht die geringste Sorge mehr nähren zu müssen glaube. Für möglich muß ich immerhin halten, daß mich mein Glaube täuschen kann, was ja für jeden Gläubigen überhaupt gilt, aber Glaube und Zuversicht werden für um so wertvoller, stärker gehalten, auf je zarteres, schwankenderes Selbstvertrauen sie sich stützen. »Ich traue mir nicht recht, aber ich glaube mir« rede ich zu mir selber, und ich werde ja erleben, wie sich dieser Spaziergang ins Gebiet meines Erlebnisses hinein entwickeln wird, das mich problemhaft, mit den rätselhaften Augen des noch nicht Gelöstseins, anschaut, und das auch ich ähnlich anschaue. Schon nur, daß ich jetzt etwas wie eine »Pflicht« übernommen habe, stimmt mich froh, und wenn ich bis jetzt anscheinend ziemlich fleißig theoretisiert habe, so tat ich dies mit vollem Bewußtsein, nämlich, um mir eine Basis oder eine Art Rahmen zu schaffen, in den ich das Gemälde dessen, was ich im Sinn zu bilden habe, mit aller Vergnügtheit würde hineinmalen können. Was das Theoretisieren betrifft, so kommt es ja lediglich darauf an, ob es sich interessant gebe oder ermüdend; ersteres ist natürlich letzterem bei weitem vorzuziehen. Die Theorie ist ganz einfach sozusagen eine »Welt« in und an sich, und diese Welt erfordert so gut ihre Darstellung wie die praktische, mit andern Worten, die Theorie ist weiter nichts als eine »etwas andere« Wirklichkeit. Die Praxis ist die eine Art von Wirklichkeit und die Theorie die brüderliche oder schwesterliche. Darf ich hoffen, den gewiß überaus geduldigen, sanftmütigen Leser mit dieser offenherzigen Erklärung befriedigt zu haben? Ich füge noch bei, daß ich Theorie für unpassend in Fällen halte, wo sie uns ähnlich einem Schulknaben, der die Schulstunde »schwänzt«, gleichsam entwischt; sie darf eben nicht ausreißen, womit ich sagen will, daß sie sich als nichts anderes geben darf, als was sie ist, und daß sie, insofern sie ehrlich und gehorsam ist, ihre Statthabung findet. Unter keinen Umständen irgend etwas vorgaukelnd oder vorschwindelnd, beispielsweise mehr aus dem Helden dieser Geschichte, nämlich aus mir selber gestalten wollend, als was ich mir den Eindruck mache, daß ich sei, hie und da womöglich eine örtliche oder zeitliche Veränderung im Interesse der Lesbarkeit und des guten Geschmackes, gerade herausgesprochen, vornehmend, was mir nicht als in einem Widerspruch zur Wirklichkeitstheorie stehend vorkommt, fange ich zunächst nochmals saftig und kräftig an, mitten ins Herz oder Allerheiligste des Tempels der Theorie hineinzulustwandeln, um im allgemeinen über die Frauen den gewiß annehmbaren Gedanken anzubringen, daß es nützlich und schön sei, sie zu kennen, daß es aber ebenso nützlich oder eventuell noch viel schöner sei, ihnen auf Grund genauer Kenntnis ihrer Art beizustehen, zu dienen, indem man sich vielleicht bemühen würde, ihnen weniger in die empfindsamen Seelen hineinzusagen, wie sie sind, als ihnen vielmehr mit der Andeutung zu begegnen, was sie unter den und den Umständen aus sich zu machen imstande sein könnten. Gewiß ist es ja mit Opfern verbunden, Aufklärungen zu verbreiten, und dies gilt nun nicht mehr bloß für die Frauen allein sondern geht die Menschheit überhaupt an, so groß und so vielversprechend sie sein mag.

Mit dem Abschnitt, der von meinen Gedichten handeln wird, hoffe ich denen Vergnügen zu verschaffen, die die Gewogenheit haben wollen, ihn seinerzeit zu lesen. Ich selber freue mich auf kommende betreffende Abhandlung im Voraus aufrichtig. Welch ein Glück ist es für mich, daß ich aus dem harten Kampf mit kunsttechnischen Befürchtungen als stiller Sieger hervorging, und so kann ich um so munterer auftischen oder zu Gehör tragen und bringen, ich hätte heute morgen gedacht, in welch starkem Grad erstens die Tonleiter bedeutsam sei, indem sie sich ja zur Grundlage aller vorhandenen Musik gebrauchen lasse, die in ihren Ausgebildetheiten nachher kranke Herzen großartig tröste, niedergeschmetterte Seelen gütig wiederaufrichte, fröhliche, gesunde Gemüter ans Vorhandensein der Wehmut, des Schmerzes mahne; zweitens es aber auffalle, daß die Eltern in ihren Wohnungen sich vielfach oder vielleicht zum größten Teil immer noch aus der Erziehung der Kinder nicht viel anderes oder besseres als ein Privatvergnügen machen, indem sie zu ihrer Freude die Kinder gern sich einfältig benehmen lassen. Aber andererseits, so stellte ich mir wieder vor, wer würde es wagen, in die Familienkreise hineinzudringen, um Vätern und Müttern die natürlichste Erholung und Erheiterung zu Gunsten einer Erziehungstheorie zu untersagen, die, wenn sie auch die beste der Welt wäre, dennoch einen Irrtum darstellen könnte, womit ich eröffnet haben möchte, daß ich die Familienfreuden für unerläßlich halte, auch wenn sie den Bildungsbestrebungen hinderlich sind, mit denen man es meiner Meinung nach nicht allzu genau nehmen darf, ähnlich wie die Saiten eines klängebergenden Instrumentes nicht allzu straff angezogen werden dürfen, wenn man wünscht, sie blieben im Brauchbarkeitszustand. Mir scheint, es sei vorzuziehen, wenn etwas, das überaus wichtig ist, mangelhaft walte, als gar nicht.

Doch nun hervor mit dir, du mir geradezu eine glänzende Beute bildender Schulkamerad! Meintest du etwa, du entschlüpftest meinen Aufmerksamkeiten? Da kanntest du mich schlecht!

Schon die längste Zeit lauere ich ihm schriftstellerisch auf, den ich nunmehr mit unleugbarer Wucht anpacke. Schulkameradschaft in spätern Tagen, o, wie drollig scheinst du mir zu sein! Wie ich mich freue, ihn abzukonterfeien. Zunächst dies: er will größer, bedeutender sein, als er in Wirklichkeit ist, was er fraglos deshalb tut, weil er die Wirklichkeitstheorie entweder nur teilweise kennt oder sie ihm total fremd ist. Man kann behaupten, daß er sich sozusagen niedlich, graziös, d.h. etwas naiv aufbauscht. In der Sprache des Charakterisierens nennt man das blähen. Richtig, richtig, er bläht sich, mit andern Worten, er meint, meint sich furchtbar. Er hält es z.B. für eine kolossale

Leistung, daß er eines Abends einer reisenden Engländerin auf ihre Anfrage hin, wo sie wohl schicklicherweise übernachten könne, sein Heim zu diesem Behuf anbot. Seither meint er, er sei ein Kenner Englands. Solch eine Vermessenheit! Warte, dir will ich! Ganz zufälligerweise brachte er es zum Hausbesitzer. Speziell hierauf bildet er sich überraschend viel ein. Er läuft euch mit einer Meinung von sich herum, daß euch unwillkürlich die Lust ankommt, davonzulaufen, wenn ihr ihn wahrnehmt. Seine Eingebildetheit entsetzt mich nämlich ganz einfach. Bei allem dem ist er von einer schreckenerregenden Gutmütigkeit. Seine Harmlosigkeit fällt gebührend auf. Meine freundschaftliche Ereiferung für den Gegenstand läßt mich keine andern als kurze Sätze flechten. Später komme ich immer noch früh und rasch genug zu den denkbar längsten. Seitdem er sich emporraffte, an ein Fräulein die Worte zu adressieren: »Würden Sie's mit mir, was die Gesamtheit des Lebens betrifft, versuchen wollen?« kommt er sich als etwas Vollkommenes und daher Unantastbares vor. Gleichwohl taste ich ihn hier mit sehr merkwürdiger Schonungslosigkeit, unter Berücksichtigung geringfügigster Rücksichtnahme, an, d. h. so, als sei es nicht im Entferntesten nötig, ihn um Erlaubnis zu bitten, ob ich das auch tun dürfe. Meine Berechtigung, ihn zu porträtieren, scheint sich auf vollendetster Wirklichkeit zu gründen.

»Du mißfällst mir«, glaubte er mich eines Vormittags vor ungefähr zwölf, nein, nicht vor so viel, sondern bloß vor zirka acht Jahren anreden zu sollen.

Zur Strafe, daß er das zu mir zu sagen wagte, was etwas wie eine Anmaßung von ihm gewesen zu sein scheint, entwerfe ich nun diese Skizze hier, die ich für nachweltfähig halte, denn mir kommt vor, sie gehöre zum Schneidigsten, was mir je aus der Schreibfeder hervorfloß oder -sproß. Er scheint zu phantasieren, er verfüge über zahlreiche Bediente; ich weiß das, und infolgedessen füge ich es dem bereits über ihn Gesagten bei. Einmal kaufte er in Florenz, er vergißt nie, zu glauben, daß er sich tatsächlich einmal kurze Zeit dort aufgehalten hat, eine Statuette, was aber keineswegs beweist, daß er über Kunst ein auch nur dünnes und dürftiges Verständnis besitze oder sein eigen nenne. »Wie es dem Armen hier übel geht«, hätte ich unwillkürlich

Lust, mir einzureden, aber eine Löwenstimme brüllt mir zu: »Kein Erbarmen!« Zur Zeit sieht er schon lebhaft mithergenommen aus. Mit welchem Satanismus ich das konstatiere! Seine Frau ist weniger hübsch als er, der Schurke, als den ich ihn erkläre, weil er einzig deshalb eine unauffallende Frau heiratete, damit ihn die Eifersucht nicht heimsuche, von der er klug genug gewesen zu sein scheint, zu vermuten, daß sie seine kostbare Gesundheit zu untergraben fähig wäre. Daran, daß die Eifersucht ein Tapferkeitsgradmesser ist, dachte er nicht, obgleich er mit der Miene eines Alleswissers einherstolziert, dem ich hier ein Denkmal von bleibendem Wert setze.

Die Sache ist die, daß er einmal mit mir in dieselbe Schulklasse ging, und daß er jetzt hochgradig böse auf mich ist, weil ich ihm das Empfinden übermittle, er bewege mich nicht dazu, ihn zu bestaunen, deshalb, weil er's zu etwas gebracht habe. Er zürnt seinem ehemaligen Schulkameraden, weil dieser es seiner Meinung nach zu nichts brachte, dennoch aber seine Fröhlichkeit nicht verloren hat. Dieser Umstand bringt ihn auf, weil er ihn nicht zu fassen vermag. In bezug auf meine Schriftstellerei vertraute er mir mit einer belachenswerten Gebietermiene und -stimme an, er vermöge nicht klug daraus zu werden, er begreife jedesmal nicht, ob ich es ehrlich mit meiner Sprechweise meine oder nicht. Er weiß also nicht recht, ob er mich für aufrichtig oder für unaufrichtig halten soll, womit er natürlich weder seiner Intelligenz noch seiner Gemütsart das allerbeste Zeugnis ausstellt.

»Du solltest so dichten und schreiben, mein Lieber, daß es mir leicht einleuchtete«, besaß er mir gegenüber die Unverfrorenheit zu beantragen. Es ist klar, daß mir der Antrag als eine Lächerlichkeit vorkam, an der ich keinen Augenblick zweifelte.

»Ich habe es zu etwas gebracht; du aber nicht; folglich bist du mir jedesmal, wenn ich dich sehe, im Wege.« Eine solche oder ähnliche Sprache führte er, von der man sagen darf, sie sei die blühendste Herablassung, zugleich aber die mitleideinflößendste Ungemütlichkeit selbst gewesen.

»Da du's zu etwas brachtest, so sei doch ruhig. Erfreue dich deines Eszuetwasgebrachthabens«, erwiderte ich und meinte ich ihn besänftigen zu müssen, doch er mißtraute mir, wie er mich auch jetzt noch in der denkbar ausgedehntesten Art und Weise mit seinem Mißtrauen bekränzt, krönt, schmückt und auszeichnet.

Er hat es offenbar geistig noch nicht so weit gebracht, um zu wissen, daß der Mißtrauische stets demjenigen indirekt schmeichelt, den er solcher Bedenklichkeit würdigt. Weil ich es zu nichts brachte, fürchtet er mich. Was für eine unermeßliche Sottise! Was für eine innere Armut im äußeren Hauseigentümerszustand! Er ist ein Gemachter, ich nicht. Er kämpft nicht mehr, er hat es nicht mehr nötig, ich aber habe es gottseidank noch nötig, und weil ich etwas, das sehr schön und lieb und angenehm ist, noch nötig habe, beneidet er mich. Er sieht, daß ich immer lache, wenn ich ihn sehe. Ich tu es nicht laut, sondern bloß so mit dem Gesicht. Er vermag also ganz einfach die Wirklichkeit meines Gesichtes nicht zu ertragen. Fort von ihm und auf die Gedichte losgesteuert jetzt! Ich befehle mir das, als wäre ich mein Hauptmann, und als sei es dringend erwünscht, mir zu gehorchen. Schwer, dessen bin ich mir bewußt, versündigte ich mich mit dieser Schulkameradenabbildung. Doch warum besitzt er ein Haus und ich keins? Um dieses Umstandes willen seien mir meine Spötteleien hoffentlich verziehen. Ich für mich finde sie nicht schlimm. Was er dazu sagt, danach braucht meiner Ansicht nach keiner von denjenigen zu fragen, die ich mit dem, was ich sprach, unterhalten zu haben glaube. Bis auf weiteres darf man mich für einen Bösewicht halten. Doch schnell noch einen kleinen Beitrag betreffs Besteuerung von Einwohnern, die es zu nichts im Leben brachten, wie Poeten usw.

Auf eine amtliche Einladung hin, mich zu einer Taxationsbesprechung in die Büros, die hierfür vorhanden sind, einzufinden, ging ich dorthin, wo mich ein Beamter mit dem Gutachten zu beruhigen bestrebt war, ich sei seiner Auffassung nach, und da ihn die Poesie glauben mache, sie sei zart und schonungsbedürftig, ungefähr wie ein Dienstmädchen einzuschätzen, wonach ich erwiderte: »Ich bin Ihnen für milde Betrachtungsweise ungemein dankbar, und Ihre Klassifizierungsgabe hat für mich selbstverständlich etwas durchaus Erquickliches. Die Poesie geht in der Tat gern seit alten Zeiten schon in dienendem Sinn von Haus zu Haus und kann in Wahrheit ebenso leicht als weiblich wie als männlich empfunden oder genommen und genossen werden.«

Infolge dieses Gespräches wurden sowohl der Steueranordnende wie der Steueraushändigende oder -berichtigende in Sachen Situationswürdigung einig.

O, welch eine Sehnsucht ich habe! Was für eine Sehnsucht könnte das sein? Wenn man mich das fragen würde, so könnte es Wirklichkeit werden, daß ich mich bezüglich einer den Erfordernissen genügenden Antwort in die eminenteste Verlegenheit geworfen sähe. Seelisches ist ja solch ein Rätsel, eine solche Vereinigung voller Widersprüche. Fange ich hier an zu klagen? Pfui! Als wenn das eines aufrechten Fahnenträgers des Schriftstellerberufes würdig wäre! Aber ich will gestehen, daß ich eine außerordentlich schlechte Nacht hatte. Vielleicht ist es das, was mich so melancholisch macht. Bin ich denn aber wirklich und wahrhaftig melancholisch? Wäre es möglich, daß ich das für wahr hielte? »Fluch dir, du elende, erbärmliche Fessel, du Knechtschaft, die ich mir betreffs der Verwirklichung der Wirklichkeitsidee auferlegen ließ«, könnte ich heute früh beinahe die größte Lust haben, mit der lauttönendsten Stimme auszurufen, was ich aber »wieder einmal« selbstverständlich aus dem Gefühl des verfluchten, verabscheuenswürdigen Anstandes heraus säuberlich unterlasse. Es scheint mir bewußt zu sein, was für ein hochanständiger Salonmensch ich geworden bin. Bin ich in jenem »Salönchen« solch eine Salonerscheinung geworden, als ich mich aufs reizvollste von Schlagsahnenmanieren umschlossen und umgeben sah? Wirklichkeit scheint in der Tat zunächst zu sein, daß ich Sehnsucht in mir verspüre, grimmig meine »Revolutionslocken« zu schütteln. Wie sich da schon wieder die Salönchenallüren geltend zu machen belieben! Wenn ich doch dies niedliche, zierliche Zeug »zerschmettern« könnte, aber ums Himmels willen, wäre denn das nicht in jeder Hinsichtsdimension jammerschade? Mir kam übrigens, ich bitte hunderttausend Mal um Entschuldigung, der vielleicht geradezu ungeheuerliche, höchst abenteuerliche Gedanke, ob mich nicht vielleicht gerade die Frauen total mißverständen. Doch was kann es mich groß kümmern, ob ich verstanden oder falsch aufgefaßt werde? Als wenn es mir nicht vollständig schnuppe sein müßte, ob man mich gütig und liebreich oder abneigungsvoll und ungünstig ansähe oder beurteilte. Heute früh scheint sich in der Tat zu bewahrheiten, daß es mir gleichgültig ist, ob man mich mit einem Süßholzgesicht oder mit einem Sauerkrautantlitz betrachtet. Aha, da fällt es mir endlich gottseidank ein: ich dachte nämlich zu meiner Freude sowohl wie zu meinem sehr feinen, leisen Schmerz an das Vorhandensein, d.h. an die Tatsächlichkeit der Parallelbestrebungen, über deren Eigentümlichkeit ich mich bereits sehr sorgfältig geäußert habe. Interessiert es mich denn wirklich, die jetzige Aufgabe weiterzuverfolgen? Auf diese Frage habe ich trotz allem, was ich gegen dieses Problem einzuwenden haben könnte, nichts anderes als ein kräftiges, entschiedenes Ja in Bereitschaft; denn was ich begonnen habe, muß, muß nun einmal weiterangestrebt sein; es ist dies für mich ein Evangelium; es ist dies für mich eine eiserne, eherne, steinerne oder marmorharte Vorschrift, als wenn sie mir vom himmlischen Vater selbst erteilt worden wäre. Ein Zurück gibt es jetzt also nicht mehr, sondern es existiert für mich in dieser Beziehung bloß noch ein befehlshaberisches, unweigerlichen Gehorsam an der Tagesordnung erklärendes Vorwärts. O, wie ungern ich dies alles einsehe, wie gern, mit welch versilbertem, vergoldetem oder vernickeltem Vergnügen ich in diesem Augenblick, der mir um solch lieben, frommen Wunsches willen kostbar vorkommt, wieder irgendeine vielleicht ganz einfältige, aber dafür lustige Geschichte erzählte, deren ich allerdings, bei näherem Bedenken, sehr viele, vielleicht überhaupt nur schon allzuviele verfaßt und in die weite Welt hinausgesandt habe, mir vermutlich meinen guten Ruf, wenn nicht vollständig so doch zum Teil verdorben habend. Ich sagte neulich zu jemand, der sich mit allen Zeichen der Befreundung gewissermaßen an mich anschloß, es könne sich als notwendig ergeben, daß ich als eine Art büßender Heinrich von Trotzkopfia nach einem reueheischenden, hohnvoll auf mich herunterlächelnden Canossa laufen oder doch wenigstens marschieren und pilgern müsse. Sehr ernst, d.h. bedeutungsvoll schwieg derjenige, zu dem ich dies sprach, zu der ihn vielleicht gar nicht als sehr unwahrscheinlich berührenden Eröffnung. Ich spreche hier von einem jungen Intellektuellen, der in meinem »Erlebnis« irgendwelche, d.h. keine ganz unbeträchtliche Rolle spielt, was sich davon herschreibt, daß mich aller Wahrscheinlichkeit nach die jungen intelligenten Leute gleichzeitig verachten und schätzen, gewissermaßen zu gleicher Zeit, gleichsam in einem und demselben Atemzug, liebhaben und als einen Schädling ansehen, was ich mich verpflichtet gefühlt habe, hier anzubringen, weil diese Angabe oder dieser Hinweis keinerlei Zufälligkeit, keinerlei Laune darstellt, sondern für das, was bei mir Wirklichkeit ausmacht, charakteristisch ist. Die sogenannte junge Welt beschäftigt sich nun einmal zum Teil lebhaft mit mir, wofür ich ihr meinen wärmsten Dank auszusprechen folgerichtigermaßen bemüht bin. So wurde z. B. gestern Abend von Angehörigen der aufwachsenden Intelligenz konstatiert, daß ich verstrubeltes, verworrenes, revolutions-generalhaftes Haar mit mir herumtrage. Mit Napoleon ließ sich einst ein Arzt nach Ägypten mittransportieren, dessen Porträt mir in der Wohnung eines angesehenen Einwohners meines Geburtsstädtchens mit den nötigen Aufhellungen gezeigt wurde, auf was ich zu reden gekommen bin, weil ich mich habe bewegen lassen, mangelhaft gekämmtes Haar zu erwähnen, das zu den genannten Zeiten etwas wie Mode gewesen zu sein scheint. Heutzutage ist diesbezüglich die peinlichste Geordnetheit, die allergrößte, ausgesprochenste Geglättetheit Mode. Ich gehe wohl kaum fehl, wenn ich annehme, daß wir uns im Zeitalter der Ausgleichungsbemühungen befinden. Glätten, streicheln, schmeicheln, zärtlich, zuvorkommend, hilfreich, dienstfertig sein: in diesen Eigenschaften, in solcher Art scheint unsere gegenwärtige Gesellschaftlichkeit zu gipfeln, und ich bin der letzte, der es unternehmen würde, zu einer Institution der Gegenseitigkeit, zu einer Herausmodellierung des wirklich gesitteten Menschen Nein zu sagen, dessen langsames Entstehen ich vielmehr beinahe jubelnd, d. h. jedenfalls freudig begrüße, denn es scheint mir Zeit zu sein, daß wir uns alle bemühen, uns ein bißchen zu bessern, innerlich und vielleicht auch äußerlich zu verschönern und das Leben anders begreifen, feiner verstehen zu lernen, als wie es bisher der Fall gewesen sein mag.

Ich löse nun vorläufig mein Versprechen, in Bezug auf die Gedichtbucheinsendung an Erna tunlich Auskunft zu geben, ein, dadurch, daß ich zur Mitteilung gelangen lasse, wie ich ihr aus dem Witwenmansärdchen heraus schrieb:

Vollkommen verehrtes und hochgeachtetes Fräulein

Zunächst dies: o, wie sind Sie jung! Sie sind lustig, drollig und bedeuten für meine Sie vergötternde Seele einen Gegenstand tiefstempfundener Gerührtheit. Sie rühren mich deshalb, weil ich Sie liebe, und ich liebe Sie deshalb, weil ich absolut nicht weiß, weshalb ich's eigentlich tun muß, aber weil es der Fall ist, übersende ich Ihnen hier meine in der Leipziger Buchdruckerei und -binderei gedruckten und gebunden wordenen Verse, gleichsam als ein Zeichen, daß es vielleicht das höchste Glück ist, verliebt sein zu dürfen, nicht nur dem Anschein nach sondern in Wirklichkeit verliebt, wie es sich bei mir verhält. Die Gedichte selbst glühen vor Glück, von Ihren holden Augen, die groß wie Perlen sind, die in der Meerestiefe unten wachsen, was vielleicht lediglich poetisch und nicht der Richtigkeit entsprechend gesagt ist, wahrgenommen, angeschaut zu werden, und meine Hand, die Ihnen diese Epistel schreibt, zittert ganz poetenhändeähnlich. Ich liebe Sie also jedenfalls unbeschreiblich, aber um mich Ihnen näher vorzustellen, erzähle ich Ihnen mit Ihrer gütigen Erlaubnis, daß ich, seit ich Sie zum ersten Mal sah, nicht mehr anders kann als Sie schön finden, derart, daß Sie für mich die Schönste sind, obgleich Sie in Wirklichkeit vielleicht nur die Dritt- oder die Viertschönste sein mögen, und daß ich einer bin, der sich eines Nachts recht spät nach Hause verfügte und an der Haustüre plötzlich zu der sehr unangenehmen Überzeugung kommen mußte, daß er den Hausschlüssel oben in seinem Zimmerchen auf dem Schreibtisch hatte liegen lassen, und dem nun ein junger Angehöriger der besseren bürgerlichen Kreise, der im selben Haus wohnte, glücklicherweise in diesem tragikomischen Moment dadurch aus der Verlegenheit herauszuhelfen kam, daß er seinerseits das verwünschte sowohl wie erwünschte Instrument bei sich hatte, nämlich, wie Sie ahnen werden, den Hausschlüssel, womit er die zugeriegelte Türe in eine offene verwandelte.

»Darf ich mit hineinspazieren?« fragte ich mit gebührender Höflichkeit.

»Darf ich meinerseits die Frage an Sie richten, ob Sie derjenige sind, der dichtet?« fragte er, und ich bejahte seine Frage, die mir als durchaus passend vorkam, und trat hinein und war natürlich dem jungen Menschen für die Artigkeit, die er an den Tag oder vielmehr an die helle Mondnacht legte, dankbar.

O, wie kleinbürgerlich ich Ihnen gewiß hiemit jetzt erscheine, Fräulein, aber wenn Sie gestatten, so berichte ich noch von etwas anderem, nämlich davon, daß ich eines Nachmittags, um die Zeit nach dem Abendessen, bei einem durchaus nicht unbedeutenden Bekannten saß, den ich plötzlich, d.h. in einer für ihn völlig unerwarteten Art und Weise fragte, ob er glaube, daß ich Feinde hätte. Ich vermochte mich nämlich »seit einiger Zeit« nicht vom seltsamen Gefühl loszulösen, meine Existenz bilde für manchen etwas Unangenehmes, irgend etwas, was man nicht willkommen heißen kann. Er schaute mich rasch, d.h. mit einem nichts- sowohl wie vielsagenden Blick an und antwortete: »Was Sie vermuten, scheint zu stimmen, aber gewiß, lieber Freund, besitzen Sie auch Freunde, und es dürfte sich vielleicht als eine Wirklichkeit ausweisen, daß die Zahl ihrer Freunde annähernd die gleiche sei wie die Schar oder Anzahl Ihrer Herrschaften Gegner, aber weshalb kommen Sie auf eine solche ganz und gar nicht zu dem Bilde, das man sich von Ihnen mit Vorliebe macht, passende und stimmende Unerfreulichkeit zu reden, die ja für mich sowohl wie auch für Sie ganz einfach eine überaus grandiose Nebensächlichkeit ist, so viel scheinbare Wichtigkeit sie speziell für Sie besitzen mag?« Auf diesen Bescheid hin sah ich mich natürlich sogleich zu einer Art Umkehr oder Drehung veranlaßt, womit ich andeuten will, daß ich für geziemend hielt, von etwas anderem, d.h. von etwas Unpersönlichem anzufangen zu sprechen. Als wenn nicht beinahe jeder seine Freunde sowohl wie seine Gegner hätte, die ihm das Leben sowohl angenehm wie sauer machen; denn zum Süßen gesellt sich instinktiv das Saure, zum Schönen das Unschöne; das wird doch wohl notwendig so sein müssen.

Wie es mich übrigens wundert, daß ich gerade Ihnen, einem so jungen Mädchen, so ernsthaft zu schreiben vermag, weshalb Sie gewiß beinahe Nachsicht gegenüber mir auszuüben nötig haben, wozu ich Sie eigentlich keineswegs das Recht habe zu veranlassen, aber stellt man denn nicht gern eher an die Jugend als an das

Alter die Zumutung der Beherztheit, doch nun gestehe ich Ihnen, daß ich bei einer Frau wohne, die Witwe ist, die einen Gatten ertragen mußte, den sie nicht auszustehen vermochte, und die sich nun vielleicht für mich, wie man sagt, ein bißchen interessiert, mit der ich jedenfalls hin und wieder in der Küche recht lebhaft plaudere. Da sie sich häufig in der Küche aufhält, finden eben unsere Gespräche in diesem und in keinem andern Teil ihrer Wohnung statt, und wenn wir zusammen reden, so pflegt es meist vorzukommen, daß sie währenddessen sitzt, ich indessen stehe, was vielleicht lediglich deshalb vorkommt, weil in den Küchen gewöhnlich ein Mangel an Stühlen vorherrscht. In ihrer Küche ist es übrigens für eine Frau von zarter Gesundheit verhältnismäßig feucht und kühl. Das Dienstmädchen dieser Witwe sagte mir, nebenbei angebracht, bei irgendeiner Gelegenheit, ich bliebe wahrscheinlich am gescheitesten Junggeselle, was ich als einen sowohl unklugen wie sicher wieder ziemlich klugen Ausspruch aufzufassen versuchte. Jetzt aber, mein Fräulein, scheint es mir höchste Zeit zu sein, Ihnen zu eröffnen, daß ich von der Meinung erfüllt bin, zahlreiche meiner Zeitgenossen seien der Ansicht, ich sei ein fürchterlich mittelmäßiger Mensch, denn nicht wahr, ich dichte Sie ja hier eigentlich gar nicht an sondern schreibe Ihnen einen wahren Geschäfts- oder Vereinsmitgliedsbrief im trockensten Berichterstattungsstil. Früher, d.h. schon vor manchem Jahr, sagte mir einmal ein sehr gewitzigtes, aufgewecktes Mädchen ins kolossal feinfühlige Ohr hinein, sie sei von der Überzeugung durchdrungen, daß ich leidenschaftlicher schreibe als lebe, mich lebhafter am Schreibtisch aufführe als im Alltag, womit sie vielleicht auf etwas »sehr Eigentümliches«, das sie ahnen mochte, anzuspielen beliebte, nämlich darauf, daß anscheinende Unwirklichkeit für mich inhaltreicher, d.h. wirklicher sei als die sogenannte, vielgerühmte und -gepriesene, tatsächlich vorhandene Wirklichkeit. Vielleicht sprach sie mich mit den Worten, die sie an mich richtete, unbewußt, unwillkürlich als einen Phantasten oder Dichter an. O, wie werden Sie mir zürnen, Fräulein, daß ich es wage, ein Dichter zu sein, denn ein Dichter sein bedeutet doch nun einmal nichts Geringeres und nichts Geschätzteres sein als das denkbar unnützeste, unbrauchbarste Möbel, als welches ich mich liebevoll vor Ihnen verbeuge, natürlich den Hut dabei abziehend, in der Voraussetzung, ich verfügte über einen solchen. Unsäglich lieb wird mir durch den Gedanken an Sie immerhin meine mich ans Empirezeitalter mahnende Mansarde. Meine Witwe oder Hausfrau ist Inhaberin eines Damenhutgeschäftes oder weiblichen Kopfbedeckungssalons, der ihr naturgemäß mancherlei zu sorgen, zu rechnen gibt. Schon einmal anerbot ich mich ihr als Gehilfen, der für sie, damit sie sich schone, korrespondieren oder Gänge in die Stadt besorgen würde, aber sie hat sich zu meinem Angebot noch nicht äußern wollen, vielleicht deshalb nicht, weil sie eine sogenannte wacker eingeschüchterte Frau ist, eingeschüchtert durch alles das, was sie erlebt hat, indem sie eben manches Ungute mit in Kauf hatte nehmen müssen. Nun kann ich Ihnen versichern, daß ihr gerade ihre Schüchternheit sehr nett zu Gesicht und Betragen steht. Da sie mich schon ein paar Mal im Zustand einiger Herausgeputztheit hat die Treppe heruntereilen sehen, wobei sie vermuten durfte, ich hätte im Sinne, mich »sehen zu lassen«, irgendwie und -wo »aufzutreten«, so mag sie immerhin im Stillen von mir denken, ich wäre, was man einen »Löwen« nennt. Sicher haben Sie bereits in Erfahrung zu bringen verstanden, sind in die Lage gekommen, sich sagen zu lassen, was ein Salonlöwe ist. Doch genug hievon und lieber noch rasch, mit Ihrer Einwilligung, von etwas, das ich Ihnen gar zu gern anvertrauen möchte, nämlich davon, daß man manchenorts sehr neugierig ist, »wer« ich eigentlich sei, wie ich mich ausdrücken, benehmen würde, wovon ich etwa spräche, welche Meinungen ich aufwürfe, denn ich bin »ihnen allen«, ich weiß das sehr wohl, viel zu still, sie sagen von mir, ich sei allzu verschlossen, aber das wurde bereits in frühester Jugend von mir gesagt, und ich verstehe nicht recht, weshalb man mich eigentlich immer anders haben will, als wie ich von Geburt aus bin. Wie ungalant es von mir ist, Ihre schönen Augen, die ich schon an und für sich anbetenswürdig finde, dadurch zu einer ungebührlichen Anstrengung zu veranlassen, daß ich Ihnen einen so umfangreichen Brief schreibe, was ich im Grund gar nicht für möglich gehalten hätte.

Wollen Sie auch dies noch mitanhören, daß ich früher Bücher schrieb oder verfaßte, worin ich mich gleichsam verkappt, maskiert habe, indem da etwas Ungezwungenes, irgendwelches Ungenaues bezüglich dessen, was als »wahr« anerkannt wird, mitspielt, nämlich, daß sich der Verfasser etwas eitel in den jedesmaligen Romanhelden abspiegelte, die er doch zum Teil erfand, denen er allzu viel, d.h. weit mehr Schönes, Bedeutendes andichtete, als wie es sich mit der Bescheidenheit, dem Mittelmaß, das ja eigentlich die Welt regiert, vertrug. Derlei Beschaffenheit, oder, falls man so sagen darf und will, Machwerk oder romantische Fabrikation, derlei Verschönerung, die sich aus strengeren, exakteren Grundsätzen nicht rechtfertigen ließ, derlei Aufbau von allzu rosigen und angenehmen Erscheinungen, vor allem derlei Selbstverherrlichung, Selbstschmeichelung sind mir im Lauf der Zeit von der Leserwelt teilweise arg übel genommen worden, und, wie ich Ihnen, mein Fräulein, in aller Aufrichtigkeit gestehen darf, nicht ohne Begründetheit, also ganz einfach bis zu einer gewissen Grenze mit vollkommenstem Recht.

Aber ich liebe ja jetzt, doch was werden Sie dazu sagen? Ich bin hierauf riesig gespannt. Übrigens erkundigte sich eine Persönlichkeit nach mir und meiner Schriftstellerei, die mir etwas wie eine kommerzielle Kapazität, etwas wie ein Handelskapitän zu sein scheint. Somit fahre ich gleichzeitig mit meiner vielleicht in mancher Hinsicht nur zu feurigen Phantasie auf den Meeren da draußen und finde mich wieder durch die lieblichste und daher faßbarste Hemmung, nämlich durch meine Zuneigung zu Ihnen, auf heimatlichem Boden eingewurzelt. O, wie freue ich mich, Sie ja sicher bald, ziemlich gewiß schon heute wiederzusehen. Mehr darf ich Ihnen zu lesen nicht zutrauen.

Beruht denn dies alles in der Tat auf Wirklichkeit, wie z.B. dieses, daß ich noch immer nicht das geringste Beben in den Beinen spüre? Ich richte mit einer Unwillkürlichkeit, an der ich keine Minute zweifle, die Frage an mich: »Wie alt bin ich denn jetzt nachgerade eigentlich?«, und ich möchte mich bewogen fühlen, in den gewiß sehr gewissenszarten, verantwortlichkeitsreichen Ausruf zu fallen: »Ach, Freund«, oder auch: »O, Freundin, warum bin ich noch so jung, warum kann ich nicht mit geziemender Ältlichkeit sprechen, auftreten, warum will oder kann sich noch immer nichts in mir biegen, schmiegen, oder weshalb ist dies offenkundig nicht in genügendem Maß der Fall?« Ich wünsche nämlich heute beinahe, längst hätte in mir etwas brechen, mitten entzwei brechen mögen, ein unbeugsames, stolzes, freies, flottes, mutiges Etwas, ein Etwas, wovon ich mir im Grund gar keinen Nutzen verspreche, ein überflüssiges, luxuriöses, gleichsam gebirgshaft übereinandergelagertes Etwas, obwohl ich mich womöglich anderseits über sein vorläufiges Nochimmervorhandensein riesig freue. Selbstverständlich war ich wieder einmal gleichsam wie zur Abwechslung im Varieté, vornehmer, d.h. passender gesagt, Kabarett, und ich lege mir diesbezüglich die ernsthafte Frage vor: »Wann wirst du dich endlich, endlich nicht mehr zu amüsieren begehren?« Klar ist mir immerhin in gegenwärtigem, sehr feinem Seelenmoment und zu dieser Morgenstunde, daß ich's hübsch fände, am Hals eines lieben Menschen, beispielsweise einer duldsamen Frau eine geschlagene Stunde lang aufrichtig zu klagen, ich meine damit nicht, irgend etwas oder irgendwen anzuklagen, nein, keineswegs, sondern bloß so ins Allgemeine hinein zu wehmüteln. Übrigens kann ich betonen, daß dies immerhin nur eine jetzt bereits vorübergegangene Stimmung gewesen ist, meinetwegen eine Art Wunsch, der sich inzwischen schon wieder aufgelöst, gleichsam aufgegessen, verspeist hat. Gewisse Wünsche, Neigungen sind gleichzeitig hohe Herrschaften und niedrige Dienerschaften, die befehlen und gehorchen, oder sie sind in ein und derselben Sekunde Mund und vorzüglich mundende Speise, und sie gleichen, so würde man vielleicht meinen können, dem Begriff Vater und zugleich wieder dem Begriff Kind oder Knabe und seien Mutter und Tochter usw. Jedenfalls findet man mich einstweilen artig und folgsam zu meiner Aufgabe zurückgekehrt, an deren Weiterführung ich mich selbst einige Tage lang verhindert zu haben scheine, indem ich einigen Alltäglichkeiten erlaubt habe, mich zu beanspruchen, wie z.B. Korrespondenzen mit diesen und jenen Personen es taten. Beinahe komme ich mir wie einer vor, der sozusagen die Flucht vor der Pflicht ergriff. Wie eine Art übrigens sicher sehr wertvoller verlorener Sohn kehre ich in vorliegendem Abschnitt zum übernommenen Auftrag zurück, ein Ichbuch zu schreiben. Ich bin gleichsam während dieser verflossenen paar Tage durch die braunen Wälder des Meiner-nicht-sicher-Seins, des Unentschlossenseins gelaufen. Hohe Phantasiebäume ragten über mir in den bläulichen, weißen Raum. Ist nicht jeder Baum ein Gedicht, und sind nicht infolge dieser Vergleichung alle Wälder Gedichtsammlungen? Ich meinte zwei Tage lang auf das aufrichtigste, ich hätte den Brief, den ich seinerzeit an Erna schrieb, vorenthalten, also nicht veröffentlichen sollen, hielt also diese Bekanntmachung für einen Fehler und lief deshalb in den Untröstlichkeitswäldern herum, als wenn ich selber würde haben Jagd auf mich machen wollen, als wenn ich Jäger und Gejagter in ein und derselben Person gewesen wäre. Heute kommt mir zum Glück jener Brief harmlos, demnach durchaus passend und anerkennenswert vor. Beweist er nicht unter anderem eine erstaunliche Trockenheit des Sehens oder des Auffassens? Dieser Brief stellt übrigens keineswegs ein photographisch treu abgebildetes Stück Wirklichkeit dar, sondern er beruht zum Teil auf einer immerhin vielleicht ganz hübschen Eingebildetheit. Ich meine, es gehöre zur Vervollständigung dessen, was wirklich ist, daß man sich hie und da etwas einreden oder einbilden dürfe, mit andern Worten, unsere Einbildungen sind genau so wirklich, wie es unsere sonstigen Wirklichkeiten sind. Das Gefühl ist nicht minder Wirklichkeit wie der Verstand. Dies dürfte mit geradezu phänomenaler Raschheit einleuchten. Natürlich bin auch ich des Glaubens, daß es im höchsten Grad nützlich sei, wenn man Einbildungen bekämpft, doch neige ich zur Ansicht, daß man es mit diesem Kampf nicht i-tüpfchenhaft genau zu nehmen braucht. Übrigens ist es für mich unabweisbar, mir zu gestehen, daß es durchaus kein großes Erlebnis ist, worin ich mich mit allen diesen Zeilen abspiegle, was vielleicht für die Literatur oder für die menschliche Allgemeinheit nicht von großer Bedeutung sein wird. Es hat sich, wie ich gestehen muß, in den letzten Tagen etwas in mir gegen die Art gesträubt, wie ich mich da ausschließlich mit mir selber abgebe. Ich lief in der starken Befürchtung durch die Straßen, es wäre denkbar, daß ich der Leserwelt eitel erscheinen könnte, aber wir sind ja, sobald wir irgendwo in Gesellschaft auftreten, oder Kultur treiben, ohne weiteres eitel, denn die Kultur selber ist ja gewiß nichts anderes als die Eitelkeit selber, sie muß sie sein, und wer ganz und gar darauf verzichtet, eitel zu sein, der geht verloren, oder er gibt sich preis. Hinsichtlich des Vorwurfes der Ichsucht bin ich also vollständig beruhigt, indem ich glaube, daß es kleinlich, schwächlich wäre, dem Ich und dem, was damit zusammenhängt, aus dem Weg zu gehen. Eine Erzählung im Ich-Stil oder in der Ich-Vortragsart erfordert eben an sich etwas wie Mut, was übrigens eine ganz schlichte moralische Erscheinung ist. Schlichtes Auftreten setzt immer ein bißchen Tapferkeit voraus, und mit dieser Art Tapferkeit aufs beste ausgestattet, bringe ich nunmehr vor, ich hätte in diesen bereits mehrmals erwähnten Tagen, die soeben an meinem Ich vorübergingen, indem sie Spuren, Falten, Einschnitte usw. in meinem Wesen hinterlassen zu haben scheinen, eine Frau kennen gelernt, die sich dadurch gleichsam reizend benahm, daß sie sich bedeutender gebärdet haben könnte, als die Wirklichkeit zuließ. Die Wirklichkeit runzelte gleichsam bezüglich ihres Benehmens, das etwas zu romantisch zu sein schien, die Stirne. Nicht ich runzelte über die Frau die Stirne, sondern das Wirklichkeitsprinzip tat dies, das mich all' diese Zeit über begreiflicherweise beherrscht, weil mich eine Wirklichkeitsgeschichte beschäftigt, die ganz und gar nicht den Zweck hat, besonders interessant zu sein, die vielmehr lediglich wahr sein will. Sodann bin ich mit einer ausgezeichneten Schrift ins vornehmste Kaffeehaus gegangen, um sie daselbst, von den Klängen einer Musikkapelle begleitet, aufmerksam zu lesen. Die Aufmerksamkeit meines Lesens glich in der Tat beinahe schon einem Studium. Ich glaube bestimmt, daß man sich in mir irren würde, wenn man dächte, mir wäre es mit meiner Schrift und meinem musikdurchdufteten und -durchsäuselten Kaffeehaus ums Hochstapeln oder um etwas dem ähnliches zu tun gewesen, was keineswegs der Fall sein konnte, da ich mich bei diesem Anlaß sehr still verhielt. Über die Möglichkeit, daß man mein Auftreten als hochstaplerisch empfinden könnte, lächelte ich stillvergnügt. Mir kam es ja hauptsächlich auf die Bewältigung von etwas Schwierigem an, indem es sich nämlich um eine höchlich ernsthafte, wissenschaftliche Schrift handelte, die mir um ihrer Exaktheit, womit sie sich mir entgegenstemmte, oder um ihrer Tiefe willen poetisch vorkam. Als Belletristiker fühle ich mich in keiner Weise berufen, auseinanderzusetzen, worin der hohe Wert dieser Schrift bestanden habe, die einen durchaus echten Gelehrten zum Verfasser hatte. Kam ich im übrigen nicht, nebenbei gesagt, zufälligerweise in diesen Tagen, von einem fast frühlinghaft warmen Herbstregelein genetzt, in ein altbekanntes, ländliches Haus, das eine Lesehalle enthielt, deren Wände mit allerhand altertümlichen Bildern geschmückt sind? Bewunderte und liebte ich dort nicht die blaubraune, blumenhafte Fensteraussicht? Diese Aussicht besaß für mich eine sprechende Ähnlichkeit mit einem Bouquet, so und nicht anders möchte ich sie charakterisieren.

Somit wäre ich wieder bei dem Knaben angekommen, auf den ich in einem der vorigen Abschnitte in Aussicht stellte, zurückzukommen, nachdem ich über so und so viel anderes gesprochen haben würde. Dieser Knabe ist von mir eines schönen Vor- oder Nachmittages in einer Anlage oder öffentlichen Promenade launenhafterweise fêtiert, will sagen, verwöhnt, verhätschelt worden, dadurch, daß ich ihn, weil er mir gefiel, mit einigen kleinen Annehmlichkeiten beschenkte. Dies ist in Wirklichkeit in bezug auf den Knaben alles, was ich mir vornahm, in dieser sich mehr und mehr in die Länge ziehenden Geschichte anzubringen, in die mit einer Gewißheit, die ich quasi freundlich belächle, recht bald schon der Abgesandte oder Vertreter eines Verlagshauses hereinzutreten Gelegenheit bekommen wird, als wäre die Geschichte vielleicht weniger ein Salon als bloß eine bürgerliche Stube, und als würde es draußen vor der Türe klopfen, und der Eigentümer des Zimmers rufe mit der ihm eigenen hellen Stimme: »Herein.«

Ich darf jedenfalls feststellen, daß ich von Neuem oder Frischem band und knüpfte, was bereits aussah, als falle es auseinander. Mir scheint, es sei mir gelungen, den Faden gewissermaßen wieder in die Hand zu bekommen, der sich mir vorübergehend entwand.

Was hatte ich nötig, wie kam ich dazu, meine Interessiertheit einem Zeitungsblatt zu widmen, worin von einer Theaterkrisis, verbunden mit einer Schauspieler- und Schauspielerinnenfrage, die Rede war? Daß ich dieses Leitartikellesen nicht lassen kann, das eine so zerstreuende, manchmal geradezu geistesabwesend machende Wirkung hat.

Sei mir willkommen, fallengelassene, preisgegebene Absicht. Du rührst mich, Bemühung, die ich im Stich ließ.

Wird vielleicht nun ein Gespräch stattfinden?

Einer, mit dem ich mich duze und mit dem ich eine Zufallsbegegnung hatte, sagte mir: »Komme zu mir ins Dorf und schreibe Dorfgeschichten voll Ursprünglichkeit, wofür ja die heutige, kräftebedürftige Menschheit eine nicht in Abrede zu stellende Eingenommenheit hat.« Dabei lächelte er beinahe geringschätzig. Zwar merkte ich sogleich, daß die Geringschätzigkeit lediglich gespielt war, und diese sicher sehr feine Beobachtung mußte mich natürlich »wieder einmal« freuen. Die Wahrheit war, daß er ganz einfach bloß eine Zeitlang in meiner Gesellschaft zu sein wünschte.

Daher sollte ich zu ihm ins Dorf ziehen, eigenhändig Suppe kochen und mir einbilden, schlichte Gerichte mundeten mir besser als die kultivierteste Küche. »Dorfgeschichten sind nun nicht gerade meine Spezialität«, wich ich seiner Beständigkeitsaufforderung aus. Und nun dachte ich, wie ich wohl offenbaren darf, kürzlich, d.h. gestern, um wieviel Uhr, spielt keine Rolle, ans Schweizervolk und seine Literatur und kam zu allerlei gedanklichen Ergebnissen, die ja nicht unbedingt richtig zu sein brauchten. »Die Schweiz«, so kam mir in den Sinn, zu mir zu sagen, »hat im Weltkrieg Glück gehabt, indem sie mit Angriffen auf ihren Kräftebestand verschont blieb, und sie wurde um dieses Erfolges willen vom gesamten Ausland beneidet, beinahe bewundert. Um ihrer Hilfstätigkeit willen wurde sie geliebt, vielleicht, falls man das denken darf, ein bißchen über Gebühr gelobt. Es ging der Schweiz gut, und denen es schlecht ging, stand es an, über die Heiterkeit einer seltenen Ausnahme zu staunen.«

Nach solcher und ähnlicher Richtung hin bewegten sich die verhältnismäßig sauberen und blanken Wellen meines Gedankenflusses oder, wenn man will, bloß Flüßchens. Was ich mir gegenüber ausführte, stellte ein Plauderbächlein dar, wie ich ja bisweilen überhaupt anscheinend gern »reklamiere«, »aufbegehre«, mit anderen Worten, mit mir selber rede, was ich geneigt bin, für einen Fehler zu halten, der mir korrekturbedürftig scheint. »Die schweizerische Literatur«, sprach ich gewissermaßen mit großartiger Gelassenheit zu mir, »weist zur Zeit keine Werke hinreißender Art auf, wie dies zu früheren Zeiten vorkam.« Selbstverständlich bin ich nicht der einzige, der zu solcher

Einleuchtung fähig ist. Übrigens scheine ich einer schönen, zweifellos bedeutenden Frau einen auf vollkommenem Mißverständnis beruhenden Brief geschrieben zu haben, dem es immerhin an Eleganz des Stiles nicht gemangelt haben dürfte. Dieser »imponierenden« Frau beliebt es nun, mir sozusagenermaßen »den Kopf zu machen«, was mich natürlich bis zu einer gewissen Grenze spaßhaft berührt, obwohl ich mir sage, daß es nicht sehr schön ist, über fremde Verstimmtheit vergnügt zu sein.

Nun halte ich es für »europäisch«, für »westlerisch«, d. h. für eine der westlichen Kultur angehörende Eigenschaft, still in sich hineinzuzürnen, wenn eine Mißliebigkeit vorliegt, und ich gebe meiner Meinung dahin Ausdruck, daß ich sage, ich wünschte, daß bei uns, d. h. in Europa, und besonders in gebildeten Kreisen die Geneigtheit nach und nach zu überwinden sein könnte, bei einem Mißverständnis sogleich und wenn möglich für immer gekränkt zu sein, indem die Fähigkeit aufblühen würde, in solchen Fällen mit der Partei, die den Fehler beging, freundlich zu sprechen.

Meine bedeutsame Wenigkeit hält dieses hier Geschriebene für nicht unwert, beachtet zu werden, und was Dorfgeschichten betrifft, deren Niederschrift mir anempfohlen wurde, so erkläre ich, daß ich davon abstrahiere, indem ich es Kollegen anheimstelle, für Verbreitung von Urwüchsigem und allzu Urwüchsigem zu sorgen. Ganz allgemein bin ich mir bewußt, die Dorfgeschichte sei keineswegs unanfechtbar. Gute Exemplare dieses Genres sind nichtsdestoweniger denkbar. Bezüglich des Kopfmachens, des jemand schweigend etwas Nachtragens, gelobe ich mir in Zukunft die größte Umgehungsmühe zu geben. Wenn ich mißverstanden werde, will ich das für begreiflich halten. Es sind dies durchaus Sachen zur Behandlung von humanem Standpunkt aus.

Ob das Schweizervolk etwas wie eine Krisis in literarischer und sonstiger Hinsicht durchmache, bleibe eine zartmahnende Frage. Eine Fraglichkeit bedeutet ja an sich schon irgend etwas. Für mich steht fest, daß der Schweiz gegenwärtig einige sehr aufgeweckte, gewandte Schriftsteller blühen, womit ich weder zu wenig noch zu viel gesagt haben möchte. Geschicklichkeit stellt zweifellos einen Wert dar, wenn gewiß zunächst einen mäßigen.

Hiebei bitte ich den Leser dieses Artikels, das Mißverstandenwerdenkönnen zu beachten und auf die Wesentlichkeit und zugleich wohl auch Unwesentlichkeit der Dorfgeschichte das Augenmerk zu lenken.

Möglich ist, daß ich mir ein Marcel-Proust-Buch, und zwar natürlich in der ursprünglichen, also nicht in der Übersetztheitssprache, anschaffen werde. Noch kenne ich keine Silbe von Romain Rolland, was ich als einen Beweis auffassen kann, daß ich kulturell nicht ängstlich, nicht neugierig bin. Übrigens hielt ich diesen Autor für noch sehr jung. Daß er bereits sechzig ist, tut mir leid. Einst schrieb ein nachmals viel- und wie z. B. von Bismarck gerngelesener Jude von seinem Verbannungsort Paris aus in die Augsburger Abendblätter, und nun schaute ich jüngst in eine Zeitschrift hinein, die mir Fuggerhausabbildungen vors Gesicht stellte. Heute erhielt ich einen gekränkten Brief, d. h. nicht der Brief war verstimmt, aber sein Absender. Dieser Heinrich Heine ist von einer grünenden Immortalität, und doch dichtete er die unmoralischsten Sachen, aber sein Schicksal stempelte ihn zum Unvergeßlichen. Ich liebte einst eine Frau, die sowohl ein uneheliches Kind als eine Menge von Heinebegeisterung aufwies. Ich hatte sozusagen bei dieser Frau einen Stein im Brett. Und nun schrieb da jemand, der sich auch schon darüber äußerte, wie man Bücher behandeln solle, über das himmlische italienische Lachen einen umfangreichen Aufsatz, der aber seinerseits nichts Lachendes an sich hatte. Gelegentlich einer Zusammenkunft in den Räumlichkeiten der Berliner Sezession sagte mir einst Walter Rathenau, der »Peter Camenzind« von Hesse habe es ihm angetan. Ich wieder teilte einem Mädchen mit, Hesse habe sich mit einer Serviertochter vermählt. Die Empfängerin dieser Benachrichtigung war so liebenswürdig, sie für wahr zu halten. Man kann mit zwanglos aufgetischten Lügen vollen Glauben einheimsen. Man kann für einen Lügner gehalten werden, dort, wo man aufrichtig ist, und man kann als artig gelten, dort, wo man sich Dreistigkeiten herausnahm. Tolstoi zog aus ethischem Fieberzustand heraus gegen Shakespeare zu Feld, um hernach aus Gram über diese Freveltat umzukommen, was natürlich anekdotisch gesprochen ist. Vor einigen Tagen hörte ich einen Drehorgelmann spielen und einen Humoristen einen Vortrag abhalten. Der erste stand in der Landschaft; der zweite saß am Lesepult vor einem gewählten Publikum. Aber dieser las ebenso gut für Geld, wie jener orgelte, nur mit dem Unterschied, daß dem Orgler die Belohnung in den dargehaltenen Hut gelegt wurde, indes man das Vortragseintrittsgeld an der Kasse zahlte. Sodann sah ich einen Stuhl vor Freude darüber glänzen, daß er einem Fräulein als Sitzgelegenheit hatte dienen dürfen. Semmeln lagen unsäglich ruhig auf schimmerndweißen Tellern. Dann befand ich mich in einer Kirche, worin Haydns »Vier Jahreszeiten« aufgeführt wurden. Zwei Lehrer waren dabei, die sich auf die geschulteste, also ausgesuchteste Art aus dem Weg zu gehen pflegten, da sie sich nicht ausstehen mochten. Eine Sängerin sang fast zum Krankwerden schön, aber man gesundete in dieser Krankheit, und nun sprach mir wieder jemand von einem unglücklichen, jungen Dichter, dessen Unglücklichsein darin bestand, das zwischen seinem Lebenwollen und Figurierenwollen eine Unüberbrücktheit klaffte. Ich antwortete dem Überbringer dieser Sensation, daß innere Uneinigkeit bei Kulturbeflissenen von jeher an der Tagesordnung gewesen sei. Einmal wurde ein sehr liebes, gutes, feines, vornehmes, in mancher Hinsicht verzwicktes, widerspenstiges, sonst aber an sich bedeutendes Buch von einem Mädchen in die Hand genommen. Im mädchenwarmen Händchen zerfloß das literarische Produkt wie Schnee, wenn's April wird. Auch ich gehöre zu denen, die schon Anatole France lasen. Mit der Bitte, vorliegendes Geschriebenes nicht zentnerschwer, nein, eher schwanenflaumleicht zu nehmen, gebe ich mir die Erlaubnis, mich zu empfehlen, obschon ich wohl bald wieder komme.

Es ist mir schon auch, wie andern, klar, daß man die Hände nicht in den Schoß legt, aber ich bin mir ebenso klar, daß aus einer erledigten Aufgabe immer eine neue wächst, daß es gar kein eigentliches Aufgabenerledigthaben gibt. Die Griechen erfanden in diesem Sinn die Sage von der Hydra, die gleichsam problemgespickt ist. Man schlägt ihr das Haupt ab, und sogleich wächst ihr ein frisches, und die Schlangenhäupter bedeuten Aufgaben. Wer will gegen das Kämpfenmüssen ankämpfen? Wer will es leugnen? Ich könnte einige Unglücksfälle verzeichnen, aber ich verzichte auf die Wiedergabe von Ungefälligkeiten, denn ich verlange von mir, ich sei möglichst geschmackvoll. So hat z. B. in einer Gegend, wo dergleichen sonst nicht vorkommt, ein Sturm Bäume ausgerissen, Häuser abgedeckt. Ich rede von einem Zyklon, der in unserm gemäßigten Klima etwas Überraschendes ist. Eine offenbar unschuldige Frau hat Unglück gehabt. Wir sind alle insofern arme Menschen, als uns plötzlich etwas heimsuchen kann. Es kommen seltsame, unerklärliche Unfälle vor, und das Einfache oder das Seltsame ist, daß uns die Gabe verliehen ist, uns mit Unverstandenheiten abzufinden. Ich möchte nun zu mir sprechen: »Rede von etwas anderem!« So will ich denn etwas von den Wahrheiten sagen.

Mir selber passierte schon, daß ich Lesern Wahrheiten auftischte oder Leuten sie mündlich ins Gesicht sagte. Man macht sich damit augenblicklich oder früher oder später verhaßt. Nun ist auch mir irgend jemand mit einer Wahrheit »gekommen«, und ich habe mir das gemerkt, d. h. ich will offen heraussagen, daß ich gegen den Betreffenden etwas wie einen Haß nährte. Es ging mir also genau, wie es in dieser Hinsicht andern geht. Ich bin also in dieser Hinsicht normal, und weil ich das bin, tat ich was? Ich rächte mich. Rachenehmen ist eben etwas Schlichtes, Normales. Gewisse Mittelmäßigkeiten scheinen für uns unumgänglich. Wer ist diese Person, an der ich mich gerächt habe? Wenn sie etwas wie Großgefühl in sich hat, wird sie sich auf gewisse Art über mich freuen, sie wird mich eventuell sogar lieb gewinnen. Ich rede da, wie man merken wird, von etwas Außerordentlichem in uns, vom »Wunderbaren«, von den sehr schönen Möglichkeiten, über die die Seele verfügt. Unsere Seelen sind Schauplätze voll sehr feiner Vorgänge. Hierüber zweifelt wohl niemand. Er wird erschrecken, wenn er erfahren wird, wie ich boshaft gewesen bin; er wird sich aber sehr wahrscheinlich sogleich sagen, daß Bosheit gewissermaßen zu unsern Genüssen zu zählen sei, mit einem Wort, er wird Verständnis für mein Auftreten gegen ihn haben. Er ist gescheit, und gerade die Gescheitheiten sind es ja, die milde urteilen zu können in die eigentümliche

Lage geraten, was ja eine Art Gefahr für sie bedeutet. Vielleicht besitzen alle Gescheiten, Verstehenden, Aufgeklärten, Feinfühlenden etwas wie ein Masochismuszipfelchen, denn sie neigen innerlich zum Nachgeben. So z. B. rächen sie sich sehr ungern, weil ihnen das »wehtut«, den feinen Nerven, und ich möchte glauben, sie bewunderten diejenigen, die die, ich weiß nicht, ob schlechte oder schöne Kraft haben, sich Genugtuungen zu holen.

Also dieses Wahrheitsagen, hm! Was folgere ich daraus? Wie langsam ich hier übrigens denke! In diesem Augenblick drehe ich mir nun wieder einmal so eine an sich vielleicht ganz dumme, unpassende Zigarette. Scheinbar haften üble Gewohnheiten an mir, wie z. B. die Gewohnheit, mich plötzlich unglaublich wohlzufühlen, unverschämt gesund zu sein. Ich erblicke übrigens irgendwo ein Bild, worin sich ein Heimkehrender seiner Mutter oder seiner Braut in die geöffneten Arme wirft. Schon allein die charakteristische Militärmütze, die ihm auf dem schönen, ehrlichen Gesicht sitzt! Er ist in der Gefahr gestanden, hat Schweres erlebt, geschaut, hat dieses Schwere im tapfern Herzen verarbeitet, hat oft an die gedacht, die ihrerseits zu Hause an ihn gedacht haben. Man mag bezüglich Militär gesinnt sein, wie man will, so hat solch ein Bild etwas Ergreifendes. Man lächelt vielleicht ein bißchen über eine derartige Darstellung, die heute ganz und gar nicht mehr Mode ist, und doch hat es etwas, was dich besticht, was dir gefällt. Natürlich beginnt nach solch einer Heimkehr, nach solch einem schönen Wiedersehensmoment sogleich der Alltag seine unabweisbare Macht geltend zu machen. Unzählige haben das schon erlebt. Die, die Helden gewesen sind, als solche betrachtet, behandelt wurden, verwandeln sich aufs freundlichste, leiseste, aber auch aufs gewisseste in alltägliche Erscheinungen. Vom Rechthaben usw. sage ich so viel: es kann ungewöhnlich bemühend sein, recht zu haben, und es kann von großer Annehmlichkeit sein, als Ungerechter dazustehen.

Ich stand gestern wieder vor so einem »orientalischen Bazar«, dessen kleines Schaufenster wie ein Gemälde anmutete. Es sind da Galanteriewaren zur Schau gestellt. Mich muß so ein Geschäft deshalb interessieren, weil ich sozusagen in der »Branche«

aufwuchs, indem meine Eltern solch ein »Gewölbe« innehatten. Nun las ich gelegentlich im Archiv, worin ich vorübergehend als Gehilfe tätig gewesen bin, von einem Patrizier des zwölften Jahrhunderts, einem »Stammhalter«, der Edelsteinhandel trieb, der ihn bis nach Kairo, Granada usw. führte. Wie interessant, farbig, vielfältig, abwechslungsreich, sagen wir, eine Reise etwa nach Bagdad war, wo Saladin residierte.

Es war dies, so primitiv meine Geschichtskenntnisse sind, die Zeit der Kreuzzüge, die Erfindungszeit der orientalischen Märchen, die Zeit der Hohenstaufen und die Zeit des Grafen von Gleichen, der sich den poesieumwobenen Luxus zweier Gemahlinnen erlaubte, von denen ihm die eine rechtmäßig, christlich, die andere sozusagen »bloß kulturell« angetraut war. Die Chronik teilt uns jedoch mit, daß beide Frauen vortrefflich zusammen auskamen, indem sie sich gegenseitig Freundlichkeiten erwiesen, die kein Ende nehmen zu wollen schienen. Warum gerade dieses Zeitalter mir solch ein merkwürdiges »Faible« einflößt? Ich werde das ja kaum zu erklären brauchen. Wie bin ich außerdem in kontinuierlicher Eile! In besagtem Bazar nun lagen Blätter aus der Manessischen Liederhandschriftsammlung ausgestellt. Bekanntlich sind diese Blätter illustriert.

Es handelt sich hiebei also um das »ritterliche Europa«, das sich gleichsam von der Marienburg in Preußen bis zur Gralsburg in Spanien erstreckt hat. Manchem von uns kommt nun ja alles Ritterliche schier ein wenig komisch vor. Möglich ist, daß alle diese Leute, diese Ritter des Mittelalters, in der Tat überspannt, d.h. wie »im Fieber« waren. Jedenfalls leisteten sie aber ganz bestimmte Bildungsdienste, stellten einen bedeutsamen Literatur-, d.h. Zivilisationsfaktor dar. Ich meine, so etwas gilt es anzuerkennen. Man sollte versuchen, unter keinen Umständen zu verkennen, was vor uns in Kunst- und Geistesangelegenheiten geleistet wurde, und in dieser Hinsicht standen die Ritter, trotz vielleicht allerlei Rauheiten, neben den zarten ins Dasein hineingestellten Mönchen an erster Stelle. Seien wir ihnen nicht undankbar. Stellten sie nicht etwas wie Boten, Missionäre, Sendlinge dar, die von Hof zu Hof, von Burg zu Burg wanderten, um den Bewohnern derselben, vorab der wissensbedürftigen Damenwelt, Neuigkeiten zu erzählen?

Wie ich gern vermute, werden sie diese Aufgabe mit viel Geschicklichkeit absolviert haben; sie werden mit huldigend ausgestreckter Hand dagestanden sein, in der Positur der Statuen, schön aufrecht, möglichst unbeweglich; nur ihr Mund wird sich berichterstattend bewegt haben. Vergegenwärtigten sie nicht etwas wie den »Pressedienst« ihres Zeitalters? Sorgten sie nicht aufs fleißigste für Verbreitung eines überall geltenden »europäischen Tones«, für das Aufblühen eines allgemein gültig sein sollenden Ideales bezüglich werdender Humanisierung?

Ich zweifle nicht, daß sie als Vermittler von Kulturerrungenschaften und Vertreter einer noblen und feinen Internationalität überall dort auftraten, wo ihnen dies passend schien und möglich gewesen sein mochte. Vermöge ihrer Schilderungen bildeten sie das aus, was man Mode nennt. Sie waren Poeten, Journalisten, Aufklärer, Sänger, und wie die Zeit, worin sie das Vergnügen hatten zu leben, beschaffen war, auch noch Kämpfer. Letzteres waren sie also nicht aus Laune. Ob uns die Lieder dieser »Kulturpioniere« nicht speziell um des Lebensernstes willen teuer sind, in dessen Sphäre sie sie dichteten?

Wahr ist, ich geh' nicht häufig ins Theater. Ich sehe gern Schauspielerinnen im Kaffeehaus Zigaretten rauchen. Das Schauspiel läßt an Beziehungen zu der Zeit, worin wir leben, zu wünschen übrig. Man führt Dichtungen auf, die längst heruntergespielt sind. Hiebei hat es wenig Zweck, Namen anzuführen. Eine Schülerin von sehr einnehmender Gestalt interessiert mich. Sie begegnet mir hie und da in einer Allee, die früher hochherrschaftliches Gepräge trug. Das Theater besaß einst für alle etwas Hinreißendes. Die Galerien waren von Studenten und Studentinnen besetzt, die spärlich aßen, um sich Billets zu verschaffen. Damals schrieb ein hochaktueller Dramatiker Rührstücke für die gebildete Gesellschaft. Heute läuft die Jugend auf die Sportplätze. Man hat einzusehen begonnen, daß der Genuß eines Theaterabends nicht nur ein Genuß ist, sondern auch Kräfte in Anspruch nimmt. Unsere Epoche ist eine sanitarische. Die Frauen setzen alles Erdenkliche dran, hübsch zu bleiben. Hübsch sein ist ein Glück. Man will so lange wie möglich jung, gesund, schön, elastisch, liebefähig bleiben. Es wurde zu anstrengend, sorgfältig Toilette zu machen, und man zog den Kinobesuch vor. In hiesiger Stadt kenne ich zirka drei Menschen, was mir beweist, daß ich arbeitsam bin. Wer beschäftigt ist, lernt nicht so rasch Menschen kennen, wie wer herumspaziert und aufs Plaudern ausgeht.

Was das Welttheater betrifft, so sieht man klar, wie sich der Westen Europas jahrzehntelang Mühe gegeben hat, den Osten gleichsam aus dem Schlaf zu rütteln. Ich brauche bloß beispielsweise auf Gustave Dorés geistreiche, satirische Zeichnungen hinzuweisen, die auf das zaristisch regierte Rußland zielten. Der Osten ist »vom Bett« aufgestanden. Noch scheint er schläfrig, reibt sich die Augen. Vielleicht ist es noch verfrüht, zu sagen, er sei erwacht. England fühlt sich vom bloßen Gedanken an eine solche Möglichkeit unangenehm berührt. Man versteht das ja vollkommen. Zwischen China und Rußland gibt es Beziehungen, die man nicht genau kennt. Daß Europa Rußland feindlich gegenübertreten mußte, oder zum Teil wenigstens glaubte, es müsse es tun, ist für Europa peinlicher als für Rußland. Letzteres sah und sieht sich auch noch jetzt angegriffen. Es ist im Verteidigungszustand, der an und für sich vorteilhaft ist. Was geschieht in Indien? Man sieht, ich befasse mich mit großen Fragen. Frankreich hat Sorgen. Das geht noch an. Aber warum bewitzelt der Franzose so leichtsinnig gewisse Unbehilflichkeiten? Nun ist der Osten Europas kein Kind mehr, oder doch nur noch halb. Man muß insofern England loben, als es von sämtlichen westeuropäischen Nationen am wenigsten Lust zeigte, sich über die östliche »Kindlichkeit« zu amüsieren. Wie verhält sich Polen zu gewissen Wünschen betreffend die Änderung der Staatsform in Rußland? Der Westen, der zum Hochmut gegenüber dem Osten neigt, wird schwer zu bewegen sein, Vertrauen zu demselben zu gewinnen. Ich will nicht von »Bildungsdünkel« reden, obwohl ich mir hierzu das »Recht erteilen« könnte. Hochmut kann in gewisser Hinsicht schön sein, aber er ist immer eine sich früher oder später offenbarende Dummheit. Japan wartet klug ab; es ist, als sei es träge. Dem Europäer könnte man wünschen, er lernte ebenfalls etwas von der asiatischen Kunst, sich in die Zeit zu schikken. In Friedenssachen spielen Talent und Instinkt eine erheblichere Rolle als die gute Absicht, die an sich etwas total Charakterloses ist. Es wurden Anspielungen auf die »Friedhofsruhe« gemacht. Mir ist eine solche lieber als überhaupt keine. Die Lage Italiens ist wegen seiner Empfindlichkeit ungünstig. Warum sind die Italiener empfindlich geworden? Weil sich Deutschland empfindlich gezeigt hat? Das wäre ja sehr natürlich, wenn auch schon ein bißchen zu sehr nach Naturhaftigkeit aussehend. Politik fängt dort an, wo die Empfindlichkeit überwunden ist. Aber ist es denn gesagt, daß gute Politik getrieben werden muß? Schlechte Politik ist ja auch Politik, vor allen Dingen: Leben! In London ist ein Vertreter der Sowjetrepublik »gekränkt« worden. Überall wird denen, die gekränkt worden sind, das Gekränktsein zum Vorwurf gemacht. Frankreich ist »nur ein offizieller« Freund Englands. In der ganzen zivilisierten Welt bilden die hohen Gehälter eine Last. Die Staaten »ächzen«. Ich seh's an mir, wie es im großen ist. Wenn ich guter Laune bin, gelte ich etwas, wie ich mich aber in dieser guten Laune erhalte, hierum kümmert sich begreiflicherweise niemand. In den Völkern zittert es wie in einem epileptischen Körper. Und ich bleibe bei der Überzeugtheit, der Westen habe den Osten derangiert. Deshalb ist nun der Osten ein »Bösewicht«. Als ich eines Tages jemand über den Haufen warf, weil ich ihn lächerlich fand, schaute ich ihn auch noch strafend an. Irre ich mich nicht, so hielt ich ihm eine Rede über die Unverantwortlichkeit des mir an Kräften nicht Gewachsengewesenseins. Ein Witzblatt machte sich über eine hochstehende Persönlichkeit lustig. Dieselbe ohrfeigte dafür denjenigen, der ihr das Blatt überbrachte. Könnte man nicht hamlethaft vom Horizont sagen, er sei von Wolken bedeckt, die wie Kamele aussehen?

Ich gähne über diese Bemerkung.

Ich stehe mit diesem Abriß über die uns interessierenden Zustände wie auf einem Hügel; unten steht die Geliebte, die ich vom Aussichtspunkt aus anlache.

Bei all dem, d.h. nebenbei, was unter dieser Einleitungsphrase zu verstehen sein mag, braucht mich kaum zu kümmern, denke ich, und dies wird nur ein kleines, verschwindend geringes Aufsätzchen werden, an den gefangenen, nackten Mann von anno dazumal.

Habe ich nötig, den Zeitpunkt, das Jahrhundert anzugeben? Als wenn die Zeitangabe eine Rolle spielte, durchaus unerläßlich wäre! Mich beschäftigt da übrigens eine beinahe abenteuerliche Frage, nämlich die kleine und doch wieder wichtige, große Tagesfrage, ob einem Masseur gestattet werden kann, die Frau, die er zu frottieren, gleichsam herauszumodellieren hat, zu Schönheitshervorzauberungszwecken zu küssen. Könnte es hiebei nicht zu Überraschungen, theatralischen Auftritten, Unannehmlichkeiten erster Ordnung kommen? »Mensch, was erlauben Sie sich da?« würde zu einem Körperkünstler gesprochen werden können, dem es einfiele, die Grenze seiner Obliegenheiten, die Bestimmungen seines Berufes tunlich auszudehnen.

Doch zurück zu meinem armen Mann, der gänzlich nackt dasteht. Darf man bezüglich dieser Kreatur von einer Ausgesetztheit ohnegleichen reden? Ich hoffe, daß man das darf. Heute strahlt die Sonne auf einen Tag herunter, der als Säuglingsfürsorgetag bezeichnet werden darf. Ein Mädchen, das jung wie eine Knospe ist, fragte mich an, ob ich gesonnen sei, irgend etwas für diesen humanen Zweck zu tun. Durfte ich mich da weigern? Das würde mir als unmöglich erschienen sein.

Ein berühmter Dichter liegt in Gedrucktheitsform neben einem eingekauften Stück Brot in der Schublade meines Kleiderschrankes, und nun wird von meinem Mund, der etwas Lachendes an sich hat, wofür ich Vater und Mutter verantwortlich mache, vielleicht etwas sehr Eigentümliches gesagt: der bereits hervorgehobene Gefangene stand in einer Art Kasten oder eisernem Schrank vollständig isoliert und aufrecht da. Bei der geringsten Bewegung, die er sich im leisesten Sinne leistete, stachen ihn Dolche, zwischen deren geschliffenen Spitzen er eingesperrt, eingezwängt, eingeklemmt war. Welche Einsamkeit das für ihn bedeutete! Kaum vermag man sich einen Begriff davon zu machen. Die Sache mit diesem hervorragend armen, bedauernswerten Mann war so: er hatte sich irgend etwas zuschulden kommen lassen; er wird sich in starkem Maß unbeliebt gemacht haben, und zur Strafe für diese Sünde schmachtete er jetzt in außerordentlicher Art und Weise in einem verhältnismäßig denkbar engen Käfig, worin es ihm sicher unaussprechlich ungemütlich vorkam.

Gestern genoß ich in einem Wirtshauswinkel einen scheinbar ausgezeichneten Leitartikel. Darf ich glauben, daß auch mein Artikel hier um so eher die Note »ausgezeichnet« verdienen wird, als vielleicht noch eine Anzahl Blinder auftreten könnte? Ich ging da nämlich in eine hiesigen Platzes veranstaltete Kunstausstellung und fand bei diesem Anlaß ein Gemälde von Brueghel vor, das eine Blindenszene zur Darstellung brachte, wie man sie sich bedeutungsreicher, frappierender, tiefsinniger, gedankenvoller kaum zu denken vermag. Blinde haben Händel miteinander, bearbeiten einander mit Wanderstöcken, daß es sozusagen beinahe eine Freude ist. Hiebei handelt sich's um einen hohen Grad von Tragikomik, und es ist möglich, daß dieses Blindenbild das stärkste Gemälde in der Gemäldeausstellung war.

Blind sind wir ja in gewissem Sinn und Maß alle, alle, obwohl wir Augen haben, mit denen wir sehen. Einmal begegnete ich in irgendeiner Straße einem Blinden, an dem mir vorzüglich die Ruhe, gleichsam die Ausgeglichenheit, das mit sich und in sich Abgeschlossensein, eine Übereingekommenheit mit seinem Schicksal auffiel. Auf dem Brueghelbild hauen sich also Menschen blind auf die gegenseitigen, werten, ehrenwerten Köpfe. Das geschieht in einem trefflich zur Anschauung gebrachten Dorf zur Nachtzeit. Die ganze Menschheit, kann man sagen, schläft um diese Stunde in ihren Stuben und Betten, und in all dieser Stille, in all diesem allgemeinen Schlummern führen diese umherziehenden Leute eine Prügelei auf, von der man glauben darf, sie sei unvergleichlich gewesen. Lichtbegnadete Erde, was bist du? Menschen, die ihr diese schöne Erde bewohnen dürft, wer seid ihr, woher stammt und kommt ihr? Eigentlich dürfte dies eine banale Frage sein, die aber immerhin Klang hat.

Erbarmen wir uns jetzt wieder ein bißchen unseres armen, im Kasten voll Messer und dergleichen versorgten, verborgenen Mannes. Ich sah diesen guten, unsäglich armen Mann nämlich als Knabe auf der Abbildung irgendeines Blattes, das vielleicht »Kunst für Alle« hieß. Gab es nicht damals unter anderem eine Zeitschrift, betitelt »Vom Fels zum Meer«, die womöglich auch zu heutiger Zeit noch heiter fortblüht? Nimmt man an, daß keine liebe, nette Frau sich mehr darum kümmerte, ob der Gefangene überhaupt nur noch Strümpfe besitze, oder was er zu essen bekomme, so bemächtigt sich einen mit diesem Stück vollkommenen Verlassengewesenseins ein aus allen Unmittelbarkeiten springendes, singendes Mitleid.

Lieber Leser, solltest du nicht Grund haben, erstens froh, d.h. beinahe überglücklich zu sein, daß du nicht blind umherzuziehen nötig hast, zweitens, daß du weder Prügel auszuteilen noch einzuheimsen in die Lage gerätst, und drittens, daß dich keine Dolche bei der leisesten Bewegung kitzeln? Sprich für die Blinden lieber hin und wieder ein kurzes Gebet, anstatt wegen Kleinigkeiten, die dich stören, aufzubegehren, und denke zu deinem geistigen Vorteil von Zeit zu Zeit an jenen armen Mann im Eisenschrank, ehe du es über dich zu bringen wagst und es unternimmst, dich wegen dir zu beunruhigen.

Was den Masseur anbelangt, so sei er ersucht, vorsichtig vorzugehen.

Schöne Frauen schmücken die Promenade mit ihrer Gegenwart, und ich sitze und schreibe hier?

Ich dachte heute an Hamlet. Nebenher gesagt, riefen mir soeben Kinder einen Übernamen nach. Ich bin infolgedessen bei glänzender Laune. Ein Freund brachte es dadurch zu etwas, d.h. ziemlich weit, daß er sich zu Zeiten, wo es ihm noch nicht gut ging, interessierend nach mir erkundigte, und daß ich mich in diese Interessebekundung freundschaftlich einließ. Das fiel mir gerade so ein, und ich schrieb es hier auf. Ich schreibe hier, weil's Sonntag ist, nur ganz wenig. Man soll den Sonntag durch Arbeitsamkeit nicht entweihen. Hiezu, finde ich, sind die Werktage da. Übermut an Kindern reizvoll zu finden, dazu bedarf es seelischen Gleichgewichtes. Ich bin jetzt im Besitz einer grandiosen Gesundheit. Wie erquickt's mich, damit zu prunken. Vielleicht werde ich, wenn ich dies aufgeschrieben haben werde, einen Sportplatz aufsuchen.

Hamlet ist gewiß die bedeutendste »moderne« Dichtung. Welche Folgerichtigkeit, welche großen Verhältnisse, was für eine junge Tonart! Und nun gelange ich zum Motiv dieses nur geringfügigen Essays. Hamlet spricht bekanntlich bei irgendwelchem Anlaß: »Reif sein ist alles.« Aber man bedenke, mit wieviel Melancholie er dies sagt. Welche Entsagung, welch ein Weltschmerz tönen in diesem Ausspruch! Er scheint zu weinen, indem er sich diesen Ausspruch abringt. Hamlet war ja in das merkwürdigste Geschick verwickelt. Wie oft ließ er seinen Kopf hängen. Seine Hände wurden mit der Zeit die Sensibilität selber. Ist es möglich, daß gerade ein Engländer eine so wunderbare Musikalität schaffen konnte, wie Hamlet sie darstellt? Ja, es war möglich, denn der Beweis liegt vor. Weil Hamlet mit seiner geliebten Mutter uneinig war, sah er sich zum Abfertigenlassen möglichst köstlicher Weisheiten verbunden. Wie gerne jedoch würde er auf dieses zweifelhafte Vergnügen verzichtet haben. Seine Mutter verehrend, zwang ihn seine Ehre, sein Gewissen usw., gegen sie vorzugehen, und weil er das tun mußte, entsprang seinen Lippen dieses an sich unsagbar traurige: »Reif sein ist alles.«

Soll nun für uns ein Wort Grundsatz sein, das ein überaus bedrängter, unglücklicher Mensch in seiner Qual aussprach? Reif sein? Was bedeutet denn das? Sind wir denn nicht eigentlich erledigt, sobald wir reif wurden? Greise, Greisinnen sind reif, aber sie lieben es nicht, an den Reifezustand erinnert zu werden. Wie mancher Reife wünscht seine Gereiftheit gegen ein bißchen Unreife umzutauschen, denn mit der Unreife fängt ja das Leben an. Der Frühling ist ja denn auch beliebter als der Winter, und nach einem Winter wird's ja stets wieder Frühling. Was gibt es für Gründe, sich auf die Reifheit viel einzubilden? Der so arme Hamlet sagt sich mit dem Wort: »Reif sein ist alles«, eigentlich nichts anderes als abschiedsbereit sein, wie die Dinge für ihn lagen. Er war ein Todgeweihter, das fühlte er, und daher sprach er endgültig Weises in einem mit dem Leben so sehr fertiggewordenen Ton. Man sieht also gerade aus dem Hamlet, daß Reifsein etwas Nötigliches, also etwas ganz und gar nicht Wünschenswertes ist. Vielmehr ist uns, die wir leben, recht viel nette, fröhliche Unreife zu wünschen. Reife ist doch der Zustand vor der Fäulnis. Diese Tatsache wurde ja denn auch von Hamlet wahrgemacht. Hat man keine Augen? Man klammere sich doch nicht immer nur so an Färbchen, Ausschnitte, sondern überschaue einen gesamten Verlauf, ein Totalbild. Weil Hamlet total lebensmüde war, entfloh ihm das Weisheitswort, aber das Leben will etwas anderes von uns als Weisheiten, es will, daß wir ihm huldigen, fröhlich mit ihm übereinstimmen, es will, daß wir's lieben. Im Leben ist Liebeslust, Daseinslust die höchste Weisheit, also womöglich unreif sein. Innerhalb der Unreife liegen ja viel mehr Lebensmöglichkeiten als innerhalb der Ausgereiftheit. Hamlet nennt sich ja selber arm, und um seiner so erstaunlich klugen Aussprüche willen verachtete, haßte er sich. Es hat weit mehr Sinn, das Reifwerden zu verhindern, als es zu fördern. Was dann noch, wenn wir reif sind? Resignieren, zweifeln, nörgeln! Zeigt uns denn der große Dichter in seinem Hamlet etwas anderes als ein abschreckendes Beispiel?

Und jetzt erinnere ich mich, wie mir einmal ein Mädchen sagte: »Werden Sie nur nie zu klug.«

Wer klug ist, wird besorgt zu sein haben, sich Unklugheiten anzueignen, und wenn einer reif ist, sollte er schleunigst das Nötige in die Wege leiten, wieder ein wenig unreif zu werden, was ich für sehr weise gesagt halte, und ich füge noch bei, daß wir, wenn wir uns etwas Einheitliches sein wollen, Lust und Gläubigkeit brauchen. Leider gibt es unter uns zu viel übelgelaunte, lebensabgeneigte Leute, und man möchte sagen, daß unserer Gesellschaft nichts so gut täte, als daß sie vom männlichen und weiblichen Hamletischen gesäubert würde, womit natürlich allerlei gesagt sein will. Ich sehe täglich stolze, stolze Menschen und wundere mich daher nicht über das Vorkommen mannigfaltigen Unbehagens. Ich sage es mir und allen, daß wir beinahe etwas wie Bösewichte sind, die nichts voneinander annehmen wollen.

Als nämlich Hamlet merkte, daß man ein bißchen mit ihm zu spielen wünschte, wurde er böse, aber er fühlte, daß er damit ein Unrecht beging. In scheinbarem Zorn über seine Jugendkameraden warf er die Flöte hin. In Wirklichkeit war er über sich selbst zornig, dieser Intellektuelle, dem die reiche Intelligenz, die er besaß, Streich auf Streich spielte, Hieb auf Hieb gab. Er spielte den Wahnsinnigen, aber den Gütigen, Vergebenden, den Ausgleichherbeiführenden vermochte er nicht zu spielen. Man spielt dadurch zum eigenen wie zum Vorteil der andern, daß man mit sich spielen läßt, in ein Spiel einwilligt. Einige werden mir erklären wollen, das sei unmoralisch, ich aber bin von der Moral in der Biegsamkeit und vom Biegsamen in der Moral überzeugt. Nach mir würde es sich um Aufstellung einer Moral handeln, die sich dehnbar erweist, die Elastizität hat, die nicht starr ist, sondern sich unseren Spielen, dem Spiel des Lebens anbequemt, anpaßt. Vielleicht werde ich eines Tages eine Tribüne besteigen und laut sagen, daß überhaupt nur die, die gern spielen, eine wahrhaftige Verantwortlichkeit besitzen, doch ist es besser, ohne alle Umstände eine Szene zu erstellen, als erst noch lang und breit davon zu reden. Wer Lust hat, etwas zu tun, kümmert sich nicht um das, was die Leute dazu sagen; er riskiert es.

Wer weiß, ob nicht Ophelia eine freilich unschuldige Sünde dadurch beging, daß sie zu schön, zu hoch von Hamlet dachte. Vielleicht würde sie ihn von seinem Spleen kuriert haben, wenn sie ihn beispielsweise bloß mal angeschnauzt hätte. Ich würde ihn an ihrem Platz ein- bis zweimal gehörig haben abfahren lassen, hätte ihn mit Geringschätzung überhäuft, verspottet. Dieses schöne Kanzlerstöchterchen besaß eben keinerlei Spiellust. Sieh da, wie's wieder hierauf ausklingt! Sie war zu schlicht, zu ernst, vielleicht etwas zu edel, sozusagen zu vornehm, und sie war vor allem viel zu lieb zu ihm. Sie verwöhnte ihn, und er wurde vor Verwöhntwerden träge, fett und unzart. O, wenn wir immer alles von uns wüßten, wenn wir Folgen überblicken könnten. Vielleicht hätte übrigens ein anderer diesen Essay besser geschrieben, obwohl ich es im Grund nicht glaube, denn ich glaube, daß diese Zeilen bedeutend sind, und ich möchte befürworten, daß man die Knaben frühzeitig ans Ertragen von Blamagen, Niederlagen usw. gewöhnt. In Hamlet sehe ich einen ausgesprochenen Verzärtelten, Verweichlichten, daher seine Unlust und seine Unzartheiten. Gestrafte, Zurechtgewiesene sind zart. Die Undank erlebt haben, vermögen für irgend etwas zu danken. Wir Ungebändigten alle!

Ich bin in diesem Moment ein Engländer, den anscheinend nichts zu ergreifen vermag, was mir eine sehr hübsche Prosastückposition zu sein scheint, aus der heraus ich verlauten lasse, daß es einer in der Hand hat, ob er Versuchskaninchen sein will oder nicht. So etwas ist Standesbewußtseinsangelegenheit. Nun etwas von Geburtstagen usw.

Mein Namenstag ist der 24. September, mein Geburtsdatum der 15. April. Somit wäre etwas Herbstliches, Herbes und etwas Frühlingshaftes, Liebes an mir.

Wir leben in einer sündhaften, weil nüchternen, gescheiten Zeit. Wie sanken in früheren Zeiten Dichter frühzeitig hin, so romantisch, gefühlvoll, so entzückend kränklich, müde, voll Weltschmerz und dergleichen. Hievon gibt es heutzutage leider keine Spur mehr. Oder muß man sagen: glücklicherweise? Das käme auf die Auffassung an. Der bedeutende Petöfi erreichte bloß ein Alter von 26 Jahren, Georg Büchner, der geniale Dramatiker, wurde auch nicht viel älter. Hölderlin hielt es für angezeigt, d.h. für taktvoll, im vierzigsten Lebensjahr seinen gesunden Menschenverstand einzubüßen, wodurch er zahlreichen Leuten Anlaß gab, ihn aufs unterhaltendste, angenehmste zu beklagen. Rührung ist ja etwas überaus Bekömmliches, mithin Willkommenes. Über einen großen und zugleich unglücklichen Menschen weinen, wie schön ist das! Wie viel zarten Gesprächsstoff lieferten solche unalltäglichen Existenzen! Novalis, dieses Talent ersten Ranges, lebte und starb wie eine Blume, kurz, aber gleichsam einen verführerischen Duft ausströmend.

Genannten war es nicht vergönnt, fünfzigste Geburtstage zu feiern. Bald werde auch ich fünfzig Jahre zählen. Was alsdann?

Gehöre auch ich zu den Dichtern, die es darauf abgesehen haben, die Mitwelt durch Beweisablegung eines womöglich geradezu maßlos normalen Verstandes zu erschrecken? Soeben haben fünf bis sechs vorzügliche Autoren ihren fünfzigsten Geburtstag erlebt. Weitere Feierungen werden folgen. Wie unsäglich gewöhnlich wir eigentlich sämtlich geworden sind! Keiner mag mehr eine Ausnahme sein. Jeder bebt vor einem etwaigen Schicksal. Auch ich bewege mich durchgängig zweckhaft. Ich gehöre zu denen, die sich vorgenommen haben, alt zu werden. Dennoch ist etwas in mir, das mich wegen der Geburtstage, die ich erleben werde, auslacht. Nächstens kommt bezüglich Geburtstäglichkeit mein Freund Feinohr an die Reihe. Er läuft im Hinblick hierauf ganz verwundert herum. Von andern wäre ähnliches zu sagen.

Wir verstehen scheinbar alle nicht mehr, rechtzeitig zu welken. Es fehlt uns also etwas. Wie schön und kühn starb z. B. Körner. Er und andere verzichteten aufs vornehmste auf den fünfzigsten Geburtstag. Sie waren unvorsichtig, was im Grund sehr nett von ihnen war.

Wie ich mich freue, daß man mir zu meinem kommenden, herannahenden Fünfzigsten wird gratulieren müssen!

Gott sei Dank vergehen alle diese Geburtstage verblüffend rasch.

Wer mich liest, und wie man mich liest, kümmert mich nicht. Schreiben bedeutet für mich eine Erholung, eine Art Schlafmittel. Dieses Metier beruhigt, erheitert mich.

Heute rede ich von Schändlichkeiten, wobei mir der Schandpfahl oder Pranger einfällt, woran zu früheren Zeiten diejenigen placiert wurden, die sich Fehler in mehr oder weniger hohem Grad gegenüber ihren Mitmenschen zuschulden kommen ließen. Ich las einmal in aller wünschenswerten Bequemlichkeit eine Prangergeschichte, die in einem Gartenlaubeband stand. Wie ich sie interessant fand! Das Fenster stand offen. Im Garten zwitscherten die Frühlingsvöglein, Blümchen, gelbe, blaue kokettierten mit ihren lieben, weichen Lippen. Ich bildete mir ein, sie lächelten. Ich lag im Bett, ich war krank, aber ich bekam die feinsten Speisen zu essen. Täglich stattete mir ein Arzt seinen behutsamen Besuch ab. Meine Hände, die ich so aufs Bettuch hinlegte, erschienen mir wie die Geduld, wie die Frömmigkeit, wie die Intelligenz selber. Sie erinnerten mich an geistreiche Essays. Der Fenstervorhang liebkoste mich, indem er mir Märchen erzählte. Nie war mir das Leben so schön vorgekommen, als vom Krankenzimmer aus angeschaut. Ich kann nicht beschreiben, wie ich mich über ein bißchen Blau freute, das ich sah, wenn ich nach oben blickte. Ich meine damit den Himmel. Von Zeit zu Zeit erschien meine Geliebte. Sie stand ein Viertelstündchen oder auch etwas weniger lang in sehenswerter Unbeweglichkeit da, mich liebevoll anschauend. Das ist selbstverständlich. Nie sprach sie ein Wort, aber mit dem Gesicht, mit den Augen plauderte sie anmutig und lebhaft.

»Ich kann dir unmöglich treu sein, und ich bitte dich, mir das nicht übel zu nehmen!« sprach ihre schöne, sanfte Haltung.

Um sie zu beruhigen, erklärte ich ihr: »Ich nehme das nicht so genau.«

Wenn ich gesund gewesen wäre, hätte ich vielleicht nicht so generös gesprochen. Entzückend war es, ihre Hand anzufassen. Heute ist mein Verhältnis zu ihr bei weitem nicht mehr so überfließend lieb. Ich bin empörend gesund, und aus dieser Gesundheit heraus, über die ich mich verwundere, erinnere ich leicht und mit einer gewissen Belustigtheit daran, daß es eine Zeit gab, wo quasi auf Kaiser Josefs des Zweiten Verfügung Adlige, die sich als unsolid und unzuverlässig erwiesen, zur Strafe die Straßen Wiens mit Staubbesen fegen mußten, eine Beschäftigung, die ihnen Unbehagen verursacht haben wird, was man ohne Weiteres annehmen kann.

Das war eine Schande, das!

Ich sah nämlich als Knabe im Elternhaus hierüber eine Abbildung, eine Art packenden Kupferstich, der mir noch heute deutlich vorschwebt. Bisweilen fasziniert mich mein gutes Gedächtnis förmlich. Ich kann aber auch sehr vergeßlich sein.

Mit was für Schmählichkeiten kann ich sonst noch aufwarten?

Mich wundert, wie anständige Leute über eine Strafanstaltspersönlichkeit, wie Oscar Wilde eine gewesen ist, prunkvolle Aufsätze, ja sogar Bücher zu schreiben imstande sein können. Dies begründet sich jedoch mühelos so: Mit der Zeit verwandelt sich so eine Schmach und Schande in etwas Rührendes, ja beinahe Schönes und Gutes. Ein bedeutender Sünder interessiert uns stärker als eine mittelmäßige, belanglose und klanglose Tugendhaftigkeit. Zu Wildes Lebzeiten ging man natürlich vorsichtig, zurückhaltend mit ihm um. Als er aber von dannen gefahren war, schmückte man ihn, ich möchte sagen, mit einem Heiligenschein, den er sicher in jeder Beziehung, d.h. aufs redlichste verdiente. Das Schicksalhafte ist es, das einen Dichter in die Unvergeßlichkeit hebt, ihn zu einer immer jungen, grünenden Erscheinung macht! Dichter, wie Oscar Wilde, fangen erst nach ihrem Ableben eigentlich an zu wirken, zu leben. Von ihnen geht ein wundersames Aladdinlicht aus, das die Treppen,

Gänge und Stuben der Zivilisation und der Bildung festlich beleuchtet.

War es nicht auch für Gottfried Keller beinahe eine Schande, daß er von so und so vielen Hübschigkeiten und Geschmackvollgekleidetheiten so und so viele allerliebste, mit Spöttelei verzierte Körbchen abbekam? So und so oft fragte er aufs zarteste an, ob er sich das Recht herausnehmen dürfe, sich beliebt zu machen, und so und so oft erhielt er abschlägige Antwort. Dieser große Zürcher schleppte erstens seine einzigartige Bedeutung und zweitens Junggesellenmakel mit durchs Dasein.

Wie man sieht, bin ich hier in einer illustren Gesellschaft.

Ich hatte eine aus dem Frühgottesdienst kommende, lahme Frau kurz gegrüßt, absolut unmitleidig, beabsichtigt-fröhlich, im Gefühl, und mein Verstand sagte mir das ja ebenfalls, daß gerade die sogenannten Unglücklichen keineswegs bemitleidet sein wollen, denn in denen, die leiden, lebt eine Würde, die mit einer Art Kraft Ähnlichkeit hat, und man würde sich sehr täuschen, wenn man alle Kranken zur Gruppe oder Kategorie der Geschwächten zählte, da sie seelisch oft über weit mehr Widerstandsfähigkeit verfügen als die sogenannten Gesunden. Ich meine, man tue gut, dies stets ins Gebiet der Möglichkeit zu ziehen, die Enterbten, Betrogenen, Enttäuschten, Armen usw. stellen meiner Meinung nach eine Macht vor, die man sich gewiß das Vergnügen bereiten kann, gering zu nehmen; es kann aber Naturen unter uns geben, die keine Lust, nicht das geringste Bedürfnis haben, zu irgendeinem von jenen Genannten zu sagen: »Hier, mein guter, armer Mann, oder: hier, meine liebe, arme Frau, schenke ich Ihnen etwas.« Es kann Wissende, Empfindende geben, die in solchem Fall vorziehen, zu denken, daß diese Verunglückten auf ihre Art und Weise und durch ihre durchaus besonderen Umstände so glücklich sein können wie diejenigen, die sich nur zu schnell mit der Einbildung schmeicheln, daß dies nur bei ihnen möglich sei. Ich finde, man müsse bezüglich Hilfeleistung immer erst säuberlich abwarten, es heraushorchen, sorgfältig in Frage ziehen, ob Helfen wirklich auch am Platz sei. Abzuwägen, wo wirkliche Notdürftigkeit vorliegt, beruht auf der Menschenkenntnis, auf dem Studium der Charaktere und des von Fall zu Fall ganz andern Bedürfnisses.

Ich schrieb gestern einen Brief, von dem ich annehmen darf, daß er imstande sein werde, im Empfänger allerlei Nachdenklichkeit zu wecken, und besuchte abends eine Opernvorstellung, die mir zur Sensation wurde, worüber ich hier Bericht ablegen will.

Vielleicht hätte ich, ehe ich in diese Vorführung ging, Rotwein trinken sollen, gleichsam um stimmungsvoll zu sein, mich sozusagen aufnahmefähiger zu machen. Leider kam ich aber nicht dazu. Übrigens werden derartige Mittel meiner festen Überzeugung nach kaum von so eingreifender Wirkung zu sein vermögen, wie man es sich gern einreden möchte.

Um von der Bühnendekoration ein Wort zu sagen, so zielt meine Auffassung dahin, daß die Malerei das dargebotene Stück bloß ausschmücke, daß man aber unter keinen Umständen von ihr zu erwarten habe, sie werde die Inhaltlichkeit, die Bedeutung eines Theaterabends erhöhen können. Das Dekorative scheint mir ganz einfach nur eine Verfeinerung des bereits vorhandenen Genusses zu sein, der vor allem auf dem Werk selber, das gespielt wird, beruht. Mehr oder weniger gute Stimmen der Mitwirkenden ergeben meiner Ansicht nach bestimmt nicht das Wesentliche, das durch die Qualität des Stückes repräsentiert wird, womit ich mich auf einen Standpunkt stelle, der den Darstellern, dem Herrn Dirigenten und den Dekorateuren willkommen sein kann, indem sie nicht zu befürchten haben, ich falle über sie her, wolle sie kritisieren, meinen Witz an ihnen erprobend, was mir um der Wichtigkeit willen total fernliegt, die ich jedesmal, wenn ich das Theater besuche, lediglich aus der Schöpfung herzubeziehen wünsche.

Der Erfolg des Stückes schien mir, bei einigem um mich Herumblicken, durchaus nicht gesichert. Der Zuschauerraum ließ an gedrängter Besetztheit sichtlich zu wünschen übrig. Vielleicht garantiert einen Erfolg immer die Tribüne, womit ich sagen will, das Volk, das diesmal, wie mir schien, nicht sehr vollzählig, d. h. keineswegs in Scharen herbeizuströmen gekommen war, was vielleicht daran lag, daß es sich da »bloß so« um eine »Neueinstudierung« handelte, wie der Theaterzettel vielleicht etwas unzutreffend, ich meine, womöglich etwas ungeschickt, d.h. allzu bescheiden zu lauten für richtig gefunden hatte. Studium, hat das nicht immer beinahe einen Beigeschmack von etwas Tastendem, Unsicherem, von etwas, womit man »nicht fertig wird«, so, als wenn eine vorangegangene mühselige Schulung dringend nötig gewesen sei, eine Einübung, die natürlich in Ordnung war, denn das muß ja so sein, aber meines Ermessens nach hat man nicht Grund, es die Öffentlichkeit deutlich merken zu lassen.

Diese Kleinigkeiten in Kunst und Leben, wie sie viel bestimmender, beeinflussender sind, als die meisten annehmen.

Sollte es sich mit der Tatsächlichkeit vereinbaren, daß ich etwa zu rüstig, zu gesund in diese Vorstellung gegangen bin, die auf mich im großen und ganzen nicht den vorausgesetzten großen Eindruck machte? Ich betrat nämlich das Bühnenhaus in dem nur zu schönen Vorurteil, daß ich die bedeutendste deutsche Oper zu hören bekommen würde, was ich nun aber merkwürdigerweise nicht finden konnte, so warm, so herzlich ich auch einzelne wundervolle Partien begrüßte, mit freudigster Anerkennung umarmte.

Wie man sieht, kontrolliere ich mich hier in jeder Hinsicht genau, dulde keine Begeisterung, die nicht begründet ist. In der Oper, die ich mir hier die Ehre gebe zu besprechen, traten zwei betrogene Frauen auf, die ihre Enttäuschung, ihre Betrogenheit, ihren Seelenschmerz klanglich, gesanglich zum Ausdruck brachten, was die eine vielleicht ein wenig stürmischer besorgte als die andere. Beiden ist es aber um ein und dasselbe zu tun, um eine Anklage, und nun überkam mich das Gefühl, das mir sogleich als ein durchaus zeitgemäßes vorkam, daß sie gleichsam mit ihrem »Aufbegehren« nicht sehr vorteilhaft »abschnitten«, daß dieses ihr Klagen, Weinen usw. einer »entschwundenen Zeit« angehöre, daß dies alles nicht mehr sehr stark in die unserige, in die heutige, passe. Dieses Gefühl oder dieser Eindruck, dessen ich mich unmöglich zu erwehren vermochte, stimmte mich vielleicht gegenüber den »Ergießungen« der beiden Frauen, allzubedauerlich, wie sie sich zu gebärden schienen, etwas prosaisch, d.h. trocken. Vielleicht sind mir da viele sehr wertvolle Stimmungen fast augenblicklich verloren gegangen.

»Wegen wem klagen sie so sehr?« entstand in mir die völlig

unschuldige, fast selbstverständliche Frage. War der Gegenstand der Enttäuschtheit wert, daß sie sich sie so sehr zu Herzen gehen ließen? Mit nämlich weiter nichts als ein paar Schürzenjägerallüren faszinierte er sie, das stand klar am Tage. Zur Entschuldigung diente den Frauen immerhin, daß er ihnen unersetzlich erschien, d.h. daß sie ihn in jeder Hinsicht allen sonstigen Mitgliedern der Herrenwelt vorzogen, und er wußte das und war fürchterlich stolz darauf, und dennoch, und hiemit gelange ich zu etwas ebenso Einfachem wie Sonderbarem, brachte er es nicht einmal zu einer Bravourarie, wie sie doch sonst von jedem großen Sänger und Sieger gesungen und herausgeschmettert zu werden pflegt, um seine vollkommene Überlegenheit zur Geltung gelangen zu lassen. Herrlich scheinen ja solche »Helden« in der Unverschämtheit, schön mit ihren Frechheiten und unbezahlbar und bezaubernd in der gebirgshaft aufsteigenden Summe ihrer Herzlosigkeit zu sein, die mit ihren Körpergeschmeidigkeiten prangen.

Ich befaßte mich von Akt zu Akt lebhafter mit dem Komponisten und kam zu einem für ihn nicht sonderlich günstigen Ergebnis. Beispielsweise sagte ich mir, daß die wahre Klage eher stumm als klang- und wortreich sei. Gewiß kann ein Komponist nicht verstummen, er kann einen Höhengrad des menschlichen Erlebens nicht dadurch kennzeichnen oder vergegenwärtigen, daß er »schweigsam« bleibt, aber er stand hier bezüglich des Problemes der Demonstrierung der Klage, der Trauer scheinbar einfach vor einer für seine Wesensart unlöslichen Aufgabe: dieser Eindruck war's, den er mir übermittelte, was ich selbstverständlich bedauerte, da es sich um einen von mir im übrigen geliebten und bewunderten Meister handelte.

»Wird er jetzt nicht ein bißchen langfädig?« Diese Frage war's, die sich in meinem sehr um ihn besorgten Gemüt bemerkbar machte, mit einem Wort, der Wunderbare, derjenige, der mir in seinen sonstigen Werken als ein Wunderbarer vorgekommen war, kam mir hier anders vor, er kam mir vor wie einer, der mit seinem letzten Werk, freilich immer noch überaus schön tönend, aber wie über sich selbst klagend und irgend etwas wie Resignation aushauchend, der Welt lebwohl sagt, sich vom geliebten, angenehmen Leben, eine gewisse Bedrücktheit, eine Dumpfheit nicht total besiegen und überwinden könnend, verabschiedet. In Wirklichkeit war ja denn auch diese Oper des Lieben und Großen letzte künstlerische Leistung, in die etwas wie ein »ach, wie ist es schade, daß mir nicht mehr gegeben ist, weiterzuschaffen«, hineinzufließen, gleichsam hineinzuduckmäusern, zu seufzen gekommen ist.

Im Helden seines Stückes will er nämlich einen grandiosen Trotzigen vertonen, einen kolossalen Bösewicht, einen Sünder hartgesottenster Sorte, und diese Aufgabe ist ihm meines Empfindens nach nicht restlos gelungen. Wo er die Strafe tonlich malen will, die über den Frauen- und Mädchenkränker und -ärgerer hereinbrechen soll, bricht ihm in der Tonaufwendung etwas entzwei. Noch nie, seit ich Theaterbesucher bin, unterlag ich einem überzeugenderen Ungenügendheitseindruck. Ich bringe dies offenherzig zur Sprache, weil nur der Bedeutende und Gute nicht nötig zu haben scheint, daß er bemäntelt, d. h. daß man ihn nicht zu bemängeln wagen würde.

Tatsache schien mir zu sein, daß er die Kraft, die Wucht nicht in sich aufzubringen vermochte, wo er musikalisch Rache zu nehmen hatte, wo er sich kompositorisch vor die Nötigung gestellt sah, zu vernichten. Für mich blieb keinen Augenblick zweifelhaft, daß er zu einem solchen »Geschäft« nicht genügend Haß, Verachtung, Härte in sich fand, in einem Gemüt, das ein lieber Freund und Diener war, ein in jeder Minute, möchte man sagen, bürgerlich besorgter, rücksichtnehmender Gatte. In der Oper, über die ich zu reden unternahm, gibt es eine Nebenfigur, ein Frauchen aus dem Volk, die ihren Mann vom Boden aufhebt, als er schwach hinfiel, und ihn nun begütigt und tröstet, treulich wiederaufrichtet, und ihm trotz allem, d. h. obwohl sie sich vielleicht hinsichtlich zu ihm Stehens einen kleinen Vorwurf zu machen haben könnte, ergeben ist, und diese Figur, dieses Figürchen, dem bestimmt ist, fröhlich zu bleiben, stattet er mit allem unglaublich anmutigen Liebreiz und mit einer aus allen hinreißenden Genialitäten zusammengewobenen Schönheit aus, der nicht Herz genug gehabt zu haben scheint, in das Verderben zu blicken, sich sozusagen nicht zutraute, es zu erleben, es seine Zuhörer sehen und miterleben zu lassen, und der Mozart heißt, wie die Oper, mit deren Vollführung er in den Tod ging, Don Juan.

Ich vernahm vergangene Nacht einen kolossalen Knall; ein wahrer Paukenschlag von einem Ohrenwiderhall war es, der davon herzurühren schien, daß irgendein Gebieter oder Machthaber mit seinem Fuß auf den Boden stampfte, so ein Stück Grandiosität, das seine Ungehaltenheit, Ungeduld zum Ausdruck brachte. War ich es etwa selber? Zugunsten des Glaubens, ich sei eine Wohlerzogenheit, verzichte ich darauf, mir ein Herrscherbenehmen zuzutrauen. Ich bin ja so nachgiebig.

Ein als geistreich geltender Mensch lud mich neulich sehr ernsthaft ein, mich um eines verschwindend geringen Taktfehlers willen bei ihm zu entschuldigen. Ich tat es sogleich, was ich für sehr geistvoll hielt und heute noch fröhlich für sehr liebenswürdig halte.

Nunmehr einiges über Schauspiele, die ich irgendwann und -wo sah.

Beispielsweise erinnere ich mich, eine Schauspielerin gehört und gesehen zu haben, die die Manier hatte, beim Reden zu singen. Sie war jeweilen eine halbe Sprache und zugleich ein halber Gesang, und das Ganze, dieses Ineinanderverquicken nahm sich aus, als säße sie, von der ich hier spreche, im Käfigturm der Manieriertheit. Ich sah diese Schauspielerin als unglückliche Edele, um nicht anspruchsvoller zu sagen, Königin, in einem historischen Stück, und sie blieb mir, weil sie so sammetschwer und schön und schwarz gekleidet auftrat, in eigentlich durchaus angenehmster und daher bleibender Erinnerung.

In einem andern Stück, das von modernem Schlag war, trat eine sehr große Schauspielerin mit vollem Erfolg beinahe schreiend, obgleich sich dieser Ausdruck vielleicht nicht ziemt, gegen ihren undankbaren Sohn auf, indem sie auf leidenschaftlichste Art und in denkbar größter Form ihm vorzuhalten versuchte, wie er sich ihr gegenüber irre. In der Tat schaute der hübsche, junge Typ verschämt, verdutzt, überrascht zur Erde, d.h. auf den Bühnenboden herab, anscheinend an der Charaktervortrefflichkeit seiner Frau Mama nun kaum mehr zweifelnd.

Ich gehöre übrigens zu den vielen, denen es vergönnt gewesen ist, Girardi als Valentin in Raimunds »Verschwender« zu sehen und zu bewundern. Welch eine kultiviert-vornehme Art er besaß, Komik zu erzeugen; leicht hingeworfen, mit einer rührend-menschlichen Geste. Wie wenn er wie ein Bruder zu Brüdern gesprochen hätte, so warm, einfach und natürlich war dieses Schauspielers Verhältnis zu seinen Zuhörern. Mit welch großer Kunst er Couplets sang, und wie hatte er den verarmten Brotherrn herzlich lieb und die übrige lebendige Welt dazu.

Nun komme ich auf eine berühmte Liebestragödie zu sprechen, die mir im Stadttheater einer bekannten, schöngelegenen Stadt gleichsam wie auf einem Servierbrett serviert wurde. Obgleich dies schon ziemlich lang her ist, erinnere ich mich deutlich, wie ich mich eines Gefühles von Langeweile dieser poetischen Hochaufgerichtetheit gegenüber nicht zu erwehren wußte. Der Liebhaber und die Geliebte oder jugendliche Liebhaberin redeten in einem fort so schön, süß und unerhört lieb und lyrisch und herrlich, daß die ganze erhabene Angelegenheit in nichts als hoher, feierlicher Bedeutung schier sterben zu wollen schien. Ich vermißte den Witz, den Humor, gleichsam eine lustige, kräftige Essenz dabei, die mir das gewiß an sich äußerst Schmackhafte gewürzt hätten. Anderen Zuhörern ging's vielleicht wie mir, und doch schauten alle mit einer Voreingenommenheit und Andacht zu, hörten auf das Hinreißende mit einer Hingerissenheit, daß es aussah, als säßen sie und ich in einer Kirche. Die Verse, in denen das Stück gedichtet ist, sind nur schon beinahe zu prächtig und üppig.

Eine Wohltat war mir's, mit der Aufführung eines Stückes bekannt gemacht zu werden, worin ein Dreister, Frecher, Derber, Barscher, Unverschämter, Rücksichtsloser, Starker eine Zarte, aus Empfindsamkeit und Zartheit Trotzende, Widersprechende nach allen Regeln der Bändigungskunst zur höchst wünschenswerten, fröhlichen Unterwerfung zwingt und bringt. Immerhin kam's mir vor, als sei der den Lustspielhelden spielende Schauspieler zwar prächtig kostümiert, dabei aber nicht so recht befähigt gewesen, uns zu überzeugen, er sei der wahre Töchterchenbesieger, denn er schien denn doch ein bißchen sehr selbstgefällig, was ihm aber kein Zuschauer weiter übel nahm, da sich seine Rolle als die denkbar unterhaltendste darbot. Das Mädchen wurde überglücklich, dadurch, daß sie sich versteifte, auf jeden Unsinn, den er sprach, voll Frömmigkeit einzugehen. Indem sie sich besiegen ließ, blieb sie in sich selbst die zufriedene Siegerin. Sie strahlte ganz einfach in der Gedemütigtheit. Ihre Schwestern oder Kolleginnen standen wie Schattenbilder vor der Apfelsine da, denn so sah sie aus, die nachzugeben verstanden hatte, blühendheiter, von körperlicher Süße und seelischer Geadeltheit, daß mich die geschwinde, flüchtige, aber zugleich tiefe Lust ankam, sie für die Darbietung des Bildes der Herausformung ihrer Persönlichkeit zu küssen.

Vielleicht wäre ein Strudel besser gewesen. Ich verrate ein Geheimnis: Seit langem sehne ich mich nach einer Käseschnitte, von deren Oberfläche Butter herunterstürzt. Bratkartoffeln wurden vielleicht in letzter Zeit etwas zu lebhaft von mir bevorzugt, Würste, ja, wenn sie beim Zerteilen flott und ungezwungen knackten. Doch es gibt Würste, die zu verzichten scheinen, Festigkeit zu besitzen. Eine Wurst soll von Umglänztheit blitzen; die Haut muß das Fleisch stramm umsitzen. Derartiges für Erfordernis haltend, spreche ich von in wundervoll geschriebener Prosa verfaßtem Buch, um zugleich alles übrige darüber sorgenvoll für mich zu behalten. Habe ich Sorgen, so haben immer andere Menschen keine, als sähen sie nur darum fröhlich aus, um mir mit ihres Glücksglaubens Unausstehlichkeit Verstimmtheiten einzuflößen. Radfahrende Feuerwehrmänner jagen durch die Straßen. Heute speiste ich leidlich zu Mittag, ich gebe dies schlankweg zu. Ich nahm mir fest vor, keinem Fräulein, keiner Freundin, keiner Frau, keinem Freund, keinem Kameraden, keinem Kind und keiner Magd mehr ein Wort zu schreiben, da mir dies meiner Überzeugtheit nach schaden würde. Vergangene Woche schadete ich mir durch zu starke Unbewußtheitsabwesenheiten. Mitunter verwirren mich meine Klugheiten. Ich nahm mir vor, zurückweichend vorwärtszuschreiten, faulenzend arbeitsam zu sein, mich auf dem Wege der Lieblosigkeit im Gebiet des Liebens auszuzeichnen. Sollte ich nicht den Beweis erbracht haben, daß der Hunger in gewisser Hinsicht vollständiger sättigt, als es das kompletteste Essen imstande ist? Ich fordere diejenigen, die Phantasie haben, auf, den Versuch zu wagen, sich mit eingebildeter Nahrung zu begnügen, wobei ich für Erfolge garantiere. Eine Zeitung, die zu den gelesenen, will sagen, begehrten gehört, meldete eine Bubiköpfchenmaßregelung. Welch bedenkenerregendes Ereignis! Was könnte mein Berichterstattermund außerdem Staunenhervorrufendes anzukündigen haben? Für mich enthält der Journalismus zweifellos Poesie, und wenn ich je Notizen usw. in die Blätter, die die Welt bedeuten, schrieb, so tat ich dies infolge unwiderleglicher Befehlsgebung meines Innenlebens, das hin und wieder von der Idee erfüllt zu sein scheint, Sprechen sei nützlich und Mitteilsamkeit schön. Gegenwärtig habe ich eine immens korrekte Posse unter der Feder, was ich denen anvertraue, von denen ich der Meinung sein zu können glaubte, sie hätten Appetit auf ein Lächeln, wozu ich ihnen mit der Voreiligkeit meiner Enthüllung gern Anlaß gebe. Eine der Saaltöchter, die mir täglich zu sehen vergönnt sind, nennt sich Hulda Bergundthal; sie ist sehr launisch und besitzt Gesichtszüge, worin sich bald unnachsichtliche Strenge, bald eine an urbargemachte, mit Ersprießlichkeiten freundlich bebaute, frühere Einöden mahnende Mildheit wirksam abspiegeln. Überproduktion in bezug auf Erziehung kommt vielleicht irgendwelcher Belastetheit gleich. Beispielsweise könnte vorkommen, daß das Theaterstück eines Dramatikers, auf dessen Achseln eine zu üppige Bildungsfülle ruht, nicht über einen artigen, willkommenen Mangel an Wissen verfügte, weshalb es entweder überhaupt nicht aufgeführt würde oder, zur Aufführung gebracht, gewissermaßen immerhin äußerst respektabel durchfiele. Nicht die Spottlust ist es, die dies sagt. Vielmehr ziele ich mit vorgebrachten Worten auf manchen, der lieber weniger vortrefflich erzogen worden wäre, aber dafür mehr erlebt hätte, was gewiß eher ernsthaft als spaßhaft ist. Wir alle wissen, daß es längst Mode wurde, uns gegenseitig nach Möglichkeit, inwiefern die Gebote der Schicklichkeit es zulassen, zu prüfen, zu durchschauen, in welcher Übung auch ich mich übe, weil ich dies für bildend halte. Ich legte einer entfernt wohnenden Frau mit Hilfe der korrespondierenden Feder den Arm kaum merklich um die Taille, da mir zu konstatieren möglich war, daß sie sich beinahe um mich zu sorgen begonnen hatte. Obschon ich dies vielleicht ein bißchen zu deutlich, zu bestimmt sage, scheint mir nichtsdestoweniger Tatsache zu sein, daß man sich einer

Frau irgendwie genähert hat, wenn sie sich zu Mahnungen bewogen sah.

Mein heutiges Abendessen bestand aus Apfelauflauf.

In mir ist eine anscheinend immer noch wackere Menge von Unermüdetheiten vorrätig. Indem ich mit mehr oder weniger Entschlossenheit auf eine Kleinstadtbeschreibung losgehe, erlaube ich mir anzumerken, angesehene Witwen mit Söhnen und Töchtern kämen in kleinen Städten leicht vor, und wenn man vom Bahnhof aus gegen eine solche Art von Stadtbild hinzumarschiere, komme man womöglich an einem Dichterdenkstein vorbei, der mit seinen Poesieumwobenheiten eine Gartenanlage verziert.

Jedes Inland ist stets zugleich auch Ausland, da jeder Einheimische, sobald er sich in fremder Leute Heimatland einheimisch machen will, als Ansiedler oder Ausländer dasteht. Eine Heimat ist für einen Fremden fremdes Gebiet. Fort jedoch mit Gedanklichkeiten. Ihr, Räumlichkeiten, kommt, bitte, dafür in meine Nähe! Häuser mit Arkaden aus dem ausklingenden sechzehnten und antönenden siebzehnten Jahrhundert zum Beispiel. Wie bisher, möchte ich mich auch hier mit geographischen und jahreszeitlichen Angaben nicht befassen, eher mit Würsten und Schlössern.

Nach langer Zeit des Stillgebliebenseins fuhr ich gestern wieder einmal Eisenbahn. Nur schon die Fahrkarte am Schalter einzulösen, gewährte mir Genugtuung. Mit ungemein viel Vergnügen schwang ich mich in den Schnellzug.

Indem mein Prosastück solid, will sagen, mittelmäßig zu werden verspricht, vertraue ich mich ihm an. Ich zähle zur Sorte tapferer Tatmenschen, die man Aktivisten nennt, und für die es keinen fröhlichkeitweckenderen Anblick gibt als den, den Furchtsame oder Zögernde unwillkürlich darbieten. Die Kleinstadt, die ich mir zur Zeit vorstelle, in die ich Blicke zu werfen Gelegenheit bekam, besaß ein reizend gelegenes, angenehmen Baustil aufweisendes Kasino. Im Schloß besichtigte ich gegen Aushändigung einer Eintrittstaxe den sehenswürdigkeitenenthaltenden Rittersaal. Aussicht, herrliche, pracht- oder wundervolle, die ich von hier oben herab genoß, dir möchte ich mindestens mit der Erlaubnis deines Landschaftsmundes eine flüchtige Zeile widmen. Mit ihrer Glänzigkeit und straffen Rundlichkeit bestachen mich die Würste, die sich im Schaufenster einer Schweinemetzgerei aufhielten, lebhaft. In einer anderen Schaustellung von allerlei Waren lagen Schokolade und sorgfältig in Silberpapier gewickelter Käse in friedlichem Beisammensein nebeneinander. Hierüber zuckt vielleicht irgendein Leser seine Achseln, während sich ein zweiter durchaus nicht abhalten läßt, ruhig weiterzulesen. Im übrigen findet der Hersteller vorliegender Notiz seine Lebensaufgabe, die darin besteht, die Mitwelt und Jetztzeit stets von neuem zu überzeugen, daß er, wenn er schriftstellert, dies tatsächlich tut und nicht nur flunkert oder faselt, manchmal fad, mühselig und undankbar genug, und er ruft aus: »Wie beneide ich Menschen, die nicht kurzweilig zu sein verpflichtet sind.«

Ich vernachlässige absichtlich, d.h. instinktiv seit einiger Zeit den sogenannten Elegantismus hinsichtlich der Schreib- und Denkweise, um ihn mir einigermaßen zu erhalten, da sich besonders alles Feine schnell abnutzt.

Ich eile nun ins Haus eines kleinstädtischen Kaufmannes hinein, nehme den Vieruhrtee ein und benehme mich artig, manierlich, gutmütig, als sei ich nie etwas anderes als ein biederer, zuverlässiger, anstelliger, brauchbarer Bezirksbewohner gewesen. Nebenbei betont, bekam ich während der Fahrt in die Kleinstadt einen Europäer zu Gesicht, dem ich den Europäismus lediglich an einer gleichsam behaglich sprudelnden Sprachgewandtheit anmerkte. Gekleidet war er wie ein gewöhnlicher, ich meine, unehrgeiziger Mensch. Eine kleine Stadt liegt ja ebenso gut und unverkennbar in Europa wie jede große und größte. Ich zittere ab und zu vor mir, weil ich eigentlich schon zu oft gezeigt habe, ich könne dies und das, doch ich komme nun, mich meines Schloßbesuches erinnernd, aufs Mittelalter zu sprechen. Indem meine Geschichtskenntnisse unzulänglich sind, sage ich das kleinlaut.

So eine mittelalterliche Burg rührt mich, wie wenn sie ein schönes Mädchenantlitz sei. Burgen wurden nicht um des Stolzes, sondern um der Nützlichkeit willen errichtet. Einmal, vor bereits vielen Jahren, stand ich vor dem Grabmal einer Gräfin.

Ich erwähne das einstweilen, um den sich vor mir auftürmenden Schwierigkeiten zunächst auszuweichen. Wie heiter machen mich die Zinnen und Wimpern eines Schlosses, das mich anschaut, als habe es große, sprechende Augen. Den zweifellos an sich feudalen Damenschuhabsatzianismus berücksichtige ich in Bälde oder Kürze herzlich gern. Im Kaufmannshaus beherrschte ich den Salonton, wie ich annehmen zu können glaube, spielend. Jetzt aber nehme ich einen Anlauf ins Ritterlichkeitszeitalter, indem mir einleuchtet, daß um die Zeit, da die meisten mittelalterlichen Burgen aufgerichtet worden sind, Venedig vielleicht die hervorragendste Stadt gewesen sein mag, die weit und breit vorhanden war. Worms, Ravenna, Byzanz scheinen mir weitere erwähnenswerte Städtenamen in bezug auf mein Thema zu sein. Die Frage macht sich geltend: wie sah das Leben in den damaligen Kreisen aus? Zahlreiche Städte, die heute groß sind, standen überhaupt noch gar nicht da, glänzten durch totales Nochnichtvorhandensein, waren noch ungegründet. Immens reiche Herren schienen um jene Zeit Einfluß ausgeübt zu haben, Herren herrlicher, großartiger Art, wie man sie sich in unsern abgeklärten Tagen kaum noch vorzustellen vermag, Herrschende, die nie und nimmermehr irgend etwas Salonhaftes, ich meine dies im Sinne des Literarischen, an sich hatten, eine Aussage oder Annahme, worin ich mich freilich irren kann, da alles moderne Literatentum auf sicher sehr alter Tradition beruht; veritable Herren immerhin, nicht um Höflichkeitsbeabsichtigungen willen. Ferner beschäftigt mich die gewiß an sich nicht uninteressante Frage, was man zu Hause oder auf der Wanderung, zu Land und zu Wasser, in Zelten oder auf Schiffen aß, Gesottenes oder Gebratenes? Wie mag das tägliche Brot beschaffen gewesen sein? Bezüglich der Bekleidungsweise liegen eher nachrichtliche Beglaubigtheiten vor. Die fragwürdige Frage taucht nun vor mir auf, welcher Sprechweise bedienten sich beispielsweise Schloßfrauen um jenen Zeitpunkt? Sprachen sie eine Sprache kraus wie Locken, wirr und dennoch begründet und graziös geordnet wie eine Schar Wachteln und dunkel, wie's im Inwendigen ausgedehnter Waldungen ist? Die Schuhe schienen zeitweise Schnabelform besessen zu haben, wofür wir verständigen Heutigen uns in jeder Hinsicht bedankt hätten. Mir scheint, in kleinen

Städten seien die Mädchen mädchenhafter, die Spielsachen spielerischer, die Theatervorstellungen theatralischer als anderswo.

Ich wohnte einem Stück bei, das sich anschauen und -hören ließ, als sei es während der Sturm- und Drangperiode geschrieben worden, stamme mithin aus der Genieepoche, wo die Dichter noch ausgesprochene Dichtergesichter aufwiesen und sich unvorbehältlicher, vollständiger, mit reiferer, reinerer Leidenschaftlichkeit, als sich dies heute bei den Dichtenden verhalten mag, den Bezauberungen ihres Berufes hingaben. Irre ich mich nicht, so betitelte sich die Dichtung: »Die Rivalen«. Falls ich von Schauspielkunst nur das mindeste verstehe, verdiente die Aufführung die Note »prachtvoll«, indem sie, was Kostümierung anbelangt, in Samt und Seide glänzte und zum Teil hoch zu Roß einherritt. Das Stück war zwar arm an glanzvollen Frauenrollen, strotzte dagegen von wackern, beherzten, tapfern, charaktervollen, zielbewußten Männern. Die Heldin, eine Hausfrauengestalt von außerordentlicher Manierlichkeit, erquickte die Anwesenden durch Gediegenheit, womit ich nachgiebige Standhaftigkeit und unerschütterliches Anpassungstalent meine. Ein intelligenter Spitzbärtiger verfuhr gegenüber einem sich auf seine Kraft stützenden Vollbärtigen hart und hatte keinen erheblicheren Grund hiezu, als weil er ihn benied. Er haßte ihn, weil er ihn schätzte, und er verfolgte ihn, weil der günstige Eindruck, den der Verfolgte auf den Verfolger machte, Folgen haben zu sollen schien. Als die Abrechnung erfolgt war, der Herausfordernde besiegt am Boden lag, der Sieger oder Unterdrückersüberwinder jubelnd und glückstrahlend zu Hause bei seiner Ehehälfte anlangte, gestand ihm diese, sie traue seinem Glück keineswegs, ihr sei es bang um ihn. Der Freiheitsheld erbleichte, denn er fühlte mit einmal tief, seine Gattin gebe etwas Wahrem geziemenden Ausdruck. In der Tat sehen sich Helden lieber in der Mühsamkeit, bei ihrer Arbeit, wenn, was sie bezwecken, noch nicht vollführt ist, als auf dem Gipfel der Zielerreichtheit, wo sie sich nicht allzu wohlaufgehoben vorkommen. In obenerwähntem Kaufmannshaus wohnte ich einem beinahe dramatisch anmutenden Auftritt mit Vergnügen bei. Dem Kaufherrn dienten nämlich seit nun schon anscheinend langer Zeit zwei Frauen, eine Haushälterin sowohl wie eine Geschäftsvorsteherin. Erstere war hübsch;

letztere ragte mehr durch Tüchtigkeit als durch Vorzüge des Äußeren hervor. Am Tag meines Aufenthaltes im Städtchen sagte die kommerzielle Leiterin der Direktorin des Hauswesens, sie sei ihr längst einen Denkzettel schuldig, wobei sie eine ohrfeigelige Handbewegung machte. Der Hausherr wurde in die weibliche Affäre hineingezogen. »Ereifere dich nicht«, befahl er der Schönen, erwägend, daß die Schönheit kommandiert sein will. »Ich hoffe, du werdest dich zu mäßigen wissen«, wandte er sich gewandt an die andere. Indem sich beide Verfeindete hier vertraulich zurechtgewiesen, dort jedoch auf eine heitere, gewinnende Art aufgemuntert sahen, schienen sie wieder zufrieden miteinander zu sein.

Die tit. Lehrerschaft auf meinem Erinnerungsblatt zweckdienlich mit Erwähnung verschonend, frage ich mich, ob ich mich in einen »er« verwandeln soll oder nicht.

Beispielsweise würde ich von mir sagen können: er aß da und dort Erdbeerschnitten und beteiligte sich dann oder wann an einer Schlacht, wobei ein Kämpfer ein Auge einbüßte.

Man kann meiner Meinung nach einem Schriftsteller nicht verbieten, zu tun oder zu sprechen, als sei er ein anderer. Formfragen sind sicher keineswegs unwichtig.

Ich wage nicht mit Bestimmtheit zu wissen, ob ich die Törtchen, die ich hervorhob, im Sommer oder im Winter, vor- oder nachmittags aß. Nur so viel weiß ich, sie wurden nicht nur mir, sondern einer Gesellschaft serviert, zu deren Mitgliedern ich mich zählte.

Erdbeeren sind harmlos, was man von Gefechten und Scharmützeln nicht mit ebensoviel Gelassenheit und Ruhe sagen kann.

Der aus mir entstandene »er« oder das »er«-produzierende »ich« sieht noch heute den Platz lebhaft vor sich, auf dem feindliche Auseinandersetzungen stattfanden.

Zu den Leckerbisseleien zurückkehrend, beschenkte uns eine angesehene Frau damit, nämlich die Gattin eines Baumeisters, dessen Söhne sich eines ziemlich guten Rufes erfreuten, da sie sich beim Spielen gewandt zeigten.

Eine Gans in Betracht ziehend, die zur Neujahrszeit gerupft, d.h. bratfertig vorlag, während draußen in den Straßen des Städtchens der Winter seine graziöse Pracht entfaltete, was auf irgendwelche Art und Weise von mir konstatiert wurde, könnte ich, falls ich dies für ersprießlich hielte, von einer Wasserkaraffe zu sprechen anfangen. Ich erlaube mir jedoch, ersteren sowohl wie letzteren Gegenstand feinsinnig zu umgehen, da es sich in bezug auf das eine so gut wie das andere leise Gestreifte oder aus gewisser Entfernung in Augenschein Genommene um womöglich zu stark-, d.h. naturburschenhaft wirkende Derbheiten handelt.

Ungezwungen weiterschreibend und mich in jeder Hinsicht als federführender »Künstler« fühlend, indem ich überzeugt bin, rein äußerlich sich künstlerisch gebärden sei sehr wahrscheinlich noch lange nicht die alleinige, einzige Künstlerschaft, bin ich geneigt, zuzugeben, daß mir hier Knabenerinnerungen entstehen.

Merkwürdig scheint mir übrigens zu sein, wie frühe Eindrücke bald lebhaft gegenwärtig sind, bald wieder in der Ungenauigkeit wie Lichter flackern, die auszugehen im Begriff sind.

Während es sich eines Tages zutrug, daß mir nicht zu konvenieren schien, einen aufwachsenden Menschen, aus dem mit der Zeit ein Fräulein werden sollte, irgendwohin zu begleiten, woran Nervosität schuld gewesen sein kann, erblickte ich anderseits gern von Zeit zu Zeit eine Frau Großrat, deren Gestalt die Zierlichkeit selbst war. Mir imponierte die, sei's zu Hause, sei's in der Öffentlichkeit, sehr soigniert Einherkommende sehr, so, als hätte ich sie gleichsam um gehabter Bemühungen auf dem Gebiet der Pflege der eigenen Person willen gebührend anerkennen wollen.

Von selbst versteht sich, daß ich um jene Zeit unter anderm Erfahrenswerten auch Weihnachtsabende und -bäume erlebte.

Ich und diejenigen, die, wie ich, Knaben oder Kinder betitelt zu werden verdienten, trugen unsere Festzeitswünsche jeweilen rechtzeitig, auf hübsches Papier geschrieben, schicklich vor.

Obschon ich Erzieherinnen für Figuren halte, die unbesorgt in Erwähnung gezogen werden dürfen, zögere ich dennoch ein wenig, anzukündigen oder bekanntzugeben, in einem der Häuser, worin ich dazumal mit denjenigen zusammenwohnte, in deren Umgebung ich mich zu sehen gewöhnt war, habe sich zeitweise als Zimmermieterin eine Gouvernante aufgehalten, die im Osten Europas Wirkung auszuüben Gelegenheit gehabt hatte.

Sie besaß ein unalltägliches Habichtnasenantlitz und schien zu lieben, für anspruchsvoll gehalten zu werden.

Anspruchsvolle behaupten nie, sie seien es, sondern wünschen, daß man's ihnen anmerke.

Frühlingsbäume haben allenfalls mit Weihnachtsbäumen einige Ähnlichkeit, weshalb es den Leser kaum wird überraschen können, wenn ich sage, daß ich mich aufs lebhafteste eines sonntäglichen Ganges über ein Feld erinnere, das mit blühenden Bäumen besetzt war.

Manches Schöne, das offen zutag liegt, bleibt den Augen und der Seele von Heranwachsenden verhüllt. Dazu gehört jedoch der Anblick nicht, von dem ich sprach, der mich entzückte.

Bescheiden biete ich weniges dar; doch genügt es dir vielleicht.

Zur Gegenwart ja sagend, erinnere ich mich an ein Haus, woran ein nicht sehr breiter Kanal, der ebensogut ein ursprüngliches Flußbett sein mochte, vorbeifloß, und daran, daß sich über diesen Kanal eine verhältnismäßig nur kleine Brücke, man wird kaum sagen können, schlang oder schwang, vielmehr legte. Die Brücke machte auf meine Empfindsamkeit, deren ich mir zum Teil bewußt sein mußte, den Eindruck der Ausdruckskargheit, indem es, wie ich herauszufühlen vermochte, oder wie ich dies wenigstens tun zu können meinte, Brücken gab, die sich wie eine Art Gesang über den Erdeinschnitt streckten, den sie überbrückten. Im Kanal oder Flußbett floß stets so gut wie jedenfalls nur sehr wenig Wasser. Auch dieser besondere Umstand schien mir irgendwie zu denken geben zu wollen. Unfern des Hauses sowohl wie der soeben flüchtig besprochenen Brücke bildete sich im Mund einer Frau, die etwas wie eine ehemalige Königin gewesen sein dürfte und die vielleicht nunmehr zu ihrem Vergnügen oder aus dringlicher Notwendigkeit plättete, ein Gespräch aus, das sich auf eine vielleicht nur zu viel im Leben erstrebende, aber sozusagen nicht ans Ziel gelangende, interessante Gestalt bezog, wobei es sich um einen Menschen handelte, der eine Liebe erlebte, die ihn, was die Menge unglücklich nennt, zu werden veranlaßte. Ich war über die merkwürdig ruhige, eigentümlich kleine, stille, gleichsam knappgekleidete Brücke, die an sich gewiß ziemlich poesielos war, gegangen, wonach ich zu hören bekam, was die Figur sprach, die ich gebührendermaßen hervorhob. Haus, Brücke, Fürstin und ich selber und das Gespräch letzterer gehörten samt und sonders, nebst mancher andern ruhenden oder sich bewegenden Erscheinung, zu einem hübschgelegenen Städtchen, worin ich damals als Kadett diente und als Progymnasiast Lesebücher mit mir trug. Mir kommt jene Zeit nicht etwa als bereits längst verflogen vor, keine Spur, sondern wenn ich an genannte Epoche meines Lebens denke, wird mir, als stehe sie mir außerordentlich nahe. Beispielsweise sehe ich keine andere als die ebenerwähnte Brücke heute mit so intensiver Deutlichkeit vor mir, die meinem Gedächtnis, wie ich glaube, aufs gelungenste, glücklichste vorschwebt. Diese kurze, wahrhaft unbedeutende Brücke besaß eine durchaus eigene Physiognomie, nämlich sozusagen ein Gesicht lediglich des Geduldig-, des durchaus verstandesmäßigen Beharrlichseins. Andere Brükken scheinen bezüglich ihres Aussehens reicher, prächtiger zu sein, aber keine ließ mich dieses Besondere, Charakteristische lebhafter empfinden, womit ich das ausgesprochen Brückliche meine, die mich nun auch sogleich an das Buch erinnert, das ich einst in ihrer unmittelbaren Nachbarschaft las, das ein ungewöhnlich dickes, freilich illustrationsloses, nichtsdestoweniger äußerst interessantes, einnehmendes Buch war, dessen Inhalt mich halbe Tage lang, unter einem Baume, der ein Birnbaum gewesen sein könnte, sitzend, beschäftigte, indem es auf seinen Zeilen, die ich aufmerksam entzifferte, bewegt genug zuging. Ob das Stück Boden, auf dem ich einen sich fürs Lesen eignenden Stuhl zweckentsprechend plazierte, ein Gärtchen genannt zu werden verdienen könnte, will mir heute fraglich vorkommen; jedenfalls wuchs auf dem mit einer Mauer umzogenen winzigen Erdoberflächenteil Gras, das davon herzurühren schien, daß die Parzelle ehemals eine Wiese gewesen sein kann. Im Bewußtsein, daß mir das Lesen eigentlich nicht ohne weiteres erlaubt war, ließ ich's mir gleichsam um so besser schmecken. Bis hierher hätte ich es also mit einer Kanone zu tun gehabt, die ich mich hie und da tadellos aufs Ziel gerichtet zu haben erinnere. Unter allerlei andern Zielen befand sich die Schloßturmspitze des Nachbarstädtchens, das altertümlicher, aber dafür nicht so umfangreich wie die Stadt, worin ich aufwuchs, aussah. Die Kanone wurde bald in eine Allee, bald ins Feld hinausgezogen, und ich weiß jedenfalls mit Bestimmtheit, daß es mir anfänglich Mühe verursachte, sie mit gewünschter Promptität zu bedienen. Nur Schritt für Schritt, will sagen, nach und nach, bildete ich mich zum brauchbaren Kanonier aus.

Er verstand mich damals nicht, wollte, konnte oder durfte mich nicht verstehen, als ich mich ihm zu öffnen kam. Man mißverstehe übrigens dieses »öffnen« nicht. Und sie, was tat sie anderes, als daß sie ihrem weichen Gemüt erlaubte, Tränen zu vergießen, da ich ihr erzählte, wie übel es mit ihm und mir ging, wie er mir geradezu den Mund zu halten befahl, eine Maßnahme, die sich bei ihm doch augenscheinlich nur auf eine Schwäche gründete. Scheinbar stützte er sich auf seine Würde, aber in Wahrheit beriet er sich mit seiner Empfindsamkeit, die ihm keinen guten Rat gab. Mich selbst »durchbohrte« gewiß ein großer Schmerz, als ich sie nun so mir nichts dir nichts weinen, auf überaus feine, zarte Art verzweifeln sah, und sie hat seither nie aufgehört, an die Permanenz eines Unglücks zu glauben. Er ist jetzt nicht mehr. – Ich aber bin noch, und vielleicht kann sie heute noch nicht fassen, daß es so ist, daß es so kommen mußte, daß nicht er weiterleben, sondern daß ich dies durfte. Sie hat zeit ihres Lebens nie die Armen begriffen, in denen so viel Lebenskraft steckt, und auch ihm ist ein solches einfaches Verständnis nie aufgegangen, denn eigentlich war er immer von einem geradezu »kolossalen« Stolz. So z. B. ist er zu stolz gewesen, sich zu geben, zu betragen, wie ihm seine innere Stimme sagte, daß er sei. Doch ich möchte einstweilen lieber hierüber schweigen und von diesem Klapperbeinchen reden, das mich nachts heimsucht, was es vielleicht darum tut, weil »er« innerlich viel weinte, dem ich mich vergeblich bemühen wollte, mich zu öffnen, der mich brüsk zurückwies, weil er mich vielleicht riesig lieb hatte und mir das nicht zeigen wollte. Ich meine, daß dieses nächtliche Beinchen vielleicht etwas wie sein Gesandter oder Botschafter ist. Hier aber bekenne ich folgendes: Mir fiel heute früh ein, mir zu sagen, niemand, wer er sei, dürfe sich herausnehmen, den Staat an die Wand zu malen, ein Gebilde seines Vaterlandes zu zeichnen, seine Heimat zu lobpreisen, weil hinter solchem unpassenden, unangemessenen Lob der Teufel lauere. Beispielsweise spielte ich eine Zeitlang in einem Lokal, worin es sehr lustig herging, das Engelchen, behandelte alle Menschen, die in diesem Sälchen ein- und ausgingen, mit brüderlicher Freundlichkeit, was zur Folge hatte, daß ich dort als Teufel verschrien worden bin, denn die Mitbürger sagen mit großer Vorliebe, fast instinktiv, das Richtige, zugleich aber auch das vollständig Falsche, Verkehrte. Was ist übrigens dieser »hinkende Teufel« von Lesage, der den »Gil Blas« schrieb, für ein geniales Buch. »Alle meine Mitbürger sind ja mehr oder weniger arme Teufel, gelangweilte Angestelltenteufel, geplagte Handlangerteufel, verantwortliche Volksvertretersteufel«, sprach ich auf dem Wege zum Frühstück nicht ohne eine gewisse Schadenfreude zu mir, und dann hatte ich wieder einen ganz anders gearteten Gedanken, nämlich den, der mich an einen sonst außerordentlich höflichen, zartfühlenden Menschen erinnerte, der sich einmal gegenüber einem Mädchen eine Grobheit zuschulden kommen ließ, die sie ihm mit fast leidenschaftlichen Worten vorwarf, was er auf keine Weise erwartet haben würde. Er war sehr erstaunt über die ihm merkwürdig erscheinende Tatsache, daß also auch er, den man immer als einen Feinen pries, grob zu sein vermochte, was er nie für möglich gehalten hätte. Wir alle besitzen eben die nicht sehr empfehlenswerte Gabe, uns eines schönen Tages unbeliebt zu machen, indem uns statt einer guten eine schlechte Eigenschaft entschlüpft, entspringt. Über das seltsame, plaudernde, kläpperlende Beinchen, das nur ein ganz kurzes, leises, aber präzises, exaktes Tönchen zum besten gibt und das mir übrigens seit langem bekannt ist, bin ich gewiß noch lange nicht im klaren oder reinen, und es ist möglich, daß ich das überhaupt nie sein werde, denn mit diesem Beinchen verhält es sich so: es ist unbedingt ins Gebiet des Mysteriösen zu verweisen, es dürfte ein vollkommen unirdisches Etwas sein. »Der Tod ist groß«, so fängt ein Gedicht an, das ich zufällig in letzter Zeit zu lesen bekommen habe und dessen Tonfall mir ein bewunderungswürdiger zu sein scheint. Ich sprach schon häufig aus, wie sehr ich Verse zu schätzen nicht nur bemüht, sondern, ich möchte sagen, von Natur aus geneigt bin.

Eine Zeitschrift gebe sich entweder wie eine Vagabundin, trete demnach denkbar billig und unscheinbar auf, oder sie bekunde den Mut, sich wie eine Dame der großen Welt zu betragen, d.h. mit schwindligmachender Eleganz und Pracht in die Erscheinungswelt zu treten. Sie dufte also entweder nach Leichtigkeit und Vernachlässigung oder dann aber lieber gleich nach ausgesuchtestem Luxus, den sich die Verwöhntesten kaum vorzustellen vermögen. Doch jetzt zu dieser, wie mir scheint, äußerst sonderbaren, bizarren Geschichte, die sich erlaubt, zu lauten, es sei ein Knabe, der in seinem engern Herkunftsland gleichsam auf dem Schandbänkchen saß, weil seine Fähigkeiten zu schlendern und träumen liebten, er überhaupt von etwas langsamer, bedächtigkeitliebender Art war, in eine große, fremde Stadt gekommen, deren Straßen ihm in ihrer Menschenbuntheit wie prächtigschimmernde Schlangen vorkamen. Nicht unwahrscheinlich ist, daß er zuerst in einer Auskunftei vorsprach. Er erinnerte sich nämlich nachher eines Bureaumilieus.

Wenn er nichts dagegen einzuwenden hat, schmücken wir ihn mit dem schönen, lieben, altväterisch klingenden und zugleich jugendlich anmutenden Namen Josef.

Gibt es denn nicht eine Oper, betitelt »Josef von Ägypten«?

Ob ich annehmen darf, daß dies so sei?

Dieser alttestamentarische Josef soll ja seinerzeit eine schöne, vornehme Frau stark für seine vielleicht etwas prüde Person eingenommen haben. Hindiesbezüglich stand ich ja einmal in irgendwelchem Museum vor einem Gemälde, dessen Herstellung man Rembrandt verdankt, der bekanntlich aus Motiven, die mir nicht bekannt sind, um Hab und Gut kam, woran er vermutlich selbst schuld gewesen ist. Und dann deutete ja Josef am Hofe von Ägypten allerhand Träume, und die meisten oder vielleicht sogar alle Deutungen gingen in Erfüllung, was uns die Geschichte Israels erzählt.

Doch nun wieder von unserem bescheideneren Josef, diesem Kind der Jetztzeit.

In einer der Großstadtstraßen, worin eine unerhörte Fülle von Leben pulsierte, machte sich eine Erscheinung geltend, die eine

Art Tausendsassa zu sein schien, ein Turnkünstler, der über Kioske, Tramwagen, Droschken stieg, und zwar besorgte er das mit fabelhafter Behendigkeit, den Anschein erweckend, als besäße er Flugkräfte, mit seiner Elastizität beinahe wie ein Zauberer prunkend. Seinem Zaubererstand entsprechend trug er ein rätselhaftes Monokel vor einem seiner beiden Augen eingeklemmt, und ein farbiges Bändchen flatterte an diesem Ausstattungsgegenstand zierlich herunter.

Doch jetzt befand sich Josef, der ehemalige »Seppeli«, wie er zu Hause gern genannt wurde, in einem vor Gebrechlichkeit beinahe schon schwankenden Haus, das von Bewohnern überfüllt zu sein schien. Was er hier sah und antraf, ersucht mich um sorgsames Vermeiden, es zu schildern, und ich gebe nach, indem ich sehr rücksichtsvoll aufgelegt bin. Josef ging treppauf, treppab, durch alle Zimmer, in deren einem eine ältere Frau am Verschmachten lag, und die von Josef verhältnismäßig sehr lang betrachtet wurde. »Was hier für seltsame Zustände herrschen«, entglitt es seinen gewiß angesichts dessen, was er zu beobachten hergekommen war, und was ihm die Lage erlaubte mit anzusehen, bebenden Lippen, und er gestand sich: »Ich bin ganz krank, all dies Kranke anzutreffen.« Ob er das gern oder ungern tat, danach fragte niemand. »Soll ich Ihnen die Füße waschen? Das erquickt Sie vielleicht«, fragte er sie, die jedoch zur Antwort gab: »Nein, lassen Sie's.« Die höchlich Hilfsbedürftige bedurfte also keiner Hilfe.

Tatsache schien zu sein, daß Josef eines der Zimmer dieses verfallenen Barockhauses gemietet hatte, das ihm trotz seiner Baufälligkeit in gewissem Sinn kostbar vorkam. Er stand jetzt in seiner Stube, die nun aber zu seiner Verwunderung mit mehreren Betten ausgestattet war, weshalb er sich die Frage erlaubte, ob die Räumlichkeit nicht ausschließlich für ihn selbst bestimmt sei. »Sie sind wohl nicht klug, Lieber. In diesem Zimmer wohne ich und meine Familie, fünf Köpfe. Danach richte sich das Herrchen freundlichst ein.«

Eine Frau war's, die ihn dermaßen an gewisse Wirklichkeiten mahnte. »Aufklärung«, rief Josef als ein echter Kleinstädter aus, der an den Komfort gewöhnt war, den Wälder, Wiesen und Felder und grüne Gassen darstellen, und dem all dies Angenehme jetzt fehlte, »du kältest wie ein Winter in die Sommervorstellungen hinein, die sich ein Söhnchen aus der Provinz macht.« Mit diesen Worten ging er von dannen, und sein Mantel, den es zu freuen schien, daß er keinem andern als gerade ihm gehören durfte, und den er auf Anraten eines angesehenen Literaten angekauft hatte, begleitete ihn mit dunkelblauer Selbstverständlichkeit hinaus ins Freie. Das Überzieherchen frohlöckelte über die Art, wie sich sein Inhaber, Träger und Eigentümer still, so, als sagten sich seine Gesamteigenwilligkeiten: »das geht doch nicht«, vom Unschönheitsschauspiel wegwandte, wie wenn etwa jemand, in hellem, lustigem Kontor sitzend, in einem Antwortschreiben an einen seiner Mitmenschen auf eine Zumutung hin die Sprachwendung gebraucht haben würde: »Bedaure sehr.«

Ganze Abende hat man ja da gleich zur Hand. Warum ich übrigens, ohne mir's näher zu überlegen, mit den Abenden anfange? So mir nichts, dir nichts, als verstehe es sich von selbst? Frühe Morgen-Gebiete und -Stimmungen sind herrlich und heiter. Nun muß ich aber nachgerade fein mit der Sprache herausrükken, nämlich dem Leser sagen, wovon ich spreche. Ich spreche von der Bequemlichkeit des Bilderanschauens, das dem Betrachtenden Spaziergänge, die mit Anstrengungen verbunden sind, ersetzt. Lebt einer in einer größeren Stadt und geht er behaglich durch die Straßen, so kann es denkbar sein, d.h. vorkommen, daß er da oder dort Landschäftelchen ausgestellt sieht, denen gewöhnlich ein Verzeichnis beigegeben ist, das ankündigt, von wem die hübschen, gefälligen Arbeiten, die eingerahmten Annehmlichkeiten hergestellt worden sind und wieviel sie kosten. Obschon ich nicht weiß, ob es schicklicher ist, vom Wein zu sprechen oder das Wasser zu erwähnen, kommen mir jedenfalls stattliche Gebäulichkeiten, die ein Ufer mit ihrer mutmaßlichen Wichtigkeit zieren, still und zugleich klangvoll vor. Zufällig hat man es hier mit einem Stück Herbst zu tun. Diejenigen, die aufs Landschaftenwiedergeben aus sind, können dich mit der liebenswürdigsten Geschwindigkeit in eine frühlingliche Gegend versetzen, wofür man natürlich dankbar ist. Ist nicht manchmal ein geschilderter Frühling eindrucksreicher als ein wirklicher? Bald handelt sich's beim bißchen Kunstbetrachtung um eine mittägliche Wiese. Leitern sind an einen kurios geformten Baum gestellt; Früchte werden gepflückt; der Baum ist von Luft umgeben, in der es zu summen, säuseln scheint. Neben dem sommerlichen Bild befindet sich ein winterliches, wobei dir der Vorteil, den dir die Kunst gewährt, die Natur dir aber nicht darzubieten vermag, sogleich in die Augen springt. In der Wirklichkeit kann es unmöglich zu derartiger Nachbarschaft kommen, obschon die Natur dies eine Vortreffliche an sich hat, daß sie zu jeder Art Kunst- oder Kulturtat Anlaß gibt, Ursache, Triebfeder zu allem Bildenden ist. Indes du dich schauend auf abgebildeten Wegen bewegst, schaut dich vielleicht ein Mitmensch aufmerksam an, und du siehst, merkst dies nicht. Man kann sagen, er schaue dein Schauen an. Wenn Bilder für mich oder für dich existieren, so sind wir beide, wie du gern zugeben wirst, selber wieder Bilder, die von irgend etwas sprechen, etwas erzählen. Hier ist's ein knospender Zweig, dort ein romantisch übereinandergelagertes Häusergewirr, das anziehend zu sein scheint. Während ich meinen Blick auf bildhaften Wolken ruhen lasse, finden sich vielleicht gleichzeitig in der Wirklichkeit keine; Anhöhen auch nicht, enge Dorfgäßchen auch nicht, fremdartige, schlank und kühn in die Höhe steigende Denkmäler auch nicht. Der Bilderhersteller unternahm die und die Reise, er sah, was du nicht sahst; nun läßt er dich erblicken, wovon er vor so und so viel Zeit da und dort Notiz nahm. Alles, was er sah, was ihm Sehenswürdiges begegnete, schilderte, beschrieb er gewiß nicht, aber einiges wird ihm gegönnt gewesen sein, abzubilden, und nun sieht man, auf einheimischem Platz stehend, Plätze, die ganz anderswo vorhanden sind. Zwischen der Stadt, die ich bewohne, und der Stadt, die ich im Bild miterlebe, liegen Gegenden, die der Wirklichkeit angehören, von denen teilweise im Lauf vieler Jahre Abbildungen angefertigt worden sein mögen. Könnte es nicht stattfinden, daß in irgendwelcher beliebigen andern Stadt Bilder zu sehen sind, die motivlich aus der Stadt stammen, durch die ich täglich gehe, die mir eine Gewohnheit wurde, zu sehen, die ich kenne oder mindestens ziemlich genau zu kennen meine? Ich finde, daß Bilder das Leben bereichern, lebhaft zur Schönheit und Vielseitigkeit des Lebens beitragen und daher wert sind, daß man sie schätzt, man nicht an ihnen vorbeigeht, ohne zu versuchen, ob's möglich sei, sich eine Zeitlang mit dem Ansprechenden, das sie vergegenwärtigen, zu unterhalten.

Mir scheint, die Natur führe den Menschen zur Kunst; diese mache ihn wieder auf die Natur aufmerksam.

Diese ganze Zeit über gingen mir Gedichtstrophen durch den Kopf, und obschon ich jetzt zur Absolvierung eines Besuches verpflichtet wäre, scheine ich ihn aufzuschieben im Sinne zu haben, indem mich ein Künstler interessiert, über den ich zu sprechen Lust habe, und von dem ich übrigens noch nie ein Original erblickte. Irre ich mich nicht, so brachte er unter andern ein scharmantes Pantöffelchenbild hervor: Eine Rokokoschöne läßt sich in einem gleichsam sorgfältig frisierten, anmutig gekräuselten Park hin- und herschaukeln, indes sich ihr Anbeter damit abgibt, ihr zuzuschauen. Für jemand, der zu leben versteht, bildet ja das Vergnügen einer Frau, die er als schön empfindet, ein Entzücken. Fragonard war ein malender Erzähler, und er scheint mir's nicht schwer und doch auch wieder nicht leicht zu machen, über ihn zu referieren. Beispielsweise sind mir seine Lebensumstände, die Erlebnisse, die für eine Biographie wichtig sind, total unbekannt, was mich aber nicht durchaus mutlos machen muß. Sein bekanntestes Bild dürfte »Der Kuß« sein.

Als mir zum erstenmal eine Reproduktion dieses Bildes, das wie ein Gedicht anmutet, zu Gesicht kam, flanierte ich ziemlich viel in den städtischen Arkaden sowohl wie im ländlichen Grünen, wobei ich mir bewußt bin, daß es keine Zeitverschwendungen geben sollte. Mein Betragen besaß vielleicht etwas Fragonardhaftes, item, jeder Laden, jeder öffentliche Platz, jedes Fenster erzählten mir Geschichten, waren etwas wie Musik für mich, dem zeitweise ein Mädchen in Bernertracht starken Eindruck machte. Zeilen von Rousseau oder Beaumarchais lesend, unterließ ich nicht, eine Herrin zu haben. Je bescheidener meine Wohnung war, um so eleganter wirkte alle Eleganz auf mich, um so künstlerischer erschienen mir Schöpfungen aus dem Gebiet der Kunst, und Freude und Liebe kamen mir um so freundlicher und liebenswürdiger vor.

Um auf mein Motiv, das heißt auf das Bild zurückzukommen, so sieht man durch einen Türausschnitt eine allem Anschein nach ausgezeichnete Gesellschaft bei Tisch sitzen. Was sich im Vordergrund des Bildes abspielt, ist nichts Neues, kann sich von jeher irgendwo ereignet haben, wird immer wieder das allen Bekannte und doch wieder Nieerlebte sein. Gewiß ist's die Frau des Hauses selbst, die ihm ihr schönes Gesicht zum Kuß hinreicht, der etwas wie ihr Page ist, der klein ist und sich auf die Fußspitzen stellt. Sie fürchtet sich um der Drinnensitzenden willen und ist glücklich. Die Schmausenden unterhalten sich sicher geistreich, sind vielleicht etwas wie romantik-geringschätzende Klassizisten, die dem reizend zur Darstellung gebrachten Liebesverhältnis den Rücken kehren.

Fragonard scheint wenig produziert zu haben, aber in der Kunst gibt es Beispiele, die zeigen, daß es nicht auf Häufung ankommt, daß vielmehr Lebenswerke ihre Schicksale haben und getadelt und geliebt werden.

Ich saß im Varieté. Ich habe es jedesmal als Sünde empfunden, darin zu sitzen. Es sitzt sich dort womöglich nur zu vergnüglich. Kaum ist man hereingetreten, bekommt man schon irgend etwas Aufheiterndes zu hören. Vielleicht sollte man sich so etwas verbieten, untersagen. Ich trat also schon sehr oft in dieses Tingeltangel. Man kann es auch Singspielhalle nennen. Beinahe jedesmal gab es für mich in diesem Raum irgend etwas zu lachen, was natürlich für mich erfreulich war. Ich sah dort jeweilen allerhand Gesichter, Publikumsgesichter und Gesichter von Künstlern und Künstlerinnen. Man wird verstehen, daß mich das amüsierte. Also um des lieben Amüsements willen ging ich dort hinein. Klar ist, daß es dort derb, laut, lustig zuging. Andere Lokale kamen mir im Vergleich mit diesem zart, fein vor. Ich muß gestehen, ich sei vielleicht nicht berechtigt gewesen, mich nie zu fragen, ob ich denn eigentlich verdiene, mich in so viel gute Laune setzen zu lassen. Das taten nämlich die Mitglieder der dort gastierenden Truppen. Hie und da mahnte mich der Direktor daran, daß es nicht ganz angezeigt sei, sich mit den Bühnenleuten so ohne Vorbehalt zu befreunden. Das war meine Spezialität: ich war immer der Freund sämtlicher Artisten und Artistinnen.

Mir fiel das mit der Zeit selber ein bißchen auf. War meine Laune eine besonders prachtvolle, vorzügliche, so schenkte ich ihnen etwas, immer naturgemäß übrigens bloß Kleinigkeiten, z. B. einige Blumen, eine Orange, eine Tafel Schokolade oder auch manchmal eine Schachtel Zigaretten. Kam ich angesichts der Darbietungen nicht in Stimmung, was wohl auch etwa vorkam, so empörte ich mich über mich. Die Leute von der Bühne schienen mich in solchen Fällen strafend anzuschauen, gleichsam zu verurteilen, als einen Menschen abzutun, mit dem nichts anzufangen sei. Ich meine, so etwas fühlt man heraus. Die Artisten sind eine Art Wanderkomödianten. Vielleicht darf man sich erlauben, sie Zigeuner zu nennen, obwohl ich diese Benennung nicht für berechtigt halte, denn sie sind im allgemeinen durchweg anständig. Ich blieb länger oder weniger lang im Lokal sitzen, das kam auf die Verfassung an, worin ich mich zu befinden beliebte. Ich hielt es manchmal für gegeben, nur rasch einen Blick hineinzuwerfen, d. h. konstatieren zu gehen, was es wieder einmal Neues zu sehen geben könnte.

Ich erinnere mich z. B. einer sogenannten komischen Alten, die anscheinende Komikerin war, aber ein sehr ernsthafter, netter, gemütlicher Mensch, und die angebliche Alte sah gleichsam zum Anbeißen frisch und hübsch aus.

Ich sah auch dort schon »Mädchenkränze«, d. h. ich will es so sagen: wenn man Mädchen mit Gedichten vergleichen kann, sie also eine Gedichtsammlung darstellen, so las ich dort schon sozusagen im schönsten, blühendsten Gedichtbuch. Ich erinnere mich einiger überaus rührender Erscheinungen. Einmal bezahlte ich einem rührenden Figürchen ein Knödel oder Eisbein. Immer hat es sich hiebei um eine Art Mädchen aus der Fremde gehandelt. Es sind Mignons, die man da kennen lernen kann, dadurch, daß man sich beliebt bei ihnen zu machen versucht, was ja absolut nicht schwierig ist. Man muß sich diesen Mädelchen gegenüber von der besten, d. h. von der gutbürgerlichen Seite aus zeigen. Zu überspannten Elementen haben sie kein Zutrauen, weil sie selber die Überspannten spielen müssen. Sie wünschen mit Besonnenheiten und mit einem genügenden Grad von Gutherzigkeit Bekanntschaft zu machen.

Tanzen, singen sah und hörte ich euch dort! Gott, ich kann's gar nicht schildern. So z. B. gab es dort einmal eine Frau, d. h. eine Liedersängerin, die mich und andere, die sie ebenfalls mitanhörten, ganz mit Leidenschaft bewarf. Von ihrem Hals hing eine Lorgnette herunter. Sie war mir schon aus diesem Grund sympathisch. Für mich war es schön, der Singenden in die Augen zu schauen; was ich vielleicht folgendermaßen spezifizieren darf: meine Augen sangen dann mit, d. h. die Seele, die ich in den Augen habe, unterlag ihrem Gesang, also der Tonseele. Der Gesang sank jeweilen in den Schimmer meiner Augen, wie wenn sich eine Schöne in ein Bett gelegt hätte. Wie ich mich da phantasievoll ausdrücke! Manchmal kam es mit meinem Verstand so weit, daß ich die eine oder die andere der Sängerinnen für eine Baronin hielt, die von Familienverhältnissen veranlaßt worden wäre, das Metier zu ergreifen, das sie hier ausübte. Sie dürfen mir jeden erdenklichen Glauben schenken, wenn ich ausrufe: Ja, ich fand in diesem Varieté immer, ich hätte ein Herz. Wem erwachte das Herz nicht angesichts der Lieder-Bilder und der Konturen der Körperschönheiten der Musik? Eine Frau, die singt, ist zum Erfassen immer viel zu schön und zum Lieben zu groß und zum Hochachten zu achtunggebietend und zum Ernstnehmen zu sehr im Lichte und in der Positur des Poesieumwobenen stehend. Ich fürchtete jeweilen fast, mich mit einer der Sängerinnen eingehend zu unterhalten, weil ich glaubte, es sei schade, das zu tun, denn sie käme mir, von Alltagssachen redend, vielleicht nicht mehr so wertvoll vor.

Dann und wann wurde in diesem Lokal kleine Komödie in Szene gesetzt, woran sich die ältesten und seriösesten Zuschauer wie Kinder labten. Kommt es doch überhaupt vor, daß Zuhörer zum Hören oft noch ihren Mund zu Hilfe nehmen, den sie groß aufsperren, will sagen, öffnen. Das Staunen ist es, dieses immer überaus glückliche Etwas, was dies Mundauftun herbeiführt. Wenn einer etwas bewundert, denkt er nicht mehr daran, wie er eventuell dabei aussieht, ob er lächerlich sei.

Die Wände des Lokales sind mit Bildern aus der Geschichte unseres Gemeindewesens geschmückt. Ich erwähne aus der Reihe der Bilder bloß eines, das, auf dem einer mit seiner Haltung ankündigt, er sei entschlossen, indes die ihn Umstehenden mit ihren Gebärden zu gestehen scheinen, daß sie dessen nicht fähig sind, daß sie vorzögen, zu zaudern, abzuwarten, wie's herauskäme. Aber den Entschlossenen nimmt es wie an der Hand, er ist begeistert, er sieht sich verewigt, er fühlt, daß für ihn die Stunde da ist, daß er jetzt Gelegenheit hat, etwas aus sich zu machen, daß sich ihm diese Gelegenheit nie mehr wieder zeigen würde, und er zieht hin, das Herz klopft ihm, er kommt sich gut und groß vor, er läßt die Frage außer Betracht, was mit ihm geschehen könnte, oder er wagt es, sich diese Frage in einem für ihn denkbar ungünstigen Sinn zu beantworten, in ihm lebt ein Eifer, sich auszusetzen, zu exponieren, es ist ihm jedenfalls um Schönheit des Benehmens zu tun, es ist ihm darum zu tun, ein Andenken im Volk zu gewinnen.

Ich machte in diesem Varieté einmal die Bekanntschaft eines Postbeamten, der Witwer war und ein siebzehnjähriges Töchterchen zu seinen Besitztümern zählte.

Hier sind schon ungezählte Zigarrenstumpen geraucht und unzählige Gläser Bier, die angemessener Schaum geziemend zierte, an Lippen gesetzt worden, die den verschiedenartigsten Individuen angehörten. Ich möchte hervorheben, daß ich da einst eine Tänzerin sah, die einem Schwan glich, was vielleicht bequem gesprochen ist.

Gestern nun war die Bühne eine Art Altar, den ein vornehmer Landschaftshintergrund sich aufs sauberste abheben ließ. Die Szene wurde von einem jungen Krieger in schwarzer Rüstung bewacht. Er wirkte mit der Fahne, die er mit sehenswertem Anstand trug, sehr dekorativ. Ihn akkompagnierte bei der Wachhabung ein Mönch, der von durchaus schicklicher Schlankheit war, die von überstandenem Fasten ein beredtes Zeugnis ablegte. Auf dem Altar saß auf einem Teppich, der über denselben herabhing, eine Frau, die ein Kind im Schoß liegen hatte.

Ich hatte Magda bei mir, die mir gegenwärtig Unterricht im Englischen gibt, das ich einst recht gut verstand, das ich aber ein bißchen in Vergessenheit geraten ließ. Indem ich auf Magda bildend einwirke, lasse ich mich meinerseits von ihr bilden. Sie besitzt übrigens kaum Kenntnisse, dafür aber eine wahre Unüberblickbarkeit feinsten Instinktes. Es ist immer ein wenig riskant, mich in ihrer Begleitung sehen zu lassen, da sie Eifersüchtigkeiten weckt. Wen sie anschaut, den scheint sie einzuladen, sich mit ihr zu befassen. Weshalb sie ausgerechnet mit mir geht? Vielleicht deshalb, weil ich zu besseren Kreisen Beziehungen habe. Sie schätzt an mir, daß ich ruhig, moralisch nicht starr bin und einigen Begriff von Religion habe, von der sie mit Bewunderung spricht. Ich kenne sehr feine Leute, die von Magda entzückt sind, ohne sich ihr gegenüber ihres Standpunktes zu entäußern. Wahrscheinlich liebt sie mich nicht sehr, da ich mir aber daraus nicht viel mache, liebt sie mich auf gewisse Art.

Ich passe ihr.

Sie findet, sie bleibe in meiner Gesellschaft hübsch. Sie scheint zur Einsicht gekommen zu sein, daß ich sie animiere, was für sie von Wert ist. Ich halte sie für bedeutend, ohne sie dies im mindesten merken zu lassen. Anerkennungen sind für Naturen, wie sie eine ist, irritierend. Vor allem gefällt ihr an mir, daß ich mir noch kein einziges Mal die Freiheit herausnahm, sie zu duzen. Ich behandle sie mit ebenso gewählter wie selbstredend zugleich spaßiger Höflichkeit. Ich scheine etwas an mir zu haben, was ihr Anlaß gibt, vergnügt zu sein, in meinem Beisein zu strahlen. Darauf kommt es ihr ja an. Dadurch, daß ich den und den Gedanken in ihr wecke, ihren Geist nähre, wird sie schön. Wie sie schön ist! Sie darf dies bei mir unbekümmert sein. Bei irgend sonst wem müßte sie sich vielleicht hievor ziemlich in acht nehmen. Diese Sorge würde gleichsam für sie eine körperliche Beklemmung bilden. Bevor sie in Gesellschaft geht, läßt sie sich von mir küssen. Sie erhält davon ein Aussehen von etwas Sanft-Grandiosem. Sie bildet sich ein, so erst könne sie sich sehen lassen. Sie irrt sich darin nicht. Auf einer Einbildung beruht viel. Sie lacht, wenn ich sie küsse. Nicht laut, nein, ganz still. Sie wird zu etwas für sie Angenehmem.

Wenn wir uns selbst willkommen sind, haben wir am meisten Aussicht, es auch der Mitwelt zu sein.

Die Verhandlungen fielen mitten in eine Festlichkeit. Obschon die Presse ihrer Pflicht Genüge tat, täglich über den Verlauf des Prozesses umständlich Bericht ablegte, nahm die Öffentlichkeit, so schien mir, von den Wogen eines Schützenfestes umgeben, an der sich vor den Schranken des Gerichtes abspielenden Ernsthaftigkeit nur unvollständigen Anteil. Am Gang, den die Dinge im Gerichtssaal nahmen, haftete etwas Schleppendes. Aus der Ermüdetheit stieg von Zeit zu Zeit eine erregte Szene, indem etwa ein Zeuge nervös wurde. Eine Magd und ein Eheherr waren angeklagt, am Leben der Frau des Hauses Gewalt verübt zu haben. Wie es sämtlichen Prozeßteilnehmenden vorkam, entwikkelte die Dienerin in allen ihren Aussagen einen bemerkenswerten Grad von Intelligenz, der Beschuldigte suchte sich seinerseits durch ruhige Haltung sympathisch zu machen. Inzwischen waren auf dem Festplatz eine große Zahl Schüsse abgefeuert worden, indem es jüngern und ältern Schützen um Gewinnung eines Lorbeerkranzes zu tun sein mochte. In der Festhalle, die mit sämtlichen Landesteils- oder Kantonswappen geschmückt war, knallten Pfropfen, perlten die Weine in den feingeschliffenen Gläsern, wurden Lieder gesungen und Reden gleich schwerbeladenen Frachtschiffen vom Stapel oder von den Ufern, die die Lippen der Sprechenden bildeten, in den See hinausgelassen, der allgemeine erhöhte Aufmerksamkeit hieß. In die Gerichtssitzung schlich sich vielleicht inzwischen etwas Monotones. Hübsch fielen auf jeden Fall die Fahnen und Flaggen von den Dachkammerfenstern länglichlächelnd und mit den Schwänzchen wedelnd in die von Figuren aller Art durchkreuzten Straßen herab. Ich sah einst ein Bild von Manet, die »Rue de Berne«. Wie einem das so in den Sinn kommt!

Der Magdsprozeß dauert noch an, ebenso das Schützenfest. Morgen finden beide Veranstaltungen voraussichtlich ihre Beendigung. Wie wird es dem »armen Angeklagten« gehen? Wieso wäre er arm? Weil ein Gewicht auf ihm sitzt? Gestern wurde er übrigens von der Staatsanwaltschaft als schuldig hingestellt. Bereits äußerten sich auch schon, und zwar scheinbar nicht allzu interessant, die Verteidiger. Bei einer Gerichtshandlung spielt die Begabung ja bekanntlich eine erhebliche Rolle. Die Magd, so las ich in einem Zeitungsbericht, sei in Schluchzen ausgebrochen. Ob dies günstig für sie sei, ob sie dies nicht vielleicht besser unterlassen haben würde, dürfte meiner Ansicht nach vorläufig nicht leicht zu entscheiden sein. Ich gestehe, daß ich vor einigen Tagen an eine Freisprechung glaubte, daß sich aber dieser Glaube sozusagen verflüchtigt hat. Mir scheint heute möglich zu sein, daß sie Strafe zu gewärtigen hat, weil sie hie und da zu einem Gähnen Veranlassung gab. Sie bot allerhand Grund zur Verstimmung dar. Eine meiner Befürchtungen läuft dahin hinaus, daß ich der Meinung bin, sie sei von einem Zeugen zu laut gelobt worden. Tadel scheint mir für Personen, die die Anklagebank mit ihrer Gegenwart zieren, günstiger zu sein als Lob, denn es liegt in der Natur der Zeit, in der Beschaffenheit unserer Beseeltheit, daß sich der Tadel in Lob, das Lob aber in Tadel verwandelt. Ich selbst bin natürlich jetzt, wie viele, auf den Prozeßausgang gespannt. Aus der Affäre geht jedenfalls hervor, daß ein Mitglied des männlichen Teiles der Gesellschaft zwischen zwei Mitgliedern des weiblichen gestanden ist, und es ist ferner Tatsache, daß alle drei litten. Natürlich beschäftigt sich eine Gerichtsversammlung nicht mit derlei allgemeinen humanen Fragen. Noch wehen die Schützenfestfahnen von den Hausfassaden herab. Eine ganze Woche lang hatten wir gleichsam prächtiges, lustiges, exzellentes, primadonnenhaftes, blauschimmerndes Wetter. Mich erquickt es, daß ich ein berühmtes Gemälde erwähnte. Nicht ausgeschlossen ist es, daß ich die Besuchs-Einladung einer Dame annehmen werde, die in Paris lebt. Sie ist Schriftstellerin und schreibt gleichsam einen glänzenden Berichterstatterstil, und wie sie mir mitgeteilt hat, bewohnt sie ein entzückendes Heim.

Ich füge noch bei, daß der Prozeß, wovon ich sprach, in einem Landstädtchen stattfindet, das als die Zentrale des Emmentaler- oder Schweizer-Käse-Handels bekannt ist. Einst erhielt Jean Paul aus diesem Städtchen von einem sich für seine Schriften begeisternden Käsehändler einen Käse zugesandt, von dem man annehmen darf, daß er ihm schmeckte.

Heutzutage, da der Geschmack sich ändert mit der Zeit, gibt es wohl keinen Jean Paul verehrenden Käsehändler mehr.

Ich stand vor einem Schaufenster eine Zeitlang still, las sodann einen Artikel und werde mich über beides so eingehend, wie mir dies mein Geschmack gestatten wird, äußern. Wichtig scheint mir, daß ich mich bei geradezu glänzender Gesundheit sehe. Das selbstredend bloß nebenbei. Sollte ich nicht auch etwas von einer

Marktfrau zu sagen haben? »Ganz zuletzt« kam ich dann an einer Kapelle vorbei. Wann und wo war das? Aber ist es nicht vollständig egal, zu welcher Stunde und an welchem Tag ich dieses Miniaturgotteshaus streifte, das ja übrigens nah an einem Waldrand steht, in dessen Umgebung Tennisturniere abgehalten werden. Ich sah nämlich »bei diesem Anlaß« eine Weile dem Tennisspiel zu, das mir gefiel, weil es elegant aussieht. Längst hätte ich, beiläufig hervorgehoben, einer Predigt, wissen Sie, einer sonntäglichen Kirchenandacht, beiwohnen sollen. Wahrscheinlich hätte sich dies speziell für mich die längste Zeit schon geschickt; ich vermag hieran keinen Augenblick zu zweifeln. Daß mich gerade Leute, die an mir stets irgend etwas auszusetzen haben, eigentlich furchtbar lieb haben, erzählt mir mein kleiner Finger sozusagen seit langem. Dies scheint mir ein Umstand zu sein, über den ich vollständig im klaren bin, der mich also nicht im geringsten anzufechten braucht. Ah, da fällt mir ein: in der Nähe unserer Stadt werden um diese Zeit militärische Manöver absolviert. Nun könnte ich natürlich da so als eine Art Schlachtenbummler in Wald und Feld hinausbummeln, um Zeit zu verbrauchen und zu verlieren, die ich indessen zur Niederschrift vorliegender Epistel, wie Sie sehen, nötig habe. Als Spaziergänger glaube ich mich hinlänglich ausgezeichnet zu haben; um so ruhiger darf ich also zu Hause sitzen, obgleich gewiß das herbstliche Wetter einfach prachtvoll ist. Es gibt unter denen, die ich kenne, Menschen, die des Glaubens sind, ich besäße nicht moralische Kraft genug, bei schönem Wetter arbeitsam zu sein. Daß diese meine vortrefflichen Freunde sich denn doch diesbezüglich scheinbar ein bißchen irren, darf mich freuen. »Die, die ihn kennengelernt haben, wollen nichts mehr von ihm wissen«, hörte ich einmal in einem Restaurant jemand reden. Unwillkürlich regte mich diese mich gewiß weiter gar nichts angehende Redensart zur Nachdenklichkeit an. Sicher mag es bei jedem von uns vorkommen, daß er kennengelernt wird und daß alsdann nichts mehr von ihm gewußt werden will. Ich brauche wohl kaum in dieses zufällig Gehörte einzudringen, da es sich bloß um eine Alltagslappalie, gewissermaßen um eine jener Phrasen handelt, die uns über die Lippen springen, ohne daß wir uns irgendwelche »Rechenschaft ablegen«, ob, was wir sagen, wirklich einigermaßen richtig ist. Meiner Meinung nach läßt sich immer wieder versuchen, mit Menschen neuerdings anzuknüpfen, und mir scheint immer wieder möglich zu sein, solchen einen bessern Begriff oder Eindruck beizubringen, bei denen man meinetwegen fünf bis sechsmal einen ungünstigen hinterließ. Ich rede da absolut prinzipiell, d.h. wie ich hoffe, durchaus logisch. Und dann: was für arme, karge Menschen wären das, die auf einer einmaligen Überzeugtheit starr zu beharren sich entschließen könnten? Denn, nicht wahr, es ist doch dringend nötig, daß wir, mögen wir sein, wer wir wollen, zu geistiger und seelischer Beweglichkeit neigen. Weil Hamlet fettleibig wurde, wurde er vielleicht mit sich und seiner Umwelt uneins? Dies flog mir soeben durch den Sinn, was freilich nicht als Wesentliches zu bewerten ist, sondern lediglich als Einfall. Die Sache mit Hamlet scheint mir ungefähr die gewesen zu sein: weil er Kronprinz war und als solcher vielleicht keinerlei Pflicht zu erfüllen gehabt hat, sich vor keine Aufgabe gestellt sah, wurde er von Tag zu Tag unerquicklicher und mürrischer; wiewohl ich es vermieden wissen möchte, hierüber in eine Debatte zu fallen. Ist's nicht das bißchen Betätigung, das uns die Fröhlichkeit verschafft, deren wir bedürfen? Übrigens ist das Hamletmotiv sicher ein riesiges. Fest steht jedenfalls, daß er sich häufiger, als ihm womöglich lieb gewesen sein wird, den Schweiß abwischen mußte. Allmählich komme ich nun zu dem Schaufenster zurück. Es betrifft dies ein Buchhandlungsschaufenster, worin sich die umliegende Welt, das Leben, das sich auf der Straße bewegte, treulich und malerisch abspiegelte. So ziemlich zehn Minuten lang genoß ich auf diese Art den Anblick abgebildeten und -gespiegelten Lebens: benachbarte Häuserfronten, Fuhrwerke, Autos, Motorräder, Kinder, Mädchen und Damen mit großem, ernsthaftem Betragen. Hinter mir ging z.B. eine bejahrte Frau vorbei, deren Gesicht ich, vorwärtsschauend, ihm also den Rücken kehrend, nach Herzenslust studieren, prüfen konnte. Ist vielleicht alles sich Widerspiegelnde um irgendwelche Nuancen deutlicher, als es in der sogenannten Wirklichkeit ist? Im Schaufenster hingen Reproduktionen von bekannten Bildern, wie z.B. der Holbeinsche »Kaufmann«, ich meine damit jenen Mann jüngeren Alters, der seltsam still und ruhig an seinem Zahl- und Rechnungstisch sitzt, einen Kontrakt, oder was es sein mag, papierig-glitzernd in der Hand haltend. Neben ihm, auf dem Tischüberzug, der herrlich gemalt ist, steht eine zarte, schlanke Vase, die Nelken enthält, die in hübschen, präzisen Bögen aus ihrem Ruheort heraushängen, wobei ich natürlich unmöglich wissen kann, ob ich dies nun geziemend wiedergebe. Immerhin ist dieses Bild schön; vor allem ist es ja ein weltbekanntes Gemälde, das irgendwelchem Museum einverleibt worden ist. Auffallend gediegen, gelassen blicken die Augen dieses Kaufmanns vor sich hin.

Doch nun zur »roten Königin«, die keine andere als eine Kinokönigin sein kann, der ich im Vorbeigehen meine Honneurs machte, schon deshalb, weil sie husarenhaft bestiefelt war. Hier küßte und herzte sie sich mit einem Offizier, indes sie sich dort von einem Proletarier per Peitsche traktieren lassen mußte. Welch ein wendungenreiches Los sich da in Lichtbildproben abrollte! Ich stand ganz gebannt da! Indem ich mich von diesem weiblichen Dämon nur mit Zusammenraffung sämtlicher in mir blühender und gedeihender Energien zu trennen vermochte, ging ich langsam und vorsichtig weiter. Wenn ich nur doch auch schon gesagt hätte, wann »dies alles eigentlich« war! Doch nun zu dem Artikel, den mir eine Zeitung servierte, und worin Tolstoi-Äußerungen zu beliebigem Genuß gedruckt standen, die mir von Lebendigkeit zu glänzen, blitzen schienen. Täuschen wir uns über Tolstoi, wenn es uns möglich ist, nicht. Was mich betrifft, so hielt ich ihn immer und halte ihn auch noch heute für einen Liebhaber des Lebens, für einen echten Liebhaber des Schicksals, um mich an den Titel eines Buches von dem Schweizer Albert Steffen zu erinnern, der sozusagen »inzwischen etwas abseits ging«. In Tolstoi lebte eine prangende Lebenslust, an deren Auswirkung er sich aber eben in denkbar umfangreicher Art und Weise hinderte. Sein Haß gegen das Leben glich mit der Zeit freilich seiner Liebe zu demselben, was mir aber doch nur wieder letztere beweist. Sollte man unter anderm sagen dürfen, daß sich Tolstoi über seine Liebe zum Leben geärgert hat, und sollte man glauben dürfen, daß diese Geärgertheit immerhin einigermaßen gerechtfertigt gewesen ist? Ich kenne sehr Fröhliche, die sich sehr stark ärgern können, was mir ohne weiteres verständlich ist. Tolstoi ist doch wohl einer von den vielen (von seiner Schriftstellergröße abgesehen), die das Leben mit ihrer Liebe umarmten, und die dann fanden, es sei anders, als sie sich's vorstellten. Ich für mich finde, daß er jedenfalls interessant ist und so bleiben wird. Nun hervor mit dir, reizendstes Marktfrauchen. Heraus an die Luft der Öffentlichkeit, denn du scheinst mir diese Ehre zu verdienen! Was ich über sie sagen will, ist übrigens nur wenig, indem man ja über sehr Nettes nicht umhin kann, beinahe eher Stillschweigen zu beobachten, als es auszuplaudern oder sogar damit zu renommieren, was ich auf das allerallersorgsamste vermeiden will. Zum Sterben hübsch war sie; mehr brauche ich wohl kaum mit der Miene eines Lebenskenners kundzutun. Gibt es ja doch eine Methode, leicht anzudeuten, man kenne die Frauen. Hiezu bedarf es bloß eines kleinen schnippischen, pfiffigen bißchens Zurückhaltung, eines vielsagenden Gesichtsausdruckes, der zugleich wieder gar nichts sagt, einer Bescheidenheitshandbewegung, die zu verstehen gibt: »Ich bin diskret«, und dazu noch etwa eines hellen, lustigen, frechen, fröhlichen, ernsthaften, kurzen, werktäglichen und zugleich festlichen Lachens. Wie wenig ist doch nötig, um als »vollendeter Weltmann« zu brillieren. Einst wurden mir übrigens, ich vermag mich dessen mit spielender Leichtigkeit zu entsinnen, Lyrismen, Langfädigkeit und Provinzialismus bezüglich meines Schriftstellerns vorgeworfen, weshalb ich zu diesem Prosastück hier sage: »Nimm dich zusammen.« Darf ich nun noch ein Schulmädchen anführen, dem ich schon einigemal begegnete, und die immer so für sich allein zur Schule pilgert?

Der genannten Kapelle wünsche ich lebhaftesten Anteil. Die rote Königin dürfte mit dem wenigen, was ich über sie sprach, zufrieden sein. Zeitungsartikel und Schaufenster scheine ich in genügendem Grad besprochen zu haben. Hamlet versuche sich zu fassen. Sauer genug dürfte ihn das ankommen. Doch es muß, es muß sein! Einsichtsvoll dünkt mich von mir zu sein, daß ich ausgerechnet »einen Tolstoi« gebührend in Schutz nahm. Nicht unmöglich ist, daß er sich hie und da etwas zu wertvoll vorkam. Über Straßen und Menschen würde ich vielleicht besser getan haben, mich mit mehr Umständlichkeit zu verbreiten. Doch still, das Mädchen kommt, das ich Ihnen soeben vorstellte! Wie lieb ihr Gesichtchen ist. Ich erkläre dieses junge Antlitz für ein Wunder. Mit beinahe zu viel Würde schreitet sie einher. Von Schreiten usw. spricht man aber eher nur bei Söldnern und Landsknechten, die die kulturentfaltenden Städte mit ihrem Gepolter, Geklirr zittern machten, nicht bei so zartwachsenden und -empfindenden »Blümchen«, denen von weitem vielleicht schon der Garten einer pflichtenreichen Ehe vorschwebt. Das Mädchen sieht aus, als sei sie schon verantwortliche Gattin, und dieses würdevolle Aussehen bei so viel Jugendlichkeit der Gestalt, das ist's ja, was mich an ihr rührt. Beinahe möchte ich mich glauben machen, sie gehe gravitätisch. Ob sie wohl kenntnisreich, begabt ist? Duldsam und sanft ist sie sicher. An wen, oh, an wen mahnt sie mich, die großscheinende Kleine, die Unerfahrene, die aussieht, als hätte sie schon viel erfahren? Es gibt Menschen, mit denen es anders ist, die beim Mancherleierlebthaben nach Naivität, Unerfahrenheit aussehen. Vielleicht möchte ich der Kleinen einen Brief schreiben, was mir, was Schreibart, Einfühlen betrifft, wahrscheinlich gelänge. Vorher müßte ich natürlich ihren Namen, ihre Wohnung, d.h. die genaue Adresse, wissen.

Wie schön scheinen uns Menschen zu sein, mit denen wir auf eine heitere, herzliche Art plaudern, nicht schwatzen, nein, nur ruhig reden würden.

Bezüglich Frauen schaut in Wirklichkeit manches ganz anders aus, als wie sich's in Büchern oder auf dem Zeitungspapier ausnimmt, denke ich da so für mich. Es ist neun Uhr vormittags, und mein Blick fällt zufällig auf den Abrißkalender, den ich von der Herausgeberin, einer Nahrungsmittelfabrik, zugesandt erhielt. Gestern, so um die Abendessenszeit, saß ich wieder einmal in der Bahnhofswirtschaft dritter Klasse. Ich studierte da das Tableau, das heißt, die an der Wand angemalte Aufstellung der Abfahrts- und Ankunftszeitpunkte der Züge, wobei ich nachzählte, auf welcher Strecke oder Route die meisten Züge zirkulierten. Den lebhaftesten Verkehr wiesen die Richtungen von und nach Paris und von und nach Mailand auf. Hierbei dachte ich sogleich an den Verfasser zweier berühmter Romane, den das Leben sowohl nach der einen wie nach der anderen der beiden genannten Richtungen geführt hat, nämlich an Stendhal. So kann man also sogar in Bahnhofsrestaurants sozusagen ein bißchen gebildet sein, das heißt an höhere, feinere Dinge denken, Gespräche mit sich selbst führen, die, so kurz sie sein mögen, an irgendeine Bedeutung streifen.

Auf dem Abrißkalender ist ein junges Mädchen abgebildet, das bräunliche Wangen hat, keck in die Welt schaut, und jetzt erinnere ich mich plötzlich, so am Tisch sitzend und diese Skizze hier skizzierend, an Ellen Key, neben der ich einst, das heißt vor soundso vielen Jahren, die für die Menschheit so merkwürdig geworden sind, im Hause eines Berliner Verlegers, anläßlich eines Diners, bei Tisch saß, und die mir bei dieser Gelegenheit, vielleicht zum Zeichen des Wohlwollens, wozu eine ältere Frau gegenüber einem jungen Anlaufenden und Strebenden naturgemäß berechtigt war, eine Birne, die sie geschält hatte, auf den Teller legte. Ich meine, daß dies ja gewiß Nebensächlichkeiten sind, aber aus allerlei kleinen Geschehnissen, Vorfällen, Zufälligkeiten, Begegnungen setzt sich ja überhaupt unsere zivilisierte Existenz zusammen. Somit hätte ich vorher zwei große Städte und hiernach eine Schriftstellerin erwähnt, mit der ich persönlich bekannt geworden bin. Ihre Bücher sind ja von sehr vielen Leuten aufs eifrigste gelesen worden. Diese Kämpferin für die Interessen der Frauen fand ja seinerzeit mit ihren Schriften großen Anklang, anders ausgedrückt, Erfolg.

Nun ist mein Abrißkalender mit Sprüchen versehen, und zwar so, daß mir jeder neue Tag einen neuen Weisheitsspruch beschert. Solche Sprüche genügen uns, was ihren Gedankeninhalt betrifft, nicht immer, was ja verständlich ist. Aber der heutige Abrißkalenderspruch ist, ich möchte sagen, großartig. Er ist schön und fromm, fröhlich und tief, gutmütig und achtunggebietend zugleich, und er stammt aus persischem Geistesleben her. Ich füge nun vielleicht etwas Eitles, Selbstgefälliges bei, wenn ich melde, daß der Abrißkalender auch einen aus einem der Bücher, die ich schrieb, herausgezogenen Ausspruch birgt. Dies natürlich bloß durchaus nebenbei, und ich bedaure eigentlich, diese Persönlichkeitsbemerkung, die vielleicht nicht ganz statthaft ist, gemacht zu haben. Immerhin bin ich doch nun schon sowohl mit der Ankunfts- und Abfahrtstafel, also mit Bahnhofsachen usw., wie mit Kalendrischem ziemlich fließend, wie mir scheint, fertiggeworden, und nun dürfte ich mir vielleicht noch etwas über die Frauenbewegung zu sagen erlauben.

Selbstverständlich achte ich Bemühungen, die auf diesem Gebiet vor sich gingen, hoch. Das tut jeder Gebildete, zu deren Kreisen ich mich wohl auch zählen darf. Ich denke mir, daß manches Mädchen, das Ellen Key las, mit Vorstellungen von freier Liebe usw. ins Leben hinaustrat und sich in demselben Enttäuschungen holte, und zwar Enttäuschungen, die sich aufs Gelesenhaben genannter Schriftstellerin stützten. Ich las in der Tat vor kurzem in einem im allgemeinen lebhaft und klug redigierten Blatt einen Aufsatz über die Ehe, der mich begreiflicherweise fesselte und worin darauf hingedeutet wurde, wie in China die Ehefrau es aufs artigste, gewissermaßen kunstvollste, verstehe, ihrem Gatten eine Geliebte zu gönnen, es also zustande bringe, in einer Ehegenossin keine Rivalin, sondern eine Freundin zu erblicken. In dem an sich interessanten Aufsatz war verhältnismäßig anschaulich ausgesprochen, wie schwierig es für manchen Eheherrn sei, keine Geliebte neben seiner Frau zu haben, und eine wie schwierige Aufgabe es für viele Ehefrauen sei, das Hausfrauenwesen mit der Bestimmung zu verbinden, zugleich Geliebte zu sein. In dem Aufsatz war von der Persönlichkeitsgeltendmachung die Rede, wobei ich mir wieder, wie schon häufig, die Lebensweise und Anschauungen des Westens und des Ostens seltsames Gesicht vorstellte. Unter keinen Umständen möchte ich hierüber zu viel sagen, da dies alles für uns hochproblematisch ist. China hat eine mangelhafte Bildung, dafür aber eine tausendjahralte, überlieferungslebendige Kultur. Was in China bezüglich des Ausbaues der Ehe möglich ist, wird vielleicht für uns Europäer immer unausführbar bleiben. Sei dies, wie es sein will, jedenfalls erwähnte ich zu meinem Vergnügen eine hervorragende, verdienstreiche Frau.

Von dieser Frau lieh einmal ein geistvoller Mensch Geld, das er ihr nicht wiedererstattete, was gewiß nicht sehr fein von ihm war. Immerhin können solche Fälle leicht vorkommen, ohne daß Folgen zu entstehen brauchen. Sie erzählte mir das nämlich an obgenanntem Tisch, derart, daß ich hier sogar noch die Gedeckte-Tisch-Frage leise berührt hätte. Mir ist so ein gedeckter Tisch lieb. Das Problem des gedeckten Tisches bleibt, wie so manches sonstige, ein offenes, d.h. wartet noch auf seine Lösung. Sehr wichtig ist dieses Problem ja nicht, sicher aber sehr reizend. Ich würde eventuell gern bereit sein, an seiner Aufhellung mitzuarbeiten. Ich glaube mich hierzu ziemlich befähigt.

Vorläufig glaube ich alle diese Fragen der Vorsehung anheimlegen und meine Aufmerksamkeit dem nahe bevorstehenden Mittagsmahl zuwenden zu können.

Es ist halb zwölf Uhr.

Je nachdem man es nimmt; ich meine, zu wissen, daß die Stadt, die ich bewohne, immer wieder eigentümlich neu für mich sei, was mehr oder weniger tief begründet zu sein scheint. Mir wird beispielsweise jeden Morgen klar, daß es nicht so leicht ist, wie vielleicht allgemein angenommen wird, schnell in eine Richtigkeit, in die Vernunft zu blicken, derart, daß man weder sich noch einem andern etwas vorzuwerfen braucht und einem die Tage, die Lage, worin man lebt, als von der eigenen Seele gebilligt vorkommen. Ich lebe hier akkurat so, wie ich anderswo auch leben würde. Darf ich Sie übrigens bitten, überzeugt zu sein, daß ich mich hier lebhaft bemühe, natürliche, zugleich aber nicht Worte zu gebrauchen, die schon häufig beim Schreiben von mir verwendet wurden. Es leben und wirken hiesigen Platzes sicher viele Menschen, die mir bis heute noch nicht zu Gesicht kamen, und dieses absolut nicht ungewöhnliche Wissen gilt für mich mehr, schätze ich aus einem bestimmten Grund höher, als wenn ich Freunde hätte, die mich zu mancherlei Sprechen veranlassen würden, was mir die Stadt verkleinerte, die für mich zum Glück recht sehr erheblich blieb, die ich mir vielleicht weit schöner denke, als es sich mit ihr in Wirklichkeit verhält. Ein Freund würde für die Zartheit meines Empfindungslebens irgendwelche Belästigung bilden, weshalb ich mit ungezwungener Ausgesprochenheit auf einen Genannten verzichte. Ich besitze bloß eine mich in denkbar befriedigender Weise liebende Geliebte, weshalb ich mir als geliebter Liebender vorkommen darf, der Ihnen für die Wärme, womit Sie mir schrieben, aufrichtig dankt. Ich weiß nicht, ob ich die Stadt, die mich zu ihren Einwohnern zählt, liebe. Diese Frage beschäftigt mich ebenso wenig wie eine Menge übriger Fraglichkeiten. Mich berührt übrigens die Tatsache angenehm, daß ich hier noch von so gut wie niemand verstanden worden bin, was eine der Ursachen ist, weshalb ich mich mit ungestörtem Vergnügen hier aufhalte. Begreifende greifen in uns hinein, tun uns mit ihrem Verstehen weh. Empfanden Sie dies noch nie? Doch, doch! Mißverstandenwerden hat etwas Lustiges, wogegen das Erkennen oder Verstehen an sich uninteressant ist. Ich bringe der Stadt meinerseits, so andauerlich ich nun schon in ihr wohne, wenig oder keinerlei Verständnis entgegen, und wie meine Geliebte bedeutend ist, weil sie für mich ein ungelöstes Problem blieb, so mutet mich die bekannte Stadt unbekannt an, und ich wünsche, daß sich dies durchaus erträgliche, weil annehmbare Verhältnis nicht im raschen, kleinen Glauben verliere, es gäbe für mich ein Besseres.

Einer hatte eine ungeheure Stirne, mit der er überragte, was neben ihm einherging, was ihm ein großes Behagen zu verschaffen schien. In den Arkaden, die unsere Stadt zieren, wandelten Jünglinge, die sich wie italienische Nobili betrugen. Die Landschaft lag still wie ein unausrottbarer Gott. Ich ging eine Weile als alte Frau. Indem ich die Gebrechlichkeit meisterhaft nachahmte, zog ich von Zeit zu Zeit eine Flasche aus dem Gewand hervor, die einen Wein enthielt, der sich wie Milch trank. Der Saft machte mich klug, leichtherzig und hellsichtig. Draußen im Land tanzten Mädchen nach den Tönen, die ein Familienvater einer Handharfe entlockte. Die Töne gestanden irgend etwas zu und schienen über das Zugestehen glücklich. Ich musterte eine Hafenstadt, die in einem Reisealbum prangte. Gestern fanden Maskenbälle statt; der Zutritt dazu kostete schon an und für sich sehr viel. Die Flasche vom Bessern bezahlte sich mit hundert Franken. Ich traf einen Publizisten an, der wie ein Ordensritter aus der Frühgotik aussah. Zeitweise trug ich eine enorme Nase waagrecht in die Menschenmenge hineinstechend. Über eine Wiese herab ging ich in eine Wirtschaft, der Fluß floß daran vorbei; ebenso der Strom der Spaziergänger, von denen viele mit begehrlichen Blicken in den Garten hineinschauten, der nackt dalag. Die Sonne besaß etwas Liebkosendes. Die Alpen glichen einer Tapisserie und Patisserie, mahnten an Stoffe, Zuckersachen, an Spitzen, Geschmeide. Ich unterhielt mich mit einer Baslerin über den Basler Fastnachtszug, der ein gewisses Renommee besitzt, ließ flache Steine mit Erfolg auf einer Wasserfläche tanzen, sprang von einer kleinen Anhöhe auf ein Stück Sand oder Kies herab und machte ein Mädchen, das sich über eine Fensterbrüstung neigte, lachen. Der Tag war schön wie eine Liebe für immer, wie ein stolzer, blonder Nordlandszorn, der nachläßt, wie eine Tücke, die zutraulich wurde, wie eine zartangefärbte Heiligenstatue, wie eine Sünde, die man segnet, wie ein Muttergesicht, das sich in einem Palastzimmer über das Bettchen neigt, worin ein Kindchen liegt, dem ein schweres übersüßes, abgrundbanges Los bestimmt ist. Alle Straßen schienen um Manierlichkeit zu bitten, so hell, blank, glatt, weich, sauber sahen sie aus. Ich gab mir Mühe, die Bäume zu verstehen und fand Worte, sie zu charakterisieren, und die Häuser wurden mir zu Freunden. Ein Regen von Bläue strömte, stöberte als ein stilles Frühjahrsleuchten aus der Höhe in die Tiefe, und in einem Lokal sagte jemand: »Gottlob triumphiert der Geist über den Körper.« Maskerade ist sonst hier nicht Sitte. Sie gab sich aus diesem Grund fast unmerkbar. Von einem Sportplatz her war Beifallsrufen vernehmbar, das einer sanften, fernen Meeresbrandung glich; am Waldrand machten es sich Angehörige guter Stände auf Tannenzweigen und im ahnenden Grase bequem, und um den Hals der Welt legte sich das Sehnen von überallher. Vor einem Mädchen mit braunen Zöpfen wurde ich im Nu ein gedanklich produzierender Maler. Wie die blauen, jungen Augen zum Unschuldsbraun schön stimmten. Dann lachte dieses Mädchen über eine Bemerkung, die mir seiner Mutter gegenüber entfiel. Spazierende gingen über Treppen hinab und füllten die Wege, die sich durch die Täler schlängelten, wie sich Adern durch einen Körper ziehen. Die Stadt schien mir wieder diejenige zu sein, die man, ohne daß man sich Aufklärungen gibt, liebt; diejenige, die ich zum erstenmal sah, als ich ein Knabe war, wo sie mir unsäglich reich und groß vorkam. Ein Mädchen saß irgendwo da, die von mir voraussetzte, ich würde sie verhöhnen wollen, aber ich benahm mich so, daß sie sich bezüglich meines Charakters eines Bessern belehren mußte. Sie weiß nun, daß ich »eine Seele« bin, und sie wird an mich denken, weil sie sich diese ganze Zeit her sagen mußte, sie habe sich in mir getäuscht, und diese ganze Zeit wird eine Besserungs-, eine Passionszeit für sie sein mit Stationen der Vervollkommnung. Wie hat das Leben gestern für mich ein Lächeln der Verzeihung gehabt, dem ich gar nicht viel nachfragte, und da ich um so herrlicher Nichtachtung willen in bester Positur war, wurden Frauen ernst, mich betrachtend, die sonst lustig wurden, sobald sie mich kommen sahen. Vielleicht verletzt man die Gemüter durch ein Zurschautragen der Lebenskunst, die etwas Seiltänzerisches hat. Gewiß bestieg ich den Gipfel der Liebenswürdigkeit noch nicht.

Täglich finde ich neue Lehren, aber ich nahm mir, gleichsam im Gleichgewichtsinstinkt, vor, mich nicht zu sehr mit ihnen zu beschäftigen. Flügel und Wälder und die mit Menschen belebten Straßen wünschen, daß ich vor allen Dingen munter sei. Um der Munterkeit willen will ich nicht zu viel beherzigen.

Vier Uhr nachmittag ist's jetzt, und vielleicht fällt mir von neuem ein, was ich gestern nacht über die Eigentümlichkeit des Mannes mit der eisernen Maske dachte, der bekanntlich zur Zeit Ludwigs des Vierzehnten gelebt und, wie man sich leicht glauben machen möchte, gelitten hat.

Gelitten hat?

In diesen Zeilen, die, wie ich hoffe, mit einer Park- oder Waldlandschaft Ähnlichkeit haben werden, was ein Anspruch ist, den Ernsthafte, die dies wirklich sind, zu entschuldigen wissen werden, will ich untersuchen, inwieweit das der Fall gewesen sein kann. Gibt es nicht übrigens unter anderem einen gewissen Mann im Mond, der ein geistvoll geschriebener Roman von Wilhelm Hauff ist, einem der begabtesten Deutschen, den ich auf dem Wege dessen, was er Schöpferisches hinterließ, kennenlernte? Hauff zog mit scheinbar größtem Eifer, zu Fuß oder zu Roß, gegen die Süßlichkeit zu Felde, indem er sich vielleicht ein wenig in die tapetentürliche Angelegenheit, die er bekämpfte, verliebt hat. Für mich ist nicht zweifelhaft, daß Hintertreppenhaftigkeit, die der Gebildete, scheinbar mit Recht, geringschätzt, immerhin ein Stück Welt ausmacht.

Ich ließ mich gestern nacht sonderbarerweise von der Idee durchdringen, daß der Mann mit der Maske vor dem Gesicht verhältnismäßig glücklich gewesen sei, dem das Maskentragen vielleicht deshalb auferlegt wurde, weil er einer Dame von Einfluß mißfiel.

Kürzlich entnahm ich einem Geschichtsbuch, das ich von der ersten bis zur letzten Zeile gleichsam verschlang, der Kerker des Mannes, mit dessen einzigartigem Geschick ich mich hier beschäftige, sei von durchaus annehmbarer, weil komfortabler Art gewesen. Beispielsweise wird ihm Gelegenheit geboten worden sein, sich von Zeit zu Zeit im Spiegel zu beschauen, was er nicht getan haben wird, ohne sich im tiefsten Innern, das ein feinempfindendes Inneres gewesen sein muß, über sich lustig zu machen. Ich bin der Ansicht, daß sich diejenigen irren, die der Meinung sind, daß Einsame in ihrer Einsamkeit das Lachen verlieren; vielmehr lachen gerade sie meiner Überzeugung nach am naturhaftesten und schönsten, schon weil sie nie Grund haben, sich zu einem Lachen oder Lächeln zu zwingen, was eine harte Aufgabe genannt werden kann, die diejenigen zu erfüllen haben, die sich unter Menschen, will sagen, in Gesellschaft bewegen.

Der Mann mit der eisernen Maske genoß in einem fort die vergnügteste Gesellschaft, die er sich vorzustellen vermochte: seine eigene.

Darf in Frage gestellt werden, er habe dann und wann Besuch empfangen dürfen, wie zum Beispiel den Besuch vielleicht irgendeines Angehörigen der epochalen Kulturbestrebungen, mit dem es ihm kaum verwehrt gewesen sein wird, nach Noten zu debattieren?

Mir fällt übrigens zum Glück jetzt ein, was ich gestern noch zu sehr später Stunde über die Ursache seines Gesichtsverkleidens dachte, die darin bestanden haben mag, daß er mit einer Frau von Rang auf eine womöglich etwas zu ungewöhnliche Art korrespondierte, indem er Briefe an sie adressierte, deren Inhalt unter Umständen zu notorischem Verderbnis Anlaß geben konnte. Wenn man sich den Briefschreiber als hochentwickelten, gewissermaßen schönen Menschen und unter der Empfängerin seiner Äußerungen eine, was Bildung, Charakter usw. betrifft, nicht durchaus sattelfeste weibliche Persönlichkeit vergegenwärtigt, so wird man sich eine der interessantesten Maßnahmen einigermaßen erklären können, die dringend erforderlich gewesen zu sein scheint, da sie von der Natur selbst gebilligt wurde. In stilvollster Anordnung wird er ihr die denkbar stärksten Unordentlichkeiten und mit der Stimme, Stirne und Miene des gesellschaftlichen Verantwortungsgefühles die unerhörtesten Leichtfertigkeiten aufgetischt haben, derart, daß zuerst vor Glück ein Lächeln des Behagens über das unmöglich anders als schöngeschnittene Antlitz glitt, sie jedoch hernach von um so jäherem Entsetzen und von um so aufrichtigerer Abneigung erfaßt wurde, einen Gemütszustand produzierend, worin sie sich nicht anders zu helfen gewußt haben wird, als daß sie ihre Augen groß und lodernd rollte. Ein Schrei wird sich lautlos-gellend, in kanonenschußartig donnernder Ersticktheit, ihrem Mund entwunden haben, wonach sie für alles Weitere Sorge trug.

Die Frage erhebt sich gleich einem Riesen von ungewöhnlichem Ausmaß vor mir, ob der Maskierte wenig oder viel, kurz oder lang, unbeeinträchtigt oder beunruhigt geschlafen habe oder nicht. Ferner drängt sich mir die andere wichtige Frage auf: wie war es mit seinen Ein- und Ausatmungen? Waren sie regelmäßig? Es dürfte Tatsache sein, daß er sich öfter abwechslungshalber ein bißchen am linken oder am rechten Ohr gezupft hat, und daß dies eine Art Aufweckung für ihn bedeutet haben würde, falls ihn die Geschlossenheit seiner Kopfbedeckung am Ausüben erwähnter hygienischer Maßregel nicht hinderte.

Gewiß spielt eine erhebliche Rolle, was diesem Individuum von Bedeutung tagsüber in den Sinn kam. Ohne Zweifel sah er sich aufs Führen eines Erinnerungsdaseins angewiesen, weshalb er von seinem Gedächtnis ausgiebigen Gebrauch machte. Las er viel? Vielleicht anfänglich, später aber sicher nicht mehr. Was Unterhaltungsmöglichkeit betrifft, möchte ich glauben, er habe sich auf die Fähigkeit gestützt, sich allerlei einzubilden, was so zu verstehen ist, daß er sich von den Gemäldeausstellungen oder Bildersammlungen seines allzeit lebhaft arbeitenden Gehirnes in einem fort bezaubern, d. h. aus der Wirklichkeit fortziehen ließ.

Ich weiß beispielsweise mit unerschütterlicher Genauigkeit, daß er sich das Vergnügen machte, diejenige, der er das Vertrautwerden mit der eisernen Maske verdankte, aufs fröhlichste zu lieben. Lustig stimmt uns das mit dem gesunden Menschenverstand nicht durchweg Übereinstimmende. In allem, was uns in Erstaunen setzt, liegt für uns, wie ich hier zu beweisen unternahm, etwas Amüsantes.

Zeitweise erheiterten ihn Ansprachen verschiedenster Art. Man wird vermuten dürfen, daß er mittels des einzigen Schauspielers, über den er verfügte, mit der eigenen einzelnen Person mehrere Personen darstellend, Theater spielte, wobei anzumerken sein könnte, er habe auch noch den Zuschauer aus der Fülle seines in bildendem Sinne Beschäftigtseins gezogen.

Teppiche bedeckten den Boden seines Gemaches.

Er zuckte hie und da die Achsel.

Ich eile jetzt ins Konzert.

Ebenso unwiderleglich, wie es schlichte und schnörkelhafte, will sagen, prunkreiche Prosastücke geben kann, scheinen mir Möglichkeiten vorkommen zu können, daß es an hübschen und nichthübschen Menschen, respektive Frauen, nicht fehle. Mit einer eher unhübschen als bildhübschen Angehörigen des Rücksicht-in-Anspruch-nehmenden Teiles der Menschheitsgesamtheit hatte ich gestern, zu welcher Tageszeit braucht kaum ausgeplaudert zu werden, geeigneten Platzes, d.h. mitten im Stadtstrudel oder -trubel, eine meiner Meinung nach angemessene Unterhaltung, die sich unter anderem auf die, man wird sagen dürfen, gewiß nicht uninteressante Astrologie bezog, die, ungezwungen betont, eine Art Modewissenschaft wurde. Neulich wies mir ein jugendlicher, also noch durchaus unältlicher Zeitgenosse mit gleichsam schüchterner Geste sein Horoskop vor, wobei ich mit Vergnügen die sicher verständliche Erklärung ablege, daß mir meinerseits nie einfallen würde, Horoskope, die mir von einem Sternkundigen ausgestellt worden sein könnten, einem Bekannten, und wenn es der vertrauenswürdigste wäre, zur Kenntnisnahme vorzuweisen.

Meiner gewiß unmaßgeblichen Ansicht nach sind Horoskope entweder nützlich oder schädlich, wie es die lieben Fügungen zulassen, die mir an und für sich verehrenswert erscheinen. Die nicht sonderlich Hübsche, mit der ich sprach, erhielt vor einigen

Jahren, als ich mich noch in keiner Art und Weise mit Europapflichten und dergleichen beschäftigte, in einem Lokälchen voll bunt durcheinandergewürfelter Menschen vom Verfasser vorliegenden Alltagsvertiefungsversuches einen freilich gleichsam nur flüchtig und leichtsinnig angebrachten Heiratsantrag, den sie dadurch glatt ablehnen zu sollen geglaubt hatte, daß sie über mein immerhin freundliches Anerbieten laut lachte, was einen Klang hervorrief, den sich mein Gedächtnis anstandshalber einprägte. Ich bildete mir damals, wie ich mich erinnere, ein, ich besäße keinerlei Hoffnung, mich an den Europaaufgaben zu beteiligen. Ich sprach damals: »Fräulein, kurz und gut ...« »Ich weiß schon, lassen Sie das gefälligst«, erwiderte sie, und nun saßen wir beide nach soundso viel Zeit zusammen und berührten mit keiner Silbe, was sich einst zwischen uns zutrug. Noch immer bin ich trotz allem Europäertum eine Art Romantiker und noch immer scheint sie trotz aller Astrologie ein äußerst unvertiefter, gutmütiger weiblicher Mensch zu sein, der eher unansehnlich als hinreißend hübsch ist. Immer hat sich dieses Horoskopfräulein eingebildet, sie sei ungewöhnlich; immer hielt sie sich für irgendwelche Ausnahme, und noch heute befindet sie sich tief in diesem Irrtum, und auch ich sehe mich nach wie vor im Irrtum des Romantizismus. Nur mit Mühe vermochte ich mich einigermaßen zu überzeugen, daß ich die geborene Wirklichkeitsnatur bin, und nur mit Schwierigkeitsüberwindung machte sie ihrerseits die Wahrnehmung, sie sei eine Modeenthusiastin. Obschon sie nicht sehr hübsch ist, ist sie das. Daß sich nicht sehr hübsche Frauen nicht sehr sorgfältig kleiden, kann unmöglich ein Außerordentlichkeitsbeweis sein, und daß sich sehr hübsche Frauen sehr exakt herausputzen, stammt kaum von der Unoriginalität her, obwohl dies mitunter so zu sein scheint. Sie, der ich vor Jahren einen Heiratsantrag machte, hält sich nicht für modisch und ist es, und sie hat gestern in der Tat zu begreifen begonnen, daß sie eine Europäerin ist, die infolge keineswegs vorhandenen, aber um so lebhafter eingebildeten Tiefsinns einst einen Heiratsantrag, der an sich etwas Romantisches war, lachend ablehnte.

»Bin ich nichts, als was ich bin?« fragte sie plötzlich.

»Sie sind Europäerin. Sämtliche Europäer haben bis dahin den übrigens leicht begreiflichen Fehler begangen, daß sie sich für viel mehr hielten, als sie in Wirklichkeit waren«, antwortete ich.

Sie verzieh mir diesen Bescheid und entfernte sich, da sie einen Besuch zu absolvieren hatte.

Bezüglich des Hübsch- und Nichthübschseins sind vielleicht schöne Frauen zum Europäischen zu sehr von sich selbst beansprucht, haben nicht Zeit zur Erledigung eines so Zeit-in-Anspruch-nehmenden Geschäftes, wie es der pflichtheischende Europäismus ist.

Schönheit ist eine Macht; Macht beglückt, das Glück will gepflegt sein, will herrschen. Vielleicht können nur Dienende in der Tat europäisch sein.

Er gehört verschiedenen schöngeistigen Gesellschaften an und lügt das Blaue vom Himmel herunter.

Mit derartigem Pathetismus fange ich einen Essay an, der mein neuester und jüngster ist, und wovon vielleicht irgendein Würdenträger der Meinung sein kann, er mute ihn bubenhaft an. Hundert dumme Buben in mir, die mir übrigens in diesem Moment wertvoll vorkommen, veranlassen mich zum klangvollen Ausruf: »Er hat mit einem sich melancholisch um seine Konzentriertheit drehenden Karussell Ähnlichkeit.«

Hunderttausend Jungburschenfrechheiten durchfluten mich, wenn ich mich in das Wagnis verliere, vorzubringen, mir sei irgendeinmal die Unvoreingenommenheit passiert, der Gattin des gemachten Mannes, dessen Existenz etwas Neckisches für mich aufzuweisen scheint, Schmeichelhaftes zu sagen. Ich betrug mich ihr gegenüber scheinbar etwas zu lustig, wonach sie sich berechtigt sehen mußte, mich ihrem Gemahl als frivol zu schildern, was sie zweifellos besorgt haben wird.

Ich ziehe die Tatsache in diese Zeilen hier herein, daß ich heute nacht vom Goldenen Kalb träumte, womit ich die Personifikation des Erfolges meine, den ich für etwas ebenso Stupides wie Nettes halte. Nun gibt es ja ganz bestimmt eine gewisse Stabilitätsstupidität. Sämtliche Feinere wissen dies zur Genüge, und sie wissen womöglich ebensogut um letzte Errungenschaften auf dem Erforschungsgebiet der Liebe, beispielsweise, daß die Genügsamkeit, was amoureuse Dinge betrifft, eine Letztheit ist, indem alles Anfanghafte täppisch-fröhlich und weinerlich fordert, demnach Ansprüche macht. Anspruchslosigkeit kann ein Raffinement sein, das darin bestehen zu können scheint, daß es mißverstanden wird.

Ich werfe die tragikomische Frage auf: Weiß der gemachte Mann um das Unentrinnbare seiner Stupiditäten, und vermag er sich vielleicht zu erinnern, daß er mir einmal sagte, ich trüge nicht Sorge zu mir, sei eine Art Verschwender meiner selber? Wirklichkeit scheint zu sein, daß wir zwei uns für tragisch halten. So sehr er sich anstrengt, findet er nirgends in sich Lustigkeiten, was für seine Eitelkeit, die die Lebenslust selbst ist, bemühend sein muß, und so innig anderseits ich mich bemühe, die Entdeckung der großen Ernsthaftigkeit mitten in mir zu machen, bemächtigt sich meines Wesens immer wieder eine nicht abzulehnende Fröhlichkeitsnotwendigkeit.

Ich spreche jetzt etwas für diesen vielleicht nur zu gemachten Mann voraussichtlich beinahe Niederschmetterndes aus: Machte er nicht bei Gelegenheit einen feinsinnigen Umweg um mich herum, um irgendwelcher Aufrichtigkeit bezüglich meiner Person Ausdruck zu verleihen? Er zog nämlich mit seiner Vorbehaltlosigkeit vor, zu andern zu gehen, statt sich mit der ganzen Schönheit des Unmittelbaren an mich selbst zu wenden. Für mich ging hieraus hervor, daß er mir sehr zart grollte. Meiner Ansicht nach gibt es viel solche leise Grollerei, die für uns ein Herkömmliches sein mag, das etwas Liebenswürdiges, Heimeliges, Häusliches besitzt, wovon wir uns aus Grundsätzlichkeit längst befreit haben, was uns jedoch in der Praxis aus Gefühlsgründen absolut nicht paßt.

Ich posaune in die Öffentlichkeit hinaus, daß im gemachten Mann Abhängigkeiten nach der Richtung der Familiarität hin schlummern, will sagen, als Einflußfaktoren vorhanden sind. Wenn er sich als Weltmann ausgibt, so recke ich mich so hoch wie möglich empor und donnere ihn mit den in einen Nachlässigkeitston gehüllten Worten an: »Sehnst du dich nicht mit nur zu viel Wahrscheinlichkeit nach deinen zweiundzwanzigjährigen, erstmaligen Aufstiegsversuchen?«

Auf alle Fälle ging mir die Nachricht zu, er wage seine tadellose Hosenfalte aus Bekümmertheit ob seines Seelenstillstandes nicht anzuschauen.

Gestern ließ er mich durch seinen Diener, den er überallhin mitnimmt, anfragen, ob mir eine Unterhaltung mit ihm willkommen sei. Ich ließ ihm meine Dankbarkeit für seine Bemühung, sich mit mir zu verständigen, überbringen, ihm aber gleichzeitig sagen, ich hielte mich für einen gemachten Mann, und meiner Meinung nach vermöchten sich zwei Gemachte oder Zurechtgedrechselte nur unter Überwindung lebhafter Schwierigkeiten zu verstehen.

Der Diener lächelte und ging, hatte nicht die geringste Ahnung, daß sein Herr einer von denjenigen sei, denen eines Tages im Eifer, großartig zu scheinen, einfällt, einen Brief, den sie an einen Zeitgenossen adressieren, mit der Sprechweise zu beginnen: »Sehr geehrtes Herrchen, obwohl Sie der Lieblingsquatschkopf der gebildeten Zirkel sind, sage ich Ihnen jetzt nichtsdestoweniger alles!«

Bringt wirklich nur ein gemachter Mann fertig, so unbeholfen zu sein und einem wegen seiner Unbehaglichkeit zur Behaglichkeit zu verhelfen?

Dafür, daß er mir die Buben oder Ungezwungenheiten, die sich in mir tummeln, stutzig machte, biete ich ihm hier trotzig die Spitze.

Ich notiere schnell folgendes: Man zieht, etwa beim Essen, ein Kätzchen, das ein wirkliches und kein allegorisches ist, beim sammetweichen Schopf zu sich herauf, um zu sehen, ob es Lust hat zu bleiben, oder ob es sich wieder zu entfernen vorzieht. Kein Denkender, Empfindender wird einem Kätzchen seine Zärtlichkeit aufdrängen. Soeben begegnete ich in einem Gedichtbuch einem Marktplatz. Bezüglich des am Horizont der Kulturbestrebungen neuaufgetauchten Problemes »Geist und Technik« dachte ich vorige Nacht, die ich als die schöne bezeichnen möchte, weil sie windstill und wolkenlos war, Technik sei ein Mittel, in den Geistigkeiten Ordnung zu stiften, der Geist sei das zu Geniestreichen usw. aufgelegte Männchen, das vom Technik-Weibchen aus mancherlei Irrungen in die Nützlichkeit geführt werde. Erwähntes Gedichtbuch ist von Ludwig Lockenkopf verfaßt und mir vom Lach-Verlag in Lustigstadt zugesandt worden. Gehöre ich zu den wahrheitsliebenden Berichterstattern oder nicht? Ich will in diese Frage wie in einen knusprigen Kuchen hineinbeißen und als Antwort vorbringen, daß ich beispielsweise über das Wetter nie eine Silbe verliere. Reise ich in eine fremde Stadt, wo mich vielleicht barscher Wind anweht, so schreibe ich später, meine Grundsätzlichkeiten verböten mir, mich über Einzelheiten zu verbreiten. Ich tue das, weil ich zur Erkenntnis gekommen bin, daß gewisse Aufrichtigkeiten nichts anderes als geistige Abhängigkeiten sind. Meiner Ansicht nach dürfen Korrespondenten, hier sind natürlich nicht Handels-, sondern schöngeistige Schreiber gemeint, nicht den sinnlichen Einflüssen unterliegen, zu denen ich Stimmungen usw. zähle. Wozu besitzt ein Journalist Überlegenheit?

Die Nacht, die mich wunderbar umgab, umflog meine Seele wie eine Philomele. Ich kam von irgendwoher und ging irgendwohin. Flieger flogen silbrig befiedert über dem Theater des Lebens, vertragsmäßiges Honorar abverdienend, und um gedruckte Schriften auf die Erdoberfläche herabfallen zu lassen, damit das Publikum sie aufhöbe und läse. Ein mit elektrischer Beleuchtung versehenes Berghotel schwebte wie in der Luft, da man im Nachtduft die Bergsilhouette nicht wahrnahm, was prächtig aussah. Im Strom, der von innerlichem Goldlicht blinkte, gondelten Musikanten, und es war, als seien die Zweige, die sich von hoch oben herabbeugten, dankbare Lauscher auf das Konzert, und mir fielen frische Prosastücke ein. Bedeuten nicht Einfälle, die ein Schriftsteller hat, Ausblicke in kommende Bemühungen? Ich bin deshalb oft beinahe froh, wenn mir nichts einfällt. »Une heure d'oubli« nennt sich eine Pariser Bücherreihe, deren Freund ich längst bin.

Die schöne Nacht gestaltete sich zur denkbar schönsten, als ich auf einer Veranda in der Umgebung der Stadt Menschen feierabendlich nachtessen sah und eine gutenachtrufende Harmonika aus einem schlummernden Garten klang und sich Blätterschatten an einer Hauswand abzeichneten und Wege schwach kennbar zu Häusern und von solchen wegführten.

Doch jetzt ein Wort davon, daß es mich vergnügte, Lockenkopfs zwanzig Gedichte in der Zurückgezogenheit meines Arbeitsgemaches vorzulesen, als läse ich sie mit verhaltener Lautheit einer Frau vor, die sich für Lyrik und dergleichen interessierte.

Mich macht Lyrik allemal fröhlich, indem Taktfehlerchen in derselben mir eine Separatfreude schenken. Für das etwas magere Gedichtbuch spreche ich dem Verfasser zwanzigmaligen Dank aus, nämlich für jeden einzelnen beflügelten Beitrag extra. Anderseits dankt mir vielleicht Lockenkopf, daß ich ihn in die schöne Nacht verflocht.

Ich übe mich hie und da im Herstellen von ganz kleinen Gedichten, was vielleicht seiner Natur nach etwas wie eine Mädchenübung ist, derart mit in die Hand gestütztem Kopf am Tisch zu sitzen und unmittelbar danach auf ein Blättchen hinzukritzeln: »Ich sitze am Tisch und wie ich sehe, will sich mitten in mir etwas über mich wundern.«

Mein bißchen Gedichtemachen, das natürlich für mich überaus wertvoll ist, weil ich mit ihm gleichsam Minuten oder halbe Stunden ausfüllen kann, die sonst leer, unausgefüllt, unbenützt vergehen, verwehen würden, pflege ich allemal mit Prosazeilen zu umrahmen oder abzulösen, wie die hier sind, worin mir behagt zu sagen, daß mir soeben auf dem Nachhauseweg ein Mädchen begegnete, das mich mit dem Charme, der ihr eigen zu sein scheint, sogleich glauben machte, es sei womöglich das zweitschönste weibliche Gemälde unserer an Mädchenschönheiten so reichen Stadt. Gestern ließ ich etwas Annehmbares in eine weiche Hand gleiten, über die ich mich sogleich näher erklären werde.

Inzwischen gestehe ich, daß ich Vorträge usw., ich meine das Auftreten von Persönlichkeiten, die bemüht gewesen sind, Verständigungen anzubahnen, mitanzusehen und zu -hören versäumt oder vernachlässigt habe, wobei mir als Ausrede dient, es sei immerhin ziemlich schwierig, bei keiner einzigen bildenden Veranstaltung nicht zugegen zu sein.

Einige mittelalterliche kunstgewerbliche Abbildungen überzeugten mich neuerdings, mit welch liebenswürdiger Bequemlichkeit, mit was für einer auserlesenen ruhigen Energie einstmals Künstler und Kunsthandwerker arbeiteten, Worte, womit es mir selbstverständlich nicht einfällt, heutige Art und Weise zu kritisieren, ich vielmehr bloß geglaubt, gedacht haben will, daß wir in vieler Hinsicht von den Einstigen zu lernen bestrebt sind. Bei uns Heutigen ist es eine Tatsache, die ich weder als unerbaulich noch als durchweg angenehm empfinde, daß jedes Ausführen, Herstellen usw. auf dem Gebiet der Kunst literarische Begleitetheiten, ein geschriebenes oder gesprochenes Hin- und Herraten, was schön und nützlich sei, hervorruft. Mit dieser Tatsache verhält sich's ganz einfach so: es gibt in unsern Tagen viele unproduktiv Gebildete, die man freilich nicht wird hindern wollen, sich auf verfeinerte, gleichsam bloß anschauende Weise zu betätigen.

Doch rasch zum Geschenkchen, wovon ich oben sprach, und ebenso schnell und hurtig zur in Wirklichkeit schönsten Mädchenerscheinung unserer ein bißchen von Hügeligkeit gehemmten Stadt zurück. Nebenbei gesagt, haben ja Anhöhen etwas Romantisches.

Es scheint nun durchaus zutreffend zu sein, daß sich das schönste Mädchen in bezug auf die Vorhandenheit des zweitschönsten in vollendeter Unwissenheit befindet und daß sich die weit und breit Schönste gestern durch meine Geschichten und Aufsätze hervorbringende und verbreitende Wenigkeit beschenken ließ, indem sie mit der sanftesten Stimme, die je existiert hat, und mit einem anscheinend sehr klugen Lächeln zu mir sprach, sie wünsche nicht anders als mit vollkommener Hingebung von mir verehrt zu werden; ob ich mir's merken wolle?

Ich erhebe mich im Gefühl vom Schreibtisch, etwas verhältnismäßig Nettes geschrieben zu haben. Was doch diese absolut nicht mehr durchaus junge Tänzerin immer wieder für einen jugendlich blühenden Erfolg hat!

Schnell vor allem eine kleine Eintragung: Ich saß gestern beim Abendbrot neben zwei jungen Leuten, die von Entwicklungsmöglichkeiten und -undenkbarkeiten auf, wie mir selber schien, kluge Art sprachen. Wenn sie sich vielleicht in bezug darauf, daß sie vielleicht im Sprechen etwas zu eilig, zu feurig vorgingen, in diesem oder jenem Punkt geirrt haben, so unterhielten sie sich jedenfalls lebhaft, was mir an und für sich gefiel.

Ich legte übrigens diese Nacht meinen »kostbaren« Kopf abwechslungshalber auf ein härteres Kissen, indem ich das weichere beiseite legte. So weit ich zu überblicken vermag, sind dies Jahr so gut wie keine auffälligen Erfolge auf dem deutschen Buchmarkt vorgekommen. Woran das liegen mag? Ich verzichte, mir deswegen den erwähnten »wertvollen« Kopf zu überanstrengen.

Beispielsweise vermag ich mich zu erinnern, daß früher Aufsätze, Skizzen von mir in Zeitschriften usw. jeweilen ganz zuhinterst erschienen sind und vielleicht gerade um dieses Umstandes willen angenehm oder unangenehm auffielen, mithin Effekt machten. Es war dies vor ungefähr siebzehn Jahren.

Ich halte einen Letzten, Hintersten für verhältnismäßig durchaus nicht unvorteilhaft placiert. Doch nun zu den zwei bis drei sorgsam in verschiedene Tücher eingewickelten Kindern, die ich gestern Sonntag herumtragen gesehen habe. Sah das nicht wie Verschleppung aus; mußte dies nicht einen geradezu romanhaften Eindruck auf mein empfängliches Herz machen? Trug man die verhüllten Kostbarkeiten ungefragt herum? Lange schaute ich jedenfalls denjenigen allemal nach, die in das Transportgeschäft verwickelt zu sein schienen.

Auf zweierlei Nasen wurde ich in einem netten heimeligen Lokal aufmerksam, nämlich auf eine Mamanase und ein ganz geringfügiges Mädchennäschen. Das Mädchen war das Kind der Frau, und die Frauennase überragte an Erheblichkeit selbstverständlich die kindliche, und beide Erscheinungen auf dem Gesichtergebiet waren in einem Zärtlichkeitsspiel begriffen, indem sich Nase und Näschen gegenseitig rieben, neckend, spielend gegeneinander tupften, was riesig niedlich aussah. Die junge Frau fragte mich mit ihren hübschen Augen: »Wie gefällt dir das Spiel?«, und mein Blick erwiderte: »Ich finde es wundervoll.«

Gestern ging ich durch einen Wald, den ich bis dahin selten beschritten und daher noch nicht beschrieben habe, und der mich zu fragen schien: »Bin ich schön?«, und dem ich antwortete: »Ja, du bist es.« Die Besichtigung einer Knabenanstalt kostete mich weiter nichts als etwas Zeit. Auf einen größeren Ausflug verzichtete ich, weil ich mich meinen Beinen nicht zuviel zuzumuten getraute. Für diese Vorsicht belohnten mich ein ehemaliges Kloster nebst einem Landhaus mit ihrem Anblick. Zu letzterem gehört ein Hügel, der mit einem Generals-Grabmal geziert ist.

Hie und da will mir vorkommen, heutzutage betone man das Leistungen-Erzielen zu sehr, als wenn mit Jagen, Treiben Wesentliches erreicht würde. Manchmal glaube ich, eher das Umgekehrte sei der Fall. Ich finde, daß vorsichtig, achtungsvoll Betontem weit mehr inneres Leben, also weit mehr Nachhallsfähigkeit innewohne, als stark Gesprochenem, das, weil es sich zu sehr bemüht, zu wirken, von der Wirkungslosigkeit gleichsam aufgegessen wird.

Wie gewählt, wie fein haben schon soundso oft bedeutende Dichter zur Gesellschaft gesprochen, derart, daß diese allen Grund hätte, sich die schöne, humane Art des Sprechens nachgerade anzugewöhnen, was noch nicht Tatsache geworden zu sein scheint. Wozu gibt's eigentlich Kulturbeflissene, ich meine, wozu dichten die Dichter, wenn nicht offenbar bloß dazu, damit man nicht ernst nimmt, was sie sagen, und sich nicht bemüßigt fühlt, an ihrem liebenswürdigen Auftreten ein Beispiel zu nehmen. Wenn ich hier von Bedeutenden rede, für die es ein Schmerz ist, nicht eindringlicheren Einfluß auszuüben, als wie's der Fall ist, so denke ich natürlich nicht an mich, sondern an solche, mit denen leider immer wieder nur ein Gepränge gemacht wird, statt daß man sich merkte, was sie nicht nur des Ruhmes wegen, vielmehr doch wohl zuallererst fürs Merken, Einprägen schrieben.

Mit welcher Pracht mündlicher Aussprache, mit welch geradezu imposanter Sicherheit, weich und voll, neulich eine schöne Frau, an mir vorübergehend, von Mache sprach. Ich liebte, d. h. eigentlich besser, verehrte die Frau sogleich innig, weil ihr das wichtige Wort so großartignonchalant entfloh. Was mich betrifft, so meine ich, man dürfe den Begriff »Mache« nicht scheuen, man müsse ihn eher bekräftigen, da doch beispielsweise in der Kunst alles »gemacht« sein will, wobei es sich ums Unterscheidenkönnen handelt, ob das Gemachte gut sei oder nicht. Gemacht muß es jedenfalls werden. Mit dem gediegensten Meinen ist etwas, was gemacht sein soll, noch nicht gemacht. Aufs Ausführen kommt's dabei an. Gibt es nicht ausgezeichnete »Machenschaften«?

Wie die schöne Frau dem Wort mit dem unschönen Beigeschmack famosen Ausdruck verlieh, vergesse ich nie.

Ich träumte vergangene Nacht, obschon ich im Wahn schlafen gegangen bin, kein Windchen würde mir um die ruhende Stirne wehen, schauerlich. Durch mehrere Zimmer ging das mit langherabfallendem Gewand gekleidete Taumelnde, Wandelnde, und Stimmen riefen, falls ich's richtig wiederzugeben vermag, von zierlich-gebauten Galerien herab: »Geh nicht weiter!«, wobei mir's gar nicht etwa war, als richtete sich, was da gesprochen wurde, an meine Person, die mir am Tag sowohl wie in den Nächten gleich unbedeutend vorkommt. Eine Gleichgültige schaute mich übrigens gestern, als ich mich, durch geduldige Straßen schreitend, meiner eigenartigen Wohnung näherte, mit dunkel blitzenden Augen an, wonach mir die Freude einer angenehmen Begegnung zuteil wurde. »Nie mehr wieder habe ich mit dir etwas zu tun haben wollen, und nun tausche ich von neuem ein Lächeln mit dir«, sprach es aus dem Mund einer verhältnismäßig eilig Vorübergehenden.

»Wenn ich dich begleiten darf ...« fragte ich. Sie schnitt rasch meine vorsichtige Gebärde mit einem: »Ja, tu das«, ab. Das Ergebnis dieses Wiedersehens lief übrigens für mich auf den schönsten Wunsch hinaus, den mein kindergleich in den Entlegenheiten meines Wesens herumziehendes, -wanderndes Herz kennt, nämlich, ein seltsameres, viel, viel wichtigeres Wiedersehen zu erleben, was ich natürlich aus Artigkeit höflich verschwieg.

Zum Traum zurückkehrend, kann ich die Versicherung ablegen, daß mich mein nokturnes Wissen mit scheinwerferhafter Deutlichkeit glauben ließ, fünftausend Menschen kämen in einem stählernen, brennenden Hause um. Kalt überblickte ich das grausige Ereignis mit Augen und Sinnen und einem Begriffsvermögen, die einer andern, einer bedeutenderen Welt angehörten als derjenigen des Wachseins. Weshalb vermag man Gegenstände wahrzunehmen und in der Traumlautlosigkeit Laute zu hören, wenn man mit geschlossenen Augen im Bett liegt, als sei an einem Leben, sobald man sich vom Leben entfernt hat, nicht zu zweifeln. Wenn du schläfst, gleichst du ja sozusagen einem vollständig Abwesenden, einem Gestorbenen, nein, letzteres nicht; denn Schlafende sind Lebende, wobei jedoch für mich und wohl auch für andere das Rätsel unaufgelöst bleibt, weshalb solche etwas sehen können, deren Augen geschlossen sind.

Ein Haus, das mit einem Panzerschiff Ähnlichkeit zu haben schien, ließ aus vielen gleichförmig in die Hausgestalt gebauten Fenstern hellgelbe Glut hervordringen, und zu meinem großen, vielmehr unbeschreiblichen Bedauern sah ich in dieser porzellanenen Glut Menschen stehen, und es kann unmöglich anders gewesen sein, als daß sie um Hilfe riefen, obschon ich mit meinem Ohr keinen Hilferuf unterschied. Näher trat mir später eine Frau, ich spreche hiebei immer noch vom Traum, die einer Verzweifelten verzweifelt glich, und besonders setzte mich die niedliche Exaktheit in Erstaunen, worin sich das entsetzliche Bild gefiel, als sei es wie eine Illustration in einem Bilderbuch enthalten gewesen.

Um auf die Wirklichkeit überzugehen, aß ich gestern geradezu splendid zu Nacht, wobei ich mich eines auserlesenen Anstandes befliß, worüber sich, wie ich merkte, jemand innerlich beklagte, der mich vielleicht lieber mich burschikos aufführen gesehen hätte. Aus hiesiger Gegend entfernte sich, um vom Tagesvorkommnis zu sprechen, auf denkbar überraschende Art ein bis dahin obliegenheitliebender Beamter, der sich inzwischen samt der Menge oder Fülle des veruntreuten Anvertrauten erwischen ließ.

Absichten, nach Paris zu reisen, durchqueren mich sanft. Ich würde mich aber jedenfalls in dieser Stadt gern längere Zeit aufhalten wollen, indem ich mich mit einigen Museumsbesuchen unmöglich zu befriedigen vermöchte. Bis heute kenne ich bloß die Zeitungen dieses Zentrums europäischer Bildung.

Einer unserer lebenden Schweizer Dichter schrieb vor kurzem ein Wilhelm-Tell-Schauspiel, das jedoch nicht zu überzeugen vermocht hat. Jeder Versuch, einen Tell zu dichten, steht gleichsam frierend im Schatten eines Titanen, dessen Name genannt ist, sobald man auf die schweizerische Freiheitsfigur anspielt. Ich kränkle zur Zeit ein bißchen, doch das geht weg, ich meine, was ein Unsterblicher schuf, bildet etwas Unantastbares.

Unsere Zungen, unsere Zungen!

Bezüglich unserer Zungen gibt es vielleicht hunderttausend irrige Begriffe.

Ich ersuche mich um klarere Ausdrucksweise! Wie viele Damen bürgerlichen Standes gibt es beispielsweise, die sich mit erstaunlicher Ausdauer, Redegewandtheit und Verstandesgeschwindigkeit, mit einer Sicherheit des Intellektes, die eminente Bedenken zu wecken imstande ist, einen Nachmittag lang über männliche Unachtsamkeit beklagen.

Überall diese Beschwerden, diese Fülle verschwendeter Entrüstetheiten, diese Flüsse anscheinend total überflüssiger Bildungs- und Intelligenzströme, ich meine, diese weitverbreitete, man darf vielleicht des Glaubens sein, biedermeierliche Gewohnheit, das Leben lediglich oder größtenteils mit den Lippen, dem redenden, sprechenden, reflektierenden, reklamierenden Mund zu erleben, statt alle Gewandtheit daraufhin zu lenken, es wirklich zu erleben, es zu etwas Wirklichem zu gestalten. Millionen von Zeitgenossen scheinen sich angewöhnt zu haben, ein Leben des Räsonierens zu führen.

Auch die Politik scheint mir voll hievon zu sein. Die Tagespolitik bedeutet ja auch weiter nichts als Leben, und sobald sie sich aufs Reflektieren verlegt, d. h. auf ein sich nicht genügend auf die Wirklichkeit stützendes Pathos, verliert sie gleichsam den Atem, wird ausdruckslos, leblos.

Schrieb mir da nicht vor kurzem ein um Gegenwartskultur äußerst Besorgter, er denke jetzt nur noch strenger Schädlingserscheinungen in Leben und Kunst zu verurteilen als bisher? Nachdem ich seinen Brief gelesen hatte, schaute ich in aufrichtig empfundener Nachdenklichkeit zur Decke meines Jetztzeitzimmers empor.

Heute nun hatte ich über dieses weltbekannte, sogenannte Arrivieren folgenden Gedanken: man dürfe weniger arrivieren wollen, als daß sich das eher und besser von selbst einfinden müsse. Mache es sich für diesen nicht, so mache sich's für irgendwelchen beliebigen andern. Alle diejenigen, die arrivieren, sähen sich zunächst oder vielleicht auch auf längere Zeit hinaus gebannt, bezaubert, seien vor die Aufgabe gestellt, gegen eine gewisse Beohnmachtung anzukämpfen, was mühsam, also an sich kaum erstrebenswert sei. Ich sei der Meinung, sprach ich zu mir, je mehr Individuen oder Personen oben ankämen, um so wohlfeiler sehe im allgemeinen dieses Obenankommen aus, das sich gleichsam mechanisch, arithmetisch entwerte.

Erstens also diese Zungenleistungen ohne eigentliches Ziel und zweitens dieses fieberhafte Arrivieren oder Glückhaben ohne feinere Berechnung.

Einmal sah ich einen Menschen, der mir sonst ein ganz netter Mensch zu sein schien, vor Belustigtheit beinahe umkommen, als er sich der Lektüre einer grausamen Theaterkritik widmete. Eine »ganze Welt« von bloß halb oder überhaupt nicht am Leben Beteiligten pflegt sich an Kunst- und Lebens-Beurteilereien zu sättigen. Sollte das nicht ein unempfehlenswerter Bildungszustand sein? Allerseits existiert eine eigentlich recht minderwertige Freude am Zuschauen, wie dieser oder jener Lebende, lebendig sich Einsetzende, auf den Leim geht. Im Grund ist nur der berechtigt, Zuschauer zu sein, der seinerseits sich schon tüchtig hat anschauen lassen. Ich finde, es wäre sehr gerecht, solche, die sich des Ausrufes: »Eh, mein Trost!« schuldig machen, mit einer angemessenen Buße zu bestrafen. In erwähntem Ausruf liegen Lebensablehnungen bedenklichen Umfanges, liegen Irrtümer bezüglich eigenen Wertes und Unwertes.

Ich nehme täglich dünkelhafte Gesichter wahr und bin oft selber mit größtem Vergnügen hochmütig. Kann man das Kultur nennen? Nun etwas über Bücher:

Finden Bücher keinen Erfolg, was ja heutzutage häufig der Fall zu sein pflegt, so erlaubt dieser Umstand dem Autor, sich auf eine Neuorientierung so sanft und zart zu werfen, wie sich ein Liebender seiner ihm nach langer Abwesenheit zu Gesicht kommenden Geliebten entgegenwirft.

Eine Gesetzesvorlage ist in diesen Tagen verworfen und einem Volksfreund ist zu verstehen gegeben worden, daß es speziell auch in bezug auf Beliebtheit Grenzen zu geben habe, wonach er eine Tribüne bestieg und sich für unbesiegt erklärte.

Was das neuste aller Gesetze betrifft, nämlich die Maßnahmen gegen den Schund und Schmutz in Wort und Schrift, so bin ich überzeugt, ich könne kaum je mit ihnen in eine Berührung kommen, indem ich mich für zu brav dazu halte. Mir scheint, ich verfüge über eine Art, lockere Sachen zu Lachgegenständen zu machen, daß da jeweilen zur Tatsache wird, wie in allem, was lustig ist, etwas liegt, was elegant ist, wie aus allem, was einigermaßen glänzt, eine Freiheit redet, die sehr fein ist, und wie alles, was den Anschein hat, es sei fein, respektiert wird. Auf das bißchen Respekt kommt's an!

Wie mancher, bekenne ich mich, bei einer Vorliebe für die Form des Christuskreuzes, in gewissem Sinn zum Heidentum.

Nun von etwas anderem, nämlich davon, wie mir ein Freund den Rat erteilte, das häufige, planlose Herumziehen in Gottes schöner Welt zu vermeiden, und wie ich mir heute früh in Erinnerung an erwähnte Ermahnung vornahm, einen Warenladen in geeigneter Gemeinde zu eröffnen. Eine passende Frau sei hiefür ausfindig zu machen. Mit nicht zu schildernder Genugtuung läse ich morgens, mittags und abends meine Zeitung, die dreimal pro Tag wie ein Schwälbchen oder Täubchen in meine bescheidene Häuslichkeit hineinflöge. Gegenüber der Gattin wäre ich die Artigkeit selbst, und zur Kundschaft spräche ich in den gewähltesten Ausdrücken. In was für literarische Freuden vertiefte ich mich. Der Buchhändler stellte mir Prospekte usw. zur Verfügung.

Wenn ich einst so bei genanntem Ratgeber saß, geschah es, daß er elastisch vom Tisch aufsprang und zum Hut am Haken eilend zur Summe meiner Erstauntheiten sprach: »Unterhalte meine anspruchsvolle Frau so trefflich wie möglich; ich muß gehen.« Eines Tages versuchte er mich mit der flüchtigen Bemerkung zu beglücken: »Mir scheint, du gehst wie ein Marquis einher.« Ich bildete mir auf dies Lob unerhört viel ein. Gegenwärtig hüllt er sich mir gegenüber in stolzes Schweigen.

Ich komme auf das stolze Schweigen deshalb zu sprechen, weil mir beim Vorübergehen an einer Buchhandlung ein Buch zu Gesicht kam, das ich mit »stolzem Schweigen« betitelt sah. Das

Titelbild stellte eine schöne, junge Frau dar, die in der Tat überaus stolz und schweigsam aussah. Scheinbar verharrt sie in Untätigkeit, unternimmt nicht das geringste. Unter anderm sieht sie aus, als sei sie zu stolz, um zu einer Handarbeit zu greifen, die womöglich aufheiternd, ablenkend auf sie einwirken würde. Man meint die Beobachtung machen zu können, daß sie liebt, jedoch zu stolz ist, sich offen zu ihrer Neigung zu bekennen.

Besagter Freund, d.h. besprochener Ausgezeichneter, der mich mit Ratschlägen überschüttete, die ich mir zu Herzen gehen ließ, schätzt mich sehr, ich weiß es; aber aus Stolz gesteht er das nicht ein. Ich freue mich aufrichtig, daß er unter seines Stolzes Tyrannei gleichsam seufzt. Ob der Stolz eine Art Krankheit sei, bin ich zu bequem, zu untersuchen.

Zweifellos habe auch ich Bekannte, denen ich das Schwergewicht meines Stolzes zu spüren gebe, was Wesentliches dazu beiträgt, daß ich mich wohlfühle. Meine Geliebte spielt auf den Saiten des Stolzes, der sich aufs beharrlichste ausschweigt, künstlerinnenhaft. Auch sie gehört zur weitverbreiteten Sorte oder Gruppe.

In einer spezereilädeligen Existenz würde ich also sehr viel lesen. Wie schonend ginge ich mit Büchern jeder Gattung um! Nach und nach entstünde mir ein allerliebstes Bibliothekchen, und das Kostbare daran wäre, daß ich die Bücherei Band für Band kännte. Keine einzige Seite oder Zeile entginge meiner Aufmerksamkeit.

Wie könnte ich da verschiedensten Menschen gegenüber in stolzem Schweigen schwelgen, und doch verhielte es sich im Grund anders, schiene nur so.

Erzähle ich eine Geschichte, so denke ich ans Essen. Sage ich beispielsweise, durch die Straßen einer Industriestadt sei eine Musikkapelle trompetend marschiert und vom Zeitglockenturm herab habe es während dieses Ereignisses elf Uhr vormittags geschlagen, so beschäftige ich mich gedanklich mit etwas ganz anderem.

Teile ich andererseits bezüglich einer geistvollen Frau mit, sie habe infolge Liebesmißgeschickes eine Kinderfräuleinofferte an ein Herrschaftshaus gerichtet, worüber letzteres in Erstaunen geriet, so befassen sich meine Geisteslebhaftigkeiten sogleich wieder mit Stehkragenfragen, die auf Lösung warten.

Schwalben flogen zwitschernd um den Kopf einer Waschfrau, den sie zwecks Lufteinatmung zum Fenster hinausstreckte, wobei die reizende Aussicht sie überwältigte. An dieser Waschfrau entweder keinen oder einen nur oberflächlichen Anteil nehmend, gleitet mein behendes Vorstellungsvermögen zu einer Studentin hin, die eines Tages ihr Gesamtkönnen dem Ziele widmete, voll aufrichtiger Aufmerksamkeit auf einen Prachtbaum zu klettern.

Hierbei denke ich an etwas Anderweitiges, nämlich an einen Sack voll Zucker in einem Spezereigeschäft, in dessen Inhaberin ich zeitweise mein Ideal erblickte. Die Erzählungskunst erlaubt mir nicht, die Spezereifrau wichtig zu nehmen. Der Leser wolle dies bitte ebenfalls nicht tun.

Nunmehr setze ich mich insofern mit dem Erziehungsproblem in Zusammenhang, als mir einmal ein Mädchen, das eine gewisse Gediegenheit zu besitzen schien, indem es auf allerlei Erlebtes zurückblickte, anläßlich eines Plauderstündchens erklärte, ich sei ein Flegel. Ob's ein anderer oder ob ich es war, dem diese Auszeichnung zuteil wurde, spielt vor dem Forum der Kulturbestrebungen keine Rolle. Wesentlichkeiten sind nicht ruhend, sondern sie wandern.

An jeden kann die Reihe kommen, daß ihm von einem Mädchen, das er in Ungehaltenheit gelangen ließ, die Hand zum Verzeihungskuß dargeboten wird.

Ich gab mich mit einem Musikkorps, einer Studentin, mit dreierlei Frauen und einer Zierlichen ab.

Dieser Aufsatz oder Essay hier macht mich verächtlich ausspucken, wobei natürlich das Ausspucken lediglich angedeutet, gleichsam bloß geschauspielert wird. Mir fiel nämlich erstens heute früh ein, daß ich eigentlich immer eher sowohl französisch wie russisch als deutsch schrieb. Zweitens halte ich meine Schriftstellerei für eine nicht uninteressante kunstgewerbliche Spielerei. Drittens frage ich mich, inwieweit Reichtum und Ansehen zu verdummen imstande sein können. Viertens ist Armut für mich etwas Ähnliches wie Reichtum. Arme und Reiche können womöglich in die Gefahr geraten, aus Armut oder aus Reichtum sozusagen zu verblöden. Vielleicht kämpft in unserer Zeit die gesamte europäische Menschheit den aussichtsreichen oder hoffnungslosen Kampf gegen die Verblödung, was immerhin vom Vorhandensein einer Aufgabe spricht und an sich eine Hoffnung sein könnte. Auffallend viele Menschen, die einen Namen haben, einen Wert auf den Achseln tragen, feiern in diesen Tagen ihren sechzigsten Geburtstag. Die Zeit geht unaufhaltsam vorwärts, und Figuren, die man sich bisher fahrlässigerweise stets gewissermaßen als jung und rüstig vorstellte, wurden wie über Nacht verhältnismäßig alt. Vor einiger Zeit sah ich, falls ich die Wahrheit sage, wovon ich überzeugt zu sein bitte, eine entzückend elegant gekleidete junge Frau, die, auf einer Anhöhe stehend, freudig ausrief: »Wie schön ist dieses Stadtbild!« Die Berge boten einen auserlesen zarten Anblick dar; kleine Mädchen spazierten mit Puppenwägelchen umher und benahmen sich wie richtige Mütter, und die Puppen, die in den Chaisen lagen, schienen lebendige Angehörige der Jetztzeit zu sein, indem sie mit den künstlichen Augen blinzelnd in den Himmel hinaufliebäugelten. Hauptsächlich verbreite ich mich hier aber über einen scheinbar vortrefflichen, dummen Jungen, der nicht etwa ein Knabe, sondern ein erwachsener Mensch ist, und der auf die Idee gekommen zu sein scheint, sein Herz gehöre nicht ihm. Seit langem hielt ihn sein Bekanntenkreis bequemlichkeitshalber für nervös, und indem er dies absolut nicht war, glaubte er's um so lebhafter. »Du gehörst nicht dir«, schwatzte man ihm sehr solid und aufrichtig vor, bis er sich bloß noch für eine Puppe hielt, die nicht das Recht habe, einen eigenen Willen zu besitzen. »Ihr habt recht; ich bin kein Mensch, vielmehr nur eine Maschine«, sprach er bedächtig zur Schar seiner Ergebenen, die über solche Auffassung mit Mühe das Lachen verbissen. Sie sorgten sich um ihn und lachten, und das Lachen war derart, daß sie vor Belustigtheit beinahe platzten. Seine Freunde langweilten sich, und er tat dies nicht minder, und vor lauter Nichtwissen, was sie Amüsantes anstellen sollten, erblickten sie ihre Lebensaufgabe darin, ihm zu sagen: »Du bist doch noch ein kleiner, dummer Junge«, und der feinfühlende Riese, als den ich ihn dem Leser vorstelle, glaubte ihnen den Blödsinn, da er begonnen hatte, vor lauter Gescheitheit nicht mehr zu wissen, was klug und was dumm sei.

Da er auf einem Landgut erzogen worden war, mag sein Aufwachsen ein vielleicht nur zu schönes und glückliches gewesen sein, und dann kam er ja in der Mitte seines Lebens mit einem abenteuerlichen Erotiker in Berührung, der ihm beispielsweise eröffnete, es sei überaus amüsant, vor Verliebtheit teilweise den Verstand zu verlieren. Ich nehme diesen Erotiker übrigens insofern in Schutz, als ich dafür einen Finanzmann fallenlasse, der den Glücklichen und Kräftigen dadurch schwächte und unglücklich machte, daß er ihn total bematerialisierte. Meiner Meinung nach kann nämlich Erotik immer noch zu ein wenig Idealität erziehen. Wochenlanges Mitanhören, wie einer zu kalkulieren habe, damit nicht ein dummer Junge aus ihm werde, verdrehte ihm den Kopf, und mit verdrehtem Kopf ging er nun auch noch zu den bestgedrechselten Köpfen und kultiviertesten Herzen, die es weit und breit gibt, und fühlte infolgedessen verlassener und einsamer als je zuvor. Menschen finden sich, die ihr Herz wegschenken und sich seinen Besitz dennoch zu garantieren wissen, und Dummköpfe von seltener Gescheitheit lassen sich feststellen, die aus nichts als Klugheit unklug tun und sprechen, und nun traten des guten Menschen Begleiter an seine Unzulänglichkeiten heran und behaupteten ihm mitten ins Antlitz hinein: »Es ist jetzt Mode, daß man ganz neu zu leben anfängt«, und als er die sorgsame Frage an sie richtete: ob dieses vollkommene Neue vielleicht in einer Verrücktheit bestehe, sagten sie: »ja«, und indem sie sich innerlich vor Lachen schüttelten, schauten sie ihn äußerlich denkbar seriös an, mit solch weltgewandten Zivilisationsangehörigen hatte er's zu tun, der ungestört wie eine Blume auf dem Land aufwuchs. Er wollte eine Verrücktheit begehen, wie sie noch nie gesehen und angestaunt worden sei, erklärte er den ihn täglich Umschwärmenden, die ihn um seines Geldes willen lieb zu haben schienen und ihn um seiner anmutigen Zerfahrenheit willen schätzten. Leider war jetzt der Erotiker nicht mehr zugegen, der ihm in einem fort gesagt haben würde: »In der Erotik liegen kulturelle Pflichten, komische und tragische Aufgaben in Hülle und Fülle, die den, der sie zu lösen bestrebt ist, mindestens von einer der größten Gefahren, die es gibt, von der Daseinsinhaltlosigkeit, befreien.« Jeder von uns kann zeitweise geneigt sein, ein dummer Junge zu werden. Möglich ist, daß er auf das, was ihm der Erotiker hätte sagen können, gelächelt hätte. Tatsache ist, daß er Nichterotikern sein wertes Gehör schenkte, die ihn gleichzeitig zu beklagen und zu belächeln wünschten, während ihn der Erotiker gern als einen Mann von Welt gesehen hätte.

Wenn Schwache in die unrichtige Gesellschaft geraten, dürfte es angezeigt sein, daß ich lache und gleichzeitig ein ernstes Gesicht mache. Immer glich dieser im freien Feld Erzogene einem durchaus ernsten Menschen, aber es kann vorkommen, daß Lachende ernsthafter sind als Ernste, indem sich vielleicht Lustigkeit zur Ernsthaftigkeit verhält wie Reichtum zur Armut, die einander ähnlich sind. Wenn ich über seine Persönlichkeit richtig unterrichtet bin, so war er kein richtiger Lauscher, weil er nur mit halbem Ohr horchte und das Halbe, das er hörte, wie von einer Zerstreutheit eingehüllt, befolgte, indes andere, was sie mit gespannter Aufmerksamkeit hören, total unbeachtet lassen, als wäre das Erhorchte eine Halle zum Hinein- und wieder Hinausgehen.

Menschen gibt's, die ihr schönstes Sehnen für eine Art von Vergnügen halten, während sich andere diesbezüglich zu wichtig, sich gleichsam zu wenig vor dem Heiligtum in acht nehmen, das die, die mit ihm scherzen, nie betreten, worin ich den Ernst der Scherzenden sehen zu können meine.

Ich traf den »unvergleichlichen Unheimlichen« wieder an, den ich für einen netten, brauchbaren Menschen halte. Durch eine womöglich geradezu unheimliche, altertümliche Gasse eilend, kaufte ich in einem Zigarrenlädeli Tabak. Die Geschäftsinhaberin ließ sich hierbei »Frau Doktor« von mir titulieren. Höflichkeit hat nicht immer etwas Gewinnendes, sondern sie stärkt denjenigen, der gleichsam Partei für sie ergreift, für sie eintritt, sich zu ihr bekennt. Der Wind verhält sich still; die Menschen schauen mich an, als erwarteten sie etwas von mir, und ich lasse mich aufs gelassenste von den Augen anschauen, deren Strahl mich poliert, hobelt, abrundet, glättet. Meiner Meinung nach gehört es mit zur Annehmlichkeit des Lebens, die Gegenwart als das Auge Gottes zu empfinden, wobei ich Ihnen die Versicherung vor die Füße lege, daß mich eine gewisse Religiosität so sprechen läßt. Der Weltmann oder der Fromme, was keine Unvereinbarkeit zu sein braucht, glaubt nicht an »Verhängnisse«, doch da fällt mir auf einmal wieder etwas ganz anderes ein, nämlich daß Herrische, Rechthaberische urplötzlich zu weichen Nachgiebigen, milden Entgegenkommenden usw. werden können. Indem ich mit Vergnügen wiederhole, daß ich vom nächtlich durch die Straßen ziehenden Unheimlichen einen keinesfalls ungünstigen Begriff habe, kündige ich Ihnen sehr ergeben an, daß ich ihn schon hier und da vor einem Schaufenster habe stehen sehen. Er steht zu bedeutenden Häusern in scheinbar vorzüglicher Beziehung und sieht aus, als sei er steinalt und blutjung, als bleibe er in einem fort derselbe unmittelbare Mittlere, der Gute, der nicht gut, der Schlechte, der nicht schlecht sei. Ist übrigens unsere Epoche nicht auch in mancher Hinsicht von einer heimeligen Unheimlichkeit? Ich möchte diese Frage dahingestellt sein lassen, um rasch und ungehindert zum »Glünggi« zu gelangen. Mag der Unheimliche immerhin Industrielle, die Ernst Zahnsche Bücher lesen, die vielleicht diesen Schweizer Schriftsteller zu ihrem Lieblingsbelletristiker erhoben haben, für in Geschmacksfragen und Bildungssachen schwankend halten, so erkläre ich nichtsdestoweniger die Löffelchengeschichte als eine Lächerlichkeitstatsache, an der nicht zu rütteln ist. Der Unheimliche gehört zu den kontinuierlichen Jünglingsnaturen, die eines Vormittags um neun Uhr in einer Küche ein Kaffeelöffelchen mit unzweifelhaftem Entzücken an den Mund drücken, das eine Frau von vielleicht vierzig Jahren zu Frühstückszwecken in Gebrauch gehabt hatte. Gibt es nicht ebenso geringfügige wie süße Sünden? Nicht Augen, in denen die Zufriedenheit wie ein prangender Sommer schimmert? Nicht winterliche Unbefriedigtheiten in den wärmeren Lebensjahreszeiten? Aber potztausend, mein Glünggi wartet auf Abfertigung.

Ich komme auf den bekannten biblischen verlorenen Sohn zu sprechen, der mit einer Bettelhaftigkeit sondergleichen in die erbarmenswürdigste Zerknirschtheit hineinsank und daher die Bezeichnung »Glünggi« in jeder Hinsicht zu verdienen scheint. Die wunderliche Benennung deutet auf einen Weichling, empfindlichen Empfindling hin, dem es ums Abbitten zu tun ist. Glünggis haben keinen Schneid. Haben sie einen Fehler begangen, so bereuen sie ihn aufrichtig. Nachts stoßen derartige Charaktere helltönende Seufzer aus. Der verlorene Sohn dürfte hierfür ein Prachtbeispiel sein, denn er ist verworfen und kommt sich zum Überfluß auch noch so vor, stellt mithin den Glünggihaftigkeitsgipfel dar. Eine andere alttestamentarische Gestalt ist dagegen nichts weniger als eine Glünggifigur. Diese Figur heißt Saul, von dem bekannt ist, daß er die Rührung nicht vertrug. Saul hielt beispielsweise die Musik für gesundheitswidrig. Er liebte sie erstens von ganzem Herzen; zweitens jedoch verwünschte er ihre Rührungsfähigkeit. Dadurch, daß er sie herbeizog und zugleich fortjagte, bewies er sein Musikliebhabertum. Die Musik drang ihm ins Herz, das sich über ihre Eindringlichkeit im höchsten, also unkonvenabelsten Maß empörte. Einmal verlor Saul alle Haltung. »Man bringe mir David, damit er mir ein Lied singe, der junge Schuft.« So befahl er, und dem Kommando wurde augenblicklich Folge gegeben. Inwiefern es David nicht an Schönheit und Schmiegsamkeit fehlte, war er ein einwandfreier Schurke. Er sang, klimperte wunderbar, geradezu schurkischschön. Saul, nicht faul, sondern gewerbig, angriffig, warf seinen Speer gegen den Seelenwecker und -necker. In der Tat weckte, neckte er mit seiner künstlerischen Kultur Erstarrtheiten. Saul war kein Glünggi, David ebensowenig, da er sich vor Speerwurfseventualitäten nicht im geringsten in acht nahm.

Ich erlebte bisher sehr wenig. Eines der wenigen Liebesabenteuer, das durch meine kolossale Wenigkeit erlebt worden ist, bestand während einer Schnellzugsfahrt darin, daß ich vor einer außerordentlich feinausgeglichenen Üppigkeit in Gestalt einer reizenden Reisenden hinkniete. Ein anderes Mal betete ich, auf einer grasgrün angestrichenen Gartenbank sitzend, mit einer mich in Erstaunen setzenden Schnelligkeit eine zufällig Vorüberspazierende an.

Der Unheimliche, für den Sie vielleicht eine Spur Sympathie übrig haben, gehört zur schätzenswerten Sippe oder Gruppe von Menschen, die einen erträglichen Grad von Pech haben, und die über den Umstand, daß sie eine Art verlorene Söhne sind, glücklich zu sein vermögen. Ihm sind sogenannte gesunde Anschauungen eigen. Er ist harmloser, als er ahnt. Er meint, er sei lediglich unheimlich. Von seiner Ahnungslosigkeit nimmt er keinerlei Notiz. Beweist dies nicht eine bösartige Gutherzigkeit? Er verfügt über die landläufige Gebildetheit, die ebenso gut schädlich wie nützlich sein kann. Sein tadelloser Überzieher sieht unheimlich vorteilhaft aus.

Der verlorne Sohn tauchte in Fetzen eingehüllt zu Hause auf. Und wie vorbehaltlos hingegossen er bereute! Das Unheimliche unserer Zeit scheint mir möglicherweise darin bestehen zu können, daß keiner mehr etwas bereuen will, daß wir zu schwächlich sind, Schwächlichkeiten zu offenbaren. Keiner hat Lust, ein Glünggi zu sein; auch ich nicht. Bei allem dem freut mich, in diesem Brief vom verlorenen Sohn gesprochen zu haben. Er fand Verständnis. Glücklichsein übersteigt, übertrifft ja alle Schwäche und Stärke. Das Glück ist das Zitterndste und zugleich Festeste.

Wölkchen, die wie Stückchen Watte aussehen, schweben vor den Fensterscheiben im gelben Blau. Letzteres spreche ich mit der Trägheit eines gottbegnadeten Faulenzers aus, aber ich sage außerdem, daß ein Brief in meinem Manuskriptenbehälter liegt, den ich eventuell beantworten werde. Einen andern Brief, d. h. einen, dessen Inhalt mir allzu naiv vorkam, ließ ich bequemlichkeitshalber in den Papierkorb gleiten. Häufig treten Menschen mit der mich merkwürdig berührenden Zumutung an mich heran, ihnen diesen und jenen Ratschlag zu erteilen, wo ich meistens nicht im mindesten aufgelegt bin. Mit der Herbstsaison fing die Theatersaison an, und eine Zeitschrift warf die Frage auf, was für Qualitäten ein unsterblichkeitsfähiger Roman aufweisen müsse.

Mit einer nur bis zu gewissen Grenzen unfaßlichen Schwerfälligkeit befasse ich mich in vorliegenden Ausführungen mit einer Art Bettler, der sich in einer sehr schönen Landschaft aufhält, ein allem Anschein nach prächtiges Haus bewohnt, worin er um 4 Uhr nachmittags Kaffee trinkt, wonach er sich an die Ausübung seiner gewohnten Obliegenheiten begibt. Geht er spazieren, so umsingen und umringelreihelen ihn Kinder, was vielleicht insofern Verlegenheiten in ihm hervorbringt, als er in sich selbst nichts oder nur noch herzlich wenig Harmloses mehr zu finden vermag, so sehr er sich diesbezüglich anstrengt.

Früher, so erzählte er bei Gelegenheit selber, bewohnte er ein Schlößchen, dessen graziöse Giebelung sich mit gedichthafter Zartheit im See abspiegelte, an dessen stimmungsvollem Gestade sich der Wohnsitz erhob. Man kann den Bettler keinen nötlichen, etwa um ein Stückchen Brot demütig Bittenden nennen, sondern man wird bei ihm von einem seelischen Bettlertum zu sprechen haben, was an sich gewiß weiter gar nicht schlimm ist, da die Hauptsache für uns ist, wenn wir zu essen haben, und nachts wissen, wo wir hingehen können, um von den Kräfte in Anspruch nehmenden Tagesbemühungen auszuruhen. Man meint auszusprechen der Meinung sein zu dürfen, um die Bettelgestalt herum sei's Herbst gewesen, wobei jedoch Irrtum keineswegs ausgeschlossen ist. Beispielsweise weiß ich nicht mit Sicherheit, ob Schriftstellern gestattet ist, den frühen Morgen mit dem Frühling, die Mittagszeit mit dem Sommer, die Abendstunde mit dem Herbst und die lange, monotone Nacht mit der winterlichen Jahreszeit zu vergleichen. Um den Bettler war's also Abend geworden. Tiefe Einschnitte hatten sich auf beiden Seiten seines Mundes eingenistet, was als Beweis aufgefaßt werden konnte, daß er vielfach mit sich nicht einig sei.

Er hielt sich mitunter für einen Zauberer. Zauberte er aber einst zielsicher, d.h. auf naive Art, als spiele er auf der Flöte seines Unbewußtheitsreichtums, was eine vielleicht etwas unalltägliche Ausdrucksweise sein mag, so glich jetzt sein Zaubern eher einem nörgeligen Zaudern als einem fröhlichen Ausschreiten in die Lebensebene. Nun kränkt man meiner Ansicht nach die Natur, wenn man beispielsweise der Herbstlichkeit irgendwelche Verstimmtheit andichtet, der Herbst wehrt sich gegen den allzu naheliegenden Versuch, ihm quasi eine Wehmuts- oder Bettlerverwandtschaft aufzuoktroyieren; obwohl ja freilich mitunter Herbstbäumchen mit betteligen Gesichterchen in einigen Einklang gestellt werden zu können scheinen.

Der Bettler saß in zierlicher Haltung auf einer Bank im Herbstgarten und dachte über die Briefe nach, die er an die Herrinnen seines sammetschwarzen-weichen Herzens adressiert hatte, die sämtlich seiner zauberischen Bettelhaftigkeit wegen besorgt waren: »Meint er eine andere, indem er sich an mich wendet?« hatte sich jede gefragt, als sie von seiner jeweiligen Vertraulichkeit in Kenntnis gesetzt worden war, und jede hatte gefunden, es sei interessant, sich in schwellendzarten Zweifels Schaukel zu wiegen. Gewissermaßen hatte der Bettler diesbezüglich für die denkbar belebendste Verbreitung naturalistischer Romantik gesorgt, die als Problem gewertet werden kann. Ein Zweifler, wie er selbst einer war, mußte er auch diejenigen zweifeln machen, denen er sich brieflich anvertraute, die er auf seine Sprechweise zu horchen veranlaßte. Sein in gewisser Hinsicht vielleicht ein wenig bedenkenerweckendes Lieben wurde mit dem über die Abhänge seiner Existenz herabrollenden Goldkugelhaften seines nicht uneigentümlichen Wesens gern entschuldigt. Falsches an ihm wurde ihnen zum Offenheitsklang, denn der Suchende, dachten sie, suche ja nichts als »das Eine«, sie sahen es ihm an den lustigernsten Augen an, daß er im Grund nur Treue aus einer Seele hervorzuzaubern womöglich bisweilen etwas zu emsig im Sinne habe.

Der Bettler hielt in einem fort seine Herbstlichkeiten für gegeben, als wenn es überhaupt genaue Lebensabstufungen gäbe.

Mir macht es Spaß, zu glauben, die Leser seien gleichsam die Aufpasser der Schriftsteller; aber auch der Strengstdenkende wird vielleicht zur gewiß feinen Eingebung gekommen sein, in diesen Zeilen hier herbstele es, womit ihr Zweck eigentlich erfüllt sein dürfte.

Zurzeit veranstaltet man in der Stadt, die ich bewohne, eine Van-Gogh-Austellung.

Ich darf vielleicht versichern, daß ich jeweilen beim Lesen verhältnismäßig originell bin. Beispielsweise suche ich mich durch die Lektüre weniger irgendwie zu bereichern als lediglich zu erquicken. Ich lese ungefähr so, als äße ich etwas überaus Mundendes, was womöglich etwas materialistisch gesprochen sein dürfte, wodurch ich mich aber durch mich selbst nicht verunfeinert sehe, da für mein bescheidenes Empfinden Spirituelles und Greifbares ineinander verwoben sind. Man gestattet mir vielleicht zu erklären, daß ich mir während des Lesens klein von Gestalt vorgekommen bin, indem ich hiebei an einem mit weitausgespannter Platte versehenen Tisch saß, der, wie mich jemand freundlich glauben machte, meinem Zimmer etwas Adrettes, Elegantes verleiht. Daß ich mich an die Lektüre keinesfalls sozusagen wegwerfe, preisgebe, mich vielmehr in der Voraussetzung mit ihr befasse, ich verstehe es, mich anstandshalber vor dem Beeinflußtwerden zu bewahren, dürfte ein Grund sein, der mich zur offenherzigen Bemerkung berechtigt, es seien hauptsächlich Aufsätze von allerlei Art gewesen, über deren Zeilen ich mit angesammelter Aufmerksamkeit wegflog, wobei eine gewisse Dankbarkeit auffallen mag, die mir Geschriebenes und Gedrucktes unwillkürlich einflößten. Ich werde übrigens demnächst eine Frau von Rang, die mir schrieb, sie denke mir dankbar zu bleiben, brieflich anfragen, ob sie überzeugt sei, ich verdiente ihre Erkenntlichkeit. Die Lektüre machte mich mit einigen mehr oder weniger geglückten Reisebeschreibungen zuvorkommend bekannt, die mir das schätzenswerte Vergnügen übermittelten, seelisch und geistig nach allen Richtungen hin die vielgestaltige Erdoberfläche zu durchwandern. Eine dieser Schilderungen führte mich vor eine Ruinenstadt, vor der ich mir überwältigt stillzustehen erlauben durfte und mich so lange ihrem Zauber zu unterliegen in die Lage versetzt sah, wie ich für schicklich halten zu können glaubte. Eine andere Wanderungsnotiz fand ich um ihrer anheimelnden Gebirgsgegenständlichkeit willen hübsch, wenn nicht geradezu prächtig, wobei ich mich nicht zu verhindern vermochte, ihrem Verfasser lächelnden Beifall zu schenken. War's nicht er, der, um mir eine stille, mühelose Freude vor die lebhaftarbeitende Einbildungsfähigkeit zu tragen, mühselig, bei jederlei Wetter, bei Tag sowohl wie während der Nacht, gelandsträßelt hatte, daß die Funken davonstoben, damit er, Anhöhen wacker bewältigend, Gasthäuser frequentierend, Ströme oder Flüsse entlang eilend, einsamwandelnden Touristinnen seine dienstfertige Begleitung anbietend, Wälder nicht vermeidend, sondern mutig durchquerend, nach Überwundenhaben von soundso vielen Beschwerden zur Niederschrift gelange, die mich nunmehr ausgezeichnet unterhielt? Ich meine mit diesen Zeilen auf den Sinn und Wert des Lesens und damit auf die kulturelle Pflicht hinweisen zu können, ihm die gebührende Achtung und das miterlebende Verstehen, das ja schon an sich eine Befriedigung ist, entgegenzubringen. Vielleicht ist das ehrliche Geständnis, daß ich beim Druckseiteninmichaufnehmen mit beiden Fäusten meinem Kinn Stützung zu verschaffen pflege, nicht allzu unvorteilhaft für mich. Denjenigen, die nicht gern Leser sind, rufe ich zu: »Versucht diesem Zustand Reiz und Bedeutung abzugewinnen, euch mit ihm zu befreunden.« Indem ich mit dem Mut Kameradschaft schloß, mich vor anderer Schriftsteller Vortrefflichkeiten nicht zu scheuen, ließ mich einer derselben einen in jeder Weise interessanten Konflikt zwischen Autorität und Freiheitsbedürfnis angenehm erleben. Ich brauche kaum etwas Befremdendes auszusprechen fürchten, wenn ich mir die Freiheit nehme, zu sagen, daß ich Erzählendes, Novellistisches energisch ungelesen gelassen habe, indem ich eher im Aufklärenden, Wirklichkeitsabhandelnden etwas Romantisches erblickte, was mich wie ein Zeichen der Zeit berührte. Einem tagebuchhaften Beitrag meinte ich von vornherein anmerken zu können, daß er nicht genügend Geschehnisse enthalte, weshalb ich ihn, ein Stückchen Schokolade während dieser Art von Verneinung fröhlich bejahend, ihn als etwas anschauend, das mich nicht in eine Genugtuung führen zu wollen schien, charakterfest ablehnte. Schön ist ja bei der Lektüre, daß dem Leser niemand verwehren kann, mit dem Lesestoff beliebig zu verfahren, als wäre er zu sondieren befugt wie ein kultureller Beamter, der ebenso streng wie nachsichtig, ebenso genau wie vielleicht hie und da einmal ein wenig unmotiviert abwöge oder kontrollierte. Schon das nahezu nach Wichtigkeit oder Verantwortlichkeit aussehende, vorsichtige Umlegen der Blätter bedeutete ja wahrscheinlich an und für sich eine nicht mißzuverstehende Annehmlichkeit. Gebiete wie Geschichte, Geographie, Medizin, Sternkunde, Kunst und Kommerzialität wurden gleichsam beschwichtigend, kräftigend gefunden. Wenn vorliegender Bericht Mosaikbodenähnlichkeit hat, so verdankt dies der Berichterstatter einerseits seiner Lesefreudigkeit, anderseits der wohltuenden Mannigfaltigkeit des mit Einsetzen seiner Hingabe bewältigten Gelesenen, das ihm abenteuerlich und vernünftig zugleich vorkam. Dichter, Städte, Felder, Dörfer, Ebenen, Fabriken, wissenschaftliche Institute hielten, sorgfältig und liebevoll bedacht und geprüft, in des Lesers Bewußtsein ihren werk- oder festtäglichen Einzug ab, und ich vergesse bei allem Interessanten und Denkwürdigen, das mir vergegenwärtigt wurde, die Übersetzung eines fremdsprachigen Literaturerzeugnisses nicht, die mir einen mir, wie ich sagen möchte, achtungabnötigenden Begriff von den Möglichkeiten dieses gewiß nicht unschwierigen Kunstzweiges beibrachte, und neben allerlei überraschendem Können, das anerkennungauslösende Beispiele überzeugend illustrierten, die an sich gleichsam vornehme und mitleidweckende Unfähigkeit nicht, den Lauf, den die Zeit wertbelebend sowohl wie -vermindernd oder gar -vernichtend nimmt, aufzuhalten, die ich auf den mich vorübergehend einnehmenden Seiten bildend besprochen fand. Das Leben enttäuscht und ermuntert, hemmt und fördert immer wieder.

Die Oper »Wilhelm Tell«, sprach ich gestern vielleicht etwas zu harmlos zu einer Kellnerin, sei doch wohl nach wie vor, dächte ich, sozusagen von Rossini, eine Bemerkung, über deren Einfachheit das Mädchen nicht etwa laut lachte, nein, nur sehr amüsiert lächelte. Ihr Lächeln besaß für mich etwas Gedankenvollmachendes, indem ich eine halbe Minute lang oder noch länger ganz verdutzt, verblüfft über ihr Betragen dasaß, das ich mir nicht recht zu erklären vermochte. Sie hatte dazu ein kältlich-feuchtliches, wärmeliges Händchen, was ich insofern zu konstatieren vermag, als ich dieses gleichsam ebenfalls ein bißchen lächelnde Händeli angerührt hatte. Jedenfalls scheine ich für Eindrücke zarter, delikater Art erstaunlich empfänglich zu sein, und ich kann kaum glauben, daß hierbei etwas Besonderes mitspiele.

Nun gehe ich zur Süchelidee über.

Bei uns in der Schweiz werden ungehobelte, unpolierte Menschen mit der Bezeichnung Süchel beehrt. Ein Süchel scheint derjenige zu sein, der keine oder zu wenig Ahnung von Galanterie hat. Man kann hauptsächlich Frauen sich über Süchelei beklagen hören, indem die Frauen ja am Entgegenkommen naturgemäß interessiert sind, und mit einmal kam ich auf den vielleicht etwas seltsamen Einfall, mir zu sagen, daß der bekannte König Lear von Shakespeare unter Umständen eine Art Süchel gewesen sein könnte. Benahm sich dieser Herrscher, der gottlob bloß ein Theaterherrscher ist, gegenüber seinem Töchterchen Cordelia nicht doch schon beinahe ein bißchen süchelhaft, d. h. grob? Ich für mich glaube dies aufrichtig. Man wird mir entgegnen wollen, ein König sei weit eher zur Süchelhaftigkeit berechtigt als irgendein sonstiger Sterblicher. Hierauf würde ich meinerseits erwidern: Ganz recht, aber ob nun ein König recht habe oder nicht, wenn er drauflossüchelt, so schließt das die Tatsache, daß er unartig ist, keineswegs aus, und in der Tat läßt ja der Dichter den König für das Unrecht, das er begeht, und wozu er immerhin aufs königlichste berechtigt zu sein scheint, wacker büßen. Das Fabelhafte an Shakespeare ist ja, daß er mit Königen wie mit Menschen umging.

Gott sei Dank bin ich mit dem Süchelthema, das mir ein unsympathisches zu sein scheint, fertig und gelange zum Kurt vom Walde, dessen Figur mir Gelegenheit gibt, mich über das, was man unter Aktualität versteht, zu verbreiten. Vorerst dies: Dieser brave Kurt vom Walde ist eine Gestalt Gottfried Kellers, der ein Schriftsteller gewesen zu sein scheint, dem es bisweilen behagte, nachts zu später Stunde in nicht sonderlich alkoholfreiem Zustand nach Hause zu kommen, was als eine Junggesellengewohnheit bezeichnet werden kann. Nun läßt Keller den Kurt vom Walde einen außerordentlich fruchtbaren Federhelden sein, der über die kleinste, zufälligste Aktualität ein langes und breites schreibt. Alles, was ihm begegnet, sei es dieses oder jenes, schildert er mit wichtiger Miene, indem er's in sein Notizbuch trägt. Man bekommt das Gefühl, oder besser, man gelangt zur Ansicht, er sei der behendeste, besorgteste, genaueste, exakteste Tagebüchler, den es weit und breit gebe, und die Tagebüchelei, die ihn erfaßt hat, veranlaßt ihn, die schönste seiner Obliegenheiten total zu vernachlässigen: zu seiner Frau zu schauen, sich um ihr Wohlergehen zu kümmern, die sich im Lauf der Zeit glücklicherweise von ihm zu trennen weiß, indem sie denjenigen heiratet, der kein Kurt vom Walde ist, vielmehr ein ganz anderer, ein viel

Liebenswürdigerer, vor allen Dingen einer, der nicht von fern ans Schriftstellern usw. denkt. Diesen Kurt vom Walde, diesen Vergegenwärtiger alles dessen, was Literaturteufelei ist, hat Selbstgefälligkeit zum ungefälligsten und Eingebildetheit zum ungebildetsten Menschen werden lassen. Keller stellt sehr fein dar, wie gerade der Aktualitätsaufschnapper mit der Zeit unaktuell wird.

Was mich selbst betrifft, so meine ich, daß ganz einfach der Brauchbare an sich der eigentliche Aktuelle sei, und ferner ist meine Meinung, daß man sich nicht in das verbohren darf, was man Bildung nennt, weil sonst nicht Bildung, sondern Verbohrtheit entsteht.

Lese ich nicht zurzeit in einem Buch, das bereits vor zweihundert Jahren verfaßt wurde, und empfinde ich es nicht trotz seines hohen Alters als überaus jung?

Indem ich für aktuell halten zu können glaube, was gut ist, und indem ich erkläre, was dauerhaft, d.h. von gesunder Konstruiertheit ist, sei jedesmal neu genug, empfehle ich mich, als wäre ich ein Kurt vom Walde, will sagen, ein flinker Handelsreisender, der sonstwo schnell noch vorzusprechen die Absicht hat, bestens.

Soeben komme ich von einem Dichtervortragsabend heim. Dem Dichter gelang es, ein gewisses Erbarmen einzuflößen, indem sich sein Anzug nicht frei von Bemängelungswürdigkeit zeigte. Irgendwann und -wo schien er schon einen Spitalaufenthalt absolviert zu haben, denn er sah aus, als habe er einst erheblich mit einem soliden, unzweifelhaften Kranksein zu kämpfen gehabt. Seine Verse trug er mit beinahe erloschener oder gestorbener, einer gleichsam winterstillen und -kahlen Stimme vor, die gewissermaßen an ein Hündchenwinseln oder Sperlingpiepsen mahnen zu wollen schien. Nicht unbeachtet wurde gelassen, daß seine lange, leidende, bebende Hand fieberhaft zitterte, als sei sie ein zappelndes Herbstbäumchen. Vielleicht schickt es sich, zu sagen, daß es an Händen frühzeitiger herbstelt als an Hälsen, die übrigens zum Glück mit Krägen usw. bedeckt zu sein pflegen, die die Aufgabe haben, zu verhüllen, was zu frei und unumwunden aussehen könnte. Nackte Hälse haben in der Tat meist irgend etwas ans Lächerliche, ich meine, Unangenehme Streifendes. Des Dichters Haar war meiner Meinung nach nicht ganz einwandfrei gescheitelt, und die Gedichte, die er zum besten geben zu dürfen meinte, gefielen ihm einst selbst, als er sie schrieb, sehr; doch jetzt, als er sie rezitierte, taten sie dies eigentümlicherweise nicht mehr. Beinahe möchte man sich zu sagen erlauben, die Gedichte des sonst sicher verhältnismäßig gewiß recht sehr sympathischen Dichters hätten in seinem Mund getönt, als seien sie über sich selbst enttäuscht gewesen, als hätten sie große, erschrockene Augen bekommen. Auf das nicht allzu zahlreich erschienene Publikum übertrug sich, wie man gern würde verlauten lassen wollen, ein Verlassenheitseindruck, dadurch, daß sich die anwesenden Menschen einsam vorkamen, weil die Gedichte wie aus Einsamkeiten hervorzuspazieren schienen. An sich freilich glichen die lieben Gedichte der Lieblichkeit eines Frühlings; da jedoch der Dichter in einem fort ziemlich ängstlich dreinschaute, mit anderen Worten ein Winterlandschaftsantlitz zu seinen Frühlingsblumendarbietungen machte, verging für die schönen Wesen der Sommer nur zu schnell. Indem er sie eins nach dem anderen vorlas, sanken sie welkend um, ohne daß eines Zuhörers oder einer Zuhörerin Augen deswegen naß wurden. Einmal zupfte sich der Niedlichkeitenauseinanderbreiter an seiner an sich ohne Zweifel keineswegs unansehnlichen Nase, womit er anzudeuten bemüht zu sein schien, er habe an seinen Gedichten gezweifelt, als er sich entschloß, sie der geehrten Mitmenschheit nicht vorzuenthalten, sondern anzuvertrauen. Er lächelte, und sein Lächeln stellte eine herunterstürzende Obenangekommenheit und ein emporstrebendes sich im Grunde unten überaus Wohlaufgehobenwissen dar. »Warum trage ich hier vor?« fragte seine Vortragsweise. Hätten ihn seine Gedichte ganz und gar, ich meine, komplett eingeschüchtert, so würde er vielleicht während des Vorlesens ihres Inhaltes jeden Zweifel derart eingebüßt haben, daß er großzügig in die Höhle dessen, was er gedichtet hatte, hineingegangen und von Schönheit umschimmert daraus heraus zu ziehen gekommen sein könnte. Ein selbst nicht Ergriffener vermag nicht ergreifend einzuwirken. Aufmerksamkeit und

Aufnahmefähigkeit verhielten sich gleichsam flau. Man klatschte kleinlich, als gehöre sich's so.

Zum Warmwerden lag allem Anschein nach keine Ursache vor.

Ich bin bescheiden, bin absolut nicht stolz, bin weder hoffärtig noch hochtrabend. Nur schüchtern wage ich mich an das Kritisieren eines Buches heran, das mir soeben ein Verleger höflich zusandte; aber indem ich zu kritisieren beginne, stellt sich die Idee bei mir ein, ich säße in einem Klubsessel. Die Aufgabe, der ich mich hingebungsvoll unterziehe, stimmt mich direktoriell. Sollte übrigens ein Literaturdoktor etwas wie ein Bildungsdiktator sein? Bin ich etwa jetzt ein Machtfaktor? Indem ich an dem Buche bemängle, daß auf Seite soundso die Seitenzahl fehlt, greife ich zunächst unverkennbar die Druckerei an; indem ich mir nun aber die größte Mühe gebe, mir des Werkes Inhalt zu vergegenwärtigen, und indem ich einsehe, daß jede derartige Anstrengung zu keinem Ziel führt, schaue ich, als stände ich auf einem Berg, auf den Autor herab, den ich hiemit belächle. Andere Kritiker taten es vor mir so; ich ahme diese Vorläufer nachkömmlingsmäßig nach. Der Verfasser wird zu ahnen angefangen haben, daß ich Überlegenheit über ihn in mir spüre. Ähnele ich einem Garten, worin Blümchen wie Hochmut und Verachtung gedeihen? In der Tat scheint es so zu sein. In mir will in diesem Moment irgend etwas vor Lachen beinahe glücklich sein, und warum bin ich derart gut aufgelegt? Soll ich es sagen? Vielleicht wäre es geistreicher, wenn ich es für mich behielte; da ich aber hörte, daß Unumwundenheit einen erheblichen Teil dessen bilde, was man guten Ton nennt, so zögere ich keinen Augenblick, zu sagen, daß mich die Emsigkeit, die der Erzeugnishervorbringende an den Tag legt, belustigt. Ich bin über seinen Eifer erhaben, weil ich diese Zeilen in einem sorgsam parfümierten Müßiggang schreibe, der mich befähigt, namenlos zart zu empfinden. Ich las das Buch rascher, als es gedichtet worden sein mag. Die Schnelligkeit, womit ich es kostete, glich einer sausenden Windstille, einem sich unbeweglich verhaltenden Pfeil. Langsames Lesen stellt ja die weit größere Anstrengung dar als ein flüchtiges Über-die-Druckseiten-Hinwegfliegen, das etwas wie eine Bequemlichkeit bedeutet. Zwei bis drei Sätze gefielen mir während des Eilens durch die Äcker, Felder und Wälder des Buches, nebenbei betont, ungemein. Dieses offenherzige Bekenntnis findet meinen Beifall. Jetzt hingegen kommt der ganze Ernst der Kritik: der Schreiber des Buches rückt mit einer Frau auf, die durch ein unbestreitbares Uninteressantsein hervorragt. Ich rauche eine aromatische Havanna, indem ich mich zur Bemerkung aufraffe, der Verfasser bilde sich eigenliebig ein, er wisse, was Liebe ist. Mit einer ihn kennzeichnenden Atemlosigkeit, mit der ridikülen Energie eines vollkommenen Nichtswissers rennt, stolpert oder stürzt er in Leidenschaftsdarstellungen hinein, die ich mit einer Geste der Überzeugtheit als mißlungen erkläre. Greife er lieber nie mehr wieder zur Feder, bilde er sich so schleunig wie möglich zum ausübenden Wegknecht aus, der, in einen meinetwegen total verlöcherten Mantel eingehüllt, seine Tage in kompletter Bedeutungslosigkeit verbringt. Ich bin mit Vergnügen bereit, zu glauben, er sei einen Hammer zu schwingen, einen Sack zu tragen, einen Karren zu schieben, eine Schaufel in Bewegung zu setzen oder einen Pfahl in den Erdboden zu bringen fähig, der Auserlesene, der sehr überraschte Augen machen wird, wenn ihm diese eherne Kritik vors Gesicht kommt. Zweifellos vergoß der hochintelligente Schwachkopf beim Erzeugen seines fragwürdigen Wunderwerkes Schweißtropfen, das eher mit einer Heugabel, für deren Erwähnung ich um Verständnis bitte, als mit einer Schreibfeder geschrieben worden sein dürfte. Ich sank, als ich mit Lesen zu Ende gekommen war, in eine Ohnmacht, die mich überwältigen zu wollen schien. Nur mühsam gelang es mir, wieder Haltung zu gewinnen. Mag sein, daß der Autor persönlich ein lieber, sanfter Mensch ist; sein Buch jedoch ist unzart wie eine Ohrfeige, die er dem guten Geschmack versetzt.

Ich finde, eine schöne Seele zu sein sei für einen Buchmacher wichtiger als möglichst häufig recht zu haben; ein echter Poet kenne die Frauen und die Liebe immer am besten, und es gebe keine taktvollere Art, eine Liebesgeschichte zu schreiben, als sie möglichst vollständig zu erfinden.

Zu glauben, daß des Komponisten Berlioz Memoiren beinahe etwas wie ein keineswegs unspannender Roman seien, und bei einer gewissen Theateranläßlichkeit leise auszurufen: »Nein, tausendmal nein«, ließe sich vielleicht gesellschaftlich rechtfertigen.

Man führt von frischem eine Komödie auf, die ihre Erstaufführung vor etwa 22 Jahren erlebte, worin das Heldentum persifliert wird. Zu dieser, wie ich meinen möchte, etwas unerbaulichen Art von Glossierung sagen ich und einige Verantwortungsbewußte: »Nein.« Mag das fragliche Schauspiel an sich glänzend sein, so hat meiner Meinung nach heute niemand mehr das Recht, über Helden und dergleichen zu lächeln.

Ich und einige, die stets an irgend etwas zu denken gewillt sind, ohne hierbei zu geistreich zu werden, was wir nicht für sehr empfehlenswert halten, sagen zur Heldenlächerlichmachung nein, wogegen wir nicht glauben zögern zu sollen, zu den in mancher Hinsicht womöglich etwas unkorrekt verfaßten Romanen von Sacher-Masoch, wenn nicht jubelnd, so doch freundlich »ja« zu sagen.

Wenn Heldenverulkung nicht weit von Heldenverhimmlung entfernt zu sein scheint, so hat anderseits Sacher-Masoch dargestellt und gezeigt, daß ebensogut weichherzige wie widerstandslustige Männer vorkommen können, was ein darstellerischer Versuch ist, wofür man ihm dankt, den seinerzeit die Göttin Erfolg unzweideutig küßte.

In künstlerischer Hinsicht war er nicht ohne Raffinement. Beispielsweise stellte er verhältnismäßig glücklich dar, wie in irgendwelchem Milieu eine Gebieterin ihrem Ankleidemädchen aus weiter keinem sonstigen Grund als infolge lieblicher Launenhaftigkeit ein geringfügiges Ohrfeigelein verabfolgt.

Gewiß weiß ich, daß man in einem Einfamilienhaus logieren und dabei ein grundsätzlicher Heldentumsbefürworter sein kann. Das Frauchen eines solchen Männlichkeitsprinzipiellen kann in die Lage geraten, denselben zu ermahnen, sich zu bändigen. Diabolistisch lächelnd verspricht er ihr, sich zu entschließen, Rücksicht auf ihren zärtlich gemeinten Ratschlag zu nehmen.

Ich erkläre, daß ich mich mutig zum seinen Lesern teilweise zu Entrüstetheiten verhelfenden, vortrefflichen Sacher-Masoch bekenne, der uns Wege in die Stärke zeigte, Sinn für Schwäche zu haben, während der Autor obigen Heldenstückes Pfade oder Wege in die Schwäche zeigt, kaum einen Atemzug ausführen zu können, ohne daß wir stark wären.

Obwohl man die Gattin Sacher-Masochs als tiefunglücklich hinzustellen versucht hat, rufe ich mit zurückhaltender Lautheit aus: »Zum Kuckuck mit Naturen, die sich nicht zu vergnügen vermögen!«, wobei ich denke, es handle sich heute um das Infragekommen einer Korrektur bezüglich männlicher sowohl wie weiblicher Ansprüche.

Was Verhältnismäßigkeit betrifft, erinnere ich mich eines neueren Gedichtes, worin von Mannesunausrottbarkeit gesprochen wird. Eine Frau, mit der ich mich brieflich unterhalte, liebt mich wie einen Knaben zu behandeln. Hier bin ich auf den Boden des Knabentums getreten, auf dem ich mich eine Zeitlang aufhalten will, indem ich an eine Verknabung zu glauben geneigt bin, die für die Jetztzeit charakteristisch ist. Liegt nicht Knäbelei darin, daß sich ein Dichter in einem Gedicht beinahe über Gebühr mannhaft aufführt? Was mich selbst betrifft, so gebe ich zu, daß meine Sacher-Masoch-Anerkennung von Knäblichkeit zeugt. Mich mit Vertiefung befassend, von der in unseren Tagen häufig gesprochen wird, sprach ich eines Tages mit einem männlichen Menschen über die Nützlichkeit oberflächlicher Betrachtungsweise. Gewissermaßen existieren heutzutage zwei Gruppen, die Oberflächlichen und die Vertieften, und wie mir scheint, handelt sich's bei beiden Sorten von Denkenden oder Gesinnten um irgend etwas Knabenhaftes. Schopenhauer, der allerlei Kluges über Frauen sprach, behauptete unter anderem mit dem ihm eigenen Freimut, die Frau bleibe ihr ganzes Leben lang seelisch und geistig etwas wie ein Knabe, womit er ihr insofern eine Artigkeit sagte, als er sie als jung bezeichnete. Vom Heroismus sprechend, haben wir es in bezug auf Heldenverehrung oder -verspottung mit einer offensichtlichen Knabenneigung zu tun, die eine Jugendlichkeit ist. Die Jetztzeit strebt mit einer Sehnsucht, die nicht mißverstanden werden kann, nach einem Sichjungfühlen. Vertiefung mache alt, sagen die Oberflächlichen, die in die Tiefe Dringenden können ähnlicher Meinung betreffs der Oberflächlichkeit sein. Ich spreche vielleicht etwas Unerwartetes aus, wenn ich zu erklären wage, Ehrbegriffe seien etwas Ältlichmachendes. Möglich mag sein, daß beispielsweise die männlichen Ehrbegriffe einer Ummodellierung bedürfen, womit ich mir auf die Heldenbegriffe anzuspielen erlaube.

In vielen von uns lebt jedenfalls das Knabenhafte.

An welch merveillöses Problem, wie wenn ich ein Hämmerchen in der Hand hätte, und als wenn das zu behandelnde Thema ein Musikapparat wäre, schlage ich hier mit soviel Takt und Feinsinn, Schlagfertigkeit und liebevoller Umsicht, wie mir aufzubringen möglich sein wird? An die Wand einer Stube, die ich während geraumer Zeit bewohnte, heftete ich einst ein Van Gogh-Bild, d. h. eine Reproduktion davon, auf der zu sehen war, wie ein kaum bereits vielleicht anderthalbjähriges Kind erste Schritte einleitete, woran Papa und Mama, die sozusagen auf dem Bild mitabgebildet sind, denkbar große Freude zu haben scheinen. Der Beschauer fühlt die elterliche Genugtuung so recht unmittelbar aus dem formal offenbar vorzüglichen Werke genannten Künstlers heraus. Mir kommt eigenartig vor, daß mich gerade Gemälde usw. zu schriftstellerischen Ausführungen verführen, was ich natürlich als eine für mich in jeder Hinsicht ersprießliche Verlockung betrachte. »Schauen Sie mich nicht so blöd an«, sagte mir einmal eine Frau, die mich mit Studieren ihrer Kontur emsig beschäftigt sah, was eine Behelligung für ihr Gefühl für Würde bedeuten mußte, und was ich mich sogleich in die Lage gestellt fand zu begreifen. Möglicherweise gab es selten einen einsichtsreicheren Sünder, wie gerade ich mich glauben zu machen wage, einer zu sein. Übrigens fallen mir in bezug auf die Bedeutung gegenwärtigen Aufsatzinhaltes mehrere, ich möchte der Ansicht sein, hervorragende Persönlichkeiten ein. Ich erhielt beispielsweise vor einigen Tagen wieder einmal so eine Art Brief, worin man mich, wie das nun schon so häufig vorkam, um zeitgemäße Aufschlüsse bat. »Da Sie ja ganz einfach etwas wie ein Schlüssel sind, so müssen Sie mich durchaus aufschließen, denn ich komme nicht klug aus mir«, rief der Briefschreiber aus. Ich beantwortete die Anfrage, ob ich den Behilflichen zu spielen geneigt sei, hauptsächlich mit den Worten: »Ihr erster Schritt war fabelhaft schön.«

Wie man hieraus ersieht, lege ich der Idee des Anfänglichen, des Angehenden einen erheblichen Wert bei, was viele andere ebenfalls tun, nicht bloß ich, und was für uns alle vielleicht nur zu nahe liegt. Hiebei handelt es sich nämlich um eine Art Gemütsangelegenheit, indem viele von uns ihren Mitmenschen die Gegenwart manchmal quasi zum Vorwurf machen und sie an ihre Einstmaligkeit, an das »Es war einmal«, d. h. an ihre ersten Schritte ins Leben und in die Wirksamkeit nörglerisch zu erinnern für nötig erachten. Ich meine eine ganze Reihe namhafter Bekannter oder vielfach Erwähnter kennen zu sollen, deren Anfänge, erste kultivierenden Wagnisse ich, mit einem Wort, entzückend finde, wobei ich die Güte zu besitzen bitte, meine provinzlerische Begeistertheit zu entschuldigen. Mir nichts, dir nichts entzückt sein wirkt ja schon an und für sich provinziell, und nun erst solche Sentimentalität, wie soll man sie charakterisieren, die in einem Weinen, Unglücklichsein wegen Menschen besteht und gipfelt, weil diese Menschen nicht bei ihrem ersten allerliebsten Schritte stehengeblieben sind, sondern den zweiten, dritten, vierten Schritt usw. ausführten? »Außer seinen Erstlingsgedichten ist diesem Dichter nie und nimmermehr wieder irgend etwas gelungen.« So ungefähr sieht es beim Betrachten von Künstler- oder Schriftstellerexistenzen in den verständnisvollen oder ebensogut verständnislosen, vor allem aber fürchterlich gemütvollen Gemütern aus, wobei immerhin auch ich mit den Zahllosen, die hievon überzeugt sind, den ersten Schritt als unvergleichlich schön freudig anerkenne. Sind nicht erste Schritte in Kunst, Literatur, Politik, und, der Kuckuck mag wissen, auf was noch für sonstigen Gebieten, wie kleine Kinder, an denen man nun einmal allgemein Freude hat, die uns keine so starke Genugtuung mehr zu schenken vermögen, sobald sie aufwachsen? Gottfried Kellers Lebenswerk stelle ein Ausklingen dar; heutzutage sehne man sich jedoch mehr als je zuvor nach Anfängen, vertraute mir vor noch nicht langer Zeit ein äußerst rühriger Führer an, der nicht nur sein näheres Vaterland, sondern in ausgedehnterem Sinn die gesamte Menschheit zu fördern, wenn nicht vielleicht sogar aus Abgründigkeiten heraufzuziehen aufs aufrichtigste bestrebt ist. Jüngere Intellektualisten umzingeln mich im Wunsch, mich sowohl aus meinem Anfängertum zu befreien, wie mich zugleich andererseits wieder auf dieses Juwel des Noch-absolut-nichts-Könnens ergebenst, d.h. sorgsam aufmerksam zu machen.

Vor soundso vielen Jahren flog ich, einem Wanderburschen nicht unähnlich, durch bräunlichgrüne Wälder und über schimmernde, gelblichblaue, blumige, ahnungslose Ebenen, um in aller Harmlosigkeit dort anzukommen, wo mich bedeutende Zeitgenossen, die sämtlich auf einer Terrasse standen, freundlich lächelnd in Empfang nahmen, indem sie mit nicht mißzuverstehender Lustigkeit ausriefen: »Seht, hier marschiert und tanzt ein anscheinend noch vollständig Unangefochtener, Unverdorbener auf uns zu. Wir werden sorgen, daß sich ihm die Sphinx, genannt Leben, zu erkennen gibt.« Kollegen von mir, denen teilweise ich selbst meinen Lebenslauf erzählte, pflegen mich folgendermaßen anzudonnern: »Wie standest du damals großartig betroffen, so herrlich seelengut, mit solch wundervoller Hirtenknabenhaftigkeit da! Man möchte dich um dieses deines damaligen ersten Schrittes ins Leben hinaus willen küssen, während du in deiner jetzigen, wohlabgerundeten Philisterhaftigkeit einen keineswegs maßvollen, vielmehr eher saftigen, spontanen Klapf verdienst.« Für Leser, die mit entlegener Ausdrucksweise, mit Schluchten- und Schlupfwinkelworten wie »Klapf« nicht vertraut sind, sei höflich festgestellt, daß dies eine Ohrfeige ist. In »Wahrheit und Dichtung« verabfolgt, wenn ich mich nicht irre, ein Leipziger Literaturgelehrter im Moment, da der nachmals größte deutsche Dichter in des Erwähnten Salon hereintritt, seinem Bedienten einen schallenden, kunsthistorischen Klapf, falls ihn nicht eher Madame gnädig oder ungnädig austeilte. Daß früher bedeutend mehr Kläpfe in Haus, Hof und Feld passende Placierung fanden als in unseren humaneren Tagen, stützt sich als erfreuliche Tatsache auf die kulturgeschichtliche Entwicklung.

Ein erster Schritt ist an sich immer etwas beinahe Märchenhaftes, obwohl er dies für andere eher ist als für den, der ihn ausführt, für den er eine Anstrengung ist. Das Kind, das gehen lernt, weiß vom Vergnügen nichts, das es dadurch den Eltern verursacht; es weiß nur, daß es sich bemüht, und es fühlt, daß die Bemühung Möglichkeiten des Ermüdens in sich einschließt. Jede Altersstufe, jede Entwicklungsphase, jeder Wirkungskreis kämpfen mit Müdigkeiten, und ich habe vielleicht einigermaßen klarzumachen verstanden, daß der erste Schritt ernster ist, als es den Anschein hat, wobei mir Lebende sympathisch sind, die gern von Zeit zu Zeit, sei es auf eigene oder fremde, frühe Versuche zurückschauen.

Ich weiß, daß ich eine Art handwerklicher Romancier bin. Ein Novellist bin ich ganz gewiß nicht. Bin ich gut aufgelegt, d. h. bei guter Laune, so schneidere, schustere, schmiede, hoble, klopfe, hämmere oder nagle ich Zeilen zusammen, deren Inhalt man sogleich versteht. Man kann mich, falls man Lust hiezu hat, einen schriftstellernden Drechsler nennen. Indem ich schreibe, tapeziere ich. Daß mich einige freundliche Menschen für einen Dichter meinen halten zu dürfen, lasse ich mir aus Nachgiebigkeit und Höflichkeit gefallen. Meine Prosastücke bilden meiner Meinung nach nichts anderes als Teile einer langen, handlungslosen, realistischen Geschichte. Für mich sind die Skizzen, die ich dann und wann hervorbringe, kleinere oder umfangreichere Romankapitel. Der Roman, woran ich weiter und weiter schreibe, bleibt immer derselbe und dürfte als ein mannigfaltig zerschnittenes oder zertrenntes Ich-Buch bezeichnet werden können.

Ein betagter, also bereits alternder oder in der Tat schon ziemlich, d. h. eher gänzlich alter Mann, dem ein gutherziger, folgsamer Kammerdiener jeden Morgen das silbrigschimmernde Haar bürstete oder kämmte, glaubte sich berechtigt zu denken und jederzeit ungeniert auszusprechen, zwei Menschen seien seine Söhne, die sich von zwei sehr verschiedenen Seiten zeigten. Irgendwer liefert mir hier ein sicher sehr erbauliches, hübsches Motiv, worüber ich mich einstweilen nicht offenbaren will. Wer ist's, der mir einen reizenden Stoff zur Bearbeitung darbietet?

Ich vermöchte mir einzubilden, ich befände mich in einem alten nichtsdestoweniger hellen, sonnigen, frohmütigen Zimmer, das mit einem Ofen aus ehemaligen Zeiten ausstaffiert sei, auf dessen Platten, aus denen er sich zusammensetze, ich eine Geschichte abgebildet sähe, indem mich Bild für Bild in einen interessanten Vorgang blicken ließe.

Das erste Söhnchen ist schön, zugleich aber verhältnismäßig leider liederlich, während sich der zweite Sprößling, bei nicht allzu stattlicher äußerer Erscheinung, will sagen nicht sehr vorteilhafter Gestalt, durch Solidität hervortut. Der erste Abkömmling wandert in die Ferne und Weite, indes Nummer Zwei hübsch säuberlich, dienlich und artig zu Hause bleibt, wo die Geliebte des ersteren Gelegenheit in Hülle und Fülle hat, lebhaft, ich meine sehnsüchtig an die Aufunddavongelaufenheit, mit andern Worten, den Feurigen und Idealistischen zu denken, der jetzt aller Wahrscheinlichkeit nach arm und verlassen im Ungewissen umherirrt. Wie die Personen heißen, will nicht ausgeplaudert sein.

Der mit allen merklichen Gaben Ausgestattete hat vielleicht jetzt hie und da nichts zu beißen und brechen, womit essen gemeint sein könnte. Sein Anzug fängt womöglich nach und nach an, Beweise von Vernachlässigung zu bekunden, und ob er dazu komme, sich regelmäßig rasieren zu lassen, kommt sowohl ihm selbst wie seiner daheimgebliebenen Freundin, die von empfindsamer Art ist, fraglich vor. Sie liebt ihn jedoch um solcher interessanter Fragwürdigkeit willen noch mehr. Der alte Stammhalter oder -vater zieht das Mädchen mitunter in den Bann oder Kreis oder in den Rahmen einer Unterhaltung, wobei ihm einfallen kann, zu sagen: »Mein Sohn sehnt sich, nach Hause zu kommen, und indes ihn diese an sich gewiß prächtige Eigentümlichkeit zu einem von oben bis unten Gefühlvollen macht, wandert er durch ehemals reich und mächtig gewesene, nunmehr aber halbzerfallene, jedes kunstverständige Auge ihrer Ruinenhaftigkeit wegen entzückende Städte, oder er klettert über Halden und Abhänge, trifft im Vorbeimarschieren in zweifelhafter, buntzusammengewobener Gesellschaft Einwohner an, die irgendeine Kommission auf ihren Achseln mitfortzutragen scheinen und sieht sie in die und die imposanten oder unauffälligen Türen treten. Wo bist du nun, Hoffnung meiner Hinfälligkeit?«, und er ringt, falls man das für glaubhaft halten mag, seine Hände, und Fräulein wissen nichts Besseres zu tun als ihn, was klägliche Aufführung anbelangt, nachzuahmen. Abend ist's; der andere Sohn erlaubt sich, ungefragt ins stille, hohe, ruhige Gemach hereinzutreten. »Fort mit Dir«, rufen ihm beide wie aus einem einzigen Munde zu. »Was?« entgegnet er und nimmt eine dreiste Haltung an, und alle drei staunen wie über sich selbst, stehen in sehenswerter Bewegungslosigkeit da, sprechen keine Silbe, bis sich das Mädchen, um ihrer Seele den Frieden zu schenken, den sie in jeder Hinsicht nötig hat, ans Klavier setzt und mit einer Gehobenheit und Herrlichkeit spielt, die man voraussetzt.

Das Haus, worin sich alles dies zuträgt, steht seit alten Zeiten in einem weitläufigen, von zahlreichen Wegen durchkreuzten, mit mannigfaltigen Gewächsen bepflanzten Garten. Andern Tages meldet sich ein Unbekannter, dessen Antlitz vorsichtigerweise eine Maske bedeckt, beim Hausherrn an. Was er wünsche? – »Nicht viel«, läßt er sagen. – So möge er eintreten. Er tritt herein und erzählt, der von dem schönen Mädchen Begehrte und Ersehnte sei nicht mehr. Anstrengungen, genannt Strapazen, aller Art seien stärker gewesen als er, hätten ihn überwunden. Als der übrigens zweifellos vortreffliche Alte das Märchen vernahm, fiel er hin. Bediente sahen sich herbeizueilen veranlaßt, hoben ihn vom Boden auf, trugen ihn in sein Schlafzimmer, wo sie ihn sorgfältig, bis ein Arzt zugegen sein würde, zu Bett legten. Das Fräulein flog in ihr Boudoir, und der sehr gravitätische zweite Sohn, dieses, wie es schien, famose Früchtchen, tanzte im Empfangssaal einen Vergnügtheitstanz, wobei er allerlei Gelenkigkeit an den Tag legte.

Was sprach er anderes, als: »Jetzt bin ich Herr«, und guckt oder blinkt nun nicht gleichsam die Quelle durch, die mich nährt, die Matte, auf der ich mich hier sozusagen sattweide?

Sohn Nummer Eins erlebt inzwischen Verschiedenartiges und rastet eines schönen Nachmittags in der Haltung eines Ausruhenden auf einem von der Natur mit Idyllismus gezierten Hügel unter dem Laube von einigen in ordnungsreicher Unordnung den liebenswürdigen Platz belebenden Bäumen und denkt, indem er Besuch erhält, an die Freundlichkeiten seiner Knabenzeit, an die Lieblichkeiten des Familienlebens, an all das Gewinnende, das einst um ihn war. Der, der ihn besuchen gekommen ist, entdeckt ihm, sie liebe ihn nach wie vor. Der, der dies vernimmt, springt auf, läßt die Absicht verlauten, sogleich zu ihr zu gehen, damit er sie und sie ihn sähe, und in der Tat findet ein Wiedersehen statt.

Man wird gemerkt haben, daß mich Schillers »Räuber« ernsthaft werden ließen und lachen machten, die ich mir kürzlich wieder einmal zu Gemüt führte, die eine Dichtung quasi aus einem Gusse sind.

Ein paar Plakate, die mir gestern in der Bahnhofhalle auffielen, bedienten mich freiwillig bezüglich der Landschaftsdekorierung.

In manchen Zimmern finden sich sehenswerte Öfen.

Bin ich schriftstellerisch wach, so gehe ich achtlos am Leben vorbei, schlafe als Mensch, vernachlässige vielleicht den Mitbürger in mir, der mich sowohl am Zigarettenrauchen und Schriftstellern verhindern würde, falls ich ihm Gestalt gäbe. Gestern aß ich Speck mit Bohnen und dachte dabei an die Zukunft der Nationen, welches Denken mir nach kurzer Zeit deshalb mißfiel, weil es mir den Appetit beeinträchtigte. Daß dies hier kein Seidenstrumpfaufsatz wird, freut mich und wird, wie ich mir vorstelle, vielleicht einem Teil meiner geneigten Leser ausnahmsweise angenehm sein, da dieses beständige Mädelmiteinbeziehen, dieses unaufhörliche Frauennichtaußerbetrachtlassen einer Eingeschlafenheit ähnlich sein kann, was von jedem lebhaft Denkenden wird zugegeben werden können. Beschäftigt mich nunmehr die Frage, ob Langobarden usw. irgend etwas wie Bildung besaßen oder nicht, so bewege ich mich vielleicht auf Wegen, für die nicht jedermann sofort Augen hat, indem ja kaum eine Weltgeschichtsphase so befremdend anmutet wie die Völkerwanderungszeit, die mich aufs Nibelungenlied bringt, das uns Übersetzungskunst zugänglich machte. Mit dem Nationenproblem im Kopf herumlaufen, bedeutet das nicht, einer Unverhältnismäßigkeit zur Beute geworden zu sein? Millionen von Menschen so mir nichts dir nichts miteinbeziehen, das muß das Gehirn belasten! Indes ich dasitze und alle diese lebendigen Menschen zahlenmäßig, gleichsam kompagnieweise, in Betracht ziehe, hat vielleicht einer dieser sogenannten vielen insofern geistig geschlafen, als er hemmungslos draufloslebte. Vielleicht ist's möglich, daß Wachende von Schlafenden für schläfrig gehalten werden.

Im Gewirr, das vorliegende Sätze bilden, meine ich von fern den Minotauros zu hören, der mir weiter nichts als die zottige Schwierigkeit darzustellen scheint, aus dem Nationenproblem klug zu werden, das ich zugunsten des Nibelungenliedes fallenlasse, womit ich gleichsam ein mich belästigendes Etwas kaltstelle. Ebenso denke ich alle Langobarden in Ruhe, will sagen, schlafen zu lassen, denn ich bin in vollkommener Klarheit, daß eine gewisse Sorte von Schlaf nützlich ist, einzig schon, weil er ein spezifisches Leben führt. Um des bißchen Glückes willen scheint es mir um Seidenstrumpfdistanz zu tun zu sein, die ich mit der Distanz zur Nation vergleichen möchte, welch letztere vielleicht mit einer Art von Minotauros Ähnlichkeit aufweist, den ich gewissermaßen meide. In mir bildete sich die Überzeugung aus, daß mich die Nation, die für mich etwas wie ein Wesen ist, das aussieht, als fordere es mancherlei von mir, am besten versteht, d. h. am ehesten billigt, wenn ich sie anscheinend unbeachtet lasse. Brauche ich dem Minotauros Verständnis entgegenzubringen? Weiß ich denn nicht, daß er hiedurch fuchsteufelswild wird? Er bildet sich ein, ich vermöge ohne ihn nicht zu sein; die Sache ist die, daß er Ergebenheit nicht verträgt, wie er z. B. Anhänglichkeit zu mißverstehen geneigt ist. Ich könnte die Nation auch als mysteriösen Langobarden betrachten, der mir um seiner, wie soll ich sagen, Unerforschtheit willen, zweifellos einigen Eindruck macht, was meiner Ansicht nach vollauf genügen dürfte.

Alle diese irgendwie aufgerüttelten Nationen stehen ja wahrscheinlich vor den und den, dank- oder undankbaren Aufgaben, was für sie außerordentlich gut ist. Ich meine, daß man vielleicht nicht allzu sehr sein soll, was man ist, lieber nicht zu stark von Tauglichkeit strotzen. Das auf einen sanftgewölbten Hügel gebettete Taugenichtsproblem ist vielleicht einiger Beachtung wert. Aus dem regelmäßig atmenden Inhalt des Nibelungenliedes ragen Recken empor, und ich kann dem Gedicht, dessen Entstehung eigentümlich ist, meine Achtung nicht versagen.

Wenn ich, was mir hier aus Wissen und Unbewußtheit entstanden ist, für ein Labyrinth halten kann, so tritt ja nun der Leser gleichsam theseushaft daraus hervor.

Daß man sich ziert, daß man zimperlich tut, den Empfindsamen spielt, daß man zögert, finettelt, Umstände macht, und daß man nachts häufig träumt, gehört mit zur Freiheit, die man meiner Meinung nach nicht vielfältig genug auffassen, spüren, bedenken und achten kann. Vor der Idee der Freiheit muß man sich in einem fort seelisch verneigen; der Respekt vor ihr darf nie aufhören, der mit einer Art von Furcht stets verwandt zu sein scheint. Eine Merkwürdigkeit scheint darin zu liegen, daß die Freiheit einzig sein will, keine andern Freiheiten neben sich duldet. Obwohl man dies alles gewiß viel genauer sagen kann, nehme ich gleichwohl schnell Anlaß, zu beteuern, daß ich einer bin, der die Neigung hat, sich immer eher schwächer vorzukommen, als er vielleicht in Wirklichkeit ist.

Beispielsweise lasse ich mich von der Freiheit geradezu beherrschen, sozusagen unterdrücken, auf alle erdenkliche Art und Weise zurechtweisen, und in einer mich amüsierenden Ununterbrochenheit lebt das ausgesprochenste Mißtrauen in mir gegenüber der zweifellos an sich Schätzenswerten, die ich mich beinahe scheue, überhaupt zu erwähnen. – Sie lächelt mich an, und was tu dagegen ich anderes, als daß ich zu mir selber spreche: »Sieh zu, daß du dich von diesem Lächeln nicht zu allerhand Unförderlichkeiten verführen lässest«?

Ich komme nun auf die Nachtträume zurück, die meiner Auffassung nach vorwiegend irgendwelche Einschüchterungszwecke haben. Die Träume machen den Freien auf die Fraglichkeiten, Grenzen oder Vorbehältlichkeiten der Freiheit, insbesondere darauf aufmerksam, daß sie ein schöner Wahn sei, der denkbar zarte Behandlung erfordert. Vielleicht wissen sehr viele mit der Freiheit deshalb nicht richtig umzugehen, weil sie ihre Leichtverletzlichkeit in Betracht zu ziehen sich nicht angewöhnen wollen. Schnell zerflattert ein Wahn; leicht bringen wir es fertig, daß uns die Illusion gleichsam haßt, weil wir ihr Wesen nicht fassen. Die Freiheit will sowohl verstanden wie fortwährend unbegriffen sein; sie will gesehen sein und will wieder sein, als sei sie gar nicht da; sie ist zugleich wirklich und unwirklich, worüber sich allerlei hinzufügen ließe. Gestern träumte mir unter anderm von ganz merkwürdigen Avancen, die mir von einer

Persönlichkeit zukamen, von der ich so etwas nun und nimmer erwartet hätte. Entzückend, wie sich Träume über Schlummernde zu mokieren vermögen, wie sie ihnen die Stirn mit Freiheiten umgaukeln, die beim Erwachen lächerlich zu sein scheinen.

Mit Erlaubnis des Lesers oder noch lieber der Leserin, die dem Schriftsteller stets als etwas Holdes vorkommt, mache ich mit einer Ergebenheit, die natürlich nicht gänzlich von schicklicher Ironie frei sein kann, auf die possierliche Möglichkeit aufmerksam, daß innerhalb der Freiheit Irritiertheiten denkbar sind. Eines Abends begebe ich mich auf den Nachhauseweg, und wie ich vor dem Haus, worin ich wohne, ankomme, sehe ich zwei Menschen, Mann und Frau, aus dem Fenster meiner Stube gucken. Die beiden unbekannten Menschen haben auffallend große Gesichter und verhalten sich unbeweglich, was ein Anblick ist, der den Freien im Nu in jeder Hinsicht unfrei zu machen geneigt sein kann. Er schaut die gleichsam nachlässig auf ihn Herunterschauenden seinerseits ziemlich lange an, vermag sich ihr Vorhandensein nicht zu erklären, geht hinauf, will die sich unerklärlicherweise in seinem Zimmer Befindenden so höflich wie möglich ersuchen, ihm über ihre Anwesenheit gütigst Auskunft zu geben, und ich trete herein, finde alles still, die Gestalten sind nicht zugegen. Ich spüre eine Zeitlang meine eigene Gestalt nicht, bestehe ganz aus Unabhängigkeit, die nicht in jeder Art und Weise ist, was sie eigentlich zu sein hätte, und frage mich, ob ich frei sei.

Kenne ich nicht eine schöne Frau, die mir allemal, wenn ich ihr begegne, zu merken gibt, ich sei ihr unangenehm, weil ich ihr einst angenehm gewesen bin, hierüber aber anscheinend nicht glücklich genug zu werden fähig war? Sie ist eine Freie und infolgedessen eine Feine, die jede Unfeinheit aufs feinste empfindet, mit anderen Worten, die jede Freiheit, die man sich ihr gegenüber herausnimmt, als etwas Unfeines betrachtet und ihre Unvoreingenommenheit, d.h. Freiheit teilweise einbüßt, die, wie ich hervorheben zu können geglaubt habe, viel Unbegriffenes, Nieerlebtes, Immerwiederüberraschendes, Wärmendes und Kältendes an sich hat, die ein Wesen ist, das dadurch gestört wird, daß man ihre Beschaffenheit nicht in Betracht zieht.

Möge man mir Glauben schenken, wenn ich mir zu behaupten

erlaube, daß die Freiheit an sich schwierig ist und daher Schwierigkeiten macht, mit welchem Wort vielleicht meinem Mund eine Einsicht entsprang, wie sie nur einem Freiheitskenner und -feinschmecker zum Ausdruck zu bringen gelingen konnte, der sämtliche innerhalb der Freiheit existierenden Unfreiheiten feststellt und schätzt.

Ich bin mit der Zeit für meine Verleger eine Bedenklichkeitsverursachung geworden. Einer von ihnen lud mich einmal ein, Novellen für ihn zu schreiben; mir ist aber vielleicht bis heute noch überhaupt keine einzige Novelle geglückt. Ich schrieb, als ich zwanzig Jahre zählte, Verse, und im Alter von achtundvierzig Jahren fing ich mit einmal von neuem Gedichte zu schreiben an. In vorliegendem Versuch, ein Selbstbildnis herzustellen, vermeide ich jedes Persönlichwerden grundsätzlich. Beispielsweise sage ich hier über Persönlichkeiten von Belang, denen ich auf meinem Lebenswege begegnete, nicht das geringste. Dagegen spreche ich so genau, wie mir dies gelingen mag, über meine Bemühungen. Vermutlich besitze ich heute einen gewissen Ruf als Kurzgeschichtenverfasser. Vielleicht genießt die kleine Erzählung verhältnismäßig nur kurzatmige literarische Geltung. Darf ich übrigens den Leser herzlich bitten, überzeugt sein zu wollen, daß, was in diesen Zeilen meinem Mund entspringt, aus der guten Laune stammt? Ich spüre in diesem für mich angenehmen Moment, daß ich die Behaglichkeit selbst bin. Ich schriftstellerte bis dahin überhaupt stets sehr ruhig, obschon ich als Mensch mitunter unruhig zu sein imstande war. Nebenbei betont, besitze ich seit zirka fünf Jahren eine Geliebte, die ich womöglich nicht mit der bestqualitativen Liebe liebe. Von Zeit zu Zeit lese ich, offen gestanden, Französisch, ohne behaupten zu wollen, ich verstände die Bücher, die in dieser Sprache geschrieben sind, Wort für Wort. Ich halte gegenüber Büchern sowohl wie Menschen ein lückenloses Verstehen eher für ein wenig uninteressant als ersprießlich. Hie und da ließ ich mich vielleicht durch Lektüre beeinflussen. Vor ungefähr zwanzig Jahren verfaßte ich mit einer gewissen Behendigkeit drei Romane, die dies unter Umständen gar nicht sind, die vielmehr Bücher sein mögen, worin allerlei erzählt wird, und deren Inhalt von einem kleinern oder größern Mitmenschenkreis geschätzt zu werden scheint. Ein jüngerer Zeitgenosse fing vor etlicher Zeit quasi Händel mit mir an, weil's mich nicht tief ergriff, daß ihm einfiel, zu mir zu sagen, er verehre dieses oder jenes frühere Buch aus meiner Feder. Tatsache aber ist, daß sich das betreffende Werk so gut wie nicht mehr im Buchhandel befindet, weshalb sein Autor diesbezüglich nicht entzückt zu sein vermag. Einigen meiner geschätzten Herren Kollegen geht es vielleicht ähnlich. Als ich zur Schule ging, lobte einer meiner Erzieher oder Lehrer meine Handschrift, die aller Wahrscheinlichkeit nach eine ausgesprochene Prosastückhandschrift ist, die mir zahlreiche Skizzen usw. ausfertigen half und mich meinen Schriftstellerberuf aufrechtzuhalten befähigte, worüber ich mich selbstverständlich freue. Ich ging seinerzeit vom Bücherverfassen aufs Prosastückschreiben über, weil mich weitläufige epische Zusammenhänge sozusagen zu irritieren begonnen hatten. Meine Hand entwickelte sich zu einer Art Dienstverweigerin. Um sie zu begütigen, mutete ich ihr gern nur noch geringere Tüchtigkeitsbeweisablegungen zu, und siehe, mit derartiger Rücksichtnahme gewann ich sie mir allmählich wieder. Meine Ambition bändigend, erteilte ich mir die Weisung, mich mit bescheidensten Erfölgelein zu begnügen. Der Schriftsteller in mir gehorchte den Vorschriften des ruhig weiter zu leben Wünschenden, der's mit mannigfachen Zeitungsredaktionen zu tun bekam. Wie ich glaube, besaß ich einst einen bessern Namen; doch gewöhnte ich mich auch an einen weniger ausgezeichneten, indem ich wünschte, ich erklärte mich mit der Bezeichnung »Zeitungsschreiber« einverstanden. Nie beeinträchtigte mich die sentimentale Idee, man könnte mich für artistisch irregegangen halten. Die Frage: »Ist's nicht mehr Kunst, was du treibst?« schien mir mitunter sachte die Hand auf die Schulter zu legen. Ich durfte mir jedoch sagen, daß sich einer, der mit Bemühtbleiben weiterfährt, nicht von Forderungen behelligen zu lassen braucht, deren idealistische Last ihn beunlustigte. Schlankweg gebe ich zu, daß ich's nicht übers Herz brachte, mir zu verbieten, bis zu gewissen Grenzen zu bummeln. Mir genügt, denken zu dürfen, es sei glaubhaft, daß die Zeit wunderbar um mich besorgt blieb. Ich lebe noch und bin hiefür dankbar, und mir wird vielleicht dadurch zu danken erlaubt sein, daß ich mit mir einigzugehen gewillt bin. Wenn ich gelegentlich spontan drauflos schriftstellerte, so sah das vielleicht für Erzernsthafte ein wenig komisch aus; doch ich experimentierte auf sprachlichem Gebiet in der Hoffnung, in der Sprache sei irgendwelche unbekannte Lebendigkeit vorhanden, die es eine Freude sei zu wecken. Indem ich mich zu erweitern wünschte und diesem Wunsch das Dasein gönnte, mißbilligte man mich möglicherweise da und dort. Immer wird Kritik Bemühungen begleiten.

Ich schreibe das Prosastück, das mir hier entstehen zu wollen scheint, in stiller Mitternacht, und ich schreibe es für die Katz, will sagen, für den Tagesgebrauch.

Die Katz ist eine Art Fabrik oder Industrieetablissement, für das die Schriftsteller täglich, ja vielleicht sogar stündlich treulich und emsig arbeiten oder abliefern. Besser ist, man liefere, als übers Liefern bloß undienliche und übers Dienen plaudertäschelige Lavereien oder Diskussionen zu veranstalten. Hie und da dichten sogar Dichter für die Katz, indem sie sich sagen, sie fänden es gescheiter, etwas zu tun, als dies zu unterlassen. Wer für sie, diesen Kommerzialisiertheitsinbegriff etwas tut, tut es um ihrer rätselhaften Augen willen. Man kennt die Katz und kennt sie nicht; sie schlummert, und im Schlaf schnurrt sie vor Vergnügen, wer sie sich zu erklären sucht, steht vor einer undurchdringlichen Frage. Obwohl die Katz anerkanntermaßen etwas wie für die Bildung eine Gefahr ist, scheint man ohne sie nicht existieren zu können, denn sie ist die Zeit selbst, in der wir leben, für die wir arbeiten, die uns Arbeit gibt, die Banken, die Restaurants, die Verlagshäuser, die Schulen, das Immense des Handels, die phänomenale Weitläufigkeit des Warenfabrikationswesens, alles dies und noch mehr, falls ich, was in Betracht kommen könnte, der Reihe nach aufzählen wollte, was ich für überflüssig halten würde, ist Katz, ist Katz. Katz ist für mich nicht nur das, was für den Betrieb taugt, was für die Zivilisationsmaschinerie irgendwelchen Wert hat, sondern sie ist, wie ich bereits sagte, der Betrieb selber, und bloß das dürfte sich eventuell herausnehmen, nicht für die Katz bestimmt sein zu wollen, was sogenannten

Ewigkeitswert aufweist, wie beispielsweise die Meisterwerke der Kunst oder die Taten, die hoch über das Summen, Brummen, Sausen, Brausen des Tages hinausragen. Was von Abneigung und Vorliebe, anders gesprochen, von der Katz, die gewiß ein eminentes Etwas ist, nicht verzehrt oder aufgegessen wird, das, so wird man sich einbilden können, sei bleibend, lande ähnlich einem Fracht- oder Prachtschiff im Hafen fernliegender Nachwelt. Mein Kollege Binggeli schriftstellert meines Erachtens nach in jeder Hinsicht für die Katz, obschon er äußerst anspruchsvoll schreibt und dichtet. In bezug auf die Katzlichkeit seines zweifellos an sich vorzüglichen Schaffens befindet sich Dinggeläri, dem eine hinreißendschöne Frau ehelich angehört, der famos speist und ißt, täglich prächtig spaziert, eine romantisch gelegene Wohnung bewohnt, insofern in einem eklatanten Irrtum, als er in einem fort meint, die Katz mache sich nichts aus ihm. Während sie ihn als den Ihrigen betrachtet, gibt er sich Mühe, zu denken, sie halte ihn für ungeeignet, was keineswegs Tatsachen entspricht.

Ich nenne die Mitwelt Katz; für die Nachwelt erlaube ich mir nicht, eine familiäre Bezeichnung zu haben.

Oft wird die Katz mißverstanden, man rümpft die Nase über sie, und gibt man ihr etwas, so begleitet man diese Beschäftigung mit durchaus nicht wohlangebrachter Auffassung, indem man hochmütig sagt: »Es ist für die Katz«, als wären nicht alle Menschen von jeher für sie tätig gewesen.

Alles, was geleistet wird, erhält zuerst sie; sie läßt sich's schmecken, und nur was trotz ihr fortlebt, weiterwirkt, ist unsterblich.

Wie mich die Abbildung des »brennenden Schiffes« ergriff! Ist eine sinkende Fregatte nicht etwas Phänomenales?

Wenn übrigens an Sonntagen Samtschemel usw. gebürstet, geklopft werden können, so wird zu solcher Zeit auch geschriftstellert werden dürfen.

Ist's mir, wenn ich geistig tätig bin, nicht zumut, ich sei in einer Kirche? Das Entwerfen eines Prosastückes stimmt mich andächtig.

Schrecklich ist ein brennendes Schiff. Beim Anschauen der Illustration sprach ich zu mir: Die Seefahrer sehen sich in die Notwendigkeit gestellt, vor dem Feuer flüchten zu müssen; sie können aber nirgends anderswohin als ins Wasser springen, vor dem sie wieder am liebsten fliehen möchten; sie sehen sich jedoch zum Zufluchtnehmen zu ihm genötigt. Schön ausgebreitet liegt das Wasser da wie eine Wiese; kein Wellelein stört den unergründliche Tiefen verbergenden Spiegel. Die Ausgedehntheit dieses Spiegels bildet für die Notleidenden, Rettungsuchenden eine Gefahr. Auf des Wassers Grund ziehen sich unbekannte Gebirge hin. Den Gebildeteren der Überseer kann dies nicht unbekannt sein, und sie kommen sich um solchen genauen Wissens willen bedeutend verlassener vor als die diesbezüglich sich in kompletter Unwissenheit Befindenden. Bildung ist ja ebenso zuverlässig und hilfreich wie trügerisch.

Auf dem »brennenden Schiff« gibt es unter der Zahl der Passagiere zwei Liebende, über die zu sagen sein könnte, sie hätten einander insofern betrogen, als jedes, wenn sie sich herzten, an jemand anders dachte. Das Mädchen hatte während der »denkwürdigen Fahrt« zu tief in die Augen eines der Seefahrer geschaut, und der Jüngling, der ihr, er wäre nicht imstande gewesen zu sagen, wie oft beteuert hatte, er liebe sie als sein Schönstes, Teuerstes über alles, fand während der Reise Gelegenheit, wertvolle Beziehungen zu einer Frau anzuknüpfen. Aber in der Gefahr finden sie sich wieder. Beide retten sich vor dem Prachtschauspiel, das die Flammen ihren entsetzten Seelen darbieten, durch einen engverschlungenen Sprung ins Gewand hinunter, das sich in Wasserform unübersehbar vor ihnen ausbreitet, und das die Eigentümlichkeit hat, keinerlei Bahn zum Betreten zu sein, obwohl es aussieht, als stehe es diesbezüglich gutwillig jederzeit zur Verfügung. Die Flammen täuschten mit ihrer dekorativen Schönheit, und das Wasser tat dasselbe mit seiner seidenweichen Glätte, die eine wohlgepflegte Fläche zum Darüberhinlustwandeln zu sein schien, hiebei jedoch keinen genügend festen Halt darbot.

Ich floh mit den treuen und trügerischen Liebenden vor dem Feuer, das keine Gnade gegenüber Empfindenden kennen zu wollen schien, und kam mit ihnen im zuvorkommend aussehenden Wasser an, war über seine wirkliche Beschaffenheit erstaunt und umschlang mich in der Erschrockenheit. Sie täten besser, getrennt zu schwimmen, sagten sie sich und führten aus, was ihnen unumgänglich schien. »Wir kommen jetzt aus der Theorie in die Praxis«, lautete das letzte Wort, das ihnen zu wechseln erlaubt war, und um diese Stunde schrieb vielleicht auf dem Festland in einem Zimmer voll einsiedlerischen Reizes ein sorgfältig Denkender einen reformenankündenden Essay, und zur Zeit, als sich auf dem Wasser Ernstes zutrug, saß vielleicht ein Dandy im Salon eines Friseurs und ließ sich von der Diensteifrigkeit selbst rasieren.

Wie einen die Phantasie hinreißt!

Ich erzähle hier eine vielleicht zum Teil lächerliche Geschichte.

Eine Zeitlang ging's mir glänzend; ich erbte eines Tages ein übrigens gewiß nur geringfügiges Kapital, das mich befähigte, sorglos in den Tag hineinzuleben. Die Tage, die vor mir lagen, glichen einer bezauberndschön und lockig eingerichteten Wohnung.

Welch ein prosaischer Vergleich!

Ich bildete mich in aller Gemächlichkeit zu etwas wie einem Liebhaber aus, der unter anderm in seiner Nebenzeit vergnügt dichtete. Ich wußte, ich sei irgend etwas von Belang, oder ich bildete mir dies ebensogut bloß ein.

Hübsche Einbildungen machen uns bekanntermaßen fröhlich.

Nun komme ich auf sie zu sprechen, die ich liebte, und der gegenüber ich gern mit meiner Neigung kokettierte. Sie war gleichzeitig wenig und viel, ich war dies ebenfalls. Bald war ich das All, bald nur in diesem All ein Atom.

Darf ich das für Philosophie halten zu dürfen hoffen? Prächtig war's für mich, wenn ich wahrnehmen konnte, ich schüchtere sie mit meiner Zuversichtlichkeit, meiner Eleganz ein. Diese Eleganz beruhte zwar womöglich ebenfalls nur auf einer Idee. Sah ich meine Geliebte zaghaft, so fand ich sie entzückend.

Nun kommt etwas anscheinend ganz Märchenhaftes.

Mit einmal büßte ich nämlich meine bisherige flotte, kecke,

schlanke Gestalt zu meiner Verwunderung ein. Irgendeine unbekannte Macht verwandelte mich in einen Ball; ich wurde kugelrund und rollte statt zu Fuß zu gehen und kugelte herum.

Sie erblickte mich, und als sie festgestellt hatte, was aus mir geworden sei, zuckte sie ihre Achseln, indem sie sich sowohl über mich lustig machte, als wegen meines Aussehens verblüfft oder überrascht zu sein schien. Ebenso fand sie sich zum Ungehaltensein bewogen, was man begreiflich zu finden imstande sein wird.

Mir gefiel meinerseits die Lage, worin ich mich befand, obgleich ich sie gewiß nicht als imposant zu betrachten wagte.

Zuerst wußte meine Schöne nicht, wie sie sich zu fassen habe, wonach sie mir einen, wenn auch nur kleinen, feinen Fußtritt gab, der mir in Erinnerung blieb.

Jahre vergingen seither. Mit der Zeit habe ich neue Formen angenommen.

Wie schön ich während vergangener Nacht träumte. Ich will davon auf leichte Manier Bericht ablegen. Ich sah mich irgendwo, von angenehmen Bekannten umgeben, in einem eigentümlich reizvollen Raum sitzen. Etwas Hübsches lag darin, daß mir eine anheimelnde Frau zu verstehen gab, sie freue sich über meine Nähe. Das Zimmer enthielt zahlreiche, zierliche Tische und glich infolgedessen beinahe einem Restaurant, obschon es, um in jeder Hinsicht ein solches zu sein, nur schon zu artig, mit zu viel aparter Lieblichkeit ausgestattet, aussah. Hoch und sehr stattlich war der Raum übrigens nicht gerade. Was mir gefiel, mithin paßte, bestand in einer überaus feinen Platte, die mir irgendeine Hand zum Verspeisen dargebracht zu haben schien. Ich aß jedenfalls, was auf dem Teller lag, wovor ich gleichsam einige Achtung hatte, mit Appetit. Die Frau, die mit mir sprach, tat dies sichtlich mit Behagen, ich darf das versichern. Nun veränderte sich die Szenerie, und ich befand mich in einem in eine weite, aussichtsreiche Gegend gestellten, bescheidenen Bett. Fremdartig anmutende Anhöhen machten auf mich einen romantischen Eindruck, den ich willkommen nennen konnte. Indem ich still, mich an freundlichem Ruhen erquickend, in der säuselnd-linden, leise über mein Gesicht hintänzelnden Luft dalag, machte mich ein weiter auf keinerlei Weise überraschender Anblick aufs wohltuendste aufmerksam. Ich sah ganz klein, weil fern, zwei Mädchen offenkundig glücklich sein, ein Freundschaftsideal vergegenwärtigend. Eine der mich, um es zu gestehen, beinahe entzückenden Gestalten kniete vor der zweifellos Verehrten hin, wobei ich mit keiner Silbe zu beschreiben wagen würde, wie anmutig, wie tauig, mit wie viel Selbstverständlichkeit sie die Bewegung ausführte, an der ihr viel gelegen zu sein, mit der sie's heiligernst zu nehmen schien, und über die sie lächelte, als sei sie selig, und das Selige komme ihr lustig vor. Alles wirklich Schöne beschenkt uns ja in der Tat mit einer Heiterkeit, die wir sogleich verstehen, womit wir's gut sein lassen dürfen. Dadurch, daß sich beide Mädchen in meine Nähe verfügten, wuchsen sie zu eleganten und zugleich quasi erhabenen Figuren, deren herrlich ebenmäßige Glieder mich eine Bewunderung kosten ließen, die mir den Frieden, dessen ich mich erfreute, durchaus nicht störte. Sie gingen, mich anschauend, an meinem Lager mit einer ins Große gehenden Schönheit, ich meine, einer Bezauberung auf mich ausübenden Haltung vorüber. Zu meinen Füßen lag ein winzigkleines Wesen, ein Kind oder ein Knabe, und indem die Mädchen etwas wie eine mit allerlei Kräutern, Gräsern oder Pflanzen bewachsene Felswand emporkletterten, eine Übung, die ihnen nicht die geringste Beschwerde verursachen zu können schien, und mir von oben herab gutherzige Blicke zusandten, deren Güte ich schätzte, erwachte ich.

Zwischen Schneeflocken und Blättern sind Ähnlichkeiten vorhanden. Sieht man es schneien, so meint man Blümchen aus dem Himmel herunterfallen sehen zu können. Warum ist welkendes Laub im Herbst goldig-schön, und warum meint man, die Frühlingsblumen hätten Zungen, bildeten eine Art von Gespräch? Beim Anblick von Blättern denkt man an Hände, deren Befingertheiten knospenhaft sind. Die Federn der Vögel, die Blätter am Baum, das zierliche, federliche, fingerlige Schneien im Winter seien verwandt, meint man ein Recht zu haben, sich zu sagen. Der Wind scheint das Unachtsame zu sein, dem man nicht trauen kann; die Windstille ist süß wie die in sich selbst selig umherfließende Folgsamkeit, sich als schön empfindend. Empfindet sich der Wind als windig? Weiß das Blatt, wie schön es ist? Lächeln die Schneeflocken und bezaubern sich die Blumen selbst und wissen Locken um ihre Löckeligkeit? Ein Fluß ähnelt in seinem Ziehen einem geschmeidigen, eiligen Wanderer, die Wassermasse eines Sees in ihrer Ruhe einer schönen Frau mit weißen Handschuhen und blauen Augen. Die Blätterfülle verhüllt die reizende Feinheit der Zweige. Hübsch ist's, zu denken, daß Hübsches vorhanden sei. Wellen und Äste haben Schlangenform, und Augenblicke kommen, wo man weiß, man sei nicht mehr und nicht weniger als Wellen und Schneeflocken oder als das sich gewiß hie und da aus seiner so ungemein anmutigen Umgrenztheit sehnende Blatt.

Ganz für mich allein ging ich, mich mit der Schönheit und Schwierigkeit zukünftiger Pflichten abgebend, leise den bessern Teil meines Ichs in Erwägung ziehend, in einer anscheinend denkbar leichtgebauten Stadt einher, die mir weder eine Klein- noch eine Großstadt zu sein schien, sondern die auf mich den angenehmen Eindruck machte, sie sei etwas Neues, bis dahin noch nie Gesehenes. Indem ich die Stadt nicht mit irgendeiner andern Stadt verglichen wissen mochte, kam sie mir zierlich und erquicklich vor; ich vermochte unter anderm schon nach einigen Schritten wahrzunehmen, daß in Speisehallen für manchen, der Appetit hatte, etwas Mundendes zu sich zu nehmen, gekocht wurde, eine Feststellung, über die ich mich, wenn gewiß nicht in zu reichlichem Maße, freute. Die Stadt, wie ich mir anzumerken erlauben mochte, sah bilderbuchhaft aus, als sei sie bloß literarisch oder artistisch, nicht in kompletter Eigentlichkeit vorhanden, was dem Schauenden die Empfindung schenkte, der Betrieb müsse sich außerordentlich fein darin abwickeln, ungemein besonnen und artig vor sich gehen, von überaus abgeklärter, übereinstimmender Art und Weise sein. Eine Ausgeglichenheit spürend, wie sie mir bisher noch nirgends begegnet sein konnte, erblickte ich zu meinem keineswegs erstaunten Erstauntsein in jeder beliebigen engern oder breitern Straße manierlich gedeihende Blumen, als wünsche die Stadt in ihrer Gesamtheit einem

Garten zu ähneln, als sei sie auserlesen worden, die Anmut selbst zu sein. Was die Art der Gebäulichkeiten betrifft, so waren sie weder prächtig noch unansehnlich, weder nach Kärglichkeit noch Übermut oder dergleichen aussehend, weder sozusagen allzu mager noch gewissermaßen zu pompös und üppig. Menschen traten mir vors Gesicht, die das Allzumannhafte sowohl wie das Ewig-weibliche, das durch lange Zeiten hindurch eine zu allerhand begreiflichen Verstimmtheiten Anlaß gebende Fraglichkeit blieb, gleichsam abgestreift, d. h. überwunden zu haben schienen. Die Kinder, die ich hie und da antraf, sahen aus, als stritten sich in ihnen nun einmal Wohlerzogenheit und Ungezogenheit zunächst nicht mehr; denn ich meinte sie ein Betragen offenbaren zu sehen, das nicht auf Verzärteltheit, doch auch nicht auf gegenübergestellte Behandlungsweise schließen ließ, womit ich dartun möchte, daß mir die Stadt, worin es frei und gesetzt zugleich zuging, ausnehmend gefiel. Die Jugend und das Alter schienen vergessen zu haben, sich unangenehmermaßen geltend zu machen, wie wenn es eine Unerläßlichkeit sei, nicht miteinander einverstanden zu sein. Ist denn das Einvernehmen nicht weit bequemer als das Betonen und Bekräftigen des Gegensätzlichen? Frauen und Mädchen waren teils arbeitsam, teils schön, derart, daß den Emsigen etwas Hübsches eigen sein konnte und sich die Hübschen nicht gehindert sahen, das Unterhaltende des Tätigseins zu erfahren. Da die Stadt nicht wenig, aber auch nicht sonderlich viel Sehenswertes enthielt, ihre Lebendigkeit sich abgewöhnt zu haben schien, zu lebhaft zu sein, sich im Unauffälligen gefiel, brauche ich nicht zu gesprächig zu werden. Mir scheint Gemäßigtheit schicklich zu sein.

Meisterhaft war das von mir. Ich möchte der Meinung sein, daß ich da genial war. Ich nahm eine Blume nicht, weil ich mich glauben machte, ich sei gar nicht da. Hie und da bilde ich mir zu meinem Vergnügen ein, das Leben überstanden zu haben. Wie schön, wie angenehm diese Illusion ist! Ich saß da, als befände ich mich im Gefilde der Seligen. Indem der andere lebte, also noch keineswegs den Erfordernissen des Daseins ausgewichen sein konnte, bat er das Mädchen um die Blume, die sie in der

Hand trug, und sie gab sie ihm ohne Zögern. Höchst talentvoll war's von mir, daß ich wie ein kaum in Frage Kommender artig dasaß. Ich spielte den irgendwie Abwesenden. Nichtsdestoweniger sah sie mich, die mit ihrer herrlichduftenden Blume kokettierte. Solange sie die Blume noch nicht weggegeben hatte, lächelte sie. Jetzt tat sie dies jedoch nicht mehr, blickte kalt. Sowohl sich selbst wie denjenigen, den sie beschenkt hatte, schaute sie gleichgültig an. Von mir war's meisterhaft, daß ich ihr nicht Grund gab, mich gleichsam gelangweilt anzuschauen. Vielleicht hatte sie jetzt etwas wie Achtung vor mir. Hätte ich sie zu fragen gewagt, ob sie mir ihre Blume zu geben bereit sei, würde sie sie mir verweigert haben. Jetzt hingegen, wo sie sie dem andern anvertraut hatte, hätte sie sie mir gern gegeben, denn sie streifte mich mit einem Blick voll Sehnsucht. Daß ein Blick mehr wert sein kann als eine Blume, hierüber war ich mir klar. Für mich ist's herrlich, wenn sich jemand meinethalb bedauert. Das tat sie, und der andere nahm es wahr, und seine Wahrnehmung machte ihn verlegen. Verlegenheiten gibt's, die sich, gerade, weil sie nur gering sind, in der Tat lebhaft geltend machen. Was die Blume betrifft, die er sich auf vielleicht ziemlich gewohnheitsmäßige Art erbeten hatte und die sich nun zweifellos nach wie vor in seiner Hand befand, so könnte ich eventuell überzeugt sein, sie habe wie eine Verlassene ausgesehen. Ihr nunmehriger Inhaber liebte sie nicht, ich sah ihm dies mit unsäglich behend und prompt an meinem Erkenntnisvermögen vorüberschwebender Plötzlichkeit an. Das Mädchen trauerte, die Blume duldete, der andere wanderte durch die Länder der Enttäuschtheit.

Ich wandere nicht, lebe, ohne etwas zu erleben, fahre in keine Erfahrung hinein.

Die Blume, das Mädchen und der andere schauten mich mit langen, obschon gleichzeitig glücklicherweise nicht unfreundlichen Blicken an.

Die sentimentalste Geschichte, die ich je schrieb, führt mich in ein Tingeltangel, dessen Direktor mich jeweilen kameradschaftlich grüßte, sobald er mich unter den Anwesenden wahrnahm. Mit der Zeit lernte er freilich in mir einen kunstliebenden Egoisten vermuten, was ihn etwas kühler werden ließ. Im Grund war mir dies total egal. Zeitweise trat im Lokal ein Knabe auf, der auf einen Teil der Zuhörerschaft Eindruck machte. Ich behandelte diesen Knaben und seine Gesangsdarbietungen mit absichtlichem Achtungsmangel. Einmal entzückte mich übrigens in der Vergnügungshalle eine Vortragskünstlerin. Den Knaben nannte ich insofern im stillen eine Unalltäglichkeit, als er sich gesanglich nicht uninteressant gebärdete. Er war blind. Ich ersuchte ihn eines Tages, mich in seine Laufbahn einzuweihen, woraufhin er mir erzählte, er habe in einer strahlenden Straße gewohnt und sei in ein Verhältnis zu einem Mädchen gekommen, deren Gestalt ein Gejubel war. »Sorge, daß Du mich immer süß anschaust«, lautete die Art, womit sie zu ihm sprach. Als er sie einmal kalt anblickte, winkte sie einen ihr ständig, wie es schien, zu Verfügung Stehenden herbei, der dem jungen Sänger die Augen ausstach. Mit der Bemerkung: »So, nun schaust Du mich nicht mehr an, wie's mir nicht erwünscht ist«, kehrte sie ihm den Rücken.

»Du singst nun vielleicht nur um so schöner«, sagte ich ihm mit einer herablassenden Geste, die er nicht in der Lage war, würdigen zu können. Ich schenkte ihm ein Geldstück, wofür er sich artig mittels eines Komplimentes bedankte.

Wirkte der treue Blick verinnerlichend an seiner Kunst mit?

Ich sah eine Frau, und dann schaute ich einen alten Mann an. Viele junge Mädchen mit fröhlichen Köpfchen zeigten sich in kleidsamen, netten Gewänderlein. Gewiß ist so ein Mädel an sich, ich meine, im Einzelfall, unerheblich. Zähle aber einmal alle diese Niedlichen, Gelenkigen, die sich überall, wohin man blickt, irgendwie bemerkbar machen, ordentlich zusammen: welch eine feingliederige, anmutige Macht ergibt sich dann, was für ein weitverzweigter Einfluß muß sich nach allen Richtungen hin feststellen lassen. Vielleicht leben wir Heutigen geradezu in einem Töchterchenzeitalter. Doch wie schön war anderseits wieder jene Landschaft, die ich mit dankbarer Aufmerksamkeit in Betracht nahm.

Obiger alter Mann, eine Art Patriarch, saß in einem Sessel und besaß insofern ein rührendes Aussehen, als sein Gesicht, das weißes Haar umrahmte, aufwärts in den Himmel schaute und, während es dies tat, von verklärenden Lichtstrahlen beglänzt wurde. Einer, der ein Arzt zu sein schien, berührte mit feiner, tastender Sorgfaltshand das duldsame Antlitz. Zwei weitere Gestalten schauten, dicht dabeistehend und an der Gruppierung teilnehmend, sowohl den, dessen Kopf im Kissen lag, wie den andern eingehend an. Keiner schien ein Wörtchen zu reden, aber ihr Stillsein sprach nur um so ausdrucksvoller. Mochte sich der Akt auch bloß in einer bescheidenen Stube abspielen, so umhauchte ihn nichtsdestoweniger eine Weitgereistheit, etwas Menschenkennerisches, wie wenn sich's um gediegene, vielsagende Personen gehandelt haben würde.

Doch jetzt zur Frau hingeflogen, die sich ganz woanders, nämlich in einem prächtigen Gemach aufhält, wo sie einen Brief schreibt. Mit der Schnelligkeit, die dem Wind eigen ist, und zugleich mit der Unspürbarkeit eines Atomes ging ich zu ihr, die den Kopf nachdenklich in ihre Hand stützt und nicht recht zu wissen scheint, was sie ihrem Freund oder Ratgeber anvertrauen soll. Alles, was auf ihr lastet, will sie ihm eröffnen und kann's doch auch wieder nicht. Sie verwaltet ein wunderschönes Besitztum, doch ein Feind, einer, den sie nicht ausstehen kann, den sie fürchtet und zugleich geringschätzt, ist fordernd vor sie hingetreten, ungalant, anmaßend. Wie sie ihn zu verscheuchen habe, ist eine Aufgabe, die zu anspruchsvoll für ihre Kraft zu sein scheint. Sie mag sich ihrem Freund gegenüber nicht bloßstellen, will nicht die Hilfsbedürftige sein und sieht sich dennoch zu gewissen Aufrichtigkeiten genötigt, die die Ehrliebende erröten lassen. Ihre Brust wogt bei dem Gedanken an den Rücksichtslosen, der sie beunruhigt, erregt auf und ab. Mit dem Unverschämten werde sie nicht fertig, haucht sie verzagt. Warum es Feindschaft geben müsse, fragt sie und schüttelt den Kopf, der aufs feinste frisiert ist. Wenn er's nicht auf sie abgesehen hätte, könnte sie ihn verehren. So aber verneint sie ihn, der von solchen, die sich in einem gewinnenden, nutzbringenden Verhältnis zu ihm befinden, geliebt wird. Es gibt Unannehmlichkeiten, denen man nicht auszuweichen vermag, so lebhaft man ihnen auch nach allen Seiten entrinnen möchte. Zu dumm, mit einem Bösewicht zu schaffen zu haben, den viele für das Gegenteil davon zu halten sich bewogen sehen. Ich wünsche artigkeitshalber, ihr Herr Beistand sei fähig, sie aus der Gesamtheit ihrer mannigfaltigen Verlegenheiten herauszuziehen. Eine so Stattliche, und ihr Gegner so zerzaust und in hohem Grad mit hergenommen. Wenn eine Entzweiung etwas Lachhaftes an sich hat, so liegt in der Friedlichkeit das Bängliche, Beengende. Über das Böse lacht man, indes uns das Liebe zuweilen alles Lustige fortnimmt. Was wir grundsätzlich loben, schreibt uns eine unaufhörliche Einförmigkeit vor.

Ich gehe von den von Widersprüchen bald da-, bald dorthin gezogenen Menschen gern vorübergehenderweise weg und blicke beglückt ins grüne Bild hinein.

Man meint, hier Ferien zu verbringen, die weder überfröhlich noch unamüsant sind.

Hier unterbreche ich mich.

Die Wellen plätschern in der Bucht. Gewiß lüge ich, wenn ich dies behaupte, aber man tut, sagt irgend etwas, damit etwas läuft. Tatsache ist, daß der Wasserbusen von unbeweglicher Ruhe ist. Diese Ruhe könnte man ebensogut Stille nennen; diese Stille ist schön, sie muß dies sein, ich wünsche, will es. Bin ich nun auf dem Land, in den Ferien angelangt, und ist es ein verständnisvoll restauriertes, gotisches Schloß, das ich zur Zeit genügsam bewohne? Ein Schwan bringt mir mit eigenartiger Gravität eine Nachricht, die ich nicht begreife, die jedoch unbegriffen vielsagend zu sein scheint. Die Zimmer oder Gemächer des Schlosses sind von wunderbarer Hoheit. Wie gern und oft wenden heutige Menschen das Wörtchen »wunderbar« an. Immer ist irgendein Baum, ein Bild, ein Mädchen, eine Bewegung, eine Äußerung, eine Gegend wunderbar. Baden ist wunderbar, reiten ebenfalls. Einige fragen sich, was wunderbarer sei: dichten oder nichtdichten. Die Gardine an meinem schlanken Fenster, das eine fensterliche Physiognomie hat, scheint zu lächeln, und ich prüfe mich insofern, als ich mich frage, ob sich dieses Lächeln auf mich bezieht oder nicht. Es ist um das Belebte eines Gegenstandes etwas Merkwürdiges, und es mag am Müßiggehen überhaupt etwas Sonderbares sein, etwas Gutes und etwas Ermüdendes, und ich versichere, daß es meine Ermüdetheiten sind, die hier schreiben. Sie sind es im allgemeinen, die freudig und munter ins Leben blicken. Manchmal gleitet am Hause ein Boot vorbei, worin einer sitzt, der musiziert. Die Angabe der Art des Instrumentes kommt mir überflüssig vor. Diese Angabe wäre eine Offenheit, die ebenso angenehm wie unpassend sein könnte. Das Weglassen eines Namens, einer Benennung ist keine Lüge und wirkt ermunternd, weil alle Bezeichnungen gleichsam alt sind und uns ermüden. Ich weiß nicht, ob ich mich glauben machen darf oder nicht, es sei fein von mir gewesen, daß ich einer Frau schrieb: »Sie dürfen nie ermüden.« Das Essen bereite ich mir selbst, was ich nicht durchaus nötig gehabt hätte zu betonen, da dadurch eine Skizze, die romantisch sein soll, behelligt wird. Eine Bibliothek gab mir Gelegenheit, einige Bücher zu lesen. Während des Lesens regnete es, als ob dies so hätte sein müssen, als passe nasses Wetter zur Flucht vor den Dingen der Gegenwart. Lesen braucht übrigens durchaus nicht immer nichts als eine Verlegenheit, eine Leere zu sein, die man auszufüllen beflissen ist. Ich nahm von einem schwungvollen sowohl wie von einem ganz anders verfaßten, einem gleichsam nachlässig und zerstreut geschriebenen Buch aufmerksam Notiz, und meine Aufmerksamkeit war vielleicht zu aufmerksam. Mitunter fühle ich mich geneigt, einzusehen, daß ich zu intensiv bin. Man hat häufig nicht genügend Mut, leichtsinnig zu sein. Beispielsweise schadet Spazieren vielleicht nicht weniger als es nützlich ist, denn man kann dabei das Einsamsein lieb gewinnen lernen und gesellschaftliche Fähigkeiten allmählich einbüßen. Wie nett mir dies auszusprechen glückte! Ich bin selten ein netter Mensch, aber ich finde, ich habe Grund zu meinen, daß dies richtig ist. Das Artigsein sei für den, bei dem es vorkommt, ein Fest.

Ich sprach soeben mit jemand, der nicht genannt zu werden braucht, über Scheffels »Ekkehard«, ein Buch, das einst viel Aufsehen gemacht haben mag. Vor einigen Jahren fing ich übrigens, mich als Gast in einem Hause wohlfühlend, in einem Roman von Raabe zu lesen an, der auf seine Weise Köstliches schuf. Beginnt man einmal mit Lesen, so scheint man nicht daraus herauskommen zu können. Hier hat man Gelegenheit, sich mit der »Tulipe noire« von Dumas zu beschäftigen, die vielleicht ein bißchen manieriert anmutet, dennoch aber als ein fesselndes Werk bezeichnet werden kann. Anderseits besitzen Edgar Allan Poes Novellen jenes Hinreißende, das mitnimmt und gleichzeitig gedanklich bannt. Hauptsächlich scheint man es in dem Amerikaner, der nur kurz, dafür aber hingebend lebte, mit einem, wie man wird sagen dürfen, erstrangigen Sprachkünstler zu tun zu haben, womit das Lob, das dieser Seltsamkeitsdichter verdient, gewiß nicht erschöpft ist. Neben anderen bescheidenen, doch darum nicht unlesenswerten Büchern kam mir ein Band von J. V. Widmanns schriftstellerischem Nachlaß in die Hand, der seinerzeit literarischer Redakteur am Berner »Bund« war und als solcher Ausgezeichnetes leistete, wessen sich noch viele erinnern, die seine Wirkung bemerken konnten. Mit »Le Baron mystérieux« ist ein Feuilletonroman betitelt, dem ich zur Zeit meine Aufmerksamkeit widme, indem ich täglich gern etwas, das spannend ist und doch weiter nichts anderes als unterhalten will, um mich habe.

Einen wunderschönen historischen Roman möchte ich Hauffs »Lichtenstein« nennen, der von einem Jungen für Junge, von einem Illusionsfähigen für ebensolche erzählt wurde, und worin von einem Treuen die Rede ist, der sich für seine Ausdauerlichkeit aufs ansprechendste belohnt sieht. Ein vornehmer Geächteter hält sich vorübergehendermaßen in einer Höhle auf, und die mit hübschem und gefälligem Aussehen verbundene Charakterfestigkeit kommt infolge von allerlei günstig lächelnden Zufälligkeiten in die Lage, ein Fräulein freien zu können.

Um auf Scheffel und seine Romangestalt zurückzukommen, die ich am Eingang zu erwähnen Anlaß fand, kamen mir einige Seiten, von denen ich Kenntnis nahm, interessant vor, wobei ich mir einprägte, eine gemütliche Schreibweise, ich meine: ein ungezwungener Plauderton, könne als etwas durchaus Ernsthaftes in Empfang genommen werden. Ein Buch, das man, weil es kein aktuelles oder Modebuch ist, unparteiisch, d. h. ruhig liest, kann einen womöglich ein wenig schläfrig, aber anderseits auch glücklich machen. Lektüre hat vielleicht den wesentlichen Zweck, freundlich zu isolieren, von Differenziertheiten angenehm abzulenken, im Gemüt etwas aufzubauen, das von zu einseitigem Teilnehmen an den Dingen des Tages angefochten wird. In Scheffels Roman macht sich ein Abschnitt bemerkbar, dessen Inhalt von einem Diener handelt, der seinen ihm restloses Zutrauen schenkenden Herrn hintergeht, indem er dem Brotgeber oder Arbeit-in-Aussicht-Stellenden zu verstehen gibt, er meine es gut mit ihm, während dies in Wirklichkeit keineswegs der Fall ist. Weil man ihn für einen Guten hält, hat er keine Lust, gut zu sein, indes sich schon mancher für schlecht Gehaltene nicht als schlecht genug erwiesen hat, den Ruhm, ein Bösewicht zu sein, zu rechtfertigen.

Ältere, ich meine Bücher, die von Generationen anerkennend gelesen worden sind, die der Vergangenheit angehören, atmen schon nur deswegen einen Hauch von etwas Heimeligem aus, wovon man sich gern einnehmen läßt. Das sanktgallische Klostergebäude hebt sich vom Ufer des Bodensees, geographisch nicht allzu genau genommen, architektonisch ab. Aus der Seefläche steigen Säbel über den Köpfen schwingende Hunnengestalten hervor.

Man kommt sich, derlei lesend, knabenhaft vor, man hat Eltern, geht noch zur Schule, kokettiert mit der Idee, man habe Kameraden. Sollte solche momentane Täuschung nicht etwas wert sein?

Man liest mitunter zerstreut, sammelt sich dann aber wieder. Essays wandern dir am Gesicht, Portraits von Menschen, die mancherlei erlebten, an der geweckten Phantasie vorüber. Reiseschriftsteller machen mich mit interessanten, fremden Gegenden bekannt, wo beispielsweise noch Ruinen von Bauwerken sichtbar sind, die einst mit ihrer Vollständigkeit freuten und imponierten. Lesen ähnelt dem Sitzen im Zuschauerraum eines Theaters, indem das Leben eine kulissenwechselnde Bühne ist. Ich traf unter anderm die Abbildung eines öffentlichen Parkes mit einer Kavalkade an. Ein anderes Mal gestattete mir die Reproduktion eines Gemäldes den Anblick zweier Mädchen, die an einem Flußufer sonntäglich unter den Zweigen eines Gesträuches ausruhen, sich süßem Müßigsein hingebend. Seiten umwendend, kommt man in die Pracht einer alten Handelsstadt, schlendert durch Gassen, aus deren Häusern Unbekannte herunterblicken, und staunt angesichts dessen, was sich in frühern Zeiten einen Namen zu verschaffen verstanden haben mag. Hier amüsiert man sich über witzige, dort sieht man sich durch erhabene Dinge in eine Ernsthaftigkeit emporgehoben, die nicht schwerfällig oder drückend zu sein braucht. Gewöhnlich findet sich in einer Zeitschrift ein Roman unterhaltungspendend abgedruckt, dessen Inhalt man sich Zeit nimmt, sich gewissermaßen zu eigen zu machen, als säße man bei Tisch und esse und trinke. Verfassern von Artikeln deinen Beifall nicht vorenthaltend, scheinst du für erhaltene Möglichkeiten, dir die Zeit vertreiben zu können, dankbar sein zu wollen. Indem einem das Essen mundet, macht man dem Koch ein Kompliment. Dermaßen verhält es sich gewiß auch bei Autoren, die bald einen verdienstreichen Greis, bald die Schönheit eines graziösen Mädchens feiern, das vielleicht um seiner Anmut willen erlebt hat, was es nicht vorauszusehen imstande war. Was sich in bezug auf berühmte Liebespaare zu Zeiten zutrug, kann zweifellos als kennenlernenswert bezeichnet werden. Aufsätze über Tiere oder Pflanzen erweitern den Kreis der Bildung, sagt sich derjenige, für den alle lebendige Geschöpfe fühlen und atmen, was eine Selbstverständlichkeit ist. Sich jedoch an eine solche erinnern zu lassen, die leicht außer Betracht fällt, kommt dem Teilnehmenden als etwas dringend Notwendiges vor, der der Meinung ist, daß eine Neigung vorhanden sei, das Fremde dem Nahen, das Seltsame dem Einfachen vorzuziehen, was nicht nur einen Empfindungsmangel zur Folge habe, sondern, daß das Wissen der Vernachlässigung entgegengehe. Heute schaust du in die Gemächer eines Hauses, worin vor Zeiten vor sich ging, was unter veränderten Voraussetzungen, in neuen, zeitgemäßen Verhältnissen noch in unsern Tagen geschehen kann. Morgen um die und die Stunde befindest du dich mit deinem unterrichtbedürftigen Gemüt in einem Lande, das wegen seiner Kultur und Heiligtümer zahlreiche denkende, unternehmende Leute anzog, die von ihm Besitz zu nehmen wünschten, um allerlei Lehren von ihm zu empfangen. Gibt es etwas Bescheidenmachenderes als Erfolge und etwas Sinnreicheres als Bemühungen, die sich als vergeblich auswiesen? Stellt nicht das Leben ein Verschwenden und sorgsames Inschutznehmen der Kräfte dar? Gebe ich nicht über meine Zeitschrift Nachricht, als spräche ich behutsam von einer Frau?

In einem nicht unanmutigen Lokal, dessen Fenstervorhänge und Möblierung jeden Anwesenden einzuladen schienen, unterhaltend und bei aller Gutaufgelegtheit artig zu sein, saßen ich und der Langweilige in einiger Distanziertheit. Bereits hatte sich eine der sehenswertesten Damen, die in der Stadt existierten, ein Mädchen von scheinbar ungefähr fünfundzwanzig Jahren, im hübschen Raum eingefunden. Herrlich harmonierte ihre verführerisch-romantische Figur mit den gewinnend plaudernden Klängen eines mit seiner täglichen Tätigkeit sanft und delikat beginnenden Orchesters, das sich aus zirka fünf Herren wirksam zusammensetzte. Ich wollte schon in den hinreißenden Weiblichkeitsblick sozusagen versinken, als Frau Tschumi, eine bereits ein bißchen bejahrte Elegante, eine Frau, die zu imponieren verstand, im Milieu auftrat, das sich mehr und mehr mit allerlei Gestalten belebte, wie z.B. mit einer Leserin, will sagen einer Tochter, die mit einem Roman ausstaffiert, den sie in der Hand trug, und auf dessen Annehmlichkeit sie sich verlassen zu können schien, nicht unpassend auftauchte. Am Tisch, woran der Langweilige Platz genommen hatte, sah ich eine eindrucksreiche Schöne sitzen, die er von Zeit zu Zeit mit einem sichtlich schüchternen Blick maß. Wenn sie nicht wie eine Rose duftete, will ich auf den Ruf, ein erträglicher Feuilletonist zu sein, verzichten und wage nicht zu glauben, ich besäße Anordnungstalent.

Vor Jahren schätzte mich übrigens zeitweise ein Regisseur sehr!

In bezug auf den ausgezeichneten Langweiligen amüsierte ich mich stark, weil er nett und dumm, hübsch und albern, beneidens- und bedauernswert zugleich aussah. Köstlich war, mit ansehen zu können, wie er Anstrengungen zu machen keineswegs unterließ, seinem Vis-à-vis Artigkeiten zu erweisen. Sie in ein Gespräch zu ziehen, war anscheinend eine Schwierigkeit ohnegleichen. Wie die unerbittliche Unbeweglichkeit saß sie vorsteherinnenhaft da. Die Einbildung, er komme sich ihr gegenüber minderwertig vor, machte mich lachen, wenn auch nicht langanhaltend, da ich eine solche Art von Fröhlichkeit nicht für durchweg begründet oder zuverlässig hielt, indem Klügste, Erprobteste in Verlegenheit kommen können, ehe sie dies für möglich zu halten fähig sind. Den Langweiligen betrachtend, erschien ich mir wahrscheinlich nur schon ein wenig zu gewandt. Schaute ich aber auf den Wegwerfenden, ich meine, auf einen Zugegenen, der jede Redensart, die ihm aus dem Mund flog, mit einer Selbstbewußtheitgebärde begleitete, so kamen mir unwillkürlich meine sämtlichen Mängel usw. in den Sinn, derart, daß ich das Leben als einen Kampf ums Dasein anzuschauen mich veranlaßt sah. Menschen machen dich hier übermütig, dort mißtrauisch, nachdenklich und zaghaft. Empfehlenswert kann weder die eine noch die andere Verfassung sein. Am vergnügtesten bin ich im Zustand der Achtungzollung und des angemessenen, maßvollen Ehrerweisens. Wie liegt die Genügsamkeit oft, ähnlich einem fremden Gebiet, weit vom sich nach Glück sehnenden Herzen entfernt!

Abgesehen vom Umstand, daß Frau Tschumi ihr Täschchen hatte zu Boden fallen lassen und hierzu ein Gesicht machte, als arriviere ihr ein Erlebnis, das wert sei, im Notizbuch verewigt zu werden, sagte ich mir nun, die Leserin, von der ich sprach, lese von einem wunderschönen Provinzmädchen, das in ihrem Stübchen die Briefe an die kostbare Lippe drücke, die ihr Liebster, ein jugendlicher Weltstädter, huldvoll und lustig an sie adressiere.

Er kommt ihr parfümiert, verwöhnt, kultiviert vor; sie dagegen macht auf ihn den Eindruck eines im verborgenen gedeihenden Besitztums. Ihre Zärtlichkeit macht ihn frei, seine raffinierte Gepflegtheit, Schönheit ihrerseits sie zu einer, wie soll ich sagen, Sorte von beliebiger Verfügung. Wo sie restlos die Seinige ist, behält er sich ihr gegenüber allerlei vor.

Das Leben kennenzulernen, nimmt Zeit in Anspruch. Jahre vergehen; er entwickelt sich zu einem Bezwinger seiner selbst, einem Lenker der Schritte, die er ausführt und vornimmt.

Inzwischen welkt sie, sich immer wieder seines Bildes, seines Wesens erinnernd, sein Andenken küssend. Sie wird fromm, und diejenige, die sich hiervon lesend im galanten Zirkel unterrichtete, glaubte begreifen zu können, was dies bedeuten will.

Über Feld und durch Wald ging's, und obschon vielleicht hie und da der Weg ein wenig staubig war, traf ich dennoch den bequem an eine Hecke liegenden Eingeschlafenen an, der sich auf sein Müßig- und Untätigsein etwas einzubilden schien; denn er machte meiner Rüstigkeit gegenüber eine ablehnende, geringschätzige Bemerkung.

Indem ich mich durch die Freundlichkeit, womit mich eine behäbige Landfrau beim Weiterschreiten gegrüßt hatte, ermutigt fühlte, widmete ich der Landschaftspracht meine Aufmerksamkeit und kam nach und nach zum Hause des Belesenen, der mit der Ausdehnung und Mannigfaltigkeit dessen, wovon er im Laufe der Tage und Nächte, die vorbeigegangen waren, Notiz genommen haben mochte, anscheinend nicht viel anzustellen wußte. Er machte den Eindruck auf mich, er habe überhaupt noch nie ein Buch zur Hand genommen und wünsche endlich einmal den Inhalt eines solchen behaglich kennenzulernen.

An die menschlichen Widersprüche denkend und die Vergeßlichkeit anerkennend, die man ebensogut mißbilligen kann, erreichte ich ein Stattlichkeit verkündendes, genügsames, niedliches und doch auch wieder ziemlich imposantes Dorf, in dessen Friedhof ich eine elegante, fremdartige Herrenerscheinung melancholisch vor einem zierlich mit gewinnenden Gewächsen geschmückten Grab stehen sah. Zu was für Bekanntschaften man wandernd gelangen kann! »Wem erweisen Sie hier eine wehmütige Achtung?« fragte ich den Mann, der mit dem Hut in der Hand sorgsam dastand. »Der Geduld, die während ihres irdischen Vorhandenseins die Zielscheibe meiner Ungeduldigkeiten sein sollte«, gab er rätselhaft, doch durchaus nicht unartig, zur Antwort, mit der ich mich bemüht fand, mich zu befriedigen, und die ich mit mir forttrug, als besitze sie einen gewissen Wert und bilde eine angenehme Begleitung.

Im Gasthaus wurde getafelt, disputiert und getanzt. Gewissermaßen ging es hier hoch her, um so eher, als sich in der Schar der bäuerlich anwesenden Töchter etliche Hübschigkeiten blicken ließen. Die Musik schien teils sentimentalen, andernteils unempfindsamen Ursprungs zu sein. Wie einer, der in Kränklichkeitszuständen glücklicher zu sein vermochte, als wenn er von lauter

Gesundheitsumständen und alltäglichen Gewöhnlichkeiten umgeben wäre, näherte ich mich einem Mädchen und bat sie, mir zu sagen, wer sie sei. Weil ich ihr allem Anschein nach gefiel, indem meine Aufführungsweise Bildung an den Tag legte, gestand sie mir belustigt sowohl wie ländlich-pathetisch, als sei sie eine Figur aus einem dilettantischen Melodrama, sie ginge gern mit spazieren, was wir in der Tat zusammen ausführten.

Hätte ich denken dürfen, meine Wanderschaft fände ihren Abschluß im Umschlingen einer Taille? Sie fiel mir nach einigem Umhergehen am Ufer eines Flüßchens um den Hals. Gewiß ist das Ziehen ohne eigentliche Absicht bis zum sich naturgemäß einfindenden, erwünschten Ziel schön.

Lange stiefelte ich teils in den Bergen, teils im Tal suchend und verliebt herum. Ich suchte einen Novellenstoff und liebte und schätzte mich um solchen hohen Suchens willen.

Meine Schuhe waren halb kaputt, die Strümpfe hatten Löcher, mein Hut hatte sich in der Nässe der Verregnetheit und unter dem Ausdörren, das die Sonne zustande brachte, in einen Schlapphut verwandelt, als ich auf eine Wiese zu stehen kam, die mir geeignet zu sein schien, im Flanieren und Herumstreichen innezuhalten.

Vorher waren meine Gesamtaufmerksamkeiten ehrbar und voyaschierlich durch ein halb in allen Nachlässigkeiten liegendes, halb wieder hübsch poliertes oder geputztes Dorf gegangen.

Ein aus einem Fensterlein guckendes uraltes Mütterchen hatte mir im Vorbeigehen: »Adieu, mein Lieber«, zugerufen.

Phantastisch war mir eine Alltäglichkeit und Handhabung wie Kirschenpflücken samt Leiterbesteigen, das hiezu dienlich schien, vorgekommen.

Jetzt stand ein Haus vor meinen Augen, worin mir eine Familie zu wohnen schien, die sich wunderlichkeithalber nirgend mochte blicken lassen. Herrlich dufteten und äugelten aus dem das Anwesen umgebenden Garten seltsam-schöne, langstielige Pflanzen, die vor Behagen lächelten und sich in ihrer stillen Intelligenz Geschichten erzählten. Es sah aus, als redeten und lauschten sie zu gleicher Zeit.

Ein benachbartes Wirtshausschild stellte eine breite venezianische Seufzerbrücke dar, die schon mancher benützt habe, der sich sagte, er mache sich auf allerlei gefaßt.

Einen Fluß sah ich in einiger Entfernung ruhig vorbeifließen und ein Alters- und Verlasseneninstitut an seinem idyllischen Rand oder Ufer stehen.

Im Gebäude, das architektonische Interessantheit aufwies, wohnten vor Jahrhunderten Nonnen, die in ihrer Zurückgezogenheit schön gewesen sein mochten.

In diesem Augenblick jedoch flog aus dem vor mir stehenden Haus, d.h. aus dessen Kamin, ein vom Abendessenzubereiten herrührendes, hübsch davonflatterndes Räuchlein.

Die Frau des Hauses sah sich um gewisser Komplimente willen, die ihr Gemahl der Magd darbrachte, vereinsamt.

Die Magd hatte mit koketten Abwehrmaßnahmen gegenüber dem Galanten genug zu tun, indes die Tochter entweder ein Bildchen malte oder ein Gedichtelein ins Album schrieb.

Wölkchen verschönerten den Himmel, wie wenn Gondeln einen See durchzögen.

Zufrieden begab ich mich auf den Heimweg, um rechtzeitig im Bett zu sein.

Ich wohnte eine Zeitlang, wie ich mich zu meiner Erheiterung erinnere, bei zwei Frauen, die ich übrigens erst später erwähnen will, indem ich meine Geschichte nicht mit etwas Erlesenem und Ausgezeichnetem beginnen möchte.

Zunächst tritt ein Hund auf, den ich zwar lieber einstweilen noch ein bißchen aufsparen will, ähnlich wie es kleine Kinder mit Schmackhaftigkeiten tun, die sie vor Eßlust nicht zu essen fähig sind.

Ein Lakai, doch nein, vorerst von was anderem, nämlich davon, daß ich mir ziemlich lange einbildete, ich sei seriös und ehrsam wie kaum irgendeiner.

Meine Gliedmaßen besaßen eine gewisse Schlankheit, und mittels der Behendigkeit oder Geschmeidigkeit, die mir eigen zu sein schien, sprang ich vor ein bildhübsches Haus, worin sich nichts als Gedeihlichkeiten aufhalten zu können schienen, und wollte schon der anmutig auf der Türschwelle stehenden und freundlich in die Gegend blickenden Frau sagen, ich sei ein Besitzer und Verbraucher von Illusionen, als ich von obgenanntem Hund, der offenbar ein Wachsamkeitsbeispiel war, energisch und zielbewußt angebellt wurde.

Immer liebte ich meine Frau Mama trotz dem Unternehmerwesen, das mich von Stein zu Stein, von Blume zu Blume, von Vorteilen zu Nachteiligkeiten und umgekehrt führte, aus uneingeschränkter Herzenslust. Tat ich dies unwillkürlich oder absichtlich? Jedenfalls war sie meiner Überzeugung nach eine der sittsamsten und nettesten Frauen, die existierten. Doch vielleicht wollte ich dies im Grund, verfeinert, wie ich bin, anders sagen. Da es jedoch ausgesprochen worden ist, lasse ich es gut sein und bitte den Leser, mir zu erlauben, ihm zu erzählen, ich sei eines Tages in eine wundersame Stadt gekommen, worin die Häuser rosig, die Luft in den Gassen kristallblau und die Straßen teppichbedeckt waren. Ging man hier spazieren, so konnte von Ermüdung keine Rede sein, vielmehr ruhte man während des Gehens reizend aus, als säße man in einer Sänfte oder schaukele als Mücke oder Käfer auf einem Blatt. Ich traf den blassen Lakaien, auf einem Kutscherbock sitzend, an, mit dem ich mich, treuherzig zu seiner Eleganz hinauflächelnd, eine Weile unterhielt. Mit welch angenehmer, weil durchaus statthafter Herablassung er mit mir sprach! Ich fand ihn von mädchenhafter Liebenswürdigkeit.

Gemsen, bringe ich nun unerwarteterweise vor, tanzten und hüpften von Fels zu Fels, eine Redeweise, die eklatant beweist, daß mich der Lebensstrom, auf dessen seidenweich fließendem Rücken mir's gefiel, in die Berge gebracht hatte, wo Hütten standen, die an Zierlichkeit mit Fenstervorhängen oder Schleiern wetteiferten.

Täglich putzte ich säuberlich meine Schuhe, in der Meinung, Fortuna sähe solche Sorgfältigkeit gern. Was man Glück nennt, stellte ich mir humorvoll, und was Gerechtigkeit genannt wird, unaussprechlich ruhig, auf Äußerlichkeit bedacht und gestellt, vor, denn die Göttinnen müssen repräsentieren und darum imposant aussehen.

Bald stand ich still, bald bewegte ich mich. Hier führte eine

Unterredung einen Gewinn herbei, dort war eine Anstrengung mit einem Verlust verbunden. Nicht jedesmal können Bemühungen belohnt werden. Manchmal haben Versäumnisse oder Unterlassungen gute Folgen.

Zu den beiden Frauen vom Anfang brauche ich nicht zurückzukehren. Unbewußt nannte ich sie schon.

Beim Erzählen geht es ähnlich zu wie in der Wirklichkeit. Man nimmt sich allerlei vor, denkt an bestimmte Personen und Gegenden, aber beim Wandern verändert sich's, Voreingenommenes verschwindet, das Ungesuchte findet sich ein, Unerwünschtes wird willkommen.

Ich ging im Bahnhof mit der Ruhe eines Unbeteiligten zwischen eilenden Menschen hin und her. Hier lagen Früchte zum Verkauf ausgestellt, dort Zigarren. Dann und wann warf ich einen Blick in einen Wartesaal. Mit dem Schlendern nahm ich es gemütlich, damit ich gelassen in der Lage sei, zu sehen, wie Gepäck mit Hilfe von Händen fortgetragen wurde und man Fahrkarten am Schalter begehrte und verabfolgte.

Wenn ein Zug ankam, entwickelte sich alsbald ein bunt durcheinanderlaufendes Gedränge, das sich nach kurzer Zeit jeweilen wieder auflöste. Ich war der Meinung, der Bahnhof eigne sich zum darin Spazierengehen gut, und was eine Reihe von Plakaten betraf, an denen ich vorbeidefilierte, fand ich den Vierwaldstättersee vor, den anmutige, duftige Ufer auszeichnen. Die Stadt Wiborg war samt ihren Altertümlichkeiten wirkungsvoll abgebildet, Luzern bei Nacht mit Tausenden von Lichtern ergab ein anschauenswertes Bild. Einer Kathedrale in England widmete ich mit Vergnügen meine achtungspendende Aufmerksamkeit. Eine französische Stadtwiedergabe ließ mich an die Vortrefflichkeit gewisser bürgerlicher Romane denken.

Ein Wasserfall glitt oder stürzte wuchtig über die Felswand herab, die als die Voraussetzung seines malerischen Absturzes betrachtet werden konnte, indem es ohne treuloses Imstichlassen kein prächtiges Sausen in die Tiefe gab. Das muntere, ahnungslos-lustige Wasser sah sich gewissermaßen verraten, seine Bahn war abgeschnitten, weshalb es fallen und den neugierigen

Augen des Sehenswürdigkeitsbedürftigen zum spektakelhaften Schauspiel dienen mußte.

Während sich Leute teils verabschiedeten dadurch, daß sie sich trennten, teils insofern wiedersahen, als sie vorher mehr oder weniger lange Zeit getrennt gelebt hatten, musterte ich so freundlich und bejahend wie möglich die Titelblätter der im Kiosk zur Schau gestellten Bücher und traf Autoren wie Maurice Donnay und Pierre Weber an, Schriftsteller, die dem Alltagsleben geheime sowohl wie offenkundige Reize abzugewinnen und ihm Kundgebungen abzulauschen wissen, die von denkbar feiner Art sind.

Um mich dem Buchhandel gegenüber nützlich und brauchbar zu erweisen, kaufte ich für eher wenig als viel Geld einen Roman von Louis Robert, der mir irgendein Frauenthema zu behandeln schien, das geeignet sein konnte, mich zu Hause zu zerstreuen und fesseln.

Ich versuchte mir vorzustellen, wie's mir zu Mut wäre, wenn ich in die weite Welt hinausreisen würde, nach Rußland, Italien oder zu den schottischen Seen, in deren Nähe sich Walter Scottsche Fabulierungen abspielen. Hat übrigens je ein Erzähler fließender erzählt wie der soeben Genannte?

Auf dem Perron auf und ab gehend, sah ich einen Pfarrer mir mit seiner Frau Gemahlin begegnen, die in den Pariser Schnellzug einzusteigen im Begriff waren, um in Frankreichs Hauptstadt den Frühling zu erleben, das Lächeln zu sehen, womit der Mai geschmückt ist.

Von solchen, die im Coupé nebeneinandersaßen, fuhr der eine nur bis zur nächsten Station, während sich der andere gestand, er verlasse manches Liebe und Teure, sich in ein fremdes Land begebend, vielleicht für immer.

Soeben war womöglich eine Südamerikanerin mit eindrucksvollen Augen im Bahnhof angekommen, den gleichzeitig jemand betrat, um sich dorthin zu verfügen, woher jene kam.

Ich lobte meinen Gegenstand um zahlreicher bildender Eindrücke willen lebhaft.

Eine Eisenbahnfahrt frühmorgens hat etwas Vielversprechendes. Man sitzt gemütlich unter allerlei gesitteten Leuten, denen man sympathisch ist, weil sie einen nicht näher kennen. Wie das fröhlich durch die Luft saust! Wölkchen flattern unbesorgt dem Zug nach. Wasser und Land zeigt sich dem Blick. Gegenstände nähern, entfernen sich. In der Schnelligkeit liegt etwas Beglükkendes. Bei einem Städtchen steigt man aus. Der Sonntag ist warm; eine originell gekleidete Frau geht über die Straße. Ich besteige sehenswürdigkeitsbesichtigend einen mittelalterlichen Turm und finde die Aussicht blendend. In meiner Tasche befindet sich ein kleiner Unterhaltungsroman, den ich in einer Bahnhofhalle kaufte. In einem Birkenwäldchen ist es nach einer Stunde erfrischend, auszuruhen. Ich habe Proviant mitgenommen, den ich jetzt verzehre. Auf einer Anhöhe gerate ich in ein Gasthaus, worin sich eine Hochzeitsgesellschaft, sorgsam frisiert und zum Teil weiblich beblümelt und zart verschleiert, an Tischen aufhält, die ländlich-derb aussehen. Fliegen summen im sommerlichen Zimmer. Gesprochen wird nicht viel, bloß hie und da ein bißchen gelächelt. Die Gesichter haben rote Flecken und sind charaktervoll, und dann geht's weiter, hinab und hinauf, an Feldern, Äckern, blühenden Blumen und dem Getön vorbei, das die Bläue begleitet. Wie ist die Welt beim Spazierengehen gut und schön! In einer Schlucht glitzert ein Bach. Mein Ausflugsziel ist ein Renaissanceschloß, das sich nun vor meinen Augen gestaltig, gewaltig emporzuheben beginnt, mit Zieraten, Türmen. Ich gehe über eine ausdrucksvolle Brücke und trete in den ausgedehnten Schloßhof, wo ich eine Dame in einem Korridor stehen sehe. Sie steht unbeweglich und blickt mich durchs Glas an, ohne mich zu beachten, wachsfigurenhaft anmutend. Inzwischen ist ein feingekleidetes Mädchen graziös und mit geziemendem Stolz, ihr Röckchen mit den behenden Beinen schüttelnd, über den Hof gegangen, und ein alter Diener, dessen Erscheinung eine achtungweckende ist, kommt in einem Türrahmen zum Vorschein, der reizend und reich ornamentiert ist. Ich stehe staunend eine Weile vor all der vornehmen Architektur still; dann besuche ich gemächlich den Park, der sich vor dem Sonntagspublikum nicht verschließt, vielmehr ruhig gestattet, daß man ihn anschaut, es sich auf seinen zahlreichen lieblichen Wegen hin und her gehend wohl sein läßt. Ein Pavillon schmückt einen Hügel mit eleganten Säulen und seinem pittoresken Dach. Ich komme mir beinahe in eine Unwirklichkeit versetzt vor, wie es Knaben zur Jugendzeit des Lebens geht, die in Ländern, Gegenden leben, die nirgends als in interessanten Büchern existieren. Hoch ragen Laubbäume in die herrliche, luftige Höhe. Allmählich wird's Abend; Singvögel singen gefühlvoll, und ein Schwan schwimmt auf einem runden, seeartigen Gewässer sanft daher. Wie üppig die Wiesen sind, wie schön dies Besitztum aussieht!

Bald führt mich die Bahn dorthin zurück, von wo ich ausflog.

Der Wald prangte und lachte in seiner bunten Pracht wie eine in ihrem Schlafgemach atmend auf die Ankunft ihres Bräutigams wartende Braut in Ungarn.

Indiens auf geschmeidigen Pranken im Park, den die Wildnis bildet, umherschleichende Tiger hätten nicht mehr dekorative, tapetenhafte Gesprenkeltheit aufweisen können, als es die Zweige mit ihrer verschiedenartig gefärbten Belaubtheit taten.

Alpengipfel blickten jungfrauhaft, mich an Grönlands Sagen und Schneegegenden erinnernd, gleich hochaufgebauten Tempeln, in die grünliche Heimeligkeit hinein, durch die ich meinen Beinen die Erlaubnis erteilte, weich und zugleich kräftig zu schreiten.

Hie und da stand ich, in mein Herz wie in ein noch von keinem Kolumbus entdecktes Amerika schauend, still.

Von weit kam ich her, und ebenso weit hinzugehen, schien ich in der Tat fest im Sinn zu haben, wie wenn ich eine Betretung Australiens in die blauen oder braunen Augen gefaßt hätte.

Mit Hilfe meiner Phantasie begnügte ich mich zunächst, kirgisische Steppen zu durcheilen und argentinische, mit ihrer Gezacktheit den Rand des Himmels berührende Berge zu erklimmen.

Mein Gemüt schloß mit Paradiesvögeln befremdende sowohl wie vertrauenerweckende Freundschaft.

Eine respekterweisende Verbeugung vor der Göttlichkeit der

Natur zur Ausführung gelangen lassend, wollte ich mir schon wie ein Japaner im Schimmer der Religion des Ostens samt ihren Figurationen vorkommen, als mich ein frohmütig einhermarschierender Jäger, der einen federgeschmückten Hut auf dem germanischgeformten Kopf trug, ans kühl- und sorgfältigabwägende Deutschland denken ließ, dessen Lebensweise eine häusliche genannt werden kann.

Die Menge meiner Ziele rastlos verfolgend, klimperte mir nach nicht langer Zeit auf einem tizianisch umhauchten Hügel eine mich in Gedanken nach Italien versetzende Mandoline ins aufmerksam lauschende Ohr.

Anderseits trug ich einen mir jeden Augenblick zur Verfügung stehenden, norwegischen Realismusroman gebunden oder broschiert in der Tasche, damit er mich gelegentlich unterhalte und bilde.

Wundervolle Rußlandausgedehntheiten schwebten mir in Form einer zerstreut mit Birken ausstaffierten Ebene windhundschlank entgegen, Beharrlichkeiten und eine muntere Fülle von Ausdauer in meiner Wesensart zur Belebung bringend.

Wessen man bedarf, entfaltet sich von selber; was man nicht nötig hat, bleibt unentwickelt. Meine Müdigkeiten ließ ich wie Felder, die brach lagen, von meiner Unermüdlichkeit, die mir wie eine hübsche, arbeitsame Negerin vorkam, ausgiebig beakkern, bis ich allmählich vor ein Haus zu spazieren kam, das mir, weil ein spanierinähnliches Mädchen vor seiner Türe stand, ein Wirtshaus zu sein schien, weshalb ich in dasselbe hineinging.

Im Interieur erfrischte ich mich zur Belohnung für ausgestandene Wanderstrapazen und überwundene Geistesschwierigkeiten an einem Glas Wein.

Irre ich mich nicht, so schrieb beispielsweise Balzac ununterbrochen, bis zum Augenblick, der ihn von seiner Geschäftsausübung abberief, Romane. Man stelle sich die Ausdehnung einer derartigen Phantasiefähigkeit annähernd vor. Bei Dostojewskij mag es sich, wie ich wissen zu sollen glaube, ähnlich verhalten haben. Gottfried Keller trat, nachdem er eine Reihe von verhältnismäßig denkbar wertvollen Novellen publiziert hatte, in den

Staatsdienst, der ihn fünfzehn Jahre lang von fernerem kontinuierlichen schriftstellerischen Schaffen abhielt. Adalbert Stifter, der ein lebhaftes Erzählertalent besaß, das einer sprudelnden Quelle glich, aus der er nach Herzenslust schöpfte, hatte eine pädagogische Beamtung inne. Goethe, dieser Große, dichtete sich, wie seine Lebensgeschichte dartut, mit einigen sich in den Unverwelklichkeitsrang hinaufschwingenden Werken in eine gleichsam höfische, d.h. Verwaltungsstellung hinein. Weder der Erfolg noch der Beifall scheinen mir bezüglich einer Schriftstellerexistenz entscheidend zu sein, die vielmehr von der Lust oder Kraft abhängt, immer wieder von neuem zu fabulieren. Balzac tat dies anscheinend unausgesetzt, Keller nicht, und daß er es nicht tat, hatte zweifellos Gründe. Ich halte die Ursachen, weswegen der eine weiter und weiter dichtet, der andere zeitweise aufhört, dichterisch zu wirken, für unter Umständen zu fein, als daß man sie mit Leichtigkeit definieren kann. Äußerliche Begebenheiten vermögen einer Laufbahn eine bestimmte Richtung zu geben, der Charakter oder Ereignisse in herzlichem Gebiet fallen gegebenenfalls gewichtig in Betracht. Manche Schriftsteller bieten im Anfang ihres Strebens ihr Bestes dar, um nachher der Neigung zu unterliegen, allmählich zu verflachen, während man von etlichen weiß, die einem merkwürdig vorkommen, weil sie unscheinbar oder unsicher beginnen, sich jedoch gerade darum im Lauf der Zeit immer mehr Sicherheit, überlegenes Schauen usw. aneignen. Welcher Art man den Vorzug zu geben habe, bleibt irgendwelchen Bedürfnissen überlassen. Jeder Schriftsteller vereinigt zwei Menschen: den Bürger und den Künstler, womit er sich mit mehr oder weniger Glück abfindet.

Nachwort

»Meine Prosastücke bilden meiner Meinung nach nichts anderes als Teile einer langen, handlungslosen, realistischen Geschichte. Für mich sind die Skizzen, die ich dann und wann hervorbringe, kleinere oder umfangreichere Romankapitel. Der Roman, woran ich weiter und weiter schreibe, bleibt immer derselbe und dürfte als ein mannigfaltig zerschnittenes oder zertrenntes Ich-Buch bezeichnet werden können«, heißt es in Robert Walsers Ende der 20er Jahre entstandenem Prosastück »Eine Art Erzählung« (S. 292). Das vorliegende Buch nimmt ihn bei diesem Wort – es reiht 132 Prosastücke sowie eine längere Arbeit in einer solchen Weise aneinander, daß sich das Ganze als ein tagebuchartiger Roman, als ein aus der Zerschnittenheit und Zertrenntheit wieder zusammengefügtes Ich-Buch lesen läßt.

Die Abschnitte, aus denen es besteht, stellen eine Auswahl aus seiner Berner Prosa dar, die in ihrer Breite, Vielfalt und Bedeutung immer noch erst von wenigen Lesern entdeckt ist. 1921, als Robert Walser nach acht Jahren selbstgewählter Abgeschiedenheit in seiner Vaterstadt Biel nach Bern umzog und sich dort zunächst noch einmal auf einen Büroberuf einließ – er wurde für einige Monate als Bibliothekar beim kantonalen Staatsarchiv angestellt –, gab er seinem Leben wie seiner literarischen Arbeit noch einmal eine Wende. Er zog gewissermaßen einen Strich unter alles Frühere: unter die vagantenhafte Doppelexistenz seiner Jugend als Commis und träumerischer Poet, unter die Berliner Jahre als hoffnungsvoller moderner Romancier und Literat, eine Zeit, die am Ende in Krise und Enttäuschung mündete, und unter das darauffolgende einsiedlerische Bieler Dasein als ziselierender Naturromantiker und Erzähler. Als Schriftsteller erfolglos geblieben, trotz immer wiederholter Anläufe, war er nun 42 Jahre alt: ein Einzelgänger ohne Illusionen, ein gesellschaftlicher Außenseiter, der für seine Unabhängigkeit einen hohen Preis zu zahlen bereit war, aber auch ein Mann mit neu erwachter Vitalität und Lebenslust – und ein unglaublich kreativer Geist, der sich mit Eigensinn, Witz und Phantasie über den klarsichtig durchschauten Kulturbetrieb seiner Tage hinausschwang.

Als einem Buchautor boten ihm die Leser, die Verlage damals kaum noch eine Chance. Aber er war ja – und zwar vom Anfang seines Schreibens an – zugleich immer Feuilletonist gewesen, ein Meister der kleinen Prosa, und dieses von ihm höchst eigenwillig gehandhabte Genre besaß immerhin eine gewisse Verwertungschance in Zeitschriften und zunehmend auch Tageszeitungen. Robert Walser baute ein Netzwerk von Verbindungen zu Redaktionen auf, das von Zürich und Basel bis nach Berlin und Prag reichte, und erklärte sich selbst, ironisch freilich, zum »Zeitungsschreiber« und »Auslandskorrespondenten«, so wie er seine Beiträge zuweilen ebenso ironisch als »Nachrichten«, als »Berichte« und »Artikel« oder als »Besprechungen« betitelte. Dabei hatten sie freilich mit diesen journalistischen Gattungen nur die Kürze und Erscheinungsform gemein. Ein »Journalist« war er in Wirklichkeit nur in dem Sinne, daß das meiste, was er schrieb, Bruchstücke eines fortgesetzten Journals waren, einer Art literarischen Tagebuchs seiner Existenz.

Schon in der vorausgegangenen Bieler Zeit hatte Walser häufig kleinere oder größere Erlebnisberichte verfaßt, vor allem von Wanderungen, und in diese allerlei Betrachtungen eingebaut; andere Texte hielten reflektierend Rückschau auf früher Erlebtes. Aber erst hier in Bern wurden solche Notate nun zu einer spezifisch ausgearbeiteten Grundform seines Schreibens: Mosaike von Geschautem und Gehörtem, Gefühltem und Gedachtem, die sich in den Raum der Erinnerung hinein öffnen und auch alle möglichen Wissensbestände, frühere und jüngste Lektüreeindrücke, spontane Einfälle, flüchtige Meinungen und letzte Fragen miteinander verknüpfen. Zu den Ressourcen der äußeren Wahrnehmung, der Selbstempfindung und der Reflexion kam als vierte die Phantasie hinzu – vorgeblich realistische Berichte wurden mit Erfindungen geschmückt oder gingen in blühende Fiktion über, wurden zu grotesken Märchen.

Die Frage, was überhaupt »wirklich« ist, beziehungsweise, was Menschen im Alltag dafür nehmen, wird vielfach angedeutet und umspielt, gelegentlich auch wie in einer Abhandlung erörtert – natürlich wieder voller Ironie. Die Konfrontation von höchst Privatem und repräsentativen öffentlichen Ereignissen, von banalen Alltagsbegebenheiten und bedeutenden Kulturanlässen, von skurrilen Erfindungen und historischen Vorgängen erweist sich als beständige Quelle der Komik und wird zu einer hintersinnig-kritischen Befragung des vermeintlich Allgemeingültigen benutzt.

Im Brennpunkt all dieser Assemblagen von unterschiedlichsten Motiven steht eine Figur: das notierende Ich in der Rolle eines plaudernden Flaneurs. Das zunächst naheliegende Verständnis, dieses Ich sei einfach mit dem Autor Robert Walser gleichsetzbar, zumal es berichtend über dessen Biographie verfügt, wird jedoch bald verunsichert. Denn seine Identität schwankt: Vernehmen wir an der einen Stelle die Stimme eines urbanen Geistes, der souverän und kritisch Erscheinungen der Zeit verzeichnet und reflektiert, so scheint an einer anderen eher ein verkappter Romantiker zu sprechen, der sich gegen die Zeit zur Wehr setzt und tändelnd die Freiräume seiner Subjektivität verteidigt. Dann wieder begegnet uns ein in Rätsel und Paradoxien verliebter Grübler, ein Bekenner merkwürdiger Obsessionen oder gar ein ichbesessener, sich in lauter Abschweifungen verlierender Schwadroneur. Das notierende Ich tritt mit vielerlei Gesichtern, zuweilen unter deutlich zur Schau getragenen Masken und Verkleidungen auf – wir haben es offenbar mit einem Verwandlungskünstler zu tun, der zur Unterhaltung des Lesers Posen und Possen vorführt und wie ein Clown mit Einfällen jongliert, sich aber zugleich auch noch fortgesetzt selbst kommentiert.

Manchmal changieren die Rollen innerhalb ein und desselben Textabschnittes. Das Schauspielerische, Gestische der Sprache wird wichtiger als die Erlebnisse, Vorstellungen und Probleme, um die es vorgeblich geht. Das Schreiben, bemerkt man, ist zitathaft und zugleich ständig auf sich selbst bezogen. Es scheint eine Literatur, die etwas geradenwegs aussagen will, nur noch zu parodieren. Und doch wird, und sei es auf einer Ebene hinter dieser Vorführung, etwas mitgeteilt. Nicht nur, daß der Text den Leser – noch lieber die Leserin – in vielen rhetorischen Formeln direkt als »Sie« oder »Du« anredet, er will provozieren, anregen. Wir finden uns immer wieder zur Stellungnahme, zum Dialog eingeladen und dazu, aus dem Gesagten etwas *für uns* Bedeutsames machen (und sei es nur ein Lachen).

Hinter aller Ironie und Verstellung, hinter anmutigem Spiel und groteskem Spaß erwächst etwas Beispielhaftes aus dieser fortgesetzten Literarisierung des Alltags einer Existenz. Die vielfältigen Motive, besonders auch die Zitate aus dem Bildungswissen, verweisen auf etwas, stehen als – freilich oft in sich wiederum vieldeutige – Chiffren für Deutungsmuster, für Einstellungen, für die vielen Möglichkeiten, die Welt anzuschauen und Zusammenhänge herzustellen, Beziehungen mit Sinn zu füllen. Der Selbstzuspruch, zweifellos ein wesentlicher Antrieb des Schreibens, bezieht den Leser ein. Dialektiken deuten sich an, Warnungen vor Fallen des Denkens und Empfindens, vor der Umkehrbarkeit aller Wertungen leuchten auf, und die Möglichkeiten des Glücks, der Freiheit, der individuellen Souveränität werden, immer im Sinn einer äußerst prekären Balance, oft nahe am Abgrund, zum zentralen Thema.

Freilich entwickelt sich daraus bei Robert Walser nie so etwas wie ein System philosophischer Anschauungen, eine fertig interpretierte Welt oder ein Satz moralischer Regeln. Jede definitive Festlegung und begriffliche Verdinglichung würde, was er meint und andeutet, schon wieder verfehlen. Damit alles offen und auch die Souveränität des Lesers erhalten bleibt, ist er vielmehr bestrebt, die Spuren seiner Gedanken immer wieder zu verwischen, Gesagtes zurückzunehmen und neue labyrinthische Gänge durch die Chaosfülle der Lebenseindrücke anzulegen. Dazu gehört auch, daß er das Zufallsprinzip in die Bauweise seiner Texte mit hineinnimmt. Sie dürften in der Regel als spontane Improvisationen »aus Wissen und Unbewußtheit«, wie es einmal heißt, in jeweils einer Sitzung entstanden sein und daher auch den Ausdruck einer momentanen Gestimmtheit tragen. Das schloß nicht aus, daß der Autor sie bei der Abschrift aus dem Entwurf noch ausfeilte und veränderte, ja zuweilen aus mehreren unabhängig voneinander entstandenen Entwürfen einen größeren Text montierte – nachweisen ließ sich dies z. B. bei dem S. 47 beginnenden Abschnitt (»Ich soll arbeiten«) oder bei dem S. 116 anhebenden Text (»Die Ruine«).

Dieses gelegentliche kombinatorische Verfahren Walsers könnte ebenso wie die eingangs zitierte Aussage über den weiter und weiter geschriebenen »Roman«, dessen Kapitel seine Skizzen bilden, zur Rechtfertigung des Experiments herangezogen werden, das mit dem vorliegenden Buch unternommen wird. Dafür wäre ferner auf die episodische Struktur aller seiner uns erhaltenen Romane, von »Geschwister Tanner« (1907) bis zum nur im Entwurf überlieferten »Räuber«-Roman (1925), zu verweisen, die in gewissem Sinn auch als aus den Bausteinen von – allerdings erzählerisch deutlicher verketteten – Prosastücken konstruiert erscheinen. Hätte sich nur ein Verleger dafür gefunden, so könnte man argumentieren, wäre der Autor vielleicht in den späteren 20er Jahren selber gerne an die Zusammenstellung eines solchen Ich-Buchs gegangen und hätte dabei, anders als in seinen früheren Sammelbänden bis hin zu »Die Rose« (1925), möglicherweise nicht so sehr die Singularität der einzelnen Texte, sondern eher ihren diskursiven Zusammenhang, den durchgehenden Fluß von Motiven, Gedanken und Strukturen betont.

Trotzdem bleiben die Auswahl, die abfolgende Zusammenstellung der Texte und insbesondere die Auslassung ihrer einzelnen Titel innerhalb dieses Quasi-Romans natürlich ein Wagnis, für das der Herausgeber die Verantwortung zu tragen hat. Denn auch jene Aussage über das »mannigfaltig zerschnittene und zertrennte Ich-Buch« muß in ihrer rechtfertigenden Gültigkeit für ein solches Unternehmen wieder relativiert werden: Sie gehört selbst in den Kontext eines bestimmten Prosastücks und damit zu einem Rollen-Ich, darf also nicht ohne weiteres wie eine Anweisung des historischen Autors Robert Walser verstanden werden. Außerdem besagt sie nicht, daß die Romankapitel, als die jenes Ich seine »Skizzen« anspricht, tatsächlich zu einem Roman zusammengesetzt werden sollten – und gar noch zu gerade der hier versuchten Auswahlkomposition. Jene Textstelle legt eigentlich nur nahe, daß man die Prosastücke in gewissem Sinn, unter bestimmter Beleuchtung auch als Elemente eines größeren Zusammenhangs, der dann vielleicht Walsers gesamte Kurzprosa zu umfassen hätte, betrachten kann.

Andererseits: Literarische Texte werden, sieht man von Abdrucken in Zeitschriften und Feuilletons ab, in der Regel in Buchform verbreitet und konsumiert. Irgendeiner versammelnden Reihung müssen sich also auch Robert Walsers Prosastücke fügen, wenn sie die Leser erreichen sollen. Man könnte sie etwa streng chronologisch anordnen, würde man ihre genaue Entstehungsfolge kennen; aber das ist fast nie der Fall. Also bleiben nur andere, mehr oder weniger äußerliche und willkürliche Prinzipien der Auswahl und Abfolge – etwa solche der Thematik und Motivik oder irgendwelcher formalen Gattungen, wenn man nicht gar das Alphabet der Titelanfänge, die Textlänge oder schließlich einen Losentscheid des Zufalls zugrunde legen will. Jede Weise der Anordnung im Buch hat aber gewisse Konsequenzen für die lesende Aufnahme der Texte, die ja in der Regel mit der ersten Seite beginnt und dann, jeweils auf dem schon Gelesenen aufbauend und von da Verknüpfungen herstellend, fortschreitet. In gewisser Weise konstruiert sich der Leser also aus den Einzeltexten in jedem Fall seinen »Roman«. Warum ihm also nicht mit einem entsprechenden Angebot entgegenkommen, wenn bestimmte Texte Walsers die Eigenschaft haben, von sich her eine solche Verkettung und Verfugung nahezulegen?

Das für dieses Buch gewählte Konzept ging von den in Ichform gehaltenen, berichtenden (bzw. die Gattung des Berichts parodistisch variierenden) Berner Texten Walsers aus – nur einem Teil seiner enormen Produktion in jener letzten Schaffensperiode, aber einem Teil, der für sie besonders charakteristisch ist. Kriterium der engeren Auswahl war, die Buntheit und Fülle, auch die Verwandelbarkeit, ja »Widersprüchlichkeit« von Walsers Schreiben zu dokumentieren, aber zugleich einen durchgehenden Lese-Kontext von mittlerem Romanumfang zu gewinnen. Ausgeschieden wurde daher eine Minderzahl von gattungsmäßig eigentlich verwandten Texten, die sich gegen einen solchen Lesezusammenhang sperrten – sei es, weil sie als bloße Varianten, Spiegelungen anderer Arbeiten ermüdet hätten, sei es, weil hier formale Eigenheiten für den Lesefluß allzu störend gewesen wären, oder sei es, weil sie einfach als weniger interessant und reizvoll erschienen. Hier sind subjektive Entscheidungen unvermeidlich gewesen.

Aus wohlerwogenen Gründen wurden die nur in Entwürfen, den sogenannten »Mikrogrammen«, erhaltenen Texte, deren inzwischen vollständige Entzifferung Bernhard Echte und Werner Morlang zu verdanken ist, hier nicht mit einbezogen. Zwar stammen auch sie aus der Berner Zeit Walsers und gehören zu wesentlichen Teilen der gleichen »Bericht«-Gattung an, und manche von ihnen dürften uns nur deshalb nicht auch in Reinschriften vorliegen, weil diese z. B. bei Redaktionen, denen Walser sie eingesandt hatte, liegenblieben und so oder anders verloren gingen. Aber für die große Mehrzahl dieser Arbeiten ist anzunehmen, daß der Autor sie, aus welchen Gründen immer, selbst beiseite gelegt hat. Sie stehen in jedem Fall nicht auf der gleichen Bearbeitungsstufe wie die Texte, die Walser, zumindest die Möglichkeit der Veröffentlichung im Auge, in Reinschrift übertragen und dabei redigiert hat. Eine Mischung von Mikrogramm-Transkripten mit den veröffentlichten oder zum Druck vorbereiteten Arbeiten erschien daher gerade in dieser Textmontage nicht als statthaft.

Bei der Zusammenstellung der Texte zu einer Lesefolge wurden die Zeiten ihrer Entstehung berücksichtigt, jedoch nicht streng zum Ausgangsprinzip gemacht. Es erwies sich, daß eine Anordnung, die von den Texten selbst ausging und stilistische und motivliche Verwandtschaften, aber auch Kontraste, logische Fortentwicklungen in Formen und Themen, aber auch Rekurse aufzeigen wollte, sich mit den – oft ohnehin nur in Umrissen erschlossenen – Datierungen recht gut vertrug. Daß dieser Quasi-Roman nicht den Spannungsbogen einer konventionellen Erzählung aufweisen kann, sondern nur gewisse plausible Verläufe von Textbewegungen und Anschlüssen, ist klar – er findet seine Folgerichtigkeit eher in Strukturen, die sich mit musikalischen Analogien umschreiben lassen: Anklänge, Wiederholungen und Variationen von Motiven, Schleifen, harmonische Wandlungen, kontrapunktische Beziehungen... Wer darauf achtet, wird auch auf polyphone Spannungen und dann wieder auf ein Schwelgen in Akkorden stoßen, auf rhythmische Wechselspiele und solche der Klangfarben – alles Elemente, die auch in der Binnenstruktur vieler Texte Robert Walsers zumal aus der Berner Zeit eine Rolle spielen.

Die in diesem »Roman« immer neu anhebende Exploration des Ichs in seinen Beziehungen zur Außenwelt hat etwas von Bewegung auf der Stelle, wobei immer neue Aspekte einer immer gleichen Konstellation entfaltet werden; das Ich vergleicht sich selbst einmal mit einem im Flug stillstehenden Pfeil. Dennoch gibt es natürlich auch Züge einer biographischen Entwicklung in dieser Textfolge, die mit Spiegelungen des mutigen Neuanfangs Walsers in Bern beginnt und entstehungszeitlich über acht wechselvolle Jahre bis zu jener Zeit reicht, in der ein psychischer Zusammenbruch zu seiner Hospitalisierung führte – aber auch dieser kritische Einschnitt wird noch übersprungen, und erst mit Arbeiten aus Walsers in der Anstalt wiederaufgenommener und bis Juni 1933 fortgeführter Produktion klingt das Buch aus. Gerade jener Einschnitt ist den Texten des Werks allerdings keineswegs deutlich abzulesen, im Gegenteil bestehen hinsichtlich der Produktion der Jahre 1928/29 erhebliche Datierungsunsicherheiten. Ich hoffe dennoch, die Anordnung der Texte leistet nicht einem psychologisierend-reduzierenden Verständnis Vorschub, das das Niveau der in ihnen selbst geleisteten Deutungs- und Sinngebungsarbeit unterläuft.

Hätte man die Titel über den Prosastücken stehen gelassen, wie der Autor sie ihnen gegeben hat, so wäre der zusammenhängende Diskurs, den die Texte, wie ich finde, virtuell bilden, in der Lektüre kaum erlebbar geworden. Mit Titeln, die beim Einzelabdruck der Texte natürlich unabdingbar waren, hat es bei Walser so seine Bewandtnis: Bei der Niederschrift der Entwürfe in seiner einzigartig winzigen Konzeptschrift fehlten sie, bis auf ganz wenige Ausnahmen, noch durchweg, hier folgten die Texte einfach als markante Blöcke ohne Überschriften aufeinander. Diese kamen offenbar, zusammen mit den zuweilen deutlich angehängten Schlußformeln der Stücke, gewissermaßen erst als »finishing touch« bei oder sogar nach der Reinschrift hinzu. Manchmal gelang dem Autor damit noch ein bedeutsamer Hinweis, eine geistreiche Pointe, oder er gab ein interessantes Rätsel auf. Aber mindestens ebensooft blieb es bei eher blassen, austauschbaren Formulierungen oder bloßen Verlegenheitslösungen. Titel wie »Aufsatz«, »Exposé«, »Artikel« oder gar »Prosastück« sind jedenfalls kaum charakterisierend und könnten über beliebigen Texten stehen – sie scheinen sich geradezu über den allzu festlegenden Zwang der Betitelung zu mokieren; andere, wie »Tagebuchblatt« oder auch »Theater«, »Der Bahnhof«, »Die Stadt«, »Spaziergang« oder »Ferien«, treten tatsächlich mehrfach auf, und gelegentlich bezieht sich die Überschrift recht zufällig nur auf ein unter anderem auftretendes Motiv des Textes. In fünf Fällen von im Nachlaß aufgefundenen Manuskripten blieb die Titelzeile schließlich einfach leer, in anderen wurden bereits eingesetzte Titel wieder gestrichen und ersetzt, auch mehrfach. Die Titel sind also, so darf man vielleicht folgern, mit den Texten nicht so innig verwachsen, daß es einen ganz unverantwortlichen Eingriff bedeutet, wenn sie hier zugunsten eines fließenderen Hinüberlesens von einem Abschnitt zum nächsten fortgelassen und nur im Anhang mitgeteilt werden. Und das gleiche nehme ich – es handelt sich um zwölf Fälle – für einige eher formelhafte Anfangs- bzw. Schlußsätze in Anspruch, die sich auch bei den betreffenden Titeln im hier folgenden Verzeichnis wiederfinden.

Diese Textauswahl und -zusammenstellung ist ein Lesevorschlag, eine Einladung, den Robert Walser der Berner Jahre von einer seiner interessantesten Seiten her zu entdecken: als einen ebenso bedeutenden wie reizvollen und aktuellen Autor, als, könnte man sagen, einen Zeitgenossen der Postmoderne. Wer das zeitliche Gesamtumfeld der hier montierten Texte vergleichen möchte oder Einzelanmerkungen zu ihnen sucht, sei auf die Bände 17-20 der »Sämtlichen Werke in Einzelausgaben« verwiesen (die nachfolgende Titelliste gibt die Fundorte an), auch auf Walsers letzte eigene Prosasammlung »Die Rose« (Bd. 8) und seinen »Räuber«-Roman (Bd. 12), darüber hinaus auf die von Bernhard Echte und Werner Morlang edierte Ausgabe »Aus dem Bleistiftgebiet« (Bände 1-4; zwei abschließende Bände in Vorbereitung), die die aus den Mikrogrammen entzifferten Entwürfe weiterer Texte dieser Jahre enthalten.

Gaienhofen, Mai 1994 *Jochen Greven*

Titel, Datierungen und Fundorte der Texte

Zur Datierung der Texte: Bei den in Zeitungen und Zeitschriften erschienenen Arbeiten Walsers kann in der Regel davon ausgegangen werden, daß sie in den letzten Monaten vor dem Abdruck entstanden; wo ein größerer Zeitabstand als etwa 12 Monate zwischen der Niederschrift des Manuskripts bzw. des Entwurfs und dem Abdruck bekannt ist, wird deren Jahr ebenfalls angegeben. Bei den von Robert Walser unveröffentlicht nachgelassenen Texten ist die Entstehungszeit der Reinschrift angegeben. Die Datierung der Manuskripte bleibt allerdings in vielen Fällen mehr oder weniger ungenau oder sogar hypothetisch – sicher ist nur, daß alle diese Manuskripte (bis auf »Neues«) aus den Jahren 1925-1933 stammen.

Die Fundortnachweise beziehen sich auf die »Sämtlichen Werke in Einzelausgaben«, Bände 17-20, Zürich und Frankfurt am Main, 1986; die erste Ziffer bedeutet jeweils den Band, die zweite die Seite. In zwölf Fällen wurden bei der Wiedergabe in der vorliegenden Montage Eingangs- oder Schlußformeln der Texte fortgelassen, die im folgenden Verzeichnis mitgeteilt werden.

SEITE

7 »Ich bin jetzt etwas...«: NEUESTE NACHRICHT (Erstdruck 1921) *17,7*

8 »Zweifellos besitz' ich...«: NACHRICHT NUMMER ZWEI (Erstdruck 1921) *17,8*

9 »In einem Varietétheater...«: NACHRICHT DREI (Erstdruck 1921) *17,10*

11 »Es existiert hier...«: VIERTE NACHRICHT (Erstdruck 1921) *17,12*

12 »Da es früher Tag...«: REISE INS EMMENTAL (Erstdruck 1921) *17,16*

15 »Neulich spazierte ich...«: OSTERMUNDIGEN (Erstdruck 1921) *17,14*

16 »Mein Bureauchef war...«: DIE ELFENAU (Erstdruck 1921) *17,19*

18 »Dieses Konzert gefiel...«: KONZERT (Erstdruck 1925) *17,35*

18 »Ein Mädchen ließ...«: Neues (Manuskript ca. 1921/22) *17,26*

21 »Zu Fuß bin ich...«: Tramfahrt (Erstdruck 1921) *17,24*. Der Text endet mit dem hier nicht mit abgedruckten Teilsatz: »..., und damit ist dieser Essay fertig; der erste ist's nicht, wahrscheinlich auch nicht der letzte.«

22 »Ich bin ganz zerklopft...«: Klopfen (Erstdruck 1923) *17,199*

23 »Ich wurde auf einer...«: Im Spital (Erstdruck 1923) *17,32*

25 »Mach' etwas, sprich...«: Aquarelle (Erstdruck 1925) *17,189*

27 »Neulich ging ich...«: Theater (I) (Erstdruck 1925) *17,36*

28 »So sehr ich nachlasse...«: Schatten (Erstdruck 1924) *17,213*

29 »Vorsichtig sein hat...«: Aufsatz über einen Landaufenthalt (Manuskript 1925) *17,62*. Der Text beginnt mit dem hier nicht mit abgedruckten Satz: »Ich will diesen Aufsatz langsam schreiben, woraus sich eine Gewähltheit, ein sanftmütiger Überblick ergibt.« Der ebenfalls fortgelassene Schlußsatz lautet: »Legte ich aber nicht hier vielleicht einen ganz niedlichen Bericht ab?«

32 »Einige verließen...«: Aufsatz über Löwenbändigung (Erstdruck 1925) *17,54*

35 »Ich schlug soeben...«: Wohnungswechsel (Erstdruck 1926) *17,80*

37 »Dieses Fest wurde...«: Berichterstattung (Erstdruck 1925) *17,67*

39 Das Bäumchen (Erstdruck 1925) *17,207*

39 »Ich aß sehr spärlich...«: Über eine Opernaufführung (Erstdruck 1926) *17,41*

42 »Von einem zarten Knaben...«: Ländlicher Sonntag (Erstdruck 1927, Manuskript vermutl. 1926) *17,83*

45 »Während uns, die...«: Spanische Weinhalle (Erstdruck 1925) *17,72*

47 »Ich halte Unbescheidenheit...«: Ich soll arbeiten (Erstdruck 1926, Entwürfe 1925) *17,75*

51 »Ein beinahe durch...«: Beitrag zur Conrad Ferdinand Meyer-Feier (Erstdruck 1925) *17,69*

54 »Gestern ist von mir...«: Ich nannte mich Tannhäuser (Erstdruck 1927 oder später, Entwurf 1925) *17,45*

56 »In meiner Bude...«: Edith und der Knabe (Erstdruck 1925) *17,243*

59 »Ich bin in dieser...«: Die märchenhafte Stadt (Erstdruck 1925) *17,252*

60 »Ich kenne eine...«: Die Einzige (Erstdruck 1938; entstanden vermutl. 1924/25) *17,251*

61 »Das Maß ist...«: DER MÄRCHENHAFTE (Erstdruck 1925) *noch nicht in einer Buchausgabe*

62 »Wie ich damals...«: ICH GING WIEDER EINMAL INS THEATER (Erstdruck 1925) *17,38*

65 »Selten ließ sie...«: WENN SCHWACHE SICH FÜR STARK HALTEN (Erstdruck 1925) *17,241*

66 »Wahrscheinlich sah...«: DIE ALLEE (Erstdruck 1931, Entwurf u. Manuskript 1925) *17,98*

68 »Ich frühstückte...«: HODLERS BUCHENWALD (Erstdruck 1925) *17,187*

70 »Ich komme diesmal...«: ÜBER EINEN FILM (Manuskript 1925) *17,48*

73 »Nachdem ich mich...«: WIE ICH EINEN SONNTAG ZUBRACHTE (Manuskript vermutl. 1926/27) *19,53*

75 »Unwillkürlich lächle ich...«: EINE STADT (II) (Erstdruck 1926) *17,95*

77 »Ein rheinländisches Fräulein...«: MARKTBERICHT (Erstdruck 1926) *17,101*. Der Text endet mit dem hier nicht mit abgedruckten Teilsatz: »... und im Bewußtsein, d.h. eher bloß im Glauben, daß Sie diesen Wirklichkeitsauszug werden drucken können, den ich für lesenswert hoffe halten zu dürfen, grüße ich Sie hold und brüderlich.«

79 »Gestern bediente ich mich...«: RADIO (Erstdruck 1928, Entwurf vermutl. 1926) *19,37*

81 »Man macht mich auf...«: BIN ICH ANSPRUCHSVOLL? (Erstdruck 1925) *17,57*

84 »Manche singen in ihren...«: HIER WIRD DIES UND DAS GESPROCHEN (Erstdruck 1926) *18,232*

87 »Hinsichtlich der wahren...«: EINIGE WORTE ÜBER DAS ROMANSCHREIBEN (Erstdruck 1926) *17,181*

88 »Heute bin ich...«: DER NOBELPREIS (Erstdruck 1926) *17,119*

89 »Ich schreibe einen...«: NACHTGEDANKEN (Erstdruck 1925) *17,142*

91 »Mit kühler Empörtheit...«: TAGEBUCHBLATT (III) (Erstdruck 1925) *17,147*

93 »Ich habe gestern nacht...«: ABHANDLUNG (Erstdruck 1925) *17,144*

95 »Damit, daß man sich...«: DAS PARLAMENT (Erstdruck 1926) *17,104*

98 »Ich hatte da erstens...«: NUN IST SIE WEG, ABER SIE DENKT AN MICH (Manuskript 1925) *17,108*

102 »Als ich vergangene Nacht...«: DIE WEISSE DAME (Erstdruck 1926) *18,55*

104 »Ich schrieb:...«: OLYMPIA (Erstdruck 1925) *17,120*

109 »Ich teilte einem...«: BALZAC-PHANTASIE (Erstdruck 1926) *17,225*

111 »Ich schreibe diese...«: STILVOLLE NOVELLE (Erstdruck 1925) *17,222*

113 »Ich stellte mich...«: DER BLINDE (Erstdruck 1925) *17,256*

114 »Heute ließ jemand...«: ZIGARETTE (Erstdruck 1925) *17,257*. Die hier nicht mit abgedruckten ersten beiden Sätze lauten: »Was das mir für eine sonderbare Skizze gibt. Ich werde sie bleibend einschließen, und wenn sie auch dabei vermoderte.«

116 »In welch wackerem...«: DIE RUINE (Erstdruck 1926) *17,126*

127 »Einzig, um einen...«: DIE DAME AM FENSTER (Erstdruck 1926) *18,10*. Der Text endet mit dem hier nicht mit abgedruckten Satz: »Vielleicht ruft dieses Prosastück auch ein Kopfschütteln hervor.«

130 »Hie und da sieht man...«: AUS DEM LEBEN EINES SCHRIFTSTELLERS (Erstdruck 1926) *18,7*

133 »Alles das muß natürlich...«: ICH WANDERTE IN EIN STÄDTCHEN (Erstdruck 1937, Entwurf 1926) *18,18*

135 »Im Städtchen fielen...«: IN EINEM STÄDTCHEN (Erstdruck 1937, Entwurf 1926) *20,22*

138 »Da ging ich nun...«: BÜHNENBESPRECHUNG (Erstdruck 1936, Entwurf 1926) *18,21*

140 »Ich wurde wegen...«: KAFFEEHAUSAUFTRITT (Erstdruck 1926) *18,28*

142 »Klar ist mir heute...«: REVOLVERNOVELLE (Erstdruck 1926) *18,33*

146 »Ich wurde meiner...«: DER KUSS (II) (Erstdruck 1926) *18,39*

149 »Meinem Fenster gegenüber...«: FREUNDINNEN (Erstdruck 1926) *18,45*

150 »Überhaupt schon bloß...«: SALONEPISODE (Erstdruck 1926) *18,42*

152 »Heute machte ich ein...«: DAS TAGEBUCH-FRAGMENT VON 1926 (Manuskript 1926) *18,59*

191 »Einer, mit dem ich...«: PLAUDEREI (II) (Erstdruck 1926) *18,209*. Der Text endet mit dem hier nicht mit abgedruckten Satz: »Meine diesmalige Aufgabe besteht in einer Plauderei, die mir erfüllt scheint.«

193 »Möglich ist, daß ich...«: DISKUSSION (Erstdruck 1926) *18,207*

194 »Es ist mir schon...«: Wahrheiten (Erstdruck 1937, Entwurf 1926) *18,189*
196 »Ich stand gestern...«: Aufsatz (Erstdruck 1931, Entwurf u. Manuskript 1926) *18,194*
198 »Wahr ist, ich geh'...«: Exposé (Erstdruck 1928, Entwurf 1926) *18,159*. Der hier nicht mit abgedruckte Schlußsatz lautet: »Könnte ich, was ich hier schrieb, Exposé nennen?«
200 »Bei all dem, d.h....«: Das Brueghelbild (Erstdruck 1927) *18,197*
203 »Ich dachte heute...«: Hamlet-Essay (Erstdruck 1926) *18,184*
206 »Ich bin in diesem...«: Geburtstagsprosastück (Erstdruck 1926) *18,212*. Der hier nicht mit abgedruckte Schlußsatz lautet: »Was dies hier für ein Geburtstagsprosastück ist.«
208 »Wer mich liest,...«: Etwas von der Schande (Erstdruck 1936, Entwurf 1926) *18,192*
210 »Ich hatte eine aus...«: Über Mozarts »Don Juan« (Erstdruck undatiert, Entwurf 1926) *18,261*
215 »Ich vernahm vergangene...«: Über Girardi und allerlei Sonstiges (Erstdruck 1928, Entwurf 1926) *18,271*
217 »Vielleicht wäre ein...«: Auflauf (Erstdruck 1929) *20,43*
219 »In mir ist eine...«: Reise in eine Kleinstadt (Manuskript 1927/28) *19,62*
223 »Die tit. Lehrerschaft...«: Einiges aus meinen Jugendjahren (Manuskript ca. 1927/28) *19,9*
225 »Zur Gegenwart ja sagend...«: Als ich Kadett war (Manuskript ca. 1928/29) *19,12*
227 »Er verstand mich...«: Das Erlebnis Josefs (Manuskript 1926/27) *19,99*
231 »Ganze Abende hat man...«: Von etwas Naheliegendem (Manuskript ca. 1927) *19,174*
233 »Diese ganze Zeit...«: Ein Bild von Fragonard (Manuskript nicht mehr auffindbar, Datierung daher unsicher) *20,40*
234 »Ich saß im Varieté...«: Café Chantant (Erstdruck 1928) *19,47*
238 »Die Verhandlungen fielen...«: Schützenfest (Erstdruck 1927) *19,42*
240 »Ich stand vor einem...«: Wissen und Leben (Manuskript ca. 1926/27) *19,76*
245 »Bezüglich Frauen schaut...«: Artikel (Erstdruck 1927) *19,126*
248 »Je nachdem man es...«: Die Stadt und die Geliebte (Manuskript ca. 1927/28) *19,73*

249 »Einer hatte eine ungeheure…«: MASKERADE (Erstdruck 1927) *19,39*

251 »Vier Uhr nachmittag…«: DER MANN MIT DER EISERNEN MASKE (Erstdruck 1927) *19,82*

254 »Ebenso unwiderleglich,…«: DER HEIRATSANTRAG (Erstdruck 1928) *19,124*

256 »Er gehört verschiedenen…«: DER GEMACHTE MANN (Erstdruck 1927) *19,136*

258 »Ich notiere schnell…«: DIE SCHÖNE NACHT (Erstdruck 1933, Entwurf 1927) *19,86*

260 »Ich übe mich…«: WAS SIE FÜR EINEN ERFOLG HAT (Erstdruck 1935, Entwurf 1927) *19,71*

261 »Schnell vor allem…«: WAS EINE FRAU SAGTE (Erstdruck 1932, Entw. 1927) *19,109*. Der hier nicht mit abgedruckte Schlußsatz lautet: »Vielleicht beruht hierauf vorliegender Aufsatz.«

264 »Ich träumte vergangene Nacht…«: ICH BIN ZUR ZEIT KRÄNKLICH (Manuskript 1927) *19,94*

266 »Unsere Zungen, unsere…«: ICH SCHREIBE HIER EINEN AUFSATZ (Manuskript 1926/27) *19,116*

268 »Wie mancher, bekenne…«: DAS STOLZE SCHWEIGEN (Manuskript 1927) *19,142*

269 »Erzähle ich eine…«: SPEZIALPLATTE (Erstdruck 1927) *19,172*

270 »Dieser Aufsatz oder…«: EIN DUMMER JUNGE (Erstdruck 1928) *19,146*

273 »Ich traf den…«: DER VERLORENE SOHN (Erstdruck 1928) *19,105*

276 »Wölkchen, die wie…«: HERBST (II) (Erstdruck 1927) *19,151*

278 »Ich darf vielleicht…«: LEKTÜRE (Manuskript ca. 1928) *20,302*

281 »Die Oper ›Wilhelm Tell‹…«: KURT VOM WALDE (Erstdruck 1927) *19,246*

283 »Soeben komme ich…«: VORTRAGSABEND (Manuskript ca. 1927/28) *19,272*

285 »Ich bin bescheiden…«: HIER WIRD KRITISIERT (Erstdruck 1928) *19,274*

287 »Zu glauben, daß…«: DAS KNABENHAFTE (Erstdruck 1929) *19,205*

289 »An welch merveillöses…«: DER ERSTE SCHRITT (Erstdruck 1928) *19,208*

292 »Ich weiß, daß ich…«: EINE ART ERZÄHLUNG (Manuskript ca. 1928) *20,322*

295 »Bin ich schriftstellerisch...«: Minotauros (Manuskript 1926/27) *19,191*

297 »Daß man sich ziert...«: Freiheitsaufsatz (Erstdruck 1928) *19,199*

299 »Ich bin mit der Zeit...«: Meine Bemühungen (Manuskript ca. 1928) *20,427*

301 »Ich schreibe das Prosastück...«: Für die Katz (Manuskript ca. 1928) *20,430*

302 »Wie mich die Abbildung...«: Katastrophe (Entwurf 1927) *20,146*

304 »Ich erzähle hier...«: Märchen (Manuskript 1928/29 o. später) *19,310*

305 »Wie schön ich...«: Ein Traum (Manuskript ca. 1927/28) *19,92*

306 »Zwischen Schneeflocken und...«: Prosastück (Manuskript ca. 1927/28) *19,182*

307 »Ganz für mich allein...«: Die hübsche Stadt (Manuskript 1928/29 o. später) *20,55*

308 »Meisterhaft war das...«: Die Blume (Manuskript 1928/29 o. später) *19,326*. Der hier nicht mit abgedruckte Schlußsatz lautet: »Diese fraglos meisterhafte Skizze gab sich mir wie eine Blume.«

309 »Die sentimentalste Geschichte...«: Der treue Blick (Manuskript 1928/29 o. später) *19,325*

310 »Ich sah eine Frau...«: Bildende Gestalten (Manuskript 1930/31) *20,57*

312 »Die Wellen plätschern...«: Ferien (I) (Manuskript vermutl. 1929) *20,25*

313 »Ich sprach soeben...«: Ich las letzthin... (Erstdruck 1930) *20,312*

315 »Man liest mitunter...«: Ich blätterte in einer Zeitschrift (Manuskript vermutl. 1930) *20,59*

317 »In einem nicht unanmutigen...«: Der Langweilige (Erstdruck 1931) *20,85*

319 »Über Feld und durch...«: Wanderschaft (Erstdruck 1930) *20,51*

320 »Lange stiefelte ich...«: Ein Novellelein (Manuskript vermutl. 1931/32) *20,53*

321 »Ich wohnte eine Zeitlang...«: Einmal erzählte einer (Erstdruck 1931) *20,81*. Der hier nicht mit abgedruckte Schlußsatz des Textes lautet: »Wie freue ich mich, mit meinem Prosastück bei etwas Bedeutsamem angelangt zu sein.«

323 »Ich ging im Bahnhof...«: DER BAHNHOF (I) (Manuskript vermutl. 1931/32) *20,73*

325 »Eine Eisenbahnfahrt...«: SONNTAGSAUSFLUG (Manuskript 1932/33) *20,12*

326 »Der Wald prangte...«: SPAZIERGANG (II) (Manuskript vermutl. 1931/32) *20,83*

327 »Irre ich mich nicht...«: ETWAS ÜBER DIE SCHRIFTSTELLEREI (Manuskript vermutl. 1930) *20,407*